# INY LORENTZ

*Das goldene Ufer*

ROMAN

Knaur Taschenbuch Verlag

Besuchen Sie uns im Internet:
www.knaur.de

Originalausgabe Mai 2013
Knaur Taschenbuch
© 2013 Knaur Taschenbuch
Ein Unternehmen der Droemerschen Verlagsanstalt
Th. Knaur Nachf. GmbH & Co. KG, München
Alle Rechte vorbehalten. Das Werk darf – auch teilweise –
nur mit Genehmigung des Verlags wiedergegeben werden.
Redaktion: Regine Weisbrod
Umschlaggestaltung: ZERO Werbeagentur, München
Umschlagabbildung: »By Mead and Stream« Benjamin William
(1831–1923) / © Towneley Hall Art Gallery and Museum,
Burnley, Lancashire / The Bridgeman Art Library;
© Richard Jenkins
Satz: Adobe InDesign im Verlag
Druck und Bindung: CPI – Clausen & Bosse, Leck
Printed in Germany
ISBN 978-3-426-51169-5

2 4 5 3 1

# ERSTER TEIL

*Der Schatten von Waterloo*

# I.

Endlich hatte der Regen aufgehört. Aber das war der einzige Lichtblick, fand Walther. Noch immer versank er bis über die Knie in dem Morast, den Tausende Pferdehufe und Soldatenstiefel aufgewühlt hatten. Die schmutzige Brühe rann in seine Stiefel und machte sie so schwer, dass er alle paar Schritte stehen bleiben, sie von den Füßen streifen und ausleeren musste. Am liebsten hätte er sie weggeworfen und wäre barfuß weitermarschiert. Doch neue Stiefel waren unerschwinglich. Er konnte auch nicht einem Gefallenen auf dem Schlachtfeld die Fußbekleidung abnehmen, denn dafür waren seine Füße noch zu klein. Auch brachten die Leichenfledderer, die von ihrer Ausbeute lebten, kurzerhand jeden um, der ihnen die Beute streitig machen wollte.
»Eins und eins und eins«, murmelte Reint Heurich, der Musketier, der neben Walther marschierte, und jede Eins bedeutete einen Schritt weiter auf die Heere der Franzosen zu.
Walther graute davor, erneut auf den Feind zu treffen. Erst vor zwei Tagen waren sie mit einem Teil von Napoleons Armee aneinandergeraten und vernichtend geschlagen worden. Ihm erschien es wie ein Wunder, dass es ihren Generälen gelungen war, die eigenen Truppen halbwegs geordnet vom Feind zu lösen und nach Norden zu führen. Dabei hatte ihr Regiment nur gegen das Korps

des Marschalls Grouchy kämpfen müssen und nicht gegen den schier unbesiegbaren Kaiser der Franzosen selbst.

Walther wagte es kaum, an Napoleon zu denken, dessen Truppen seit mehr als zwei Jahrzehnten von Sieg zu Sieg eilten und der die Niederlage bei Leipzig ebenso überstanden hatte wie seine Absetzung und Verbannung nach Elba. Nun suchte der Kaiser der Franzosen mit frischen Truppen den entscheidenden Sieg.

»Glaubst du, wir werden ihn diesmal schlagen?«, fragte er seinen Kameraden.

Heurich beendete sein »eins und eins« und sah erstaunt auf ihn herab. »Wen meinst du?«

»Na ihn, den Korsen!«

Heurich schneuzte sich so laut, dass es wie ein Trompetenstoß klang, und zuckte mit den Achseln. »Bonaparte also! Wenn ich das wüsste, wäre ich der klügste Mann auf Erden. Ehrlich gesagt glaube ich nicht daran. Seine Soldaten haben uns vorgestern so verdroschen, dass uns jetzt noch die Arschbacken flattern. Als Nächstes wird er die Engländer verhauen. Sind keine guten Soldaten, die Engländer, sage ich dir. Halten es mehr mit dem Stehlen als mit dem Kämpfen. Wenn ihre Braunschweiger und Hannoveraner nicht wären, hätten sie sich längst auf ihre Insel verzogen und sich in wohlfeile Gebete geflüchtet, dass Bonaparte nicht auch zu ihnen vordringt. Und ausgerechnet denen sollen wir jetzt zu Hilfe kommen …

Aber jetzt los, Junge! Die anderen sind uns schon weit voraus. Du bist unser Trommelbub, und wir wollen dich trommeln hören. Wenn du andauernd zurückbleibst,

marschieren wir auf dem Schlachtfeld womöglich noch in die falsche Richtung, nämlich vom Feind weg!«
Mit einem Lachen half Heurich dem Jungen, seine Stiefel aus einem Schlammloch zu ziehen. Das schmatzende Geräusch erinnerte sie an ihre hungrigen Mägen.
»Was gäbe ich jetzt alles für ein Stück Brot«, seufzte der Musketier und reichte Walther eine Schnur. »Hier, mein Junge, binde deine Stiefel zusammen und trage sie über der Schulter. Mit bloßen Füßen tust du dich hier leichter, als wenn du die Erde von halb Flandern in deinen Stiefeln mitschleppen musst.«
Nun musste auch Walther lachen. »Halb Flandern ist es nicht gerade. Aber die Stiefel sind durch den Matsch und das Wasser tatsächlich arg schwer geworden.«
Er befolgte Heurichs Rat und kam nun besser voran, auch wenn ihn die große Trommel nach wie vor behinderte. Schlimmer noch als dieses unhandliche Ding und die feuchte Kälte war der Hunger, der in seinen Eingeweiden wühlte. Seit sie bei Ligny von den Franzosen zurückgeschlagen worden waren, hatten sie keinen Fouragewagen mehr zu Gesicht bekommen. Das bisschen Brot in seinen Taschen war längst gegessen und, wie Reint Heurich es derb ausdrückte, auch schon verdaut.
»Warum marschieren wir wieder auf die Franzosen zu, wo sie uns doch vorgestern das Laufen gelehrt haben?«, wollte Walther von dem altgedienten Musketier wissen.
»Da musst du schon General Gneisenau fragen – oder den Marschall selbst. Ich weiß nur, dass wir uns mit jedem Schritt weiter von unseren Vorratsmagazinen entfernen. Aufzutreiben ist hier auch nichts, denn alles Essbare haben

sich schon die Engländer oder die Franzosen unter den Nagel gerissen.« Heurich spie aus und bedachte sowohl den Feind wie auch die Verbündeten mit wüsten Flüchen. Walther kämpfte noch immer mit seiner Trommel und hängte sich diese schließlich über die Schulter. Eigentlich hätte er den Marschtakt schlagen sollen. Aber wenn er die Trommel aus ihrem Lederüberzug nahm, würde er das Instrument hinterher mühsam von dem Deck säubern müssen, der ständig von Stiefeln und nackten Füßen hochspritzte. Die anderen Trommler ließen auch nichts von sich hören, und selbst die Flötenspieler waren verstummt. Jeder war froh, überhaupt einen Fuß vor den anderen setzen zu können. Daher hatte sich die Truppe so weit auseinandergezogen, dass Walther den Oberst an der Spitze nicht mehr sehen konnte. Als er sich umdrehte, war auch die Nachhut außer Sicht. Wahrscheinlich würden etliche Soldaten die Gelegenheit nützen und sich in die Büsche schlagen. So war es schon bei Ligny gewesen, wo sie mehr Männer durch Desertieren als durch den Kampf verloren hatten.

»Die Weiber halten sich besser als die Mannsleut!«
Reint Heurichs Bemerkung riss Walther aus seinem Sinnieren, und er nahm nun erst wahr, dass Walburga Fürnagl, die Wachtmeisterin, wie sie ihres Mannes wegen genannt wurde, und deren Tochter Gisela sie eingeholt hatten. Beide kämpften sich mit verbissenen Mienen auf der schlammigen Straße vorwärts. Die Mutter trug einen gewaltigen Tornister auf dem Rücken und schleppte in der einen Hand noch einen großen Beutel. In der anderen Hand hielt sie einen Stock, auf den sie sich immer wieder

stützte. Auch Gisela war so voll bepackt, dass Walther sich schämte, dass er die Trommel als zu schwer empfunden hatte. Immerhin zählte das Mädchen gerade mal zehn Jahre und war damit drei Jahre jünger als er.

Eben strauchelte Gisela und fiel in den Matsch. Die Mutter schien es nicht zu bemerken, denn sie marschierte unbeirrt weiter. Walther sah, wie das Mädchen sich verzweifelt aus dem Schlamm zu befreien suchte, und eilte kurz entschlossen zu ihr hin.

»Gib mir deine Hand!«, rief er Gisela zu.

Ihre Rechte war jedoch so voll Schlamm, dass Walther sie nicht richtig zu fassen vermochte und sie am Ärmel hochzerrte.

Nun bemerkte auch die Mutter, dass sie die Tochter verloren hatte, und blieb zwanzig Schritte weiter schwer atmend stehen. Einen Augenblick lang sah es so aus, als wolle sie zurückkommen, dann aber schüttelte sie den Kopf und sah zu, wie Walther dem Mädchen auf die Beine half und es bei den ersten Schritten stützte.

»Bist ein braver Junge, Walther«, lobte Walburga Fürnagl ihn, als er Gisela zu ihr brachte. »Die Heilige Jungfrau wird's dir vergelten.«

Reint Heurich spie aus. »Lass uns mit deinen katholischen Heiligen und Jungfrauen in Frieden, Wachtmeisterin. Wir sind gute Lutheraner und wollen kein papistisches Zeug hören!«

»Sie hat es doch gut gemeint«, wandte Walther ein.

Obwohl Heurich sein Freund und Beschützer war, ärgerte er sich nun über den Mann. Zwar überwogen in ihrem Regiment die Soldaten aus protestantischen Gebieten,

doch Oberst Graf Renitz hatte auch eine Kompanie aus einem aufgelösten bayerischen Bataillon in seine Dienste genommen, und diese Männer hatten sich als gute Soldaten erwiesen. Giselas Vater, Josef Fürnagl, führte als Wachtmeister die Vorhut an. Selbst bei Ligny hatte er die Übersicht behalten und die meisten seiner Männer zurückgebracht. Die Kompanie aber, zu der Walther und Reint Heurich gehörten, war auf ein Viertel ihrer ursprünglichen Zahl geschrumpft.
Da Heurich mit einem verächtlichen Schnauben weiterging, dauerte es ein wenig, bis Walther wieder zu ihm aufschließen konnte. »Was hast du eigentlich gegen diese Leute?«
»Heute hast du wohl den Fragewurm gefressen!«, knurrte der Musketier. »Ich mag halt keine Katholischen. Die beten zu allen möglichen Heiligen und vor allem zu ihrer Jungfrau Maria, wo doch jeder Mensch weiß, dass nur unser Heiland unsere Seelen retten kann. Halbe Heiden sind das!«
Damit war die Sache für ihn erledigt. Kurz darauf wies er nach vorne. »Wie es aussieht, holen wir auf! Oder haben die dort haltgemacht? Das erscheint mir auch vernünftig, sonst marschieren wir noch in die Franzosen hinein, ohne es zu merken.«
Da hörten sie in der Ferne ein Grollen wie von einem aufziehenden Gewitter.
»Das sind die französischen Kanonen!«, rief Heurich. »Die erkenne ich am Klang. Aber ich glaube nicht, dass die Engländer sich halten. Es wäre besser, wenn wir den Rückmarsch anträten. Vielleicht schließt der König Frieden mit Bonaparte, so dass wir nicht noch einmal unsere Knochen ins Feld tragen müssen.«

Walther hörte Heurich nur mit halbem Ohr zu, denn er vernahm nicht nur das Donnern der Kanonen, sondern auch einen anderen Ton, der zwar leiser war, aber giftiger klang. »Jetzt schießen sie ihre Musketen ab. Wie weit mögen sie von uns entfernt sein?«
»Zwei Stunden Marsch auf trockener Straße, schätze ich, und mindestens fünf auf diesem Schlammpfad. Wir sollten nicht zu schnell gehen, sonst geraten wir noch vor Anbruch der Nacht an die Franzosen. Weißt du, Junge, ich bin seit 1792 dabei, und mir ist mehr Blei um die Ohren geflogen, als ein Regiment in einem Jahr abfeuern kann. Meist haben wir Keile gekriegt, und die schlimmsten sogar, als wir mit Bonaparte verbündet waren und nach Russland gezogen sind. Tut mir leid, ich wollte nicht davon anfangen«, setzte Heurich hinzu, als er sah, dass Tränen aus den Augen des Jungen liefen.
»Ist schon gut«, antwortete Walther gepresst.
»Damals hat sogar der Korse merken müssen, dass er nicht die ganze Welt erobern kann. Schade, dass dein Vater dort hat dran glauben müssen. War ein prima Kerl, auch wenn er zu den Unteroffizieren zählte!«
»Ich habe meinen Vater nicht richtig kennengelernt.« Walther versuchte, sich an den hochgewachsenen, hageren Ehemann seiner Mutter zu erinnern, den er nur vier- oder fünfmal in seinem Leben für ein paar Tage oder Wochen gesehen hatte. Wahrscheinlich, dachte er, wäre sein Vater gerne länger bei ihnen geblieben, doch der Krieg war unerbittlich und riss jeden mit sich. Nachdem die Mutter aus Gram über den Tod des Vaters gestorben war, hatte Graf Renitz' Verwalter ihn als Trommelbub zum Regiment geschickt.

Während ihres Gesprächs hatten sie zu den vor ihnen haltenden Soldaten aufgeschlossen und blieben ebenfalls stehen. Alle horchten auf den rollenden Klang des Gewitters aus Pulver und Eisen, das mit einem Mal erschütternd nah zu sein schien, und auf etlichen Gesichtern zeichnete sich Angst ab. Die Männer hatten nicht vergessen, dass Grouchys Soldaten vor zwei Tagen ihre Reihen zurückgeworfen und schließlich durchstoßen hatten. Andere wirkten eher trotzig, als wollten sie es an diesem Tag den Franzosen heimzahlen.

Nicht weit von Walther und Heurich entfernt beriet sich der Regimentskommandeur Oberst Graf Renitz mit seinen Offizieren und schickte schließlich zwei Leutnants auf Pferden los, um die Lage vor ihnen zu erkunden.

»Wie's aussieht, haben wir erst einmal Ruhe«, erklärte Reint Heurich zufrieden. »Würden wir nun auch noch ein trockenes Plätzchen für uns finden, wäre es noch besser. Aber die Äcker und Wiesen hier sind ebenso grundlos wie die Straße, nachdem ganze Armeen durchgezogen sind.«

»Vielleicht ist es im Wald dort drüben trockener«, sagte Walther und wollte in die Richtung gehen.

Doch Heurich hielt ihn zurück. »Tu das nicht, Junge, sonst denken die Feldwebel, du willst ausrücken, und das nehmen sie arg übel. Ich habe erlebt, wie sie einen Kerl aufgehängt haben, nur weil er ein paar Schritte in den Wald hineingegangen ist, um in Ruhe scheißen zu können.«

»Wirklich?« Walther wusste nicht so recht, ob er seinem großen Freund glauben sollte. Gelegentlich gab Reint Heurich phantastische Geschichten zum Besten, die ihm ganz und gar unmöglich erschienen. Allerdings war er nun schon seit einigen Monaten beim Militär und hatte gelernt, dass hier wahrlich andere Regeln und Gesetze herrschten als im normalen Leben.

»Und ob es so war!« Heurich klopfte Walther auf die Schulter, verzog dann aber das Gesicht, als sich weiter vorne der junge Renitz, der als Fähnrich im Regiment diente, aus einer Gruppe von Offizieren löste, sein Pferd bestieg und auf sie zukam.

Dabei ritt der Sohn des Obersts so nahe an den Soldaten vorbei, dass diese von dem Schlamm bespritzt wurden, den die Hufe seines Pferdes hochwarfen. Walther bekam einen dicken Batzen Dreck ins Gesicht und wischte ihn mit dem Ärmel ab. Gisela und ihrer Mutter erging es noch schlechter, denn der Fähnrich lenkte seinen Gaul so, dass dieser die beiden Frauen streifte und in den Dreck warf.

»Was wollen die Weiber hier?«, fragte der junge Renitz dabei verärgert. »Die sollten doch beim Tross sein.«

Walburga Fürnagl kämpfte sich wieder auf die Beine und musterte den Fähnrich mit blitzenden Augen. »Könnt Ihr uns sagen, wo sich der Tross befindet? Seit Ligny wird der nämlich vermisst.«

Der Fähnrich versetzte der Frau einen heftigen Hieb mit seiner Reitpeitsche. »Dir werde ich deine Frechheiten schon austreiben, du papistisches Miststück!«

Walther ballte empört die Fäuste, und als Diebold von Renitz auch noch Gisela einen Hieb mit der Reitpeitsche überzog, musste Reint Heurich ihn festhalten.

»Mach keinen Unsinn, Kleiner! In der Armee kommt ein Offizier für unsereinen gleich hinter Gottvater persönlich, auch wenn es nur ein lumpiger Fähnrich ist! Der dort ist noch dazu der Sohn vom Oberst! Daher glaubt er, sich alles herausnehmen zu können.«

Mittlerweile ritt der junge von Renitz in die Richtung, aus der die Truppe gekommen war.

»Es passt dem Herrn wohl nicht, dass er sich auf die Suche nach Nachzüglern begeben muss«, warf ein anderer Soldat ein.

Besorgt trat Walther zu Gisela. »Tut es sehr weh?«

Das Mädchen schniefte, schüttelte dann aber den Kopf. »Es geht! Danke, dass du gefragt hast.«

»Bist ein braver Bursche, Walther Fichtner«, setzte die Wachtmeisterin hinzu.

Dann stupste sie Gisela an. »Komm mit! Dort hinten sind Marketenderinnen. Vielleicht wissen die etwas von den Trosswagen.«

Gisela folgte ihr, wandte sich nach ein paar Schritten aber noch einmal zu Walther um. »Danke, dass du mir vorhin aufgeholfen hast! Alleine hätte ich es wohl nicht geschafft, denn der Schlamm war einfach zu tief.«

»Aber das war doch nicht der Rede wert!«

Ein Ausruf von Reint Heurich übertönte Giselas scheue Antwort. »Jetzt könnte ich etwas zu essen vertragen! Mit leerem Magen kämpft es sich schlecht, und ich habe verdammt das Gefühl, dass wir heute oder spätestens morgen den Franzosen gegenüberstehen.«

Diese Bemerkung rief Walther wieder ihre Situation ins Gedächtnis, und er horchte besorgt auf den lauter werdenden Kanonendonner. »Kommen die auf uns zu?«

Sein großer Freund schüttelte mit verkniffener Miene den Kopf. »Der Wind hat gedreht, daher hören wir es deutli-

cher. Aber ich glaube, unser Oberst ist zu einem Entschluss gekommen. Im Zweifel ist er schlecht für uns, aber was soll's? Krepieren muss jeder einmal.«
Heurich rückte seinen Tornister zurecht und putzte den Kolben seiner Muskete, auf die er sich während des Marsches gestützt hatte. Die anderen Soldaten taten es ihm gleich. Jeder von ihnen wusste, dass ein schussbereites Gewehr den Unterschied zwischen Leben und Tod bedeuten konnte.
Walther holte seine Trommel heraus, legte die Umhüllung fein säuberlich zusammen und verstaute sie in seinem Tornister. Dann fettete er das Trommelfell ein, obwohl er das bereits vor der Schlacht bei Ligny getan hatte. Es half ihm, seine Nervosität im Zaum zu halten. Aber vor der Angst gab es keinen Schutz.

## 2.

Endlich kehrte einer der zur Erkundung ausgesandten Offiziere zurück und erstattete noch im Sattel dem Oberst Meldung. Walther konnte zwar nicht hören, was der Mann sagte, sah aber die Hauptleute und Leutnants umgehend zu ihren Kompanien eilen.
»Abmarsch!«, herrschte der Hauptmann ihrer Kompanie Reint Heurich und die anderen Soldaten an.
In ihrer Erschöpfung hatten sich einige Männer in den Matsch sinken lassen und wollten nicht aufstehen, doch

die Unteroffiziere trieben sie mit Stockhieben und rüden Worten auf die Beine. Dabei tat sich der Wachtmeister ihrer Kompanie besonders hervor.

»Wollt ihr wohl, ihr Halunken? Wer bis drei nicht marschbereit ist, den erschieße ich eigenhändig!«

Und schon entriss er einem Soldaten das Gewehr und legte auf einen jungen Rekruten an, der nur wenige Jahre älter als Walther sein konnte und zitternd am Boden hockte.

»Wird's bald?« Mit diesen Worten spannte der Wachtmeister den Hahn. Bevor er schießen konnte, packten zwei altgediente Soldaten den Burschen und zerrten ihn hoch.

»Keine Sorge! Um den kümmern wir uns schon«, sagte einer der beiden und versetzte dem Rekruten eine Ohrfeige.

»Das nächste Mal gehorchst du auf der Stelle, wenn unsere Unteroffiziere dir einen Befehl erteilen!«

»Jawohl!«, stammelte der junge Mann und versuchte, die schlammigen Hände an seiner noch dreckigeren Hose abzuwischen.

Reint Heurich schnaubte verächtlich. »Der Kerl ist keinen Schuss Pulver wert! Sobald der einen Franzosen sieht, fängt er an zu rennen.«

Walther empfand Mitleid mit dem Rekruten. Immerhin war dieser noch frischer im Regiment als er und hatte bis vor wenigen Wochen noch nie eine Muskete in der Hand gehalten. Dann aber schob er den Gedanken beiseite und sah sich nach Gisela um. Diese stand mit ihrer Mutter bei einigen Frauen, die unschlüssig schienen, ob sie mit dem

Regiment aufbrechen oder warten sollten, wie sich die Schlacht entwickelte. Schließlich setzten auch sie sich in Bewegung und folgten den Soldaten in einigem Abstand. Zu aller Überraschung führten die Offiziere sie auf den Wald zu. Einige Soldaten sahen sich um, als wollten sie die Gelegenheit nutzen und türmen. Doch die Offiziere und Unteroffiziere bewachten sie wie Hütehunde und brachten jeden mit Stockschlägen oder dem blanken Säbel dazu, diesen Vorsatz nach wenigen Schritten aufzugeben und sich wieder in die Marschkolonne einzureihen.
Der Schlachtenlärm wurde immer lauter, und diesmal war nicht der Wind daran schuld.
Reint Heurich starrte besorgt nach vorne. »Sieht aus, als kämen die Kerle auf uns zu! Wollen nicht hoffen, dass es zu viele sind. Die machen sonst Hackepeter aus uns.«
Stumm umklammerte Walther seine Trommelstöcke. Er hatte noch keinen Befehl erhalten zu trommeln, so als wollte der Oberst nicht, dass der Feind auf sie aufmerksam wurde. Dabei schienen ihm das Donnern der Kanonen und das Knattern der Musketensalven ohnehin so laut, dass es den Klang der Trommeln übertönen musste.
Endlich wurde Halt befohlen. Überall sanken Soldaten zu Boden, wurden aber von ihren Unteroffizieren sofort wieder auf die Beine getrieben.
Der Wachtmeister ihrer Kompanie baute sich breitbeinig vor ihnen auf. »Macht eure Musketen schussbereit! Jeder, dessen Muskete versagt, erhält zwanzig Rutenhiebe!«
Obwohl Heurich seine Waffe bereits gesäubert und geprüft hatte, tat er es noch einmal und lud sie sorgfältig.

»Jetzt kann es nicht mehr lange dauern«, sagte er zu Walther, der seine Fußlappen auswrang, sie wieder um die Füße wickelte und in seine Stiefel schlüpfte.
»Wird es so enden wie bei Ligny?«, fragte der Junge bang.
Reint Heurich schüttelte den Kopf. »Gewiss nicht! Entweder wir gewinnen die Schlacht, oder die Franzosen schlagen uns so zusammen, dass keine zehn Leute pro Kompanie übrig bleiben.«
»Maul halten!« Fähnrich Diebold von Renitz war eben zum Regiment zurückgekehrt und zog Heurich im Vorbeireiten die Reitpeitsche über. Der kräftig gebaute Soldat nahm den Schlag hin, ohne mit der Wimper zu zucken. Aber als der Sohn des Obersts vorbei war, schüttelte er sich und ballte die Faust.
»Dieser Hundsfott sollte mir nicht bei Nacht an einer abgelegenen Stelle begegnen, das sage ich dir. Aber das hast du nicht gehört! Verstanden?«
Ein warnender Blick traf Walther, der eifrig nickte. »Ich habe ganz bestimmt nichts gehört.«
»Das wird auch gut sein!« Heurich schnaubte und bleckte die Zähne. »Leider werden wir beide den Tag nicht mehr erleben, an dem so ein Adelsbürschchen uns nicht mehr wie einen Hund behandeln darf. Der Teufel soll sie alle holen! Die Franzosen haben anno zweiundneunzig richtig gehandelt, als sie dieses Gesindel einen Kopf kürzer gemacht haben.«
»Aber jetzt haben sie einen Kaiser und mehr Marschälle als wir Soldaten«, wandte Walther ein.
»Tja, offenbar wachsen zu rasch neue Köpfe nach, und die sind meist noch schlimmer.« Heurich verstummte, als

Medard von Renitz auftauchte und sein Pferd vor den Marketenderinnen zügelte.

»Warum seid ihr nicht beim Tross?«, fragte der Oberst unwirsch.

Walburga Fürnagl hob in einer unbestimmten Geste die Arme. »Wenn wir wüssten, wo er sich befindet, wären wir schon dort. Doch seit vorgestern hat keine von uns den Tross gesehen.«

»Das ist unerfreulich.« Renitz' Grimm galt weniger den Frauen als sich selbst, denn er hatte vor der letzten Schlacht seinem Tross befohlen, sich im Falle einer Niederlage nach Osten zurückzuziehen. Zu der Zeit hatte er nicht ahnen können, dass Blücher den Befehl ausgeben würde, nach Norden zu marschieren, um den Kontakt mit den englischen Verbündeten aufrechtzuerhalten. Jetzt waren seine Soldaten seit zwei Tagen ohne Verpflegung und sollten trotzdem auf dem Schlachtfeld ihren Mann stehen. Außerdem hatte er ein Dutzend Weiber am Hals, die nicht den Trosswagen, sondern den Soldaten gefolgt waren.

»Ihr bleibt in Deckung! Nicht, dass ihr die Männer beim Kämpfen behindert.« Mehr, sagte Graf Renitz sich, konnte er nicht für die Frauen tun. Mit einer heftigen Bewegung zog er sein Pferd herum und winkte seinen Sohn heran.

»Reite los und sieh zu, welche anderen Regimenter du findest. Es hat ja direkt den Anschein, als wären wir allein auf der Welt.«

Während der Fähnrich davonpreschte, spie Reint Heurich aus. »Würde mich freuen, wenn das feine Herrchen

unterwegs auf ein paar französische Dragoner oder Ulanen treffen würde.«
Walther musterte ihn erstaunt. »Du wünschst einem anderen Menschen den Tod, nur weil er dich einmal geschlagen hat?«
»Ein Mal?«, antwortete Heurich mit einem bitteren Auflachen. »Das erste Mal hat er mich geschlagen, da war er kaum älter als du und gerade als Fähnrich zum Regiment gestoßen. Ich bin damals nicht schnell genug aufgestanden, als er vorbeikam. Beinahe jeder Soldat unseres Regiments hat mit dem jungen Renitz ein Hühnchen zu rupfen – bis auf die größten Arschkriecher halt, aber selbst die mögen ihn nicht.«
»Magst du überhaupt einen Offizier?«, fragte Walther.
»Ich mochte einen – unseren Hauptmann damals in Russland. Der hat sich für uns eingesetzt und ist oft genug vom Oberst deswegen zusammengestaucht worden. Leider ist er beim Übergang über die Beresina ertrunken. Schade um ihn! Er war ein Pfundskerl und hat uns trotz seiner adeligen Herkunft wie Menschen behandelt. Für den jungen Renitz und die meisten anderen Offiziere sind wir dressierte Affen und zu nichts anderem nütze, als in die Salven der Franzosen hineinzulaufen. Ich sage dir, wenn Fähnrich Renitz auf keine anderen Regimenter trifft, stehen wir allein einer halben Armee gegenüber. Was die mit uns machen, brauche ich dir nicht zu sagen.«
Walther hatte Reint Heurich noch nie so mutlos erlebt. Allerdings waren seine eigenen Erfahrungen im Krieg zu gering, um zu wissen, ob sein großer Freund die Lage richtig einschätzte. Er hatte vor zwei Tagen an seiner ers-

ten Schlacht teilgenommen, und da war das eigene Regiment nicht bis ins Zentrum der Kämpfe vorgerückt, sondern hatte sich fast eine Meile entfernt mit Marschall Grouchys Bataillonen herumgeschlagen.

»Es wird schon gutgehen«, sagte er mit dem Optimismus der Jugend.

»Das wird es«, antwortete Heurich, ohne es zu glauben. Dafür war der Lärm der Schlachten zu laut, und er konnte bereits die Signalhörner der französischen Kavallerie hören.

## 3.

Eine Schlacht mochte schlimm sein, dachte Walther, doch noch schlimmer war das Warten darauf. Um nicht weiter an die Franzosen denken zu müssen, richtete er seine Gedanken auf Gisela, die zusammen mit ihrer Mutter und den anderen Frauen am Waldsaum kauerte. Welche Angst musste das arme Mädchen erleiden?

Giselas Vater Josef Fürnagl stand groß und scheinbar unerschütterlich bei der ersten Kompanie, die vom Oberst selbst in die Schlacht geführt werden würde. Während Fürnagls Weib und seine Tochter rabenschwarzes Haar hatten, war er blond. Auch trug er immer noch den blauen Uniformrock, die rote Weste und den Raupenhelm seines alten bayerischen Regiments anstelle des schlichten grauen Rocks der Renitzschen Musketiere, in dem Walther, Heurich und die meisten anderen Soldaten des Regiments steckten.

Vielleicht war das der Grund, warum Reint ihn nicht mochte, überlegte der Trommelbub. Theologische Spitzfindigkeiten lagen ihm noch fern, und im Grunde wusste er nicht mehr, als dass die Lutheraner, zu denen er selbst zählte, im Gegensatz zu den Katholiken keinen Papst hatten. Konfirmiert war er noch nicht, denn der Regimentsgeistliche kümmerte sich mehr um die Wein- und Schnapsvorräte des Regiments als um die Seelen seiner Schutzbefohlenen.

Selbst in dieser Stunde, in der er den Mut und den Kampfeswillen der Soldaten mit einer Ansprache hätte heben sollen, ratterte er nur ein paar salbungsvolle Worte herunter und wankte wieder nach hinten. Da es keinen Tross gab, gesellte er sich zu den Marketenderinnen und beschwerte sich lautstark, weil diese ihm nichts zu trinken geben konnten.

»Gleich geht's los!« Reint Heurich strich über seine Muskete und versuchte zu grinsen. »Beten wir, dass vor uns nicht mehr Franzosen stehen, als wir selbst zählen. Ein paar weniger wären mir noch lieber.«

»Mir auch!«, rief ein anderer Soldat, während Walther seinen Freund erstaunt ansah.

»Woher weißt du, dass es gleich losgeht?«

»Nach dem jungen Renitz und den Leutnants ist auch Hauptmann Ramp zurückgekommen, und der hatte es sehr eilig. Das heißt, es gibt Befehle«, erklärte Heurich.

Da Walther zu den Frauen hinübergeschaut hatte, war ihm das Auftauchen der Offiziere entgangen. Aber er

fragte nicht weiter danach, sondern interessierte sich für etwas anderes. »Wir hören doch die ganze Zeit, dass geschossen wird, sehen aber nichts von der Schlacht. Woher kommt das?«
»Das eigentliche Gefecht findet nicht weit vor uns statt, aber der Hügel dort vorne verhindert, dass wir auf das Schlachtfeld blicken können. Doch keine Sorge! Sobald wir den erklommen haben, bekommst du so viel Gemetzel mit, dass es für dein ganzes Leben reicht. Ich fürchte, eine härtere Schlacht wie diese gab es noch nie.«
Heurich hatte sich anhand des Kanonendonners und der Musketensalven ein Bild gemacht, und das gefiel ihm ganz und gar nicht. Trotzdem stellte er sich mit den anderen Soldaten der Kompanie zur Gefechtslinie auf, als die Unteroffiziere den Befehl dazu gaben. Vier Kompanien schlossen sich ihnen an, während die restlichen vier eine zweite Kampflinie fünf Schritte hinter ihnen bildeten.
Der Oberst sprengte auf seinem Hengst die Reihen entlang und schwang seinen Säbel. »Jetzt gilt es, Männer! Heute zahlen wir den Franzmännern heim, was sie uns und unserer Heimat angetan haben. Mit Gott für König und Vaterland!«
Die Soldaten blieben stumm. Die Veteranen unter ihnen hatten schon zu oft gejubelt und dann fürchterliche Hiebe einstecken müssen, und die Rekruten fürchteten sich so vor dem Kommenden, dass einige sich sogar in die Hosen gemacht hatten. Ein Zurück gab es jedoch nicht mehr.
»Trommler und Pfeifer zu mir!«, rief der Tambourmajor. Walther lief zu ihm und richtete unterwegs seine Trommel, um sie sofort schlagen zu können.

»Achtung, im Gleichschritt marsch!« Die Unteroffiziere brüllten so laut, dass es nach Walthers Ansicht noch die Franzosen hören mussten. Dann erklang der Befehl, die Trommel zu rühren, und Walther schlug die ersten Takte. Das Regiment Renitz rückte in langsamem, aber stetem Schritt vorwärts. Der Oberst führte es hoch zu Ross an. Auch der Hauptmann der Kompanie saß auf seinem Gaul, während die anderen Hauptleute abgestiegen waren und ihren Männern zu Fuß vorausgingen.

Auf halber Höhe des Hügels schickte Medard von Renitz seinen Sohn als Aufklärer vor. Der Fähnrich ritt nach oben, hielt dort sein Pferd an und starrte etliche Augenblicke über das Land. Dann wendete er den Gaul und winkte den Offizieren, die Truppen näher heranzubringen.

»Schneller, ihr Hunde!«, schrie der Feldwebel und hieb mit seinem Stock auf ein paar Soldaten ein, die einen Schritt hinter den anderen zurückgeblieben waren. Der Klang der Trommeln übertönte nun die Kampfgeräusche, und Walther konnte sogar die Flöten so laut vernehmen wie selten zuvor. Wie ein Rausch packte ihn die Hoffnung, das Ganze rasch hinter sich bringen zu können.

Kurz darauf hatten sie den Hügelkamm erreicht. Als Walther die unzähligen Leichen und Pferdekadaver sah, die starr und oft sonderbar verdreht auf dem blutgetränkten Boden lagen, verkrampfte sich alles in ihm vor Grauen, und er taumelte ein paar Schritte. Dann gelang es ihm, weiterzumarschieren.

Ein Stück weiter vorne feuerten Batterien auf ein Karree aus Soldaten in blauen Röcken, während zur Rechten preußische Regimenter im Sturmschritt vorrückten und die Franzosen vor sich hertrieben. Kavallerie und Infanterie hatten sich in blutigem Nahkampf verkeilt, und der Tod hielt immer noch reiche Ernte.

Für einige Augenblicke kämpfte Walther gegen die Vorstellung, am Abend ebenso starr und kalt dort vorne zu liegen. Dann aber holten ihn die Flüche, die die Soldaten um ihn herum ausstießen, in die Wirklichkeit zurück. Zuerst begriff er nicht, was los war. Dann aber entdeckte er die Franzosen, die sich anscheinend von den Engländern zurückzogen und dabei in ihre Richtung liefen. Es waren mehrere Bataillone, und ihnen standen nur die ausgedünnten Linien des Renitzschen Regiments gegenüber.

»Halt!«, befahlen die Unteroffiziere auf eine Handbewegung des Obersts.

Während Walther zu den Franzosen hinüberstarrte, fragte er sich, wo die Regimenter blieben, die vor und hinter ihnen marschiert waren. Dann fiel ihm ein, dass Gisela und die Frauen dem Feind schutzlos ausgeliefert sein würden, sobald dieser durchgebrochen war, und er wünschte sich tausend Arme und ebenso viele Musketen, um den Gegner aufzuhalten.

»Erstes Glied vortreten! Legt an! Gebt Feuer!«, befahlen die Unteroffiziere.

Eine in Walthers Ohren arg schwächliche Salve ertönte, und es fielen nur wenige der auf sie zurückenden Franzosen. Diese hatten mittlerweile erkannt, dass nur ein einzelnes, dezimiertes Regiment zwischen ihnen und dem rettenden Wald stand, und stürmten wild brüllend auf die Schlachtreihe der Renitzschen zu.

»Zweites Glied vortreten! Legt an! Gebt Feuer!«
Erneut klang eine Salve auf, aber diesmal schossen die Franzosen zurück.

Walther spürte, wie etwas an seinem linken Ohr zupfte, achtete aber nicht darauf, sondern starrte auf Hauptmann Ramp und etliche Dutzend Soldaten, die lautlos umfielen, als wären es Schachfiguren, die eben geschlagen worden waren.

»Standhalten!«, brüllte der Oberst, denn schon wollten die ersten Männer zurückweichen. Die Unteroffiziere hieben mit ihren Stöcken auf die Soldaten ein, um sie wieder auf ihre Posten zu treiben.

»Reihen schließen!« Das war Giselas Vater, der Wachtmeister. Auf seinen Befehl hin rückte die bereits ausgedünnte Linie zusammen, und ihre nächste Salve riss ein Loch in das Zentrum der heranmarschierenden Franzosen.

»Weiter so!« Oberst Renitz winkte dem zweiten Glied, aufzurücken und ebenfalls zu feuern.

Doch es war ein ungleicher Kampf. Die Franzosen waren in der Überzahl und wollten mit aller Kraft den schützenden Wald erreichen. Ihr Musketenfeuer hätte Graf Renitz' Männer mit wenigen Salven hinwegfegen können, doch die meisten hatten ihr Pulver bei dem erbitterten Anrennen gegen die englischen Truppen verschossen. Dennoch rissen ihre Kugeln große Lücken in Walthers Regiment. Die Überlebenden rückten näher und näher zusammen. Nicht lange, da sah Walther Reint Heurich neben sich stehen. Dieser lud und feuerte, so schnell er konnte. Dabei fluchte er in einer so unflätigen Weise, dass

dem Regimentspastor, der sich im Wald versteckt hatte, die Ohren klingen mussten.
Zu Walthers Verwunderung hielt ihr kleines, rasch dahinschmelzendes Häuflein immer noch stand. Nun waren die ersten Franzosen den hartnäckigen Widerstand leid und umgingen die Reste des Regiments. Ein Bataillon marschierte jedoch mit gefälltem Bajonett direkt auf sie zu. Noch immer krachten einzelne Schüsse. Walther sah, wie Reint Heurich eben den Ladestock aus dem Lauf nahm und wegstecken wollte. Da kippte der Soldat ohne einen Laut um und blieb regungslos vor ihm liegen. Gleichzeitig wieherte der Hengst des Obersts schmerzerfüllt auf und stürzte zu Boden. Das Tier wälzte sich im Todeskampf und begrub seinen Reiter unter sich.
Vor Entsetzen erstarrt, sah Walther einen französischen Grenadier mit gefälltem Bajonett vor Medard von Renitz auftauchen, der hilflos eingeklemmt unter dem Pferdekadaver lag.
Der Junge begriff, dass der feindliche Soldat den Oberst gleich aufspießen würde. Ohne nachzudenken, ließ er die Trommelstöcke fallen, packte Heurichs Muskete, richtete den Lauf auf den Franzosen und drückte ab.
Der Rückstoß der schweren Waffe warf ihn rücklings zu Boden. Dennoch konnte er das kleine, schwarze Loch auf der Brust des Mannes erkennen, das rasch von einem roten Ring gesäumt wurde. Dann brach der Franzose mit einem Gesichtsausdruck in sich zusammen, als könne er nicht glauben, was mit ihm geschah.
Es war der letzte Schuss, der aus einer Muskete des Regiments Renitz abgefeuert worden war, denn im nächsten

Augenblick fegten preußische Dragoner heran und warfen die Franzosen zurück. Wer von den Renitzschen Soldaten noch am Leben war, sah untätig zu und versuchte zu begreifen, dass er noch lebte. Endlich rafften sich einige Soldaten auf und befreiten den Oberst aus seiner misslichen Lage.

Fähnrich Diebold von Renitz hatte das Gemetzel ebenfalls überstanden und stieg mit steifen Bewegungen von seinem Pferd. Statt zu seinem Vater zu eilen, der wie durch ein Wunder unverletzt geblieben war, sah er sich um. Nicht weit von ihm lag ein französischer Offizier. Rasch trat er zu dem Mann, stellte sein Pferd so, dass es ihn und den Toten verdeckte, und beugte sich über den Gefallenen. Kurz darauf hielt er dessen Geldbörse in der Hand. Sie war schwer, und als er sie schüttelte, vernahm er den verlockenden Klang gemünzten Goldes. Schnell steckte der Fähnrich die Börse ein und ging zu den anderen Offizieren hinüber, die sich um den Oberst versammelt hatten.

Verwundete schluchzten und schrien, doch es dauerte eine Weile, bis einige Soldaten ihre Erschöpfung überwanden und begannen, ihren Kameraden zu helfen. Ihnen blieb nicht viel Zeit, denn vom Osten her legten sich die Schatten der Dämmerung über das Land, und kurz darauf deckte die Nacht das Schlachtfeld mit ihrem schwarzen Leichentuch zu.

Walther meinte immer noch den Franzosen vor sich zu sehen, den er getötet hatte. Auch wenn dieser ein Feind gewesen war und seinen Oberst bedroht hatte, so hatte er doch einen Menschen umgebracht. Ihm grauste vor sich

selbst, und er wünschte sich, einfach liegen bleiben zu können, bis er tot war. Doch ein Soldat stellte ihn kurzerhand auf die Beine, wies auf das Lager, das gerade errichtet wurde, und sagte etwas, was Walther nicht verstand.
Fackeln wurden entzündet und Holz fürs Lagerfeuer herbeigeschleppt. Ein paar Soldaten warfen sogar verbogene Musketen in die Flammen, bis ein Unteroffizier energisch einschritt: »Ihr Narren! Was meint ihr, was passiert, wenn eine der Waffen geladen ist? Wollt ihr jetzt noch krepieren, nachdem ihr die Schlacht überlebt habt?«
Die Worte brachten Walther dazu, auf die Wärme des Feuers zu verzichten und in die Dunkelheit zurückzuweichen. Da vernahm er auf einmal eine Stimme.
»Kleiner, bist du es?«
»Reint, du lebst? Was bin ich froh!« Walther eilte in die Richtung, in der er Heurich vermutete, und fand schließlich seinen Freund.
»Warte, ich hole eine Fackel«, sagte er und wollte zum Feuer laufen.
»Bleib! Ich habe nicht mehr viel Zeit.« Heurichs Stimme klang matt und fremd. Mit Tränen in den Augen beugte Walther sich über ihn.
»Sag so etwas nicht. Du wirst gesund werden, ganz gewiss.«
»Ich weiß, wann ich am Ende bin, Junge. Du kannst mir noch einen Gefallen tun. Frage einen der Offiziere, wie das Dorf heißt, das wir in der Ferne gesehen haben. Ich will wissen, an welchem Ort ich sterbe.«
Verstört stand Walther auf und sah in der Nähe den Oberst im Schein einer Fackel stehen. Rasch eilte er hin

und tat etwas, was er bisher noch nie gewagt hatte: Er sprach Medard von Renitz an.
»Herr Oberst, mein Freund Reint Heurich würde gerne wissen, wie der Ort heißt, in dessen Nähe wir gekämpft haben.«
Renitz wechselte einen kurzen Blick mit einem Dragoneroffizier, der als Verbindungsmann beim Regiment geblieben war, und gab dann die Antwort:
»Waterloo!«

## 4.

Ein süßlicher Geruch lag über dem Schlachtfeld, vermischt mit kaltem Pulverdampf und dem Gestank nach Schweiß und Exkrementen. Das Lagerfeuer und die Fackeln schafften es kaum, den Dunst zu durchdringen, der vom Boden aufstieg und alles in gespenstisches Grau hüllte. Niemand hätte zu sagen vermocht, wie viele Männer und Pferde hier ihr Ende gefunden hatten. Den Überlebenden des Regiments Renitz gelang es ja nicht einmal, die eigenen Verluste zu erfassen. Noch immer schrien Verwundete um Hilfe.
Oberst Renitz hatte etliche Soldaten ausgesandt, ihre Kameraden zu suchen. Aber schon bald darauf stapfte einer der Abkommandierten auf ihn zu.
»Wir kommen fast immer zu spät zu unseren Kameraden, Herr Oberst. Die Plünderer aus dem englischen La-

ger und die Leute aus der Gegend sind einfach schneller. Sie bringen die Verwundeten um und fleddern die Leichen.«

Medard von Renitz starrte den Soldaten zunächst nur hilflos an. Auf dem Marsch von Ligny nach Waterloo hatte er kaum mehr zu essen bekommen als seine Männer, und die Sorge um sein Regiment hatte ihn ebenso erschöpft wie das zwar kurze, aber heftige Gefecht. Nun saß er hungrig und müde am Feuer und wünschte sich nur noch, schlafen zu können. Doch er durfte sich nicht der Verantwortung für seine Männer entziehen.

»Stellt Posten auf und schießt jeden nieder, der plündern will. Der Feldwebel der ersten Kompanie soll das übernehmen«, befahl er mit matter Stimme.

»Verzeihung, Herr Oberst, aber Wachtmeister Fürnagl wird vermisst«, meldete der Soldat.

»Dann trag es einem anderen Unteroffizier auf. Sag ihm, du kommst von mir!«

Für Medard von Renitz war die Sache damit erledigt. Aber der Soldat, der selbst zum Umfallen müde war, musste suchen, bis er einen Unteroffizier fand, der bereit war, die Feldwachen zu bestimmen und zu kontrollieren. Der Feldwebel, der die Aufgabe übernahm, wusste genau, dass den entkräfteten Männern schon bald die Augen zufallen würden. Daher mahnte er die von ihm eingeteilten Wachen eindringlich: »Passt auf, dass euch der junge Renitz nicht beim Schlafen erwischt. Der lässt euch sofort am nächsten Baum aufhängen!«

Im nächsten Moment fluchte er, weil sich jemand in seiner Nähe mit einer Fackel in der Hand über einen Toten

beugte. »Verdammte Weiber! Verschwindet, sonst lasse ich euch auspeitschen«, schrie er die beiden Gestalten an. Da hielt die Größere die Fackel so, dass er sie erkennen konnte. Es handelte sich um Waltraud Fürnagl, deren Gesicht von Angst und Sorge verzerrt war. »Ich suche meinen Mann! Er ist nicht bei den anderen Soldaten!«
»Der Wachtmeister wird vermisst – wie so viele, die mit uns gezogen sind. Sobald es hell wird, können wir ihn suchen«, erklärte der Feldwebel.
Die Frau schüttelte den Kopf. »So lange will ich nicht warten! Vielleicht ist mein Mann verletzt und braucht Hilfe. Komm, Gisela, wir suchen weiter!« Damit ging sie, die Fackel in der einen und die Tochter an der anderen Hand zum nächsten Toten und leuchtete auch diesem ins Gesicht.
»Der ist es auch nicht«, murmelte sie und zerrte das Mädchen hinter sich her.
Gisela starrte in die Nacht hinein, die von Hunderten tanzenden Lichtpunkten erfüllt war. Jeder dieser Lichtpunkte war eine Fackel, in deren Schein jemand das Schlachtfeld absuchte.
»Schau mal, Mama, die suchen auch nach ihren Verwundeten«, sagte das Kind.
Die Wachtmeisterin sah sich um und stieß die Luft durch die Zähne. »Nein, mein Kind, das sind Plünderer. Möge die Heilige Jungfrau geben, dass wir deinen Vater finden, bevor es einer von denen tut.«
Mit diesen Worten ging Walburga Fürnagl weiter und leuchtete den nächsten Toten an. Zu ihrer Enttäuschung war es ein Franzose. Als sie an ihm vorbeigehen wollte,

verlegte ihr ein totes Pferd den Weg, das die Beine grotesk verdreht in die Höhe streckte. Direkt daneben lag ein Mann, der durch ein Schrapnell förmlich in Stücke gerissen worden war. Sie schob ihre Tochter zurück, um ihr diesen Anblick zu ersparen.
»Komm weiter!«, befahl sie ihr und ging in die andere Richtung.
Gisela klopfte das Herz in der Kehle, und Tränen rannen ihr über die Wangen. Sie betete, wie sie noch nie zuvor gebetet hatte, dass sie ihren Vater lebend finden würden. Nach einer Weile bemerkte Walburga, dass um sie herum nur noch tote und verwundete Soldaten in französischen und englischen Uniformen lagen. Ein junger Bursche, dessen Bein von mehreren Musketenkugeln durchlöchert war, streckte ihr verzweifelt die Hand entgegen.
*»Help me! I'm thirsty!«*
Obwohl weder die Frau noch das Mädchen Englisch verstanden, erahnten sie den Sinn der Worte. Gisela verspürte Mitleid und überlegte, was sie für den Verwundeten tun konnte. Walburga Fürnagl dachte jedoch nur an ihren Mann und schob das Kind vor sich her.
»Aber Mama, der Mann ist verletzt«, protestierte Gisela.
»Wir haben keine Zeit, uns um andere zu kümmern«, herrschte die Mutter sie an. Da hier keine Toten ihres Regiments mehr lagen, schlug sie eine andere Richtung ein, dabei fiel ihr auf, wie sich mehrere Fackeln näherten.
»Beeile dich, Kind!« Am liebsten hätte Walburga Fürnagl Gisela losgelassen, um schneller vorwärtszukommen, doch angesichts der Plünderer, die immer mehr zu werden schienen, wagte sie es nicht.

Endlich sah sie wieder einen Mann im grauen Rock der Renitzschen Musketiere vor sich liegen. Sie kannte ihn und hatte ihm schon so manche Flasche Wein und andere Dinge verkauft. Nun hatte der schwarze Schnitter ihn geholt.

»Heilige Muttergottes, bitte für uns arme Sünder«, murmelte sie und richtete ihre Fackel auf den nächsten Leichnam. Seinen Abzeichen nach hatte er zur ersten Kompanie gehört. Damit konnte ihr Mann nicht mehr weit sein.

»Ich glaube, gleich finden wir ihn«, sagte sie zu Gisela. Diese sah sich um und wies auf den Lichtschein einer Fackel, die ein Mann keine zehn Schritte von ihnen entfernt in der Linken hielt, während er mit der anderen Hand einen Toten abfingerte.

»Schau, Mama!«

Während Gisela nur auf den Plünderer hinweisen wollte, erkannte Walburga die bayrische Uniform und stieß einen Schrei aus. »Lässt du meinen Mann in Ruhe!«

Der Plünderer drehte sich zu ihr um und sagte etwas auf Englisch.

Nun ließ die Wachtmeisterin ihre Tochter los und eilte auf den Gefallenen zu. Im Schein ihrer Fackel sah sie ihren Mann so starr liegen, dass kein Zweifel mehr blieb. Wachtmeister Josef Fürnagl, der mehr als zwanzig Jahre alle Schlachten durchgestanden hatte, ohne sich mehr als eine Schramme zuzuziehen, war tot.

Walburgas haltloser Zorn richtete sich gegen den dürren Engländer, der sich von der Plünderung der Leiche ihres Mannes nicht weiter ablenken ließ.

»Lass ihn in Ruhe, sage ich dir!«

Der Ausdruck, mit dem er antwortete, hörte sich nicht gerade vornehm an, und er machte ungerührt weiter.
Gisela sah, wie ihre Mutter den Kerl am Ärmel packte und wegzerren wollte. Zuerst versetzte er ihr eine Ohrfeige, doch Walburga gab nicht nach. Bevor das Mädchen begriff, was geschah, hatte der Soldat ein Messer gezogen und zugestochen. Ein Schrei gellte durch die Nacht, in dem sich die Stimmen von Mutter und Tochter mischten, dann sank Walburga Fürnagl nieder und brach über dem Leichnam ihres Mannes zusammen. Der Engländer stieß ein Knurren aus und begann nun, auch sie zu durchsuchen. Gisela wollte ihn daran hindern, doch ihre Beine versagten ihr den Dienst, und sie sank zu Boden.

## 5.

Während Gisela und ihre Mutter nach Wachtmeister Fürnagl suchten, saß Walther neben Reint Heurich, hielt dessen schlaff gewordene Hand und ließ seinen Tränen freien Lauf. Der Soldat war von dem Tag an, an dem er als Trommelbub ins Regiment gesteckt worden war, sein Freund und Beschützer gewesen. Nun stand er wieder so allein da wie nach dem Tod der Mutter und wusste nicht, was ihm der nächste Tag bringen würde.
Der dienstälteste Feldwebel legte ihm die Hand auf die Schulter. »Komm mit, Junge! Der arme Kerl ist doch

längst tot. Unser Oberst will dich sehen. Betrag dich aber manierlich und nimm deinen Tschako ab, wenn er mit dir spricht.«

Mit müden Bewegungen stand Walther auf und folgte dem Mann zu dem Lagerfeuer, um das sich die überlebenden Offiziere des Regiments und mehrere andere Kommandeure versammelt hatten. Einer von ihnen erklärte gerade, dass Feldmarschall Blücher beabsichtige, die Schlacht nach dem Ort Belle-Alliance zu nennen.

»Es war ein überwältigender Sieg für uns«, setzte er mit grimmiger Zufriedenheit hinzu. »Das müssen auch die Engländer einsehen. Wären wir nicht rechtzeitig erschienen, hätte Napoleon sie in Stücke gehauen und in der Pfeife geraucht.«

»Soviel ich gehört habe, will der Herzog von Wellington der Schlacht einen eigenen Namen geben, nämlich nach dem Dorf Waterloo«, wandte ein anderer Offizier ein.

»Pah, wollen kann er viel! Aber wir Preußen haben das erste Anrecht, den Namen zu bestimmen!« Der Sprecher wollte noch mehr sagen, doch da entdeckte Oberst Renitz Walther und winkte dem Jungen, näher zu treten.

»Komm her!«

Walther gehorchte und nahm den Tschako ab.

»Du bist doch der Sohn meines Försters Fichtner!«, fuhr der Oberst fort.

»Ja, das schon, aber dann war er Wachtmeister hier im Regiment«, antwortete Walther.

»Ein guter Mann! Hätte ihn gerne zum Offizier befördert. Ging aber nicht, da er nicht von Adel war. Schade, dass er in Russland gefallen ist.« Graf Renitz seufzte und

nahm einen Schluck aus einem Becher, den ihm sein Bursche reichte.
Als Walther ihn trinken sah, meldeten sich sein Durst, sein Hunger und seine Erschöpfung mit einem Mal so stark, dass er taumelte.
Der Graf hielt ihn fest. »Es war etwas zu viel für einen Jungen wie dich, nicht wahr?« Er reichte ihm seinen Becher. »Trink! Das hast du dir verdient. Deine Mutter ist auch tot, habe ich gehört.«
Der abrupte Themenwechsel verwirrte Walther. Er trank und merkte dann erst, dass der Becher mit Wein gefüllt war.
Der Oberst sah ihn nachdenklich an. »Zuerst müssen wir diesen Krieg zu Ende bringen, und so lange bleibst du als Trommelbub in meinem Regiment. Danach werden wir sehen, was wir mit dir machen. Ich werde dich ausbilden lassen! Das bin ich dir schuldig. Ohne dich hätte der Franzose mich mit seinem Bajonett aufgespießt, und das werde ich dir nicht vergessen, Junge. Diebold, sorge dafür, dass er etwas zu essen bekommt!«
Der letzte Satz galt seinem Sohn, der Walther mit missmutiger Miene musterte.
Es passte Diebold von Renitz überhaupt nicht, dass sein Vater solche Umstände mit einem lumpigen Trommelbuben machte. Gleichzeitig ärgerte er sich, dass er nicht den rettenden Schuss abgegeben hatte, denn dann wäre er nun ein Held. So aber behandelte sein Vater ihn weiterhin wie einen Laufburschen.
Er gehorchte jedoch und befahl Walther mitzukommen. Nach wenigen Schritten schob er den Jungen an einen

Feldwebel ab, der Walther schließlich zu einem Karren brachte, bei dem der Quartiermeister des Regiments gerade Käselaibe und Würste von zwei Soldaten zählen ließ und die Menge in sein Buch eintrug.
»Ein Geschenk der Franzosen«, meinte Walthers Begleiter und wandte sich an den eifrig schreibenden Mann. »Gib uns ein Stück Käse und eine Wurst. Es brauchen nicht die kleinsten zu sein.«
Der Quartiermeister legte die Feder beiseite und blickte auf. »Ich kann noch nichts ausgeben. Erst muss ich alles sorgfältig eintragen und bestimmen, wie es verteilt wird.«
»Es ist der Befehl unseres Obersts, Walther etwas zu essen zu geben. Der Junge hat ihm das Leben gerettet. War übrigens ein Mordsschuss, den du abgegeben hast, Kleiner. Hätte es nicht besser gekonnt.« Der Feldwebel klopfte Walther anerkennend auf die Schulter.
Der Quartiermeister lächelte und schob Walther einen kleinen Käse und eine halbe Wurst hin. »Eine halbe Portion für eine halbe Portion!«, sagte er dabei.
»Ist das nicht etwas wenig für einen hungrigen Jungen?«, fragte der Feldwebel knurrig. »Außerdem könntest du mir auch etwas Wurst und Käse zukommen lassen.«
Für einen Augenblick sah es so aus, als wolle der Quartiermeister ihm eine patzige Antwort geben. Dann aber reichte er dem Unteroffizier noch einmal so viel, wie er Walther gegeben hatte. »Ich will ja nicht so sein. Aber dafür habe ich etwas bei dir gut, verstanden?«
»Klar!« Der Feldwebel trat ein paar Schritte beiseite und begann gierig zu essen.

Auch Walther biss von dem Käse und von der Wurst ab. Beides schmeckte scharf, und er wünschte sich einen Schluck Wasser, um seinen Schlund zu kühlen. Doch es gab nichts zu trinken, und einen Bach zu suchen, wagte er nicht aus Angst, das Wasser könnte vom Blut rot gefärbt sein. Während er kaute und den Bissen dabei kaum einspeicheln konnte, hörte er auf einmal einen wütenden Schrei.
»Lässt du meinen Mann in Ruhe!«
Das war die Wachtmeisterin. Dann vernahm er Giselas Stimme, die in einem Entsetzensschrei endete.
Walther sprang auf, schnappte sich eine Fackel und rannte los. Das Käsestück, das er halb aufgegessen hatte, flog zu Boden, und es gelang ihm gerade noch, die angebissene Wurst in eine Tasche seines Uniformrocks zu stecken. Mehrere Kameraden folgten ihm. Auch wenn Reint Heurich und einige andere Walburga Fürnagl und deren Mann wegen ihres katholischen Glaubens gemieden hatten, so gehörte die Familie doch zu ihrem Regiment.
Giselas Schrei schien noch lauter und gellender zu werden. Der Junge rannte trotz des aufgewühlten Bodens so schnell, wie er noch nie in seinem Leben gelaufen war, und erreichte als Erster das Mädchen. Eine Fackel steckte im Boden und erhellte eine gespenstische Szenerie. Ein Mann in einem roten Uniformrock mit pulvergeschwärztem Gesicht hatte sich über den toten Wachtmeister gebeugt und plünderte ihn aus. Daneben lag die Wachtmeisterin in ihrem Blut, während Gisela entsetzensstarr daneben kniete.
Als der Engländer Walthers Schritte hörte, fuhr er hoch. Zuerst packte er seinen Dolch, an dem noch das Blut der

ermordeten Frau klebte, dann aber bemerkte er die Soldaten, die Walther folgten, und rannte los. Doch da war Walther schon heran und warf sich mit einem wütenden Ruf auf ihn. Der Dolch zuckte auf ihn zu, doch der Junge wich geschickt aus, packte den Arm des Mannes und biss ihn mit aller Kraft ins Handgelenk.

Mit einem Schmerzensruf ließ der Engländer den Dolch fallen, schlug aber gleichzeitig mit der anderen Hand zu. Walther musste einige derbe Hiebe einstecken, doch dann waren seine Kameraden da und rangen den Plünderer nieder.

Walther brauchte einen Augenblick, bis er sich von den Schlägen des Engländers erholt hatte. Dann kniete er neben der Wachtmeisterin nieder. »Sie ist tot«, sagte er fassungslos.

»Der da hat sie umgebracht!«, flüsterte Gisela mit ersterbender Stimme.

Da hob ihre Mutter mit einem Mal den Kopf und sah sie an. »Meine Kleine, der Vater ruft mich! Ich muss dich allein lassen.«

»Nein!« Das Mädchen wollte zu ihr laufen, doch einer der Soldaten fing sie auf und drückte sie Walther in die Arme.

»Kümmere dich um sie! Wir bringen die Frau zum Lager. Vielleicht kann der Regimentschirurg noch etwas für sie tun!«

Zwei Männer bastelten aus vier Musketen und zwei Uniformröcken eine Trage und legten die Wachtmeisterin darauf, während zwei weitere den Plünderer fesselten und mitschleppten.

Im Lager war man bereits auf den Zwischenfall aufmerksam geworden, und viele kamen neugierig herbei.

Der Oberst blickte düster auf die schwerverletzte Frau, während der Regimentschirurg sie untersuchte. Dieser winkte schon nach wenigen Augenblicken ab. »Da ist nichts mehr zu machen, Herr Oberst. Es ist ein Wunder, dass die Frau überhaupt noch lebt!«
»Es geschieht aus Gnade der Heiligen Jungfrau«, flüsterte die Verletzte. »Sie will, dass ich mein Kind noch einmal segnen kann. Gisela ist jetzt allein, und es gibt niemand, der sich um sie kümmern wird. Das bricht mir das Herz.«
»Ich werde es tun!« Die Worte kamen Walther über die Lippen, ehe er darüber nachgedacht hatte. Er sah einige altgediente Soldaten den Kopf schütteln und begriff selbst, dass dies nicht in seiner Macht stand.
Daher trat er zu Graf Renitz und nahm vor ihm Haltung an. »Herr Oberst, erlaubt mir zu sprechen.«
»Gewährt!«, antwortete der Graf.
»Ihr habt mir vorhin gesagt, Ihr werdet es mir nicht vergessen, dass ich heute den Franzosen erschossen habe, der Euch niederstechen wollte. Nun möchte ich Euch bitten, dass Ihr stattdessen Gisela helft. Ich komme schon irgendwie durch.«
Renitz war sichtlich überrascht, und unter den Soldaten erhob sich Gemurmel. Dann erklangen einige zustimmende Ausrufe, und der Wachtmeister seiner Kompanie klopfte Walther auf die Schulter. »Bist ein braver Junge! Wirst es noch weit bringen im Leben.«
»Deine Bitte ist edel, Walther Fichtner. Ich werde zusehen, was ich für das Mädchen tun kann«, erklärte der Oberst nach kurzem Nachdenken.
»Ich danke Euch, Herr Oberst.«

»Ich Euch auch«, flüsterte Giselas Mutter mit letzter Kraft. »Ich bitte Euch nur noch um eines: Zwingt mein Kind nicht, ihrem katholischen Glauben abzuschwören und lutherisch zu werden.«

Um Renitz' Mund erschien ein abweisender Zug. Auf seinem Besitz gab es keinen einzigen Katholiken, und man musste schon bis in die nächste größere Stadt fahren, um einen papistischen Priester zu finden. Da er es jedoch nicht wagte, die Bitte einer Sterbenden abzuschlagen, nickte er.

»Es wird so geschehen, wie du es willst, Wachtmeisterin. Ich werde dafür Sorge tragen, dass deine Tochter nach den Lehren der katholischen Kirche erzogen wird.«

»Ich danke Euch!« Es waren die letzten Worte, welche Walburga Fürnagl über die Lippen kamen. Als ihre Tochter sich über sie beugte, blickte sie in das Gesicht einer Toten.

## 6.

Die Schlacht von Waterloo war geschlagen. Wie blutig sie gewesen war, wurde den Beteiligten erst im Lauf des nächsten Tages bewusst. Hatten Renitz' Soldaten bisher geglaubt, den höchsten Blutzoll gezahlt zu haben, wurden sie bald eines Besseren belehrt. Kaum hatte der Morgennebel sich gelichtet, sahen sie das Land bedeckt von starren Gestalten in roten und blauen Uniformröcken. Dort, wo die Schlacht am härtesten getobt

hatte, bei den Gehöften von La Haye Sainte und Hougoumont, lagen die Leichen zu Haufen übereinandergestapelt. Selbst die Plünderer, die in der Nacht die Toten wie die Verwundeten ausgeraubt hatten, waren nicht in der Lage gewesen, diese Leichenhügel abzutragen.
Für Walther war der Anblick ein Schock. Niemals hätte er sich vorstellen können, dass Krieg so schrecklich sein könnte. Doch hier hatten sich zwei Heere Stunden um Stunden ineinander verkrallt, bis die preußischen Regimenter im Rücken der Franzosen aufgetaucht waren und die Entscheidung herbeigeführt hatten.
Soldaten und Trossknechte machten sich daran, die Leichen einzusammeln und in Massengräbern zu bestatten. Auch die toten Pferde wurden beiseitegeschleppt. Bei vielen fehlten bereits große Stücke Fleisch, die den Weg zu den Kochfeuern einzelner Truppenteile gefunden hatten. Als Walther zum Regiment zurückkehrte, erhielt auch er ein Stück gebratenes Pferdefleisch und musste sich trotz seines Hungers zwingen, es zu essen.
Gisela kniete betend neben den Gräbern, in denen die Männer der ersten Kompanie den Wachtmeister Josef Fürnagl und seine Frau zur ewigen Ruhe gebettet hatten. Als Walther zu ihr trat und ihr etwas Fleisch reichen wollte, schüttelte sie den Kopf.
»Ich wollte, ich wäre tot und bei ihnen im Himmel!«
»So etwas darfst du nicht sagen. Das Leben geht weiter, auch wenn man allein auf der Welt ist und es einem schier das Herz abdrückt.«
»Entschuldige, ich vergaß! Du hast ja auch deine Eltern verloren!«

Mitleid färbte Giselas Stimme, und unwillkürlich ärgerte Walther sich drüber. »Meinen Vater habe ich kaum gekannt. Er war bereits Soldat, als ich zur Welt kam, und hat bis zu seinem Tod nur wenige Wochen zu Hause verbracht. Als ich hörte, er sei gefallen, war mir fast, als würde man über einen Fremden sprechen. Schlimm wurde es erst, als Mutter starb. Sie war alles, was ich hatte.«

»Da ging es mir besser, denn ich war immer mit meinen Eltern zusammen bei einem Heer. Es ist so entsetzlich, dass ich beide am gleichen Tag verlieren musste!« Wieder kamen Gisela die Tränen, und sie verwandelte sich in ein schluchzendes Bündel Elend.

Walther spürte, dass Worte ihr keinen Trost spenden konnten. Daher begnügte er sich damit, stumm neben ihr zu sitzen und ihr über den schwarzen Haarschopf zu streichen. Ähnlich wie sie hatte er sich nach dem Ableben seiner Mutter gefühlt, und nun lag ihm Reint Heurichs Tod auf der Seele.

Viel Zeit zu trauern blieb ihnen nicht, denn der neue Wachtmeister der ersten Kompanie kam heran. »Los, aufstehen! Der Oberst will euch sehen. Es geht um den Engländer, den wir gestern gefangen haben. Schätze, es gibt eine kleine Gerichtsverhandlung, und dann baumelt der Kerl an einem kräftigen Ast, wie es sich für seinesgleichen gehört.«

Walther stand auf und zog Gisela hoch. »Komm! Wir müssen dem Befehl des Herrn Oberst folgen.«

Das Mädchen nickte stumm und kam immer noch weinend mit ihm zu Renitz. Dort mussten sie ein wenig warten, da soeben mehrere Kuriere erschienen waren, um dem Oberst Informationen und Befehle zu überbringen.

»Die ersten preußischen Korps sind bereits abgerückt, um die fliehenden Franzosen zu verfolgen. Wir müssen verhindern, dass der Feind sich wieder sammelt und weiterhin Widerstand leisten kann. Noch einmal halten weder wir noch die Engländer eine Schlacht wie diese durch«, erklärte gerade einer der Offiziere.

»Wolle Gott, dass dieser Krieg endlich vorbei ist und wir in unsere Heimat zurückkehren können!« Graf Renitz atmete tief durch und schien von einer Zukunft zu träumen, in der nicht Tausende von Leichen und Pferdekadavern den Boden bedeckten, sondern sich das Korn sanft im Winde wiegte und auf grünen Wiesen gescheckte Kühe weideten. Rasch kehrte er in die Gegenwart zurück und nickte den Kurieren zu.

»Überbringt Seiner Exzellenz meine aufrichtigsten Glückwünsche zum Sieg und meldet ihm, dass ich mich mit meinem Regiment wie befohlen morgen früh in Marsch setzen werde. Ich hoffe, zur rechten Zeit in Paris einzutreffen.«

»Das hoffen wir alle. Damit Gott befohlen, Oberst Renitz!« Der Kurier salutierte, stieg auf sein Pferd und ritt weiter. Auch die anderen Kuriere machten sich auf den Weg, und so war Medard von Renitz endlich in der Lage, sich um Walther und Gisela zu kümmern.

»Ich hoffe, euch geht es gut. Hat man euch etwas zu essen gegeben?«

Gisela hatte bis jetzt nichts essen können, und auch Walther war der Appetit vergangen. Trotzdem nickten beide.

»Ein bisschen Durst habe ich«, sagte das Mädchen, dem es ebenfalls vor dem Wasser in den Teichen und Bächen der Umgebung grauste.

»Dem kann abgeholfen werden!« Oberst Renitz befahl seinem Burschen, zwei Becher mit Wein zu bringen, und wartete, bis Gisela und Walther daraus getrunken hatten. Dann winkte er seinen Sohn zu sich. »Bring diesen elenden Mörder her, damit er seine gerechte Strafe erhält.«
»Jawohl, Herr Oberst!« Diebold von Renitz kochte innerlich vor Wut, weil sein Vater ihn schon wieder wie einen Laufburschen behandelte. Missmutig stiefelte er zu dem gefesselten Engländer.
»Hebt ihn auf und bringt ihn zu meinem Vater, dem Oberst. Er will über ihn richten.«
»Das könnt ihr nicht!«, rief der Gefangene in schlechtem Deutsch.
»Wir können sehr viel«, gab einer der Soldaten zurück, stellte den Kerl zusammen mit einem Kameraden auf die Beine und schob ihn vorwärts. Besonders zart gingen die Musketiere nicht mit dem Engländer um.
Diebold von Renitz folgte ihnen und sah, dass sich neben den Offizieren und den meisten Unteroffizieren auch der Regimentsgeistliche bei seinem Vater eingefunden hatte. Die Mienen der Männer wirkten düster und versprachen Walburga Fürnagls Mörder wenig Gnade.
»Wie heißt du?«, fragte Oberst Renitz und wiederholte, als er keine Antwort erhielt, die Frage auf Englisch.
Der Gefangene schluckte, um seine ausgetrocknete Kehle zu befeuchten, und sah den Oberst von schräg unten an.
»Wird's bald!«, bellte ihn der neue Wachtmeister der ersten Kompanie an. »Wenn du nicht rasch redest, hängen wir dich eben auf, ohne deinen Namen zu kennen.«

Da der Gefangene spürte, dass die Deutschen die Sache am liebsten rasch hinter sich bringen würden, beschloss er zu reden. »Ich bin Nicodemus Spencer vom 57. Regiment Seiner britischen Majestät. Ihr könnt mich nicht aufhängen. Ich bin englischer Soldat!«
»Ein Mörder bist du, ein Lump und ein Leichenfledderer«, brach es aus Gisela heraus.
»Das ist eine Lüge! Ich habe nicht gefleddert. Ich wollte nur eine Leichenfledderin von ihrem verderblichen Tun abhalten«, log der Engländer in der Hoffnung, damit den Kopf aus der Schlinge ziehen zu können.
Graf Renitz war des Ganzen müde und wollte nur noch die Form wahren. »Diese Leichenfledderin, wie du sie nennst, hat nach ihrem verschollenen Ehemann gesucht und dich dabei überrascht, wie du ihn ausgeplündert hast. Damit steht deine Schuld unzweifelhaft fest. Du wirst dafür zum Tod durch den Strang verurteilt.«
»Ganz meine Meinung«, stimmte der Hauptmann der ersten Kompanie seinem Kommandeur zu.
Da sich auch die übrigen Offiziere für die Hinrichtung des Mörders aussprachen, erteilte Renitz dem Geistlichen den Wink, mit dem Gefangenen ein letztes Gebet zu sprechen. Dies gestaltete sich allerdings schwierig, weil Spencer kaum des Deutschen mächtig war und der Pastor kein Wort Englisch sprach. Außerdem hatte der Gefangene in der Ferne mehrere Reiter in roten Uniformröcken entdeckt, die auf die Gruppe zuhielten, und tat nun alles, um Zeit zu schinden.
Als Renitz dies begriff, rief er zornig: »Nehmt einen Strick und hängt den Kerl auf. Soll er doch zur Hölle fahren!«

Bevor dieser Befehl befolgt werden konnte, mischte sich der englische Major ein, der mit einer zehnköpfigen Begleitmannschaft quer durchs Lager auf den Oberst zuhielt. »Ich habe erfahren, dass Sie einen meiner Männer gefangen genommen haben, Sir«, sagte er in einem Ton, als hätten Renitz und dessen Männer eine Todsünde begangen.

Der Oberst blickte zu dem Engländer auf, der hoch zu Ross auf ihn herabsah und keine Anstalten machte, abzusteigen. Er schüttelte den Kopf. »Wir haben einen Leichenfledderer und Mörder gefangen und werden ihn nach Recht und Gesetz richten.«

»Darf ich Sie darauf hinweisen, dass es das alleinige Recht der Armee Seiner britischen Majestät, King George, ist, über Angehörige ihrer Truppen zu richten? Daher fordere ich Sie auf, mir den Soldaten Nicodemus Spencer sofort zu übergeben!«

Einem höherrangigen Offizier gegenüber war der Ton des Engländers nicht angemessen. Aber Oberst Renitz war durch den langen Krieg und das Elend, das dieser nach sich gezogen hatte, ausgelaugt und hatte keine Kraft mehr, sich dieser Unverschämtheit zu erwehren. Dennoch versuchte er, seinen Standpunkt zu vertreten.

Der englische Major hörte ihm zwei Sätze lang zu und hieb dann mit seiner Reitpeitsche durch die Luft. »Ich habe nicht die Zeit, mir irgendwelche Vorträge anzuhören. Entweder Sie übergeben mir auf der Stelle den Gefangenen, oder ich muss meinen Vetter Wellington davon in Kenntnis setzen, dass Seiner britischen Majestät nicht die Achtung entgegengebracht wird, die ihr gebührt. Eine

Beschwerde bei Feldmarschall Blücher und dem König von Preußen wäre die Folge!«
»Am liebsten würde ich diesen aufgeblasenen Burschen vom Pferd holen und durchprügeln«, murmelte einer der Soldaten in Walthers Nähe.
Walther sah, wie es im Gesicht des Obersts arbeitete, und bemerkte auch die erwachende Hoffnung bei Walburga Fürnagls Mörder. Bei seinen eigenen Leuten würde der Kerl mit seiner Geschichte, er habe nur eine Leichenfledderin aufhalten wollen, gewiss durchkommen. Walther prägte sich das hagere Gesicht des Mannes mit dem fliehenden Kinn und den eng zusammenstehenden, wasserhellen Augen genau ein, ebenso die überhebliche Miene des englischen Majors. Dabei fragte er sich, ob die Drohungen, die dieser ausgesprochen hatte, der Wahrheit entsprachen oder sie Oberst Renitz nur verunsichern sollten. Doch so oder so – der Engländer hatte sein Ziel erreicht, denn der Regimentskommandeur senkte den Kopf.
»Übergib den Gefangenen!«, wies er seinen Wachtmeister an, drehte sich um und ging mit müden Schritten davon.
Der Major wechselte einige Worte auf Englisch mit dem Gefangenen, forderte den Wachtmeister dann auf, dessen Fesseln zu durchtrennen, und winkte Spencer, auf das ledige Pferd zu steigen.
Das Letzte, das Walther sah, war das höhnisch verzogene Gesicht des Mörders. Dabei juckte es ihn in den Fingern, eine Muskete an sich zu nehmen und den Kerl einfach niederzuschießen. Doch als er sich zu den zu einem Kegel zusammengestellten Musketen umdrehte, hielt der Wachtmeister ihn auf.

»Ich weiß, was dich bewegt. Doch die Gewehre sind nicht geladen – und man schießt auch keinem Mann in den Rücken.«

»Dieser Schurke hat geplündert und Giselas Mutter abgestochen, als sie ihren toten Mann verteidigen wollte. Und dafür soll er straffrei ausgehen?«

»Die Engländer werden ihn bestrafen, und wenn nicht, so tut es Gott!« Steifbeinig ging der Wachtmeister weiter.

Walther gesellte sich schniefend wieder zu Gisela und schien nun trostbedürftiger als sie.

## 7.

Die Schlacht von Belle-Alliance, wie die Preußen sie nannten, oder die Schlacht bei Waterloo nach der Bezeichnung des Herzogs von Wellington, war die letzte, aber auch die blutigste Schlacht dieses Krieges. Napoleon hatte – so raunten es die Soldaten einander zu – sein Pulver endgültig verschossen. Für die Männer des Regiments Renitz hieß dies, dass sie nach mehr als einem Jahrzehnt voller Feldzüge und Schlachten endlich eine Zeit vor sich sahen, in der sie nicht mehr tagtäglich damit rechnen mussten, gegen einen Feind vorzurücken und sich mit diesem zu schlagen.

Walther und Gisela blieb daher Zeit zu trauern, und sie waren einander der beste Trost, da sie beide das Leid bis zur Neige ausgekostet hatten.

Medard von Renitz' Gedanken galten ebenso der Vergangenheit wie der Zukunft. Vor vielen Jahren war er als Hauptmann in einem zusammengewürfelten Regiment des Heiligen Römischen Reiches Deutscher Nation in den Krieg gegen Frankreich gezogen, aber dieses Reichsgebilde existierte schon seit zehn Jahren nicht mehr. Zwischenzeitlich hatte er als Major in kurhessischen, braunschweigischen und preußischen Regimentern gedient, war als Oberst mit einem Bataillon des Königreichs Westphalen nach Russland gezogen und hatte dort Napoleons Scheitern erlebt. Nach den schweren Verlusten auf jenem Feldzug hatte er sein Regiment auf eigene Kosten neu aufgestellt und sich der preußischen Armee angeschlossen.

Nun fragte er sich, was ihm die Zukunft bringen würde. Er konnte weiterhin als Offizier in König Friedrich Wilhelms Armee dienen, doch nach mehr als fünfundzwanzig Jahren Krieg sehnte er sich nach einem Leben, in dem er nicht mehr nur von Männern in Uniform umgeben war.

Renitz' Blick streifte seinen Sohn. Auch für Diebold war es besser, wenn er wieder unter andere Menschen kam und dabei einige Unarten ablegte, die er sich in der Armee angewöhnt hatte. Zum Offizier taugte der Junge nur bedingt, daher wollte er ihn studieren lassen, damit er später den eigenen Besitz mit größerer Umsicht führen konnte, als es jetzt der Fall wäre. In diesem Moment gestand Renitz sich ein, dass er sich nach den Fluren seiner Heimat sehnte und nach Gesprächen, in denen es um Rinderzucht, die nächste Ernte und die herbstliche Jagd ging anstatt um militärische Belange.

Als das Regiment seine zugewiesenen Quartiere vor Paris erreichte, stand Renitz' Entschluss fest, das Soldatenleben so bald wie möglich aufzugeben und all das nachzuholen, was ihm durch den Krieg versagt geblieben war. Mit diesem Gedanken ritt er an der Spitze seines Regiments in Paris ein. Hinter ihm marschierte Walther inmitten der anderen Trommler und Pfeifer, und nacheinander schlossen sich die einzelnen Kompanien an. Es waren nur noch vier, da Renitz die Überlebenden der übrigen Kompanien auf diese verteilt hatte, um sie auf volle Mannschaftszahl zu bringen.

Der Einmarsch in die Hauptstadt des besiegten Feindes ließ niemanden kalt. Jahrzehntelang hatten sie die französischen Truppen fast ungehindert durch ihre Heimatländer ziehen sehen, und das Gefühl der Revanche berauschte sie noch mehr als der Wein, der ihnen in diesem Land kübelweise zugeteilt wurde.

Diebold von Renitz hatte sich herausgeputzt und sich für teures Geld die Epaulette eines Leutnants besorgt, obwohl er noch immer den Rang eines Fähnrichs im Regiment seines Vaters einnahm. Doch an diesem Tag wollte er Türen durchschreiten können, die nur bestallten Offizieren offen standen. Sein Vater bedachte ihn mit einem tadelnden Blick, sagte aber nichts. All das bestärkte den Oberst in seinem Beschluss, dass sich das Leben seines Sohnes in Zukunft anders gestalten sollte.

Das Regiment marschierte jene Straßen entlang, auf denen Napoleon jahrelang Triumphe gefeiert hatte, über die Champs-Élysées zum unvollendeten Triumphbogen und dann an den eigenen Generälen und Kommandeuren vorbei. Walther erhaschte einen kurzen Blick auf den Engländer Wellington und auch auf Feldmarschall Blücher, der so grimmig auf seinem Pferd saß, als gelte es, den Feldzug gegen einen schier unbesiegbaren Feind erst zu beginnen. Kurz danach wurde die Kompanie von den Militärposten der Besatzungstruppen um einen Häuserblock gelenkt und zog wieder stadtauswärts, während andere Regimenter vor den hohen Herrschaften paradierten.

Schließlich übergab Renitz das Kommando über das Regiment dem Hauptmann der ersten Kompanie und winkte seinen Sohn zu sich und dann auch Walther. »Ihr beide bleibt bei mir. Uns wurde der Gasthof zum *Coc d'or* als Quartier zugewiesen. Da ich zu einigen Empfängen der hohen Herrschaften geladen bin, könnt ihr euch unterdessen die Stadt ansehen. Macht aber keinen Unsinn!«

Die Warnung galt in erster Linie seinem Sohn, denn Walther erschien ihm noch zu jung, um auf Abwege zu geraten. Der Junge wirkte eher erschreckt, in dieser großen, fremden Stadt bleiben zu müssen, während Diebold von Renitz den Blick neugierig über die geschmückten Häuserfassaden schweifen ließ. Die gute Laune des Fähnrichs schwand jedoch, als sein Vater ihm erklärte, dass er sich mit Walther ein Zimmer teilen müsse.

»Ist das notwendig? Ein Trommelbub ist schließlich nicht meines Standes!«

»Er hat immerhin dafür gesorgt, dass dir der Vater erhalten geblieben ist. Nur seinetwegen kann ich mich in Zukunft der Wahrung und Mehrung unseres Besitzes widmen. Im anderen Fall hätte man deine Mutter und dich um vieles gebracht, was euch als Erbe zusteht.«

Damit war für Medard von Renitz alles gesagt, und sein Sohn begriff, dass er die Entscheidung seines Vaters hinzunehmen hatte.

Im *Coc d'or* fanden sie ein überfülltes Gasthaus vor. Ein Trupp englischer Offiziere hatte es kurzerhand in Beschlag genommen und weigerte sich, die für Renitz reservierten Zimmer zu räumen.

Der Oberst musterte mit finsteren Blicken die Inselsöhne, deren Ranghöchster als Major diente. »Ich wünsche die beiden Zimmer, die Seine Exzellenz Feldmarschall Blücher für mich und meine Begleitung hat reservieren lassen, auf der Stelle zu erhalten. Ansonsten müsste ich meinen Vetter, Generalmajor von Steinmetz, auffordern, beim Herzog von Wellington schärfsten Protest einzulegen!«

Trotz seiner trüben Stimmung musste Walther sich ein Lächeln verkneifen. Renitz hatte den englischen Major kopiert, der ihnen den Mörder von Giselas Mutter abverlangt hatte. Wie es aussah, waren Engländer für solch aufschneiderische Drohungen empfänglich, denn sie räumten murrend zwei Kammern direkt unter dem Dach. Renitz überlegte, ob er auf bessere Zimmer dringen sollte, sagte sich aber, dass er keine Eskalation riskieren wolle. Außerdem waren sie oben besser vor Diebereien geschützt, die er zwar nicht den englischen Offizieren, dafür aber deren Burschen zutraute. Es war bekannt, dass einige von den Kerlen aus den Gefängnissen des Königreiches rekrutiert worden waren.

»Einer von euch sollte immer zu Hause bleiben«, erklärte Renitz daher seinem Sohn, Walther und seinem Burschen,

»denn ich traue diesem Gesindel nicht. Der Krieg hat die Kerle verdorben. Am besten ist es, ihr legt eine geladene Pistole bereit. Kannst du damit umgehen?« Die Frage galt Walther.
Der Junge zog unwillkürlich seinen Tschako vom Kopf, als er angesprochen wurde. »Nein, Herr Oberst, das kann ich nicht.«
»Mein Sohn wird es dir zeigen. Richtet euch jetzt ein. Ich muss mich bei Zieten melden. Wahrscheinlich erhalten wir bald den Abmarschbefehl. Ich werde froh sein, wenn wir die Heimat wiedersehen.«
Der Blick des Obersts verlor sich für einen Augenblick in der Ferne. Dann schüttelte er den Kopf und stieß einen Laut aus, der ein Lachen sein sollte. »Ein paar Tage werden uns schon noch bleiben. Beziht eure Kammer! Und du, Diebold, legst die falsche Epaulette ab. Es ist nicht gut, mehr scheinen zu wollen, als man ist.«
»Jawohl, Herr Oberst!« Der Fähnrich sah zu Boden, damit sein Vater nicht seine Miene lesen konnte. Die Selbstbeförderung zum Leutnant hatte er nicht zuletzt deswegen gewagt, um an diesem Abend durch Paris streifen zu können, ohne in den Kneipen wie ein lumpiger Fähnrich behandelt zu werden.
Während der Oberst seinen Burschen zu sich rief und in seiner Kammer verschwand, um sich für den Besuch bei seinem Korpskommandeur zurechtzumachen, betraten Diebold und Walther die kleinere Kammer. Zwar gab es keine Betten, sondern nur zwei Strohsäcke, doch während des Feldzugs hatten sie zumeist weitaus schlechter geschlafen.

Der Fähnrich trat ans Fenster. Es war schier unglaublich, dass sie sich in der Hauptstadt eines Feindes befanden, der erst nach einem jahrzehntelangen Ringen niedergekämpft worden war. Die Pariser traten ganz unbefangen auf und verwickelten die fremden Soldaten in Gespräche. Auch schienen es etliche Frauen in gewagten Kleidern direkt darauf anzulegen, Freunde unter den Siegern zu finden.

Diese Frauen stachen Diebold ins Auge. Er war erst fünfzehn, wirkte aber durch seine Größe älter und spürte den Wunsch, hier in Paris seine ersten Erfahrungen mit dem anderen Geschlecht zu machen. Zunächst schien ihm Walther dabei ein ärgerliches Hindernis. Dann aber sagte er sich, dass er ohnehin keine Frau in diesen Gasthof bringen konnte, wenn er nicht wollte, dass sein Vater davon erfuhr.

Entschlossen wandte er sich dem Jungen zu. »Der Oberst will, dass ich dir beibringe, wie eine Pistole zu handhaben ist. Komm her!«

Walther sah zu, wie der Fähnrich seine Pistole innerhalb kürzester Zeit lud und schussfertig machte. Zuletzt spannte Diebold noch den Hahn und legte spielerisch auf seinen aufgezwungenen Zimmergenossen an.

»Jetzt müsste ich nur noch den rechten Zeigefinger krumm machen, und du wärst tot!«

»Aber dann wärt Ihr ein Mörder«, antwortete Walther mit einer Mischung aus Angst und Empörung.

Lachend legte Diebold die Waffe weg. »Ich müsste nur sagen, die Kugel habe sich beim Reinigen der Pistole gelöst, und die Sache wäre erledigt. Aber du solltest dich

jetzt nützlich machen und meine Sachen auspacken. Gib acht, dass du nichts schmutzig machst!«
Die Bemerkung war eine Gemeinheit, denn im Gegensatz zu Diebold hatte Walther sich die Hände am Brunnen unten im Hof gewaschen. Doch blieb dem Jungen nichts anderes übrig, als das Gepäck des Fähnrichs sorgfältig auf das über dessen Strohsack befestigte Brett zu räumen und sowohl die Ersatzhosen wie auch die Felduniform an den hölzernen Haken aufzuhängen, die an der Wand befestigt waren.
Der Fähnrich hatte mittlerweile Gefallen daran gefunden, den Trommelbub als Zimmergenossen zugeteilt bekommen zu haben. Einen eigenen Burschen zu halten, hatte der Vater ihm verboten, aber nun konnte Walther die Aufgaben eines Dieners übernehmen.
»Ich lege mich jetzt schlafen. Wecke mich, wenn die Kirche die sechste Nachmittagsstunde schlägt!« Mit diesen Worten streckte Diebold sich auf dem Strohsack aus, fand dann aber, dass er im Gegensatz zu vielen Nachtlagern im Feld die Stiefel ausziehen konnte, und forderte Walther auf, ihm dabei zu helfen.
Als dies geschehen war, schlief er rasch und mit einem zufriedenen Lächeln ein. Walther hingegen setzte sich auf seinen Strohsack, lehnte sich mit dem Rücken gegen die Wand und dachte an Gisela. Das Mädchen hatte ebenso wie die Trossweiber des Regiments nicht an der Parade teilnehmen dürfen und saß nun in einem Quartier, in das die Soldaten des Regiments später zurückkehren würden. Gewiss würde sie sich dort einsam fühlen, hatte sie doch zu den anderen Frauen nie Anschluss finden können. Was

hätte Walther dafür gegeben, nun bei Gisela zu sein, um diese zu trösten, anstatt mit dem aufgeblasenen Fähnrich mitten in dieser lauten Stadt zu wohnen.

## 8.

Wie gefordert weckte Walther Diebold von Renitz beim Schlag der sechsten Stunde. Der Fähnrich zwinkerte dem Jungen unternehmungslustig zu. »Ich werde jetzt ein bisschen in die Stadt gehen. Du bleibst hier und passt auf unsere Sachen auf! Nicht, dass etwas gestohlen wird.«
Da Walther den jungen Renitz kannte, stand er auf und nahm Haltung an. »Jawohl, Herr Fähnrich!«
»Dann ist es gut!« Zufrieden steckte Diebold von Renitz den Geldbeutel ein, den er bei Waterloo einem toten französischen Offizier abgenommen hatte, und verließ ohne ein Abschiedswort die Kammer.
Walther war hundemüde, wagte aber nicht zu schlafen, weil der Oberst noch nicht zurückgekehrt war und dessen Bursche seinen Herrn begleitet hatte. Aufgrund seiner Jugend ahnte er nicht, warum Diebold von Renitz in die Stadt gehen wollte, und dachte wieder an Gisela und deren Schicksal. Er konnte nur hoffen, dass Graf Renitz sein Versprechen hielt und sich um die Kleine kümmerte. Er selbst würde, wenn es nicht anders ging, als Trommelbub bei den Soldaten bleiben.

Während Walthers Gedanken sich mit der Zukunft und eher unschuldigen Dingen beschäftigten, stieß Diebold von Renitz noch im Haus auf eine Gruppe englischer Leutnants, die alle mindestens drei Jahre älter waren als er.

»Na, Freund Preuße, wohin des Weges?«, fragte einer mit schleppender Stimme.

Da Diebolds Englischkenntnisse ausreichen, um ihn zu verstehen, deutete er auf die Tür. »Ich will in die Stadt gehen, um was zu erleben.«

»Was für ein Zufall! Dorthin sind wir ebenfalls unterwegs.« Bevor der Fähnrich sich's versah, hatte der angetrunkene Engländer ihm den Arm um die Schulter gelegt und zog ihn mit sich.

»Es gibt hübsche Weiber hier in Paris, die schärfsten der Welt, habe ich sagen hören. Das wollen wir ausprobieren!«, rief einer seiner Kumpane grinsend.

»Das habe ich auch vor!« Diebold war erleichtert, eine Gruppe gefunden zu haben, der er sich anschließen konnte.

Die Straßen waren so belebt, dass sie sich durch ein Gewühl von Passanten und an den dicht an dicht fahrenden oder stehenden Wagen vorbeidrängen mussten. Dabei fiel Diebold bald auf, dass selbst einfache Soldaten mehr oder weniger hübsche Frauen im Arm hielten. Drei Mädchen, denen man das Alter unter der vielen Schminke nicht ansehen konnte, kamen auf die Gruppe um Diebold zu und lächelten verführerisch.

Eine sprach die Leutnants auf Englisch an. »Die Herren Offiziere haben doch gewiss Durst und Hunger. Wir

können Ihnen guten Wein und ein vorzügliches Mahl bieten, und darüber hinaus noch einiges mehr.«
Der älteste Leutnant verzog sein längliches Gesicht zu einem zufriedenen Grinsen. »Da haben wir nichts dagegen, was, Gentlemen?«
»Natürlich nicht!«, stimmte ein anderer ihm zu.
Die Frauen hakten sich bei je zwei Offizieren unter, allein Diebold blieb ohne Begleitung. Verärgert wollte er sich von den Engländern trennen.
Es war, als hätte eine der Frauen seine Gedanken gelesen, denn sie drehte sich zu ihm um. »Zu Hause wartet meine Schwester auf uns, und meine Freundinnen haben ebenfalls Schwestern, die den Herren Offizieren gerne Gesellschaft leisten werden.«
Zufrieden folgte Diebold ihnen daraufhin durch ein Gewirr enger Gassen zu einem Haus, das einmal einer adeligen Familie gehört haben musste, nun aber heruntergekommen wirkte. Drinnen aber strahlte es noch immer einen Rest feudalen Glanzes aus, und der Empfangsraum war mit Statuen griechischer Götter und Göttinnen geschmückt, die allesamt sehr wenig Kleidung am Leib trugen.
Diebold quollen beim Anblick einer fast nackten Venus schier die Augen aus dem Kopf, und die jungen Engländer dachten nun ebenfalls weniger an Essen und Wein als daran, sich mit einer der Frauen in ein stilles Eckchen zurückziehen zu können.
»Nicht so ungeduldig, meine Herren! Vor uns liegt noch die ganze Nacht«, tadelte die Anführerin ihre sichtliche Ungeduld und brachte die sieben Jünglinge in einen Ne-

benraum, dessen Eingangstür ebenfalls von zwei halbnackten Frauenstatuen gesäumt wurde.
Dort wies sie auf einen Tisch in der Mitte des Raumes, um den ein Knecht eben vierzehn Stühle aufstellte. »Hier können die Herren Offiziere essen, trinken und auch schon ein wenig schauen!«
Sie zog den Ausschnitt ihres Kleides weiter nach unten, so dass Diebold und dessen Begleiter eine der rosigen Brustwarzen sehen konnten, und lächelte verführerisch.
Ab diesem Augenblick hätte man den jungen Männern Wasser und Brot vorsetzen können, und sie hätten es nicht gemerkt. Die Speisen, die ihnen gereicht wurden, waren jedoch für ihre von der Armeeverpflegung nicht gerade verwöhnten Gaumen ein wahrer Genuss und der Wein so gut, dass keiner von ihnen maßhalten konnte.
Auch Diebold trank kräftig und kämpfte zuletzt mit einem heftigen Schluckauf. Seine Tischdame, eine mollige Schwarzhaarige mit hübschem rundlichem Gesicht, füllte ihm das Glas erneut.
»Du müssen trinken, dann vergehen die Hüpfer wieder«, forderte sie ihn auf.
Dabei beugte sie sich so weit nach vorne, dass er ihr tief ins Dekolleté schauen konnte.
Diebold schnaufte und trank das Glas in einem Zug leer.
»Das war ein guter Rat!«, antwortete er mit schneller und allzu jugendlich-hoher Stimme.
»Ich weiß noch mehr guten Rat!« Die Hure fasste ihn am Kinn und küsste ihn auf die Wange. Dabei streifte sie ihn mit ihrem Busen, und Diebold konnte keinen klaren Gedanken mehr fassen.

»Wollen wir nicht langsam mehr machen?«, fragte er und zog die Frau mit einem heftigen Ruck an sich.
Sie quietschte auf und veranlasste einen der Engländer zu der Bemerkung, dass Preußen eben keine Gentlemen seien. Seine Kameraden stimmten ihm lachend zu, während die Hure Diebold einen heftigen Stoß versetzte.
»Entweder Ihr benehmt Euch oder Ihr müsst gehen!«
»Will nicht gehen!« Diebold schwirrte der Kopf. Da er bisher nur gelegentlich ein Glas Wein zu trinken bekommen hatte, spürte er die Auswirkungen des Alkohols, und in seinem Magen rumorte es. Er wollte jedoch zum ersten Mal in seinem Leben eine Frau besitzen, und dieser Gedanke gab schließlich den Ausschlag.
Nach zwei weiteren Gläsern Wein forderte seine Partnerin ihn auf, mit ihr zu kommen. Diebold stand auf und schwankte dabei wie eine Birke im Sturm. Um ihn herum begann sich das Zimmer zu drehen, doch er biss entschlossen die Zähne zusammen und folgte der Frau mit tapsigen Schritten in eine Kammer, die von einer einzigen Kerze erhellt wurde. Eine kleine Anrichte mit Krokodilsfüßen und ein dazu passendes Bett stellten die ganze Möblierung dar.
Die Hure machte sich nicht die Mühe, sich auszuziehen, sondern legte sich hin, zog den Rock hoch, bis ihr bloßer Unterleib zu sehen war, und spreizte die Beine.
»Werdet mir aber nicht zu rauh, Herr Leutnant. Ich müsste sonst die Knechte rufen«, warnte sie den Fähnrich.
Diebold starrte auf das dunkel bepelzte Dreieck und spürte, wie ihn trotz seines Rausches die Lust packte. Er

riss sich Uniformrock und Hose vom Leib und schwankte auf das Bett zu. Allerdings dauerte es etwas, bis er darauf gestiegen war und sich auf die Hure legen konnte.
Sofort beschwerte sich die Frau. »Heh, stemmt Euch gefälligst mit den Armen ab! Ich bin keine Matratze, auf der Ihr einschlafen könnt.«
Diebold gehorchte und wurde dadurch belohnt, dass ihm die Hure half, in sie einzudringen. Am liebsten hätte er vor Freude gejubelt. Doch nach zwei, drei Stößen verspürte er ein schmerzhaftes Ziehen und Zucken im Unterleib, dann war es vorbei.
»Besonders war das ja nicht«, spottete die Hure. »Doch nun habt die Güte zu bezahlen, was die Nacht mit mir kostet.«
»Ich ... argh!« Diebolds Magen rebellierte nun endgültig gegen den genossenen Wein.
Der Hure gelang es nicht mehr, sich schnell genug unter dem Fähnrich herauszuwinden, und so ergoss sich der Schwall stinkender Flüssigkeit über ihr Kleid und das Bett.
Sie kreischte auf und fuhr Diebold an. »Das wirst du mir bezahlen, du Idiot!«
Sogleich rief sie nach den anderen Huren. Diese erschienen so schnell, als hätten sie so etwas erwartet. Hinter ihnen tauchten mehrere Engländer auf und steckten neugierig die Köpfe in die Kammer. Als sie den Fähnrich halb bewusstlos in seinem Erbrochenen liegen sahen, zwinkerten sie einander zu und lachten hämisch.
»Dachte mir doch, dass der Preuße nichts verträgt«, meinte einer.

Sofort wandte sich die Hure an die Zuschauer. »Er muss mir das Kleid ersetzen und das Bettzeug. Das sagen Sie doch auch, meine Herren!«

»Ein Gentleman muss das tun!«, bestätigte der dienstälteste Leutnant, trat zu Diebold und griff unter dessen Uniformjacke. Als er die Börse herausholte, stieß er einen überraschten Pfiff aus.

»Der Kerl ist gut gepolstert, muss ich sagen! Keine Sorge, Fräulein, das reicht für ein neues Kleid und alles andere.«

Mit diesen Worten entnahm der Engländer mehrere Napoleondor und reichte sie der Hure. Danach blickte er erneut auf die noch immer gut gefüllte Börse und fand, dass der preußische Leutnant es ihnen der Umstände wegen, die er machte, einfach schuldig war, den Aufenthalt in diesem Haus zu bezahlen. Auch gönnte er den Huren ein großzügiges Trinkgeld auf Diebolds Kosten und steckte ihm die um einiges leichtere Börse wieder unter die Uniformjacke. Die enttäuschten Blicke einiger Kameraden, die sich ebenfalls gerne bedient hätten, bedachte er mit einer wegwerfenden Handbewegung.

»Ein Gentleman beraubt keinen Offizier einer verbündeten Armee, aber er lässt sich zum Essen und Trinken und, wenn es möglich ist, auch zu mehr einladen. Und nun kommt! Mir steht der Sinn nach angenehmeren Dingen, als mir Gedanken über diesen Tölpel zu machen.«

Er griff dabei seiner Hure in den Ausschnitt und brachte sie damit zum Quieken.

»Und was machen wir mit dem?«, fragte eine andere Hure und wies mit dem Kinn auf Diebold.

»Zieht den Kerl an, werft ihn auf die Straße und schickt einen Knecht zum *Coq d'or*, um seinen Burschen zu holen. Soll der sich doch um die Schnapsleiche kümmern!«

Damit war für die englischen Offiziere die Sache erledigt, und sie wandten sich den girrenden Frauen zu.

## 9.

Obwohl Walther sich vorgenommen hatte, wach zu bleiben, war er eingeschlafen und schreckte durch ein Pochen an der Zimmertür auf.

»Was ist?«, fragte er.

»Du sollst deinen Herrn holen! Der hat ein wenig zu tief ins Glas geschaut und liegt um die Ecke auf der Straße«, antwortete jemand.

Zuerst glaubte Walther, mit dem Herrn wäre Graf Renitz gemeint, doch er konnte sich beim besten Willen nicht vorstellen, dass der angesehene Oberst betrunken sein könnte. Außerdem war dieser mit seinem Burschen unterwegs, und der hätte ihm sicher geholfen. Also musste es sich um den Fähnrich handeln. Walther sprang auf und lief zur Tür hinaus. Der Mann, der ihn geweckt hatte, musste ihn regelrecht festhalten, sonst wäre er vor lauter Hast die steile Treppe hinabgestürzt.

»Nun mal langsam mit den jungen Pferden! Es bringt deinem Leutnant nichts, wenn du dir den Hals brichst.«

»Danke!« Walther stieg nun vorsichtiger die Treppe hinab, verließ den *Coq d'or* und eilte in die Richtung, die der Bote ihm wies. Schon bald entdeckte er mehrere zwielichtige Gestalten, die sich über eine am Boden liegende Gestalt beugten, und stieß einen wütenden Ruf aus. »Verschwindet, ihr Gesindel!«
Drei Männer und eine Frau in zerlumpter Kleidung fuhren hoch, sahen im Schein der Straßenbeleuchtung nur einen Jungen auftauchen und langten nach ihren Messern. In diesem Moment bedauerte es Walther, dass er die geladene Pistole im Gasthof zurückgelassen hatte. Da klang nicht weit entfernt der Marschtritt einer Patrouille auf, und die vier Diebe verschwanden so rasch wie ein Blitz.
Aufatmend trat Walther zu Diebold – und stöhnte entsetzt auf. Der Fähnrich sah aus wie ein Schwein, das sich im Schlamm gewälzt hatte, und stank durchdringend nach Erbrochenem.
»Herr Fähnrich, steht auf!«, flehte Walther, doch der junge Renitz rührte sich nicht.
Walther blieb nichts anderes übrig, als den Fähnrich unter den Armen zu packen und zum *Coq d'or* zu schleifen. Ins Gasthaus konnte er ihn in diesem Zustand nicht bringen, daher suchte er sich einen halbwegs sauberen Platz im Hof, holte einen Eimer und begann, Diebold samt seiner Kleidung mit Wasser vom Brunnen zu waschen. Dabei dachte er, dass er viel lieber bei Gisela sitzen und mit ihr zusammen trauern würde, anstatt sich um einen jungen Mann zu kümmern, der ihn während seiner Zeit beim Regiment oft genug seine Verachtung hatte spüren lassen.

# ZWEITER TEIL

*Auf Renitz*

## I.

Vor ihnen lag die Heimat!
Walther jubelte innerlich, denn in all den Monaten beim Heer, insbesondere während der grässlichen Schlacht bei Waterloo, hatte er jede Hoffnung aufgegeben, das Dorf wiederzusehen, in dem er aufgewachsen war. Doch nun war der Aufenthalt in Paris ebenso Vergangenheit wie die Siegesparade in Berlin, bei der das Regiment Renitz das letzte Mal hinter seiner Fahne hermarschiert war. Mittlerweile hatte man das gräflich-Renitzsche Musketierregiment aufgelöst und die Offiziere und Soldaten auf preußische Infanterieregimenter verteilt. Medard von Renitz hatte seinen Abschied genommen, nachdem er von König Friedrich Wilhelm III. noch zum Generalmajor befördert worden war.
Walther starrte nachdenklich auf den Rücken des Grafen, der noch immer Uniform trug, obwohl er unterwegs mehrfach erklärt hatte, wie froh er sei, diese endlich ausziehen und als Gutsbesitzer leben zu können.
Im Gegensatz zu seinem Vater steckte der junge Renitz bereits in Zivilkleidern und schien sich in seinem karierten Rock, der seiner hoch aufgeschossenen, dünnen Gestalt etwas Unfertiges verlieh, unwohl zu fühlen. Man sah Diebold nun an, dass er erst fünfzehn Jahre zählte. Aus diesem Grund war er unterwegs bei weitem nicht mehr so ehrerbietig behandelt worden wie noch zu jenen Zeiten,

in denen er Uniform getragen hatte. Walther gönnte das dem jungen Grafen, denn Diebold hatte sich nach seiner beschämenden Landung in der Gosse noch schlimmer aufgeführt als zuvor. Anstatt Walther für die Hilfe zu danken, hatte er ihn am nächsten Tag des Diebstahls bezichtigt und verprügelt. Das jedoch war ihm nicht gut bekommen: Denn verwundert über das viele Geld, das seinem Sohn angeblich gestohlen worden war, hatte sein Vater ihn einem scharfen Verhör unterzogen und dabei herausgefunden, dass Diebold die Leiche eines französischen Offiziers gefleddert hatte. Die Strafe dafür war das Verbot gewesen, bei der Siegesparade in Berlin mitzugehen, und die sofortige Versetzung in den Zivilstand. Seitdem herrschte eisige Kälte zwischen Vater und Sohn.
Daher ritt Graf Renitz an der Spitze, während Diebold sich ein ganzes Stück hinter dem Gepäckwagen halten musste, auf dem Walther neben Gisela saß.
Der Junge mochte nicht mehr an den Renitzschen Schnösel denken und drückte die Hand des Mädchens. »Bald sind wir zu Hause!«
Gisela zitterte plötzlich, als friere sie. »Ich habe kein Zuhause.«
»Doch! Graf Renitz hat versprochen, sich um dich zu kümmern. Dafür solltest du ihm dankbar sein«, sagte Walther tadelnd.
Er war erleichtert, dass sein Herr sein Versprechen gehalten und sich des Mädchens angenommen hatte. Unterwegs war ihm viel Bettelvolk aufgefallen, das halb verhungert in zerlumpten Kleidern durch das Land zog. Der Gedanke, Gisela könnte gezwungen sein, sich diesen be-

dauernswerten Menschen anzuschließen, hatte ihn zutiefst erschreckt, und er begriff nun erst richtig, dass der Zug dieser Elenden auch sein Schicksal sein würde, falls der Graf ihn verstieß. Genau wie das Mädchen hatte er keine Eltern mehr, und es gab auch keine Verwandten, bei denen er Unterschlupf suchen konnte.

»Wir schaffen das schon, Gisela«, sagte er mit einem Lächeln, das aufmunternd wirken sollte.

In dem Augenblick machte der Weg eine Kurve. Der Wald blieb hinter ihnen zurück, und sie sahen den Herrensitz der Grafen Renitz in voller Pracht vor sich liegen. Ein Stück weiter unterhalb waren der Gutshof und das zur Herrschaft gehörende Dorf zu erkennen. Walther blickte sehnsüchtig zu dem kleinen Häuschen hinüber, in dem seine Mutter und er gelebt hatten. Nun wohnten andere darin, und er hatte keinen Anspruch mehr darauf. Dabei wäre er am liebsten vom Wagen gesprungen und hätte in der Kate Zuflucht gesucht, anstatt mit zum Schloss zu fahren. Wenn er ehrlich zu sich war, musste er sich eingestehen, dass dies in erster Linie an Gräfin Elfreda lag.

Graf Renitz' Gemahlin hatte den Besitz verwaltet, seit dieser sie 1799 geheiratet hatte und kurz darauf wieder ins Feld gezogen war. Schon damals hatte sie dem Vernehmen nach ein scharfes Regiment geführt. Dessen Auswirkungen würde er in Zukunft wohl noch öfter zu spüren bekommen als früher – und Gisela ebenfalls. Walthers Freude, wieder daheim zu sein, war mit einem Schlag verflogen. Nun hockte er stumm auf dem Wagen, hielt Giselas Linke fest, als sei sie sein einziger Halt, und starrte auf den gepflegten Park. Dort wurde eben das Tor der Umfriedung geöffnet, die das Schloss und die Gärten vom Umland trennte.

Der Pförtner, ein alter, einbeiniger Mann, stand auf seine Krücke gelehnt da und sah den Ankömmlingen entgegen. Nichts an seiner Miene verriet, ob er die Rückkehr seines Herrn begrüßte oder nicht. Als der Graf an ihm vorbeiritt, riss er den aus der Form geratenen Filzhut vom Kopf und deutete eine Verbeugung an. Dann musterte er den Wagen, dessen Gespann ein aus dem Dienst geschiedener Veteran des Regiments lenkte, und winkte Walther zu, den er fast von Geburt an kannte.

Die Anwesenheit des Mädchens schien ihn zu wundern, und er sah prüfend hinter Graf Renitz her. Sollte sein Herr etwa einen unehelichen Bastard in die Welt gesetzt haben und mit nach Hause bringen wollen? Nein, das konnte sich der Pförtner nicht vorstellen. Der Graf war ein aufrechter Mann, der sich keine Schwäche erlaubte. Auch war das Mädchen dafür nicht gut genug gekleidet. Schließlich sagte der gute Mann sich, dass er sich nicht den Kopf über andere Leute zerbrechen sollte, und wartete, bis auch der Bursche des Grafen und der junge Herr das Tor passiert hatten. Dann schloss er es wieder und kehrte in seine Kate zurück.

Unterdessen rollte der Wagen den gekiesten Weg zum Schloss entlang und blieb auf ein Zeichen des Grafen vor der breit auslaufenden Freitreppe stehen, die zum Hauptportal hochführte. Dieses war verschlossen und öffnete sich auch nicht sofort. Renitz starrte es verärgert an und wollte schon seinem Burschen Befehl geben, vom Pferd

zu steigen und den Türklopfer anzuschlagen. Da schwang das Tor langsam auf, und Gräfin Elfreda trat heraus.
Obwohl Walther bis vor einem Jahr hier gelebt hatte, war er der Frau noch nie so nahe gewesen wie an diesem Tag. Groß war die Gräfin ihm schon immer erschienen, doch nun begriff er, von wem Diebold die lange, schmale Gestalt geerbt hatte. Die Frau überragte sogar noch ihren Mann, der aus dem Sattel gestiegen war und auf sie zuging. Einen Augenblick sah es so aus, als wolle er sie in die Arme nehmen, küsste dann aber nur die ihm dargebotene Hand.
Nun war auch der Altersunterschied zwischen der Gräfin und ihrem Gemahl deutlich zu erkennen. Elfreda von Renitz hatte ein schmales, hübsches Gesicht und eine Fülle hellblonden Haares, dessen Farbe sie ebenfalls ihrem Sohn vererbt hatte. Die Haut wirkte faltenlos und verlieh ihr einen jugendlichen Glanz, während ihr Mann beinahe greisenhaft gebeugt neben ihr stand, mit grauem Haar und einem Gesicht, das Wind und Sonne auf unzähligen Feldzügen zerfurcht hatten.
Walther erinnerte sich, dass seine Mutter einmal gesagt hatte, der Graf wäre gut zwanzig Jahre älter als seine Gemahlin. Mittlerweile wirkte das Paar, als lägen mindestens drei Jahrzehnte zwischen ihnen.
»Wie ich sehe, seid Ihr befördert worden«, erklärte Elfreda von Renitz soeben.
»Das war der Dank des Königs für meine Dienste. Ich habe meinen Abschied genommen.« So ganz passten die beiden Sätze nicht zusammen, doch Graf Renitz drückte damit präzise aus, dass seine Zeit als Soldat vorbei war

und er sich auf einen ruhigen Lebensabend auf seinem Besitz freute.

Die Gräfin achtete jedoch kaum auf seine Worte, sondern umarmte ihren Sohn. Hatte sie ihren Ehemann gleichgültig, ja beinahe kühl begrüßt, so nahm ihr Gesicht nun einen weichen Ausdruck an. »Ich bin glücklich, dich gesund und unversehrt wiederzusehen, mein Kind!«

»Das hätte sie auch zu dem Herrn Grafen sagen können«, wisperte Gisela ihrem jungen Freund zu.

Auch Walther hatte Graf Renitz' enttäuschte Miene wahrgenommen und nickte betroffen. Offensichtlich war der Gräfin der Sohn weitaus wichtiger als ihr Gemahl.

Dennoch übte Elfreda von Renitz Kritik an Diebold, die jedoch mehr auf seinen Vater abzielte. »Ich sehe, du trägst Zivil, mein Sohn. Willst du nicht mehr Offizier werden?«

»Oh, doch!«, beeilte Diebold sich, ihr zu versichern.

Nun griff Medard von Renitz ein. »Ich habe veranlasst, dass Diebold seinen Abschied nimmt und erst einmal seine Bildung nachholt, die er wegen des Krieges vernachlässigt hat.«

»Darf ich Euch erinnern, dass Ihr es wart, der unseren Sohn zu den Soldaten geholt hat?« Erneut schwang Kritik in der Stimme der Gräfin mit. Einerseits schien sie es ihrem Mann nicht zu verzeihen, dass er Diebold in Gefahr gebracht hatte. Andererseits bedauerte sie es offensichtlich, ihren Sohn nicht mehr in einer schmucken Uniform zu sehen.

Während Walther insgeheim den Kopf angesichts dieses Widerspruchs schüttelte, wurde die Gräfin auf ihn und Gisela aufmerksam.

»Wer sind die beiden da?«
Der Graf antwortete mit einem leisen Lachen. »Ihr kennt doch den Sohn unseres braven Försters Fichtner. Ein prachtvoller Bursche! Er hat mir auf dem Schlachtfeld von Belle-Alliance das Leben gerettet. Aus diesem Grund habe ich beschlossen, ihn in mein Haus aufzunehmen und zusammen mit unserem Sohn zu erziehen.«
»Und das Mädchen neben ihm?«, fragte die Gräfin.
»Das ist Gisela, braver Leute Kind. Ihr Vater war der erste Wachtmeister meines Regiments und fiel in der letzten Schlacht bei Belle-Alliance. Ihre Mutter wurde von einem Plünderer ermordet, als sie ihren toten Mann vor diesem beschützen wollte.«
Renitz wusste, dass das Schwerste noch kommen würde, doch er wollte erst einmal seine Gemahlin für Gisela einnehmen.
Die Gräfin schien jedoch kaum Mitleid für das Mädchen zu empfinden. »Ein Soldatenbalg also! Ob die wohl mehr kann als stehlen und lügen?«
Giselas Gesicht lief blutrot an, und sie wäre am liebsten vom Wagen gesprungen und davongelaufen. Rasch hielt Walther sie fest und sah zum Grafen hin. Dieser hatte begriffen, dass der Kampf, wer in Zukunft auf Renitz das Heft in der Hand halten würde, bereits begonnen hatte. Seine Frau würde ein mindestens ebenso harter Gegner für ihn werden wie Napoleons Soldaten für die verbündeten Heere.
»Ich sagte, sie ist braver Leute Kind und wohlerzogen«, antwortete Renitz mit Groll in der Stimme. Er hatte sich seine Heimkehr anders vorgestellt, doch war er nicht bereit, vor seiner Frau zu kapitulieren.

»Von mir aus! Sie kann sich vorerst in der Küche nützlich machen. Später wird sie als Magd auf dem Gut arbeiten.« Elfreda von Renitz wollte bereits das Thema wechseln, als ihr Mann noch einmal auf Gisela zu sprechen kam.
»Es gibt etwas, das Ihr noch wissen müsst, meine Liebe. Gisela ist katholisch getauft und soll es, so Gott will, auch bleiben!«
Bevor die Gräfin darauf antworten konnte, trat ein Herr in strenger schwarzer Tracht neben sie und fuhr Renitz an. »Dies kann ich nicht dulden! Das Mädchen muss den rechten Glauben annehmen oder gehen.«
»Wer hier geht und wer nicht, bestimme auf meinem Besitztum immer noch ich, Pastor Künnen, und sonst niemand. Ich habe der sterbenden Mutter mein Wort gegeben, und an diesen Schwur halte ich mich. Sollte ich erfahren, dass Sie Gisela wegen ihrer Konfession schlecht behandeln, müsste ich mir überlegen, ob Sie noch der richtige Seelsorger für meinen Besitz sind.«
Der unerwartete Widerstand von Seiten seiner Gemahlin und seines Hauspredigers verärgerte Renitz und ließ ihn harscher reagieren, als Walther von ihm gewohnt war.
Für einige quälende Augenblicke hatte der Junge befürchtet, sein Herr würde Gisela wegschicken, weil der Pastor es verlangte, und atmete auf, weil diese Gefahr zumindest für die nächste Zeit gebannt war.
Gisela musterte die Gräfin und den Pfarrer ängstlich. Wieso nur waren ihr beide Eltern genommen worden? Zwar war ihr Vater Soldat gewesen, aber er hatte in all den Schlachten niemals eine ernsthafte Wunde davongetragen. Da erschien es ihr wie ein Hohn, dass er ausgerech-

net im letzten Gefecht dieses schier endlosen Krieges sein Leben hatte lassen müssen.

Noch schwerer wog der Tod der Mutter. Seit sie denken konnte, war Gisela mit ihr, dem Vater und seinem jeweiligem Regiment gezogen. Nun ruhten beide in der Erde von Brabant, und sie war von der Gnade jener Leute abhängig, die sie ganz offensichtlich ablehnten. Gisela fragte sich, ob sie nicht doch besser das bisschen, was sie noch besaß, in ein Tuch packen und Renitz heimlich verlassen sollte. Suchen würde man sie gewiss nicht. Vielleicht würde der Graf sogar froh sein, die Verantwortung für sie auf so leichte Weise loszuwerden.

Dann aber sah sie Walther an, der sich wie ein Bruder um sie gekümmert hatte. Er würde ihr gewiss folgen, um sie zurückzuholen, und vielleicht sogar mit ihr als Landstreicher über die Straßen ziehen, wenn sie nicht auf Renitz bleiben wollte. Das durfte sie nicht zulassen. Graf Renitz hatte versprochen, ihn ausbilden zu lassen, und so würde er irgendwann einmal eine bedeutende Stellung einnehmen, vielleicht sogar als Gutsinspektor oder Ähnliches.

## 2.

Trotz des abweisenden Empfangs auf Renitz gewöhnten Gisela und Walther sich rasch an das Leben im gräflichen Schloss. Luise Frähmke, die dort als Mamsell amtierte, trug den beiden Arbeiten auf, die ihnen das Gefühl gaben, sich das Brot zu verdienen, das sie aßen. Von Graf Renitz und seiner Gemahlin sahen sie kaum etwas. Und auch Diebold kam ihnen kaum unter die Augen, der unter die Aufsicht des Pastors gestellt worden war und seine in den letzten Jahren arg vernachlässigte Bildung nachholen sollte.

An diesem Morgen hatte Frau Frähmke die beiden Kinder in den Wald geschickt, um Pilze zu suchen. Walther überkam ein seltsames Gefühl, als er zwischen den Baumriesen hindurchging und zu den weit ausladenden Kronen aufsah. Hier waren einst sein Vater und auch sein Großvater Förster gewesen. Wie sehr wünschte er sich diesen Posten, um für immer hier leben und arbeiten zu können. Doch Förster des Grafen Renitz wurde man nicht, indem man Pilze sammelte und Feuerholz in die Küche trug.

Bei diesem Gedanken wurde seine Miene so hart, dass Gisela erschrak. »Walther, was ist mit dir?«

»Ich habe gerade an die Versprechungen gedacht, die Graf Renitz mir gemacht hat. In Paris hat er mir versichert, ich dürfte lernen und später, wenn ich die Prüfungen schaffe, sogar mit Herrn Diebold zusammen die Universität besuchen. Letzteres bräuchte es nicht einmal! Ich wäre doch schon froh, wenn ich genug lernen könnte, um hier Förster zu werden, so wie mein Vater es gewesen ist.«

»Ich glaube nicht, dass du dir das wünschen solltest«, wandte Gisela ein. »Ich habe den jetzigen Förster gestern im Dorf gesehen. Er ist ein junger Mann und wird dem Grafen noch Jahrzehnte dienen können.«

»Der Graf hat auch noch andere Besitzungen, auf denen ich Förster werden könnte.«

In dem Augenblick, in dem er es sagte, wurde Walther jedoch klar, dass eine solche Aussicht ihn wenig lockte, denn er wollte in dem Forst bleiben, den schon seine Vorfahren gehütet hatten.

»Mach endlich! Die Pilze sammeln sich nicht von allein«, fuhr er das Mädchen ruppig an.

Gisela verkniff sich eine gepfefferte Antwort, denn ihr Korb war bereits um einiges voller als der seine. Allerdings hatte er sie auf mehrere Stellen hingewiesen, an denen Pilze wuchsen, und ihr diese auch überlassen. Er war ein guter Junge, meist freundlich und immer bereit, ihr beizustehen. Dafür musste sie ihm dankbar sein. Außerdem verstand sie seine Zweifel. Ihr Leben war einfach. Sie würde entweder Magd auf dem Gut werden oder Bedienstete im Schloss. Doch ihm hatte der Graf einiges mehr versprochen und bisher nichts davon gehalten.

»Es tut mir leid«, entfuhr es ihr.

»Was?«, fragte Walther verwirrt, da seine Gedanken bereits eine ganz andere Richtung eingeschlagen hatten.

»Nun, dass der Graf sich nicht um dich kümmert.«

Walther zog die Schultern hoch. »Da wir beide Waisen sind, müssen wir froh sein, ein Dach über dem Kopf zu haben und uns satt essen zu können. Weitere Ansprüche dürfen wir nicht stellen.«

»Das Leben ist ungerecht!«, fand das Mädchen. »Den einen gibt es so viel und vielen anderen so wenig.«

»Genauso kannst du fragen, weshalb die Sonne nur am Tag scheint und nicht auch in der Nacht oder warum der Mond sein Gesicht ändert und er nur einmal im Monat voll zu sehen ist«, antwortete Walther mit einem gekünstelten Lachen.

»Unser Herrgott im Himmel hat es so bestimmt«, erklärte Gisela mit Nachdruck.

»Aber warum?«

Gisela starrte Walther verwundert an. »Braucht Gott einen Grund, um etwas so zu schaffen, wie es ihm gut dünkt?«

»Er gab uns seine Zehn Gebote, in denen es heißt: Du sollst nicht töten! Trotzdem schlachten wir uns im Krieg gegenseitig ab.«

Die Erinnerung an die Schlacht bei Waterloo kam erneut in Walther hoch, und er spürte wieder das Grauen, das er angesichts der blutigen Walstatt empfunden hatte.

Auch Gisela schüttelte sich, wies dann aber auf eine Stelle, an der einige besonders schöne Pilze wuchsen. »Die solltest du dir nehmen. Mein Korb ist nämlich schon fast voll!«

»Gerade mal halb«, antwortete Walther nach einem prüfenden Blick und zog sein Messer. »Wir teilen sie uns. Dank meiner Mutter kenne ich weiter vorne noch einen Platz, an dem Steinpilze wachsen. Wenn uns keiner zuvorgekommen ist, können wir dort unsere Körbe füllen.«

Noch während er sich bückte und die Pilze abschnitt, hörten Gisela und er Schritte und drehten sich um.

Der Mann, der sich ihnen näherte, war der Förster. Er musterte die beiden, sicherte aufatmend seine schussbereit gehaltene Flinte und schulterte diese.

»Ihr seid es bloß! Aber ihr solltet euch vorsehen. Es treibt sich viel Gesindel im Land herum, das von den Kriegen

entwurzelt worden ist. Sie morden um eines Korbs voll Pilze willen ebenso wie wegen eines Beutels mit Gold.«
»Ist es wirklich so schlimm?« Walther versuchte, den Mann unsympathisch zu finden, weil dieser den Platz einnahm, den er sich in einigen Jahren für sich erhoffte, doch es gelang ihm nicht.
Holger Stoppel war um die dreißig, sehnig gebaut und hatte ein ehrliches, offenes Gesicht. Nachdenklich musterte er Walther. »Du bist doch der Sohn des Försters Fichtner. Das soll ein guter Mann gewesen sein, habe ich sagen hören. Sein Nachfolger hat nicht an ihn herangereicht und das Revier verkommen lassen. Nun bin ich dabei, es wieder in Ordnung zu bringen. Die Jahrbücher deines Vaters sind mir dabei eine große Hilfe. Es ist schade, dass er seinen Posten verlassen musste, um Soldat zu werden.«
»Waren Sie kein Soldat?«, fragte Walther.
Der Förster nickte verbissen. »Doch, das war ich! Aber ich kann nicht sagen, dass es mir gefallen hätte. Ich schieße nämlich nicht gerne auf Menschen. Auch gefällt es mir wenig, selbst eine Kugel aufgebrannt zu bekommen.«
»Sind Sie verwundet worden?«, wollte Gisela wissen.
»Ja, bei Leipzig! Hätte mich nicht eine wackere Frau aus Lützschena in ihr Haus gebracht, wäre ich wohl unter den Händen des Regimentschirurgen krepiert.«
Der Mann atmete tief durch und sah dann die Kinder mit einem gezwungenen Lächeln an. »Aber lasst euch davon nicht den Kopf schwermachen, sondern sammelt eure Pilze. Ich bleibe in der Nähe, damit euch kein Schurke etwas antun kann.«

»Danke!«, sagte Walther und meinte es ehrlich. Nun, da er den neuen Förster kennengelernt hatte, ärgerte er sich doppelt, weil der Graf sein Versprechen, ihm eine gute Ausbildung zukommen zu lassen, vergessen zu haben schien.

## 3.

Als Gisela und Walther eine Stunde später mit vollen Körben dem Hintereingang des Schlosses zustrebten, kam ihnen Medard von Renitz entgegen. Dieser sah sie und ihre Körbe verwundert an, sagte aber nichts, sondern kehrte zum Schloss zurück. Dort trat er durch die Tür, die ein Lakai rasch für ihn öffnete, und stieg die Treppe zu den Gemächern seines Sohnes hinauf. Er traf Diebold über ein Schreibheft gebeugt an, während der Pastor mit der Rute in der Hand wie ein drohender Schatten vor dem Fenster stand.

»Ich muss mit Ihnen sprechen, Pastor!« Renitz' Worte klangen hart und rissen seinen Sohn aus der Konzentration. Die Schreibfeder vollführte einen Schwenk, der nicht hätte sein sollen, und Diebold stieß einen wüsten Fluch aus.

Der Pastor schnaubte und holte mit der Rute aus, um den jungen Mann zu bestrafen. Doch Graf Renitz vertrat ihm den Weg. »Wenn ich sage, ich muss mit Ihnen sprechen, erwarte ich, dass Sie mir zuhören!«

Der Pastor stoppte mitten im Schritt und senkte die Rute. »Ich stehe zu Eurer Verfügung, Herr Graf.«

»Das will ich auch hoffen. Wie Sie sich vielleicht erinnern, habe ich Ihnen den Auftrag erteilt, Walther Fichtner zusammen mit meinem Sohn zu unterrichten. Daher wundert es mich, ihn nicht hier zu sehen.«

»Das halte ich nicht für gut, Herr Graf«, wandte der Pastor ein. »Euer Sohn ist zwei Jahre älter als der Junge, der wahrscheinlich nicht einmal seinen Namen schreiben kann. Es wäre für Herrn Diebold äußerst störend, müsste ich in seiner Gegenwart jemand das Abc und das kleine Einmaleins beibringen. Die Schulstunden reichen bereits jetzt kaum aus, ihm all das Wissen beizubringen, das er braucht, um auf der Universität bestehen zu können.«

Auf seinen Feldzügen hatte Graf Renitz sich immer wieder über seinen Regimentspfarrer geärgert, der sich mehr geistigen Getränken als geistlichen Handlungen hingegeben hatte. Nun aber wünschte er fast, dieser wäre hier und nicht der renitente Pastor, der seine Anweisungen ignorierte und sich ihm sogar offen widersetzte.

»Wenn ich einen Befehl erteile, erwarte ich, dass er befolgt wird! Ab morgen sitzt Walther Fichtner neben meinem Sohn an diesem Tisch. Zu Ihrer Beruhigung kann ich sagen, dass er sowohl das Abc wie das kleine Einmaleins beherrscht. Außerdem ist er ein kluger Junge und wird Diebold bald einholen. Ich hoffe, mein Sohn nimmt sich zusammen, um nicht hinter einem Jüngeren zurückzustehen.«

Für den Grafen war damit alles gesagt. Da sein Sohn sich nicht durch besonderen Eifer beim Lernen auszeichnete, hoffte er, dessen Ehrgeiz würde durch den Wettbewerb mit Walther angestachelt werden. Außerdem hatte er sich

über Pastor Künnen geärgert und wollte diesen nicht ohne Strafe davonkommen lassen.
»Noch etwas! Sie werden dem Mädchen ebenfalls Schreiben und Lesen beibringen, denn es soll später nicht als einfache Magd arbeiten müssen. Höre ich allerdings, dass Sie versuchen, Gisela vom katholischen Glauben abzubringen, stelle ich es Ihnen frei, sich um eine andere Stelle zu bewerben.«
An der Miene seines Dienstherrn konnte der Pastor ablesen, dass Widerspruch nicht nur vergebens sein, sondern ihn auch die angenehme Stelle hier auf Renitz kosten würde. Der Gedanke, in irgendeinem abgelegenen Dorf hinterwäldlerischen Bauern das Evangelium predigen zu müssen und dafür als Lohn nur Brot, ein Stück Speck und schlechtes Bier zu erhalten, schreckte ihn ab.
Da erschien es ihm besser, im Bund mit der Gräfin heimlich gegen deren Gemahl zu opponieren und dessen Anweisungen auf unauffällige Weise zu hintertreiben. Als Erstes beschloss er, Walther zwar als Schüler anzunehmen, diesem jedoch ein Pensum aufzutragen, das der Junge niemals bewältigen konnte. Aus Angst vor der Rute würde der Bengel dem Unterricht fernbleiben, und daran würde ihn selbst keine Schuld treffen. Was das Mädchen betraf, so gab es subtilere Mittel als Drohungen und Zwang, um es von seinem Glauben abspenstig zu machen.
Mit diesem Gedanken verbeugte Künnen sich vor dem Grafen und versprach, dessen Anweisungen nach bestem Wissen und Gewissen zu befolgen.
»Das will ich hoffen«, antwortete Renitz und verließ das Zimmer.

Kaum hatte die Tür sich hinter seinem Vater geschlossen, stieß Diebold einen Fluch aus. »Schockschwerenot! Ich will diesen Lümmel nicht neben mir sitzen haben!«

Der Pastor starrte ihn zornig an. »Ihr wisst, wie ich zu Flüchen stehe. Dies war jetzt der zweite, den ich heute höre. Jeder kostet fünf Rutenhiebe. Steht auf und bückt Euch!«

Vor Wut zitternd gehorchte Diebold. Hätte sein Vater ihn mit Schlägen bedroht, hätte seine Mutter sofort eingegriffen. Dem Pastor ließ sie jedoch freie Hand, mit ihm zu verfahren, wie es ihm passte, und Künnen hatte eine Vorliebe für körperliche Züchtigungen. Nur der Gedanke, dass er einmal der Nachfolger seines Vaters werden und den verhassten Pastor davonjagen konnte, ließ ihn die zehn Rutenhiebe auf den Hosenboden ertragen.

Beinahe hätte der Pastor noch ein elftes Mal zugeschlagen, doch er beherrschte sich und legte die Rute mit einem Ausdruck des Bedauerns weg. Zu sehr durfte er den jungen Herrn nicht züchtigen, wenn er nicht das Wohlwollen der Gräfin verlieren wollte. Das aber benötigte er nun dringender denn je.

Da wurde dem Pastor klar, dass er ab dem folgenden Tag auch Walther in seiner Gewalt haben würde. Wenn er den Bengel schlug, würde es Elfreda von Renitz nicht betrüben. Und da war auch noch das Mädchen, das für seinen katholischen Aberglauben bestraft werden musste. So rasch, wie er zuerst geplant hatte, wollte er sich weder seiner neuen Schüler nun doch nicht entledigen. Wenn die Rute die beiden möglichst oft traf, würde dies sowohl Graf Diebold wie auch dessen Mutter gefallen.

# 4.

Pastor Künnen setzte seinen Vorsatz bereits am nächsten Morgen in die Tat um und ließ Walther vom Küchentisch wegholen, an dem dieser gerade die Biersuppe löffelte, die es für die Bediensteten zum Frühstück gab. Als der Junge in den Unterrichtsraum kam, hob der Pfarrer die Augenbrauen.
»Hast du nichts Besseres anzuziehen? So kannst du dich nicht neben den jungen Herrn setzen!«
Betreten schüttelte Walther den Kopf. »Es tut mir leid, Herr Pastor, aber außer diesem Rock, den ich als Trommelbub im Regiment des Herrn Grafen erhalten habe, besitze ich nichts.«
»Dann solltest du dir die entsprechende Kleidung besorgen. Aber du hast wohl kein Geld?«
Walther schüttelte erneut den Kopf, und Diebold lachte gehässig.
»Der Kerl ist zu dumm zum Stehlen!« Es wurmte Diebold immer noch, dass ihm der größte Teil des Geldes, das er dem toten Franzosen abgenommen hatte, entwendet worden war. Nach dem Zwischenfall in Paris hatte er Walther gezwungen, sich bis auf die Haut auszuziehen, und auch dessen Tornister durchsucht. Doch der Junge hatte tatsächlich keine einzige Münze aus dem Beutel genommen. Die paar Scheidemünzen, die Walther besaß, reichten nicht einmal für eine richtige Mahlzeit in einer besseren Gaststätte, geschweige denn für neue Kleider.

»Dann muss ich wohl dafür Sorge tragen, dass du dem Anlass entsprechend gekleidet wirst. Du wirst mir die Auslagen später brav mit Zins und Zinseszins zurückzahlen«, fuhr der Pastor fort.

Diesem Mann verpflichtet zu sein war das Letzte, was Walther sich wünschte, doch ihm war klar, dass er keine andere Wahl hatte. »Ich wäre dem Herrn Pastor sehr dankbar dafür«, presste er hervor und schämte sich dabei so sehr, dass er sich am liebsten ins nächste Mauseloch verkrochen hätte. Künnen warf ihm einen zufriedenen Blick zu und sagte sich, dass jeder Fleck auf der neuen Kleidung Stockhiebe nach sich ziehen würde. Trotz dieser angenehmen Gedanken vergaß er den Unterricht nicht und wies Walther einen Platz an dem kleinen Tisch neben der Tür zu. Dann reichte er ihm eine Schiefertafel und einen Griffel und forderte ihn auf, das Vaterunser aufzuschreiben. Danach widmete er sich wieder Diebold, der sein Diktat mit einer Menge Fehler beendet hatte.

Es dauerte geraume Zeit, bis Pastor Künnen diese mit seinem adeligen Schüler durchgesprochen hatte und ihm die nächste Aufgabe stellen konnte. Erst danach war er wieder in der Lage, nach Walther zu sehen. Dieser hatte mittlerweile das befohlene Gebet aufgeschrieben und dabei nur zwei Fehler gemacht. Künnen schnaubte enttäuscht, denn er hatte erwartet, dem Jungen von Anfang an Dummheit und Unvermögen vorwerfen zu können. Trotzdem wies er mit tadelndem Blick auf die beiden Fehler und hob seinen Stock.

»Das hättest du besser machen können! Jeder Fehler, den du machst, wird mit einem Stockhieb bestraft. Steh auf und bück dich!«

Walther lag schon die Frage auf der Zunge, weshalb der Pastor Diebold nicht bestraft hatte, obwohl dieser zehn Fehler gemacht hatte, erinnerte sich aber früh genug an den Unterschied zwischen dem Sohn eines Grafen und einer gnadenhalber aufgenommenen Waise und erhob sich gehorsam.

Die Rute pfiff zweimal durch die Luft und klatschte hart auf sein Gesäß. Es tat so weh, dass Walther sich die Tränen verkneifen musste. In diesem Augenblick schwor er, alles zu tun, um möglichst wenig Fehler zu machen, und wenn er dafür seine Seele dem Teufel verschreiben musste.

Auf Künnens Befehl hin wischte Walther seine Schiefertafel ab und schrieb ein weiteres Gebet auf, das im Volk nicht so bekannt war. Diesmal gab er sich besondere Mühe, jedes Wort richtig zu schreiben. Als er einmal nicht weiterwusste, erinnerte er sich daran, dass der Pastor Diebold wegen genau dieses Wortes gescholten hatte, und schrieb es so auf die Tafel, wie Künnen es erklärt hatte.

Da die Gräfin bei ihrem Gemahl durchgesetzt hatte, dass Walther nur am Vormittag am Unterricht teilnehmen und am Nachmittag für Unterkunft und Verpflegung arbeiten musste, entließ Künnen den Jungen zur Mittagsstunde. Walther sauste in die Küche, um etwas zu essen zu bekommen und um die Mamsell zu fragen, welche Aufträge sie für ihn habe.

In der Küche traf er Gisela an, die an diesem Tag der Köchin geholfen hatte. Das Mädchen sah ihn lächelnd an.
»Hast du heute viel gelernt?«

»Es geht«, antwortete Walther, der außer dem Aufschreiben von Gebeten wenig hatte tun müssen. Allerdings hatte er Künnens Ausführungen, die Diebolds Lehrstoff betrafen, folgen können und spürte, dass der Vormittag doch nicht vergebens gewesen war.
»Auf alle Fälle habe ich mich im Schreiben geübt, und das ist mehr, als ich im letzten Jahr getan habe«, setzte er hinzu, um Gisela nicht den Eindruck zu vermitteln, er würde nur ungern lernen.
»Aber jetzt hast du Hunger, nicht wahr?«, fragte die Köchin. »Hier hast du deinen Napf. Ich habe dir extra zwei Fleischstückchen mit hineingetan. Ein junger Bursche wie du braucht Kraft zum Wachsen.« Cäcilie stellte Walther eine Schüssel hin und reichte ihm einen Löffel.
Der Junge setzte sich und begann mit gutem Appetit zu essen. »Das schmeckt gut!«, lobte er die Köchin zwischen zwei Bissen.
»Das tut es wirklich«, stimmte Gisela ihm zu. Da sie seit ihrer Geburt nichts anderes kennengelernt hatte als Soldatenlager und Heerzüge, waren Hunger und Not ihre ständigen Begleiter gewesen, während der Junge bis fast zu seinem zwölften Lebensjahr im nahe gelegenen Dorf gelebt hatte. Aus dieser Erfahrung heraus war sie froh, jeden Tag etwas zu essen zu bekommen.
»Haben deine Eltern den Feldzug nach Russland mitgemacht?«, fragte die Mamsell, die selbst kaum weiter als zwei deutsche Meilen von Renitz weggekommen war, sich aber für alles interessierte, was in der Welt vorging.
»Wir sind mit einem bayrischen Regiment hingezogen, das hinterher nicht mehr existiert hat.« Gisela wischte

sich die Tränen aus den Augen, als sie an den Schrecken dieses Feldzugs dachte, den Napoleon voller Überheblichkeit begonnen und so erbärmlich beendet hatte.

»Wie seid ihr dann eigentlich zu unserem Regiment gestoßen?«, wollte Walther wissen.

»Unseres hatte zu viele Männer und Marketenderinnen durch Hunger und Kälte verloren und sich schließlich ganz aufgelöst. Daher mussten sich die Überlebenden den noch halbwegs vollständigen Regimentern anschließen. Renitz hatte viele Unteroffiziere verloren, und so war Vater dort willkommen. Später hätte Mutter es lieber gesehen, wenn wir wieder nach Bayern gezogen wären. Doch König Maximilian war damals noch mit Napoleon im Bunde, und für den wollte Vater auf keinen Fall mehr kämpfen. So sind wir beim Regiment Renitz geblieben und haben Leipzig und einige andere Schlachten mit ihm durchgestanden, bis Vater und Mutter schließlich bei Waterloo getötet wurden.«

Nun vermochte Gisela ihre Tränen nicht mehr zurückzuhalten. Die Köchin seufzte mitfühlend und stellte ihr ein kleines Schüsselchen mit der Nachspeise hin, die eigentlich für den Tisch des Grafen gedacht war.

»Komm, iss, Kleine! Es wird schon alles wieder gut.«

»Ganz gewiss wird es das«, pflichtete Walther ihr bei und drückte Gisela seinen Löffel in die Hand.

## 5.

Am Mittagstisch des Grafen ging es um einiges steifer zu als in der Küche. Außer Renitz, seiner Gemahlin und seinem Sohn saß nur noch Pastor Künnen an der Tafel. Dieser sprach das Tischgebet und berichtete zwischen den Gängen dem Grafenpaar von Diebolds Fortschritten. Da er die Liebe der Gräfin zu ihrem Sohn kannte, beschönigte er dessen Leistungen ein wenig und bedauerte die Zeit, die der Junge während seines Aufenthalts beim Regiment verloren habe.

»Graf Diebold muss leider auf einer Stufe ansetzen, die der eines um mehrere Jahre jüngeren Knaben entspricht, und er wird wohl auch nicht im üblichen Alter sein Studium beginnen können«, setzte er bedauernd hinzu.

Graf Renitz klopfte mit dem Löffel auf den Tisch. »Es war Diebolds Pflicht als aufrechter Patriot, dem Vaterland zu dienen. Ob er nun ein oder zwei Jahre später sein Studium beginnen kann, bleibt sich gleich.«

»Ihr habt unseren einzigen Sohn in Gefahr gebracht! Wie leicht hätten wir ihn verlieren können.« Diesen Vorwurf machte die Gräfin ihrem Mann nicht zum ersten Mal.

Renitz war dieser und vieler anderer Klagen leid und ging nicht auf ihre Worte ein. Stattdessen fragte er nach Walther. »Wie macht sich der junge Fichtner?«

»Der ist strohdumm!«, antwortete sein Sohn lachend. »Er kann nicht einmal das Vaterunser! Außerdem besitzt er keine anständigen Kleider. Pastor Künnen hat sich großzügigerweise bereit erklärt, ihm solche zu besorgen.«

Das Gesicht des Grafen lief rot an. »Ich danke Ihnen für Ihr Angebot, den Jungen auszustatten, doch das ist meine Pflicht! Ich bedaure, dass ich nicht selbst daran gedacht habe, sonst hätte ich nicht nur meinen Sohn, sondern auch Walther in Berlin neu einkleiden lassen. Ich werde morgen den Schneider aus der Stadt kommen lassen, damit er Walther neue Kleider anmisst.«

Gräfin Elfreda winkte energisch ab. »Wir haben hier im Schloss genügend Mägde, die gut mit Nadel und Faden umgehen können. Es wird reichen, wenn diese dem Jungen Hose und Weste nähen. Schließlich hat er keinen Anspruch darauf, wie jemand von Stand behandelt zu werden.«

Renitz wollte ihr im ersten Moment widersprechen, seufzte aber nur. Allmählich fehlte ihm die Kraft, sich immer wieder gegen seine Frau durchsetzen zu müssen. »Dann sorgt bitte dafür, dass dies geschieht, meine Liebe«, antwortete er höflich und ließ den nächsten Gang auftragen.

»Soll dieser Junge tatsächlich am Unterricht teilnehmen? Ihr habt doch von unserem verehrten Pastor gehört, wie dumm und unbeholfen er ist«, bohrte die Gräfin weiter.

»Das hat Diebold behauptet. Das Urteil des Herrn Pastors steht noch aus!« Renitz klang verärgert, weil seine Gemahlin diese Angelegenheit nicht auf sich beruhen lassen wollte.

Für Künnen war es nicht ganz einfach, eine diplomatische Erklärung zu finden, denn er durfte die Gräfin nicht verärgern, wollte sich aber auch nicht Renitz' Unmut zuziehen. »Nun«, setzte er zögernd an. »Walthers Intelligenz

ist natürlich nicht im Geringsten mit der von Graf Diebold zu vergleichen, aber mit etwas Mühe kann er eine gewisse Bildung erlangen. Sie wird auf jeden Fall ausreichen, um ihm eine Stelle als Gutsinspektor, vielleicht sogar als Verwalter anvertrauen zu können.«
»Der soll Knecht werden! Zu mehr taugt er nicht«, warf Diebold bissig ein.
Ein strafender Blick seines Vaters ließ ihn zusammenzucken. Im Gegensatz zur Mutter wusste er, dass dieser zwar langmütig war, aber wenn er dann in Rage geriet, langte er mit einem dickeren Stock zu als der Pastor.
»Ich gebe noch etwas zu bedenken«, warf Künnen ein. »Es wäre für Graf Diebold gewiss von Vorteil, wenn er nicht allein unterrichtet wird, denn dabei gerät ihm das, was der junge Fichtner lernen muss, von selbst wieder ins Gedächtnis, und so vermag er sich den Stoff, den er während seiner Zeit beim Militär vergessen haben mag, mit Leichtigkeit erneut anzueignen.«
Da der Pastor der Meinung war, ihr Sohn würde von einem gemeinsamen Unterricht mit Walther profitieren, war die Gräfin einverstanden. Auch Diebold selbst war seinen anfänglichen Worten zum Trotz für den gemeinsamen Unterricht. Er kannte Künnens Vorliebe für die Rute und wusste, dass Walther sie am meisten zu spüren bekommen würde.
»Dann wird es so geschehen!« Mit diesen Worten war das Thema für Graf Renitz erledigt, und er wandte sich wieder dem Essen zu.
Während seiner Zeit beim Militär hatte er als Offizier zwar etliche Vorrechte genossen, aber an schlimmen Ta-

gen ebenso gehungert wie der letzte Musketier seines Regiments. Daher war es für ihn ein Genuss, sich richtig satt essen zu können, und das spürte er bereits um die Taille. Wie es aussah, würde er bald selbst einen Schneider brauchen, um seine Garderobe zu erneuern. Dabei, sagte er sich, würde er auch einen Sonntagsrock für Walther anfertigen lassen. Dies erschien ihm ein ebenso guter Kompromiss wie die Entscheidung mit dem gemeinsamen Unterricht.

## 6.

Für Walther hieß es nun, jeden Vormittag das Schulzimmer aufzusuchen und die Schläge des Pastors hinzunehmen. Einen Grund, ihn zu bestrafen, fand Künnen immer, und sei es nur, um Diebold die Hiebe, die dieser erhielt, erträglicher zu machen, indem er Walthers Hinterteil noch weniger schonte.

Obwohl Walther oft genug die Zähne so zusammenbeißen musste, dass sie knirschten, sog er das Wissen, das der Pastor ihm vermittelte, begierig auf. Er tat sich beim Lernen weitaus leichter als Diebold, der immer wieder störrisch reagierte, wenn sein Lehrer zu ungeduldig mit ihm wurde.

Neue Kleider hatte Walther inzwischen auch erhalten. Die Störschneiderin der Gräfin hatte ihr Bestes gegeben, und so konnte er sich in seinen Hosen, der Weste und

dem Rock sogar am Sonntag in der Kirche sehen lassen. Den Entschluss, ihm einen richtigen Sonntagsrock schneidern zu lassen, hatte der Graf auf Einwirken seiner Gattin verschoben, weil Elfreda von Renitz der Meinung war, der Junge würde zu schnell herauswachsen.
Doch nicht nur für Walther, sondern auch für Gisela änderte sich nun einiges. Zuerst hatte Pastor Künnen überlegt, sie einzeln zu unterrichten, doch das hätte Zeit gekostet, die er nicht verschwenden wollte. Daher saß das Mädchen jetzt an einem kleinen Tisch in der Nähe der Tür mit dem Rücken zu den Jungen und malte das Abc von einer Vorlage ab.
Für das, was das Mädchen lernen sollte, hätte Künnen es auch in die Dorfschule schicken können. Dort brachte sein Küster den Kindern das Alphabet und die Grundlagen des Rechnens bei. Den Älteren, die bereits ihrer Konfirmation entgegensahen, bleute Künnen jedoch höchstpersönlich die notwendige Gottesfurcht ein. Aber den faulen Apfel, wie er Gisela im Stillen nannte, wollte er nicht zu den anderen Kindern stecken, damit sie niemanden mit ihrem katholischen Aberglauben vom rechten Weg abbringen konnte. Außerdem hatte er seine Absicht, eine Protestantin aus ihr zu machen, noch lange nicht aufgegeben. Er würde allerdings vorsichtig zu Werke gehen müssen, damit ihm Graf Renitz nicht auf die Schliche kam.
Während Künnen den Blick zufrieden über seine beiden Schüler und die Schülerin gleiten ließ, lobte er sich selbst für seine Klugheit, die ihm den angenehmen Posten auf Renitz eingebracht hatte.

Unterdessen war Gisela mit dem Abc fertig und überlegte, ob sie den Pastor auf sich aufmerksam machen sollte, damit er ihr eine neue Aufgabe erteilte. Da trat Künnen hinter Walther, schaute auf dessen Tafel und hob seine Rute, die er nie aus der Hand legte. »Hier ist ein Fehler. Du weißt, was das bedeutet!«
Walther stand auf, beugte sich nach vorne und nahm den Rutenhieb ohne sichtliche Gefühlsregung hin.
»Dies wird dich lehren, das nächste Mal besser achtzugeben!«, erklärte Künnen und forderte nun Diebold auf, für die fällige Bestrafung aufzustehen.
Da sich diese Szene an diesem Vormittag mehrfach wiederholte, begriff Gisela, dass Walther nur deshalb geschlagen wurde, weil der Pastor es nicht wagte, nur Graf Diebold zu züchtigen. Diese Ungerechtigkeit machte sie wütend. Doch auch sie selbst blieb nicht verschont. Als der Pastor auf ihre Schiefertafel blickte, erklärte er drei der abgemalten Buchstaben für misslungen und wippte auffordernd mit dem Stock.
»Steh auf und beuge dich über den Tisch!« Auf seiner Miene stand die Vorfreude auf das, was nun kommen würde. Am liebsten hätte Künnen dem Mädchen befohlen, den Rock zu heben, um ihm die Hiebe auf das blanke Hinterteil geben zu können. Doch da die Knaben bei ihrer Bestrafung die Hosen anbehielten, sah er davon ab. Er führte die Rute jedoch recht kräftig und lachte höhnisch, als Gisela danach mit den Tränen kämpfte.
»Achte das nächste Mal besser auf das, was du schreibst, sonst wird die Rute noch öfter auf deinem Hintern tanzen!«

Dann trat er wieder zu Walther. An dessen Arbeit war jedoch selbst nach strengsten Kriterien nichts auszusetzen, und so blieb Diebold eine Strafe für die drei Fehler erspart, die sich in seinen Text eingeschlichen hatten.
Trotz der Ungerechtigkeiten des Pastors war Walther froh um den Unterricht. Als Trommelbub war er weit genug herumgekommen, um zu wissen, dass jemand, der es zu etwas bringen wollte, eine gewisse Bildung brauchte. Daher lernte er eifrig und achtete auch auf das, was Künnen dem jungen Grafen beibrachte. Zwar verstand er noch nicht alles, doch im Lauf der Zeit fügte sich das, was er mit anhörte, zu einem Ganzen zusammen. Um mit möglichst wenigen Schlägen auszukommen, bemühte er sich, keine Fehler zu machen. Dies riet er auch Gisela, als sie an diesem Tag den Unterrichtsraum verließen, um unten im Gesinderaum neben der Küche ihr Mittagessen einzunehmen.
»Du bist doch ein kluges Mädchen. Außerdem weiß ich, dass du bereits lesen kannst.«
»Die Mama hat es mir beigebracht, und auch der Papa, wenn er Zeit dafür hatte. Aber das Buchstabenmalen ist etwas ganz anderes«, sagte Gisela. Sie war kurz davor, wieder in Tränen auszubrechen, denn sie fürchtete sich vor dem Pastor, seit sie den Mann zum ersten Mal gesehen und seine ablehnenden Worte gehört hatte. Diese Angst war mit seinen Hieben noch gewachsen. Sie strich sich erneut über das schmerzende Hinterteil und schüttelte störrisch den Kopf. »Wenn er mich jeden Tag schlägt, gehe ich nicht mehr hin!«
Walther blieb stehen und fasste sie bei den Schultern. »So darfst du nicht denken! Einem Mädchen, das nichts weiß

und nichts kann, bleibt nur, sich als Magd auf einem Gut oder Bauernhof zu verdingen. Der Lohn ist gering, und Schläge erhältst du dort dein Leben lang. Außerdem ...«
Der Junge wollte ihr nicht erklären, was er noch aufgeschnappt hatte, denn dafür erschien Gisela ihm noch zu jung. Doch wenn sie nicht die Zähne zusammenbiss und das Wissen, das der Pastor ihr darbot, zusammen mit den Schlägen entgegennahm, würde sie später bitter erfahren müssen, dass höherrangige Knechte oder Gutsbeamte sie zu Dingen auffordern würden, die den Worten seiner Mutter nach eine Sünde waren.
Für solche Dinge interessierte Walther sich selbst noch nicht, aber er wusste, dass Diebold heimlich die Mägde des Gutes beobachtete, wenn sie am Samstagabend in der Waschküche badeten. Ähnliche und schlimmere Situationen wollte er Gisela ersparen und redete daher inständig auf sie ein.
»Um Köchin auf einem Gutshof oder gar einem Schloss wie Renitz werden zu können, musst du neben dem Kochen auch sehr gut lesen, schreiben und rechnen können. Als Mamsell müsstest du noch viel mehr wissen. Also gib dir Mühe!«
Bei seinen letzten Worten hatten sie die Küche betreten. Während Cäcilies Helferinnen sich an die Stirn fassten und weiteraßen, sah die Köchin den Jungen und das Mädchen nachdenklich an.
Auch die Mamsell machte sich so ihre Gedanken. Wenn Gisela wirklich eine bessere Stellung im Schloss einnehmen wollte, würde sie ihrem katholischen Glauben entsagen müssen. Doch das war nichts, worin sie sich einmi-

schen durfte. Daher winkte sie die Kinder zu sich und wies durch das Fenster auf den nahen Wald.

»Ihr könnt nach dem Essen wieder Pilze sammeln und dabei zum Förster gehen und das Baumharz holen, um das ich ihn gebeten habe.«

»Das machen wir gerne, Frau Frähmke! Nicht wahr, Gisela?«

Das Mädchen nickte eifrig. »Aber ja!«

»Lange werden die Kinder nicht mehr Pilze sammeln können. Ich spüre in den Knochen, dass der Winter nicht mehr fern ist!« Cäcilie seufzte und trauerte ein wenig ihrer Jugend nach, in der sie solche Wehwehchen nicht geplagt hatten.

Walthers Gedanken beschäftigten sich mit etwas anderem. »Der Förster hat uns letztens vor Gesindel gewarnt, das sich in den Wäldern herumtreiben soll, und gemeint, ich solle beim nächsten Mal eine Pistole mitnehmen.«

»Kannst du mit so einem Ding überhaupt umgehen?«, fragte die Köchin ungläubig.

»Der junge Herr hat es mir gezeigt.«

»Nun gut! Wenn Stoppel meint, eine Waffe wäre zum Pilzesammeln angebracht, dann werde ich dir eine besorgen«, sagte die Mamsell, stand auf und verließ die Küche.

Nachdem die Kinder ihren Brei gegessen hatten, holte Walther eine Jacke für sich und ein Schultertuch für Gisela. Als sie die Küche verlassen wollten, kam Frau Frähmke ihnen entgegen und hielt eine Pistole in der Hand, die sich stark von den eleganten Waffen des Grafen und seines Sohnes unterschied. Für einen Augenblick fühlte Walther sich verunsichert, doch nach einer Weile des Nachdenkens vermochte er das Ding zu laden. Erleichtert steckte er die Pistole in seinen Gürtel, setzte seine Mütze auf und sah Gisela auffordernd an. »Gehen wir!«

Während die Kinder das Schloss verließen, kratzte Cäcilie sich am Kopf. »Lange können Sie die beiden nicht mehr zusammen in den Wald hinausschicken, Frau Frähmke. Walther wird bald ein junger Mann sein, und Sie wollen ihn doch nicht in Versuchung führen.«

»Ich? Gewiss nicht!« Die Augen der Mamsell sprühten Blitze, doch sie begriff durchaus, worauf die Köchin hinauswollte. Auch Gisela würde älter werden und eine Versuchung für einen jungen Burschen darstellen, der mit sich und seinen Trieben noch nicht im Reinen war.

# 7.

Ohne etwas von den Bedenken der beiden Frauen zu ahnen, eilten die Kinder auf den Waldrand zu. Sie waren vielleicht noch einen Steinwurf von den ersten Bäumen entfernt, da zupfte Gisela Walther am Ärmel und zeigte auf eine Stelle gut zwei Büchsenschussweiten von ihnen entfernt, wo mehrere Männer rasch im Unterholz verschwanden.

»Das sind keine Dörfler, denn die haben vom Grafen die Erlaubnis, Fallholz für den Winter zu sammeln«, murmelte Walther und griff nach seiner Pistole.

»Wir sollten zuerst zum Förster gehen, damit er weiß, dass sich jemand im Wald herumtreibt.« Auch wenn Gisela ihrem Freund vertraute, so hätte sie sich und ihn doch lieber unter dem Schutz eines Erwachsenen gesehen.
Walther schüttelte den Kopf. »Dann müssten wir das Baumharz, das wir für Frau Frähmke holen sollen, die ganze Zeit mit uns schleppen. Zuerst suchen wir die Pilze. Wir brauchen ja nicht in die Richtung zu gehen, in der wir die Fremden gesehen haben. Auf der anderen Seite des Forstwegs gibt es ebenfalls ein paar gute Plätze.«
Gisela nickte, und eine Zeitlang stapften die beiden stumm nebeneinander her. Dann kam Walther erneut auf den Unterricht am Vormittag zu sprechen. »Auch wenn der Pastor uns ungerecht behandelt und schlägt, dürfen wir nicht verzagen. Irgendwann wird es uns zum Vorteil ausschlagen, das schwöre ich dir!«
»Bei den Soldaten bin ich nie geschlagen worden«, antwortete Gisela missmutig. »Doch beim Pastor habe ich das Gefühl, als würde es ihm Freude machen, uns zu quälen.«
»Damit müssen wir leben! Weißt du, Gisela, mein Vater und mein Großvater waren Förster in diesem Revier, und ich will es einmal nicht schlechter haben als sie.«
Walther biss die Zähne so fest zusammen, dass die Wangenknochen weiß hervorstachen. Solange er bei seiner Mutter gelebt hatte, waren ihm nie solche Gedanken gekommen. Doch die Zeit beim Regiment hatte ihn gelehrt, dass jemand wie er nur durch Bildung aufsteigen konnte. Und wenn er diese lediglich mit Schmerzen erringen konnte, dann musste es eben sein.

Gisela war der Ehrgeiz des Jungen fremd. Auch lastete der Tod der Eltern ihr noch zu sehr auf der Seele, als dass sie an eine mögliche Zukunft denken konnte. Für sie galt es erst einmal, Pilze zu sammeln, damit die Köchin und die Mamsell zufrieden waren. Was danach kam, würde Gott im Himmel entscheiden. Bei dem Gedanken fiel ihr auf, dass sie bereits etliche Tage nicht mehr gebetet hatte. Daher kniete sie sich auf den weichen Waldboden, faltete die Hände und sprach ein Ave-Maria.
Als Walther ihre Stimme vernahm, drehte er sich verwundert um und erinnerte sich nun erst wieder daran, dass sie katholisch war. Nach Aussage des Pastors waren die Katholiken alle üble Sünder und Götzenanbeter, doch nachdem er Giselas Eltern und sie selbst kennengelernt hatte, kamen sie ihm nicht schlechter vor als die Leute auf dem Schloss und im Dorf. Gisela mochte er sogar weitaus lieber als alle anderen, die er kannte. Daher ließ er sie beten, während er Pilze sammelte und einige besonders schöne Exemplare unauffällig in ihren Korb legte.
Das Mädchen bemerkte es und war gerührt. Lächelnd trat sie zu ihm und legte ihm die Hand auf den Arm. »Ich werde so viel lernen, wie ich kann. Das verspreche ich dir!«
»Ich werde dir dabei helfen. Wenn es nicht anders geht, bleiben wir am Abend noch eine Weile in der Küche sitzen und üben das, was du am Tag durchnehmen musstest.«
»Danke!« Obwohl Gisela noch immer lächelte, liefen ihr vor Erleichterung die Tränen über die Wangen. In Walther hatte sie einen Freund, der selbstlos zu ihr hielt und ihr half, das Leben in der Fremde zu ertragen. Es mochte vielleicht irgendwo Verwandte ihrer Eltern geben, die

sich ihrer annehmen würden, doch sie wusste weder deren Namen noch die Orte, an denen diese lebten. Also blieb ihr nichts anderes übrig, als hier auf Renitz zu bleiben und das Beste daraus zu machen.

»Hast du das eben nicht auch gehört?« Walthers leise Frage riss das Mädchen aus seinen Gedanken. Sie lauschte nun ebenfalls und wagte dabei kaum zu atmen.

»Das sind Schritte, wenn du mich fragst!«, antwortete sie. »Unsere Körbe sind voll genug, also sollten wir zusehen, dass wir zum Forsthaus kommen. Zum Glück müssen wir nicht auf die heimlichen Schleicher zugehen!« Walther nahm seinen Korb mit der Linken, um im Notfall die Pistole ziehen zu können. Auch wenn er noch nie damit geschossen hatte, hoffte er, mit ihr ein paar Landstreicher im Zaum halten zu können.

Die nächste halbe Stunde wurde zur Nervenprobe. Immer wieder hörten die beiden Schritte hinter sich, die näher und näher kamen. Obwohl der Abend noch fern war, wurde es im Wald ungewöhnlich dunkel. Walther schaute verwundert nach oben und sah durch die Wipfel der Bäume auf einen pechschwarzen Himmel, der jeden Augenblick Blitze schleudern konnte.

»Es zieht ein Gewitter auf.« Er überlegte, ob er nicht auch Giselas Korb nehmen sollte, damit das Mädchen rascher vorwärtskam. Allerdings würde er dann nicht rechtzeitig genug an die Pistole kommen.

»Geht's noch?«, fragte er seine Begleiterin.

Gisela nickte mit verbissener Miene. »Ich halte schon durch! Wenn man eines bei der Infanterie lernt, so ist es Marschieren.«

Für einen Augenblick erinnerten sie sich beide an die schier endlosen Straßen, auf denen sie mit dem Regiment Renitz gezogen waren, aber das Geräusch knackender Äste brachte sie rasch wieder in die Gegenwart zurück.

»Ist es noch weit bis zum Forsthaus?«, fragte Gisela bang.

Vor dem Tod seiner Mutter war Walther oft durch den Wald gestreift und hatte geglaubt, sich gut auszukennen. Doch beim Pilzesammeln hatte er die Übersicht verloren und hätte nicht einmal mehr zu sagen vermocht, ob sie auf dem richtigen Weg waren.

»Wir müssten das Haus bald erreicht haben«, sagte er, um Gisela Mut zu machen. Gleichzeitig legte er die Rechte auf den Griff der Pistole und schwor sich, jedem eine Kugel aufzubrennen, der Gisela auch nur einen Schritt zu nahe kam.

»Dort ist es!«

Der Ruf des Mädchens erlöste Walther. Rasch eilten sie auf das Forsthaus zu, das aus schweren Balken gefertigt neben einer riesigen Eiche stand, und sahen erleichtert, dass Rauch aus dem Kamin aufstieg.

»Wie es aussieht, ist Stoppel zu Hause«, rief Walther. Da sah er aus den Augenwinkeln einen Schatten auf sich zukommen und handelte instinktiv. Bevor der Kerl ihn erreichen konnte, streckte der Junge ihm die Pistole entgegen.

»Stehenbleiben oder es knallt«, rief er dabei mit so fester Stimme, wie es ihm möglich war.

Der Mann starrte auf die Waffe und blieb stehen. Sein Mienenspiel verriet Walther jedoch, dass sich andere Landstreicher seinem Rücken näherten, und er überlegte

fieberhaft, was er tun sollte. Mit einem Mal senkte er den Lauf der Pistole ein wenig, so dass dieser auf den rechten Oberschenkel des Mannes zeigte, und drückte ab!
Als der Knall ertönte, zuckte Gisela erschrocken zusammen. Walther hingegen starrte auf den Landstreicher, der mit schmerzverzerrtem Gesicht zurücktaumelte.
»Macht die beiden fertig!«, rief der Kerl seinen Spießgesellen zu.
Bevor die Kerle sich in Bewegung setzen konnten, klang erneut ein Schuss auf, gefolgt von der zornigen Stimme des Försters. »Verschwindet, Gesindel! Sonst mache ich euch Beine.«
Das ließen die unverletzten Landstreicher sich nicht zweimal sagen, sondern rannten, als wäre der Leibhaftige hinter ihnen her. Der Verletzte humpelte ihnen nach und verfluchte sie, weil sie ihn im Stich ließen.
Während Walther erleichtert aufatmete und Gisela der Heiligen Jungfrau mit einem stillen Gebet dankte, feuerte Stoppel auch den zweiten Lauf seiner Büchse ab und schwang diese anschließend drohend durch die Luft.
»Lasst euch ja nicht mehr in meinem Forst blicken, sonst lernt ihr mich kennen«, brüllte er dabei hinter den Fliehenden her. Dann kam er auf die Kinder zu und zerzauste Walthers dunkelblonden Schopf.
»Gut gemacht, Junge! Du hast nicht nur die Nerven behalten, sondern auch mich mit deinem Schuss alarmiert. Wenn das Gesindel hier nicht verschwindet, werde ich den Grafen bitten müssen, Militär zu holen und den Wald durchkämmen zu lassen. Ich habe das Gefühl, als wären die Kerle nicht die Einzigen, die sich hier eingenistet ha-

ben. Daher solltest du in der nächsten Zeit gut auf dich aufpassen. Solches Gelichter ist rachsüchtig, und ich will nicht, dass dir etwas passiert.«

»Ich werde achtgeben«, versprach Walther und steckte seine Waffe weg. »Sie ist leer geschossen. Haben Sie vielleicht Pulver und Blei, damit ich sie wieder laden kann, Herr Stoppel?«

»Ich werde schon etwas finden. Aber jetzt kommt! In dieser Kälte tut ein Schluck warmer Holunderwein gut.«

Erst jetzt spürten Walther und Gisela den eisigen Wind, der mit einem Mal zwischen den Bäumen hindurchstrich. Beide fröstelten und waren froh, als sie ins Forsthaus kamen.

Förster Stoppel lebte allein in dem Haus, in dem vor ihm mehrere Generationen Fichtners ihre Pflicht erfüllt hatten. Die Einrichtung stammte noch von seinen Vorgängern und war sehr schlicht. Es gab nur zwei Zimmer, von denen das hintere dem Förster als Schlafraum und Arbeitsraum diente. Das vordere, etwas größere bildete Wohnraum und Küche. Auf dem Tisch lagen eine angeschnittene Wurst und ein halber Laib Brot. Daneben stand ein leerer Holzbecher. Stoppel holte zwei weitere Becher von einem Bord, füllte sie mit warmem Holunderwein und goss auch sich selbst ein.

»Auf euer Wohl! Aber sagt Frau Frähmke, dass die Pilze in euren Körben die letzten sind, die ihr heuer sammeln konntet.« Dann stieß Stoppel mit beiden an und trank genussvoll seinen Becher leer. Während er sich seine Pfeife anzündete, sah er Walther an. »Du bist wohl hier in diesem Haus zur Welt gekommen?«

Der Junge schüttelte den Kopf. »Oh nein! Als der Graf meinen Vater als Wachtmeister in sein Regiment holte, musste meine Mutter in eine Hütte im Dorf ziehen. Ich bin erst etliche Jahre später zur Welt gekommen und habe das Forsthaus immer nur von außen gesehen.«
Der Junge hatte längst beschlossen, seinen Frieden mit dem Förster zu machen. Stoppel konnte nichts dafür, dass er nun die Stelle einnahm, die früher einmal sein Vater ausgefüllt hatte.
»Könnt ihr neben euren Körben noch etwas anderes tragen?«, fragte Stoppel. »Ich sollte nämlich für die Mamsell Baumharz sammeln, und das könntet ihr mitnehmen.«
»Deswegen hat Frau Frähmke uns hierher geschickt«, bekannte Gisela.
Der Förster musterte die beiden vollen Pilzkörbe und schüttelte den Kopf. »Das wäre zu schwer für euch. Wisst ihr was? Ich komme mit euch. Dann kann ich Seiner Erlaucht gleich von dem Gelichter berichten, das sich in seinen Wäldern herumtreibt.«
Während Gisela erleichtert wirkte, kämpfte Walther mit seinem verletzten Stolz. Er war der Meinung, die zusätzliche Last des Baumharzes durchaus bewältigen zu können. Außerdem kränkte es ihn, dass Stoppel ihn nicht für fähig zu halten schien, Gisela auf dem Heimweg zu beschützen. Doch angesichts von Stoppels fortwährender Freundlichkeit vergaß Walther rasch seinen Unmut, und als Stoppel ihm Pulver und Kugeln brachte, mit denen er die Pistole laden konnte, war er wieder versöhnt.

## 8.

Wie von der Köchin Cäcilie angekündigt, ließ das Wetter das Sammeln von Pilzen schon vom nächsten Tag an nicht mehr zu. Noch am Abend fiel ein eiskalter Regen, den der stürmische Wind in jede Ritze und Falte trieb. Als Walther das Feuerholz holte, bedauerte er, keine Handschuhe zu tragen. Es fror ihn an den Fingern, und seine Jacke war zu dünn, um den Regen abzuhalten.

Bei seiner Rückkehr in die Küche zitterte er so stark, dass Cäcilie den Kopf schüttelte. »Du hättest zurückkommen und wärmere Sachen anziehen sollen!«

»Ich dachte, ich schaffe es auch so. Aber das nächste Mal ziehe ich mich um«, versprach Walther und stellte sich an den Herd, um sich aufzuwärmen.

Unterdessen räumte Cäcilie die Scheite ein. »Ich werde mit der Mamsell reden, damit sie dir richtige Winterkleidung zuteilt«, sagte sie und wies dann auf Gisela, die am Tisch saß und Pilze putzte. »Sie braucht auch einen wärmeren Rock, eine Weste und ein dickes Schultertuch, wenn sie nach draußen geht.«

»Gisela braucht die Sachen dringender als ich«, erklärte Walther.

»Ihr braucht sie beide!« Die Köchin ließ sich nicht beirren, sondern wies Walther an, dem Mädchen bei den Pilzen zu helfen. »Dann wird sie schneller fertig, und du kannst ihr noch ein wenig von dem beibringen, was unser Herr Pastor morgen von ihr wissen will. Sonst tanzt sein

Stock wieder auf ihrem Hintern, und das wollen wir doch alle nicht.«

»Der Pastor übertreibt es wirklich«, sagte Walther leise.

Die Köchin zuckte mit den Schultern. »Die einen haben die Macht, Tausende von Soldaten loszuschicken, die sich gegenseitig totschießen sollen, andere haben nur die Macht über ein paar Kinder, die sie nach Herzenslust verprügeln können. Leben muss man mit beidem.«

»Der Mann behandelt uns nicht einmal gleich!«, erklärte Walther mit Nachdruck. »Gisela und mich straft er bei dem kleinsten Fehler, während er bei Graf Diebold immer wieder Nachsicht übt. Außerdem schlägt er ihn niemals, ohne mich vorher zu verbleuen.«

»Das tut mir leid für dich und auch für Gisela, aber ich fürchte, ihr werdet es ertragen müssen. Und nun führe dein Messer nicht so, als wären die Pilze jemand, den du abstechen willst. Wenn ich Stoppel richtig verstanden habe, hast du heute schon einen Menschen verletzt.« Die Köchin klang ungläubig, doch Walther nickte.

»Es war ein Landstreicher, der es mit seinen Spießgesellen auf Gisela und mich abgesehen hatte. Ich begreife nicht, weshalb der Kerl so dumm sein konnte. Außer den beiden Körben mit Pilzen hatten wir doch nichts bei uns.«

»Für jemand, der hungrig ist, stellen zwei Körbe mit Pilzen durchaus eine Verlockung dar«, gab Cäcilie zurück.

Gisela legte den Pilz, den sie gerade geputzt hatten, in die Schüssel und sah die Köchin empört an. »Aber die hätten sie doch selbst sammeln können!«

»Pilze wachsen nun einmal nicht an allen Stellen des Waldes«, erklärte Walther ihr. »Um sie zu finden, muss man wissen, wo es sie gibt, und ein Fremder kennt die guten Pilzplätze nicht. Trotzdem hätten sie uns nicht bedrohen dürfen.«
Er arbeitete fleißig weiter, während er darüber nachsann, ob zwei Pilzkörbe es wert waren, einen anderen Menschen zu verletzen, nur weil dieser Hunger hatte. Aber bei den Soldaten hatte er noch ganz andere Geschichten gehört, und so machte er sich keine Vorwürfe. Wenn der Hunger zu groß wurde, aßen Menschen manchmal gar das Fleisch anderer Menschen. Also mochten es die Kerle vielleicht gar nicht auf die Pilze abgesehen haben, sondern auf Gisela und ihn, um sie zu schlachten und zu verzehren. Ein Märchen, das seine Mutter ihm erzählt hatte, kam ihm in den Sinn. Es hatte von einer Hexe gehandelt, die zwei Kinder hatte essen wollen. Die beiden waren ihr dank ihrer Findigkeit entkommen. Ob Gisela und ihm dies bei den Landstreichern gelungen wäre, bezweifelte er.
»Ich habe richtig gehandelt!«, sagte er laut zu sich selbst. Die Köchin und das Mädchen warfen ihm verwunderte Blicke zu, doch bevor sie nachfragen konnten, kam die Mamsell in die Küche. »Seine Erlaucht will euch sehen, und zwar in seinem Salon«, richtete sie den Kindern aus. Während Walther erstaunt aufsah, wirkte das Mädchen sofort verängstigt. Bislang hatte Graf Renitz sich nur selten um Walther gekümmert und Gisela kaum wahrgenommen, und so fürchteten sie, für etwas bestraft zu werden, von dem sie nicht einmal etwas wussten. Trotzdem

beeilten sie sich, um den Grafen nicht zu verärgern, und liefen die Treppe hinauf. Vor der Tür zum Herrensalon, den sie noch nie von innen gesehen hatten, warfen sie sich noch einen Blick zu und traten ein.
Der große Raum wirkte mit der Wandtäfelung, seiner Kastendecke und dem Fußboden aus dunklem Holz düster und abweisend. Den Kindern fiel sogleich der gewaltige Bücherschrank ins Auge, der die rechte Wand fast ganz bedeckte. Einige Türen standen weit auf, so als hätte Graf Renitz nach etwas gesucht. Tatsächlich hatte der Graf ein großes, ledergebundenes Buch auf den Knien liegen und las im Schein mehrerer Kerzen. Er war so darin vertieft, dass er die Kinder gar nicht wahrnahm.
Walther überlegte, ob er sich räuspern sollte, wagte es aber nicht und wartete ebenso wie Gisela, die von einem Bein auf das andere trat, bis der Graf sie bemerkte.
Endlich blickte Renitz auf und legte sein Buch auf den Tisch. Seine Miene wirkte ernst, als er die beiden betrachtete. »Ich habe mit dem Förster gesprochen. Er sagt, du hättest dich vorbildlich verhalten, Walther!«
Bei diesem Lob wurde der Junge vor Verlegenheit rot. »Ich hatte einfach Angst, Erlaucht.«
»Angst hilft einem manchmal, das Richtige zu tun, wenn der Mut nicht ausreicht.« Der Graf lächelte bitter, so als würde er an etwas anderes denken, und es dauerte einen Moment, bis er seine Gedanken wieder eingefangen hatte. »Ich habe mich entschlossen, dieses Gesindel aus meinen Forsten zu vertreiben. Aus diesem Grund werde ich alle Männer aus dem Dorf und die Knechte meiner Güter zusammenrufen lassen, um die Wälder zu durchsuchen. Ihr

aber werdet in diesem Jahr nicht mehr über die Sichtweite des Schlosses und des Gutshofes hinausgehen. Auch den Kindern aus dem Dorf werde ich vorerst verbieten, den Wald zu betreten.«

Der Graf klang fest entschlossen, das Problem mit den Landstreichern, die sich in der Gegend eingenistet hatten, ein für alle Mal zu beseitigen.

Walther hoffte, mitmachen zu dürfen, doch als er schüchtern fragte, schüttelte Medard von Renitz den Kopf. »Das kommt nicht in Frage! Dafür bist du noch zu jung.«

Enttäuscht senkte Walther den Kopf. Immerhin hatte er bei Waterloo mitten im Kampfgeschehen gestanden und dabei dem Grafen das Leben gerettet. Daher war er das Schießen eher gewohnt als die jungen Burschen aus dem Dorf, die noch nicht beim Militär gedient hatten.

Graf Renitz musterte zuerst ihn eingehend und dann Gisela, die in wenigen Wochen ihr elftes Lebensjahr vollenden würde. Bislang hatte er verdrängt, dass das Mädchen anders als die anderen Kinder auf seinen Besitzungen nicht dem lutherischen Bekenntnis anhing, sondern Katholikin war. Doch nun neigte sich dieses ereignisreiche Jahr dem Ende zu, und schon nahte das Fest der Geburt des Herrn. Da Renitz zu dem Wort stehen wollte, das er Giselas sterbender Mutter gegeben hatte, hatte er sich etwas einfallen lassen müssen.

Entschlossen wies er mit dem Zeigefinger auf sie. »Die Mamsell soll dafür sorgen, dass du genug warme Sachen bekommst, um eine Reise antreten zu können.«

»Eine Reise?«, fragte das Mädchen erschrocken und klammerte sich an Walthers Arm.

Renitz nickte. »Ich werde dich in zwei Wochen nach Hildesheim bringen, damit du das Christfest bei Leuten deines Glaubens feiern kannst. Dort soll ein Priester dir alles beibringen, was du brauchst, um gefirmt zu werden. Aus diesem Grund wirst du die Wintermonate über dort bleiben und erst im Frühjahr hierher zurückkehren.«
Damit war nach Ansicht des Grafen alles besprochen, und er wandte sich wieder seinem Buch zu. Die Kinder spürten, dass sie entlassen waren, und zogen sich mit Verbeugung und Knicks zurück.
Erst draußen wagte Gisela es, ihre Gefühle zu zeigen. »Kaum bin ich hier, muss ich schon wieder weg zu fremden Leuten!«
»Wenn du evangelisch wirst wie wir alle hier, kannst du bei uns bleiben«, schlug Walther ihr vor.
Das Mädchen schüttelte vehement den Kopf. »Dann komme ich in die Hölle, und das will ich nicht.«
»Wer hat dir denn diesen Unsinn erzählt?«, fragte Walther verblüfft.
»Meine Mama! Und die hat es wissen müssen.«
Für einige Augenblicke lag Streit in der Luft. Doch rasch lenkte Walther ein, um es nicht zu einem Zerwürfnis kommen zu lassen. »Du darfst ja wieder herkommen. Das hat unser Herr deutlich gesagt.«
Hoffentlich, dachte Gisela. Doch insgeheim fürchtete sie, Graf Renitz plane, sie abzuschieben, weil ihre Religion ihn störte. Dann würde sie Walther nie wiedersehen.

## 9.

Schon am übernächsten Tag fand die Treibjagd auf die Landstreicher statt, an der Walther zu seinem Leidwesen nicht teilnehmen durfte. Diebold von Renitz war jedoch unter den Schützen, und er genoss es, sich als Stellvertreter seines Vaters aufzuspielen. Eigentlich hätte der Förster diese Stelle einnehmen sollen, aber Stoppel hielt sich zurück, um den Sohn seines Herrn nicht zu verärgern. Stattdessen begnügte er sich damit, Diebold ein paar Ratschläge zu erteilen.

Doch es war, als hätten die Landstreicher die Jagd auf sie vorausgesehen, denn der größte Teil war verschwunden, und nur noch die Spuren ihrer Lager verrieten ihre Anwesenheit. An einem abgelegenen Platz im Wald trafen Renitz und seine Männer lediglich auf eine kleine Gruppe von Heimatlosen, die sich frierend um ein Lagerfeuer geschart hatten.

Es waren Kinder darunter, daher hob der Graf die Hand, um seine Männer am Schießen zu hindern. Noch bevor er allerdings ein Wort sagen konnte, krachte die Büchse seines Sohnes. Eine der Gestalten am Lagerfeuer bäumte sich auf und fiel in die aufstiebende Glut. Das entsetzte Kreischen der Kinder peinigte die Ohren des Grafen, und seine Befehle gingen in dem Lärm unter.

Es war auch zu spät. Die Männer, die er mit Gewehren bewaffnet hatte, folgten Diebolds Beispiel und feuerten auf die vor Entsetzen erstarrten Menschen am Feuer. Zwei versuchten noch, in dichtes Gebüsch zu fliehen, doch die Kugeln waren schneller, und als der Pulverdampf verzogen war, lagen sieben reglose Gestalten auf dem reifbedeckten Waldboden.

»Denen haben wir es gegeben!«, rief Diebold, der seine Läufe leer geschossen hatte, triumphierend.

Sein Vater hingegen starrte auf die Gruppe, die aus zwei Männern, zwei Frauen und drei Kindern bestanden hatte. Ein Mann und eine Frau waren alt und das andere Paar wohl die Eltern der Kinder gewesen. In den eingefallenen Gesichtern las der Graf Hunger und blanke Not. Auch war die Kleidung der Leute viel zu dünn für den Spätherbst.

Am liebsten hätte der Graf sich umgedreht und seinen Sohn vor allen Männern für diese Morde zur Rechenschaft gezogen, doch Diebold ließ sich gerade von den anderen Schützen feiern. So trat Medard von Renitz zum Förster, der ebenso wie er selbst nicht geschossen hatte, und schüttelte den Kopf.

»Sorgen Sie dafür, dass diesen Leuten ein christliches Begräbnis zuteilwird, Stoppel. Anschließend erhalten die Männer in der Dorfschenke einen Krug Bier und etwas zu essen. Der Wirt soll die Rechnung meinem Verwalter vorlegen.«

Stoppel begriff, dass Renitz allein sein wollte, um mit seinen Gefühlen ins Reine zu kommen, und nickte. »Ich erledige alles so, wie Ihr es wünscht, Herr Graf.«

Für sich dachte der Förster, dass der Tod einer entwurzelten Familie aus Großeltern, Eltern und Kindern einen verdammt schlechten Erfolg darstellte. Zwar hatte er die Kerle, die Walther und Gisela überfallen wollten, nur kurz gesehen, doch von denen war keiner unter den Opfern gewesen.

## 10.

Die Tatsache, dass er den Auftakt gegeben hatte, die Wehrlosen abzuschlachten, und auch mindestens eins der Kinder auf dem Gewissen hatte, hinderte Diebold nicht daran, sich im Dorfkrug als großer Held aufzuspielen.

Da es nicht bei einem Krug Bier blieb, bauschte er die Jagd immer mehr auf. Zuletzt tat der junge Renitz gerade so, als hätte er mit wenigen Männern ein ganzes Heer von üblen Landstreichern niederkämpfen müssen. Die übrigen Teilnehmer der Jagd stimmten Diebold lautstark zu und strichen seine Taten besonders heraus, um ihm zu schmeicheln.

Als Förster Stoppel, der die Toten zum Kirchhof gebracht hatte, hinzukam, verzog er verächtlich das Gesicht und lehnte den Bierkrug, den ihm die Wirtsmagd reichen wollte, entschieden ab.

Diebold beäugte den Förster misstrauisch. Obwohl er bereits betrunken war, bemerkte er Stoppels kalten Blick und begriff, dass der Förster ihn mit einem einzigen Satz als jemand hinstellen konnte, der einer Frau aus dem Hinterhalt in den Rücken geschossen und auch auf ein Kind gefeuert hatte.

In dieser Stunde schwor der junge Renitz sich, dafür zu sorgen, dass der Förster in Schimpf und Schande davongejagt würde, wenn dieser nur ein falsches Wort über diese Begebenheit verlauten ließe. Dann wandte er sich erneut seinen Trinkkumpanen zu und ließ sich feiern. Als ihm die Wirtsmagd zu später Stunde zuraunte, dass sie nichts gegen ein zärtliches Stündchen mit ihm hätte, war für Diebold die Welt so schön wie seit Monaten nicht mehr.

## 11.

Die blutig geendete Jagd auf die Landstreicher hatte Graf Renitz den Aufenthalt im Schloss seiner Ahnen verleidet, daher forderte er Frau Frähmke noch am selben Abend auf, alles für Giselas Abreise vorzubereiten.
Bislang hatte die Mamsell angenommen, ihr Herr würde das Mädchen erst Tage später in die Stadt bringen. Sie sagte jedoch nichts, sondern ließ das, was das Kind benötigte, von den Mägden zusammentragen und suchte zuletzt nach dem Mädchen.
Gisela half Cäcilie in der Küche, das Abendessen vorzubereiten. Von Walther war nichts zu sehen, aber Frau Frähmke hörte draußen seine Stimme. Wie es aussah, kümmerte er sich wieder einmal um das Holz. Vor dieser Arbeit drückten sich die Mägde, so gut es ging, und die Knechte hielten sie für unter ihrer Würde. Er ist ein guter Junge, dachte die Mamsell nicht zum ersten Mal. Dennoch war sie ganz froh, dass Gisela ein paar Monate in der Ferne weilen würde, denn die beiden steckten einfach zu oft zusammen. Noch war alles harmlos, doch in ein oder

zwei Jahren würde Walther sich stärker für den Unterschied zwischen Mann und Frau interessieren, und sie wollte nicht, dass dann etwas Ungehöriges zwischen ihm und dem Mädchen geschah.

»In den nächsten Monaten wirst du auf deine fleißige Helferin verzichten müssen«, sprach Frau Frähmke die Köchin an.

Verwundert drehte Cäcilie sich zu ihr um. »Wieso denn?«
»Der Herr Graf hat beschlossen, Gisela bereits morgen nach Hildesheim zu bringen. Dort soll das Mädchen, Gott sei's geklagt, bei Katholiken leben und ihren Aberglauben lernen.«

»Morgen schon?« Gisela presste ihre Rechte auf die Brust, in der ihr Herz plötzlich laut und hart klopfte.

Auch wenn Frau Frähmke manchmal harsch sein konnte, war sie nie ungerecht zu ihr, und in der Köchin hatte sie sogar eine Freundin gefunden. Und dann gab es auch noch Walther. Diese drei Menschen meinten es gut mit ihr, und nun sollte sie sie verlassen, um mit fremden Menschen Weihnachten zu feiern. Am liebsten hätte sie sich geweigert, doch Graf Renitz kam für alle hier gleich nach dem lieben Gott, und wenn er etwas befahl, musste es genau so geschehen.

»Ihr vergesst mich aber nicht!«, flüsterte sie, während ihr die Tränen in die Augen stiegen.

»Wie sollten wir dich vergessen, Kleines? Die Zeit wird auch vergehen, und Ostern feiern wir dann zusammen!« Cäcilie hatte Gisela mit diesen Worten trösten wollen, doch das Mädchen hatte nicht vergessen, dass sie Renitz' Worten zufolge auch dieses Fest in der Stadt erleben sollte.

»Komm jetzt! Du musst deine Sachen zusammenpacken. Ich gebe dir noch einen guten Mantel, damit die Stadtleute nicht denken, du wärst ein Bettelkind.« Die Mamsell fasste Gisela am Arm und zog sie mit sich.
Als das Mädchen sich mit nassen Augen zur Köchin umschaute, schüttelte Frau Frähmke den Kopf. »Du kannst dich später von Cäcilie und den anderen verabschieden. Zuerst werden wir deinen Packen schnüren. Wenn der Herr Graf morgen früh einspannen lässt, musst du fertig sein. Hast du verstanden?«
Gisela nickte und beruhigte sich so weit, dass sie alles einpacken konnte, was sie benötigte. Wichtig waren ihr vor allem der Katechismus der Mutter und die Bibel des Vaters, die ihr neben ein paar Münzen und einigen Kleidungsstücken, die sie selbst niemals würde tragen können, als Erbe geblieben waren.
Luise Frähmke war zufrieden, weil das Mädchen sich anstellig zeigte, und sah lächelnd zu, wie Gisela ihre spärlichen Habseligkeiten zusammenpackte. Dabei sagte sie sich, dass das ganze Theater nicht nötig wäre, wenn das Mädchen den evangelischen Glauben annehmen würde. Das war jedoch nicht ihre Sache. Sie musste nur darauf achten, dass die Kleine am nächsten Morgen bereitstand, wenn Graf Renitz aufbrechen wollte.

## 12.

An anderen Tagen war Walther abends noch für eine halbe Stunde in die Küche gekommen, um mit Gisela den Lehrstoff des Tages durchzunehmen und ihr zu erklären, was sie vermutlich am nächsten Tag erwartete. An diesem Abend interessierte ihn jedoch mehr, etwas über die Jagd auf die Landstreicher zu erfahren, und so hatte er sich ins Dorf geschlichen. Nun saß er in einer dunklen Ecke der Schenke und lauschte Diebolds Erzählungen und denen seiner Jagdgenossen. Was er von diesen erfuhr, erschien ihm so mutig, dass er sich noch mehr ärgerte, nicht dabei gewesen zu sein.

Nach einer Weile fühlte er eine harte Hand auf der Schulter. Als er aufsah, erkannte er Förster Stoppel, dessen Miene sich sehr von denen der fröhlichen Zecher unterschied, die ihre Heldentaten hinausposaunten.

»Wenn du willst, zeige ich dir, wen diese Männer wirklich erschossen haben«, sagte der Förster leise.

Walthers Augen leuchteten erwartungsvoll auf. »Gerne, Herr Stoppel.«

»Komm mit!« Der Förster verließ die Schenke durch den Nebeneingang, nahm draußen eine Laterne vom Haken und zündete die Unschlittkerze an einer anderen an. Er führte Walther durch die kalte Nacht zur Kirche, öffnete die Pforte und ließ den Jungen ein. Dieser stand einen Augenblick lang in völliger Finsternis, bis ihm der Förster gefolgt war und die Laterne hochhielt.

Hinter dem Kirchengestühl lagen sieben reglose Gestal-

ten auf alten Matten. Zögernd trat Walther näher und sah, dass es sich um einen alten und einen jüngeren Mann, zwei Frauen und drei Kinder handelte, die alle kleiner waren als Gisela.
Verwirrt wandte er sich zu dem Förster um. »Was bedeutet das?«
»Das sind die Landstreicher, die Graf Diebold und die anderen niedergeschossen haben. Die Leute waren unbewaffnet und haben keinen Widerstand geleistet. Dennoch wurden sie aus dem Hinterhalt heraus abgeknallt! Jetzt prahlen die Mörder mit ihren Heldentaten. Dabei hätte es gereicht, diesen sieben Menschen ein Stück Brot in die Hand zu drücken und ihnen zu befehlen, weiterzuziehen.«
Die Stimme des Försters klang so düster, dass Walther sich unwillkürlich schüttelte. »Ich begreife das nicht! Graf Diebold hat doch gesagt …«
»Graf Diebold sagt viel, wenn der Tag lang ist, und nicht alles entspricht der Wahrheit«, antwortete der Förster. »Wundert es dich nicht, warum Graf Renitz nicht selbst bei den siegreichen Helden sitzt? Unser Herr ist nach Hause geritten und schämt sich seines Sohnes, der einer hilflosen Frau in den Rücken geschossen hat und sich dessen noch rühmt!«
Walther starrte ungläubig auf die sieben Toten. Vorhin in der Schenke hatte er eine ganz andere Geschichte gehört, und nun ekelte er sich vor sich selbst, weil er bei dieser Jagd hatte dabei sein wollen. Hätte er dann auf hilflose, halb verhungerte Menschen geschossen? Sicher nicht!, versuchte er sich einzureden. Gleichzeitig begriff er, dass

der Förster nicht getötet hatte – und Graf Renitz ebenfalls nicht.

»Es tut mir leid«, flüsterte er bedrückt.

»Dann ist es gut!« Der Förster legte ihm die Hand auf die Schulter. »Geh nach Hause, Junge, und denke immer daran, dass Wahrheit und Schein oft sehr weit auseinanderliegen.«

Stoppel öffnete die Tür und winkte Walther, die Kirche zu verlassen. Dichte Wolken verhüllten die Sterne. Daher brachte er den Jungen bis zum Schloss und machte sich dann auf den Heimweg. Er hatte keine Lust, noch einmal in die Dorfschenke zu gehen und den betrunkenen Prahlereien der anderen zuzuhören.

## 13.

Am nächsten Morgen brach Graf Renitz so früh auf, dass Walther und Gisela keine Gelegenheit mehr fanden, sich zu verabschieden. Sie konnten einander nur kurz zuwinken, dann nahm die Kutsche Fahrt auf. Obwohl Walther noch hinter dem Wagen herlief, geriet dieser bald außer Sicht. Während der Junge mit hängenden Schultern zum Schloss zurückkehrte, saß Gisela in eine warme Decke gehüllt neben dem Grafen und fragte sich bang, was ihr die nächsten Monate bringen mochten.

Von der Fahrt bekam Gisela außer dem Rütteln und Schaukeln der Kutsche wenig mit. Da Renitz mit finsterer

Miene zu grübeln schien, wagte Gisela nicht, ihn anzusprechen. Sie konnte auch nicht aus der Kutsche hinausspähen, denn die Fensteröffnungen waren mit Ledervorhängen verschlossen, um die Zugluft fernzuhalten.
Unterwegs machten sie nur einmal Pause. Das Mädchen nützte die Gelegenheit, sich auf dem Abtritt der Poststation zu erleichtern, trank anschließend etwas gewürzten Wein und aß eine Kleinigkeit. Dem Grafen hatte es offensichtlich den Appetit verschlagen, denn er nahm außer einem Becher Wein nichts zu sich. Gisela fragte sich, ob er zornig war, weil er sie in die Stadt bringen musste, und kroch auf ihrem Sitz in sich zusammen.
Nach einer schier endlosen Fahrt hielt die Kutsche vor einem Stadttor, und der Graf gab den dortigen Wachposten Auskunft, wer er war und was er hier wollte. Kurz darauf passierte der Wagen das Tor und blieb schließlich vor einem düsteren, ganz aus Stein erbauten Haus stehen, das auf Gisela schrecklich abweisend wirkte. Als Renitz sie aufforderte auszusteigen, bekam sie es mit der Angst zu tun.
»Hier leben Nonnen, die sich deiner annehmen werden. Nach Ostern lasse ich dich wieder nach Renitz bringen«, erklärte er ihr.
In Giselas Ohren klang das wie ein Verbannungsurteil. Sie würde mindestens fünf Monate hierbleiben müssen, und möglicherweise vergaß der Graf bis dahin ganz, sie zu holen. Mit Tränen in den Augen nahm sie ihr Bündel vom Kutscher entgegen und folgte dem Grafen zu einer schlichten Pforte.
Als Renitz den Türklopfer anschlug, wurde eine Klappe geöffnet, und eine ältere Nonne blickte heraus. Noch be-

vor sie etwas sagen konnte, wies der Graf auf das Mädchen.
»Mein Name ist Renitz. Ich habe der Frau Oberin einen Brief geschrieben, in dem es um dieses Mädchen hier geht. Ihre Mutter hat es mir anvertraut. Aber da die Kleine katholisch ist und es bleiben soll, bringe ich sie zu euch.«
Die Nonne in ihrem schwarzen Kleid und der ausladenden Flügelhaube sah Gisela mit einem leichten Schnauben an und wurde erst zugänglicher, als Renitz ihr zusicherte, die Kosten zu begleichen, die Gisela dem Kloster verursachen würde. Daraufhin öffnete sie die Pforte, ließ den Grafen ein und winkte Gisela, ebenfalls hereinzukommen. Ohne ein weiteres Wort führte sie die beiden durch einen nur spärlich erleuchteten Gang und rief vor einer Tür mit lauter Stimme nach einer Mitschwester.
Die Nonne, die nun erschien, war um einiges jünger als die Pförtnerin und neigte den Kopf, um ihre Achtung vor der Älteren zu bekunden.
»Kümmere dich um das Kind, Schwester Magdalena. Ich führe Graf Renitz zu unserer ehrwürdigen Mutter Oberin«, erklärte die Pförtnerin und bat den Grafen, ihr zu folgen.
Schwester Magdalena blickte lächelnd auf Gisela herab.
»Die Mutter Oberin hat bereits angekündigt, dass du kommst, und mir die Obsorge für dich aufgetragen. Daher werde ich dich mit den Regeln unserer kleinen Klostergemeinschaft vertraut machen und dir den nötigen Unterricht erteilen. Graf Renitz soll mit dir zufrieden sein, wenn er dich wieder holen lässt.«

»Ich glaube nicht, dass er das tun wird«, entfuhr es Gisela, die damit ihre Ängste verriet.

Schwester Magdalena strich ihr sanft über den Kopf. »Er wird es gewiss tun. Immerhin hat er uns eine löbliche Spende versprochen, wenn wir uns deiner für die nächsten Monate annehmen. Für einen Ketzer ist er ein durch und durch ehrenwerter Herr. Nur wenige Edelleute hätten sich dem Wunsch deiner Mutter gebeugt und dich katholisch bleiben lassen. Daher bist du ihm zu höchstem Dank verpflichtet.«

Nun konnte Gisela ihre Tränen nicht zurückhalten. »Ich bin sehr froh, dass er sich meiner angenommen hat, nachdem meine Eltern gestorben sind.«

»Weine ruhig! Es tut gut, alle Bitterkeit im Herzen mit Tränen fortzuspülen«, sagte Schwester Magdalena lächelnd. »Doch nun müssen wir uns um deine Unterkunft kümmern. Wir hätten ja gerne einen kleinen Anbau für arme katholische Waisen errichtet, doch der Magistrat hat uns die Erlaubnis verweigert. Wir dürfen nicht einmal eine richtige Schule unterhalten, sondern müssen sogar die Unterweisung in Religion in den städtischen Schulen vornehmen.«

»Die Leute ringsum sind wohl alle evangelisch?«, fragte Gisela, deren Gedanken sich wieder der Gegenwart zuwandten.

Schwester Magdalena nickte. »Es handelt sich um Ketzer der schlimmsten Sorte. Sie missgönnen uns sogar dieses kleine Haus, das uns ein dem wahren Glauben verhafteter Bürger nach seinem Tod als Heimstatt überlassen hat. Doch mit Gottes Hilfe und der der Heiligen Jungfrau werden wir alle Prüfungen bestehen.«

Obwohl sie ein eher zartes Geschöpf mit sanften Gesichtszügen war, klang Schwester Magdalena mit einem Mal kämpferisch. Gisela ahnte, dass die Nonne bereit war, für ihren Glauben zu leiden, und fühlte eine spontane Sympathie für Schwester Magdalena in sich aufsteigen. Die freundliche Frau würde ihr gewiss helfen, die nächsten Monate zu überstehen.

## 14.

Graf Renitz verließ das kleine Kloster zu Giselas großer Enttäuschung, ohne sich von seinem Schützling zu verabschieden. Zu gerne hätte das Mädchen ihm Grüße für Walther, Cäcilie und Frau Frähmke aufgetragen. Dann aber wurde ihr klar, dass sie wohl kaum den Mut aufgebracht hätte, ihn darum zu bitten.

Da Schwester Magdalena ihr nach Kräften half, sich im Kloster einzugewöhnen, vergaß sie über all dem Neuen den Grafen und seinen Besitz und dachte nur noch an den Abenden, nachdem die letzte Andacht gehalten worden war, an Walther. Er war neben der Köchin die einzige Person auf Renitz, die sie vermisste.

Viel Zeit zum Nachdenken ließ man ihr nicht, denn die Mutter Oberin der kleinen Nonnengemeinschaft war der Ansicht, dass Müßiggang Sünde sei. Daher lernte Gisela am Vormittag nach der Frühandacht drei Stunden lang unter Schwester Magdalenas Anleitung Schreiben, Lesen und Rechnen. Nach dem Mittagsgebet und dem Essen half sie mit, das Kloster sauber zu halten, Flachs zu spinnen, und erledigte Handreichungen, die einem Mädchen von elf Jahren anstanden. Oft saß Schwester Magdalena während des Spinnens neben ihr und lehrte sie Lieder zu Ehren des Allerhöchsten und der Heiligen Jungfrau und die Gebete an all jene Schutzheiligen, die ihr in ihrem weiteren Leben helfen konnten.

Die Tage verstrichen und wurden zu Wochen, während draußen die Temperaturen immer tiefer sanken und der Eiswind aus dem Osten den ersten Schnee mit sich brachte. Weihnachten stand vor der Tür. Die langen Kriegsjahre hatten die Menschen verarmen lassen, und die wenigen Katholiken in der Stadt besaßen nicht das Geld, den fünf Klosterfrauen nennenswerte Spenden zukommen zu lassen. Trotzdem gelang es diesen mit geringen Mitteln, einen wohlschmeckenden Punsch für den ersten Feiertag anzusetzen und Pfefferkuchen zu backen.

Da Cäcilie ihr bereits auf Renitz ein wenig Backen und Kochen beigebracht hatte, konnte Gisela tatkräftig mithelfen. Doch mehr als nach Punsch und Lebkuchen sehnte sie sich nach einer richtigen Christmette. Diese hatte sie in ihrem bisherigen Leben nur zwei Mal miterleben dürfen, und so betrat sie am Heiligen Abend mit einem feierlich entrückten Gefühl die kleine Kirche, die die Stadtoberen den Katholiken zugestanden hatten. Schwester Magdalena und ihre Mitschwestern hatten das Innere des Kirchleins mit frischem Tannengrün geschmückt und vorne am Altar eine in dickes Tuch mit goldenen Borten gewickelte Puppe als Jesuskindlein in eine krippenartige Wiege gelegt.

Der alte Pfarrer zelebrierte die Christmette mit Hilfe zweier Ministranten, jungen Burschen, die etwa in Graf Diebolds Alter waren. Obwohl der Geistliche mehrmals den Text vergaß und sich erst mühsam daran erinnern musste, kam es Gisela so vor, als hätte sie nie etwas Schöneres erlebt. Mangels eines Chores sangen die Nonnen fromme Lieder, und Gisela begriff, warum sie so eifrig hatte singen lernen müssen. Ihre helle, klare Stimme mischte sich mit den Alt- und Sopranstimmen der frommen Frauen und gab dem Gesang einen jungen, munteren Klang.

Schließlich kniete Gisela wieder neben Schwester Magdalena im Kirchengestühl und sah deren Blick wohlgefällig auf sich ruhen. »Du machst deine Sache gut, Kind«, wisperte die Nonne ihr zu.

Dieses Lob ließ Gisela erröten. Dann aber machten ihre Gedanken sich selbständig, und für einige Augenblicke erschien es ihr, als säße anstatt der schwarz gewandeten Klosterfrau ihre Mutter neben ihr und lächle ihr zu. Ihr stiegen die Tränen in die Augen, und sie schwor sich, dem katholischen Glauben treu zu bleiben, was auch immer geschehen mochte, denn er war das letzte und innigste Vermächtnis ihrer Mutter.

## 15.

Auch auf Renitz wurde Weihnachten gefeiert, doch eine frohe Stimmung wollte sich nicht einstellen. Dies lag nicht zuletzt daran, dass der Graf und seine Gemahlin wegen der Gestaltung der Feier in Streit geraten waren und Gräfin Elfreda sich, wie es meist der Fall war, durchgesetzt hatte. Das Gesinde musste in der Küche feiern, während die Herrschaft im großen Saal Gäste empfing. Für viele der Diener und Dienerinnen hieß dies, nach dem Gottesdienst in der Dorfkirche ins Schloss zurückzueilen und sich an die Arbeit zu begeben. Cäcilie, Frau Frähmke und etliche andere hatten keine einzige Minute für sich, um an Jesu Geburt zu denken oder gar fromme Lieder zu singen.

Zwar ließ die Gräfin noch vor der eigenen Feier Geschenke an die Bediensteten austeilen, aber die fielen mager aus. Ein Stück Stoff für die Frauen, damit sie sich ein neues Kleid nähen konnten, eine Tonflasche mit Schnaps aus der gutseigenen Brennerei und ein wenig Tabak für die Männer, das war alles. Zudem fand die Verteilung der Gaben ohne jede Besinnlichkeit statt.

Da Walther noch zu jung für Tabak und Schnaps war, erhielt er gar nichts, musste aber kräftig mithelfen, die Gäste des Grafenpaares zu bedienen. Am nächsten Morgen saß er in der Küche und schnitzte mit säuerlicher Miene Späne, damit Cäcilie in den nächsten Tagen den Herd anschüren konnte. Da trat die Mamsell auf ihn zu. »Der Herr Graf wünscht dich zu sprechen, Junge.«

»Mich?« Missmutig legte Walther das Scheit, das er bearbeitet hatte, auf den Holzstoß zurück, reichte Cäcilie das Messer und machte sich auf dem Weg zu den Gemächern des Herrn.

Graf Renitz saß in seinem Schreibzimmer, hielt ein Glas Wein in der Hand und starrte gegen die Wand. Als Walther eintrat, atmete er tief durch und wartete, bis der Junge sich verbeugt hatte.

»Frohe Weihnachten, Walther!«

Erstaunt über den freundlichen Empfang erwiderte Walther den Gruß. »Frohe Weihnachten, Erlaucht!«

»Ich habe dich kommen lassen«, begann der Graf, »weil Pastor Künnen voll des Lobes über dich ist. Er sagt, du lernst gut und wirst bald meinen Sohn eingeholt haben, obwohl dieser dir fast zwei Jahre voraushat. Leider hat der Krieg verhindert, dass Diebold genügend Unterricht erhalten konnte.«

Für einen Moment erschien ein Ausdruck des Unmuts auf dem Gesicht des Grafen. »Der Pastor sagte auch, dass der Ehrgeiz meines Sohnes gewachsen ist, seit er mit dir zusammen unterrichtet wird. Dies ist ganz in meinem Sinn. Daher wirst du von nun an allen Unterrichtsstunden beiwohnen und gleich Diebold die Bildung erhalten, die es euch ermöglicht, gemeinsam zu studieren.«

Walther starrte den Grafen verblüfft an. »Zu studieren, Erlaucht?«

»Das ist mein Wille! Diebold braucht jemand, der ihn zu größeren Leistungen antreibt, und du hast gezeigt, dass du dazu fähig bist. Aus diesem Grund habe ich hier ein Geschenk für dich!« Mit diesen Worten deutete Graf Renitz auf mehrere Schreibhefte, ein kleines Tintenfass und eine Federspitze aus Metall.

Während Walther die unerwarteten Gaben erfreut betrachtete, erklärte der Graf ihm, dass Pastor Künnen der Meinung sei, er sei der Schiefertafel entwachsen und könne von nun an mit Tinte und Feder schreiben.

»Sobald deine Schrift gefestigt ist, wirst du mir als Sekretär dienen. Von den Arbeiten, die du bisher verrichtet hast, wirst du freigestellt«, setzte er hinzu, obwohl er wusste, dass dies noch einen harten Kampf mit seiner Gemahlin nach sich ziehen würde. Doch in diesem Fall gedachte er, sich durchzusetzen.

»Erlaucht sind zu gütig!« Walther blieb beinahe die Stimme weg, als er sich bedanken wollte.

Da hob der Graf die Hand. »Nimm deine Sachen und bringe sie in deine Kammer. Du hast für den Rest des Tages frei. Versuche, ob du mit Tinte und Feder zurechtkommst.«

»Das werde ich, Erlaucht.« Mit einem Gefühl, als hätte Fortuna eben ihr Füllhorn über ihn ausgeleert, nahm Walther die Geschenke an sich, verbeugte sich vor dem Grafen und stieg in die winzige Kammer unter dem Dach hinauf, in der er nur an einer Stelle aufrecht stehen konnte. Dabei überlegte er, was er als Erstes schreiben sollte, und entschied sich für einen Brief an Gisela. Leider besaß er nicht das Geld, um ihn abzuschicken, daher würde er ihr das Schreiben erst bei ihrer Rückkehr geben können. Doch in dieser für ihn so entscheidenden Stunde wollte er seine Gedanken mit ihr teilen.

# DRITTER TEIL

*Studentenstreiche*

# I.

Luise Frähmke trat auf den Vorplatz und schüttelte unwillig den Kopf. »Gisela, warum hängen die Girlanden noch nicht über dem Portal? Der junge Herr wird gleich kommen.«
Sofort eilte das junge Mädchen an ihre Seite. Gisela war in den knapp sechs Jahren, die seit der Schlacht von Waterloo vergangen waren, zu einem hübschen Mädchen geworden. Sie war schlank und mittelgroß, hatte ein zart geschnittenes Gesicht, fröhlich blitzende Augen und einen schwarzen, vom Kopftuch nur unvollkommen gebändigten Haarschopf. »Wir sind gleich so weit, Frau Frähmke. Aber wir haben noch Zeit. Förster Stoppel hat versprochen, einen Schuss abzugeben, wenn er Walther und Graf Diebold am Waldeck sieht – und das hat er noch nicht getan. Von dem Augenblick an bleibt uns eine Viertelstunde Zeit, und in der haben wir die Girlanden aufgehängt. Außerdem frage ich mich wirklich, weshalb wir diesen Aufwand betreiben sollen. Graf Diebold und Walther waren doch nicht im Krieg, sondern haben nur an einer militärischen Übung teilgenommen.«
»Wir tun es, weil Ihre Erlaucht es befohlen hat. Ob der junge Herr nun von einer Militärübung oder von sonst woher kommt, geht uns nichts an.«
Zwar hatte die Mamsell ihre Helferin tadeln wollen, aber Gisela lachte nur übermütig und eilte die Treppe

zum Dienstboteneingang hinab, der sich seitlich unter der breit auslaufenden Freitreppe befand. Von dort konnte Frau Frähmke kurz darauf hören, wie das Mädchen andere Mägde dazu antrieb, die Girlande hochzubringen.

Bin ich froh, dass ich Gisela habe, dachte die Mamsell dankbar. Sie spürte die Jahre, die auf ihr lasteten, und ihr war bewusst, wie viel liegenbliebe, würde das Mädchen nicht ständig dafür Sorge tragen, dass die Mägde die ihnen aufgetragene Arbeit erledigten. Gräfin Elfreda war streng und bestrafte jeden Fehler umgehend. Zum Leidwesen der Mamsell nahm sie sich jedoch nicht immer die Schuldigen zur Brust, sondern griff sich die Leute wahllos heraus. Mittlerweile war es auch sinnlos geworden, die Unterstützung des Grafen zu erlangen zu versuchen, denn Medard von Renitz verbrachte den größten Teil des Tages in seinem Schreibzimmer und las in alten Büchern. Nun fragte die Mamsell sich, ob ihr Herr wenigstens an diesem Tag, an dem sein Sohn nach drei Monaten vom Militär zurückkam, das Zimmer verlassen und ihn auf der Freitreppe willkommen heißen würde.

Gisela brachte inzwischen mit ihren Helfern die Girlanden an und trat mit zusammengekniffenen Augen ein Stück zurück. »Ich glaube, so kann man es lassen«, erklärte sie und zuckte im nächsten Augenblick zusammen, weil der Knall eines Schusses herüberdröhnte.

Dann aber lachte sie über sich selbst. »Das war Förster Stoppel! Graf Diebold ist gleich hier. Los, hurtig ans Werk, damit wir fertig werden. Oder soll Ihre Erlaucht Grund zur Klage haben?«

»Lieber nicht! Die Herrin ist mir zu rasch mit der Rute bei der Hand«, murmelte eine Magd und verschwand im Haus. Gisela folgte ihr und vergewisserte sich in der Küche, dass der Imbiss, der auf Befehl der Gräfin dem jungen Herrn nach dessen Ankunft vorgesetzt werden sollte, auch deren Ansprüchen genügte. Daraufhin trat sie zu jenen Dienern und Mägden, die in ihren Sonntagskleidern das Spalier für den jungen Herrn bilden sollten. Sie schalt eine Magd, deren Kopftuch nicht richtig saß, und trat dann zum Fenster, um Ausschau zu halten.

Schon bald entdeckte sie in der Ferne zwei Reiter. Graf Diebold war Walther ein ganzes Stück voraus und ritt im Galopp auf das Schloss zu. Dabei schwenkte er seinen Hut und stieß einen lauten Ruf aus.

»Er ist immer noch derselbe Tollkopf wie früher«, sagte Cäcilie verächtlich. Die Köchin mochte den großspurig auftretenden Sohn des alten Herrn nicht, während einige der Mägde für Graf Diebold geradezu schwärmten. »Wenigstens muss ich nicht mit hinaus und mich für den jungen Herrn zum Affen machen«, setzte sie hinzu und kehrte an ihren Herd zurück.

Gisela nahm zwei Becher mit Wein, um die beiden Reiter mit einem Trunk zu begrüßen, und stellte sich an den Anfang des Spaliers. Kaum hatte sie die Reihe der Dienstboten ausgerichtet, preschte Graf Diebold bereits in voller Uniform auf den Vorplatz, zügelte seinen Gaul mit einem scharfen Ruck und sprang aus dem Sattel. Sofort eilte ein Stallknecht herbei, um das Pferd zu übernehmen.

Diebold beachtete den Mann nicht, sondern schritt die Reihe der zu seinen Ehren angetretenen Mägde und Lakaien ab.

Mit einer der Frauen, die Osma gerufen wurde, hatte er in den letzten Jahren etliche angenehme Stunden verbracht und freute sich darauf, diese zu wiederholen. Da fiel sein Blick auf Gisela. Bis zu seiner Abreise zum Manöver hatte er das Mädchen immer noch als dürres, kindliches Ding angesehen, doch nun begriff er mit einem Mal, dass ein außerordentlich hübsches Frauenzimmer mit noch schlanken Formen vor ihm stand. Ihr schwarzes Haar glänzte wie die Flügel eines Raben und verlieh ihr einen exotischen Reiz. Rasch rechnete er nach, wie alt Gisela sein mochte, und kam auf fünfzehn Jahre. Im kommenden Winter würde sie sechzehn werden, und das war genau das Alter, in dem Mädchen interessant wurden. Er nahm ihr lächelnd den ersten Becher ab, trank diesen in einem Zug leer und griff nach dem zweiten.

»Auf dein Wohl, Mädchen«, sagte er und ließ den Wein, den Gisela eigentlich für Walther gedacht hatte, durch seine Kehle rinnen.

Gisela ließ sich ihren Ärger nicht anmerken, sondern trat, als er ihr auf Tuchfühlung nahe kam, einen Schritt zurück und knickste. »Willkommen zu Hause, Euer Hochwohlgeboren.«

Grinsend sah Diebold auf sie hinab und sagte sich, dass die Kleine noch sehr scheu war. Doch das reizte ihn nur noch mehr, sie zu seiner Gespielin zu machen.

Die Stimme seiner Mutter riss ihn aus seinen angenehmen Überlegungen. »Ich freue mich, dich gesund wiederzusehen, mein Sohn!«

Gräfin Elfreda betrachtete seine Uniform mit einem stolzen Lächeln. »Ich sehe, man hat dir den Rang eines Leutnants verliehen, der dir schon längst zustand.«

»Das hat man gleich vom ersten Tag an, werte Frau Mama, und das war auch angemessen für einen Veteranen von Waterloo.« Diebold eilte nun die Freitreppe hinauf und verbeugte sich vor seiner Mutter.

Sein Blick glitt zur Tür. »Ich vermisse Seine Erlaucht.«

Gräfin Elfreda stieß ein leises Schnauben aus. »Deinem Vater geht es nicht gut, und er kann wieder einmal seine Gemächer nicht verlassen. Das Alter und die Last vieler Feldzüge machen ihm zu schaffen. Wenn du dich gestärkt hast, wirst du dich zu ihm begeben und ihn begrüßen.«

»Das ist doch selbstverständlich, werte Frau Mama!«

Seinen Worten zum Trotz machte Diebold nicht den Eindruck, als bedauere er das Fehlen seines Vaters. Er folgte seiner Mutter in den privaten Speisesaal der Familie und ließ sich die aufgetischten Leckerbissen schmecken.

## 2.

Walther erreichte kurz nach Diebold das Schloss. Da sein Pferd zusätzlich noch zwei große Packtaschen trug, die Diebolds Gepäck enthielten, hatte er zuletzt nicht mehr mit diesem mithalten können. Walther trug Zivilkleidung, obwohl sich diese nicht zum Reiten eignete. Doch ein schlichter preußischer Grenadier zu Pferd hätte unterwegs Aufsehen erregt. Obwohl er ebenfalls Veteran von Waterloo war, hatte er keine Beförderung erhalten. Dies hatte der junge Renitz zu verhindern

gewusst, ihn dann zu seinem Burschen gemacht und sich während der gesamten Übung von ihm bedienen lassen.
Eine gewisse Bitterkeit war Walther anzumerken, als er vom Pferd stieg und den Knechten befahl, das Gepäck des jungen Herrn in dessen Gemächer zu bringen. Längst hatte sich das Spalier der Dienstboten aufgelöst, und so stand nur noch Gisela auf dem Vorplatz, um ihn zu begrüßen.
Sie hatte die Zeit genützt, um einen frischen Becher Wein zu holen, und kredenzte Walther den Begrüßungstrunk.
»Willkommen zu Hause! War es schön?«
Walther zuckte mit den Achseln. »Graf Diebold hat die Zeit beim Militär auf jeden Fall genossen.«
»Du nicht?«
»Ich habe hauptsächlich gelernt, Stiefel so zu putzen, dass man sich darin spiegeln kann, und Uniformen auszubürsten.«
»Das hört sich nicht sehr aufregend an«, antwortete Gisela kopfschüttelnd. »Doch es war zu erwarten, dass der junge Herr alles tut, um dich zu demütigen. Er kann es nicht ertragen, dass der Pastor dich ihm in vielen Fällen als Vorbild hinstellt.«
»Das macht Künnen nur, um Graf Diebolds Ehrgeiz anzustacheln, aber mir tut der Pastor damit keinen Gefallen. Natürlich muss ich dankbar sein, dass Graf Renitz sich meiner angenommen hat und mir nun sogar die Gelegenheit gibt zu studieren.«
An diesen Gedanken hatte Walther sich stets geklammert, wenn Graf Diebold ihn aus nichtigem Anlass mit verletzenden Bemerkungen bedacht hatte. Zwar war er kein

Knabe mehr, den man nach Belieben herumstoßen konnte, sondern galt als erwachsen, aber der junge Renitz behandelte ihn wie ein unverständiges Kind. Daher würde es für ihn nicht einfach werden, zusammen mit Diebold die Universität zu besuchen. Ihm graute davor, aber er würde durchhalten müssen, bis Diebold und er das Studium geschafft hatten. Was danach kam, wollte er sich sehr genau überlegen. Einerseits fühlte er sich Graf Renitz verpflichtet, in dessen Diensten zu bleiben, andererseits konnte er sich nach den drei Monaten beim Militär, in denen Diebold ihn als persönlichen Leibeigenen benutzt hatte, nicht vorstellen, auf Renitz alt zu werden oder sogar eine Familie zu gründen.
Nachdenklich reichte er den Becher zurück, streifte seine Zukunftssorgen ab und setzte ein Lächeln auf. »Danke, Gisela! Bist ein braves Mädchen.«
Er ging zum Dienstboteneingang hinunter, da die Gräfin es allen außer der Mamsell, ihrer Zofe und dem Leibdiener des Grafen verboten hatte, ohne ausdrückliche Erlaubnis das Hauptportal des Schlosses zu benützen.
Gisela sah ihm seufzend nach. Wie es aussah, hielt Walther sie immer noch für das kleine Mädchen, dem er auf dem Marsch nach Waterloo aus dem Schlamm herausgeholfen hatte. Dabei war sie fast schon erwachsen und hatte von Cäcilie gehört, dass sie im Begriff sei, eine sehr hübsche Jungfer zu werden.
Auch Walther war nicht mehr der magere Junge, den sie damals kennengelernt hatte. Zwar hatte er nicht Graf Diebolds lang aufgeschossene Gestalt, war aber in den Schultern breiter, und sein zumeist ernstes Gesicht mit

dem dunkelblonden Schopf gefiel ihr weitaus besser als der längliche Schädel des jungen Grafen mit dem schwach ausgeprägten Kinn, den blassen, leicht vorquellenden Augen und den dünnen, hellblonden Haaren.

Als Gisela begriff, wohin sich ihre Gedanken verirrten, schüttelte sie über sich selbst den Kopf. Noch fühlte sie sich zu jung, um an mehr als eine unschuldige Freundschaft zu denken. Außerdem musste sie sich Walther von vornherein aus dem Kopf schlagen. Selbst wenn er Interesse an ihr hätte und sie später vielleicht sogar heiraten wollte, wie sie es sich als Kind manchmal vorgestellt hatte, würde sie dafür ihrem katholischen Glauben entsagen und protestantisch werden müssen. Das aber wäre ein Verrat an ihrer Mutter. Mit einem Seufzer kehrte sie an ihre Arbeit zurück.

Der junge Herr hatte sich mittlerweile umgezogen und gespeist. Daher schickte die Gräfin ihre Zofe zum Diener ihres Gemahls, um zu fragen, ob Medard von Renitz bereit sei, seinen Sohn zu empfangen.

Die Zofe kehrte rasch zurück und knickste vor ihrer Herrin. »Seine Erlaucht bittet Graf Diebold, aber auch Walther vor ihm zu erscheinen.«

»Walther? Weshalb das denn?« Auf Gräfin Elfredas Gesicht machte sich Unmut breit. Ihres Erachtens wäre es bei weitem genug des Guten gewesen, den Försterbalg so lange von Pastor Künnen unterrichten zu lassen, bis er eine Aufgabe auf den zu Renitz zählenden Gütern hätte übernehmen können. Ihn mit Diebold nach Göttingen zu schicken und dort gar zusammen mit dem eigenen Sohn studieren zu lassen, hielt sie für überflüssig. Doch sie konnte es nicht unterbinden. Ihr Gemahl hatte ihr zwar die Herrschaft über den Besitz überlassen, aber in gewissen Dingen war er starrsinnig. Daher schickte sie einen Lakaien los, Walther zu holen.

Als dieser sich kurz darauf vor ihr verbeugte, hatte er sich umgezogen, war aber noch nicht dazu gekommen, etwas zu essen. Da er den alten Herrn jedoch nicht warten lassen durfte, verdrängte er den Gedanken an seinen knurrenden Magen und folgte der Gräfin und dem jungen Grafen zu Renitz' Gemächern.

Der Graf saß mit umgeschlagener Decke in einem Ohrensessel. Er grüßte die Eintretenden mit einem Nicken und musterte dann die Uniform seines Sohnes mit einem gewissen Spott. »Muss ich annehmen, dass du dich jetzt ganz dem Dienst für König und Vaterland verschrieben hast?«

»Aber nein! Ich bin immer noch Reservist, nun aber als Leutnant und nicht mehr als Fähnrich!« Diebold verhehlte kaum seinen Ärger, dass sein Vater bis zum Generalmajor aufgestiegen war, ihn aber an einer Karriere bei der Armee hinderte.

Auch die Gräfin blickte missbilligend auf ihren Gemahl herab. »Ich dachte, es freut Euch, dass unser Sohn die ihm zustehenden Ehren erhalten hat.«

»Immerhin wart Ihr selbst Offizier«, sprang Diebold seiner Mutter bei.

»Das war etwas anderes«, erklärte der alte Herr eisig. »Ich habe für unser Deutschland gekämpft und nicht für irgendeinen Hohenzollern in Berlin. Es ist noch gar nicht so lange her, da gab es für einen Renitz nur einen Herrn,

der über ihm stand, und das war der römisch-deutsche Kaiser in Wien. Zuerst hat man uns die Reichsfreiheit genommen und dann das Reich zerstört. Zu den Totengräbern zählt nicht zuletzt Preußen. Soll ich es dafür lieben?«
Die Gräfin warf ihrem Sohn einen kurzen Blick zu, in dem sie keinen Hehl daraus machte, was sie von solch borniertern Ansichten hielt. Dann wandte sich wieder an ihren Gemahl. »Ihr müsst Preußen nicht lieben! Aber es ist Eure Pflicht, seinen König, unseren neuen Souverän, zu achten und dafür sorgen, dass unser Sohn den ihm zustehenden Rang in seinem Reich einnimmt.«
»Diebold wird zuerst studieren. Wenn es ihn hinterher immer noch drängt, ein Preußenknecht zu werden, steht es ihm frei. Aber dann wird er erleben, dass auch ein Offizier Bildung benötigt, wenn er am Hof geachtet werden will.«
Graf Renitz ermüdete dieses Thema sichtlich, doch Diebold ließ nicht locker.
»Ich könnte auch an der Militärakademie studieren, Herr Vater. Damit würde ich zwei Fliegen mit einer Klappe schlagen.«
Bislang war Walther dem Disput ohne besonderes Interesse gefolgt, doch nun sah er Graf Renitz erschrocken an. Wenn dieser seinem Sohn nachgab und ihn zur Akademie schickte, würde er nicht studieren dürfen. Dann würde er ein Knecht bleiben und war verurteilt, sich zeitlebens von Graf Diebold schikanieren zu lassen.
Zu seiner Erleichterung schlug der alte Herr mit der flachen Hand auf die Lehne seines Sessels. »Es geschieht so, wie ich es bestimmt habe!«

Die Gräfin versuchte, die Entscheidung ihres Mannes umzustoßen, so wie es ihr schon bei vielen Dingen gelungen war. »Ich finde Diebolds Vorschlag akzeptabler als Eure Pläne!«, sagte sie fordernd.
Doch Renitz blieb hart. »Es ist beschlossen. In zwei Wochen brechen unser Sohn und Walther nach Göttingen auf, um dort zu studieren. Noch etwas, Diebold! Behandle Walther nicht weiterhin wie einen Diener. Er hat einen klugen Kopf auf den Schultern und wird dir, wenn ich einmal nicht mehr bin, eine unerlässliche Stütze sein!«
Diebold kommentierte die Worte seines Vaters mit einem Schnauben, und seine Mutter sah aus, als würde sie Walther am liebsten zum Teufel jagen. Verärgert zog sie sich zurück.
Graf Renitz achtete nicht mehr auf sie, sondern musterte die beiden jungen Männer. »Ich habe Pastor Künnen bereits nach Göttingen geschickt, damit er euch an der Universität einschreiben lässt und ein Quartier besorgt. Ich erwarte, dass ihr fleißig lernt und mir keine Schande macht!«
Bei den letzten Worten blickte der alte Herr seinen Sohn an, dessen Verhalten ihn schon öfter erzürnt hatte. Nicht zuletzt deswegen wollte er Diebold den besonnenen und klugen Walther zur Seite stellen. Zufrieden mit seiner Entscheidung entließ Graf Renitz seinen Sohn, hielt aber Walther zurück.
»Ich habe mit dir zu reden«, erklärte er kühl.
Verwirrt blieb Walther stehen. Renitz wartete, bis die Tür hinter Diebold ins Schloss gefallen war, und blickte dem jungen Mann ins Gesicht.

»Ich wünsche, dass du auf meinen Sohn achtgibst, Walther. Er mag zwar der Ältere von euch beiden sein, doch du bist der Verständigere. Die Erziehung durch meine Gemahlin hat ihm nicht gutgetan. Wie es aussieht, hat sie ihm während meiner Abwesenheit viel zu viel durchgehen lassen!«

Walther breitete hilflos die Arme aus. »Verzeiht, Euer Durchlaucht, doch ich bin nicht der Mensch, der Graf Diebold etwas verbieten könnte.«

»Du sollst ihm ja auch nichts verbieten, sondern ihm ins Gewissen reden und durch dein Verhalten ein Vorbild sein.« Ohne sich einzugestehen, dass dies Walther angesichts des Charakters seines Sohnes kaum gelingen konnte, verabschiedete der Graf den jungen Mann ebenfalls und hing wieder seinen Tagträumen nach. In denen saß er nicht tagein, tagaus krank in einem Ohrensessel, sondern führte hoch zu Ross sein Regiment an. In seiner Phantasie lebten noch alle, die einst unter ihm gedient hatten. Da war Waldemar Fichtner, sein einstiger Förster und erster Wachtmeister im Regiment, dessen Gebeine in Wahrheit irgendwo im Russischen Reich in der Sonne bleichten, aber auch Josef Fürnagl, der dann bis zur Schlacht von Waterloo sein erster Wachtmeister gewesen war, und dessen Frau Walburga, Giselas Eltern, die irgendwo aus dem Bayrischen stammten. Deren Heimatort hatte er trotz Nachfragen in München nicht in Erfahrung bringen können. Außerdem hörte er Reint Heurichs fröhliches Lachen und das vieler anderer, die er in den Tod geführt hatte. An seinen Sohn verschwendete er keinen Gedanken, und Walther sah er auch nur als Trommelbub vor den Soldaten hergehen.

## 3.

Walther hatte sich fest vorgenommen, vor seiner Abreise nach Göttingen noch einmal mit Gisela zu sprechen. Doch es kam immer wieder etwas dazwischen, und so war es fast wie damals, als Gisela zum ersten Mal ins Kloster gebracht worden war. Diesmal allerdings war er es, der scheiden musste. Als er in den Sattel stieg, hielt er sein Pferd vor ihr an.
»Diebold will sofort los, und ich darf ihn nicht warten lassen. Wir werden erst in den Weihnachtsferien zurückkommen. Fährst du wieder in jenes Kloster?«
Gisela nickte ganz in Gedanken. »Ich hoffe es. Seine Erlaucht hat es mir versprochen!«
»Schade, ich hätte gerne einmal mit dir zusammen Weihnachten gefeiert«, antwortete Walther mit einem so traurigen Lächeln, dass Gisela sich zum ersten Mal nicht auf Schwester Magdalena und das Kloster freuen konnte.
»Was ist jetzt? Wir wollen heuer noch nach Göttingen kommen!« Diebold ließ seine Reitpeitsche durch die Luft sausen, dass es nur so pfiff, und trabte los.
»Auf Wiedersehen!«, rief Walther Gisela zu. Sie konnten einander gerade noch zuwinken, dann folgte er dem Grafensohn.
Da der junge Graf der weitaus geübtere Reiter war, ließ er seinen Begleiter rasch hinter sich. Walther hielt das für unvernünftig, denn in Göttingen sollten sie gemeinsam ihr Quartier beziehen und bei der Universität vorsprechen. Wenigstens war es ihm diesmal erspart geblieben,

Diebolds Gepäck auf sein Pferd laden zu müssen, da die Kisten mit ihren für das Studium notwendigen Besitztümern bereits mit einem Fuhrwerk nach Göttingen geschafft worden waren.

Gegen Mittag holte Walther Diebold ein, denn der junge Graf war in einer Herberge eingekehrt und hatte gut gespeist. Nun wartete er, bis Walther aufgetischt worden war, und blickte dann betont auf seine Uhr.

»Du solltest dich mit dem Essen beeilen. Ich will gleich weiter!«

Da Walther sich nicht bereits am ersten Tag mit Diebold streiten wollte, aß er hastig ein paar Bissen und stand auf, als sein Reisegefährte den Wirt anwies, die Pferde bereitstellen zu lassen.

Diebold hatte mehrere Becher Wein getrunken und war bester Stimmung. Deshalb verzichtete er auf weitere Quälereien. Sie kamen gut voran, übernachteten in einer akzeptablen Herberge und erreichten Göttingen am Abend des nächsten Tages. Diebold kannte die Stadt bereits von früheren Besuchen, auf denen er seinen Vater und in letzter Zeit auch seine Mutter begleitet hatte, und führte sie direkt zu dem Gasthof, in dem Pastor Künnen auf sie warten sollte.

Als sie in den Hof der Herberge einritten, eilte ihnen sofort ein Knecht entgegen. »Die Herren wollen doch gewiss hier übernachten?«

Walther zögerte, da er nicht wusste, ob sie heute noch ihre Studentenbude beziehen würden, Diebold aber schwang sich lachend aus dem Sattel und warf dem Knecht die Zügel zu. »Striegeln, füttern und nicht mit

Hafer sparen«, rief er und wandte sich dem behäbig wirkenden Gasthof zu. »Hier könnte es mir für meine Studienzeit gefallen, aber das erlaubt mein alter Herr nicht«, sagte er in einem leichten Anfall von Missmut.
Walther wusste genau, weshalb Renitz seinen Sohn nicht in einer solchen Umgebung wohnen lassen wollte. Diebold wäre dann mehr in der Wirtsstube anzutreffen als in der Studierstube. Doch zum Trinken und Faulenzen hatte der Graf sie nicht hierhergeschickt.
»Gehen wir hinein«, schlug Walther vor und stieg nun ebenfalls vom Pferd. Nach dem zweitägigen Ritt fühlten sich seine Beine steif an, und er beneidete Diebold, der behende durch die Tür schritt und lautstark einen Krug Wein forderte.
»Und was zu essen will ich auch!«, setzte der junge Renitz hinzu. Dann erst entdeckte er den Pastor, der ihm von seinem Ecktisch aus missbilligend entgegensah.
Ohne sich um Künnens grimmige Miene zu scheren, nahm er neben ihm Platz und klopfte ihm auf die Schulter. »Da wären wir, Pastorchen, wie bestellt!«
»Der junge Herr sollte sich auch wie ein solcher benehmen«, wies Künnen ihn leise zurecht.
Diebold winkte lachend ab. »Es gibt genug Sauertöpfe auf der Welt, da muss ich nicht auch noch einer werden.«
Er warf einen spöttischen Blick auf Walther, der bislang nie durch irgendwelche Scherze aufgefallen war.
Dies war auch dem Pastor bewusst, und er bedauerte, dass er sich bei der Erziehung des jungen Grafen zu sehr von dessen Mutter hatte beeinflussen lassen. Oft genug hatte er Walther für Nichtigkeiten bestraft, um auch Die-

bold den einen oder anderen Rutenstreich versetzen zu können. Die Zeiten waren mittlerweile vorbei, mit Gewalt konnte man bei dem jungen Grafen nichts mehr ausrichten. Aber anders, als Medard von Renitz es annahm, nützte es nichts, Walther seinem Sohn als Vorbild hinzustellen.

Künnen konnte nur hoffen, dass das Studium selbst einen mäßigenden Einfluss auf seinen Schützling ausüben würde. Dabei kämpfte er mit dem Gefühl, Walther viel zu streng und Diebold zu lasch behandelt zu haben. Stattdessen hätte er den jungen Renitz sowohl in seiner Kinderzeit wie auch später, nachdem Diebold aus dem Krieg gegen Napoleon zurückgekehrt war, gewaltig an den Ohren ziehen und ihm Höflichkeit und Anstand mit der Rute einbleuen müssen.

Während Pastor Künnen seinen Gedanken nachhing, erhielt der junge Renitz Wein und Braten und begann zu essen. Walther wählte einen Krug Bier und einen Teller Eintopf, denn als Kostgänger des Grafen durfte er nicht so verschwenderisch leben wie dessen Sohn.

Eine Weile saßen alle drei in Gedanken versunken am Tisch. Diebolds Blicke folgten der strammen Schankmagd, die etwa in seinem Alter war. Noch während er sich fragte, wie er sie dazu bewegen könne, ihn am Abend in ihre Kammer zu lassen, klopfte der Pastor mit den Fingerknöcheln auf den Tisch.

»Graf Diebold! Walther! Ich freue mich, dass ihr gut nach Göttingen gekommen seid. Heute könnt ihr gemütlich beim Wein oder Bier sitzen, doch ab morgen beginnt der Ernst des Studentenlebens für euch. Wir werden um acht

Uhr die Witwe Haun aufsuchen, die euch für die nächsten drei Jahre Obdach bieten wird. Danach begeben wir uns zur Universität, melden eure Ankunft und sprechen anschließend mit Professor Artschwager, unter dessen Aufsicht ihr sowohl in Philosophie wie auch in Ökonomie in sämtlichen Semestern stehen werdet. Von ihm erhaltet ihr eure weiteren Anweisungen.«

Es passte Diebold wenig, im gleichen Atemzug mit dieser Dienerkreatur genannt zu werden, aber ihm war klar, dass er Walthers Unterstützung brauchte, wenn er sein Studium erfolgreich abschließen wollte. Da der Kerl aus Gnade und Barmherzigkeit mit ihm zusammen studieren durfte, sollte dieser für ihn mitbüffeln.

»Ich habe keine Einwände«, sagte er daher und bestellte sich den nächsten Krug Wein.

Künnen hob kurz die Augenbrauen, sagte aber nichts, denn er wusste, dass auf Diebold eine herbe Enttäuschung wartete. Das Quartier, das er im Auftrag des Grafen für die beiden besorgt hatte, war mit Sicherheit nicht nach dem Geschmack des jungen Herrn. Nun fragte er seine beiden Schüler nach deren Wissensstand aus und musste erkennen, dass der junge Graf während seiner Militärübung kein einziges Lehrbuch zur Hand genommen hatte. Walther hingegen war gut auf das Studium vorbereitet.

»Warst schon immer ein Streber«, sagte Diebold und tat die diesbezügliche Bemerkung von Künnen mit einer verächtlichen Handbewegung ab.

»Auf jeden Fall werdet Ihr Euch bemühen müssen, Graf Diebold, die Lücken in Eurem Wissen so bald wie möglich zu schließen. Professor Artschwager gilt als sehr streng, und ein Student, der bei einer Klausur versagt, hat es schwer, sich weiter auf dieser Universität zu behaupten!«, warnte Künnen ihn.

Graf Renitz hatte ihm den Befehl gegeben, alles zu tun, um seinen Sohn an die Kandare zu nehmen. Dann, so hoffte der alte Herr, würde Diebold seine zahlreichen Unarten ablegen. Sowohl die Witwe Haun, die künftige Hauswirtin der beiden Studiosi, wie auch den Professor hielt der Pastor für die geeigneten Personen, Diebold Schranken zu setzen.

Er ließ dem jungen Grafen die Zeit, seinen Wein auszutrinken, schritt aber ein, als Diebold noch einen dritten Krug bestellen wollte. »Es ist bereits spät, und ihr müsst morgen früh aufstehen. Daher werden wir jetzt zu Bett gehen!«

»Es ist doch noch nicht einmal neun Uhr!«, protestierte der junge Renitz.

»Morgenstund hat Gold im Mund«, konterte der Pastor gelassen und stand auf.

Walther tat es ihm gleich, während Diebold mit sich kämpfte. Doch als ihm klarwurde, dass Künnen seinem Vater mit Sicherheit berichten würde, wenn er seiner eigenen Wege ging, erhob er sich ebenfalls. Auf dem Weg zur Treppe versuchte er den Blick der Schankmagd einzufangen, doch diese war gerade dabei, andere Reisende zu bedienen, und drehte sich nicht nach ihm um.

## 4.

Am nächsten Morgen zog Walther seinen dunkelgrauen Sonntagsrock an und setzte den erst kürzlich erstandenen Hut auf. Pastor Künnen war ähnlich dezent gekleidet wie er, nur in Schwarz, Diebold hingegen glich einem Prachthahn. Er trug einen dunkelroten Rock mit Goldstickerei, eine hellblaue Weste und ein schneeweißes Halstuch, das auf eine komplizierte Art geknotet worden war. An seiner linken Seite hing ein Degen, und in der rechten Hand hielt er einen Gehstock.
»Wir können aufbrechen!«, sagte er mahnend, obwohl er als Letzter fertig geworden war.
Künnen musterte ihn und fragte sich, was die Witwe Haun zu einem solchen Auftreten sagen würde. Doch das war zum Glück nicht seine Sache. Mit einem dünnen Lächeln stand er auf und verließ den Gasthof. Diebold schob Walther zur Seite und schritt als Zweiter durch die Tür.
Es ging durch etliche schmale Gassen in einen ruhigen Teil der Stadt, in dem von Studentenherrlichkeit wenig zu spüren war. Schließlich blieb Künnen vor einem schlichten Fachwerkhaus stehen, wartete, bis seine beiden Schützlinge aufgeschlossen hatten, und schlug den Türklopfer an.
Kurz darauf wurde geöffnet, und eine Bedienstete blickte heraus. Bei deren Anblick verzog Diebold das Gesicht, denn die Frau war über vierzig und hässlich wie die Sünde. Das erschien ihm nicht gerade als gutes Omen. Seine Laune sank weiter, als die Dienstmagd sie zu ihrer Herrin führte.

Die Witwe Haun war noch älter als ihre Dienerin und so mager, als könne sie sich nicht genug zu essen leisten. Die hellen Augen unter den fast unsichtbaren Brauen wirkten lebendig, blickten den Gästen aber abweisend entgegen. Zu diesem Eindruck trug auch die Gewandung der Frau bei, die selbst im Haus eine dunkle Haube und ein bodenlanges, schwarzes Kleid ohne die geringste Verzierung trug.
Zu lachen scheint diese Frau nicht gelernt zu haben, fuhr es Walther durch den Sinn. Aber er machte sich nichts daraus, während Diebold so wirkte, als hätte der Pastor ihn in den Vorhof der Hölle geführt.
Die Witwe musterte die beiden jungen Männer und krauste bei Diebolds Anblick die Nase. »Ich muss den Herren mitteilen, dass ich in meinem Haus nur studentische Tracht und schlichte Röcke und Westen von dunkler Farbe dulde«, begann sie mit schneidender Stimme.
Diebold schnaubte leise, aber die Witwe ließ sich nicht beirren. »Ich muss den Herren ebenfalls mitteilen, dass die Haustür um acht Uhr abends verschlossen wird. Sie haben also vorher hier zu sein! Ausnahmen gibt es nicht. Des Weiteren ist es in meinem Haus verboten, Branntwein zu trinken. Wein und Bier sind in geringem Maße gestattet, aber nur so viel, wie ich zuteile. Frauenbesuch ist strengstens verboten, ebenso unmäßige Besuche von anderen Studenten. Außerdem darf in meinem Haus weder gesungen noch gelärmt werden. Ist dies den Herren klar?«
Während Walther nickte, sah Diebold aus, als wolle er die Frau erwürgen. Daran ist nur mein Vater schuld, dachte er wütend. Zu Hause wäre er zur Mutter gegangen, um

sich gegen eine solche Zumutung zu verwahren. Doch diese saß zwei Tagesritte entfernt auf Renitz, und er konnte ihr seine Beschwerden nur schriftlich mitteilen.
Während er mit seinem Schicksal haderte, sich den Forderungen einer solchen Person beugen zu sollen, zählte die Witwe noch etliche Punkte auf, welche die Herren Studiosi unbedingt zu beachten hätten. So war es ihnen verboten, ihr eigenes Dienstpersonal einzustellen, und sie würden außerhalb der Essenszeiten, die sie ihnen nannte, in ihrem Haus nichts aufgetischt bekommen.
Die Litanei war schier endlos, so dass selbst Walther innerlich den Kopf schüttelte. Doch anders als Diebold sah er es als Privileg an, überhaupt studieren zu dürfen, und nahm sich daher vor, Frau Haun möglichst nicht zu verärgern.
Diebold hingegen konnte ihre Wirtin nicht ernst nehmen. Er würde sich nicht all die Annehmlichkeiten verbieten lassen, die das Studentenleben für ihn ausmachte, nämlich die Abende, an denen scharf gezecht wurde, heimliche Treffen mit schönen Mädchen und geselliges Zusammensein mit ihren Kommilitonen.
Den beiden jungen Männern blieb jedoch nicht die Zeit, ihren Gedanken nachzuhängen, denn kaum war die Witwe mit ihrem Vortrag ans Ende gelangt, führte der Pastor sie bereits aus dem Haus und schlug den Weg zur Georg-August-Universität ein, um sie dem für sie zuständigen Professor vorzustellen.
Artschwager besaß ein Haus etwas abseits des Campus und schien sehr beschäftigt, denn bereits eine größere Schar von Studenten in verschiedenfarbigen Mützen stan-

den im Flur und warteten darauf, zu dem gestrengen Herrn vorgelassen zu werden.

Walther richtete sich auf eine längere Wartezeit ein, doch Künnen schritt an den Studenten vorbei, klopfte an die Zimmertür und wurde eingelassen. Nur wenige Augenblicke später kehrte er zurück und winkte seinen Schützlingen nachzukommen.

Der kräftig gebaute Professor erwartete sie hinter einem schon in die Jahre gekommenen Schreibtisch. Sein Gesicht erinnerte Walther an einen Nussknacker, die Hände wirkten so, als wären sie es eher gewohnt, Eisen zu biegen, als eine Feder zu halten.

Ohne die beiden Neuankömmlinge eines Blickes zu würdigen, entließ er einen Studenten, der mit Armesündermiene vor ihm stand, mit einer harschen Geste. »Diesmal entgehen Sie der verdienten Strafe! Beim nächsten Mal werden Sie für ein Semester der Universität verwiesen. Das gilt auch für die anderen draußen vor der Tür. Richten Sie ihnen aus, dass ich morgen den Schaden, den Sie und Ihre Kumpane angerichtet haben, beglichen wissen möchte. Sonst lernen Sie alle mich kennen!«

Der Student schien froh zu sein, dem kantigen Mann entkommen zu können, denn er lief so rasch zur Tür hinaus, dass er gegen Walther stieß und diesen beinahe zu Fall brachte.

Ein ärgerliches Schnauben des Professors verriet, dass er den Zwischenfall bemerkt hatte. Artschwager sagte jedoch nichts, sondern bat Pastor Künnen, auf dem zweiten Stuhl im Raum Platz zu nehmen. Walther und Diebold mussten stehen bleiben.

Artschwager kümmerte sich nicht um die beiden, sondern unterhielt sich mit Künnen, der einer Bemerkung zufolge vor gut dreißig Jahren gleichzeitig mit ihm hier in Göttingen studiert hatte. Während Diebold nicht gewohnt war, so missachtet zu werden, und eine düstere Miene zog, nutzte Walther die Zeit, sich umzusehen. Neben dem Schreibtisch standen ein großer Bücherschrank und eine ebenfalls mit Büchern vollgestellte Anrichte. Die meisten Titel waren lateinisch, und obwohl er diese Sprache unter Künnens Ägide gründlich gelernt hatte, gelang es ihm nicht bei allen, diese zu übersetzen. Angesichts dessen begriff Walther, dass er sich besonders anstrengen musste. Ohne ein gutes Abschlusszeugnis würde er zeit seines Lebens auf die Gnade des jeweiligen Grafen Renitz angewiesen sein.

Für Diebold sah die Sache anders aus, denn als Angehöriger des Hochadels würde er auch bei schlechten Noten einen hohen Posten im Militär, der Verwaltung oder sogar am königlichen Hof erhalten. Es half jedoch nichts, sich über die Ungerechtigkeiten der Welt aufzuregen, sagte Walther sich. Tausende anderer waren in einer weitaus schlechteren Position als er und würden niemals die Möglichkeit erhalten, sich über den engen Horizont ihres Standes hinaus bilden zu können. Allein dafür musste er Graf Renitz dankbar sein.

Unterdessen schienen die alten Herren bester Stimmung und lachten herzhaft. »Das waren noch Zeiten!«, sagte Artschwager, nachdem er sich wieder beruhigt hatte. »Wir waren wenigstens noch Kerle von altem Schrot und Korn. Aber die heutige Jugend ...«

Er winkte mit einer resignierenden Geste ab, erinnerte sich dann an die Begleiter seines alten Studienfreunds und wandte sich Diebold zu. »Der Herr wird es sich gefallen lassen müssen, etwas schlichtere Kleidung zu tragen. Sich einer Burschenschaft anzuschließen, rate ich ihm wie auch dem anderen jungen Mann dringend ab. In diesen Zirkeln versammeln sich vor allem Radaubrüder und Kerle, die unsere von Gott gewollte Ordnung umstürzen wollen.«
Obwohl Walther während des letzten Feldzugs gegen Napoleon bis nach Paris gelangt war, hatte er in den letzten Jahren den engeren Umkreis von Renitz nur zu jener einen Militärübung verlassen können. Nachrichten über politische Ereignisse und das Leben außerhalb erreichten das Schloss nur mit großer Verspätung, und die Zeitungen, die die Gräfin sich kommen ließ, durften die Bediensteten nicht lesen. So befand er sich in einem seltsamen Zwiespalt aus Erlerntem und fast bäuerlicher Unwissenheit, und das betraf auch alles, was bei einem Studium zu beachten war.
Diebold musterte Artschwager mit hochgezogenen Augenbrauen.
»Hat der junge Herr nicht gehört?«, fragte der Professor den jungen Grafen mit gerunzelter Stirn.
»Was denn?«, antwortete Diebold mit einer Gegenfrage.
»Es geht um Seinen Rock. Er hat einen unauffälligeren zu tragen.«
»Das heißt nicht Er, sondern Ihr und Herr Graf«, schäumte Diebold auf.
»Das mag auf Seinem Gut zu Hause der Fall sein, doch hier ist Er nur ein Student wie alle anderen und muss sich

die ihm gebührende Achtung erst noch erwerben.« Der Tonfall des Professors kam einer Ohrfeige gleich.
Künnen nickte zufrieden. Er hatte seinen alten Freund im Auftrag des Grafen von Renitz darüber aufgeklärt, wie mit Graf Diebold zu verfahren sei, und traute Artschwager zu, den jungen Renitz zurechtzustutzen.
Allerdings sah es im Augenblick nicht so aus, als würde Diebold sich fügen wollen. Er ballte die Fäuste, und seine Augen sprühten Feuer. Noch mehr als die Zurechtweisung selbst ärgerte es ihn, dass diese in Walthers Gegenwart erfolgt war. Aber er begriff, dass er am kürzeren Hebel saß und erst einmal nachgeben musste.
»Wenn der Herr Professor darauf besteht, werde ich einen schlichteren Rock anziehen«, sagte er mühsam beherrscht.
»Es wird nicht beim Rock allein bleiben«, antwortete Artschwager. Das klang wie eine Drohung, und Diebold begriff, dass der Professor ihn unnachgiebig von der Universität weisen würde, wenn er gegen die Regeln verstieß und sich erwischen ließ. Darauf durfte er es nicht ankommen lassen. Zwar würde seine Mutter ihn verstehen, doch bei seinem Vater hatte er dann noch schlechtere Karten.

## 5.

Zufrieden, dass der Professor Diebold bereits am ersten Tag seine Grenzen aufgezeigt hatte, führte Künnen die beiden jungen Männer zum Gasthof zurück,

um deren Gepäck zu holen und es zum Haus der Witwe Haun zu bringen. Diebolds Vorschlag, in der Wirtschaft noch ein Glas Wein zu trinken, lehnte er kategorisch ab.
Das war nur die erste von vielen Einschränkungen, die Diebold in den nächsten Tagen hinnehmen musste. Die Witwe Haun war äußerst resolut in der Durchsetzung ihrer Vorschriften. Als der junge Graf das Haus am ersten Abend noch einmal verlassen wollte, um ins Gasthaus zu gehen, fand er die Tür verschlossen vor. Kaum hatte er wütend an der Klinke gerüttelt, wieselte auch schon Jule, das Dienstmädchen der Hausherrin, heran und sah missbilligend zu ihm auf.
»Weiß der Herr nicht, wie spät es ist?«
Unwillkürlich zog Diebold seine Uhr aus der Tasche und blickte darauf. »Es ist kurz nach sieben. Die Tür sollte aber erst um acht abgeschlossen werden!«
»Da sich die beiden Herren bereits im Haus befinden und heute gewiss nicht mehr zu einer Vorlesung müssen, hat meine Herrin befohlen, die Tür zu versperren. Es treibt sich viel Gesindel hier in Göttingen herum, und die meisten Studenten sind eine wahre Landplage. Die legen sich mit ehrbaren Bürgersöhnen an und klopfen des Nachts gegen die Fensterläden. Im Rausch haben die Studiosi sogar schon Fensterscheiben eingeschlagen und sich davongemacht, anstatt wie anständige Bürger für den Schaden aufzukommen!« Der Vortrag kam so flüssig, als hätte die Frau ihn schon öfter gehalten.
Diebold ärgerte sich, wie in einem Kerker eingesperrt zu sein, doch es blieb ihm nichts anderes übrig, als in seine Kammer zurückzukehren. Dort warf er sich in voller

Kleidung aufs Bett und drehte der Witwe und ihrem Hausgeist in Gedanken den Hals um.

Im Gegensatz zu dem jungen Renitz kam Walther mit den Einschränkungen gut zurecht. Als er sich am nächsten Morgen sorgfältig anzog und seine Hefte und Schreibsachen einpackte, verspürte er sogar ein Hochgefühl, das selbst Diebolds spöttischer Miene standhielt. Frohgemut setzte er sich an den Frühstückstisch und griff zu.

Der junge Graf murrte vor sich hin. Auf Schloss Renitz hatte er schon morgens fürstlich gespeist und rümpfte nun angesichts der einfachen Biersuppe und des Stücks Brot mit aufgestrichenem Hagebuttenmark die Nase.

»Ich glaube, ich werde unterwegs in der Post einkehren«, sagte er zu Walther.

Dieser sah ihn erstaunt an. »Aber wir müssen doch um neun Uhr bei unserer ersten Vorlesung sein!«

»Du wirst hingehen! Dann kannst du mir hinterher erzählen, was der Professor alles gesagt hat. Weltbewegendes wird es am ersten Tag nicht gleich sein.«

In diesem Moment begriff Diebold, welche Vorteile es mit sich brachte, Walther als Begleiter zu haben. Der Kerl konnte ihm alle unangenehmen Dinge abnehmen und eignete sich gegebenenfalls sogar als Sündenbock. Auf diese Erkenntnis hin beschloss er, Walther freundlicher zu behandeln als bisher, und klopfte ihm auf die Schulter.

»Ich verspreche dir einen Krug Bier, wenn du mir diesen kleinen Gefallen tust. Das, was die Witwe hier auf den Tisch stellt, kann vielleicht ein Bauer essen, aber kein Edelmann.«

Auch gut, dachte Walther, dem sowohl die Frühsuppe wie auch das Brot schmeckten, dann bin ich eben ein Bauer. »Ich werde mir die wichtigsten Sachen aufschreiben, damit ich sie Euch richtig mitteilen kann. Aber Ihr solltet trotzdem nicht zu lange wegbleiben, Herr Graf«, antwortete er ruhig.

Zwar ahnte Walther, dass sein Gegenüber ihm frühestens in ein oder zwei Stunden folgen würde, da er ihm jedoch keinen Strick um den Hals legen und ihn mit sich zerren konnte, sagte er sich, dass Diebold selbst wissen musste, was er tat.

Die beiden jungen Männer verließen gemeinsam das Haus, aber draußen auf der Gasse trennten sich ihre Wege. Während Walther dem Hörsaal entgegenstrebte, suchte Diebold erst einmal den Gasthof auf, in dem sie die erste Nacht verbracht hatten, und ließ sich ein reichhaltiges Frühstück auftischen.

## 6.

Walther hatte seinen zweitbesten Rock angezogen und seinen Hut aufgesetzt. Als er sich der Universität näherte, traf er auf eine Gruppe junger Männer mit kürzeren Röcken und farbigen Kappen. Einer von ihnen stieß seinen Begleiter an und zeigte auf Walther.

»Schau dir diesen Burschen an! Der will wohl von Anfang an gut Wetter bei den Herren Professoren machen.«

Bevor Walther sich's versah, schlug der Sprecher ihm den Hut vom Kopf, und sein Kommilitone trat grinsend darauf.

»He, was soll das?«, rief Walther empört, doch die beiden gingen lachend weiter. Daher blieb ihm nichts anderes übrig, als seinen Hut aufzuheben, den Dreck abzuklopfen und zu versuchen, ihn wieder in Form zu bringen.
Er hatte keine Zeit, seinem Ärger nachzuhängen, denn er wollte rechtzeitig den Saal erreichen, in dem die neuen Studenten mit den Gepflogenheiten an der Universität vertraut gemacht werden sollten. Zu Walthers Verwunderung war der Raum nur halb gefüllt. Die meisten der neu immatrikulierten Studenten waren ähnlich schlicht gekleidet wie er, doch bei einigen sah er kurze Röcke, die an Uniformen gemahnten, und ähnliche Mützen wie die der Kerle, die ihm den Hut ruiniert hatten.
Nur wenige schienen einander zu kennen, doch die meisten waren gerade dabei, Bekanntschaften zu schließen. Auch Walther trafen einige fragende Blicke, aber er war zu angespannt für ein Gespräch. Er suchte sich einen Platz, zog Notizbuch und Bleistift hervor und schrieb Ort und Datum auf das erste Blatt.
»Schaut euch den an! Das ist auch wieder so ein Streber«, hörte er jemand hinter sich flüstern. Er drehte sich um, konnte den Sprecher aber nicht ausmachen, und wandte sich wieder seinem Notizbuch zu. Selten zuvor hatte er sich so unwohl gefühlt wie zu dieser Stunde. Die anderen Studenten hatten Gymnasien absolviert und waren gewohnt, in größeren Gruppen zu lernen, doch er hatte mit Diebold zusammen Privatunterricht erhalten. Mit einem Mal war er zutiefst verunsichert. Noch während er über seine Situation nachdachte, wurde die Tür geöffnet, und mehrere Herren traten ein. Unter ihnen befand sich Professor Artschwager.

Sofort erhoben sich alle Neulinge von ihren Plätzen. Die Herren, die Rock und Zylinder trugen, musterten die Studienanfänger mit prüfenden Blicken. Ein paar schienen die künftigen Studenten sogar insgeheim zu zählen, und Walther hatte den Eindruck, als wären die Herren nicht sonderlich zufrieden. Sie sagten jedoch nichts, sondern überließen Artschwager das Wort. Der Professor stellte sich hinter das Rednerpult und begrüßte die jungen Männer.

»Ich freue mich«, fuhr er fort, »dass Sie sich entschlossen haben, die für Ihr Leben entscheidenden Jahre auf unserer ehrwürdigen Georg-August-Universität zu verbringen.«

»Gewiss nicht freiwillig. Mein alter Herr wollte mich nicht nach Heidelberg lassen«, murmelte ein Student schräg hinter Walther.

Dieser widerstand dem Impuls, sich umzudrehen, weil er nicht auffallen wollte. Eines aber wurde ihm klar: Die Ansichten der Studenten und des Lehrkörpers schienen sich nicht gerade zu decken.

Professor Artschwager reagierte nicht auf das leise Gemurmel, sondern setzte seinen Vortrag fort. In scharfem Tonfall warnte er alle Neulinge davor, sich in solche Zirkel wie Burschenschaften oder studentische Orden locken zu lassen, und nannte dann eine ganze Liste von Dingen, die laut der Leitung der Universität strengstens verboten waren. Dazu gehörten politische Äußerungen, die geeignet waren, die bestehende Ordnung in Frage zu stellen, das Versammeln in Gruppen, in denen politische Meinungen geäußert wurden, sowie Aufruhr in der Stadt und Widerstand gegen die Anweisungen der Universität und der Behörden.

Walther begriff, dass er noch sehr viel über die Welt, in der er lebte, lernen musste, und das sehr bald.

Artschwagers Ansprache dauerte fast eine Stunde, dann forderte er die Studenten einzeln auf, sich vorzustellen und zu berichten, auf welchen Schulen und Gymnasien sie gelernt hatten.

Die Fülle von Namen, die Walther nun vernahm, konnte er sich nicht merken. Insgeheim teilte er seine Kommilitonen in drei Gruppen auf, in die, die ihm sympathisch erschienen, in die Arroganten, deren Gesellschaft er nach Möglichkeit meiden würde, und in den größeren Rest, den er noch genauer kennenlernen wollte.

Nach einer Weile wurde er unruhig. Es waren nur noch drei andere vor ihm, und Diebold hatte sich noch nicht blicken lassen. Nach ein paar Minuten stellte sich sein linker Nebenmann vor, und dann war es an ihm, aufzustehen und zu erklären, wer er sei.

»Mein Name ist Fichtner, Walther Fichtner. Ich bin auf dem Besitz des Grafen Renitz aufgewachsen und erhielt zusammen mit dessen Sohn, Graf Diebold, privaten Unterricht durch unseren Pastor Künnen.« Eigentlich wollte er sich sogleich wieder setzen, als ihm einfiel, dass er Diebold unbedingt noch etwas Zeit verschaffen musste. Daher sprach er weiter und flehte den jungen Renitz in Gedanken an, sich zu beeilen.

»Mein Vater war der Förster des Grafen und später der erste Wachtmeister in dessen Regiment. Er kam im Russlandfeldzug ums Leben, mein Vater meine ich, nicht der

Graf.« Kurz aufflackerndes Lachen der anderen verschaffte ihm etliche Sekunden, in denen er seine Gedanken ein wenig ordnen konnte.
»Später nahm ich als Trommelbub am letzten Feldzug gegen Napoleon teil und machte dabei die Schlachten von Ligny und Waterloo mit …«
In dem Moment wurde er von Diebold unterbrochen, der gerade zur Tür hereingehuscht war. »Ich selbst habe meinen Vater in beiden Schlachten als Fähnrich unterstützt und kann mich rühmen, dabei mehr als nur meine Pflicht erfüllt zu haben. Mittlerweile stehe ich im Rang eines Leutnants der Reserve im Königreich Preußen.«
Während er dies sagte, legte Diebold den Weg bis zu Walthers Reihe zurück und setzte sich neben ihn. Bevor Professor Artschwager ihn wegen seines späten Kommens zur Rede stellen konnte, sprach der junge Renitz ihn mit spöttischer Miene an.
»Ich war auf dem Abort. Nur ist er in diesem Fuchsbau hier schwer zu finden.«
An dieser Bemerkung hatte Artschwager zu schlucken. Da er jedoch nicht zu sagen vermocht hätte, ob Graf Diebold nur kurz den Saal verlassen hatte oder ob er gerade erst erschienen war, musste er dessen Behauptung hinnehmen. Daher forderte er den nächsten Neuling auf, sich vorzustellen, und schien schließlich froh zu sein, als der letzte sein Sprüchlein aufgesagt hatte.
»Sie werden sich nun alle nach Ihren jeweiligen Studiengängen zusammenfinden und anschließend gemeinsam das Mittagsmahl einnehmen. Hinterher werden Sie die Güte haben, sich mit den Hörsälen und besonders mit der

Bibliothek vertraut zu machen, die Sie hoffentlich eifrig benutzen werden. Die erste Vorlesung beginnt morgen um acht Uhr. Noch eins: Die drei Herren mit ihren leuchtenden Mützen werden sich etwas weniger auffällige Kopfbedeckungen besorgen! Auch bei ihren Röcken sollten die Herren darauf achten, dass diese nicht den Narrenröcken sogenannter Burschenschaftler zu ähnlich sehen. Und damit gesegnete Mahlzeit!«

Mit diesen Worten verließ der Professor das Pult und wandte sich zum Gehen. Die übrigen Herren folgten ihm, und hinter ihnen traten mehrere Studenten eines höheren Semesters ein und forderten die Frischlinge auf, mit ihnen zu kommen.

Walther packte seine Sachen zusammen und gehörte zu den Letzten, die den Raum verließen. Aus diesem Grund musste er im Speisesaal am hintersten Tisch Platz nehmen, während Diebold ganz vorne bei einigen jungen Herren saß, die unzweifelhaft der besseren Gesellschaft angehörten. Sein Bekenntnis, an der Schlacht von Waterloo teilgenommen zu haben, machte ihn für die anderen interessant.

Im Gegensatz zu ihm tat Walther sich schwer, Kontakte zu knüpfen. Ihm gegenüber saß der Student, der ihn vorhin als Streber bezeichnet hatte, und neben ihm ein schüchterner junger Mann, der bei seiner Vorstellung ein wenig gestottert hatte.

Gerade dieser aber war Walther sympathisch, und so wandte er sich an ihn. »Ganz habe ich nicht verstanden, wovor Professor Artschwager uns vorhin gewarnt hat. Könnten Sie mir vielleicht Auskunft geben?«

Bevor der andere auch nur ein Wort herausbrachte, kam ihm sein Nebenmann zuvor. »Man sollte wirklich nur Leute zum Studium zulassen, die ein ordentliches Gymnasium besucht haben. Ein Pastor ist nun einmal kein Ersatz für einen exzellenten Lehrkörper.«
Obwohl Walther sich in den letzten Jahren oft genug über Künnen geärgert hatte, wollte er das nicht hinnehmen.
»Unser Pastor ist ein sehr kluger Mann, und er hat mit Professor Artschwager zusammen studiert.«
»Das ist also der Grund, weshalb man Sie hier zugelassen hat!«, spottete der andere. »Aber das wundert mich nicht. In Göttingen ist zurzeit jeder Student willkommen. Diejenigen, die etwas auf sich halten, gehen nach Heidelberg.«
»Und warum sind Sie nicht in Heidelberg?«, fragte Walther in unbedarftem Tonfall.
Der andere schluckte, beugte sich dann über seinen Teller und begann zu essen.
»Br…r…avo«, stotterte der Schüchterne. »Sie ha…haben es He…herrn Thode gut he…rausgegeben.«
Das dürfte eine schwierige Konversation werden, dachte Walther. Doch er merkte bald, dass sein Tischnachbar nach dem ersten Satz sicherer wurde und nur noch gelegentlich bei einem Wort ins Straucheln kam.
»Ich heiße Landolf Freihart«, stellte dieser sich vor.
»Und ich Walther Fichtner. Sehr angenehm!« Walther streckte Landolf die Hand hin, die dieser rasch ergriff und mit leuchtenden Augen drückte. Er schien sich zu freuen, trotz seiner Sprachbehinderung so rasch Anschluss gefunden zu haben. Nun fragte er Walther, was diesem von Artschwagers Rede unverständlich geblieben war.

»Ich meine das mit den Burschenschaften und den Gesprächsthemen, die er uns verboten hat«, erklärte Walther.
»Sie sind wohl noch nie aus deinem Bauerndorf herausgekommen, was?«, fragte Thode höhnisch.
»Ich war zum Beispiel in Paris«, antwortete Walther mit scharfem Unterton.
»Ja, als Schleppenträger Ihres angeberischen Herrn!« Thode warf einen kurzen Blick auf Diebold, der sich an seinem Tisch prächtig zu amüsieren schien.
Walther schloss zweierlei daraus: Zum einen war Thode auf Adelige eifersüchtig, und zum anderen ärgerte er sich, weil er an diesem Tisch nicht die gleiche Rolle spielen konnte wie der junge Renitz an seinem.
Landolf Freihart ging nicht auf Thodes Zwischenbemerkung ein, sondern erklärte Walther, dass es um die Rechte des Volkes und um Demokratie ging, die die Herrscher auf ihren Thronen den Untertanen vorenthielten. »Dabei haben sie, als sie Gefahr liefen, von Napoleon auf den Schutthaufen der Geschichte gekehrt zu werden, genau das versprochen«, setzte er leise hinzu.
»Außerdem geht es um die nationale Einheit«, warf Thode ein. »Warum soll dem deutschen Volk verboten sein, was bei den Engländern und Franzosen bereits Wirklichkeit geworden ist? Doch davon wollen die Wilhelms, Ferdinands und Maxens auf ihren Thronen nichts hören. Aber der Wille des Volkes ist stärker als alle Fürstenmacht. Wir werden ein einiges Deutschland sein, sei es unter einem konstitutionellen Herrscher oder sei es als Republik, wie Frankreich es war, bevor Napoleon dort die Macht ergriffen hat!«

Landolf Freihart nickte eifrig. »Das hören die Fürsten und Könige und deren Speichellecker aber gar nicht gerne und glauben, wenn sie uns verbieten, darüber zu reden, würden wir irgendwann auch nicht mehr darüber nachdenken. Doch das ist ein Trugschluss. Je mehr die freie Meinung unterdrückt wird, umso heller glüht sie in unserer Brust.«
Der junge Mann mochte schüchtern sein, in der Sache allerdings war er nicht weniger entschieden als Thode. Dieser aber sah in Walther nun jemanden, den er in seinem Sinn beeinflussen konnte, und legte seinen Hochmut ab.
»Demokratie! Davon habe ich bisher nur aus dem alten Griechenland gehört«, gab Walther zu.
»Ab jetzt werden Sie es noch öfter hören«, erklärte Thode und lächelte das erste Mal.

## 7.

Während Walther Anschluss an ein paar politisch interessierte Kommilitonen gefunden hatte, geriet Diebold von Renitz in einen Kreis von adeligen Studenten, die gleich ihm wenig von solchen Forderungen wie Demokratie oder gar nationaler Einheit hielten. Ihnen gefiel die Welt so, wie sie war, mit all den Privilegien ihres Standes und der Möglichkeit, weitaus höher aufzusteigen als jeder Bürgerliche, mochte dieser auch noch so fähig sein. Ihr Studium bestritten sie eher nebenbei, denn sie zogen Ausflüge in die Gaststätten der Umgebung und Trinkgelage dem Hörsaal vor. Wenn Wein und Bier ihre Gehirne erhitzten, war ein Reisender, der ihnen auf dem Heimweg entgegenkam, nicht sicher vor ihrem Spott und wurde manchmal auch derb verprügelt.

Da Diebold sich nur selten in den Vorlesungen blicken ließ, schrieb Walther ihm den Lehrstoff auf und erklärte ihm das meiste. Dabei hätte er seine freie Zeit sehr viel lieber mit Landolf Freihart und Stephan Thode verbracht. Auch wenn Thode gelegentlich verletzende Bemerkungen machte, zählten beide zu seinen liebsten Gesprächspartnern. Andererseits sorgte die intensive Beschäftigung mit den einzelnen Themen des Studiums dafür, dass Walther schon bald zu den Besten seines Studiengangs zählte. Thodes Spott, ein Streber zu sein, begleitete ihn daher ständig.

In der aufregenden Welt der Universität verschwand die Zeit auf Renitz beinahe ganz aus Walthers Gedanken. Nur gelegentlich kam ihm der alte Graf in den Sinn und hie und da auch Gisela. Er hatte zwar versprochen, ihr zu schreiben, kam aber nicht dazu. So vergingen Wochen und Monate, und während Walther in eine für ihn neue und aufregende Welt eingetaucht war, ging das Leben auf Renitz ebenso weiter wie seit vielen Generationen.

Das kühle Herbstwetter hatte die Lunge des Grafen angegriffen. Nun lag er in seinem Schlafzimmer und war alles andere als ein bequemer Patient. Der Arzt hatte ihm Tropfen mit einem klangvollen lateinischen Namen verschrieben, die allerdings so penetrant rochen, dass Medard von Renitz sich weigerte, sie einzunehmen. Stattdes-

sen vertraute er auf die Aufgüsse von Kamille, Allerweltsheil, Teufelsmilchkraut und anderer Kräuter, die Cäcilie ihm zubereitete.
Seine Gemahlin machte ihm deswegen Vorwürfe. »Ihr solltet Euch weniger dem Aberglauben der Köchin als vielmehr der studierten Kunst unseres Doktors anvertrauen!«
Renitz versuchte, sich aufzurichten, erlitt aber einen Hustenkrampf und hielt sich rasch ein Tuch vor den Mund, um den Auswurf darin aufzufangen. Danach erst war er in der Lage, seiner Gemahlin zu antworten.
»Cäcilies Aberglaube, wie Ihr es nennt, verschafft mir Linderung, während das sogenannte Heilmittel des Arztes meinen Magen und meine Gedärme verbrennt. Ich kann es nicht nehmen.«
»Ihr müsst!«, beharrte seine Frau und träufelte die vorgeschriebenen zwanzig Tropfen auf einen Löffel. Anschließend befahl sie ihrem Gemahl, den Mund zu öffnen.
»Ich will es nicht!«, rief dieser und schlug nach dem Löffel, so dass dessen Inhalt auf Gräfin Elfredas Kleid spritzte.
»Ihr seid einfach unmöglich!«, schrie sie ihn an und hob den Löffel, als wolle sie ihn ihrem Mann an den Kopf werfen. Sie beherrschte sich aber und rauschte wie das leibhaftige Sinnbild einer sich gekränkt fühlenden Ehefrau aus dem Zimmer.
Draußen traf sie auf Gisela. Bisher hatte die Gräfin, was das Mädchen betraf, auf den Willen ihres Ehemanns Rücksicht nehmen müssen. Aber da dieser nun krank im Bett lag und sie nicht wusste, ob er sich je wieder erholen würde, war sie nicht mehr dazu bereit.

»Bleib stehen!«, rief sie.
Gisela verharrte und knickste vor der Gräfin. Ängstlich fragte sie sich, was die Herrin von ihr wollte, denn in all den Jahren hatte Elfreda von Renitz so getan, als existiere sie nicht.
Die Gräfin sah mit einem gewissen Neid auf das blühende junge Ding herab, das ihr die Vergänglichkeit der eigenen Schönheit so deutlich vor Augen führte, und ihre Stimme bekam einen giftigen Tonfall. »Dieser Unsinn, dich zu Weihnachten in die Stadt zu schicken, hat ein Ende! Es gibt um die Zeit zu viel Arbeit im Schloss, als dass ich auf dich verzichten könnte. Hast du verstanden?«
Für Gisela war diese Entscheidung ein Schlag ins Gesicht. Sechsmal hatte sie das Christfest bei Menschen ihres eigenen Glaubens verbracht und dabei Schwester Magdalena lieben gelernt wie eine Mutter.
Das könnt Ihr nicht tun, hätte sie am liebsten gerufen, denn der Herr Graf hat es mir erlaubt. Doch angesichts des boshaften Blicks ihrer Herrin, die nur auf ein falsches Wort zu lauern schien, blieb sie stumm.
»Du kannst wieder an deine Arbeit gehen«, forderte Gräfin Elfreda sie auf.
Gisela war froh, ihr entkommen zu können. Mit tränenden Augen lief sie in den Teil des Schlosses, in dem ihr winziges Kämmerchen lag, und schloss die Tür hinter sich zu. Der Verstand sagte ihr, dass sie damit hatte rechnen müssen. Der Gräfin war seit jeher ein Dorn im Auge, dass sie Weihnachten bei den Nonnen verbringen durfte, und wenn es der Frau nach gegangen wäre, hätte man sie zwangsweise dem protestantischen Glauben zugeführt.

Auch Pastor Künnen hatte sich immer wieder bemüht, ihr den katholischen Aberglauben – wie er es nannte – auszutreiben, und sie hatte es nur dem Einschreiten des Grafen zu verdanken, dass der Pastor mittlerweile davon Abstand genommen hatte.
Gisela schmerzte die Entscheidung der Gräfin zutiefst. Wenigstens noch dieses eine Mal, sagte sie sich, hätte sie ins Kloster fahren wollen. Nein, müssen!, korrigierte sie sich und wischte die Tränen mit den Ärmeln ab. Schluchzend öffnete sie eine Schublade der alten Kommode, die man ihr zugebilligt hatte, griff tief unter ihre Hemden und zog ein silbernes Kruzifix hervor. Schwester Magdalena hatte es ihr beim letzten Weihnachtsfest geschenkt. Nun hatte Gisela in ihren wenigen freien Stunden ein Deckchen mit frommen Motiven bestickt, um es der Nonne beim nächsten Fest zu überreichen. Das war ihr nun nicht mehr möglich.
Bei dem Gedanken straffte Gisela den Rücken. Auch wenn sie Gräfin Elfredas Willkür ausgeliefert war, so würde es ihr trotzdem gelingen, Schwester Magdalena diesen Beweis ihrer Dankbarkeit zukommen zu lassen. Mit dem wenigen Geld, das sie gespart hatte, konnte sie das Deckchen gut verpackt dem Postmeister des Nachbardorfs anvertrauen, damit dieser es nach Hildesheim weiterleitete. Vielleicht konnte sie auf diese Weise sogar Briefe mit Schwester Magdalena wechseln. Über Renitz war dies nicht möglich, da alle Briefe durch die Hände der Gräfin gingen, und dieser traute sie zu, Schwester Magdalenas Briefe aus reiner Bosheit zu unterschlagen.

Von trotzigem Mut erfüllt, wusch sie sich das Gesicht mit dem Wasser, das sie in einem angeschlagenen Krug bereithielt, trocknete sich ab und ging dann mit einer so gleichmütigen Miene an ihre Arbeit, als wäre nichts gesehen.

## 8.

Die Stimmung unter den Studenten war schlecht. Immer wieder gab es Strafen und Verweise wegen aufrührerischer Reden oder weil verbotene Abzeichen oder Symbole bei einigen gefunden wurden. Walther war empört über die Willkür und Ungerechtigkeit, die die Professoren der Universität und die Behörden übten, indem sie Freunde der Überführten oder zufällig in der Nähe weilende Studenten gleich mit bestraften. Dennoch hielt er sich anders als seine Freunde Stephan Thode und Landolf Freihart zurück, um nicht selbst in die Mühlen der Behörden zu geraten und dadurch der Möglichkeit beraubt zu werden, sein Studium abschließen zu können. Ein Vater mochte seinen Sohn auf eine andere Universität schicken. Graf Renitz aber würde dies bei ihm mit Sicherheit nicht tun.

Diese Abhängigkeit von der Gunst eines einzigen Menschen machte Walther immer mehr zu schaffen. Was würde sein, wenn sein Gönner starb? Von Gräfin Elfreda hatte er nichts Gutes zu erwarten, und Diebold sah ihn als seinen persönlichen Lakaien an, der ihm bedingungslos zu gehorchen hatte. Während der junge Renitz sein Studentenleben in vollen Zügen genoss, musste er für ihn das Gelernte in knappen Worten niederschreiben und dabei auch gleich Antworten auf Fragen vorformulieren, so dass Diebold den Anschein eines mäßig guten Studenten aufrechterhalten konnte, obwohl er sich kaum in den Hörsälen blicken ließ.

Trotz dieser Belastung kehrte Walther einmal in der Woche nach der letzten Vorlesung nicht sofort in das Haus der Witwe Haun zurück, sondern ging zusammen mit Landolf Freihart und Stephan Thode in eine kleine Gastwirtschaft. Dort setzten sie sich an einen Tisch, der nicht für Stammgäste freigehalten wurde, und bestellten je einen Krug Bier.

An diesem Tag starrte Stephan, der schon mehrfach eine Strafe wegen Aufsässigkeit erhalten hatte, besonders düster auf die altersdunkle Eichenplatte. »Ich kann gar nicht so viel essen und trinken, wie ich erbrechen möchte!«, stieß er leise hervor.

»Was ist denn los?«, wollte Walther wissen.

»Der Sohn unseres Nachbarn daheim ist ein halbes Semester vor seinem Studienabschluss wegen angeblich aufrührerischer Reden der Universität verwiesen worden. Nun will sein alter Herr ihn nicht auf eine andere Universität schicken. Der Ärmste ist vollkommen verzweifelt, denn er hatte gehofft, im Lauf der Zeit eine Stelle zu erreichen, in der er etwas bewegen kann. Doch in diesem Deutschland der Friedrichs und Wilhelms auf den Thronen ist dies schier unmöglich. Daher plant mein Freund, nach Amerika auszuwandern. Ich schwöre dir, sobald ich mein Studium abgeschlossen habe, werde ich ihm folgen!«

»Amerika! Wie kommst du auf diese Schnapsidee?«, rief Walther aus.

Stephan Thode schüttelte energisch den Kopf. »Das ist keine Schnapsidee! Schon Tausende unserer Landsleute haben dieses von Fürsten und ihren Kreaturen verseuchte Deutschland verlassen, um jenseits des Ozeans ein Leben in Freiheit zu beginnen.«

»Ich bin der Ansicht, dass wir hierbleiben und zu Hause etwas verändern sollten«, wandte Landolf Freihart ein.

»Wie denn? Wenn einer den Mund aufmacht, bekommt er ihn sogleich von den Gendarmen gestopft!« Mit einer verzweifelten Geste fasste Stephan seinen Bierkrug und trank ihn in einem Zug leer.

Walther fragte sich, was diese Wandlung seines Freundes innerhalb weniger Wochen bewirkt haben mochte. Zu Semesterbeginn war Stephan bereit gewesen, sich mit aller Kraft für eine nationale Einheit unter demokratischen Vorzeichen einzusetzen. Doch davon war nicht mehr viel übrig. Landolf hingegen setzte sich unter den Studenten immer stärker für die Rechte des Volkes und die Beschneidung der knechtenden Fürstenmacht ein.

Auch jetzt versuchte Landolf, Stephan davon zu überzeugen, dass es nichts brachte, außer Landes zu gehen. »Wir müssen die Verhältnisse hier ändern, mein Freund. Würden wir Deutschland verlassen, ließen wir alle im Stich.«

»Sie wollen es doch nicht anders«, antwortete Stephan mutlos. »Schaut euch zum Beispiel den Wirt hier an. Würden wir ihm sagen, wir wollen, dass er schon bald ein

Parlament wählen darf, würde er uns auslachen und sagen: Sonst noch was? Gegen diese Duckmäuser, die vor den hohen Herren kriechen, sei es aus Angst oder weil sie sich etwas davon erhoffen, kommen wir aufrechten Staatsbürger nicht an. Aus diesem Grund sollte jeder, der die Fürstenherrschaft nicht länger erdulden will, den Weg nach Amerika wählen!«

Walther wusste immer weniger, zu welchem Freund er halten sollte. Deutschland verlassen und in die Ferne ziehen war für ihn kein Ausweg, denn bis auf ein paar kleinere Münzen besaß er nichts, und er würde nie im Leben die vielen Taler zusammensparen können, die man brauchte, um nach Amerika zu kommen und dort neu anfangen zu können. Dabei klang es in seinen Ohren durchaus verlockend, der Macht der Fürsten und Könige in Deutschland zu entkommen, die sich mehr auf die Knüppel ihrer Gendarmen und die Bajonette der Soldaten verließen als auf den guten Willen ihrer Untertanen.

Da er noch einige Zusammenfassungen für Diebold verfassen musste, verabschiedete er sich recht früh von Stephan und Landolf und kehrte ins Haus der Witwe Haun zurück.

Mittlerweile schneite es, und es wurde früh dunkel. Walther holte im Hof Feuerholz für die kleinen Öfen, die in Diebolds und seinem Zimmer standen, heizte beide ein und setzte sich dann an den Tisch, um zu schreiben.

## 9.

Die Turmuhr hatte bereits neun Uhr geschlagen und das Dienstmädchen ihrer Hausherrin die Tür längst abgeschlossen. Aber Diebold war noch nicht zurückgekehrt. Walther schüttelte den Kopf über so viel Unvernunft. Sein Zimmernachbar wusste doch, wie eisern die Witwe ihre Regeln einhielt. An einem schönen Sommertag war es sicher ärgerlich, bei bestem Tageslicht in sein Quartier zurückkehren zu müssen, während andere noch fröhlich beisammensitzen konnten. Doch zurzeit herrschten frostige Temperaturen, und da war eigentlich jeder froh, in die warme Stube zu kommen.
Bei dem Gedanken verzog Walther das Gesicht. Besonders warm war es in der Kammer allerdings nicht, denn zu den Zehn Geboten der Witwe Haun zählte auch, dass Brennholz nicht verschwendet werden durfte. Er rieb sich die klammen Finger und schrieb weiter.
Die Turmuhr schlug noch mehrere Male, bis er alles aufgeschrieben hatte. Nachdem die Tinte getrocknet war, brachte er den Text mit leisen Schritten ins Zimmer des jungen Renitz. Eigentlich hätte Diebold die Seiten vor der morgigen Klausur lesen müssen. Doch es war immer noch nichts von ihm zu sehen oder zu hören.
Walther nahm an, dass der junge Graf bei einem seiner adligen Freunde Unterschlupf gefunden hatte, und wollte sich gerade zur Ruhe begeben, als ein Schneeball den Fensterladen traf. Verwundert öffnete er das Fenster, und es schauderte ihn bei der Kälte, die sofort hereindrang.

Als er den Fensterladen aufstieß, sah er Diebold unten auf der Gasse stehen. Dieser schwankte und wies ihn mit Gesten und leisen Worten an, ihn mit einem Seil oder etwas Ähnlichem hochzuziehen.
»Wo soll ich ein Seil hernehmen?«, fragte Walther.
Diebold wedelte heftig mit der Hand und legte kurz den Finger auf die Lippen »Sei leise, damit niemand etwas merkt!«
Seufzend machte Walther sich ans Werk. Ein Seil besaß er nicht, doch als er sein und Diebolds Bettlaken zusammenknotete und ein Ende hinabließ, reichte es gerade so weit nach unten, dass Diebold es mit ausgestreckten Armen packen konnte.
Schwieriger war es, ihn hochzuziehen, denn sie durften keinerlei Lärm machen. Würden sie die Witwe oder ihren dienstbaren Geist wecken, drohte ihnen größter Ärger. Unter Aufbietung aller Kräfte gelang es Walther, Diebold durch das schmale Fenster in das Innere des Zimmers zu ziehen.
Während der junge Renitz aufatmete, legte Walther die Läden vor. Dabei bemerkte er, dass weiter vorne ein später Passant um die Ecke bog und kurz herübersah. Schnell schloss er das Fenster.
Der junge Renitz grinste ihn übermütig an. »Das war ein Spaß! Du hättest dabei sein sollen.«
Immer, wenn er gut gelaunt war, behandelte Diebold Walther wie einen Freund.
Dieser schüttelte nachsichtig den Kopf. »Es war besser, dass ich hier war. Sonst hätte niemand Euch helfen können, ins Haus zu kommen.«

»Auch wieder wahr!«, gab Diebold zu und reckte sich. »Der Abend ist doch etwas lang geworden. Ich bin ganz schön müde.« Gähnend forderte er Walther auf, ihm die Stiefel auszuziehen.
»Du kannst sie, wenn sie trocken sind, mit einer Schweineschwarte abreiben, damit ihnen der Schnee nicht zusetzt«, setzte er hinzu.
»Ich habe alles aufgeschrieben, was ich für die morgige Klausur für wichtig erachte!«
Diebold winkte ab. »Das sehe ich mir morgen beim Frühstück an. Jetzt will ich schlafen.«
»Gute Nacht«, wünschte Walther, ohne eine Antwort zu erhalten.

## 10.

Am nächsten Morgen verharrte die Witwe neben dem Esstisch, wo Walther sein Frühstück verzehrte, und blickte immer wieder zur Treppe hoch.
»Wo bleibt Graf Diebold?«, fragte sie schließlich.
Walther hätte ihr sagen können, dass dieser wegen seines Rausches zu spät erwacht war. Stattdessen entschuldigte er ihn. »Der Herr Graf liest noch in seinen Büchern, um sich auf die heutige Klausur vorzubereiten.«
Damit konnte er die Witwe nicht besänftigen. »Graf Diebold weiß, dass um sieben Uhr dreißig gefrühstückt wird, und hat sich daran zu halten. Holen Sie ihn!«

Insgeheim seufzend stand Walther auf, stieg nach oben und klopfte an Diebolds Tür. »Herr Graf, unsere Hauswirtin wünscht, dass Ihr zum Frühstück erscheint!«
»Der alte Drachen soll sich nicht so haben«, kam es unwirsch zurück. Dann aber schien Diebold sich darauf zu besinnen, dass er bei der Witwe mit Frechheit nichts erreichen konnte, und setzte hinzu, dass er gleich käme.
Walther hoffte es in seinem Interesse und ging wieder nach unten. Bevor er etwas sagen konnte, erschien das Hausmädchen und platzte lauthals mit Neuigkeiten heraus.
»Diese Studenten, dieses Lumpengesindel! Nur sie können es gewesen sein.«
»Was ist denn geschehen?«, fragte die Witwe verwirrt.
»Man hat das Denkmal unseres allergnädigsten Landesherrn geschändet!«
»Was sagst du da?«
Frau Haun trat erschrocken einen Schritt zurück, während Walther ahnungsvoll nach oben schaute. Ihm war Diebolds außergewöhnlich gute Laune noch in bester Erinnerung.
»Irgendjemand hat Seiner Majestät, König Georg, eine Narrenkappe aus Schnee aufgesetzt!«, erklärte die Magd empört.
»Dem König?«, fragte die Witwe entsetzt.
»Nein, seinem Standbild! Aber das ist genauso schlimm, als hätte man es Seiner Majestät persönlich angetan.«
Dies schien Frau Haun ebenso zu sehen, denn sie ließ kein gutes Haar an den Studenten der Stadt, ohne sich darum zu scheren, dass der Mietzins, den sie für Diebold und Walther erhielt, ihr ein gutes Auskommen sicherte.

Walther hoffte gegen sein inneres Empfinden, dass Diebold nichts mit diesem Scherz zu tun hatte, und wenn doch, dass er unbeobachtet geblieben war. Dem Standbild des Herrschers eine Narrenkappe aufzusetzen, und sei sie auch aus Schnee, galt als Kapitalverbrechen, das für einen Studenten als geringste Strafe den sofortigen Verweis von der Universität nach sich zöge. Selbst Graf Renitz würde Diebold diese Strafe nicht ersparen können, falls sein Sohn erkannt worden war.

Als Diebold von den lauten Stimmen im Erdgeschoss angelockt die Treppe herabpolterte, schalt die Witwe Haun ihn nicht aus, sondern erzählte ihm entrüstet, was ihr Dienstmädchen eben berichtet hatte.

Diebold trank einen Schluck Bier und aß einen Bissen Brot, bevor er Antwort gab. »Welch eine Dreistigkeit! Man könnte beinahe an Gottes heiliger Welt verzweifeln.«

Während die Witwe ihm wortreich zustimmte, fragte Walther sich, ob der junge Renitz wirklich nicht in diesen Vorfall verwickelt war oder nur kühles Blut bewahrte. Doch selbst wenn er unschuldig war, würde es Diebold nicht helfen, wenn ihn jemand auf seinem Heimweg beobachtet hatte. Die Behörden und die Spitzen der Universität brauchten ein Opfer, das sie bestrafen konnten.

Der Schlag der Turmuhr erinnerte Walther daran, dass gleich die Klausur begann. Rasch beendete er sein Frühstück und stand auf. »Ich muss gehen, wenn ich nicht zu spät kommen will.« Es sollte eine Aufforderung an Diebold sein, sich ebenfalls zu beeilen, doch dieser dachte nicht daran.

»Sollte Professor Artschwager nach mir fragen, so sage ihm, ich hätte einen Brief meiner Mutter – nein, besser meines Vaters – erhalten, den ich dringend beantworten muss«, erklärte der junge Renitz und aß gemütlich weiter.
Als Walther kurz darauf die Universität erreichte, sah er, dass vor den Toren Gendarmen postiert waren und überall lauthals schimpfende Studenten herumstanden. Einige Professoren hatten sich direkt am Portal des Haupthauses versammelt und schienen zu beraten, wie sie sich in dieser Situation verhalten sollten.
Gleichzeitig lief ein Stadtknecht durch die Straßen, läutete seine Glocke und forderte die Bürger auf, umgehend bei den Behörden zu melden, ob einer gesehen habe, von wem dieses fluchwürdige Verbrechen begangen worden sei.
Landolf Freihart kam als Erster auf Walther zu. »Ha... hast du scho... schon da... davon gehört?« Vor Aufregung stotterte er noch stärker als sonst.
»Das Dienstmädchen unserer Hauswirtin hat es berichtet. War es wirklich so schlimm, wie sie behauptet hat?«, fragte Walther verwundert.
Mit einer ausholenden Geste wies Landolf auf die Gendarmen. »Gla...ubst du, di... die wären als Ehrengeleit für uns aufgezogen?«
Langsam bekam er seine Sprache wieder in den Griff und flüsterte Walther sein Wissen ins Ohr. »Wahrscheinlich waren es die Studenten eines höheren Semesters. Die haben in der Nacht lange gezecht und dabei anstößige Lieder gesungen. Ich habe es gehört, weil mein Quartier gegenüber der Schenke liegt. Es ging dabei auch um Seine

Majestät, König Georg, und dessen nicht gerade keusch zu nennenden Lebenswandel in London.«
Stephan Thode war zu ihnen getreten und sprach in seiner Erregung fast zu laut. »Das sind Sachen, die sich die hohen Herren ungerne vorwerfen lassen. Dabei leben sie wie die Maden im Speck, fordern aber von ihren Untertanen, dass diese vor ihnen buckeln und alles gutheißen sollen, was sie tun.«
»Sei bitte vorsichtig!«, warnte Landolf ihn. »Wenn dich einer der Gendarmen oder die Professoren hören, sagen sie gleich, du wärst es gewesen! Dann bist du für dein Leben abgestempelt. Du würdest nie einen guten Posten erhalten und Karriere machen können.«
Stephan schüttelte wütend den Kopf. »Ich sagte gestern schon, dass ich nicht in diesem Land der Ducker und Speichellecker bleiben will. Sobald ich dazu in der Lage bin, verlasse ich unser Vaterland, das doch nur das Paradies der kleinen Fürsten und mittelgroßen Könige ist, und wandere nach Amerika aus. Dort gilt der Mann etwas und nicht seine Herkunft.«
»Ich bitte dich, Stephan, mäßige dich!«, bat nun Walther den aufgebrachten Thode, der sich nun langsam beruhigte. Das mochte auch an Professor Artschwager liegen, der in diesem Moment vor die Studenten trat.
»Sie haben alle von dieser abscheulichen Tat – ich wiederhole: von dieser abscheulichen Tat – gehört. Ich fordere den Schuldigen bei seiner Ehre auf, sich zu bekennen, um nicht auch noch als Feigling zu gelten.«
Artschwagers Stimme trug weit, doch keiner rührte sich. Dies wunderte Walther nicht, denn Landolf Freiharts

Hinweis auf die älteren Studenten hatte ihn in der Meinung bestärkt, dass Diebold mit von der Partie gewesen sein musste. Der junge Renitz hatte sich nicht seinen Studienkameraden im gleichen Semester angeschlossen, sondern gleichaltrigen Adligen, die ihm bereits mehrere Jahrgänge voraus waren.

Unwillkürlich sah er zu Diebolds Freunden hin, die eng zusammenstanden. Diese wirkten eher trotzig als schuldbewusst. Freiwillig würde sich keiner von ihnen melden. Allerdings würde auch keiner von ihnen einen ihrer Standesgenossen verraten.

Artschwager schien dies ebenso zu sehen, denn er stieß nun heftige Drohungen aus bis hin zu dieser, dass der Universitätsbetrieb nicht weitergeführt werde, bis der Schuldige entlarvt sei. Damit erregte er den Unmut der Studenten, die nun lautstark dagegen protestierten.

»Das ist ungerecht, Herr Professor!«, rief Stephan Thode. »Es ist nicht einmal bewiesen, dass es einer von uns gewesen ist. Es gibt genügend Zecher, die des Nachts nach Hause gehen und die Möglichkeit haben, das königliche Haupt mit einer Narrenkappe zu krönen!«

»Jawohl, so ist es!«, stimmten ihm mehrere ältere Studenten zu.

Der Professor wollte auf den Vorwurf antworten, wurde aber von den empörten Studenten überschrien. Schließlich marschierten die Gendarmen auf und bildeten eine Linie vor den sich bedroht fühlenden Professoren.

Als die jungen Männer auf die gefällten Bajonette starrten, wurden sie leiser. Ein unterschwelliges Gemurmel hielt jedoch an, und Walther ahnte, dass die Situation jederzeit eskalieren konnte, wenn auch nur einer der Beteiligten die Nerven verlor.

Das erkannten auch die Herren von der Universität, denn sie berieten sich mit besorgten Mienen. Anschließend forderte Artschwager alle Studenten auf, in ihre Quartiere zurückzukehren.

»Sollte der Schuldige sich bis heute Abend bekennen oder genannt werden, werden die Vorlesungen morgen wie gewohnt weitergehen«, setzte er hinzu und wollte noch mehr sagen, wurde aber durch einen wütenden Zwischenruf unterbrochen.

»Wir sind keine Denunzianten, Herr Professor! Selbst wenn ich wüsste, wer es war, würde ich es nicht sagen, da Tat und Strafe in keinem Verhältnis zueinander stehen.«

»Genauso ist es!«, hörte Walther seinen Freund Stephan Thode rufen.

Artschwager bewahrte die Ruhe. »Laut Recht und Gesetz, dem wir alle zu gehorchen haben, ist die Beleidigung des Staatsoberhaupts ein strafwürdiges Verbrechen. Meine Herren, wenn Sie einmal aufrechte Bürger unseres Königreichs Hannover, des Königreichs Preußen oder Ihrer anderen Heimatländer werden wollen, müssen Sie begreifen, dass ein Verstoß gegen Gesetze nur zu Unordnung und Chaos führt. Und nun verlassen Sie den Platz. Wir müssten sonst Militär anfordern, um ihn zu räumen.«

Nun trollten sich die ersten Studenten, doch ihr Zorn war noch lange nicht verraucht. Etliche ballten die Fäuste und schimpften auf die Professoren und die Behörden, ganz besonders aber auf Professor Artschwager.

»Der redet von aufrechten Bürgern und buckelt vor den hohen Herrschaften, dass es zum Erbrechen ist«, ereiferte Stephan Thode sich.

»Ich finde es ungerecht, uns alle auszusperren, nur weil ein Unbekannter sich einen Scherz erlaubt hat!« Walther schüttelte verständnislos den Kopf. Dabei trieb ihn insgeheim weiter die Sorge um, dass Diebold hinter dem Ganzen stecken mochte. Immerhin war dieser aus Richtung des Denkmals gekommen und stark betrunken gewesen. So oder so konnte er den Sohn seines Wohltäters schlecht denunzieren. Zumal Elfreda von Renitz es ohnehin ihm anlasten würde, falls man Diebold von der Universität verwies. Damit verlöre er auch Graf Renitz' Unterstützung und müsste ebenfalls die Georg-August-Universität verlassen.

Während Walther seinen Gedanken nachhing, waren die meisten anderen Studenten verschwunden, und er, Stephan und Landolf sahen sich mehreren Gendarmen gegenüber, die mit angeschlagenen Gewehren auf sie zukamen.

Stephan stieß seine beiden Freunde an. »Los, weg von hier!«

Sie rannten los, während hinter ihnen das höhnische Gelächter der Gendarmen aufklang, die es ihrer Ansicht nach diesem Studentengesindel wieder einmal gezeigt hatten.

Erst einige Straßen weiter blieb Stephan stehen. »Welche Ungerechtigkeit! Wenn ich könnte, würde ich gleich heute nach Amerika reisen.«

»Wie viel Geld braucht man dazu?«, fragte Walther. Öfter schon hatte er erwogen, in einigen Jahren Graf Renitz'

Dienste zu verlassen, aber nie ernsthaft an eine Auswanderung auf einen anderen Kontinent gedacht. Nun wollte er zumindest wissen, was es damit auf sich hatte.
»Du brauchst nicht nur Geld, sondern vor allem auch einen Pass, damit man dich in Bremen oder Hamburg auf ein Schiff lässt, es sei denn, du findest in Amsterdam oder Antwerpen einen Kapitän, der dich ohne Papiere mitnimmt. Allerdings verlangen die viel Geld dafür. Du musst nicht nur deine Passage bezahlen, sondern dich auch für etliche Wochen mit Proviant eindecken und solltest darüber hinaus noch über genug Geld verfügen, um in der Neuen Welt einen Neuanfang wagen zu können. Ich habe jedenfalls nicht vor, mein Brot gleich im Ankunftshafen als Lastenträger oder Schuldsklave verdienen zu müssen.«
»Darüber könnt ihr euch auch später unterhalten. Ich glaube, da kommen die Gendarmen. Wenn sie uns hier sehen, nehmen sie uns fest!« Landolf Freihart packte seine beiden Freunde an den Ärmeln und zerrte sie weiter. Doch wohin sollten sie gehen? In einem Wirtshaus konnten sie nicht offen reden, wenn sie nicht riskieren wollten, dass ein Zuhörer ihre Reden als aufrührerisch ansah und den Behörden zutrug. Auch in ihren Quartieren war ein freies Gespräch unmöglich. Walther traute dem Dienstmädchen ihrer Vermieterin und auch der Witwe Haun selbst zu, an der Tür zu lauschen und das, was sie hörten, Leuten zukommen zu lassen, die nichts davon wissen durften.
»Schade, dass Winter ist. Im Sommer könnten wir Studenten ganz anders auftreten«, sagte Stephan Thode seufzend.

Walther winkte mutlos ab. »Was sollte da anders sein?«
»Da könnten wir zum Beispiel geschlossen die Stadt verlassen und von uns aus den Universitätsbetrieb unterbrechen. Das ist schon mehrmals geschehen.«
»Und was hat uns das gebracht, Stephan?«, widersprach Landolf erregt. »Die Studenten mussten am Ende doch klein beigeben. Die Anführer wurden der Universität verwiesen – und das war alles.«
»Was wird diesmal werden?«, wollte Walther wissen. »Sie können doch nicht alle Studenten suspendieren.«
»Zuzutrauen wäre es ihnen. Aber ich glaube eher, dass sie uns zwei Wochen früher in die Ferien schicken und dafür hinterher doppelt ins Gebet nehmen. Es sei denn, der Schuldige stellt sich. Doch das wird er wohl kaum. Es gibt nämlich nur wenige Universitäten, die ihn für sein restliches Studium zulassen würden. Außerdem wäre dies mit erhöhten Kosten verbunden – und das könnte sich höchstens so ein feiner Pinkel wie dein Graf Diebold leisten.« Stephan winkte ab und erklärte, er wolle nach Hause. »Mir wird allmählich kalt«, setzte er hinzu.
»Mir auch«, sagte Landolf und hob kurz die Hand. »Macht es gut, Freunde. Vielleicht sehen wir uns heute noch einmal.«
»Mal schauen!« Stephan klopfte seinen beiden Kommilitonen auf die Schulter und verschwand in Richtung seines Quartiers. Auch Landolf und Walther machten sich auf den Weg nach Hause.

## II.

Mittag war noch nicht lange vorbei, da klopfte es an Walthers Zimmertür.
Er öffnete und sah sich dem Dienstmädchen gegenüber, die ihn mit schief gehaltenem Kopf musterte. »Es ist ein Bote im Auftrag von Herrn Professor Artschwager gekommen. Der Professor verlangt, dass Sie sofort bei ihm erscheinen.«
Jule sagte es laut genug, dass Diebold, der im Nebenzimmer vor sich hin döste, davon geweckt wurde. Er öffnete die Tür und warf Walther einen ebenso besorgten wie warnenden Blick zu, der nur eines bedeuten konnte: Verrate mich ja nicht!
Da Diebold sich eine Karriere beim Staat oder beim Militär erhoffte, würde sich eine Strafe wegen Beleidigung eines Staatsoberhaupts mit Sicherheit negativ auswirken. Doch Walther hatte selbst Grund genug, zu schweigen. Zwar schämte er sich, weil er sein eigenes Wohl über das seiner Freunde und der anderen Studenten stellte. Doch wenn er sich aus seiner Abhängigkeit von dem jetzigen oder dem zukünftigen Grafen Renitz befreien wollte, musste er eisern den Mund halten.
Mit diesem Gedanken zog er Rock und Schuhe an, legte den Mantel um und schlang sich einen Schal um den Hals. Bevor er das Zimmer verließ, setzte er noch seinen Hut auf, und während er die Treppe hinabstieg, betete er, dass Professor Artschwager ihn aus einem anderen Grund kommen ließ als wegen einer Narrenkappe aus Schnee.

Seine Hoffnung schwand jedoch rasch, als er kurz darauf vor dem Professor stand. Artschwager wartete gerade so lange, bis sein Hausdiener Walther Hut und Mantel abgenommen hatte, dann blickte er den jungen Mann durchdringend an.

»Ein aufrechter Bürger dieser ehrenwerten Stadt hat berichtet, dass Sie heute Nacht zu später Stunde an Ihrem Fenster hantiert hätten!«

Walther erschrak und versuchte sich aus der Klemme zu winden. »Die Luft in meiner Kammer war stickig. Daher habe ich das Fenster geöffnet.«

Der Professor spitzte spöttisch den Mund. »Die Witwe Haun dürfte Ihnen wohl kaum so viel Feuerholz zumessen, dass es in Ihrer Kammer stickig wird. Ich könnte aus Ihren Worten schließen, dass Sie in der Nacht heimlich mittels eines Seiles oder zusammengebundener Bettlaken Ihr Zimmer verlassen haben, zum Hauptplatz gelaufen sind, dort der Statue unseres allergnädigsten Landesherrn die Narrenkappe aufgesetzt haben und anschließend auf demselben Weg wieder in Ihre Kammer zurückgekehrt sind.«

Walther wusste kaum, wie ihm geschah. Die Universität und die Behörden brauchten einen Sündenbock, und wenn es Artschwager einfiel, ihn dazu zu machen, war er erledigt. »So war es nicht, Herr Professor! Ich habe es gewiss nicht getan!«, stieß er atemlos hervor.

»Natürlich haben Sie das nicht! Für so etwas haben Sie gar nicht den Mut. Ich denke eher, dass Sie Diebold von Renitz geholfen haben, ins Haus der Witwe Haun zu gelangen. Er wurde nämlich mit einigen älteren Studenten nach der Zeit, an der Ihre Hauswirtin die Tür zu ver-

schließen pflegt, in einer Gastwirtschaft gesehen. Übrigens war er der Einzige, dessen Heimweg über den Hauptplatz und damit an dem Denkmal Seiner Majestät, König Georg, vorbeiführte.«
»Dazu kann ich nichts sagen, Herr Professor. Ich war nicht dabei.« Walther wand sich vor Unbehagen und überlegte verzweifelt, wie er Artschwager von seinem Verdacht gegen Diebold abbringen konnte.
Dieser musterte ihn kopfschüttelnd. »Wissen Sie, Fichtner, dass Sie mich in eine elende Zwickmühle gebracht haben? Melde ich Sie als den Täter, opfere ich einen Unschuldigen, nur damit jemand bestraft werden kann, und zerstöre damit Ihre Zukunft. Und glauben Sie nicht, dass Graf Diebold die Verantwortung für diesen Streich – und mehr war es wirklich nicht! – übernehmen würde. Dies täte er nicht einmal, wenn Sie dafür am Galgen hängen sollten. Ich kann aber auch Graf Diebold nicht beschuldigen, denn damit wäre Ihre Zukunft ebenso zerstört. Fichtner, Sie sind mein bester Student und könnten Karriere machen – so weit eben ein Mann bürgerlicher Herkunft aufsteigen kann. Doch die Universitätsleitung fordert einen Schuldigen. Den allerdings kann ich ihr nicht liefern, ohne Sie zum Sündenbock zu machen.«
Artschwager wies durch das Fenster auf den Platz hinaus. Dort war das Standbild König Georgs längst von seiner ungewohnten Zier befreit worden, aber es standen immer noch Menschen darum herum und tauschten sich aufgeregt aus.
»Auch diese Leute wollen einen Schuldigen haben. Deshalb dispensiere ich Sie für die restlichen zwei Wochen

von allen Vorlesungen. Diese Zeit werden Sie im Karzer verbringen. Außerdem werden Sie die Ferien über hier in Göttingen bleiben und mir bei der Sortierung meiner Sammlungen helfen.«
»Warum tun Sie das?«, fragte Walther verwirrt.
»Zum einen, weil ein Student im Karzer den Leuten zeigt, dass hier durchgegriffen wird. Zum anderen will ich Ihnen Ihre Zukunft nicht verbauen. Ich werde verlauten lassen, dass Sie aus dem Karzer herausgelassen werden, sobald sich der wahre Schuldige bei mir meldet, was er – wie ich vermute – nicht tun wird. Außerdem halte ich es für besser, wenn Sie ein paar Tage in Ruhe verbringen können, ohne eine Art studentischer Lakai des jungen Renitz zu sein«, erklärte Artschwager entschlossen und machte dabei aus seiner Verachtung für Diebold keinen Hehl.
Doch Walther achtete nicht darauf. »Wenn ich über die Feiertage hierbleiben muss, sollten Sie mich im Karzer lassen. Die Witwe Haun hat bereits angekündigt, dass sie unsere Betten für Verwandte braucht, die sie zu der Zeit besuchen.«
Der Professor musste lachen. »Dann schlafen Sie eben in meinem Haus. Es wird sich schon ein Bett für Sie finden. Außerdem wird der Karzer für Sie nicht zu langweilig werden, denn Sie erhalten von mir Bücher, die Sie für Ihren weiteren Studiengang benötigen. Allerdings frage ich mich, was Graf Diebold anfangen wird, wenn er auf Ihre Unterstützung verzichten muss.«
In dem Augenblick begriff Walther, dass die Strafe des Professors weniger ihn als vielmehr seinen Zimmernachbarn treffen sollte. Doch Diebold würde ihn auch dafür

verantwortlich machen, und in diesem Moment empfand er seine Abhängigkeit von dessen Vater bedrückender denn je.
»Und was ist mit dem Vorfall von heute Nacht?«
Artschwager sah selbstbewusst auf ihn herab. »Nach Weihnachten werden wir verkünden, dass der Übeltäter es vorgezogen hat, nicht nur unsere ehrwürdige Universität, sondern auch das Königreich Hannover zu verlassen. Damit ist der Ehre unseres sich beleidigt fühlenden Souveräns Genüge getan.«
Der Anflug eines Lächelns, das auf dem Gesicht des Professors erschien, brachte Walther zu der Überzeugung, dass Artschwager wohl doch nicht jener reaktionäre Mensch war, für den ihn alle hielten.

## 12.

Professor Artschwager hielt Wort. Walther musste sein kaltes Zimmer bei der Witwe Haun gegen den im Grunde kaum kälteren Karzer der Universität eintauschen, während die restlichen Studenten wieder die Hörsäle besuchen durften. Ohne es zu wissen, wurde er dadurch für etliche seiner Kommilitonen zum Helden. Stephan und Landolf ließen ihm sogar Briefe zukommen, in denen sie ihre Bewunderung ausdrückten. Diebold aber kümmerte sich nicht um ihn, sondern fuhr an dem Tag, an dem die Ferien begannen, ohne Abschied nach Renitz.

Dort traf der junge Graf als Erstes auf Gisela, die wenige Tage zuvor ihr sechzehntes Lebensjahr vollendet hatte und in den letzten Monaten weiter aufgeblüht war. Das Mädchen empfing ihn im Auftrag der Gräfin vor der Tür und reichte ihm Würzwein zum Aufwärmen.
Während er das Glas austrank, musterte Diebold Gisela ungeniert. In Göttingen hatte er ungewohnt zölibatär leben müssen, und so erhitzte ihr Anblick sein Blut mehr als der Glühwein.
»Komm näher!«, befahl er und streckte die freie Hand nach ihr aus.
Gisela gehorchte zögernd, wich aber zurück, als seine Finger ihr Gesicht berührten. Doch er bedrängte sie weiter, bis sie schließlich mit dem Rücken an der Hauswand stand. Auch dort versuchte sie noch auszuweichen, aber Diebold hielt sie mit einer Hand fest und drückte ihr mit der anderen das leere Glühweinglas in die Hand. Da sie es nicht fallen lassen durfte, musste sie es notgedrungen entgegennehmen und bot ihm damit die Gelegenheit, mit seiner Rechten über ihren Körper zu streichen.
»Du bist verdammt hübsch geworden, Kleine. Ich glaube, du wirst nachher in mein Schlafzimmer kommen, mir einen Würzwein bringen und dann meine Hemden sortieren.«
»Das tue ich nicht!« Gisela schüttelte wild den Kopf und versuchte den Mann wegzudrücken, doch gegen dessen Kraft kam sie nicht an. Diebold beugte sich vor, um sie zu küssen, traf jedoch nur ihre Wange. Ihr Widerstand reizte ihn jedoch nur noch mehr.

»Du kommst heute Abend zu mir, sonst muss ich meiner Frau Mama mitteilen, dass du dich mir gegenüber unverschämt verhalten hast. Das willst du doch nicht, oder?«

Diebolds selbstgefälliges Grinsen ekelte Gisela an, doch sie durfte sich nichts vormachen. Sie war ihm wehrlos ausgeliefert. Die Gräfin würde immer zu ihrem Sohn halten und sie eine Lügnerin heißen. Anders wäre es, wenn Graf Renitz noch bei Kräften wäre. Doch dieser hatte sich noch immer nicht von seiner heftigen Erkältung erholt, und seine Gemahlin sprach davon, dass er wohl nicht mehr lange leben würde. Wenn er starb, würde Diebold der neue Herr auf Renitz werden.

Gisela mochte noch jung sein, doch sie machte sich keine Illusionen darüber, was der junge Graf von ihr wollte. Und Diebold würde nicht eher nachgeben, bis er sein Ziel erreicht hatte. Wenn sie versuchte, sich ihm zu entziehen, würde er sie bei seiner Mutter verleumden. Gräfin Elfreda mochte sie nicht und würde sie auch jetzt, mitten im Winter, auf die Straße setzen. Ohne Arbeit und ohne Geld würde sie betteln gehen müssen – oder ein Ende im Straßengraben finden. Vielleicht, sagte sie sich, wäre das sogar das bessere Schicksal.

Als oben am Treppenabsatz Schritte aufklangen, gab Diebold das Mädchen frei. So rasch Gisela es vermochte, eilte sie davon und übersah dabei ganz die Mamsell, die nur wenig später die Treppe herabkam und vor dem jungen Herrn knickste.

»Verzeiht, Graf Diebold, dass wir keinen gebührenden Empfang für Euch vorbereitet haben. Doch wir hatten angenommen, Ihr kämet zu einer späteren Stunde. Der Schneefall war doch sehr heftig.«

»Das war er nur auf der letzten Meile. Vorher bin ich gut durchgekommen«, antwortete Diebold leichthin. »Außerdem habe ich meinen Willkommenstrunk bereits erhalten. Wo ist meine Frau Mama? Sie ist doch hoffentlich wohlauf?«

»Ihre Erlaucht haben geruht, sich ein wenig hinzulegen, um bei Eurer Ankunft frisch zu sein, Euer Hochwohlgeboren. Wenn Ihr es wünscht, werde ich sie wecken.«

Frau Frähmke wollte sich wieder der Treppe zuwenden, doch Diebold hielt sie auf. »Das ist nicht nötig. Ich werde meine Gemächer aufsuchen und mich ebenfalls etwas ausruhen. Ach ja, sagen Sie Gisela bitte, sie soll mir noch ein Glas Würzwein bringen.«

Mit diesen Worten wandte Diebold sich ab und schritt die Treppe nach oben. Da er sich nicht mehr umsah, entging ihm der verächtliche Blick, den die Mamsell ihm nachsandte.

Besorgt verließ Luise Frähmke die Eingangshalle. Wie hätte sie verhindern können, dass Diebold sich an Gisela vergriff. Da kam ihr ein Gedanke. In der Küche angekommen, winkte sie Osma, die sich früher schon mit dem jungen Grafen eingelassen hatte, zu sich. »Du wirst Graf Diebold einen Becher Würzwein in seine Gemächer bringen.«

»Ein Krug wäre besser, dann müsste Osma nicht so oft laufen. Wobei ich bezweifle, dass sie viel zum Laufen kommt«, warf die Köchin mit angewiderter Miene ein.

»Dann fülle gleich einen Krug!« Frau Frähmke machte eine Handbewegung, als wolle sie Cäcilie an die Arbeit scheuchen, und hielt dann Gisela auf, die sich zur Küche

hinausschleichen wollte. Das Mädchen war erleichtert, dass diese Aufgabe an ihr vorübergegangen war, denn Osmas Erscheinen würde den jungen Renitz fürs Erste von ihr ablenken. Aber sie hatte Angst vor den kommenden Tagen.
Die Mamsell musterte sie. »Ich habe einen Auftrag für dich, den leider keine der anderen Mägde übernehmen will. So bleibt es an dir hängen.«
Gisela nickte unglücklich und starrte Osma an, der Cäcilie gerade einen vollen Krug mit heißem Würzwein und einen Becher reichte.
»Wehe, du trinkst das Zeug selbst!«, warnte die Köchin die Magd, doch diese kicherte nur.
Osma wusste genau, dass Diebold sie probieren lassen würde, und ihr war auch klar, dass es eine gewisse Zeit dauern konnte, bis sie wieder aus dessen Zimmer herauskam. Das war ihr recht, denn in den Vorbereitungen auf die Weihnachtszeit drohte allen die Arbeit über den Kopf zu wachsen. Fröhlich eilte sie davon und ließ Cäcilie kopfschüttelnd zurück.
»So eine Schlampe«, sagte die Köchin und wollte noch etwas hinzufügen, doch die besorgte Miene der Mamsell und das ängstliche Gesicht von Gisela lenkten sie ab. »Ist etwas geschehen? Ich habe nur den jungen Herrn eintreffen sehen, aber Walther fehlt.«
»Vielleicht kommt er mit dem Gepäck nach!«, verlieh Gisela ihrer heimlichen Hoffnung Ausdruck, doch die Mamsell schüttelte den Kopf.
»Das Gepäck des jungen Herrn war hinten auf die Kutsche geschnallt. Ich werde versuchen, etwas über Walther

in Erfahrung zu bringen. Doch das ist derzeit nicht unsere größte Sorge. Eigentlich hatte Graf Diebold verlangt, dass Gisela ihm den Glühwein bringt.«
Es dauerte einen Moment, bis Cäcilie begriff, was Frau Frähmke damit sagen wollte, dann aber färbte sich ihr rundliches Gesicht zornrot. »Na so etwas! Meinetwegen kann der junge Herr sich mit Osma vergnügen. Aber unsere Kleine bekommt er nicht.«
»Das zu verhindern wird nicht einfach sein«, erklärte die Mamsell mit gerunzelter Stirn. »Aber zumindest heute wird es uns gelingen. Gisela, du füllst jetzt einen Korb mit Lebensmitteln und bringst diesen zum Forsthaus! Es ist zwar hundekalt und du wirst dich sputen müssen, vor der Nacht dort zu sein. Förster Stoppel ist krank und braucht Pflege. Seine alte Kriegsverletzung setzt ihm schwer zu. Aus dem Grund wirst du auf jeden Fall so lange bei ihm bleiben, bis der junge Herr uns wieder verlassen hat. Der gnädigen Frau sage ich etwas von einem ansteckenden Fieber! Dann verbietet sie ihrem Sohn kategorisch, das Forsthaus aufzusuchen. Sie hat sogar bestimmt, dass Graf Diebold seinen Vater nur von der Schwelle der Tür begrüßen, aber um Gottes willen nicht dessen Schlafzimmer betreten darf. Zu unserem Glück fürchtet der junge Herr sich seit seiner Kindheit vor Krankheiten. Daher wird er seine Absichten auf eine spätere Zeit verschieben, und bis dahin müssen wir einen Weg finden, Gisela vor ihm zu schützen.«
Frau Frähmke hatte das letzte Wort noch nicht ausgesprochen, da packten Cäcilie und Gisela bereits einen Korb mit Lebensmitteln und den wenigen Habseligkei-

ten, die Gisela im Forsthaus brauchen würde. Kaum war dies geschehen, legte das Mädchen ein dickes Schultertuch um, schlüpfte in geschlossene, mit Heu gepolsterte Holzschuhe und nahm den Korb in die Hand.
»Ich danke euch beiden von Herzen!«, sagte sie zu den beiden Frauen und verließ das Schloss durch die Küchenpforte.
Die Mamsell sah ihr mit trauriger Miene nach. »Manchmal möchte man wirklich an der Gerechtigkeit der Welt verzweifeln.«
»So war es doch schon immer! Der, der oben steht, nimmt sich, was er will, während unsereins kuschen und sich ducken muss. So schlimm aber, wie der junge Herr es treibt, ging es in meiner Jugend nicht zu.«
Die Köchin schneuzte sich und kehrte an ihre Arbeit zurück. Doch die Art und Weise, wie sie mit den Kochlöffeln in den Töpfen herumfuhrwerkte, verriet die Wut, die sie auf Diebold empfand. Genau wie Frau Frähmke wusste sie jedoch nicht, wie sie das Raubtier auf Dauer von seinem Opfer fernhalten konnte.

# VIERTER TEIL

*Heimkehr*

## I.

Nach Weihnachten kehrten tatsächlich einige Studenten nicht mehr nach Göttingen zurück. Der Einfachheit halber lasteten die Behörden diesen den Streich mit der Narrenkappe aus Schnee an und waren damit zufrieden. Die Stimmung unter den verbliebenen Studenten besserte sich jedoch nicht. Sie stießen sich auch weiterhin an der Gängelei und den kleinlichen Verboten, die ihnen den rechten Untertanengeist beibringen sollten. Sie wollten keine Duckmäuser werden, wie sie es nannten.
Einer der wenigen, die sich nichts aus der Situation machten, war Diebold von Renitz. Obwohl es ihm nicht gelungen war, Gisela zu verführen, kam er gut gelaunt nach Göttingen zurück und wurde von der Witwe Haun freundlich begrüßt. Walther hingegen gönnte sie lediglich einen kurzen Blick, um ihn im nächsten Moment barsch dazu aufzufordern, sich gefälligst die Schuhe draußen abzuklopfen. Das hatte er zwar bereits getan, ging aber noch einmal vor die Haustür und stampfte zweimal fest auf. Dann bezog er wieder sein Zimmer. Während er darauf wartete, bis das Dienstmädchen ihn zum Abendessen rief, dachte er über seine Zeit in Artschwagers Haus nach. Der Professor hatte ihn wie einen guten Freund behandelt und interessante Gespräche mit ihm geführt. Auch hatte er bei ihm Bücher lesen können, die es in der Renitzer

Schlossbibliothek mit Sicherheit nicht gab. Daher war er nur mit Bedauern von Artschwager geschieden und fühlte sich hier seltsam fremd.

Später bei Tisch schwang Diebold das große Wort und berichtete von den herrlichen Tagen auf Renitz. Außerdem breitete er den Reichtum seiner Familie in vielen Einzelheiten vor der staunenden Hauswirtin aus. Später, als er in Walthers Zimmer die Unterlagen entgegennahm, die dieser ihm während seiner Abwesenheit angefertigt hatte, strich er sich grinsend über den schütteren Oberlippenbart.

»Die kleine Gisela ist übrigens ein hübscher Fratz geworden. Hätte ich damals, als Vater sie nach Renitz mitgenommen hat, gar nicht gedacht. Ein bisschen scheu noch, aber …« Den Rest überließ er Walthers Phantasie und zog sich mit den beschriebenen Blättern in seine eigene Kammer zurück.

Walther kochte innerlich und wäre Diebold am liebsten gefolgt, um ihn zu ohrfeigen. In seinen Gedanken sah er Gisela diesem Kerl hilflos ausgeliefert und fragte sich, was sie alles hatte ertragen müssen. Mit einem Mal war er davon überzeugt, dass er den Dienst beim Grafen Renitz so bald wie möglich aufkündigen und dessen Ländereien verlassen musste, sonst würde er sich eines Tages an Diebold vergreifen. Aber auch Gisela durfte er nicht in dessen Klauen lassen.

Irgendwo würde er eine Existenz für sie beide aufbauen, und wenn dies wegen der vielen Einschränkungen auf deutschem Boden nicht möglich war, musste er eben nach Amerika gehen. Vielleicht konnte er sich Stephan Thode

anschließen, wenn dieser tatsächlich beschloss, Deutschland den Rücken zu kehren, um jenseits des Ozeans ein neues Leben zu beginnen.
Doch als er am nächsten Tag Stephan über den Weg lief, wirkte dieser seltsam in sich gekehrt.
»Bist du krank?«, fragte er anstatt eines Grußes.
Sein Freund schüttelte den Kopf. »Mein Vater ist über Weihnachten gestorben.«
»Das tut mir leid!« Walther ergriff Stephans Hand und hielt sie einen Augenblick fest.
»Jetzt hat meine Mutter nicht das Geld, mich weiter studieren zu lassen. Sie will sich an meinen Onkel wenden und hofft, dass er mich protegiert. Tut er es nicht, muss ich Göttingen nach diesem Semester verlassen.«
So schlimm die Aussichten auch für Stephan selbst sein mochten, für Walther waren sie verheerend. Wenn sein Freund das Studium abbrechen musste, würde dieser auch niemals genug Geld zusammenbringen, um den Weg in die Neue Welt antreten zu können. Seine Hoffnung, gemeinsam mit ihm auszuwandern, war damit gestorben. Ihm wurde bewusst, dass es nur einen einzigen Menschen auf der Welt gab, der ihm helfen konnte, und das war er selbst.
»Komm, Stephan, Kopf hoch! Es wird gewiss alles gut werden.« Er klopfte Thode auf die Schulter und begrüßte dann Landolf Freihart, der wieder mit seinem Stottern zu kämpfen hatte.
»I… ich m…uss m…it dir reden, Walther, und mit dir auch, Stephan! Wir dürfen uns von der Universitätsleitung nicht mehr alles gefallen lassen. Daher sollten wir

uns doch einer Burschenschaft anschließen und mithelfen, ein Netz an Kontakten zu schaffen, das quer durch unser Deutschland reicht.«
»Ich nicht«, sagte Stephan lapidar und ging.
Landolf sah ihm verdattert nach. »Was hat er denn?«
»Sein Vater ist gestorben, und seine Mutter kann das Studiengeld nicht mehr aufbringen. Wenn ihm nicht Verwandte unter die Arme greifen, muss er das Studium abbrechen«, klärte Walther ihn auf.
»Armer Kerl! Und was ist mit dir? Hast du wieder diesen famosen Grafensohn am Hals?«
»Den werde ich bis zum Ende des Studiums am Hals haben und wahrscheinlich noch viele Jahre darüber hinaus. Der Teufel soll ihn holen!«
»Ein frommer Wunsch! Was hat er denn jetzt wieder angestellt?«
Das, was er vermutete, wollte Walther nicht einmal aussprechen. Daher erklärte er nur, Diebolds überhebliche Art sattzuhaben, und brachte das Thema wieder auf die Burschenschaften. Die Studentenvereinigungen wurden von den Behörden zwar verboten, trotzdem existierten sie weiter, und von Zeit zu Zeit provozierten die Burschenschaftler die Polizei mit ihren Abzeichen und Fahnen.
Landolf war fest entschlossen, sich seiner Landsmannschaft anzuschließen. In den Ferien hatte ihm ein Bekannter dazu geraten und gleich eine Kontaktperson genannt.
»Du solltest auch mittun«, forderte er Walther auf.
Dieser zuckte unschlüssig mit den Achseln. »Ich werde es mir überlegen.«

»Ich dachte, du bist ebenso wie ich gegen Ungerechtigkeit und Unterdrückung«, rief Landolf enttäuscht.
»Das bin ich auch, nur weiß ich nicht, ob ich die Gelegenheit dazu finde. Außerdem müsste ich in eine andere Landsmannschaft gehen als du, und da kenne ich niemand, an den ich mich wenden kann«, versuchte Walther sein Zögern zu erklären.
»Wenn es nur das ist! Ich werde dafür sorgen, dass dich ein zuverlässiger Kommilitone deswegen anspricht. Wir müssen uns einig sein, wenn wir etwas erreichen wollen. Das verstehst du doch?«
Walther nickte mit treuherzigem Augenaufschlag. »Aber natürlich!«
Dabei hinderte ihn weniger die Angst vor der Obrigkeit daran, sich einer Burschenschaft anzuschließen, als sein Mangel an Geld. Die kleine Summe, die Graf Renitz ihm zukommen ließ, reichte gerade für Bücher und Unterrichtsmaterial. Und jeden Pfennig, den er darüber hinaus erübrigen konnte, würde er zur Seite legen, bis er einen dicken Beutel voll Taler besaß. Ohne den würde er niemals nach Amerika auswandern können. Aus diesem Grund nahm er sich vor, sogar auf das Glas Bier zu verzichten, das er gelegentlich im Kreis seiner Freunde trank.

## 2.

Die Zeit verging, ohne dass sich Wesentliches in Walthers Leben änderte. Bald schon nahte das Ende des Semesters, und Walther hoffte, wenigstens diesmal mit nach Renitz fahren zu können. Er wollte mit Gisela sprechen und ihr seine Unterstützung anbieten, so gering diese zurzeit auch ausfallen mochte. Doch das Schicksal entschied es anders.

Einen Tag vor der Abreise legte Diebold beim Abendessen den Löffel beiseite und sah Walther schadenfroh an.

»Meine Frau Mama hat mir geschrieben, dass es meinem Vater wieder besser geht. Zur Stärkung seiner Gesundheit hat sein Arzt ihm einen Kuraufenthalt in Pyrmont angeraten, und dort sind meine Eltern vor einer Woche eingetroffen. Meine Frau Mama wünscht nun, dass ich die Ferien bei ihnen verbringe. Du sollst in der Zeit hier in Göttingen bleiben. So kannst du gleich in deinen Büchern nachlesen, mit welchem Stoff sich das zweite Semester beschäftigt, und mir alles aufschreiben, wie es sich für einen fleißigen Diener gehört!«

»Das geht nicht!«, rief die Hauswirtin, bevor Walther auf Diebolds Bemerkung eingehen konnte. »Herr Fichtner kann nicht hierbleiben. Ich brauche die beiden Zimmer in den Semesterferien.«

»Dann musst du eben ins Gasthaus ziehen«, erklärte Diebold achselzuckend.

»Ich könnte doch zurück nach Renitz fahren.«

Diebold musterte Walther mit einem höhnischen Blick.

»Glaubst du, mein Vater bezahlt für diese Fahrt? Das müsstest du schon selbst tun.«
»Ihr wisst genau, dass ich weder das Geld für die Reise noch für ein Zimmer in einem Gasthof besitze!« Walthers Stimme bebte.
Diese Gemeinheit, sagte er sich, kam gewiss von Diebolds Mutter. Wäre Medard von Renitz noch bei guter Gesundheit, hätte er dies niemals zugelassen. Doch was sollte er tun? Er überlegte, die Strecke nach Renitz zu Fuß zurückzulegen wie ein wandernder Handwerksbursche. Um unterwegs nicht zu viel Geld auszugeben, würde er sich jedoch stark einschränken müssen. Das Wasser aus einer Quelle löschte den Durst genauso gut wie Bier. Auch konnte er bei warmem Wetter im Freien schlafen und damit die Übernachtung sparen.
Der unerwartet entschlossene Zug auf Walthers Gesicht passte Diebold nicht. Doch als er fragte, was dieser nun zu tun gedachte, erntete er nur ein Schulterzucken.
»Das werde ich sehen. Ich wünsche Euer Hochwohlgeboren eine gute Reise nach Pyrmont!« Damit stand Walther auf, nickte der Witwe freundlich zu und ging nach oben. Noch während er überlegte, was er auf die Wanderschaft mitnehmen konnte, wurde die Tür aufgerissen, und Diebold platzte herein.
»Ich habe es mir anders überlegt! Du kommst mit mir und kannst dich als mein Kammerdiener nützlich machen.«
Walther widerstand dem Wunsch, sein Gegenüber zu erwürgen. Gerade hatte er sich darauf zu freuen begonnen, Gisela, aber auch Frau Frähmke, Cäcilie und Förster

Stoppel wiederzusehen, da kam ihm der junge Renitz erneut in die Quere.

»Sorgen Euer Hochwohlgeboren auch für eine entsprechende Livree?«, fragte er und brachte Diebold damit in Bedrängnis.

Der junge Renitz wusste nur zu gut, dass sein Vater es niemals zulassen würde, wenn er Walther offen zu seinem Diener machte. Daher schüttelte er den Kopf. »Das braucht es nicht. Schließlich bist du kein ausgebildeter Kammerdiener. Doch für die nötigen Handreichungen wird es wohl reichen.«

Walther rang mühsam seine Wut nieder. Was fiel Diebold ein, ihn so zu demütigen? Aber so war er immer schon gewesen. Nur zu gut erinnerte Walther sich daran, wie Diebold damals in Flandern Gisela und deren Mutter rücksichtslos in den Schlamm gestoßen hatte.

Wut und Verachtung halfen ihm jedoch nicht weiter. Noch war er auf das Wohlwollen des Grafen Renitz angewiesen, und so füllte er seinen Reisekoffer mit Ersatzwäsche und seinen Büchern. Dabei tröstete er sich damit, dass er auf dieser Reise wenigstens nicht gezwungen war, Diebolds Gepäck hinter seinen Sattel zu schnallen. Die Pferde waren bereits im letzten Herbst nach Renitz zurückgebracht worden, und auf einem Mietpferd würde der junge Renitz niemals reiten. Also blieb nur die Postkutsche. Doch so wie Walther Gräfin Elfreda einschätzte, würde sie ihren Sohn mit der Extrapost reisen lassen.

## 3.

Gisela hatte sich vor der Zeit gefürchtet, in der der junge Herr Ferien hatte, und atmete daher auf, als Frau Frähmke ihr mitteilte, Graf Diebold würde diese bei seinen Eltern in Pyrmont verbringen.
»Um Seine Hochwohlgeboren tut es mir ja nicht leid«, sagte sie zur Mamsell. »Aber was ist mit Walther?«
»Wenn er Graf Diebold nicht nach Pyrmont begleiten muss, kommt er vielleicht hierher. Ich traue ihm zu, den Weg zu Fuß zurückzulegen. Länger als sechs Tage dürfte er nicht unterwegs sein.«
Gisela deutete auf den Kalender. »Sechs Tage? Dann müsste er nächsten Donnerstag ankommen.«
»Oder Freitag, wenn er in Göttingen noch etwas zu erledigen hat«, schränkte die Mamsell ein.
Frau Frähmke konnte nicht ahnen, dass Gisela all ihre Hoffnungen auf diese beiden Tage setzte. Warum sie Walthers Ankunft so herbeisehnte, hätte sie nicht zu sagen vermocht. Doch wenn sie an ihn dachte, spürte sie ein warmes Gefühl in der Brust, und manchmal sagte sie sich, dass sie ihr Gesicht wahrscheinlich nicht so wegdrehen würde wie bei Graf Diebold, falls Walther sie zu küssen versuchte.
Dieser Gedanke erschien ihr im nächsten Moment sündhaft, und sie fragte sich, was Schwester Magdalena wohl dazu gesagt hätte. Gisela bedauerte es von Tag zu Tag mehr, dass sie keinen Kontakt mehr zu der Nonne hatte. Wohl konnte sie auch mit Cäcilie über vieles reden, aber nicht über die Gefühle, die sie für Walther empfand.

Die nächsten Tage durchlebte sie in fiebriger Erwartung und lief am Donnerstag stets nach draußen, wenn sich in der Ferne ein Wanderer zeigte. Die meisten jedoch gingen am Schloss vorüber, und wer Renitz aufsuchte, hatte entweder ein Anliegen oder er kam, um zu betteln. Walther erschien nicht.

Am Abend tröstete Gisela sich damit, dass er vielleicht am nächsten Tag eintreffen würde. Doch auch da wartete sie vergeblich. So musste sie sich wohl mit dem Gedanken abfinden, dass er entweder Graf Diebold hatte begleiten müssen oder in Göttingen zurückgeblieben war. Doch was für einen Grund könnte er haben, die Universitätsstadt nicht zu verlassen? Hatte er vielleicht ein Mädchen getroffen, das ihm interessanter schien als die Heimat und damit auch sie selbst? Der Gedanke tat weh, und Gisela musste sich in Erinnerung rufen, dass sie katholisch war und es auch bleiben musste, während Walther dem protestantischen Irrglauben anhing, der ihn, wenn sie ihn nicht mit ihren Gebeten erretten konnte, einmal schnurstracks in die Hölle führen würde.

»Wenn er einem Mädchen nachläuft, hat er es nicht besser verdient«, sagte sie zu sich selbst, als sie am Abend zu Bett ging. Dennoch schloss sie ihn auch diesmal in ihr Nachtgebet ein und bat ihn in Gedanken, ihr wenigstens Nachricht zu schicken.

Erst am Mittwoch der kommenden Woche erschien der Posthalter des Nachbardorfs am Dienstboteneingang und überreichte der Mamsell einen Brief für Gisela. »Mit den besten Empfehlungen«, sagte er dabei und leckte sich die Lippen.

»Es ist sehr heiß heute, nicht wahr?«, sagte Frau Frähmke lächelnd. Da der Brief von Walther kam und sie hoffte, dass das Schreiben den Seelenfrieden ihres Schützlings wiederherstellen würde, wies sie Cäcilie an, dem Posthalter einen kühlen Trunk und einen Imbiss vorzusetzen.
»Das haben Sie sich verdient«, sagte sie zu dem erfreut grinsenden Mann und machte sich auf die Suche nach Gisela. Sie fand das Mädchen im Garten.
»Ich habe einen Brief für dich, mein Kind!«, rief sie Gisela zu.
Diese rannte so schnell auf sie zu, dass sie ganz außer Atem bei ihr ankam. »Ein Brief, sagen Sie? Ist er von Walther?«
Frau Frähmke versteckte den Umschlag hinter ihrem Rücken und lächelte freundlich. »Wie viele Menschen schicken dir Briefe, Gisela?«
»Nur einer, Walther, aber nur gelegentlich.«
»Heute ist so eine Gelegenheit!« Damit reichte die Mamsell dem Mädchen den Umschlag.
Diese griff nach ihm wie eine Ertrinkende nach dem Strohhalm, öffnete ihn und las rasch die ersten Zeilen.
»Oh nein! Er musste tatsächlich Graf Diebold nach Pyrmont begleiten. Ich bin mir gewiss, dass dieser unmögliche Mensch ihn wie einen Sklaven behandeln wird.«
»Auch wenn dir an Graf Diebold einiges missfällt, solltest du in der Wahl deiner Bezeichnungen für ihn wählerischer sein, mein Kind. Es könnte sein, dass dich jemand hört und es weiterträgt. Was der junge Renitz daraufhin von dir verlangen dürfte, weißt du trotz deiner Jugend genau.«

»Ja, Frau Frähmke! Verzeihen Sie. Es wird nicht wieder vorkommen.« Gisela wischte sich die Tränen ab, die ihr die Enttäuschung in die Augen trieb, und atmete tief durch.

»Finden Sie es nicht auch ungerecht, wie stark Graf Diebold unser Leben beherrscht, Frau Frähmke? Seine Erlaucht ist doch ein viel angenehmerer Herr.«

»Seine Erlaucht hat den Fehler begangen, die Erziehung seines Sohnes ganz seiner Gemahlin zu überlassen. Ich will ja nichts sagen, aber der Knabe durfte noch mit acht Jahren in ihrem Bett schlafen. Auch sonst hat sie ihn verzärtelt, wo es nur ging, und ihm das Gefühl gegeben, er würde gleich hinter unserem Herrn Jesus Christus kommen, oder war es noch vor dem Heiland? Auf jeden Fall war er, als sein Vater ihn als Fähnrich in sein Regiment holte, nichts als ein völlig verzogener Balg.«

Frau Frähmkes Miene zeigte allzu deutlich, dass sie den jungen Grafen ganz anders behandelt hätte.

Gisela erinnerte sich daran, wie Diebold als Fünfzehnjähriger in Fähnrichsuniform erwachsene Männer geschlagen hatte, nur um seinen Vorrang vor den einfachen Soldaten zu unterstreichen, und gab der Mamsell recht.

»Auch wenn ich mich gefreut hätte, Walther wiederzusehen, ist es ganz gut, dass Seine Hochwohlgeboren dem Schloss fernbleibt. Ich weiß nicht, ob wir ihn noch einmal hätten überlisten können, so wie letztes Weihnachten.«

»Vermutlich«, antwortete Frau Frähmke und erinnerte Gisela dann lächelnd daran, auch den Rest des Briefes zu lesen.

Das Mädchen vertiefte sich sofort wieder in das Schreiben. Als sie zu dem Absatz kam, in dem Walther ihr seine Hilfe anbot, gleichgültig, was auch geschehen mochte, musste sie wieder mit den Tränen kämpfen.
Die Mamsell nahm ihr verwundert den Brief ab, um die Stelle selbst zu lesen. Doch statt etwas zu finden, das dem Mädchen hätte Kummer zufügen können, entdeckte sie nur Walthers aufrichtige Bereitschaft, ihrem Schützling in allen Belangen des Lebens beizustehen. Obwohl sie wusste, wie sehr die beiden sich seit Kindertagen mochten, überraschte sie die Innigkeit, die aus den Worten des jungen Mannes sprach. Sollten die beiden ein heimliches Liebespaar sein?, fragte sie sich, verwarf diesen Gedanken jedoch gleich wieder. Dafür war Gisela noch zu jung und naiv. Auch hielt sie Walther nicht für fähig, ähnlich wie Diebold Dinge von einem Mädchen zu verlangen, die diesem zuwider waren.
Sanft legte sie den Arm um Gisela und zog sie an sich. »Walther ist ein guter Junge. Ich weiß, du bist noch etwas zu jung dazu, um darüber zu sprechen. Doch vielleicht heiratet er dich, und schon kann Seine Hochwohlgeboren, wie du ihn nennst, dir nicht mehr nachstellen.«
Für einen Augenblick gab Gisela sich dieser Vorstellung hin, dann aber schüttelte sie heftig den Kopf. »Dafür müsste ich meinem Glauben entsagen, und das darf ich nicht!«
»Gott ist es gewiss gleichgültig, ob du nun als Katholikin oder Protestantin ins Himmelreich einziehst«, sagte die Mamsell, konnte Gisela aber nicht umstimmen.

Diese löste sich aus ihren Armen, wischte die Tränen ab und wies zum Wald hinüber. »Ich werde ins Forsthaus gehen. Herr Stoppel braucht gewiss wieder Lebensmittel.«
»Geht es ihm immer noch so schlecht?«, fragte Frau Frähmke.
»Es ist besser als im Winter, doch seine Schwäche will nicht weichen. Er ist kaum in der Lage, seinen Dienst zu versehen. Und das muss er, sonst entlässt Ihre Erlaucht ihn und er steht auf der Straße.« Gisela schniefte angesichts der offensichtlichen Ungerechtigkeit auf der Welt.
Die Mamsell sah Gisela fragend an. »Was fehlt ihm wirklich? Nicht, dass es sich doch um eine ansteckende Krankheit handelt, die auch dich erfasst. Ich würde mir sonst zeit meines Lebens Vorwürfe machen, dich zu ihm geschickt zu haben!«
»Stoppel glaubt, dass es noch eine Folge des Feldzugs nach Russland ist. Dieser, sagt er, hätte ihm das Mark aus den Knochen gesogen, und seitdem ist er nicht mehr der, der er war.«
Gisela war mit Mutter und Vater in Russland gewesen und hatte Napoleon scheitern sehen. In manchen Nächten träumte sie von der Not und dem Hunger, die sie gelitten hatten, und nun fragte sie sich, ob auch sie gleich dem Förster den Keim des Verderbens in sich trug und über kurz oder lang krank werden und sterben würde. Vielleicht, dachte sie, wäre es besser so. Dann wäre sie mit ihrem Vater und ihrer Mutter im Himmel vereint und müsste sich nicht mehr vor Graf Diebolds Rückkehr fürchten. Allerdings würde Walther darüber traurig sein, und das wollte sie nun auch wieder nicht.

## 4.

Walther hatte die Ferien als Laufbursche für Diebold und dessen Mutter verbracht und kehrte daher mit einem Gefühl der Erleichterung nach Göttingen zurück. Die Professoren mochten streng sein, doch dort war er ein Student unter vielen. Die Zusatzarbeit, die er für Diebold leisten musste, kam ihm sogar zugute, förderte sie doch sein eigenes Wissen.

Seit dem letzten Semester hatte sich einiges an der Universität geändert. Neue Studenten hatten sich für das erste Semester eingeschrieben, während er, Diebold und die anderen in das zweite Semester aufgerückt waren. Zu seinem Bedauern war Stephan Thode nicht nach Göttingen zurückgekehrt. Auf einen Brief, den Walther an die Adresse seiner Mutter schrieb, antwortete er ausweichend, so als wolle er nicht, dass jene, die ihn an der Georg-August-Universität kennengelernt hatten, erfuhren, wie sich sein weiterer Lebensweg gestaltete.

Walther bedauerte den Verlust seines Freundes, zumal Landolf immer stärker in den Aktivitäten seiner Burschenschaft aufging und sie sich im Grunde nur noch bei den Vorlesungen trafen.

Diebold erging es jedoch noch schlechter als ihm, denn die älteren Studenten, denen er sich anfangs angeschlossen hatte, waren nach ihrem Abschluss in ihre Heimat zurückgekehrt. Da er anders als Walther seine Zeit nicht in das Studium steckte, musste er sich nun neue Freunde suchen, tat sich aber schwer, denn er konnte den meisten

Adelssöhnen nicht verständlich machen, warum er an einem schönen Sommerabend bereits um acht Uhr abends zu Hause sein musste. Bald aber fand er einen Ausweg, der ihm überdies noch zusagte. Von seiner Mutter gut mit Geld ausgestattet, übernachtete er in den Nächten, in denen er mit seinen Kameraden zechte, einfach im Gasthaus.

Das kam auch Walther zupass, denn der hatte ihn dadurch weniger am Hals und verlebte einen recht angenehmen Sommer, der nur dadurch getrübt wurde, dass die Stimmung unter den Studenten weiterhin schlecht war. Immer wieder gab es behördliche Schikanen, und Studenten, die etwas zu unvorsichtig von Demokratie, Verfassung oder gar von nationaler Einheit sprachen, wurden rigoros der Universität verwiesen.

Als das Semester vorbei war, verließen etliche Studenten Göttingen mit dem festen Vorsatz, ihr Studium an einer liberaleren Universität fortzusetzen. Diese Wahl hatte Walther nicht. Er durfte nicht einmal den Ort bestimmen, an dem er seine Ferien verbringen konnte. Da Diebold sich daran gewöhnt hatte, von ihm bedient zu werden, war ihm der Weg nach Renitz erneut versperrt. Der alte Graf hatte auf Anraten seines Arztes hin gemeinsam mit seiner Gemahlin die Schweiz aufgesucht, um seine Lunge in der klaren Bergluft zu stärken, und sein Sohn fuhr zu ihnen.

Ohne Diebold und seine Mutter hätte der Aufenthalt in den Bergen recht angenehm werden können. Doch Gräfin Elfreda hatte ebenso wie ihr Sohn durchaus Spaß daran, Walther zu drangsalieren. Einmal versteckte sie, als

Sänftenträger sie und Diebold zu einem hochgelegenen Aussichtspunkt gebracht hatten, ihren Fächer in der Handtasche und tat dann so, als hätte sie ihn vergessen. Sogleich winkte sie Walther zu sich.
»Lauf ins Hotel und bringe mir meinen Fächer aus Elfenbein. Ich brauche ihn.« Ihr Quartier lag mehr als eine gute deutsche Meile entfernt – und um etliches tiefer.
Walther wusste sehr wohl, dass sie mit ihm spielte. Doch er hatte keine andere Wahl, als zu gehorchen. So schnell er konnte, lief er den schmalen Weg ins Tal hinab, eilte ins Hotel und suchte die Zimmer der Gräfin auf. Zu seinem Glück besaß Elfreda von Renitz einen zweiten Fächer aus Elfenbein. Diesen steckte er ein und trabte dann wieder den Berg hinauf. Währenddessen saßen Ihre Erlaucht und Diebold unter zwei von den Schweizer Sänftenträgern gehaltenen Sonnenschirmen auf Klappsesseln, tranken Wein, der mit frischem Quellwasser verdünnt war, und amüsierten sich köstlich über den Narren, der sich in dieser Hitze abhetzen musste.
Als Walther mit hochrotem Gesicht und schwitzend ankam, reckte die Gräfin ihm ihren Fächer entgegen. »Du bist umsonst gelaufen. Ich hatte ihn doch bei mir!«
Einer der Schweizer sagte ein Wort in seinem Dialekt, den sie glücklicherweise nicht verstand, und riet Walther, sich Gesicht und Arme an der Quelle abzukühlen und erst danach zu trinken. »Sonst schlägt es Ihnen auf die Lunge, so wie es bei dem Ehemann der Gnädigen geschehen ist«, setzte er hinzu.
Erbost darüber, dass die Sänftenträger sich auf Walthers Seite schlugen, befahl die Gräfin diesen, sie und Diebold

wieder ins Tal zu tragen. Walther überlegte kurz, ob er gleich mitgehen oder vorher etwas trinken sollte, und entschied sich für Letzteres. Er mochte zwar auf die Gunst des Grafen angewiesen sein und wurde von dessen Gemahlin und Sohn wie ihr persönlicher Leibeigener behandelt. Doch hatte alles seine Grenzen. Er ging zur Quelle hinüber und steckte die Arme ins kühle Wasser. Während er sich das Gesicht wusch, dachte er daran, dass er nur noch vier Semester durchstehen musste. Danach würde er einen Weg suchen, um sein Leben anders zu führen, als seine beiden Quälgeister es planten.
Zum ersten Mal kam ihm der Gedanke, dass die Gräfin und Diebold an und für sich bedauernswerte Menschen waren. Sie vermochten sich an nichts zu erfreuen, außer an ihrer eigenen Bosheit. Weder hatten sie ein Gespür für die herrliche Bergwelt, die sie hier umgab, noch für die Menschen, die sie auf ihren Reisen trafen. Er hingegen konnte mit Ehrfurcht vor Gottes Schöpfung zu den gewaltigen Felsriesen aufschauen, deren Häupter weiß gekrönt in der Sonne leuchteten, und vermochte sich an dem klaren, kühlen Wasser dieser Quelle zu erfreuen.
Mit einem Mal fühlte er sich privilegiert. Auch wenn er den Herrschaften als Diener zur Verfügung stehen musste, würde er von hier Eindrücke mit in die Zukunft nehmen, die nur wenigen Menschen zuteilwurden. Fast bedauerte er es, dass er sie nicht mit Gisela teilen konnte. Doch er schwor sich, ihr von dieser Landschaft zu erzählen, und hoffte, für deren Erhabenheit die richtigen Worte zu finden.

## 5.

Mit dem Grafen kam Walther während des Aufenthalts in der Schweiz kaum in Berührung. Medard von Renitz saß meist auf der Terrasse des Hotels, eingehüllt in eine Decke, und versank geistig in jene Zeit, in der er noch als Oberst sein Regiment angeführt hatte. Als Walther wieder einmal den Versuch machte, ihn anzusprechen, und Medard von Renitz ihn nicht einmal zu erkennen schien, verließ er traurig den alten Mann und suchte das Dorfwirtshaus auf.

Hier kehrten nur selten Feriengäste ein, denn diese zogen die gediegene Küche des Hotels vor. Es gab derbe Kost und ein dunkles, nach Malz schmeckendes Bier, von dem Walther sich einen Krug bestellte. Er trank genüsslich, spürte aber, wie seine Stimmung trübe wurde. Bis jetzt hatte er nur wenige Taler sparen können. Um nach Amerika auszuwandern, benötigte er jedoch mehrere hundert davon. Diese Summe konnte er während seines Studiums niemals zusammenbringen. Also musste er danach entweder in die Dienste der Grafenfamilie treten oder sich eine andere Stelle suchen. Dafür aber benötigte er ein Empfehlungsschreiben, und das würde er von keinem Mitglied der Grafenfamilie auf Renitz erhalten.

Einmal Sklave, immer Sklave, fuhr ihm durch den Kopf. In dieser einsamen Stunde hatte er das Gefühl, als würde er wie Don Quichotte gegen Windmühlen anrennen, um am Ende immer der Verlierer zu sein. Besser wäre es gewesen, dachte er, wenn die Kugel, die Reint Heurich in

der Schlacht von Waterloo gefällt hatte, ihn getroffen hätte. Dann wäre er dieses Elend los.
Walther wusste selbst nicht, warum er ausgerechnet jetzt wieder an jenen Musketier dachte, der ihn damals beim Regiment unter seine Fittiche genommen hatte. Auch Heurich war ein Opfer des Schicksals gewesen, das ihm eine Muskete in die Hand gedrückt und auf die Felder von Waterloo geführt hatte. Doch damals war Krieg und der Tod der unheimliche Begleiter jedes Soldaten gewesen. Er selbst musste sich im Frieden beweisen. Außerdem durfte er Gisela nicht vergessen. Diese hatte niemanden mehr außer ihm, der sie aus ihrer Abhängigkeit von Renitz und seinem zukünftigen Herrn erlösen konnte.
Auch dafür brauchte er Geld. Da er nicht zum Dieb werden wollte, musste er es sich verdienen und ersparen. Doch das vermochte er nicht, wenn er in Wirtshäusern herumsaß und seine wenigen Taler vertrank. Mit diesem Gedanken ließ Walther den noch halbvollen Krug stehen, zahlte und ging.
Draußen stieß er sogleich auf Diebold, der gerade mit einem weiblichen Kurgast tändelte. Es war die Frau eines ältlichen Händlers, der wie Graf Renitz an diesem Ort seine Gesundheit wiederherstellen wollte. Vom Alter her hätte der Mann der Vater seiner Frau sein können, und sie schien es leid zu sein, neben dem Stuhl ihres Gemahls zu sitzen und Romane zu lesen, in denen tugendhafte Heldinnen von stolzen Kavalieren aus den schlimmsten Situationen gerettet wurden.
Walther hatte den Eindruck, als wolle sie die in ihren Büchern beschriebene Sinneslust endlich am eigenen Leib er-

fahren. Nur war sie selbst nicht tugendhaft und Diebold alles andere als ein Kavalier. Zudem konnte Walther erkennen, dass der junge Renitz arg betrunken war. Das hatte Diebold offensichtlich vor der Frau verbergen können.

Ohne zu überlegen, warum er es tat, folgte Walther den beiden, als sie aus dem Dorf hinaus und auf die Schlucht zugingen, die sich mehr als eine Meile in die Berge hinein erstreckte. Da er von Einheimischen gehört hatte, die Schlucht ende im Nichts, fragte er sich, was die beiden dort oben suchten, wo es nicht einmal eine Heuhütte geben sollte.

Mehrmals wollte er umkehren, doch die Neugier, selbst einen Blick in die verrufene Schlucht zu werfen, trieb ihn ebenso weiter wie die Frage, warum Diebold und die Dame dorthin gingen. Für ein Schäferstündchen schien ihm das nicht der richtige Ort zu sein. Schließlich betrat er den von großen Felsen übersäten Einschnitt zwischen zwei schroff aufsteigenden Felswänden. Einige Minuten lang konnte er beobachten, wie Diebold der Frau in einiger Entfernung über die Felsen half, die sich darin türmten. Dann aber waren die zwei von einem Augenblick auf den nächsten spurlos verschwunden.

Auch wenn Walther nicht guthieß, dass die beiden sich absonderten, so konnte er jetzt nicht einfach ins Hotel zurückkehren und so tun, als wäre nichts gewesen. Er suchte einige Minuten nach einer Spur der beiden, setzte sich dann auf einen Felsen und wartete, ob sie wieder auftauchen würden.

Nach einer Weile vernahm er einen Laut, den die Frau ausgestoßen haben musste, und entdeckte schräg über sich einen Spalt in der Felswand, der über einen fast dreimannshohen Felsblock zu erreichen war. Er zögerte, denn es gehörte sich auch nicht, in ein zärtliches Tête-à-Tête hineinzuplatzen.

Als er beschlossen hatte, lieber wieder umzukehren, vernahm er erneut die Stimme der Frau. Diesmal klang sie verärgert, aber auch besorgt. Nun stieg Walther doch hinauf, war aber bemüht, keinen Lärm zu machen. Als er den Spalt erreichte, sah er, dass dieser gerade groß genug war, um einen einzelnen Menschen passieren zu lassen.

Vorsichtig spähte er hinein, nahm aber nur einen schmalen Gang wahr, der in den Berg führte. Nach wenigen Schritten weitete er sich zu einer kleinen Höhle. Eine Öffnung in der Decke spendete Licht, und so sah Walther die junge Frau so nackt, wie Gott sie geschaffen hatte, neben Diebold stehen. Dieser lag schnarchend auf dem Boden. Während Walther noch darüber nachdachte, ob er sich ungesehen zurückziehen oder sich bemerkbar machen sollte, beugte die Frau sich über den Schlafenden und schüttelte ihn.

»Um des Herrgotts willen, wacht auf!«, rief sie empört. »Ich kann doch mein Kleid nicht allein anziehen. Ihr müsst mir helfen, wenn Ihr schon nicht in der Lage seid, Euren Mann zu stehen.«

In dem Augenblick knirschte ein Stein unter Walthers Sohlen. Die Frau fuhr erschrocken herum, zerrte ihr am Boden liegendes Kleid hoch und hielt es vor sich.

»Wer ist da?«, fragte sie mit zitternder Stimme.

Walther schob sich jetzt ganz durch den schmalen Höhleneingang, blieb dann stehen und deutete eine Verbeu-

gung an. »Nur ich, Frau Dryander. Ich kam zufällig vorbei und habe Sie rufen gehört.«
»Ah, der Diener dieses famosen Herrn Grafen! Zufällig? Ha! Sie sind uns wohl gefolgt, um uns heimlich zuzusehen. Aber zu mehr, als mir aus dem Kleid zu helfen, war Ihr prächtiger Patron nicht imstande. Sie können mir beim Anziehen helfen und dann diesen Säufer nach Hause schleppen.«
»Halt, nein!«, wehrte sie ab, als Walther nach ihren Unterröcken griff. »Vorher werden Sie das vollbringen, was Ihr Herr nicht zustande gebracht hat!«
Zunächst begriff Walther nicht, was sie meinte. Dann wich er zurück. »Was soll ich tun?«
Amalie Dryander legte sich auf Diebolds Rock, den dieser noch fürsorglich ausgebreitet hatte, und spreizte die Beine. »Der Diener tut es genauso gut wie der Herr, wahrscheinlich sogar besser, weil er nicht betrunken ist«, erklärte sie und winkte Walther, näher zu kommen.
Der nackte Körper der Frau blieb nicht ohne Wirkung auf ihn. Trotzdem zögerte er. Für einen Augenblick sah Walther Gisela vor sich, schob ihr Bild aber beiseite. Immerhin war sie noch ein halbes Kind, während die Frau vor ihm voll erblüht war und eine Sinnlichkeit verströmte, der er sich nicht entziehen konnte.
»Ich habe es noch nie gemacht«, bekannte er.
»Du bist also eine männliche Jungfrau!« Amalie lachte mit einer tiefen, zufrieden klingenden Stimme auf und erhob sich geschmeidig. Ehe Walther sich's versah, war sie bei ihm, schlang ihm die Arme um den Hals und küsste ihn.

»Komm, ich werde dir zeigen, wie es geht«, flüsterte sie und zog ihm Hemd und Hose aus. Als sie dabei über eine gewisse Stelle strich, stöhnte Walther auf.

»Na also!« Amalie atmete tief durch und entblätterte den jungen Mann ganz. Sie musterte ihn zufrieden. »Ich wollte, mein Mann wäre so gebaut. Doch anstelle eines strammen Riemens hat die Natur ihn mit einem kümmerlichen Dinglein ausgestattet. Bei mir lodert das Feuer weiter, wenn es in ihm längst erloschen ist.«

Nach diesen Worten ließ die Frau sich rücklings nieder. Walther glitt über sie und wollte mit einer heftigen Bewegung in sie eindringen, doch da hielt sie ihn zurück.

»Wir machen es so, wie ich es will. Also zügle dich! Und jetzt komm, aber ganz vorsichtig.« Sie rückte ihr Becken noch ein wenig zurecht und zog Walther auf sich.

Er biss die Zähne zusammen, als sein Penis in sie eindrang und die Lust ihn schier zu verbrennen drohte. Aber da er Amalie nicht weh tun wollte, überließ er sich ganz ihrer Führung. Sie hielt ihn eine Weile in sich fest, so dass er sich nicht bewegen konnte, und wartete, bis die erste Glutwelle durch ihren Leib gerast war. Dann gestattete sie ihm, sich ganz langsam vor und zurück zu bewegen.

Wie lange das Ganze dauerte, hätte Walther später nicht zu sagen vermocht. Zuletzt packte ihn die Leidenschaft so stark, dass er nicht an sich halten konnte und nach einigen harten, schnellen Stößen zur Erfüllung kam. Amalie nahm ihm diese rauhe Behandlung nicht übel, sondern schnurrte wie ein zufriedenes Kätzchen.

»Das war gut! Das sagst du doch auch«, flüsterte sie und versuchte ihn zu küssen.

Für Walther war es erregend gewesen, sich bei ihr als Mann zu beweisen, und doch wünschte er sich, er hätte es bei einer anderen Frau tun können als Amalie Dryander. In ihm stieg Giselas Bild auf, dabei erschien ihm das Mädchen ihm noch viel zu jung und zu unschuldig für körperliche Liebe. Außerdem würde sie sich niemals einem fremden Mann so hingeben, wie Amalie es eben getan hatte. Hatte es ihm eben noch gefallen, so ekelte es Walther mit einem Mal.
Mit einer steifen Bewegung löste er sich von ihr und stand auf. »Es ist spät. Sie sollten zusehen, bald wieder ins Hotel zu kommen!«
»Wir können uns hier wiedersehen, mein kleiner Kavalier. Mein Mann bleibt noch zwei Wochen, und diese Höhle ist ein guter Treffpunkt«, bot Amalie ihm an.
Walther wies mit dem Kinn auf Diebold. »Ich weiß nicht, ob ich so lange fernbleiben kann. Diesmal ging es, weil mein Herr hier schläft.«
So abgewiesen zu werden, gefiel Amalie überhaupt nicht, und sie funkelte Walther wütend an. »Entweder du tust, was ich von dir verlange, oder ich sage meinem Ehemann, du hättest mir bei einem Spaziergang aufgelauert und Ungebührliches von mir verlangt!«
»Potiphars Weib!«, flüsterte Walther vor sich hin. Dabei fühlte er sich keineswegs als keuscher Josef. Er hatte die Süße der Lust freiwillig mit Amalie geteilt und war nun in ihrer Hand. Wenn sie ihn beschuldigte, er hätte ihr Gewalt antun wollen, war es mit seinem Studium und damit auch mit einer besseren Zukunft für sich und Gisela vorbei.

»Ich werde zusehen, was ich machen kann«, versprach er und verspürte gegen seinen Willen eine gewisse Erregung. Auch er war nur ein Mann und Amalie eine schöne, wenn auch alles andere als tugendhafte Frau. Den Zwiespalt seiner Gefühle konnte er nicht verbergen, und das ärgerte Amalie.
»Du wirst nicht nur zusehen, sondern es auch tun! Hast du mich verstanden? Und nun hilf mir ins Kleid und anschließend aus der Höhle. Sobald ich auf sicherem Boden bin, kannst du deinen Herrn holen und ihn zu Bett bringen. Ich habe noch nie jemand gesehen, der so viel versprochen und so wenig gehalten hat.«
Amalie reichte Walther ihre Unterröcke und wies ihn an, wie er ihr diese anzuziehen hätte.
Wenige Minuten später brachte Walther Amalie bis zu einer Stelle, von der aus sie allein ins Hotel gehen konnte, und kehrte dann in die Höhle zurück. Ein Teil von ihm riet, den jungen Grafen hier liegen zu lassen, bis dieser aufwachte. Das konnte jedoch bis in die Nacht hinein dauern, und dann bestand Gefahr, dass Diebold in dem unwegsamen Gelände stürzte und sich etwas brach. Außerdem würde Gräfin Elfreda spätestens beim Abendessen nach ihrem Sohn fragen und das ganze Hotel aufscheuchen, um ihn suchen zu lassen. Daher packte er den jungen Grafen, schleifte ihn aus der Höhle und schaffte ihn mühsam über die Felsen hinab bis vor die Schlucht. Auf dem bequemeren Pfad angekommen, warf er ihn sich wie einen Sack über die Schulter.

## 6.

Zwischen Walther und Diebold kam nie zur Sprache, was an jenem Nachmittag geschehen war. Aber sein Versagen hielt den jungen Renitz nicht davon ab, Amalie erneut zu belagern. Walther beobachtete zweimal, wie die beiden in der Schlucht verschwanden und sehr lange ausblieben.

Walther verachtete die beiden zwar dafür. Doch wenn die stille Stunde nach dem Mittagsmahl eintrat und die meisten Herrschaften im Hotel ruhten, folgte er Amalie selbst in die Höhle, um ihr die Befriedigung zu verschaffen, die sie in ihrer Ehe mit einem fast dreißig Jahre älteren Mann nicht fand. Zerrissen von seiner eigenen Lust und seiner Scham, mit einer verheirateten Frau Ehebruch zu begehen, war er schließlich froh, als der Kaufmann Dryander samt Gattin die Schweiz verließ.

Kurz darauf nahte auch für Diebold und ihn die Rückkehr nach Göttingen. Als Walther sich zum Abschied vor Medard von Renitz verbeugte, fasste dieser ihn am Rocksaum. »Es ist schade, dass wir keine Zeit gefunden haben, uns zu unterhalten. Weihnachten wird dies anders sein!«, sagte der alte Herr mit einem missmutigen Blick auf seine Frau. Jetzt, da es Renitz wieder besser ging, begriff er, dass sie Walther daran gehindert hatte, zu ihm zu kommen. Doch der junge Mann lag ihm am Herzen. In seinen Träumen erlebte er immer wieder die Szene, in der der Franzose auf ihn zugestürmt war. Damals hatte Walther ihm das Leben gerettet, und das wollte er ihm vergelten.

»Euer Erlaucht sind zu gütig!« Walther lächelte bitter, denn er wusste genau, dass Graf Renitz auch in seinen lichteren Tagen nicht mehr Herr seiner selbst war, sondern ein Gefangener seiner Gemahlin, die mittlerweile alles für ihn entschied. Es wunderte ihn, dass sie ihm nicht den Zuschuss für das Studium entzog. Wahrscheinlich hatte sich Diebold dagegen ausgesprochen, weil dieser ihn dringend brauchte, um selbst seinen Abschluss zu schaffen.

Noch während Walther dieser Gedanke durch den Kopf schoss, wies Elfreda von Renitz zur Tür. »Geh jetzt! Mein Gemahl ist ermüdet.«

Walther verbeugte sich noch einmal und verließ wortlos das Zimmer. Diebold folgte ihm auf dem Fuß und schüttelte sich draußen theatralisch. »Mein alter Herr ist ziemlich marode. Bin gespannt, wie lange er es noch macht.«

Seine Mutter hatte seinen Ausspruch gehört und bedachte ihn mit einem tadelnden Blick. »Das will ich nicht gehört haben! Mit entsprechender Pflege und dem Aufenthalt in den passenden Kurorten wird Seine Erlaucht noch lange leben.«

Zuerst war Walther überrascht, denn für so innig hatte er das Verhältnis der Gräfin zu ihrem Gemahl nicht gehalten. Dann aber begriff er, was die Dame antrieb. Solange Medard von Renitz lebte, konnte sie in seinem Namen schalten und walten, wie es ihr gefiel. Nahm ihr Sohn jedoch die Stelle seines Vaters ein, war es mit ihrer Herrschaft vorbei. Obwohl sie Diebold über alles liebte, so war sie doch nicht bereit, zu seinen Gunsten in den Hintergrund zu treten.

Walther schüttelte insgeheim den Kopf, als er daran dachte, wie unterschiedlich Frauen sein konnten. Amalie Dryanders Antrieb war Lust, während Elfreda von Renitz bereits vor langer Zeit auf körperliche Erfüllung zugunsten der Macht verzichtet hatte. Das Wesen einer idealen Frau lag wohl irgendwo in der Mitte zwischen diesen beiden. Wieder musste er an Gisela denken, lachte dann aber über sich selbst. Sie war noch ein Kind, und es würde noch Jahre dauern, bis sie zur Frau herangereift war. Auf den Augenblick des zur Jungfrau erblühten Mädchens war er jedoch sehr gespannt.
Vorerst gab es anderes zu tun, als an eine erwachsene Gisela zu denken. Er musste sein und Diebolds Gepäck aufladen lassen und dann neben dem Kutscher auf dem Bock Platz nehmen, weil Diebold die vier Sitze des Gefährts für sich allein beanspruchte.
Von St. Gallen ging es mit der Postkutsche nordwärts. Auch hier musste Walther, wenn zu viele Leute mitfuhren, oben neben dem Kutscher sitzen. Diebold schien es Spaß zu machen, immer auf ihn zu deuten, wenn es darum ging, Platz für andere zu schaffen. Walther überstand jedoch Regen und Hitze, ohne krank zu werden, und als sie endlich in Göttingen einfuhren, wirkte er mit seiner von der Sonne gebräunten Haut und seinem regen Blick gegenüber Diebolds blassem Gesicht wie das blühende Leben.
Die Witwe Haun empfing sie erfreut, deutete aber gleich beim ersten Abendessen an, dass sie sich nicht imstande sähe, die beiden Zimmer weiterhin zum selben Mietzins zur Verfügung zu stellen.

»Ich werde einen entsprechenden Brief an den Rentmeister meiner Mutter schicken«, versprach Diebold, fand aber rasch, dass dies keine standesgemäße Arbeit für ihn war, und befahl daher Walther, es für ihn zu tun.
»Sehr wohl, Euer Hochwohlgeboren!« Walther fragte sich, wie dieser junge Mann einmal das Erbe seines Vaters übernehmen und gedeihlich weiterführen wollte, wenn er allem aus dem Weg ging, was ihm nicht passte. Trotz seines Widerwillens stieg er in sein Zimmer hinauf und setzte den geforderten Brief auf. Diebold ließ sich herab, diesen zu unterschreiben, und so konnte Walther den Wunsch der Witwe nach höherer Miete noch am selben Tag zum Posthalter bringen.
Am Eingang der Postmeisterei kam ihm Professor Artschwager entgegen. Walther wollte ihn vorbeilassen, doch da streckte Artschwager ihm die Hand entgegen. »Fichtner, freue mich, Sie zu sehen!«
»Herr Professor! Die Freude ist ganz meinerseits.« Es war nicht einmal gelogen, denn obwohl Walther Professor Artschwager als strengen Gelehrten erlebt hatte, so hatte er ihn doch schätzen gelernt.
»Wenn Sie sich bei meinem Anblick freuen, Fichtner, sind Sie einer der wenigen Studenten, wenn nicht gar der einzige, der dies tut. Die Stimmung verschlechtert sich von Semester zu Semester. Aber wir können nichts an der Situation ändern, denn die Anweisungen aus Hannover sind eindeutig. Entweder kuschen die Herren Studiosi, oder sie müssen gehen.«
Ein Ausdruck des Unwillens zog über Artschwagers Gesicht, und er schlug mit der Linken durch die Luft. »Sie

werden es noch früh genug erfahren. Es sind Aufwiegler unterwegs. Daher rate ich Ihnen eines: Halten Sie sich aus dem Schlamassel heraus. Das ist besser für Sie.« Damit verabschiedete der Professor sich und ließ Walther ratlos zurück.

Erst am nächsten Tag erhielt er Aufklärung. Sein Freund Landolf Freihart fing ihn bereits an der Haustür ab und drückte ihm ein Flugblatt in die Hand.

»Hier, Walther! Diese Forderungen haben wir in den Ferien aufgestellt. Entweder geht die Leitung der Georg-August-Universität darauf ein, oder sie können zusehen, von wem sie ihr Studiengeld erhalten.«

Walther las den Zettel durch, fand die meisten Forderungen angemessen, ein paar andere allerdings überzogen und sah dann Landolf fragend an. »Wie wollt ihr das durchsetzen?«

»Wir verweigern geschlossen die Teilnahme an den Vorlesungen. Wahrscheinlich verlassen wir sogar Göttingen und warten an anderer Stelle ab, bis die Herren Professoren nachgegeben haben.«

Walther klang die Warnung Professor Artschwagers noch in den Ohren, und er fragte: »Und wenn sie es nicht tun?«

»Sie haben keine andere Wahl, wenn sie wollen, dass wir zurückkommen. Hier, nimm ein paar Flugblätter und verteile sie. Ich muss weiter!« Damit drückte Landolf ihm ein halbes Dutzend Blätter in die Hand und eilte davon.

Walther sah ihm nach und fragte sich, was er tun sollte. Obwohl das Herz ihm riet, sich an dem Protest der Studenten zu beteiligen, warnte ihn sein Verstand davor. Er durfte nicht riskieren, Graf Renitz' Gunst zu verlieren.

Wenn dessen Gemahlin zu der Überzeugung kam, sein Studium wäre für ihren Sohn nicht mehr von Nutzen, würde er zu Fuß nach Renitz zurückkehren und dort als einfacher Knecht arbeiten müssen.
Allerdings durfte er sich nicht gegen die anderen Studenten stellen, wenn er die restlichen Semester ohne deren Schikanen überstehen wollte. In diesem Dilemma gefangen, kehrte er in das Haus der Witwe zurück und reichte Diebold eines der Flugblätter.
»Hier, das hat man mir eben in die Hand gedrückt. Die Studenten rebellieren gegen die rigiden Regeln unserer Universität.«
Diebold überflog das Blatt und warf es mit einem verächtlichen Schnauben auf den Tisch. »Was wollen diese Narren? Glauben sie, sie könnten die von Gott errichtete Ordnung stürzen?«
Walther lag es auf der Zunge zu sagen, diese Ordnung sei nicht von Gott, sondern von Menschen gemacht worden, und zwar von all jenen, die die Macht in den Händen hielten. Doch er schwieg, weil er darauf gefasst sein musste, dass Diebold ihn aus Bosheit als einen der Aufrührer denunzierte.
»Auf jeden Fall können wir heute nicht in die Vorlesungen gehen und an den nächsten Tagen wohl auch nicht. Wir würden uns den Zorn und die Verachtung all unserer Kommilitonen zuziehen – und Ihr wisst, was das heißt!«
Dieser Appell verfing. Etliche Studenten waren nicht gerade zimperlich, wenn es galt, andere zu bestrafen. Eine Forderung zum Duell war das Mindeste, was sie zu erwarten hatten. Im Gegensatz zu anderen, in Burschen-

schaften organisierten Studenten, die eifrig mit dem Degen übten, war Diebold ein schlechter Fechter und nicht bereit, es zu einem Zweikampf kommen zu lassen. Zwar hätte er das niemals zugegeben, aber er fand rasch einen Ausweg.
»Meine Tante Leopoldine ist schwer erkrankt. Es erfordert meine Pflicht, sie zu besuchen. Du kommst ebenfalls mit.«
Zwar hatte die Schwester seiner Mutter ihm nur geschrieben, dass sie sich an einem kühlen Abend einen Schnupfen zugezogen habe, doch Diebold fand diese Ausrede ideal, um sich allen Fährnissen zu entziehen, die hier in Göttingen auf ihn warten mochten. Er schrieb sogar eigenhändig einen Entschuldigungsbrief an Professor Artschwager und forderte Walther auf, ihnen für den nächsten Tag eine Beförderungsmöglichkeit nach Kassel zu besorgen.

## 7.

Obwohl Walther Diebolds Haltung und letztlich auch seine eigene für feige hielt, war er froh, sich den überschäumenden Emotionen entziehen zu können, die sich in Göttingen entluden. Als sie nach zwei Wochen zurückkehrten, war der Aufruhr vorbei. Von der triumphierenden Witwe Haun erfuhren sie, dass die Studenten zähneknirschend hatten nachgeben müssen.

»Die preußischen Behörden haben verkündet, sie würden keinen Absolventen der Göttinger Universität mehr in den Staatsdienst aufnehmen, wenn die Studenten ihre unverschämten Forderungen durchsetzen könnten. Also kuschen die Kerle, die nach Göttingen zurückgekehrt sind. In drei Tagen sollen die Vorlesungen wieder beginnen.«
»Dann haben wir ja nichts verpasst«, erklärte Diebold zufrieden.
Walther taten die Kommilitonen leid. Doch die Macht lag nun einmal bei den Herrschenden und ihren willfährigen Beamten, und daran würde sich wohl nichts ändern. Fast ununterbrochen drehten sich seine Gedanken um Stephan Thodes Überlegungen, der hier herrschenden Unterdrückung durch die Auswanderung nach Amerika zu entgehen. Zu seinem Bedauern hatte Stephan sich auf seinen letzten Brief hin nicht mehr gemeldet. Aber er war dem Freund für die Idee dankbar, das in einem rigiden System erstickende Deutschland zu verlassen.
Diebold hatte überlegt, was er in den verbleibenden Tagen unternehmen konnte, und wandte sich mit einer höflichen Verbeugung an die Witwe. »Frau Haun, hätten Sie die Güte, die Haustür heute Abend eine Stunde später schließen zu lassen. Ich habe noch Besorgungen zu machen, die mich länger als bis um acht Uhr fernhalten werden.«
Zu Walthers großer Überraschung schien die Witwe ins Grübeln zu kommen. »Ihr wisst, ich bin eine Frau mit festen Prinzipien. Davon will ich nicht abgehen. Ihr könnt jedoch, wenn Ihr zurückkehrt, an das Küchenfenster klopfen, dann wird Jule Euch aufschließen.«

»Ich danke Ihnen!« Diebold lächelte zufrieden.

Da der Bann einmal gebrochen war, konnte er dieses Privileg öfter einfordern, und wenn er dem Dienstmädchen ein paar Kreuzer zusteckte, würde sie ihm vielleicht sogar ohne Wissen ihrer Herrin öffnen. Dies tröstete ihn darüber hinweg, dass er bereits bei seinem zweiten Versuch, außerhalb zu übernachten, verschlafen hatte und nicht rechtzeitig zum Frühstück wieder hier gewesen war. Den Vorhaltungen seiner Hauswirtin zufolge hatte er damals so etwas Ähnliches wie eine Todsünde begangen. Nun aber sah es schon wieder viel besser aus.

Am nächsten Tag erfuhren sie, dass die Universitätsleitung einige Studenten als Rädelsführer aus Göttingen verwiesen hatte. Darunter war auch Landolf Freihart, der beim Verteilen der Flugblätter gesehen worden war. Mit ihm verlor Walther seinen zweiten Freund und bedauerte dies zutiefst, auch wenn bereits eine gewisse Entfremdung zwischen Landolf und ihm eingetreten war.

Die ersten Wochen des Semesters verliefen in unguter Stimmung. Die Studenten waren durch ihre Niederlage gereizt, während der Lehrkörper der Universität bedingungslosen Gehorsam einforderte und noch kleinlicher war als zuvor. Obwohl die Vorlesungen interessant waren und Walther viel lernte, war er froh, als Weihnachten nahte.

Erneut blieb ihm die Reise nach Renitz verwehrt, denn Gräfin Elfreda hatte beschlossen, den Winter mit ihrem Gemahl in Meran zu verbringen, da ihr das Klima dort zuträglicher erschien als zu Hause. Walther musste Diebold begleiten und den unbezahlten Kammerdiener des jungen Grafen spielen. Doch das war ein geringer Preis dafür, diese herrliche Stadt und die auch im Winter wunderschöne Landschaft zu erleben.

Zu seinem Bedauern konnten sie nur wenige Tage dort bleiben, dann mussten sie wieder nach Göttingen zurückkehren. In der kurzen Zeit aber hatte Walther den Eindruck gewonnen, als ginge es Graf Renitz ein wenig besser. Der alte Herr hatte ihm sowohl bei seiner Ankunft wie auch beim Abschied erstaunlich kräftig die Hand gedrückt und sogar ein paar Sätze mit ihm gewechselt. Vielleicht, dachte er, als sie die Rückreise antraten, wurde doch noch alles gut.

Der Rest des Semesters verlief ohne besondere Vorkommnisse, und als diesmal die Ferien anstanden, wusste Walther, dass er die Hälfte seines Studiums absolviert hatte. Graf und Gräfin Renitz hielten sich in Karlsbad auf, und daher musste er mit Diebold dorthin reisen. Mehr als anderthalb Jahre war er jetzt nicht mehr in Renitz gewesen, und manchmal schien ihm die Zeit dort so fern wie der Mond. Wenn er an Gisela dachte, tauchte in seinen Gedanken das magere Ding auf, das er bei Waterloo aus dem Schlamm gezogen hatte. Gelegentlich versuchte er sich vorzustellen, wie sie jetzt wohl aussehen mochte, und fragte sich, ob sie nun diesem jungen weiblichen Kurgast ähneln würde oder doch eher jenem. Immer wieder nahm er sich vor, ihr zu schreiben, doch als er nachzählte, wie oft er dies während des gesamten letzten Semesters getan hatte, kam er auf die beschämende Zahl von eins.

Wahrscheinlich denkt sie, ich hätte sie längst vergessen, schalt er sich, und mit einem Mal überkam ihn die Angst, sie könnte ihn vergessen haben. Der Gedanke schmerzte, und diesmal setzte er sich in einer freien Minute hin, um einen Brief an sie aufzusetzen. Was ihm am meisten am Herzen lag, nämlich seine eigene Zukunft, wagte er ihr jedoch nicht zu bekennen. Daher erschien ihm der Brief, als er fertig war, sehr banal, und er fragte sich, ob er ihn überhaupt abschicken sollte. Er tat es dann doch, nachdem er hinzugefügt hatte, dass Gisela der Mamsell Frau Frähmke, der Köchin Cäcilie und Förster Stoppel viele Grüße ausrichten solle. Als er den Brief endlich bei der Postmeisterei abgegeben hatte, schüttelte er den Kopf über sich selbst. Er hatte lange Jahre fest geglaubt, sich und Gisela eine gemeinsame Zukunft schaffen zu können. Doch seit jenen Stunden, in denen er sich mit Amalie Dryander gepaart hatte, wusste er, dass zu einer guten Ehe nicht nur Freundschaft gehörte, sondern auch Dinge, die er sich mit Gisela niemals ausgemalt hatte.

## 8.

Luise Frähmke betrachtete ihre fleißige Gehilfin voller Stolz. Zwar entsprach Gisela mit ihren schwarzen Haaren nicht dem Schönheitsideal dieser Gegend, in der kräftig gebaute Frauen mit weizenblonden Flechten bevorzugt wurden. Aber sie hatte ein apartes Gesicht und eine sanfte Art, die sie die Herzen gewinnen

ließ. Bald würde sie achtzehn werden und war heiratsfähig. Doch sie beharrte weiter darauf, katholisch bleiben zu wollen, und das brachte jede Mutter eines interessierten jungen Mannes dazu, diesem zu verbieten, dem Mädchen weiterhin den Hof zu machen.
Dabei wäre eine rasche Heirat in den Augen der Mamsell das Beste für Gisela. War das Mädchen noch ledig, wenn Graf Diebold geruhte, nach Renitz zu kommen, würde sie sich seiner Zudringlichkeiten nicht mehr erwehren können.
»Hat jemand einen Teil des kostbaren Porzellans zerschlagen, Frau Frähmke?«, vernahm die Mamsell Giselas fröhliche Stimme.
Sie stemmte die Hände in die Hüften und maß das Mädchen mit einem strengen Blick. »Wie kommst du denn darauf?«
»Nun, Ihre Miene hat danach ausgesehen, als wollten Sie jemand zur Höllenstrafe verurteilen. Doch wer es auch immer gewesen sein mag, ich habe nichts wahrgenommen.«
»Du kannst auch nichts gesehen haben, du Spötterin, denn es hat niemand etwas kaputt gemacht. Ich mache mir Sorgen um dich! Auch wenn du den jungen Herrn vergessen zu haben scheinst: Ich habe es nicht! Irgendwann wird er wieder nach Renitz kommen, und dann bist du Freiwild für ihn. Willst du etwa so enden wie Osma?«
Gisela erbleichte und schüttelte heftig den Kopf.
»Dann musst du etwas dafür tun«, fuhr die Mamsell fort. »Auch wenn du dich Graf Diebold gewiss nicht so frei-

willig hingeben wirst, wie Osma es getan hat, kannst du ihr Schicksal teilen und schwanger werden. Willst du dann wie sie ins Wasser gehen?«

»Daran war nur die Herrin schuld! Sie hat Osma eine verderbte Hure genannt und ihr erklärt, sie wolle sie und ihren Sündenbalg nicht hier auf Renitz sehen. Deswegen wusste die Arme keinen Ausweg mehr, als ihrem Leben ein Ende zu setzen!« Giselas leidenschaftlich ausgestoßene Worte stellten eine einzige Anklage gegen Gräfin Elfreda dar, die Osma sehenden Auges vor die Hunde hatte gehen lassen.

»Sei still!«, mahnte Frau Frähmke. »Auch wenn Ihre Erlaucht nur noch selten auf Renitz weilt, so besitzt sie genügend Zuträger, die ihr alles berichten, was hier geschieht und was gesagt wird.«

»Das weiß ich doch!« Gisela atmete tief durch, um sich zu beruhigen.

Unterdessen musterte die Mamsell das Mädchen nachdenklich. »Ich hatte früher die Hoffnung, es könnte etwas aus dir und Walther werden. Doch der lässt auch nichts mehr von sich hören. Wäre nicht der Förster etwas für dich? Er würde dir ein sanfter Gatte sein.«

»Den Förster soll ich heiraten?«, rief Gisela überrascht. »Aber er ist doch um etliches älter als ich und meistens krank.«

»Trotzdem kann er dir den Schutz bieten, den du so dringend brauchst. Also denk darüber nach! Da wir gerade bei Stoppel sind: Bring ihm bitte wieder Lebensmittel ins Forsthaus. Die anderen Mägde gehen nicht so gerne durch den Wald.« Frau Frähmke versetzte Gisela einen aufmunternden Klaps und sah dann zu, wie diese in Richtung Küche verschwand.

Dort hatte Cäcilie den Korb für den Förster bereits gepackt. Die Köchin lächelte Gisela so freundlich entgegen, dass dem Mädchen der Verdacht kam, diese sei mit der Mamsell im Bunde und wollte sie ebenfalls mit Stoppel verkuppeln. Zwar mochte sie die beiden Frauen, hier aber schienen ihr Cäcilie und Frau Frähmke über das Ziel hinauszuschießen. Diebold von Renitz war mittlerweile fast zwei Jahre lang nicht mehr auf den elterlichen Besitzungen gewesen, und es sah auch nicht so aus, als würde er in absehbarer Zeit hier auftauchen. Wegen einer Gefahr, die vielleicht noch Jahre auf sich warten ließ, überstürzt zu heiraten, würde sich gewiss als Fehler erweisen. Auch wenn sie dem Förster freundschaftliche Gefühle und Mitleid entgegenbrachte, so blieb ihr Herz doch stumm, wenn sie an ihn dachte.

Pah! Wenn ich einen von hier heirate, müsste ich protestantisch werden, und das will ich nicht, sagte sie sich und zeigte auf den vollen Korb. »Sind das die Vorräte für das Forsthaus?«

»Ja. Ich habe auch einen Teil unseres Mittagessens abgezweigt. Du brauchst es im Forsthaus nur aufzuwärmen und kannst gleich dort mit Herrn Stoppel zusammen essen.«

Gisela schenkte der Köchin ein nachsichtiges Lächeln. »Du willst dir einen Kuppelpelz von mir verdienen und bist mit Frau Frähmke im Bunde.«

»Ich weiß nicht, was du hast! Der Förster ist eine gute Partie. Wir wollen doch nicht, dass du einmal so endest wie Osma.« Cäcilie schniefte und wischte sich ein paar Tränen aus den Augen.

»So wie Osma werde ich nicht enden!«, erklärte Gisela mit mühsam beherrschter Stimme. »An ihrer Stelle hätte ich das Kind geboren und aufgezogen, und wenn ich als Tagelöhnerin hätte arbeiten müssen. So aber hat sie nicht nur sich selbst, sondern auch ihr Kind umgebracht.«

»Urteilst du nicht zu hart? Osma war gewiss nicht schuld an ihrem Schicksal. Wäre sie dem jungen Herrn nicht freiwillig ins Bett gefolgt, hätte er sie mit Gewalt hineingezerrt. Das Gleiche wird er auch mit dir tun, wenn du nicht unter dem Schutz eines Gatten stehst.«

Cäcilie wurde ebenfalls etwas laut, denn sie wusste nicht, wie sie dem starrsinnigen Mädchen noch ins Gewissen reden konnte. Wenn Gisela weiterhin in den Tag hinein lebte, würde es ein böses Erwachen für sie geben.

Dabei war Gisela sehr wohl bewusst, dass sie sich vor dem jungen Grafen hüten musste. Aber sie war nicht bereit, aus diesem Grund einfach den nächstbesten Mann zu ehelichen – zumal sie immer noch jeden Tag an Walther dachte. Auch wenn sie Angst davor hatte, er könnte sie in der weiten Welt vergessen haben, hoffte sie auf seine Rückkehr. Dabei würde sich ihr Glaube auch in dieser Beziehung als Hemmschuh erweisen, also war es besser, auf nichts zu hoffen und Graf Diebold, falls er wieder auftauchen sollte, aus dem Weg zu gehen.

Gisela vermied es, noch einmal der Mamsell unter die Augen zu kommen, denn für heute hatte sie sich wahrlich schon genug Predigten anhören müssen. Mit diesem Gedanken schritt sie in Richtung Wald und tauchte nach kurzer Zeit in den Halbschatten der hohen Bäume ein. Der Weg zum Forsthaus war in einer knappen Stunde zu bewältigen, wenn man so stramm marschierte wie sie. Da blieb ihr genug Zeit, eigenen Gedanken nachzuhängen, und sie grübelte darüber nach, wie sich ihre Zukunft wohl gestalten mochte.

Sie war noch ganz in diesen Überlegungen gefangen, als sie das Forsthaus erreichte. Es sah schäbiger aus als in den Zeiten, in denen Stoppel noch im Vollbesitz seiner Kräfte gewesen war. Eigentlich hätte er einen Helfer gebraucht, doch Gräfin Elfreda verstand zu wenig von Forstwirtschaft, um den Wert der uralten Tannen und Buchen ermessen zu können. So blieb der Wald bis auf ein paar Bäume an seinen Rändern, die die Knechte aus dem Dorf gelegentlich fällten, weitestgehend unversehrt.

Nur mühsam gelang es Gisela, all das, was ihr durch den Kopf ging, beiseitezuschieben und sich wieder an ihre Aufgabe zu erinnern. Sie glaubte, Stoppel im Forsthaus hantieren zu hören, und klopfte an die Tür. Doch es kam keine Antwort. Stattdessen vernahm sie einen Schrei.

War der Förster zu krank, um ihr öffnen zu können?

Besorgt streckte sie die Hand aus und drückte die Klinke hinunter. Zu ihrer Erleichterung war die Tür nicht versperrt. In dem Zimmer, das als Küche und Wohnraum diente, war niemand. Unwillkürlich sah sie in die Ecke hinüber, in der sie bereits auf einem Strohsack geschlafen hatte, als ihre Beschützerinnen sie wegen Graf Diebold hierhergeschickt hatten. Dort lagen nun Werkzeuge, ein Wasserschaff und andere Gegenstände wild durcheinan-

der. Sie seufzte, stellte ihren Korb auf dem Tisch ab und sah sich um. Schließlich trat sie ins Schlafzimmer und öffnete die Läden. Als sie sich wieder umdrehte, sah sie den Förster in voller Kleidung auf dem Bett liegen. Er schien zu schlafen, fuchtelte aber mit den Armen und stieß militärische Befehle aus.
»Gebt auf die linke Flanke acht! Erstes Glied, kniet nieder und legt an. Die Kosaken kommen! Haltet stand!«
Vorsichtig kam Gisela näher und rüttelte den Förster an der Schulter. »Herr Stoppel, was ist mit Ihnen?«
In dem Augenblick fuhr der Mann mit einem gellenden Aufschrei hoch, fasste mit beiden Händen nach ihrem Hals und drückte zu.
Gisela spürte, wie ihr die Luft wegblieb, und wollte schreien. Doch kein Laut drang aus ihrer Kehle. Es gelang ihr auch nicht, die Hände des Försters von ihrem Hals zu lösen. Der Schmerz wurde immer stärker, und als sie schon glaubte, es nicht mehr aushalten zu können, ertastete sie auf der Kommode neben dem Bett Stoppels Hut und schlug damit auf ihn ein.
Ein Wehlaut erklang, dann lösten sich seine Hände von ihr. Während sie japsend nach Luft schnappte, starrte der Förster sie erschrocken an. »Was ist geschehen?«
»Beinahe hätten Sie mich erwürgt«, keuchte Gisela. »Dabei bin ich wirklich kein Kosak!«
»Nein, das bist du nicht. Was machst du eigentlich hier?«, fragte Stoppel verwirrt.
»Frau Frähmke hat mich geschickt, um Ihnen Lebensmittel zu bringen. Da die Tür offen war, bin ich ins Haus, und als ich Sie schreien hörte, wollte ich nachsehen, was

geschehen ist. Dabei ...« Gisela brach ab und blickte anklagend auf seine Hände.
Mit einem Mal begann Stoppel zu schluchzen. »Es tut mir so leid! Ich wollte dir wirklich nicht weh tun. Ich ...«
»Sie haben mich für einen Kosaken gehalten!«, sagte Gisela mit belegter Stimme.
Der Förster nickte. »Ich bekomme diese Bilder einfach nicht aus dem Kopf. Urplötzlich überfallen sie mich, und dann glaube ich, wieder in Russland zu sein, wie anno 1812. Ich ...« Der Rest seiner Worte ging in einem Weinkrampf unter.
Gisela sah auf den Mann hinab und rieb sich dabei den schmerzenden Hals. Auch sie wurde in den Nächten immer noch von jenen furchtbaren Bildern heimgesucht, in denen ihre Eltern verzweifelt versuchten, dem Tod in Russland zu entkommen. Mehr als ein Mal hatte sich ihr Regiment während des Rückzugs gegen Kosakenangriffe zur Wehr setzen müssen und war Mann für Mann aufgerieben worden. Wäre es den wenigen Überlebenden nicht gelungen, sich dem noch halbwegs geordnet marschierenden Regiment Renitz anzuschließen, würden ihre Gebeine wohl wie die vieler anderer unter dem weiten Himmel Russlands bleichen.
Nun fragte Gisela sich, ob sich auch ihr Verstand eines Tages so trüben würde, wie dies bei Stoppel der Fall war. Würde sie in so einem Anfall ein Messer packen und auf die Köchin losgehen, nur weil sie glaubte, einen Kosaken vor sich zu haben? Sie fand diesen Gedanken entsetzlich.
Allerdings mussten sowohl Cäcilie wie auch die Mamsell den Plan aufgeben, sie mit Stoppel zu verkuppeln. Sonst

würden die beiden Frauen sie der Gefahr aussetzen, des Nachts im Ehebett erdrosselt zu werden.

Gisela atmete mehrmals tief durch und ging zur Tür. »Cäcilie hat mir etwas mitgegeben, das ich nur aufwärmen muss. Wenn es fertig ist, können wir essen, und danach werden Sie sich gewiss besser fühlen.«

## 9.

Mit den Jahren wurde Gisela zur jungen Frau und zu Luise Frähmkes rechter Hand, auf die diese nicht mehr verzichten konnte. Die meisten Bediensteten auf Schloss Renitz hätten sich nicht gewundert, wenn sie einmal deren Nachfolgerin geworden wäre. Dem stand allerdings nicht nur ihr Glaube, sondern auch die Abneigung entgegen, welche die Gräfin ihr entgegenbrachte. Zu Giselas Erleichterung aber blieben Medard und Elfreda von Renitz von Jahr zu Jahr länger aus und weilten immer nur wenige Wochen im Schloss. Ihre Welt waren die Bäder von Pyrmont, Karlsbad, Salzuflen und vor allem Baden in der gleichnamigen Markgrafschaft am Rhein.

Auch in Göttingen war die Zeit nicht stehengeblieben, und so neigte sich das Studium für Walther und Diebold langsam dem Ende zu. Die meisten aufmüpfigen Studenten hatten die Georg-August-Universität verlassen und die neuen fanden sich mit dem rigiden Regime ab. Wirk-

liche Freunde, wie es einst Stephan Thode und Landolf Freihart gewesen waren, hatte Walther nicht mehr gefunden, allerdings auch nicht wirklich gesucht.
Ihr letztes Semester war bereits fortgeschritten, als Professor Artschwager Walther nach der Vorlesung aufhielt.
»Ich würde gerne mit Ihnen sprechen, Fichtner!«
»Ich stehe zu Ihrer Verfügung, Herr Professor!«
Zu Walthers Verwunderung erklärte der Professor, er solle sich anschließend in seinem Haus einfinden. »Ich habe noch ein paar Bücher zu sortieren«, fügte er hinzu.
Da Walther seit jenem ersten Winter auf der Universität von Artschwager wie jeder andere Student behandelt worden war, ahnte er, dass mehr dahinterstecken musste, und beeilte sich, dem Professor zu seinem Haus zu folgen.
Dort führte ihn Artschwager sogleich in die Bibliothek. Während er Walther einzelne Bücher reichte, damit dieser sie im Regal einsortierte, fragte er ihn ohne Umschweife: »Was werden Sie tun, wenn Sie Ihr Studium abgeschlossen haben?«
Walther überlegte kurz und zuckte dann mit den Achseln. »Vorerst stehe ich noch in den Diensten des Grafen Renitz und will mir erst einmal anhören, welche Pläne er mit mir hat.«
»Der alte Graf ist in Ordnung. Von seinem Sohn kann ich das jedoch nicht behaupten. Graf Diebold hätte kein einziges Semester geschafft, wenn Sie ihm nicht alles vorgekaut hätten, wie es Tiermütter mit ihren Jungen tun. Auf seine Gunst sollten Sie sich daher nicht verlassen«, wandte der Professor ein.

»Das tue ich auch nicht. Doch noch lebt der alte Herr, und er war, als ich ihn das letzte Mal sah, bei guter Gesundheit. Auch hat er die sechzig erst um wenige Jahre überschritten und wird hoffentlich noch lange unter uns weilen.« Dabei war Walther bewusst, dass er einem Traumgebilde nachhing, denn Medard von Renitz wurde immer mehr von seiner Gemahlin bevormundet, und die war ihm gewiss nicht wohlgesinnt.
Artschwager schien es ähnlich zu sehen. »Sie sollten sich von Renitz trennen, Fichtner. Machen Sie Ihren Doktor, dann steht Ihnen die Welt offen.«
»Sie wissen doch, dass ich mir keinen besseren Abschluss erlauben kann, als Graf Diebold ihn schafft, Herr Professor. Das Geld, um auf eigene Faust weitermachen zu können, habe ich nicht.«
»Das ist bedauerlich«, sagte Artschwager schnaubend. »Aber vielleicht gelingt es Ihnen später. Ich bin gerne bereit, Ihnen zu helfen.«
Für einen Augenblick erwog Walther ernsthaft, das Angebot anzunehmen. Der Gedanke, Artschwager um Geld bitten zu müssen, ließ ihn davon absehen. Auch wusste er nicht, wie Graf Renitz darauf reagieren würde, und er wollte sich diesen Giselas wegen nicht zum Feind machen. Daher schüttelte er den Kopf. »Es tut mir leid, Herr Professor. Doch ich liebäugle mit dem Gedanken, dieses Land zu verlassen.«
»Sie wollen auswandern?« Artschwager schien verblüfft, lachte dann aber leise auf. »Also habe ich mich doch nicht in Ihnen getäuscht. Zwischendurch fürchtete ich fast, Sie wären einer von denen, die sich um jeden Preis ducken

und anpassen wollen. Doch jetzt spüre ich, dass Sie Charakter haben. Wäre ich jünger, hätte ich schon längst den Staub dieses Landes voller Kleinstaaten und Protzfürsten von den Füßen geschüttelt. Aber Alter und Bequemlichkeit haben dies verhindert. Dabei hatte ich auch einmal Ideale. Ich habe damals, als Napoleon sich zum ersten Konsul in Frankreich ernannt hat, sogar mitgejubelt, denn ich hegte wie viele die Hoffnung, er würde Europa gleiches Recht und Gesetz für alle bringen.

Stattdessen hat er aus unserem Heimatland ein Schlachtfeld gemacht! Daher war es mit meiner Bewunderung für ihn rasch vorbei. Meine beiden Söhne starben im Kampf für ein freies und geeintes Deutschland, doch wenn ich mich so umsehe, fürchte ich, dass ihr Opfer umsonst war. Wir leben nicht einmal mehr im Heiligen Römischen Reich mit einem Kaiser als nominellem Oberhaupt, sondern müssen einen Haufen Despoten ertragen, die sich gleich erhaben dünken und alles tun, um den einfachen Mann in den Staub zu treten.«

Eine solche Rede hätte Walther von Artschwager wahrlich nicht erwartet. Erstaunt sah er auf und meinte in der ernsten Miene seines Mentors auch die Scham zu lesen, seine einstigen Ideale für ein halbwegs angenehmes Leben aufgegeben zu haben. Das, schwor Walther sich, würde er niemals tun, und wenn er in jenem fremden Land als Knecht anfangen musste.

Er lächelte wehmütig. »Ich danke Ihnen für Ihr Vertrauen, Herr Professor, und verspreche Ihnen, es niemals zu missbrauchen. Wenn ich könnte, würde ich in Göttingen bleiben und meinen Doktor machen. Doch ich erhalte von Graf Renitz nur ein Taschengeld, das kaum ausreicht, um das Studium zu finanzieren. Ich muss mindestens drei Jahre in seinen Diensten bleiben, um genügend Geld für die Reise nach Amerika sparen zu können.«

»Es gibt Deutsche drüben, die Ihnen helfen können. Üben Sie aber vor allem Ihr Englisch, damit Sie die Landessprache verstehen. Viele, die hinüberzogen, taten dies nicht und fielen schlechten Menschen in die Hände, die ihnen das Wenige abnahmen, das sie noch besaßen, und sie in Schuldsklaverei brachten. Einem Freund von mir ist es so ergangen. Vielleicht ist das der Grund, weshalb ich die Fahrt über den Ozean nie gewagt habe. Auf jeden Fall wünsche ich Ihnen von Herzen Glück!«

Artschwager streckte Walther die Hand entgegen, die dieser sofort ergriff und den festen Druck erwiderte. »Ich danke Ihnen, Herr Professor, und wünsche Ihnen bessere Zeiten als in den letzten Jahren!«

»Die wünsche ich mir auch«, antwortete Artschwager mit einem tiefen Seufzer. Dann klopfte er Walther auf die Schulter und bat ihn, noch einen Augenblick zu warten. Er verließ das Zimmer, kehrte aber rasch zurück und drückte Walther ein dünnes Büchlein in die Hand. Der Titel verriet einen Leitfaden für Auswanderer nach Amerika.

»Ich danke Ihnen, Herr Professor, und werde Ihr Geschenk in Ehren halten.«

»Jetzt tun Sie nicht so, als hätte ich Ihnen eine große Gunst erwiesen. Außerdem sollten Sie sich auf die letzten Prüfungen vorbereiten. Glauben Sie nicht, dass ich nachsichtiger mit Ihnen verfahre als mit anderen Studenten, nur weil Sie mir sympathisch sind.«

Das war wieder der alte, bärbeißige Artschwager, wie Walther ihn kannte. Er lächelte und presste sich das Buch gegen die Brust. »Keine Sorge, Herr Professor. Ich werde mich vorbereiten. Damit Gott befohlen!«
»Gott befohlen, Fichtner! Verdammt, ich wünschte mir, Sie könnten bleiben und mithelfen, aus unserem Deutschland ein Land zu machen, in dem man als freier, selbstbestimmter Mensch leben kann. Aber ich sehe keinen Weg dahin. Wo sich nur ein winziger Trieb Freiheit zeigt, wird er von den Metternichs dieser Welt sofort beschnitten!«
Artschwager blickte Walther nach, bis dieser das Haus verließ, und setzte sich dann hinter seinen Schreibtisch. Vor seinem inneren Auge sah er seine Söhne, die sich begeistert zu Lützows Freikorps gemeldet und im Gewehrfeuer französischer Grenadiere ihr Leben verloren hatten. Um hier in Deutschland etwas so zu verändern, wie sie es sich erträumt hatten, brauchte es schon eine Revolution nach französischem Muster, und vor diesem Gedanken schreckte der Professor zurück.

## 10.

Walther schloss das Studium mit Auszeichnung ab, Diebold hingegen schaffte seinen Abschluss nur knapp dank der Nachsicht einiger Herren, die dem Sohn eines Grafen Renitz nicht der Schmach aussetzen wollten, an ihrer Universität gescheitert zu sein. Nichtsdestotrotz trat Diebold auf, als hätte er sein Examen mit Glanz und Gloria bestanden, und ließ sich von der Witwe Haun und deren Dienstmädchen gehörig bewundern.

»Morgen früh werden wir uns verabschieden und nach Hause fahren«, erklärte er bei einem Glas Wein, für das die Witwe die beste Flasche ihres Kellers geopfert hatte. Walther, der oben seine Sachen packte, fragte sich unwillkürlich, wo er einmal zu Hause sein würde. Renitz war es gewiss nicht, eher Germantown bei Philadelphia oder Boston in den Vereinigten Staaten von Amerika. Artschwager zufolge lebten in beiden Orten viele Deutsche, die in den letzten Jahrzehnten ihre Heimat verlassen hatten, um fern von der bedrückenden Herrschaft der Fürsten und Grafen ihr Leben in die eigene Hand zu nehmen. Das Büchlein des Professors hatte er ganz unten in seinem Koffer versteckt. Dieser Leitfaden sollte ihn in hoffentlich absehbarer Zeit auf jenen fremden Kontinent führen, der für so viele zum Symbol der Freiheit geworden war.

Bis dorthin musste er noch viel Geld sparen, und daher fragte er sich nicht zum ersten Mal, mit welchem Posten Graf Renitz ihn wohl betrauen würde. Zum ersten Mal seit langem musste er an Gisela denken. Sie mochte jetzt bald achtzehn, nein, sogar neunzehn Jahre alt und damit eine Frau geworden sein. Würde sie ihn immer noch ihren besten Freund nennen? Oder hatte sie während seiner Abwesenheit einen jungen Mann kennengelernt, der ihr mehr bedeutete als er und ihre gemeinsamen Erlebnisse aus den Kindertagen?

Der Gedanke gefiel ihm ganz und gar nicht, denn das Einzige, was ihm die Rückkehr nach Renitz erträglich machte, war das Wiedersehen mit ihr. Natürlich durfte er Frau Frähmke und Cäcilie nicht vergessen. Die beiden hatten ihn immer gut behandelt. Auch fragte er sich, wie es Förster Stoppel wohl gehen mochte. In einem der wenigen Briefe, die er von der Mamsell erhalten hatte, war von dessen Krankheit die Rede gewesen. Diesem Brief hatte auch ein Schreiben Giselas beigelegen, in dem sie ihm Glück für die Prüfungen wünschte und ihre Hoffnung ausdrückte, er möge wenigstens diesmal über Weihnachten nach Hause kommen. Doch auch in diesem Jahr hatte er Diebold nach Welsch-Tirol begleiten müssen, weil Graf und Gräfin Renitz den Winter in dem angenehmen Klima am Gardasee verbringen wollten.
Als Walther gepackt hatte, ging er nach unten. Diebold hatte unterdessen die ganze Flasche Wein geleert und gab sich leutselig. Niemand, der ihn so erlebte, hätte sich vorstellen können, dass er jemanden mit boshaften Bemerkungen zutiefst verletzen konnte. Auch die Witwe hatte sich von ihm täuschen lassen und erklärte, so brave Hausgäste würde sie wohl nie wieder bekommen. Sie wischte sich ein paar Tränen aus den Augen, während Jule Walther dankbar anblickte, hatte dieser ihr doch stets Feuerholz geholt und bei kleineren Arbeiten geholfen.
Forderndes Klopfen an der Tür ließ alle vier aufhorchen.
»Wer mag das sein?«, fragte die Witwe und wies ihr Dienstmädchen an, nachzuschauen.
Als Jule zurückkehrte, führte sie Pastor Künnen herein. Walther hatte den Geistlichen drei Jahre nicht gesehen

und wunderte sich, statt des hochgewachsenen, kraftvollen Mannes, den er in Erinnerung hatte, einen alten Herrn vor sich zu sehen, der nicht größer war als er und sehr viel schmaler. Künnens Gesicht war faltig geworden, und als der Pastor seinen Hut abnahm, sah man, dass sein Haar von breiten grauen Strähnen durchzogen wurde.

»Gott mit euch!«, grüßte Künnen und deutete eine Verbeugung vor Diebold an. »Ich hoffe, den Herrn Grafen wohl anzutreffen?«

»Mir geht es prächtig«, antwortete Diebold fröhlich. »Endlich hat diese Studiererei ein Ende. War zuletzt schon ärgerlich, andauernd in die muffigen Hörsäle gehen zu müssen. Wie geht es Ihnen? Was macht meine Frau Mama und was Seine Erlaucht?«

»Ich freue mich, Euch mitteilen zu können, dass Euer Vater, der Herr Graf, sich wohl fühlt und Eure Frau Mutter ebenfalls. Sie freuen sich sehr, ihren Sohn wieder in die Arme schließen zu können.« Der Pastor musterte Diebold verstohlen. Das, was er von seinem Freund Artschwager über den jungen Grafen gehört hatte, war nicht gerade nach seinem Sinn und auch nicht nach dem seines Herrn.

»Werde sie auch in die Arme schließen! Zu ärgerlich, dass ich durch das Studium so viel Zeit verloren habe. Das, was Sie mir beigebracht haben, hätte für mich ausgereicht. Will ja kein Professor werden, sondern Graf bleiben.« Diebold lachte wie über einen guten Witz und forderte dann die Witwe auf, noch eine Flasche ihres besten Weines zu opfern.

»Ist zur Feier des Tages und wegen der Ankunft unseres alten Pastors, der mir damals das Vaterunser beigebracht hat«, setzte er feixend hinzu.

Doch bei Witwe Haun biss er auf Granit. »Ich habe nur noch eine Flasche dieses Weines, und die ist für einen ganz besonderen Zweck bestimmt. Wenn die Herren Wein trinken wollen, so kann Jule welchen vom Händler holen.«

Wenn ihr ihn bezahlt, setzte ihr Blick hinzu.

Diebolds Gedanken waren bereits weitergewandert. »Wo logieren Sie, Pastor?«

»Ich habe ein Zimmer im selben Gasthaus bezogen, in dem wir vor drei Jahren bei unserer Ankunft in Göttingen untergekommen sind«, erklärte Künnen.

»Prächtig! Würde sagen, wir wechseln dorthin. Der Wein dort ist ordentlich, und wir können länger sitzen bleiben als bis acht Uhr. Walther, kümmere du dich darum, dass unser Gepäck dorthin geschafft wird!«

Mit diesen Worten erhob Diebold sich, tippte als Abschiedsgruß für die Witwe und deren Helferin kurz mit zwei Fingern gegen seine Hutkrempe und verließ das Haus.

Künnen folgte ihm, während die Witwe Haun ihm entgeistert nachblickte. »Dass der junge Herr so einfach geht, hätte ich nicht erwartet!«

»Vielleicht kommt er morgen noch einmal, um sich richtig zu verabschieden«, sagte Jule, doch ihr fehlte der Glaube.

»Ich muss Ihr Haus nun ebenfalls verlassen. Vorher aber möchte ich Ihnen noch für alles danken, Frau Haun, und

Ihnen ebenfalls, Jule. Ich habe mich hier sehr wohl gefühlt!«
Walther reichte beiden Frauen die Hand und wandte sich dann zur Tür, um einen Knecht zu holen, der seinen eigenen Koffer und die vier von Diebold zum Gasthof bringen sollte. Ein wichtiger Abschnitt seines Lebens war zu Ende gegangen, und es galt, seine Gedanken auf die Zukunft zu richten. Mit diesem Vorsatz ging er kurze Zeit später zum Gasthof und setzte sich zu Diebold und Künnen an den Tisch.

## 11.

Erneut schmückte Gisela den Haupteingang des Schlosses und die Freitreppe, und diesmal tat sie es mit einem zwiespältigen Gefühl. Bis zu diesem Tag hatte sie jeden Gedanken an Diebold beiseitegeschoben, doch nun erinnerte sie sich nur allzu gut daran, wie er sie bedrängt und aufgefordert hatte, in sein Zimmer zu kommen. Damals war sie noch ein halbes Kind gewesen und hatte sich vor ihm versteckt. Doch wenn der feine Herr es diesmal erneut versuchen würde, sollte er sich wundern, sagte sie sich, während sie einen Knecht aufforderte, die Girlande eine Handbreit weiter links anzubringen.
»Ich sehe, du bist schon fleißig«, lobte Luise Frähmke sie. Das Gesicht der Mamsell wirkte jedoch nicht gerade freundlich. Auch sie fürchtete sich vor Diebolds Rück-

kehr, obwohl sie persönlich nichts von dem jungen Mann zu befürchten hatte. Allerdings erwartete sie, dass er erneut den Dienstmädchen und vor allem Gisela nachstellen würde. Osmas Schicksal hatte in der Nachbarschaft Wellen geschlagen und machte es ihr schwer, weibliches Personal einzustellen. Nur wenigen Eltern in der Umgebung war die Tugend ihrer Töchter so wenig wert, dass sie sie hierher in Dienst schickten.

Die Mädchen, die nach Renitz kamen, waren durch die Bank weg unzuverlässig, und andauernd ging etwas kaputt. Schon mehrfach hatte Frau Frähmke versucht, dieses Thema bei ihrer Herrin anzusprechen, doch auf dem Ohr war Gräfin Elfreda taub. Obwohl sie sich sonst sehr christlich gab, erlaubte sie ihrem Sohn einfach alles.

»Meinetwegen hätte er ruhig noch ein paar Jahre fernbleiben können«, stöhnte die Mamsell und kehrte ins Haus zurück, um nachzusehen, ob dort alles in Ordnung war. Wie erwartet musste sie mehrere Mägde schelten, da diese ihre Aufgaben nur zum Teil erledigt hatten. In der Küche hingegen war alles in bester Ordnung. Dort führte Cäcilie ein striktes Regime und hatte die jungen Hühner, die nicht gehorchen wollten, durch ältere Frauen ersetzt, die bei einem Kochlöffel wussten, wo vorne und wo hinten war.

Bei dem Gedanken musste Luise Frähmke doch ein wenig lächeln. Leider konnte sie die Frauen, die im Haus aufräumten und die Zimmer sauber hielten, nicht austauschen, denn die Gräfin wollte junges und adrettes Volk um sich haben.

»Die Kutsche kommt!« Der Ruf eines Knechts, der als Ausguck in den Speicher hinaufgeschickt worden war und dort durch die Fenster spähte, beendete den Gedankengang der Mamsell. Sie strich ihr Kleid straff und trat wieder auf den Vorplatz hinaus. Dort hatten bereits die ersten Dienstboten Aufstellung genommen. Mit einem zufriedenen Lächeln nahm Luise Frähmke wahr, dass diesmal nicht Gisela den jungen Herren den Willkommenstrunk überreichen würde, sondern Imma, eine recht hübsche Magd mit einer weniger hübschen Moral.

Gisela war nicht zu sehen, aber gerade als die Mamsell nach ihr suchen wollte, kam sie die Treppe aus dem Dienstboteneingang herauf. Das volle, dunkle Haar war mit einem schlichten Kopftuch gebändigt, und sie trug ein Kleid, das eher für eine Bauernmagd geeignet gewesen wäre.

Luise Frähmke musste lächeln, als sie ihren Schützling so sah. Auf dem Kopf gefallen war Gisela wirklich nicht, denn sie sah in dieser Tracht so gewöhnlich aus, dass Imma und die anderen jungen Mägde sie bei weitem überstrahlten. Daher hoffte die Mamsell, der junge Herr würde das Interesse an dem Mädchen verlieren.

Nun kam die Kutsche in Sicht. Da der Pastor sie begleitete, hatten Walther und Diebold nicht reiten müssen, und auf dem letzten Stück der Reise hatte Gräfin Elfreda ihnen ihre eigene Kutsche entgegengeschickt.

Der Kutscher zügelte das Gespann vor der Freitreppe. Sein Helfer sprang vom Bock, öffnete den Schlag und klappte die beiden Stufen aus, damit die Passagiere aussteigen konnten.

Als Erster verließ Diebold den Wagen. Er hatte seine Kleidung mit großer Sorgfalt ausgewählt und trug enge Hosen mit Fußsteg, eine kurze Weste aus roter Seide sowie einen uniformähnlichen Rock mit Aufsätzen. In der rechten Hand hielt er einen Spazierstock mit Elfenbeingriff.

Sein Blick überflog die angetretenen Dienstboten und blieb schließlich auf seiner Mutter haften, die ihn oben auf der Freitreppe erwartete.

Bevor er zu ihr hochstieg, nahm er das Weinglas entgegen, das Imma ihm reichte, und sah sie anzüglich lächelnd an. »Du kannst mir später eine Flasche Wein in mein Zimmer bringen und dort auf mich warten.«

»Gerne, gnädiger Herr!« Imma knickste und warf der Mamsell einen höhnischen Blick zu, denn sie hoffte, wenn sie Diebold gewähren ließ, einige Privilegien zu erhalten, die sie von den übrigen Dienstboten abhoben.

Erst als er die Freitreppe hochstieg und sich vor seiner Mutter verbeugte, erinnerte Diebold sich wieder an Gisela und daran, dass sie sich ihm bei seinem letzten Besuch zu Hause entzogen hatte. Diesmal würde sie ihm gehorchen müssen, sagte er sich. Doch das hatte Zeit. Erst einmal reichte ihm Imma.

»Ich wünsche Euch einen guten Tag, liebste Frau Mama«, grüßte er.

Elfreda von Renitz war kurz davor, ihren Sohn in die Arme zu schließen, verzichtete dann aber auf dieses bürgerliche Gehabe, wie sie es nannte, und reichte Diebold die Hand zum Kuss. »Willkommen zu Hause, mein Sohn. Ich hoffe, du hattest eine gute Reise.«

»Sehr wohl! Pastor Künnen hat sich als ausgezeichneter Reisemarschall erwiesen.«

»Dann ist es gut!« Ein zufriedenes Lächeln spielte um die Lippen der Gräfin, als sie weitersprach. »Dein Vater wünscht dich zu sehen, und nicht nur dich. Fichtner soll ebenfalls vor ihm erscheinen!«

Es klang so ungeduldig, dass Walther, der als Letzter ausgestiegen war, hastig an dem Pastor vorbeiging und auf Elfreda von Renitz zutrat. An seiner Verbeugung hatte die kritische Dame nichts auszusetzen. Sie musterte den jungen Mann und hatte das Gefühl, ihn jetzt zum ersten Mal richtig zu sehen. Er war eine gute Handbreit kleiner als ihr Sohn, hatte aber breitere Schultern und ein ernstes, beherrschtes Gesicht, aus dem zwei blaue Augen aufmerksam in die Welt blickten.

»Du hast dich herausgemacht, Walther«, erklärte die Gräfin mit einem Gefühl der Unruhe. Sie winkte den beiden jungen Männern, mit ihr zu kommen, und führte sie in den Salon ihres Gemahls.

Medard von Renitz saß mit einer um die Beine geschlungenen Decke in seinem Sessel und blickte Diebold und Walther bemerkenswert munter entgegen. »Willkommen zu Hause, ihr zwei! Ihr werdet froh sein, den staubtrockenen Hörsälen der Universität den Rücken kehren zu können. Ich freue mich, dass ihr beide gut abgeschlossen habt. Doch nun beginnt für euch ein neuer Lebensabschnitt. Du, Diebold, wirst deine Mutter und mich nach Meran begleiten und dort mit uns den Winter verbringen. Anschließend wirst du deine Kavalierstour machen und dir dabei weltmännischen Schliff aneignen.«

»Sehr gerne, Erlaucht!« Diebold verbeugte sich zufrieden, denn das hieß, etliche Monate unterwegs sein und sein Leben so führen zu können, wie er es sich vorstellte. Sein Vater war jedoch noch nicht fertig. »Zuerst hatte ich überlegt, Walther mit dir zu schicken, doch muss ich deiner Mutter recht geben, dass er sich für die ihm erwiesene Gunst durch treue Arbeit würdig erweisen soll.«
Walther trat einen Schritt vor und verbeugte sich. »Dazu bin ich gerne bereit, Euer Erlaucht.«
»Das weiß ich«, erklärte Medard von Renitz und überließ das Weitere seiner Gemahlin.
Gräfin Elfreda wandte sich mit kalter Miene an Walther. »Unser Förster ist derzeit krank. Daher haben Seine Erlaucht beschlossen, dich Stoppel als Helfer zuzuteilen, bis er wieder genesen ist.«
Das war ein herber Schlag für Walther. Er hatte Philosophie und Ökonomie studiert und dabei viel Wissen erworben. Nun sollte er als Wildhüter arbeiten? Das konnte nun wahrlich jeder Knecht nach einer gewissen Einarbeitung. Aus den Blicken, die Gräfin Elfreda und ihr Sohn einander zuwarfen, las er heraus, dass die beiden schon länger geplant hatten, ihn auf diese Weise zu demütigen. In diesem Augenblick hätte er ihnen am liebsten ins Gesicht gesagt, was er von ihnen hielt, doch die Selbstbeherrschung, die er sich jahrelang auferlegt hatte, verhinderte es. Er verbeugte sich knapp vor dem Grafen und noch knapper vor dessen Frau und Sohn und verließ das Zimmer.
Im Hinausgehen hörte er Diebolds zufriedene Stimme. »Endlich steht dieser Bastard auf dem Platz, an den er gehört!«

# 12.

Gräfin Elfredas Drängen hatte es Walther unmöglich gemacht, nach Gisela Ausschau zu halten. Als er nun kochend vor Wut das Schloss verließ, sah er sich auf einmal einer jungen Frau gegenüber, die in Tracht und Kopftuch wie eine Bauernmagd aussah. Das apart geschnittene Gesicht rief jedoch eine Erinnerung in ihm wach.
»Gisela?«
Das Mädchen lachte leise auf. »Ich dachte schon, du würdest mich nicht mehr erkennen. Willkommen zu Hause, Walther!«
»Zu Hause?« Walther winkte heftig ab. »Das hier ist nicht mein Zuhause und wird es niemals sein. Sobald ich dazu in der Lage bin, werde ich Renitz verlassen.«
»Du willst gehen?« Gisela seufzte tief. »Du Glücklicher! Ich wollte, ich könnte es auch.«
»Warum tust du es nicht?«
Das Mädchen lachte erneut, doch diesmal lag keine Freude darin. »Keiner der Bauern in dieser Gegend würde mich in seine Dienste nehmen, weil alle Angst vor der Gräfin haben. Ich müsste weit weggehen, doch dafür bräuchte ich Papiere, die mich ausweisen, damit ich nicht als Landstreicherin verhaftet und eingesperrt werde. Diese aber bekomme ich nicht. Dafür hat Ihre Erlaucht schon gesorgt!«
»Sie ist ein boshaftes Weib«, brach es aus Walther heraus. Sofort legte Gisela ihm die Hand auf den Mund. »Sei vorsichtig, was du hier sagst. Sie hat viele Zuträger und kann sehr rachsüchtig sein.«

»Wem sagst du das? Ich habe ihre Bosheiten oft genug erlebt.« Für einen Augenblick ließ Walther den Kopf hängen, während Gisela eine verächtliche Miene zog.
»Sie verargt dir, dass du bei Waterloo ihren Gemahl gerettet hast und dadurch zum Helden geworden bist. Viel lieber wäre es ihr gewesen, ihr Sohn hätte die Tat vollbracht. So aber hast du ihren Liebling in den Schatten gestellt. Das hast du auch beim Unterricht durch Pastor Künnen getan und, wie man hört, sogar beim Studium. Graf Diebold ist ihr Gott, und du kennst das erste Gebot!«
»Du sollst keine anderen Götter haben neben mir. Ich weiß! Aber ich habe ihrem Sohn nichts weggenommen, sondern ihm ganz im Gegenteil geholfen, das Studium überhaupt zu schaffen«, rief Walther empört aus.
»Und ihn damit noch mehr beschämt! Er müsste dir dafür dankbar sein, doch Graf Diebold ist keiner, der irgendjemandem dankbar sein will.«
Walther sah sie erstaunt an. »Für ein kleines Mädchen bist du erstaunlich klug!«
Das »kleine Mädchen« kränkte sie, und so drehte sie sich halb von ihm weg. »Man muss nicht studiert haben, um das Offensichtliche zu erkennen. Aber was wirst du jetzt tun?«
»Ich werde Förster Stoppel als Helfer zugeteilt«, sagte Walther in einem Ton, als bedeute dies zwanzig Jahre Kerkerhaft.
»Er wird sich freuen, denn er mag dich«, antwortete Gisela. »Allerdings solltest du achtgeben. Manchmal ist er nicht mehr ganz Herr seiner Sinne. Nicht, dass er dich für

einen Kosaken hält, der ihm den Kopf abschlagen will, und dich deswegen erschießt.«
»Steht es so schlimm um ihn?«
»Bedauerlicherweise ja! Er kann seiner Arbeit nur noch stundenweise nachgehen und hat Unterstützung wahrlich nötig. Er tut mir sehr leid, nicht zuletzt ...«
»Was nicht zuletzt?« Diesmal beharrte Walther darauf zu erfahren, weshalb sie schon wieder einen Satz abgebrochen hat.
»Nun ja«, antwortete sie mit sanfter Stimme. »Frau Frähmke, die Mamsell, wenn du dich noch erinnerst, hatte gehofft, aus Herrn Stoppel und mir könnte ein Paar werden.«
Diesen Hieb musste sie Walther versetzen.
Der junge Mann schüttelte ungläubig den Kopf. »Du willst heiraten?«
»Was ist daran so verwunderlich? Die meisten Mädchen wollen das. Selbst schlichte Mägde hoffen, dass ein Mann sie nimmt. Und Herr Stoppel wäre für mich eine gute Partie gewesen. Bedauerlich, dass nichts daraus werden kann.«
Gisela wusste selbst nicht, weshalb sie die Federn so aufstellte. Dabei hatte sie sich gefreut, Walther wiederzusehen. Doch ihr Jugendfreund schien sich nur für die Kränkungen durch die Gräfin zu interessieren, während sie ihm überhaupt nichts galt.
Ein Gefühl der Fremdheit machte sich zwischen beiden breit. Fast schien es, als hätte es nie eine Zeit gegeben, in der sie einander ihre geheimsten Gedanken anvertraut hatten. Da ließen Schritte sie aufhorchen.

Es war Diebold. Zwar hatte er nicht nach Gisela gesucht und wäre auch beinahe an ihr vorbeigelaufen. Mit einem Mal aber stutzte er und sah sie genauer an.

»Wenn das nicht Gisela ist! Meiner Treu, was soll dieses hässliche Kleid? Ich werde der Mamsell sagen, dass ich dich darin nicht mehr sehen will. Du kannst mir heute Abend das Bett aufschlagen.«

»Ich glaube nicht, dass ich das tun werde«, antwortete Gisela mühsam beherrscht.

Diebold trat auf sie zu, schob ihr das Kopftuch in den Nacken und wickelte eine ihrer schwarzen Locken um den rechten Zeigefinger. »Bei Gott, das wirst du! Ich müsste sonst der Mamsell sagen, dass du hier nicht mehr gebraucht wirst. Es wäre doch schade, wenn du als Landstreicherin über die Straßen ziehen müsstest. Nicht alle Männer sind solche Kavaliere wie ich.«

»Ein echter Kavalier bedrängt kein Mädchen gegen dessen Willen!« Walthers Stimme klang scharf, und seine geballten Fäuste zeigten an, dass er bereit war, Diebold nicht nur mit Worten in seine Schranken zu verweisen.

Der junge Renitz wusste, dass er in einem Faustkampf den Kürzeren ziehen würde, und überlegte kurz, ob er ein paar Knechte rufen und Walther von ihnen verprügeln lassen sollte. Dies würde jedoch seinem Vater zu Ohren kommen, und der hatte immer noch einen Narren an dem Burschen gefressen.

Daher winkte er mit einer verächtlichen Handbewegung ab. »Ich habe es nicht nötig, ein Mädchen gegen seinen Willen zu nehmen. Außerdem: So hübsch ist Gisela auch wieder nicht!« Mit diesen Worten drehte er sich um und ging.

Gisela atmete erleichtert auf und fasste nach Walthers Hand. »Danke!«
Auf Walthers Gesicht erschien der Anflug eines Lächelns. »Du weißt, dass du immer auf mich zählen kannst.«
Keiner der beiden achtete auf Diebold, der an der Terrassentür stehen blieb und noch einmal zu ihnen hinüberschaute. »Das werdet ihr mir noch bezahlen! Alle beide!«, murmelte er, bevor er weiterging.

# FÜNFTER TEIL

*Eine Entscheidung fürs Leben*

# 1.

Walther achtete sorgfältig auf den Pfad zu seinen Füßen, um nicht auf einen dürren Zweig zu treten. Jedes Geräusch hätte den Hirsch warnen und seine Jagd vorzeitig beenden können. Dabei hatte er Frau Frähmke versprochen, ihr das Wildbret noch an diesem Tag zu liefern.
Hier im Wald, fern aller Menschen und eins mit der mächtigen Natur fühlte er sich wohl. Für ihn bestand der Wald nicht nur aus den uralten Tannen und Eichen und dem Wild, sondern auch aus den Farnen und Moosen, die den Boden bedeckten, den Flechten an den Westseiten der Bäume, den Pilzen und all den anderen Pflanzen und Tieren um ihn herum.
Du darfst dein Ziel nicht aus den Augen verlieren, mahnte er sich und näherte sich vorsichtig der Lichtung, in der das Rudel gewöhnlich um diese Zeit graste. Mit dem angefeuchteten Finger prüfte er die Windrichtung und nickte zufrieden, denn der Wind stand ihm genau entgegen.
Mit leisen Schritten suchte er sich den besten Platz für einen Schuss und blieb schließlich in der Deckung eines Busches stehen. Die Tiere waren tatsächlich da und ästen. Am anderen Ende der Lichtung stand der König des Rudels, ein mächtiger Sechzehnender, davor fast ein Dutzend Hirschkühe und die Kälber des letzten Jahres. Auf

eines davon, einen jungen Bullen, hatte Walther es abgesehen. Er hob seine Büchse, legte an und zielte.

Kurz darauf knallte der Schuss. Während das Rudel blitzschnell im Wald verschwand, brach das getroffene Tier auf der Stelle zusammen. Walther trat zu dem Kadaver und stellte fest, dass er einen ausgezeichneten Blattschuss abgegeben hatte. Zufrieden legte er die Flinte beiseite, um den Junghirsch aufzubrechen.

Nachdem er die Eingeweide vergraben hatte, hob er das Tier auf die Schulter, nahm seine Flinte und marschierte in Richtung des Forsthauses. Ein oder zwei Tage würde das Rudel die Lichtung wohl meiden, dann aber merken, dass keine Gefahr mehr drohte, und zurückkehren. Im Grunde hatten die Hirsche hier in den Renitzer Forsten das Paradies. Der alte Graf war nicht mehr in der Lage zu jagen, Diebold weilte noch immer in der Ferne, und außer ihm kümmerte sich niemand um den Wald.

Mittlerweile hatte Walther sich damit abgefunden, auf diesen Posten abgeschoben worden zu sein. Das lag nicht nur an der Natur und der Einsamkeit des Waldes, in der er seine Gedanken auf Reisen gehen lassen konnte, sondern auch an dem großzügigen Gehalt, das Graf Medard ihm zugebilligt hatte. Dadurch hatte er sich in den letzten vier Jahren ein hübsches Sümmchen zusammensparen können. Noch weitere zwei Jahre, schlimmstenfalls auch drei, dann würde er in der Lage sein, seinen Dienst aufzusagen und den Weg in die Neue Welt anzutreten.

Auch wenn ihn an manchen Tagen das Gefühl überkam, dies wäre nicht nötig, weil er auch hier sein Auskommen hatte, stachelte allein der Gedanke an Diebold von Renitz seinen Ehrgeiz, die Neue Welt für sich zu erobern, immer wieder an. Der junge Graf war ein schlechter Fähnrich gewesen, ein miserabler Schüler und ein jämmerlicher Student. Als Dienstherr würde Diebold auch nicht besser sein. Außerdem war da noch Gisela. Zurzeit befand Diebold sich auf Reisen, doch irgendwann würde er als Herr nach Hause zurückkehren, und Walther konnte sich nicht vorstellen, dass der junge Renitz das Mädchen in Ruhe lassen würde. Das ließ schon Diebolds Eitelkeit nicht zu.

Am Forsthaus wurde er von Stoppel begrüßt. Dieser hatte seinen Posten als Förster bereits im letzten Jahr aufgegeben, erhielt jedoch auf Befehl des Grafen das Gnadenbrot.

»Ich sehe, du hast ein prachtvolles Jungtier geschossen. Dann kann die geplante Festlichkeit im Schloss wohl stattfinden«, sagte Stoppel mit brüchiger Stimme.

Walther sah ihn besorgt an. Nichts an dem Mann erinnerte mehr an den kraftvollen Förster, der Gisela und ihn vor Jahren vor Landstreichern gerettet hatte. Stoppel war mager geworden, der Blick trübe, und die Haare hatten sich lange vor der Zeit weiß gefärbt. Außerdem wurde er seinen Husten nicht mehr los. Auch wenn er es zu verbergen suchte, so hatte Walther doch bemerkt, dass sich sein Sacktuch dabei rot färbte.

»Der Hirsch allein wird für das Fest nicht genügen. Da müssen Cäcilie und ihre Helferinnen schon mehr auf den Tisch bringen«, antwortete er mit aufgesetzter Fröhlichkeit.

»Du solltest den Grafen bitten, dir zwei Jagdknechte zur Seite zu stellen. Der Forst ist für einen Mann allein viel zu groß.«

Obwohl Stoppel recht hatte, schüttelte Walther den Kopf. »Das schaffe ich schon! Wenn ich einmal Hilfe brauche, will ich mir die Leute selbst aussuchen können. Ihre Erlaucht würde mir doch nur die größten Taugenichtse unter den Dienstboten schicken.«

… und die müsste ich auch noch aus der eigenen Tasche bezahlen, setzte Walther für sich hinzu. Dazu war er nicht bereit. Jeder Groschen, den er für Knechte und Waldarbeiter würde ausgeben müssen, fehlte ihm hinterher für sein großes Ziel. Doch das war etwas, was er höchstens mit Gisela besprechen konnte.

Nachdem er noch ein paar Worte mit seinem Vorgänger gewechselt hatte, legte er den Hirsch auf eine Schubkarre und packte die Holme. »Ich bringe das Wildbret zum Schloss.«

»Das sollte ein Knecht für dich übernehmen. Was gibt das für ein Bild ab, wenn der Förster des Grafen selbst die Schubkarre schiebt?«, tadelte Stoppel ihn.

Walther lachte leise auf. »Die Diener im Schloss sind sich zu fein für eine solche Arbeit, und bis ich zum Gut gelaufen bin, um einen Knecht zu holen, würde zu viel Zeit vergehen. Außerdem müssen die meisten Gutsleute im Schloss mithelfen, die Feierlichkeit vorzubereiten.«

»Die Gräfin betreibt einen Aufwand, als würde der junge Herr zurückkommen.«

»Das nicht, aber sie hat etliche Herrschaften eingeladen, deren Töchter sie begutachten will. Sobald Graf Diebold von seiner Kavalierstour zurückkehrt, will sie ihm eine passende junge Dame als Braut vorstellen.«

Für einen Augenblick musste Walther grinsen, denn er stellte sich Diebolds Gesicht vor, wenn dieser erfuhr, dass er in den heiligen Stand der Ehe treten sollte, und zwar mit einer jungen Frau, die nicht er, sondern seine Mutter ausgewählt hatte.

Unterdessen wanderten Stoppels Gedanken in eine andere Richtung. »Eigentlich hättest du Graf Diebold auf seiner Kavalierstour begleiten sollen. Bedauerst du sehr, dass es nicht dazu gekommen ist? Du hättest Städte wie Wien, Venedig, Rom, Mailand, Madrid, Paris, London und viele andere kennenlernen können.«

Walther schüttelte den Kopf. »Warum sollte ich es bedauern? Hier im Forsthaus habe ich ein schönes, ruhiges Leben, während ich dort nur den Diener und den Laufburschen für den jungen Renitz hätte abgeben müssen. Nein, Herr Stoppel, darauf verzichte ich gerne. Aber nun muss ich los, denn Frau Frähmke wird nicht auf ihr Wildbret verzichten wollen. Gott befohlen!«

Eine geraume Weile führte der schmale Pfad durch dichten Wald, doch dann blieben Bäume und Gebüsch hinter Walther zurück, und er sah das prachtvolle Grafenschloss vor sich. Im Grunde, dachte er, hätte Diebold glücklich sein müssen, in solch guten Verhältnissen leben zu dürfen. Doch der junge Renitz wusste es nicht zu schätzen und war in Walthers Augen nicht würdig, ein solches Erbe anzutreten. Auch deshalb war es gut, dass er für sich eine Möglichkeit gefunden zu haben glaubte, die Abhängigkeit von den Grafen Renitz in absehbarer Zeit zu beenden.

## 2.

Gerade wollte Gisela in die Küche gehen, um dort die Vorbereitungen zu überprüfen, da hielt der Ruf der Mamsell sie zurück. »Hat Walther schon das Wildbret bringen lassen?«
»Ich glaube nicht.«
»Er weiß doch, dass der Hirsch erst abhängen muss, bevor wir ihn verwenden können. Männer!, sage ich da nur. Wenn man sich auf einen von denen verlässt, ist man verlassen.«
Obwohl Gisela wusste, dass Frau Frähmke es nicht so meinte, verteidigte sie Walther. »Er wird schon noch kommen. Immerhin hat er es versprochen, und es ist ja noch nicht einmal Mittag.«
»Wenn er bis dorthin nicht auftaucht, bin ich ihm ernsthaft böse. Was hast du jetzt zu tun?«
»Ich gehe zu Cäcilie, um nachzusehen, ob bei ihr alles in Ordnung ist.«
»Das übernehme ich, da ich ohnehin noch etwas mit ihr besprechen möchte. Sieh du bitte nach, ob die Gästezimmer hergerichtet worden sind. Wenn die Mädchen wieder nicht richtig Staub gewischt haben, werden sie einiges von mir zu hören kriegen.« Nach diesen Worten wandte die Mamsell sich der Küche zu.
Gisela eilte die Treppen hinauf und begutachtete die Zimmer. Und tatsächlich würden die Dienstmädchen sich drei Räume noch einmal vornehmen müssen. Verärgert, weil die dummen Dinger sich zu viele Nachlässigkeiten

erlaubten, wollte Gisela nach ihnen rufen. Da drang die Stimme der Gräfin zu ihr hoch. Offensichtlich hatte diese den Salon ihres Gemahls betreten, ohne die Tür hinter sich zu schließen.

»Ich finde, Ihr seid zu streng mit unserem Sohn!«, erklärte Gräfin Elfreda soeben erbost.

»Noch bin ich der Herr auf Renitz, und Diebold muss das tun, was ich befehle. Wo kämen wir hin, wenn er noch länger in der Welt herumstreunert und dabei das Geld mit vollen Händen ausgibt? Ich hatte ihm zwei Jahre für seine Kavalierstour zugebilligt und ihm auf Eure Bitten hin ein drittes zugestanden. Doch nun muss er nach Hause. Ein viertes Jahr wird es nicht geben!«

Gisela hatte Medard von Renitz in letzter Zeit nur selten so energisch erlebt. Wie es aussah, hatte Diebold die Geduld seines Vaters erschöpft. Der Hinweis auf die Ausgaben des jungen Renitz deutete darauf hin, dass die Summen die Einkünfte des Gutes stark belasteten. Obwohl Gisela Diebold den väterlichen Zorn gönnte, begriff sie, dass seine Rückkehr für sie nichts Gutes bedeutete. Nun lauschte sie gespannt auf die Antwort der Gräfin.

»Mein lieber Gemahl, gewährt unserem Sohn wenigstens noch diesen Sommer in der Fremde. Im Herbst werden wir ihn nach Meran rufen und den Winter dort gemeinsam verbringen. Wenn wir dann zurückkehren, wird es ein großes Fest geben.«

»Ihr wollt also Euren Plan ausführen und ihn verheiraten? Ich bin zwar der Ansicht, ein Mann solle sich erst im reifen Alter und nach reiflicher Überlegung ein Weib wählen, doch wenn es Euer Wunsch ist, soll es mir recht sein.«

Begeistert klingt Graf Renitz nicht gerade, dachte Gisela. Allerdings hatte dieser erst in seinem vierzigsten Jahr die mehr als zwanzig Jahre jüngere Komtesse Elfreda geheiratet, während sein Sohn gerade erst neunundzwanzig war. Andererseits mochte eine Ehe für Diebold heilsam sein und ihn davon abhalten, weiter den Mägden und insbesondere ihr nachzustellen.

»Ich danke Eurer Erlaucht für die Erlaubnis, eine Gemahlin für unseren Sohn auswählen zu dürfen. Ihr werdet an meiner Entscheidung nichts auszusetzen haben!« Gräfin Elfreda klang sehr zufrieden.

Gisela sah ihren Schatten durch die Tür fallen und zog sich rasch in das Gästezimmer zurück, das sie eben überprüft hatte. Wenige Herzschläge später hörte sie ihre Herrin vorbeigehen und zählte in Gedanken bis einhundert, bevor sie den Raum verließ. Draußen war zu ihrer Erleichterung niemand zu sehen. Auch die Tür zum Salon des Grafen war geschlossen worden. Daher gelangte Gisela ungesehen ins Erdgeschoss und rief nach den beiden Dienstmädchen, die die zu beanstandenden Zimmer hatten sauber machen sollen. Eine davon war Imma, die Diebold bei seinem letzten Aufenthalt auf Renitz die Nächte versüßt hatte.

Entsprechend aufmüpfig benahm die Magd sich. »Was willst du? Du hältst uns bei der Arbeit auf!«

»Ihr zwei werdet die hinteren Gästezimmer noch einmal sauber machen – und diesmal richtig! Habt ihr mich verstanden?«, erklärte Gisela mit Nachdruck.

Imma zuckte mit den Achseln. »Also, ich finde die Zimmer sauber genug.«

Jetzt wurde Gisela zornig. »Ob du das findest oder ein Pferd lässt einen Apfel fallen, das bleibt sich gleich. Ihr werdet tun, was ich euch sage. Oder soll ich es der Mamsell melden?«

Das wollten die beiden dann doch nicht und trollten sich mürrisch. Im Weggehen hörte Gisela noch, wie Imma zu der anderen sagte: »Was bildet diese dumme Kuh sich überhaupt ein? Sie tritt auf, als wäre sie die Gnädigste selbst. Dabei ist sie nicht einmal eine richtige Christin, sondern katholisch getauft.«

Diese Tatsache, dachte Gisela, würde sie wohl bis an ihr Lebensende verfolgen. Auch ihre Träume, die sie manchmal zu hegen wagte, drohten an diesem Umstand zu scheitern. Doch den Schwur, den sie ihrer sterbenden Mutter geleistet hatte, durfte sie nicht brechen, sonst würde sie den Zorn der Himmelsmutter auf sich laden.

»Gisela, ich sehe Walther kommen. Bei Gott, er bringt den Hirsch selbst! Er sollte doch wissen, dass er sich als Förster Seiner Erlaucht nicht wie ein Knecht benehmen darf.« Luise Frähmkes Stimme riss Gisela aus ihren Gedanken. Rasch eilte sie zum Hintereingang des Schlosses und öffnete die Tür just in dem Augenblick, in dem Walther anklopfen wollte. Er ließ die erhobene Hand wieder sinken und lächelte ihr zu.

»Das trifft sich gut. Wo soll ich das Wildbret hinbringen?«

»Als höflicher Mensch sagt man erst einmal guten Tag«, antwortete Gisela kratzbürstig.

»Guten Tag, Gisela!«
Sein Lächeln entwaffnete sie, und so wies sie mit dem Daumen nach hinten. »Bring den Hirsch in das Gewölbe hinunter und häng ihn dort auf. Frau Frähmke wartet schon sehnsüchtiger auf das Wildbret als eine Jungfrau auf ihren Geliebten.«
»Ich hoffe, sie verzeiht mir, dass ich ihn erst jetzt bringe und nicht gleich am Morgen. Aber ich wollte das Tier nicht schon gestern schießen. Es ist noch recht jung und muss daher nicht so lange abhängen wie ein alter Bulle.«
Walther wuchtete sich das Tier auf die Schulter und folgte Gisela. Diese führte ihn in den Vorratskeller und sah zu, wie er den Hirsch geschickt an den Haken hängte.
»Damit kann Cäcilie den Gästen der Herrschaft einen feinen Braten auftischen«, sagte er, als er seiner Last ledig war.
»Es wird nicht nur Hirschbraten geben, sondern auch etliche andere Gänge. Nächste Woche brauchen wir übrigens Fasanen. Ihre Erlaucht will sie einer erkrankten Tante schicken.« Gisela spottete in Gedanken ein wenig darüber, denn die besagte Dame hatte bei ihrem letzten Besuch von Cäcilies Fasanensuppe geschwärmt. Ob deren Köchin diese jedoch ebenso gut zuzubereiten wusste, bezweifelte sie.
»Ich werde mich darum kümmern«, versprach Walther.
»Danke! Wie geht es übrigens Herrn Stoppel? Er hat sich hoffentlich ein wenig erholt?« Obwohl Gisela nie ernsthaft erwogen hatte, den ehemaligen Förster zu heiraten, bewegte dessen Schicksal sie mehr, als es Walther gefiel.
»Er ist immer noch recht schwach, und sein Husten will

nicht weichen – trotz aller Mittel, die Cäcilie, Frau Frähmke oder du ihm zubereitet haben. Ich habe ihm schon mehrfach vorgeschlagen, einen Arzt aus der Stadt kommen zu lassen, doch das will er nicht. Der koste nur teures Geld und könne ihm doch nicht helfen, sagt er. Mit Müh und Not konnte ich ihn dazu bewegen, die Pfefferminzpastillen zu lutschen, die ich in der Apotheke gekauft habe. Mit denen kann er zumindest besser atmen.« Trotz einer gewissen Eifersucht und seines immer drängender werdenden Wunsches, Renitz und damit auch das Königreich Preußen zu verlassen, lag Walther Stoppels Schicksal am Herzen.
»Wenn du das nächste Mal in die Stadt kommst, könntest du mir auch ein paar Pfefferminzpastillen mitbringen«, entfuhr es Gisela harscher, als sie es eigentlich wollte. Sogleich winkte sie mit einer heftigen Geste ab. »Vergiss, was ich gesagt habe, und kaufe die Pastillen für Herrn Stoppel. Er ist ein freundlicher Mann, und es tut mir leid, dass er so krank geworden ist.«
»Sonst hättest du ihn wohl geheiratet!« Walther klang giftig und ärgerte sich im nächsten Moment darüber. »Verzeih mir. Ich habe kein Recht, dir Vorhaltungen zu machen.«
»Das hast du gewiss nicht. Aber es hätte ohnehin nichts aus einer Heirat mit Herrn Stoppel werden können. Du vergisst, dass ich katholisch bin, und das wird in dieser Gegend nicht gerne gesehen.«
»Warum wechselst du den Glauben nicht? Pastor Künnen würde sich freuen. So schlimm wie früher ist er nicht mehr«, wandte Walther ein.

»Das Alter hat ihn milde werden lassen. Aber es geht nicht – und das weißt du genau!« Unbewusst wischte Gisela sich über die Augen, die feucht geworden waren. Dabei ahnte sie, dass sie nicht nur um ihre toten Eltern weinte, sondern auch darum, dass die Konfession wie ein trennender Wall zwischen ihr und Walther stand.

## 3.

Auch wenn der Sohn des Hauses in der Ferne weilte, plante Gräfin Elfreda, ein rauschendes Fest zu feiern. Für die Bediensteten auf Schloss Renitz und für das Gesinde auf dem Gutshof hieß dies vermehrte Arbeit, die so manchen Knecht leise fluchen ließ. Auch Gisela hätte als rechte Hand der Mamsell an drei Stellen zugleich sein müssen. An Walther gingen die Vorbereitungen ebenfalls nicht spurlos vorüber. Er musste karrenweise Tannengrün und andere Zweige zum Schloss schaffen und bereute es schließlich doch, auf Knechte verzichtet zu haben.
Holger Stoppel half ihm, so gut er es vermochte, die Zweige zu sortieren, und gab Walther Ratschläge, die diesem einiges an überflüssiger Arbeit ersparten. Am Vorabend des Festes saßen die beiden vor dem Forsthaus und schnitten bei einem Gläschen Heidelbeerwein die restlichen Zweige zurecht.
»Ich weiß nicht, was in Ihre Erlaucht gefahren ist. Jahrelang war es auf Renitz so still wie in einer Kirche, und nun

will sie auf einmal die ganze Welt einladen«, sagte Stoppel kopfschüttelnd.

»Frau Frähmke meint, sie geht auf Freiersfüßen«, antwortete Walther und lachte über Stoppels verdattertes Gesicht. »Natürlich nicht für sich, sondern für ihren Sohn. Sie soll mehrere junge Damen eingeladen haben – samt deren Müttern natürlich –, um die geeignete Braut für Graf Diebold herauszusuchen.«

»Das wird schwierig werden«, meinte Stoppel spöttisch. »Die Vorstellungen Ihrer Erlaucht und des jungen Grafen dürften weit auseinanderklaffen. Während Gräfin Elfreda sich ein stilles Fräulein wünscht, das ihr in allem gehorcht, steht der Sinn ihres Sohnes mehr nach einer Schönheit, die gleichzeitig in ihm ihren Gott sieht. Dabei bräuchte er im Grunde einen Dragoner, der ihm mit der Reitpeitsche die Leviten liest.«

»Eine solche käme der Gräfin nicht ins Haus, denn sie wird die Herrschaft über Renitz so schnell nicht aus der Hand geben wollen. Was das betrifft, sehe ich noch Blitz und Donner über dem Schloss. Doch das kann uns gleichgültig sein. Ich mache meine Arbeit, wie es sich gehört, und Sie erholen sich erst einmal wieder.«

Walthers letzte Worte sollten aufmunternd klingen, doch Stoppel schüttelte den Kopf. »Ich werde mich niemals mehr erholen. In den Nächten höre ich meine Kameraden rufen, die in Russland und bei Leipzig ums Leben gekommen sind. Sie freuen sich auf ein Wiedersehen. Wolle Gott, dass wir in alter Freundschaft zusammensitzen, von alten Zeiten sprechen und Karten spielen können. Oder glaubst du, dass das im Himmel nicht erlaubt sein wird?«

»Das Zusammensitzen?«, fragte Walther.
»Das Kartenspielen!«, berichtigte ihn Stoppel. »Oder geht es im Himmel so fromm zu, dass man den ganzen Tag im Kirchengestühl sitzt und fromme Lieder zur Lobpreisung des Herrn singen muss?«
Um Walthers Mundwinkel zuckte es. »Darauf kann ich keine Antwort geben, denn ich war noch nie dort. Und ich glaube auch nicht, dass Pastor Künnen Ihnen Auskunft geben könnte. Es wird sicher recht fromm dort oben zugehen, aber ich kann mir nicht vorstellen, dass unser Heiland einem alten Soldaten und Förster ein Kartenspiel verargen wird.«
Nun musste auch Stoppel lachen. »Du hättest Pastor werden sollen, Walther. Zu deinen Predigten wären gewiss viele Menschen gekommen, und du hättest den kleinen Sündern ihre Last vom Herzen genommen. Ein Heiland, der ihnen ein Gläschen Schnaps und ein Kartenspiel erlaubt, zu dem würden sie gerne in den Himmel kommen.«
Die beiden flachsten eine Weile, kamen aber bald wieder auf das Fest der Gräfin zurück.
»Beinahe hätte ich es vergessen«, berichtete Stoppel. »Während du die letzten Zweige aus dem Wald geholt hast, war Gisela da. Ihre Erlaucht wünscht, dass du morgen Nachmittag in voller Uniform eines gräflichen Leibjägers am Empfang der Gäste teilnimmst.«
»In voller Uniform? Wie stellt sie sich das vor? Ich besitze nur meinen normalen grünen Rock.« Walthers Miene drückte unverhohlene Abwehr aus.
»Ihre Erlaucht hat die entsprechende Montur in einem

Schrank des Schlosses gefunden. Also sollst du sie dir morgen früh von einer der Mägde anpassen lassen.«
»Auf Ideen kommen diese Leute!« Walther nickte seufzend. »Na gut! Dann gehe ich eben morgen früh ins Schloss. Ich muss sowieso die letzten Zweige noch hinbringen. Wenn Ihre Erlaucht mir jedoch befehlen sollte, das Jagdhorn zu blasen, wird sie eine Überraschung erleben. Dieses Instrument habe ich nie gelernt. Ich könnte höchstens das Angriffssignal der Renitzschen Musketiere trommeln. Aber das wird sie wohl kaum hören wollen.«
Stoppel schmunzelte, legte die letzten Zweige beiseite und gähnte. »Ich bin mit einem Mal schrecklich müde. Daher lege ich mich besser hin, bevor ich hier auf dem Stuhl einschlafe und du mich hineintragen musst.«
»Ich wünsche Ihnen eine gute Nacht, Herr Stoppel. Zumindest morgen werde ich Sie beneiden. Sie braucht dieses elende Fest auf Schloss Renitz nicht zu kümmern, denn Sie können hier vor dem Forsthaus sitzen bleiben und dem Wind lauschen, der Ihnen von fernen Ländern berichtet.«
»An dir ist ja direkt ein Dichter verlorengegangen«, spottete Stoppel und ging ins Haus.
Walther sah ihm nachdenklich nach. Was für ein Jammer, dass dieser Mann in der Blüte seiner Jahre zu einem Nichts zusammengefallen war. Statt ein erfülltes Leben vor sich zu sehen, sehnte Stoppel den Tod als Erlöser herbei.

## 4.

Am nächsten Morgen lud Walther die letzten grünen Zweige auf einen Handkarren und brachte sie zum Schloss. Dort wurde trotz der frühen Stunde bereits kräftig gearbeitet. Luise Frähmke warf einen kurzen Blick auf seine Fracht und wies ein paar Mägde an, sich der Zweige anzunehmen. Dann musterte sie Walther mit prüfendem Blick.
»Ich habe es mir ja schon gedacht. Deine Haare müssen geschnitten werden. So wird die Perücke nicht richtig passen.«
»Welche Perücke?«, fragte Walther verdattert.
»Die du als gräflicher Leibjäger tragen wirst. Ich habe Gisela schon angewiesen, dir den Pelz zu scheren. Sie kann auch gleich die Uniform abändern, damit sie dir passt. Übrigens sollen die Kleidungsstücke noch von deinem Urgroßvater stammen. Also behandle sie gut! Immerhin sind sie so etwas wie ein Familienerbstück.«
Noch während die Mamsell sprach, glitt ihr Blick über die arbeitenden Diener und Mägde. Sofort entdeckte sie etwas, das ihren Zorn erregte, und eilte von dannen, um die Nachlässigen zu tadeln.
Walther sah sich vergeblich nach Gisela um. Erst in der Küche konnte Cäcilie ihm Auskunft geben. »Sie hat gesagt, sie müsse ins Nähzimmer, um ihre Festkleidung abzuändern.«
»Wenn Gisela damit beschäftigt ist, wird sie sich wohl kaum um meine Uniform kümmern können«, stöhnte

Walther, kam bei der resoluten Köchin aber an die Falsche.

»Gisela ist ein flinkes Mädchen und schafft was weg. Also geh hin! Klopfe aber an, bevor du ins Nähzimmer trittst. Nicht, dass sie gerade im Hemd dasteht, weil sie ihre Tracht anprobieren will.«

Zuerst lachte Walther über diese Vorstellung, doch als er die Küche verließ, sagte er sich, dass er Gisela gerne einmal im Hemd sehen würde, vielleicht sogar auch mit noch etwas weniger am Leib. Sie war ein hübsches Mädchen, und in so manchen Nächten träumte er von ihr. Doch nie war ihm dabei Glück beschieden, denn jedes Mal tauchte Diebold auf und sorgte dafür, dass sich seine und Giselas Wege trennten. In angespannter Stimmung erreichte er die Tür der Kammer, in der nähkundige Mägde all die Kleider, Decken und Vorhänge in Ordnung brachten, für die kein Schneider gebraucht wurde, und klopfte an.

»Wer da?«, hörte er Gisela fragen.

»Ich«, antwortete er und setzte rasch »Walther!« hinzu, bevor sie ihn fragen konnte, wer hier auf den Namen Ich getauft wäre.

»Du kommst wohl wegen deiner Uniform. Warte einen Augenblick, dann kannst du eintreten.«

»Sag, wenn es so weit ist!« Ein anderer hätte vielleicht trotzdem die Tür geöffnet und hineingeschaut. Zwar hatte sich in den letzten Jahren zwischen Gisela und ihm eine gewisse Distanz eingeschlichen, doch er wollte ihr Vertrauen nicht enttäuschen.

Daher wartete er, bis Gisela »Herein!« rief, und betrat dann erst den Raum. Die junge Frau stand, in ein schlich-

tes Kleid gehüllt, mitten im Zimmer und legte gerade einen Rock aus rotem Samt beiseite, zu dem ein helles Mieder, ein mit Rosen besticktes Schultertuch, ein ebenfalls bestickter Seidengürtel und eine weiße Haube gehörten.
»Das sollst du anziehen?«, fragte Walther verwundert angesichts der prachtvollen Tracht.
Gisela kniff kurz die Augen zusammen. »Ja! Passt es dir nicht?«
»Oh doch! Du wirst darin wunderbar aussehen«, beeilte Walther sich, ihr zu versichern. »Ich frage mich nur, warum Ihre Erlaucht dir erlaubt hat, so eine Tracht zu tragen.«
»Weil Frau Frähmke ihr erklärt hat, ich wäre die Einzige, die die Gäste höflich begrüßen könnte, ohne ihnen den Willkommenstrunk über die Kleidung zu schütten. Da sie Eindruck schinden will, hat sie wohl oder übel zugestimmt.«
»Du wirst ihr Vertrauen gewiss nicht enttäuschen.«
»Ich will es hoffen. Aber nun zu dir! Frau Frähmke meinte vorhin, ich müsse dir die Borsten stutzen. Setz dich dorthin!« Gisela wies auf einen Stuhl neben dem Fenster.
Walther setzte sich gehorsam und sah zu, wie Gisela ihn in ein Tuch hüllte und ihm dann mit der Schere in den Haaren herumfuhrwerkte.
»Ich hoffe, du schneidest mir keine Glatze«, entfuhr es ihm.
»Dann müsstest du Ihre Erlaucht bitten, die Perücke länger tragen zu dürfen«, spottete Gisela und schnitt ungerührt weiter. »Und jetzt halte still, sonst zwicke ich dir nicht nur deine Haare, sondern auch ein Ohr ab«, schalt

sie, als Walther den Kopf drehte, um die Zopfperücke anzusehen, die auf dem Tisch lag.

»Die Haare gehen noch, aber das Ohr würde ich dir übelnehmen«, erklärte er, blieb nun aber still sitzen und wartete, bis Gisela das Tuch entfernt hatte und ihm einen Spiegel reichte.

»Wie du siehst, sind deine Ohren noch dran. Auch die Haare, glaube ich, habe ich gut getroffen. Außerdem wachsen sie nach, wenn sie dir nicht gefallen.«

»Doch, es geht! Es hätte weitaus schlimmer kommen können.« Walther betrachtete sein Spiegelbild und tastete anschließend seinen Hinterkopf ab, um zu sehen, ob Gisela dort einen Kahlschlag gemacht hatte. Zu seiner Erleichterung war ihr die Schere nicht ausgeglitten.

Gisela musste lachen. »Und da behaupten die Männer, nicht eitel zu sein. Doch nun komm! Wir haben nicht alle Zeit der Welt. Du musst deine Uniform anprobieren.«

Mit diesen Worten zeigte sie auf dunkelrote Kniehosen, eine hellgrüne Weste und einen dunkelgrünen Rock. Weiße Knöpfgamaschen und ein schwarzer Dreispitz rundeten zusammen mit der Zopfperücke die Jägertracht ab.

Walther starrte die Sachen an und schüttelte sich. »Das soll ich anziehen?«

»So möchte es Ihre Erlaucht, und wie du weißt, ist ihr Wunsch ein Befehl! Also raus aus Hosen und Rock, damit du die Sachen anprobieren kannst!«

»In deiner Gegenwart?«, platzte Walther heraus.

»Ich verspreche dir, weder schamhaft zu erröten noch in Ohnmacht zu fallen«, spottete Gisela. »Oder bist du so züchtigen Sinnes, dass du deine Hosen nicht in meiner Gegenwart ausziehen willst? Ich hoffe, du trägst etwas darunter.«

Walther wurde rot, denn genau das hatte er nicht. »Du solltest hinausgehen.«

»Ich sagte, ich drehe dir den Rücken zu!«, antwortete Gisela spöttisch und setzte ihre Ankündigung in die Tat um. Einen Augenblick lang wartete Walther noch, dann streifte er die Stiefel von den Füßen und zog rasch die Hose aus. Erst als er Gisela kichern hörte, merkte er, dass diese in den kleinen Spiegel schaute, der auf dem Tisch stand.

»Das war gemein von dir«, tadelte er sie, raffte die Kniehose an sich und schlüpfte hinein. Diese war aus Seide gefertigt, saß an den Oberschenkeln etwas eng, passte sonst aber gut.

Ohne auf seine Bemerkung einzugehen, deutete Gisela jetzt auf seinen Oberkörper. »Du wirst dir heute Nachmittag ein sauberes weißes Hemd und gute Unterwäsche anziehen!«

»So etwas habe ich nicht«, antwortete er brummig.

Gisela überlegte kurz und nickte, als müsse sie einen Gedanken bestätigen. »Dann werde ich nachsehen, welche Hemden der junge Herr in seiner Kammer zurückgelassen hat, und eines davon für dich abändern. Wäsche bekommst du auch. Ich sage Frau Frähmke, das Zeug wäre für Graf Diebold nicht mehr gut genug gewesen. Außerdem wird er sich, wenn er zurückkommt, gewiss neue Sachen machen lassen.«

»Du freust dich wohl darauf, ihn wiederzusehen?«, fragte Walther bissig.

Er hatte die Worte noch nicht ganz ausgesprochen, da saß ihm Giselas Hand im Gesicht. Wütend funkelte sie ihn an. »Sage so etwas nie wieder zu mir, hörst du? Sonst sind wir die längste Zeit Freunde gewesen!«
»Es tut mir leid! Ich wollte dich nicht kränken.« Walther ärgerte sich über seine unbedachte Äußerung. Doch der Gedanke, ein Hemd von Diebold tragen zu müssen, stieß ihn ab.
»Dann ist es ja gut. Warte einen Augenblick, ich hole schnell das Hemd. Du kannst das deine derweil ausziehen.« Rasch verließ Gisela den Raum und ließ Walther als Opfer widerstrebender Gefühle zurück. Neugierig musterte er die Kleidung, die Gisela zum Empfang der Gäste tragen sollte, und stellte sich vor, wie sie darin aussehen würde. Mit einem Mal spürte er, dass sie für ihn nicht nur seine Freundin aus gemeinsamen Kindertagen war. Er begehrte sie als Frau. Aber dazu konnte es leider nicht kommen, weil sie katholisch war. Eine heimliche Liebschaft ließ ihr Glaube nicht zu, und er würde sie auch nicht dazu drängen.
Außerdem bestand die Gefahr einer Schwangerschaft. In einem solchen Zustand würde sie von Glück sagen können, wenn sie auf dem Gut des Grafen als Tagelöhnerin arbeiten durfte und nicht gleich davongejagt wurde. Walther fand es ungerecht, dass Frauen weitaus härter bestraft wurden als Männer, obwohl diese oft die eigentliche Schuld daran trugen, wenn ein Mädchen schwanger wurde. Das galt auch für Diebold. Dieser hatte Osma bedenkenlos benutzt, und jetzt war das arme Ding samt dem Kind, das sie getragen hatte, tot.

»Du hast ja dein Hemd noch nicht ausgezogen!«, rief Gisela, als sie zurückkam, und wunderte sich über Walthers finstere Miene. Dieser zog nun sein Hemd über den Kopf und stand mit bloßem Oberkörper vor ihr. Zwar hatte Gisela schon öfter Knechte gesehen, die sich halbnackt am Brunnen wuschen, sich aber nie etwas dabei gedacht. Nun fühlte sie sich auf einmal beklommen. Walther sieht gut aus, dachte sie und spürte ihr Herz schneller schlagen. Er hatte ein ebenmäßiges, wenn auch meist ernst blickendes Gesicht, breite Schultern und genug Muskeln an den Armen und auf der Brust, um männlich zu wirken. Seufzend reichte sie ihm Diebolds Hemd.
»Ich werde es an den Schultern und unter den Armen etwas weiter machen müssen«, sagte sie und forderte ihn auf, Weste und Rock anzulegen. »Hoffentlich passen die Sachen halbwegs. Ich habe auch noch andere Aufgaben, als nur hier zu sitzen und zu nähen!«
Als Walther angekleidet war, konnte sie jedoch sehen, dass er bis auf die etwas kräftigeren Oberschenkel die Figur seines Ahnen geerbt hatte. Weste und Rock passten ausgezeichnet, und das galt auch für die Perücke und den Dreispitz.
Erleichtert atmete sie auf. »So, jetzt kannst du dich wieder umziehen. Lass dir von Cäcilie etwas zu essen mitgeben, wenn du nach Hause gehst, dann brauchst du nicht zu kochen. Das ist laut Herrn Stoppel eine Kunst, die du nicht beherrschst. An deiner Stelle, meint er, hätte er sich längst eine Haushälterin besorgt!«
Noch während sie es sagte, begriff Gisela, wie wenig es ihr gefallen würde, eine andere Frau ins Forsthaus einzie-

hen zu sehen, und wechselte rasch das Thema. »Herr Stoppel meint auch, du solltest dir einen oder zwei Knechte zulegen. Der Förster eines Grafen dürfe einfach nicht so leben wie du!«
»Dafür habe ich meine Gründe. Irgendwann einmal werde ich sie dir verraten«, antwortete Walther.
»Ist es wegen Amerika?«
»Sei still!«, rief Walther erschrocken aus. »Das darf hier niemand erfahren!«
»Ich halte schon den Mund.« Ein wenig wunderte Gisela sich doch. Da schon etliche auch aus dieser Gegend in fremde Länder aufgebrochen waren, um dort ihr Glück zu suchen, wunderte sie sich, weshalb Walther ein Geheimnis daraus machte. Er fürchtete wohl, dass Gräfin Elfreda und deren Sohn alles tun würden, um zu verhindern, dass er Renitz verlassen konnte – es sei denn, völlig mittellos und ohne Papiere. Gisela fragte sich nicht zum ersten Mal, weshalb sie ihn nicht einfach gehen ließen, doch wie es aussah, wollten sie ihre Macht beweisen, indem sie ihn zu einem Leben zwangen, in dem sie ihn stets von neuem demütigen konnten. Da dies auch ihr drohte, fasste sie nach Walthers Arm.
»Wenn du gehst, nimm mich bitte mit«, flüsterte sie und wischte sich über die Augen, die bei dem Gedanken feucht geworden waren, Walther könnte Renitz ohne sie verlassen.
Doch schon im nächsten Moment wieder war ihr bewusst, dass das gar nicht möglich wäre. Ihrer Religion wegen konnte sie ja nicht sein Weib werden, aber vielleicht war er bereit, sie als seine Schwester auszugeben.

Sie wagte nicht, ihn das zu fragen. Stattdessen wies sie ihn an, die Nähkammer zu verlassen.

»Ich habe noch einiges zu tun, wenn ich rechtzeitig fertig sein will. Vergiss aber nicht, um drei Uhr wieder hier zu sein. Ihre Erlaucht würde sehr zornig werden, wenn du nicht rechtzeitig zum Empfang der Gäste erscheinst.«

Walther versuchte zu grinsen. »Keine Sorge! Ich werde früh genug hier sein!« Damit verließ er die Kammer und machte einen Abstecher in die Küche, in der Cäcilie ihn mit so vielen Lebensmitteln versorgte, dass er und Stoppel eine ganze Woche davon leben konnten.

## 5.

Elfreda von Renitz wollte ihre Gäste und auch die Nachbarschaft mit ihrem Fest beeindrucken und hatte daher weder Kosten noch Mühen gescheut. Statt ein paar Jäger mit Jagdhörnern auftreten zu lassen, begrüßte die Regimentskapelle der nahe gelegenen Garnison die Ankommenden mit flotter Marschmusik. Livrierte Diener öffneten die Kutschenschläge und halfen den Damen ins Freie. Danach war es an Gisela und Walther, die Herrschaften zu begrüßen. Gisela bot den Damen Gläser eines ausgezeichneten Weines an, während Walther den männlichen Gästen den scharfen Kräuterschnaps kredenzte, der auf dem gräflichen Gut gebrannt wurde.

Da das schmucke Paar die Blicke auf sich zog, gratulierte die Gräfin sich, auf den Vorschlag ihrer Mamsell eingegangen zu sein. Obwohl sie die junge Katholikin nicht mochte, musste sie zugeben, dass Gisela nicht nur außerordentlich hübsch war, sondern auch die Gäste mit ihrer Freundlichkeit in gute Laune versetzte. Dann blieben Elfreda von Renitz' Blicke auf Walther haften, der in seiner Jägeruniform prachtvoll aussah. Als Soldatenfrau hatte die Gräfin nur selten eheliche Zweisamkeit mit ihrem Gemahl genießen können, und seit seiner schweren Erkrankung musste sie auf jeden Verkehr mit ihm verzichten. Ihr war klar, dass er darüber hinwegsehen würde, wenn sie sich einen Geliebten nahm, bislang aber war sie zu stolz auf sich und ihre eheliche Treue gewesen. Nun fühlte sie, wie ihr Blut rascher durch die Adern floss – und das ausgerechnet bei Walther Fichtner. Dabei verachtete sie den Kerl nicht weniger als die katholische Magd.
Sie fragte sich das erste Mal ernsthaft, warum Fichtner ihr ein Dorn im Auge war. Lehnte sie ihn ab, weil dieser schon als Junge jene Charakterzüge besessen hatte, die sie bei ihrem Sohn vermisste? Wenn sie ehrlich zu sich war, ärgerte sie sich schon lange über Diebolds rücksichtslose Art, die auch vor ihr nicht haltmachte. Immer wieder zwang er sie, ihn gegen ihren Gemahl zu verteidigen. Dabei hatte sein Vater vollkommen recht. Ein Jahr, vielleicht auch anderthalb hätten für Diebolds Kavalierstour ausgereicht. So aber musste sie sich bei jedem ihrer Gäste für sein Fernbleiben entschuldigen. Außerdem erklärten die Mütter jener jungen Damen, die für sie als Schwiegertochter in Frage kamen, unumwunden, dass sie Diebold

vor einer endgültigen Entscheidung genauer in Augenschein nehmen wollten.

Während die Gräfin ihren Gedanken nachhing und dabei trotzdem den Part der Gastgeberin mit großer Geste spielte, begrüßte ihr Gemahl die Gäste in dem Salon, der neben dem Ballsaal und zwei weiteren Räumen für die Festlichkeit geöffnet worden war. Und schon bald hingen Medard von Renitz und einige andere pensionierte Militärs jenen Zeiten nach, in denen sie noch jung und kraftvoll gewesen waren und ihre Regimenter in die Schlacht geführt hatten.

Nachdem alle Gäste eingetroffen waren, glaubten Gisela und Walther sich ihrer Verpflichtung ledig und wollten sich umziehen. Doch Luise Frähmke rief sie zu sich. »Ihre Erlaucht wünscht, dass ihr beide im Saal die Lakaien beaufsichtigt und eingreift, wenn jemand von den Gästen etwas braucht.«

Walther sah die Frau verwundert an. »Verzeihung, aber ich weiß nicht, wie es bei einer hochherrschaftlichen Festlichkeit zugeht.«

»Ich auch nicht«, beteuerte Gisela.

»Ihre Erlaucht wünscht es, und ihr Wunsch ist Befehl. Ich traue euch zu, diese Aufgaben zu ihrer Zufriedenheit zu erledigen. Ihr werdet nicht mehr tun müssen, als einen Diener zu rufen, um das Gewünschte zu bringen, oder einen Stuhl zurechtzurücken. Außerdem verlangt Ihre Erlaucht, dass ihr beide den Tanz eröffnet. Ihr könnt doch tanzen, oder?« Es klang ein bisschen kleinlaut.

Walther sah aus, als hätte sie eben von ihm verlangt, um Mitternacht den Teufel zu beschwören. »Also, ich weiß nicht ...«

»Du kannst das schon«, versuchte die Mamsell ihn zu beruhigen. »Gisela, geh du schon mal vor. Ich schicke Walther gleich nach. Vorher werde ich ihm ein paar Tanzschritte beibringen, damit ihr euch nicht blamiert.«
»Sollte nicht ich das machen, da wir ja zusammen tanzen sollen?«, fragte die junge Frau.
Die Mamsell schüttelte den Kopf. »Das geht nicht. Einer von euch muss jetzt in den Saal, und das wirst du sein.«
»Ihre Erlaucht hat heute wieder besonders komische Wünsche!« Mit dieser schnippischen Antwort verließ Gisela Walther und die Mamsell. Im Augenblick empfand sie Eifersucht auf ihre mütterliche Freundin, die Walther gleich im Arm halten würde, dann lachte sie über sich selbst. Immerhin würde auch sie noch am gleichen Tag um einiges ausgiebiger mit Walther tanzen.
Während Gisela im großen Saal die Lakaien beaufsichtigte und dabei diplomatisch einen Streit um die Sitzordnung zwischen zwei Damen schlichtete, führte Luise Frähmke Walther in die Nähstube, räumte dort die Tische beiseite und streckte die Arme aus.
»Komm jetzt, Junge, und sei nicht so schüchtern! Frauen beißen im Allgemeinen nicht. Du willst doch zusammen mit Gisela einen guten Eindruck machen. Oder sollen die Gäste über den Tölpel lachen, der zu ihrer Belustigung über das Parkett stolpert?«
»Nein, das sollen sie nicht!« Walther umfasste die Frau mit beiden Armen und folgte ihrem Rat, wie und in welcher Reihenfolge er die Füße bewegen sollte.

»Da machst das ganz gut«, befand die Mamsell nach ein paar Minuten. »Jetzt will ich sehen, ob ich die Melodie dazu zustande bringe, damit du dem Takt folgen kannst.«
Just in diesem Augenblick öffnete eine der Küchenmägde die Tür, um nach der Mamsell zu suchen. Als sie diese mit Walther tanzen sah, schüttelte sie den Kopf und ging wieder. In der Küche aber platzte sie lauthals heraus.
»Da denkt man, am heutigen Tag müsste Frau Frähmke im Grunde überall sein, um nach dem Rechten zu sehen. Stattdessen tanzt sie im Nähstübchen mit dem Förster und singt auch noch dabei!«
Zunächst wunderte Cäcilie sich ebenfalls, doch als eine andere Magd ihr erklärte, die Gräfin habe verlangt, dass Walther und Gisela den Tanz eröffnen sollten, lachte sie schallend. »Das siehst du falsch, Rina. Die Mamsell verhindert gerade, dass das Fest in eine Katastrophe mündet. Ich wünschte, wir hätten Walther öfter zu uns eingeladen, damit er tanzen lernt. So hat der Bursche bei den Dorffesten nur mit einem Krug Bier in der Ecke gesessen und euch beim Tanzen zugesehen.«
»Ich hätte es ihm gerne beigebracht. Er ist ja auch ein so stattlicher Mann«, meinte die Magd und kicherte.
»Das stimmt wohl«, lächelte Cäcilie und nahm sich vor, auf jeden Fall heimlich zuzusehen, wenn Gisela und Walther an diesem Abend zum ersten Mal miteinander tanzten.

## 6.

Für einen ländlichen Ball war das Fest auf Renitz ein großer Erfolg. Selbst Graf Medard, der seiner Gemahlin zunächst nur zögernd zugestimmt hatte, war so entspannt wie lange nicht mehr. Er freute sich an Gesprächen mit alten Kameraden, trank genussvoll mehrere Gläser Wein und sprach den Speisen mit einem Appetit zu, den seine Gemahlin ihm häufiger gewünscht hätte. Ein weiterer Grund für seine gute Laune war, dass seine Gemahlin ihre Abneigung gegen Gisela und Walther abgelegt zu haben schien. Die beiden kümmerten sich höflich und zuvorkommend um die Gäste und sorgten dafür, dass sich jeder wohl fühlen musste.

Beim Mahl ärgerte sich der Graf, dass seine Ehefrau am anderen Ende der langen Tafel saß, denn er hätte sich gerne bei ihr für das gelungene Fest bedankt. Der Stolz darüber war ihr anzumerken, und nun bedauerte Renitz es, dass seine Krankheit sie daran gehindert hatte, schon früher Gäste einzuladen.

»Schade, dass Euer Sohn in der Ferne weilt«, sprach seine Tischnachbarin ihn an, die mit fünf Töchtern gesegnet war und die älteste gerne an den Mann gebracht hätte.

»Mir erschien es wichtig, dass Diebold die Welt kennenlernt und dabei nicht von einem Ort zum anderen hetzen muss, sondern sich in aller Ruhe umsehen kann«, antwortete Medard von Renitz, als hätte er sich niemals darüber geärgert, dass sein Sohn den Aufenthalt in der Fremde eigenmächtig verlängert hatte. »Außerdem stellt seine

Rückkehr einen guten Grund für ein weiteres Fest auf Renitz dar, findet Ihr nicht auch?«
»Selbstverständlich!« Die Dame lächelte zufrieden. Immerhin war dies eine halbe Einladung, und sie beschloss, sowohl den Grafen wie auch dessen Gemahlin auszuhorchen, um zu erfahren, wie diese sich ihre Schwiegertochter vorstellten, damit ihre Älteste diesem Bild entsprechen konnte.
Unterdessen überwachten Walther und Gisela die Lakaien, die den Gästen aufwarteten, und griffen selbst ein, wenn es sein musste. Für Gisela war es leichter als für den jungen Mann, der in den letzten Jahren kaum aus seinem Wald herausgekommen war. Daher sah sie immer wieder zu ihm hinüber, stellte aber fest, dass er seine Sache ausgezeichnet machte.
Nicht nur Gräfin Elfreda und Gisela fanden, dass Walther blendend aussah. Auch einige weibliche Gäste warfen ihm wohlgefällige Blicke zu, und nicht nur Gudula von Techan, deren Ehemann um viele Jahre älter war, schmiedete bereits Pläne, wie sie sich ein paar schöne Stunden mit dem jungen Mann machen konnte.
Ohne etwas von dem Aufsehen zu ahnen, das er bei der Damenwelt erregte, wies Walther einem Lakaien an, der Gräfin Rossipaul ein frisches Glas zu reichen, und verbeugte sich vor Gudula von Techans Tochter, die sich sichtlich mit einem Stück Fasan abmühte.
»Gnädiges Fräulein erlauben!« Mit diesen Worten nahm er ihr das Besteck ab und teilte geschickt das Fleisch vom Knochen.
»Danke!« Die Kleine, die knapp fünfzehn sein musste, errötete und senkte auf ein mahnendes Räuspern der

Mutter hin den Kopf. Diese aber beobachtete Walther mit dem Blick einer Jägerin und beschloss, dieses Wild noch in derselben Nacht zu erlegen.

Als das Mahl zu Ende war, führte Gräfin Elfreda die Damen in ihren Salon, in dem ihnen unter Giselas Aufsicht Wein und Liköre gereicht wurden. Die Herren trafen sich in den Gemächern des Grafen, um dort bei einer Pfeife oder Zigarre etwas stärkere Getränke zu sich zu nehmen. An dieser Stelle half Walther aus, der sich in seiner altmodischen Uniform immer mehr wie eine Witzfigur vorkam. Er hatte wenig Verständnis dafür, Menschen so vorzuführen, wie die Gräfin es bei Gisela und ihm getan hatte. Seine Abneigung ging jedoch nicht so weit, die nötige Höflichkeit außer Acht zu lassen. Also reichte er den Herren Feuer, wenn sie es wünschten, und sorgte dafür, dass ihnen stets volle Gläser angeboten wurden.

Gelegentlich beobachtete Graf Renitz ihn und fragte sich, ob dieser junge Mann nicht besser auf einem bedeutenderen Posten als auf dem eines Försters aufgehoben wäre. Immerhin hatte er Walther studieren lassen, damit dieser sich einmal als Stütze seines Sohnes erweisen konnte. Als er dies letztens seiner Gemahlin gegenüber erwähnt hatte, war diese der Meinung gewesen, dass Walther als Sohn eines Försters der beste Mann für diesen verantwortungsvollen Posten wäre. Da Elfreda das Gut ausgezeichnet verwaltete, wollte er sie hier nicht kritisieren und schob diesen Gedanken beiseite.

Ein schmissiger Marsch der Militärkapelle erinnerte die Damen und Herren daran, dass das Programm weiterging. Walther dachte mit Schrecken daran, dass er gleich mit Gisela tanzen musste. Verzweifelt versuchte er sich an die Schritte zu erinnern, die Luise Frähmke ihm beigebracht hatte, doch sein Kopf fühlte sich so leer an wie ein löchriger Eimer. Tief durchatmend wies er einen Lakaien an, die Tür in den großen Saal zu öffnen, und sah, dass die Kapelle bereits auf der Empore Platz genommen hatte.

Beim Eintritt des Grafen und der Gräfin, die von zwei verschiedenen Seiten kamen, erhoben sich die Musiker und stimmten einen Militärmarsch an, um daran zu erinnern, dass Medard von Renitz im Range eines Generalmajors der preußischen Armee in den Ruhestand entlassen worden war.

Für die Gäste, die zunächst nur zusehen sollten, standen in einem Teil des Saales Stühle bereit. Die strenge Tischordnung des Mahles war hier nicht mehr gefordert, und so brachte es eine der hoffnungsvollen Mütter zustande, samt ihrer Tochter bei der Gastgeberin zu sitzen. Doch es gelang ihr nicht, Elfreda von Renitz anzusprechen, denn auf deren Zeichen hin stimmte die Kapelle einen volkstümlichen Tanz an.

»Ich glaube, das gilt uns«, raunte Gisela Walther zu. Da die Musik zu laut war, konnte er ihre Worte nicht verstehen, aber er begriff, was sie meinte, und blickte zu der Gräfin hinüber. Diese nickte hoheitsvoll und wies auf das Parkett.

»Sei mir bitte nicht böse, wenn ich dir auf die Füße trete«, stöhnte Walther und reichte Gisela den Arm.

Sie lächelte sanft und deutete einen Knicks an. Gerade noch rechtzeitig erinnerte Walther sich daran, dass er sich vor der Gräfin zu verbeugen hatte, holte es nach und führte Gisela in die Mitte des Saals. Er empfand es als unangenehm, mehr als dreißig Augenpaare auf sich gerichtet zu sehen. Aber als die Kapelle die Melodie anstimmte, die ihrem Auftritt galt, machte er die ersten Tanzschritte und merkte rasch, dass er immer sicherer wurde. Dies lag nicht zuletzt an Gisela, die jede seiner Bewegungen zu ahnen schien und sich ihnen anpasste.

Graf Renitz sah den beiden zu und wippte unwillkürlich mit dem Fuß im Takt der Melodie. Er hatte früher nur selten getanzt und es seit seiner Entlassung in den Ruhestand überhaupt nicht mehr getan. Nun fragte er sich, ob dies ein Fehler gewesen war. Vielleicht wäre die Entfremdung zwischen ihm und seiner Frau nicht so groß geworden, wenn er mehr mit ihr gefeiert hätte. Dann aber zuckte er mit den Schultern. Er hatte seine Pflicht erfüllt und seinem Vaterland im Krieg gedient. Dies wog seiner Meinung nach mehr als alle Vergnügungen der Welt.

Seine Gemahlin betrachtete ebenfalls das tanzende Paar und wünschte sich mit schmerzhafter Intensität, an Giselas Stelle zu sein. Zwar genoss sie als Gräfin Renitz eine angesehene Stellung in der Gesellschaft und die Macht über etliche hundert Bedienstete auf diesem und den anderen Gütern, die zu den Besitzungen ihres Mannes zählten. Der Wunsch, von starken Männerarmen umfangen zu werden, war jedoch nie gestillt worden.

Gisela kämpfte derweil mit widerstrebenden Gefühlen. Zum einen war sie glücklich, mit Walther tanzen zu können, und wünschte sich, die Kapelle würde niemals aufhören zu spielen. Gleichzeitig aber sagte sie sich, dass es keine Erfüllung für sie geben konnte. Walther würde seinen Posten als Förster auf Renitz verlieren, wenn er eine Katholikin heiratete. Doch für sie kam ein Glaubenswechsel nicht in Frage. Oder doch? Zum ersten Mal wurde sie schwankend. Würde Gott nicht ein Einsehen mit ihr haben und sie nicht in die Hölle verdammen, wenn sie es tat? Schließlich war Walther alles, was sie sich vom Leben wünschte. Doch wollte er sie überhaupt? Auf diese Frage wusste sie keine Antwort, und das tat ihr weh.

Obwohl Walther es wider Erwarten genoss, mit Gisela zu tanzen, war er froh, als die Musik schließlich endete und er sich vor den Gästen verbeugen konnte. Neben ihm versank Gisela in einen graziösen Knicks, der bei so mancher jungen Dame Neid erregte.

»Ich hoffe, wir können jetzt in die Küche hinunter. Ich habe einen Riesenhunger«, raunte Walther Gisela zu.

»Nicht nur du«, antwortete sie ebenso leise.

Doch sie warteten vergebens auf die Erlaubnis, sich zurückziehen zu dürfen. Stattdessen erhob sich die Gräfin Renitz und forderte ihren Gemahl auf, es ihr gleichzutun. Demonstrativ Beifall klatschend trat sie auf Gisela und Walther zu. Sie lächelte, doch wirkte ihre Miene wie die einer Katze vor dem Sprung auf die Maus.

»Ihr habt schön getanzt. Daher wird euch die Ehre zuteil, auch den zweiten Tanz zu eröffnen.«

Noch während Gisela froh Walthers Blick suchte, zerstörten die weiteren Worte der Gräfin ihre Vorfreude.

»Und zwar wird Gisela von meinem Gemahl auf das Parkett geführt, und bei mir wird es unser Jäger Walther sein.« Mit diesen Worten reichte sie dem völlig verblüfften Walther den Arm.

Eine der anwesenden Damen verzog missbilligend das Gesicht. »Gräfin Elfreda scheint sich sehr viel aus diesem Jäger zu machen.«
»Warum nicht? Er sieht schmuck aus und ist jung und kräftig, was man von ihrem Gemahl nicht gerade behaupten kann«, antwortete Gudula von Techan und beschloss, dafür zu sorgen, dass der Jäger beim nächsten Tanz ihr Partner sein würde.
Elfredas Griff war fordernd, und Walther bemerkte, dass sie hastiger atmete, als es dem Tanz geschuldet gewesen wäre. Doch er wurde aus ihrer Haltung nicht klug. All die Jahre hatte sie ihn im besten Fall ignoriert und ihm ansonsten oft genug gezeigt, auf welchen Platz er gehörte. Jetzt mit ihr im Takt der Musik über das Parkett zu gleiten erschien ihm so widersinnig, dass er die Kapelle insgeheim anflehte, schneller zu spielen, damit es endlich vorbei wäre.
Die Gräfin spürte seine Abwehr, schrieb sie aber seiner jugendlichen Schüchternheit zu. Noch wusste sie nicht, ob sie es bei diesem einen Tanz belassen oder mehr wagen sollte. Wenn sie es tat, musste dies jedoch in aller Diskretion geschehen. Da ihr kaum etwas wichtiger war als ihr guter Ruf in der Nachbarschaft und in der besseren Gesellschaft, wollte sie diesen keineswegs leichtfertig aufs Spiel setzen.
Im Gegensatz zu Walther hatte es Gisela gefallen, mit Graf Renitz zu tanzen. Die Hände des alten Herrn gerieten nicht auf Abwege, wie es bei der männlichen Dorfjugend der Fall war, und obwohl er sich ein wenig steif bewegte, stieg er ihr kein einziges Mal auf die Füße. Er lä-

chelte sogar, was bei ihm noch seltener vorkam als bei Walther, und da er sie nicht ansprach, nahm sie an, dass er irgendwelchen Gedanken nachhing.

Dies war auch der Fall. Medard von Renitz erinnerte sich an ein Fest vor dem letzten Feldzug gegen Napoleon. Damals hatten er und die Offiziere seines Regiments sich zu den Unteroffizieren und Mannschaften gesellt und mit diesen zusammen gefeiert. Dabei war auch getanzt worden, und bei einem dieser Tänze hatte er Giselas Mutter in den Armen gehalten. Zum ersten Mal fiel ihm auf, wie sehr das Mädchen der Wachtmeisterin glich. Sie hatte die gleiche Figur, den gleichen Gesichtsschnitt und ebenfalls das volle, rabenschwarze Haar. Nur die hellen Augen hatte Gisela von ihrem Vater geerbt, jenem baumlangen Wachtmeister namens Josef Fürnagl, der nicht mehr für Bayern hatte kämpfen wollen, weil König Maximilian sich nach Napoleons gescheitertem Russland-Feldzug nicht sofort von diesem losgesagt hatte.

Als der Tanz zu Ende war, neigte Renitz kurz das Haupt in Giselas Richtung und kehrte zu seinem Stuhl zurück. Erschöpft forderte er einen Diener auf, ihm ein Glas Wein zu bringen.

Auch Walther und Gisela hofften auf eine Erfrischung, doch da hob Gudula von Techan die Hand. »Meine Damen, meine Herren, dies ist doch ein ländliches Fest. Ich finde, dass die Kapelle weiterhin zu Volkstänzen aufspielen soll. Es wäre darüber hinaus gewiss eine angenehme Sache, wenn unsere Schäferin mit den einzelnen Herren und unser Jäger mit uns Damen tanzen würde.«

»Eine ausgezeichnete Idee, meine Liebe!« Elfreda von Renitz klatschte erneut Beifall und sagte sich, dass man ihrem Tanz mit Walther weniger Bedeutung beimessen würde, wenn alle Damen mit ihm tanzten.
Einer alten Dame war dies nicht recht. »Es geht nicht an, dass ein schlichter Jäger die jungen, noch unverheirateten Damen zum Tanz führt. Das könnte diese in Verwirrung stürzen.«
»Aber das ist doch selbstverständlich, Eure Durchlaucht«, erklärte Gudula von Techan und änderte das »Durchlaucht« im Stillen in »alter Drachen« um. »Ich bin sogar dafür, auch verheiratete Damen, die bisher die Familienpflicht noch nicht erfüllt haben, von dem Tanz mit dem jungen Jäger auszuschließen.«
Einige Damen mittleren Alters stimmten ihr zu, während die jüngeren vehement protestierten. Schließlich einigte man sich, dass alle verheirateten weiblichen Gäste das Recht auf einen Tanz mit Walther freihätten und alle verheirateten Herren mit Gisela. Den anwesenden Jünglingen gefiel dies wenig, doch sie mussten sich dem Diktat der Älteren beugen.
Gisela und Walther verfolgten das Ganze mit wachsendem Ärger. Sie hatte an diesem Tag nicht einmal zu Mittag essen können, und Walther war trotz des Korbs voller Lebensmittel hungrig geblieben, weil der lange Weg zum Forsthaus und zurück zu viel Zeit gekostet hatte. Ebenso wie Gisela war er davon ausgegangen, zwischendurch in der Küche essen zu können. Das aber war ihnen noch immer nicht vergönnt. Zudem fanden sie es erniedrigend, wie über sie bestimmt wurde, denn niemand fragte, ob es ihnen recht sei, weiter zu tanzen.

»Das darf doch nicht sein!«, stöhnte Walther und erwog, den Saal einfach zu verlassen. Doch wenn er das tat, würde er seinen Posten als Förster verlieren und nur noch als einfacher Knecht arbeiten dürfen.

»Wir sind den Launen dieser Leute hilflos ausgeliefert«, gab Gisela missmutig zu, denn sie hatte ebenfalls über einen Ausweg nachgedacht, aber keinen gefunden.

»Auf jeden Fall werden wir noch länger mit dem Essen warten müssen!« Damit brachte Walther Gisela zum Schmunzeln.

»Wenn es nicht mehr ist«, sagte sie.

Im nächsten Moment sah sie sich einem ältlichen Galan gegenüber, der sie, ohne zu fragen, in die Arme riss. »Nun wollen wir mal, mein schönes Kind!«

Gisela merkte ihm an, dass er auf mehr hoffte als nur auf einen Tanz, doch da würde er eine Enttäuschung erleben.

Als die Kapelle zu spielen begann, sicherte Gudula von Techan sich Walther als Partner.

»Ein schönes Fest, nicht wahr?«, fragte sie ihn, um ein Gespräch in Gang zu bringen.

»Nicht, wenn man vor Angst vergeht, den Damen auf die Füße zu steigen.«

Diese Antwort ließ die Dame hell auflachen. »Ich hoffe, dass du das nicht tust, ich habe nämlich ganz zarte Füße!«

Gudula von Techan merkte jedoch rasch, dass sie sich keine Sorgen machen musste, denn Walther bewegte sich mit einer natürlichen Geschmeidigkeit, die den meisten der adeligen Herren um sie herum fehlte. Sein Griff war warm, und sie spürte ihr Blut rascher durch die Adern rinnen. Eigentlich war sie nur widerwillig dem Wunsch ihrer Schwester gefolgt, die ihre Unterstützung bei dem Vorhaben erwartete, Gräfin Renitz die eigene, schon etwas überständige Tochter als mögliche Schwiegertochter anzudienen. Nun aber begann der Aufenthalt hier auch für sie interessant zu werden. Mit Bedauern entließ sie Walther nach dem Ende des Tanzes in die Arme einer anderen Frau und setzte sich. Während sie den über das Parkett wirbelnden Paaren zusah, sagte sie sich, dass der junge Mann ihr eine höchst angenehme Nacht bereiten würde.

## 7.

Mitternacht war längst vorüber, als die Militärkapelle nach dem Preußenlied ihre Instrumente einpackte. Gräfin Renitz ließ noch einmal Champagner kredenzen und stieß mit den Gästen an, während Walther und Gisela in einer Ecke standen und erst einmal durchatmeten. Beide waren müde und erschöpft, der Hunger war einem unangenehmen Nagen gewichen. Außerdem hatten sie starken Durst. Daher winkte Walther Imma heran, auf deren Tablett noch zwei volle Gläser standen.
»Was willst du?«, fragte die Magd unfreundlich. Ihr passte das Aufsehen nicht, das Gisela und Walther an dem Abend erregt hatten.
»Nur etwas zu trinken!« Walther streckte die Hand aus, doch da zog Imma ihm das Tablett vor der Nase weg.

»Wie du sehr wohl weißt, hat Ihre Erlaucht verboten, dass das Gesinde etwas in den Repräsentationsräumen zu sich nimmt!«

»Wir verlassen den Saal gleich und trinken draußen auf dem Flur«, bot Walther an, doch auch darauf ließ Imma sich nicht ein. Mit einem spöttischen Lachen eilte sie weiter und bot die beiden Gläser anderen Gästen an.

»So ein Biest! Na warte, die soll sich etwas zuschulden kommen lassen! Dann werde ich sie genau nach den Richtlinien der Gräfin behandeln«, schimpfte Gisela leise und sah dann zu Walther. »Wie es aussieht, werden wir hier nicht mehr gebraucht. Lass uns in die Küche gehen. Vielleicht ist Cäcilie noch wach. Sonst mache ich uns eine Kleinigkeit. Außerdem bekommst du dort ein Bier.«

»Und was trinkst du?«

»Wasser! Das ist bekömmlicher für mich!« Gisela nahm die Sache leichter als Walther und war im Grunde nur froh, dass es vorbei war. Da niemand mehr auf sie achtete, zogen sie sich zur Tür zurück und eilten den Flur entlang.

An der Hintertreppe, die zur Küche hinabführte, blieb Walther stehen und sah Gisela mit bewundernden Blicken an. »Weißt du, dass du heute wunderschön aussiehst!«

Etwas verwundert, aber auch erfreut, dass er ein wenig aus sich herauskam, zupfte Gisela ihn am Ohrläppchen. »Du hast doch noch gar nichts getrunken!«

Anstelle einer Antwort fasste Walther sie bei den Schultern, zog sie für einen Augenblick an sich und gab ihr einen Kuss. Erschrocken über sich selbst ließ er sie jedoch sofort wieder los und hätte sich am liebsten im nächsten Mauseloch verkrochen.

»Es, es tut mir leid«, stotterte er.

»Mir nicht«, sagte Gisela so leise, dass er es nicht verstehen konnte, und dann fügte sie um einiges lauter hinzu: »Wir sollten jetzt wirklich in die Küche. Meine Zunge klebt bereits am Gaumen.«

Sie hatten Glück, denn Cäcilie und Frau Frähmke waren noch auf. Die beiden saßen am Küchentisch, hatten je ein Glas Hagebuttenwein vor sich stehen und wirkten reichlich müde.

»Ist es endlich vorbei?«, fragte die Mamsell.

»Der Heiligen Jungfrau sei's gedankt!«, antwortete Gisela. »Aber jetzt hole ich erst einmal ein Bier für Walther. Der Arme ist halb verdurstet, und verhungert ist er auch.«

»Dafür sieht er noch recht lebendig aus«, antwortete Cäcilie lachend und wuchtete sich hoch. »Ruh du dich ruhig ein wenig aus. Das Bier kann ich holen. Und was willst du?«

»Wasser!«

»Papperlapapp! Du bekommst Hagebuttenwein genau wie wir!« Mit diesen Worten füllte die Mamsell ein Glas bis an den Rand und reichte es Gisela. Obwohl diese vor Durst fast verging, wartete sie, bis Cäcilie mit einem vollen Bierkrug zurückgekehrt war und ihn Walther vorsetzte.

»Zum Wohlsein!« Der herbe Fruchtwein floss durch Giselas Kehle, und sie spürte, wie sie sich bei den ersten Schlucken entspannte. Daher trank sie das ganze Glas leer, ließ zu, dass Cäcilie es ein zweites Mal füllte, und aß etwas von den Leckerbissen, die eigentlich für die Festtafel vorgesehen gewesen waren. Da die Köchin geahnt hatte, dass ihre beiden Schützlinge hungrig sein würden, hatte sie ein wenig davon zur Seite gestellt.

Walther war so vom Durst gepeinigt, dass er seinen Krug nachschenken und sich hinterher noch von Cäcilie ein großes Glas Hagebuttenwein aufschwatzen ließ. Da er im Allgemeinen wenig trank, spürte er den Alkohol, als er sich erhob.

»Ich werde jetzt nach Hause gehen!«

»Bis zum Forsthaus?«, fragte Luise Frähmke verwundert. »Bleib lieber hier! Du kannst in einer der Gesindekammern schlafen.«

Walther schüttelte den Kopf. Auf dem Heimweg wollte er seinen Gedanken nachhängen, die sich immer mehr um Gisela drehten. Sie war das schönste Mädchen, das er je gesehen hatte, und seit dem heutigen Tag auch das begehrenswerteste.

Auch Gisela spürte den Wein und bat, sie zu entschuldigen. »Seid mir nicht böse, aber ich bin todmüde und will nur noch ins Bett.«

»Schiebe den Riegel vor, mein Kind. Ich traue einigen der Herren, die bei uns zu Gast sind, nicht über den Weg. Nicht, dass sich einer davon in deine Kammer verirrt«, riet ihr die Mamsell.

»Dem würde ich mit dem Besen heimleuchten«, sagte Gisela mit einem misslungenen Lachen. Sie wünschte allen noch eine gute Nacht und verließ die Küche.

»Ich mache mich ebenfalls auf den Weg«, erklärte Walther. »Habt Dank für Speis und Trank. Wenn ihr wieder etwas aus dem Forst braucht, lasst es mich wissen! Gute Nacht!«

Mit diesen Worten verließ er den Küchentrakt. Schon bei den ersten Schritten spürte er, wie stark der rasch genossene Alkohol ihm zusetzte, und überlegte, ob er die Mamsell nicht doch bitten sollte, ihm im Gesindetrakt ein Bett zuzuweisen. Da sah er im Flur einen Lichtschein auf sich zukommen.

Wenige Augenblicke später stand Gudula von Techan vor ihm, die sich in einen flauschigen Morgenmantel gehüllt hatte. »Dem Himmel sei Dank, dass ich dich finde, Walther. In meinem Zimmer befindet sich eine Ratte. Bitte hilf mir!«

»Eine Ratte? Aber ... Ihr braucht keine Angst zu haben, gnädige Frau! Ich werde Euch von dem Viehzeug erlösen.« Walther ging voraus und nahm daher das zufriedene Aufblitzen in Gudula von Techans Augen nicht wahr. Die Edeldame führte ihn zu ihrem Zimmer, ließ ihn die Tür öffnen und trat sofort nach ihm ein.

»Wo habt Ihr die Ratte bemerkt?«, fragte Walther. Auch als er sich auf den Boden kniete und unter das Bett leuchtete, war weit und breit nichts von einem Tier zu sehen. Zuletzt wollte er sich dem Schrank zuwenden. Dabei glitt sein Blick über die Frau, und er erstarrte.

Gudula von Techan ließ eben ihren Morgenmantel zu Boden sinken und stand so nackt vor ihm, wie Gott sie erschaffen hatte. »Vergessen wir die Ratte und wenden uns Dingen zu, die weitaus angenehmer sind.«

Der Anblick des nackten Frauenkörpers blieb nicht ohne Wirkung auf Walther. Im nüchternen Zustand hätte er

sich beherrscht, aber nun spürte er, wie ihm das Blut in die Lenden schoss. Seine Müdigkeit war verflogen, und er machte unwillkürlich einen Schritt auf Gudula von Techan zu.
Diese kam ihm entgegen und legte ihm die Hände auf die Schulter. Sie war einen halben Kopf kleiner als er, leicht füllig und roch nach einem feinen, verlockenden Parfüm.
»Nun zeige mir, wie gut dein Gewehr geladen ist, mein lieber Jäger«, flüsterte sie und ließ eine Hand nach unten wandern.
Walther spürte, wie ihre Finger die Härte seines Gliedes prüften. Obwohl der Verstand ihm sagte, dass er kein Lustknabe sein wollte, über den diese Frau nach Belieben verfügen konnte, ließ er es zu, dass sie ihm die Hose löste und ihm die Hand in seine Unterhose schob. Als die Finger sich um sein Glied schlossen, keuchte er auf und zog die Frau an sich.
Gudula von Techan hielt ihn lächelnd auf. »Nicht so hastig, mein Lieber! Die Nacht ist noch lang, und ich will mein Vergnügen haben. Einen Mann, der sich ein paarmal hin und her bewegt und dann erschlafft, kann ich nicht brauchen.«
Noch während sie es sagte, begann sie ihn mit geschickten Fingern zu entkleiden und betrachtete anschließend wohlgefällig seine muskulöse Gestalt und vor allem jenes Körperteil, von dem sie sich möglichst große Lust erhoffte.
»Wir machen es so, wie ich es will«, erklärte sie mit Nachdruck. »Lege dich auf den Rücken. Aber wage es nicht, einzuschlafen, sonst bin ich dir ernsthaft böse!«

Da Walther nicht sofort gehorchte, drehte sie ihn herum und schob ihn auf das Bett zu. Er spürte den Holzrahmen in den Kniekehlen und kippte unwillkürlich nach hinten. Im nächsten Augenblick glitt sie auf ihn, suchte sein Glied mit einer Hand und schob es mit einem wohligen Stöhnen in sich hinein.

»So macht man das«, sagte sie lächelnd und nahm sich vor, den jungen Mann nicht eher fortzulassen, bis sie selbst vollkommen zufriedengestellt war.

## 8.

Walther wachte auf, als ihn jemand bei den Schultern rüttelte. Verwirrt öffnete er die Augen und sah im Schein der Kerze eine Frau in einem seidenen Nachthemd. Es dauerte einen Augenblick, bis er begriff, dass das, was er für einen Traum gehalten hatte, Wirklichkeit gewesen war. Er war tatsächlich Gudula von Techan in deren Zimmer gefolgt und hatte sich mit ihr auf schamlose Weise gepaart.

Die Frau wies zur Tür. »Du musst jetzt gehen!«

Ihre Leidenschaft war gestillt, und nun war es vordringlich, dafür zu sorgen, dass niemand bemerkte, was in diesem Zimmer geschehen war. Ihr war klar, welche Folgen es für sie haben mochte, wenn der junge Bursche noch während ihrer Anwesenheit auf Renitz damit prahlte, sie besessen zu haben.

Kurz entschlossen nahm sie ihre Geldbörse, holte eine Handvoll Taler heraus und reichte sie Walther, ohne sie zu zählen. »Dafür hältst du den Mund, verstanden? Tust du es nicht, sorge ich dafür, dass du in deinem Leben nicht mehr glücklich wirst!«
Im ersten Moment wollte Walther ihr das Geld empört vor die Füße werfen, aber dann zögerte er. Auch wenn es ihn demütigte, von ihr wie ein bezahlter Lustknabe behandelt zu werden, so brachte das Geld ihn seinem Traum von Amerika näher.
»Ich werde schweigen, gnädige Frau. Von mir habt Ihr nichts zu befürchten.« Er stand auf und zog seine Kleider an. Die Münzen steckte er in seine Westentasche. Dann verbeugte er sich vor der Dame, öffnete die Tür und blickte hinaus. Im Flur war es noch dunkel, doch er wagte nicht, sie um die Kerze zu bitten. Leise tastete er sich zur Hintertreppe, stieg ins Erdgeschoss hinab und verließ das Schloss durch eine Seitentür.
Draußen tauchte der erste Schein des nahenden Tages die Landschaft in ein Dämmerlicht. Um vom Schloss aus nicht gesehen zu werden, schritt er so rasch aus, wie es in diesem Halbdunkel möglich war.
Als es heller wurde, zog er die Münzen aus der Tasche und zählte sie. Es waren mehr als einhundert Taler. Die Dame scheint mit meiner Leistung wirklich zufrieden gewesen zu sein, dachte Walther, lachte auf und schalt sich gleichzeitig einen Narren. Um seiner selbst willen hätte er Gudula von Techan zurückweisen müssen. Stattdessen hatte er sich ihren Wünschen gefügt und alles getan, um sie zufriedenzustellen.

Aber er wollte nicht sein Leben lang kriechen müssen, sondern ein freier Mensch sein und nach seinem eigenen Willen handeln.

Hier in diesem Land würde ihm das niemals gelingen. Sobald es möglich war, musste er Renitz verlassen und Gisela mitnehmen. Amerika war ein freies Land, und vielleicht war es ihr als Katholikin dort sogar erlaubt, einen Protestanten zu heiraten.

Für einen Augenblick stellte er sich vor, wie es sein würde, mit ihr das Bett zu teilen, schob diese Vorstellung aber rasch beiseite, weil sie ihm zu gefährlich erschien. Wenn einmal mehr aus Gisela und ihm werden sollte, so nur in allen Ehren und als verheiratetes Paar.

## 9.

Solange die Gäste auf Renitz weilten, ließ Walther sich nicht mehr im Schloss blicken. Gisela aber musste sich der Zudringlichkeiten so manches ältlichen Herrn erwehren, den die eigene Gattin nicht mehr reizte. Auch stellten ihr einige Jünglinge nach, die sich von ihr erste Erfahrungen mit dem anderen Geschlecht erhofften. Gisela mied die Räume, in denen sie Gefahr lief, auf männliche Gäste zu treffen, und blieb meist in der Küche, um Cäcilie zu helfen.

Ganz konnte sie den liebeshungrigen Herren allerdings nicht entgehen. Als sie an diesem Vormittag mit frischem

Gemüse und Zwiebeln aus dem Garten zurückkehrte, stellte sich ihr einer der Kavaliere in den Weg.
»Bleib doch stehen, schönes Kind, und sprich mit mir«, säuselte er.
Gisela ahnte, dass es nicht beim Reden bleiben sollte, denn er drängte sie in Richtung einer von dichtem Buschwerk umgebenen Laube. Und schon fasste er sie an die Brust.
»Lasst das, Herr Baron«, fuhr sie ihn an, konnte ihn aber nicht abwehren, da sie beide Hände voll hatte.
Der Mann lachte nur und wurde noch zudringlicher.
»Zier dich nicht so. Du bekommst auch einen Taler dafür!«
»Für den danke ich – und jetzt lasst mich gehen!« Gisela fasste ihren Gemüsekorb so, dass sie ihn mit der Linken halten konnte, und zerquetschte mit der anderen Hand eine kleine Zwiebel. Als der Mann sie nicht losließ, strich sie ihm damit durch das Gesicht.
Zuerst glaubte er noch, es wäre eine zärtliche Geste, dann aber brannten ihm die Augen und begannen zu tränen. Im nächsten Moment musste er kräftig niesen.
Gisela schlüpfte an ihm vorbei und eilte in die Küche.
»Ich hoffe, unsere Gäste verlassen uns bald wieder«, rief sie zornig.
»Was ist denn geschehen?«, fragte Cäcilie.
Mit einer energischen Bewegung stellte Gisela ihren Korb auf den Tisch. »Baron Fahrenhorst hat eben der Hafer gestochen. Er wollte mich doch glatt in eine der Lauben drängen. Aber dem habe ich mit einer Zwiebel heimgeleuchtet. Ich glaube, der weint jetzt noch, und das nicht nur, weil ihm ein Vergnügen entgangen ist!«

Cäcilie lachte schallend. »Du hast dich also mit einer Zwiebel gewehrt. Da werden ihm freilich die Tränen gekommen sein. Geschieht ihm recht! Was muss er auch auf verbotenen Pfaden wandeln. Lass es dir eine Lehre sein und geh nicht mehr allein hinaus. Wenn dich einer der Gäste in die Büsche zieht und dir Gewalt antut, wird ihn niemand dafür zur Rechenschaft ziehen.«

»In Zukunft trage ich immer eine aufgeschnittene Zwiebel in meiner Schürzentasche und reibe jedem, der mir zu nahe kommt, das Gesicht damit ein«, antwortete Gisela kämpferisch.

»Heult Baron Fahrenhorst etwa deswegen wie ein kleiner Junge, dem man sein Steckenpferd weggenommen hat?«

Luise Frähmke war neugierig in die Küche gekommen und hatte Giselas letzte Worte gehört. Auch sie schmunzelte, stieß dann aber in das gleiche Horn wie Cäcilie und wies Gisela an, die Küche nicht mehr allein zu verlassen.

»Und was ist mit dem Abtritt?«, fragte das Mädchen und erhielt dafür eine spielerische Ohrfeige von Frau Frähmke.

»Werde mir ja nicht frech! Aber auch dorthin wird dich jemand begleiten, hast du verstanden?«

»Ja!« Während Gisela noch darüber nachsann, wie ungerecht es war, dass sie wegen der Gäste wie eine Gefangene leben musste, ging die Tür auf und Gräfin Renitz trat ein. Sie musterte Gisela mit dem Ausdruck sichtlichen Unwillens.

»Hier bist du! Unsere Gäste verlangen nach dir. Du sollst sie bedienen.«

Bisher hatte Frau Frähmke nur selten Einwände auf Befehle ihrer Herrin gewagt, doch diesmal sah sie sich dazu genötigt. »Ich weiß nicht, ob dies gut ist, Erlaucht. Einige der männlichen Gäste bewahren nicht die nötige Schicklichkeit im Umgang mit Gisela.«
Der Blick der Gräfin wurde womöglich noch kälter. »Eine Magd sollte wissen, dass sie stillhalten muss, wenn ein Herr etwas von ihr wünscht. Und jetzt zieh dich um! An deinem Kleid klebt ja noch Erde.« Nach diesen Worten rauschte Gräfin Elfreda davon und ließ Gisela, die Mamsell und Cäcilie in einem Zustand hilfloser Wut zurück.
»So sind sie, die feinen Herrschaften! Nach außen hin tun sie fromm und sittsam, doch insgeheim lachen sie über das dumme Volk, das sich an die Gesetze halten muss, während sie sich – in aller Diskretion natürlich – darüber erhaben fühlen«, schimpfte die Köchin.
Gisela war bleich geworden, ballte aber die Fäuste. »Eher gehe ich auf Tagelohn, als dass ich den Gästen Ihrer Erlaucht zur Belustigung diene.«
»Das wäre keine Lösung«, wandte Frau Frähmke ein. »Als Tagelöhnerin bist du den Begehrlichkeiten der Bauern ebenso ausgeliefert wie denen ihrer Knechte. Manche geben dir nur dann Arbeit, wenn du – wie Ihre Erlaucht es ausdrückte – stillhältst. Uns wird etwas anderes einfallen müssen. Doch jetzt solltest du dich schnell umziehen und die Gäste bedienen. Sorge dafür, dass du nie mit einem oder mehreren Herren allein bist. Sollten diese Botengänge in ihre Zimmer verlangen, beauftrage einen Lakaien damit.«

Die Mamsell lächelte Gisela kurz zu und schob sie zur Tür hinaus. Sie begleitete sie in ihre Kammer und dann weiter in den Damensalon. Dort konnte sie Gisela fürs Erste allein lassen.

Als Frau Frähmke in die Küche zurückkehrte, stand Cäcilie mitten im Raum, den Kochlöffel in der Hand. Ihrem Gesicht nach schien sie sich vorzustellen, das Ding einem aufdringlichen Herrn über den Schädel zu ziehen.

»Gisela muss heiraten – und zwar bald!«, erklärte die Mamsell entschlossen. »Sollte sie dies weiterhin wegen ihres Glaubens ablehnen, können wir ihr nicht mehr helfen. Spätestens wenn der junge Herr zurückkehrt, wird sie Osmas Schicksal und das einiger anderer Mägde teilen. Graf Diebold hat einen schlechten Charakter und gewiss nicht vergessen, dass sie sich ihm immer wieder entzogen hat.«

»Schön und gut, aber selbst wenn sie einverstanden ist, wen soll sie heiraten?«

»Wen schon? Den Walther! Die beiden waren am Festabend ein wunderschönes Paar. Und sie mögen sich! Das spüre ich. Man muss ihnen nur einen kleinen Schubs in die richtige Richtung versetzen.« Frau Frähmke klang so überzeugt, dass Cäcilie keinen Einwand vorbringen konnte und sich im Stillen schwor, alles zu tun, um diesen Plan zu unterstützen.

## 10.

Es gelang Gisela, den Nachstellungen einzelner Herren mit Geschick und der Hilfe ihrer beiden Freundinnen zu entgehen. Die meisten der männlichen Gäste gaben sich mit einem Lächeln und einem freundlichen Wort zufrieden und verließen Renitz schließlich mit dem Gefühl, dort einen angenehmen Aufenthalt verlebt zu haben.

Von einigen erhielt Gisela Trinkgeld, aber es wunderte sie nicht, dass Baron Fahrenhorst und einige andere aufdringlich gewordene Männer damit geizten oder es ganz vergaßen. Als schließlich auch Gudula von Techan samt Tochter, Schwester und Nichte als Letzte von Renitz schieden, atmete sie befreit auf.

»Gott sei Dank ist diese Heimsuchung vorbei! Ich hoffe, Ihre Erlaucht plant nicht noch weitere solche Feste.«

Die Mamsell zog ein langes Gesicht. »Diese Hoffnung wird sich leider nicht erfüllen. Spätestens bei der Rückkehr des jungen Herrn wird die Gräfin einen weiteren Ball geben. Bis dorthin muss aber einiges geklärt sein!«

»Was geklärt?«, fragte Gisela verwundert.

»Deine Heirat! Und sage nicht, dass es nicht geht, weil du katholisch bist. Du wirst nachgeben müssen, wenn du nicht als Landstreicherin oder bestenfalls als Tagelöhnerin in einer elenden Kate enden willst. Was das bedeutet, habe ich dir schon deutlich vor Augen geführt. Also sei gescheit!«

Doch war Gisela nicht bereit, sich zu fügen. »Es geht nicht!«, sagte sie entschlossen, auch wenn sie sich längst eingestehen musste, dass sich ihr kein anderer Ausweg bot.
»Es geht alles, wenn man will!«, erklärte die Mamsell kategorisch. »Walther mag dich, aber er ist zu edel, um dich zu bedrängen, da er um deinen Vorsatz weiß, deinem Glauben nicht zu entsagen. Doch sobald du zu einer protestantischen Heirat bereit bist, wird er dich als die Seine heimführen.«
»Walther!« Giselas Ausruf sollte spöttisch klingen, wurde aber zu einem verzweifelten Schrei. Sie liebte Walther von Kindheit an und wünschte sich im Grunde nichts mehr, als dass es kein Hindernis zwischen ihr und ihm gäbe. Doch in dem Augenblick, in dem ihre Mentorin seinen Namen ins Spiel brachte, schreckte sie vor der Konsequenz zurück.
»Lasst mir Zeit«, bat sie.
»Aber nicht mehr lange! Sonst geschieht das Unglück, und der Karren ist so in den Graben gefahren, dass ihn niemand mehr herausziehen kann.« Luise Frähmke ärgerte sich über sich selbst, weil sie nicht standhaft blieb und Gisela zu ihrem Glück zwang. Doch sie hoffte auf deren Vernunft und ein wenig auch auf Walther, den sie mit geschickten Bemerkungen dazu bewegen wollte, sich der jungen Frau anzunehmen.

## 11.

Luise Frähmkes Absicht war es gewesen, Gisela im Lauf einiger Wochen durch stetes Zureden den Glaubenswechsel schmackhaft zu machen und gleichzeitig auf Walther einzuwirken, der jungen Frau beizustehen. Doch drei Tage später geschah etwas, das ihr Vorhaben zum Scheitern verurteilte. Ohne Vorankündigung rollte eine Kutsche auf den Vorplatz, und Diebold von Renitz stieg aus. Die Drohung seines Vaters, ihm die Reisezuschüsse zu streichen, hatte ihn dazu bewogen, sich wieder heimwärts zu wenden.
In den gut drei Jahren seiner Abwesenheit hatte er einiges an Gewicht zugenommen und kaschierte seinen Bauchansatz durch einen stramm sitzenden Rock aus dunkelblauem Tuch. Dazu trug er Schaftstiefel, eine eng sitzende Hose und einen schwarzen Zylinderhut. In der Hand hielt er einen Spazierstock, der als Stockdegen gearbeitet war.
Hinter Diebold stieg Pastor Künnen aus, der den jungen Herrn auf seiner Kavalierstour begleitet hatte. Während der langen Reise war er grau geworden und sichtlich abgemagert. Auch bewegte er sich mit den langsamen und unsicheren Schritten eines alten Mannes.
Diebold blieb vor der Freitreppe stehen und sah sich zu Künnen um. »Jetzt sind wir wieder zu Hause, Pastor. Schade drum! Hätte mir Kopenhagen und Sankt Petersburg gerne noch angesehen. Na, war ja sicher nicht die letzte Reise!«

Dann stieg er die Treppe nach oben. Einer der Lakaien hatte seine Ankunft bemerkt und öffnete ihm die Tür mit einer tiefen Verbeugung.
Künnen folgte dem jungen Renitz mit einem tiefen Seufzer. Eigentlich hätte er Diebolds Charakter auf der Reise im Sinne des alten Grafen formen sollen, doch der junge Renitz hatte sich seinem Einfluss vollkommen entzogen und ein Leben geführt, das von einem Mann des Glaubens nur sittenlos genannt werden konnte. Nun klammerte er sich an die Hoffnung, die von Ihrer Erlaucht angekündigte Heirat könne den jungen Herrn zähmen.
Unterdessen hatte Diebold die Vorhalle durchquert und wollte eben die Treppe zu den Gemächern seiner Eltern hinaufsteigen. Da trat auf der anderen Seite Gisela mit einem Korb Wäsche aus dem Bügelzimmer. Sie entdeckte den jungen Renitz erst, als er auf sie zutrat und ihr den Weg versperrte.
Um seine Lippen spielte ein spöttisches Lächeln. »Jungfer Gisela! Welch eine Freude, dich zu sehen. Du bist ja seit dem letzten Mal noch hübscher geworden. So gefällt es mir!« Dabei fasste er nach ihrem Kinn und drehte es so, dass sie ihm ins Gesicht sehen musste.
Gisela presste die Lippen zusammen.
Diebold grinste siegesgewiss. »Diesmal wirst du mir nicht entgehen, du dunkle Rose. Das solltest du dir merken. Gehorchst du mir nicht, werde ich dafür sorgen, dass du von Renitz verjagt wirst und dein Auskommen auf der Landstraße suchen musst.«
Ihr entsetzter Blick amüsierte Diebold, und er sagte sich, dass er auf dem richtigen Weg war, sie gefügig zu machen.

Zweimal hatte sie sich ihm entziehen können, ein drittes Mal würde er nicht zulassen. Da er jedoch sehr viel mehr Freude daran haben würde, wenn sie sich ihm freiwillig hingab, beließ er es nicht nur bei Drohungen, sondern versuchte, sie mit Versprechungen zu locken.

»Wenn du mir gehorchst, so wie es sich für eine brave Magd geziemt, soll es dein Schade nicht sein. Ich werde dafür sorgen, dass meine Mutter dich zur Mamsell ernennt. Die Frähmke ist alt und zu nichts mehr zu gebrauchen.«

Für die meisten Mägde wäre dieses Angebot verlockend gewesen, doch Gisela liebte Luise Frähmke wie eine Mutter und hätte niemals etwas getan, was dieser schaden konnte. Zudem wusste sie, dass Diebold nach dem Willen seiner Mutter in spätestens einem halben Jahr heiraten sollte, und keine Ehefrau würde die Geliebte ihres Mannes auf Dauer im Haus dulden. Spätestens dann, wenn Gräfin Elfreda das Zepter ihrer Schwiegertochter übergab, würde diese dafür sorgen, dass sie ohne Papiere auf die Landstraße gejagt wurde.

Doch was blieb ihr übrig? Sie traute Diebold zu, ihr Gewalt anzutun, wenn sie ihm nicht gehorchte.

Zu Giselas Erleichterung ließ der junge Graf sie endlich los und ging nach oben. Sie selbst eilte wie von Furien gehetzt in die Küche und sah sich Cäcilies fragenden Blicken ausgesetzt.

»Was tust du denn mit der Wäsche hier herinnen?«

»Graf Diebold ist zurückkehrt!«, stieß Gisela hervor.

»Was?«

»Ich bin ihm in der Vorhalle begegnet. Er hat mich aufgehalten und gesagt ...« Gisela brach ab, doch die Kö-

chin vermochte sich auch so ihren Reim darauf zu machen.
»Er hat dich aufgefordert, ihm zu Willen zu sein!«
Gisela nickte mit bleicher Miene. »Wenn nicht, will er dafür sorgen, dass ich von Renitz vertrieben werde – und zwar ohne Papiere, so dass ich auf der Landstraße oder im Gefängnis ende.«
»Ein wahrlich nobler Herr!«, sagte Cäcilie mit bitterem Spott. »Hätte ihn nicht unterwegs der Teufel holen können?«
»So etwas wünscht man niemandem!«, tadelte Luise Frähmke sie.
Die Mamsell war Gisela gefolgt und überlegte verzweifelt, wie sie den Wolf von seinem Opfer fernhalten konnte. Schließlich zog sie Gisela zu sich herum. »Du musst Walther heiraten, und wenn es dich noch so schmerzt, protestantisch werden zu müssen. Oder denkst du, deine Mutter hätte gewollt, dass du einem solchen Lumpen wie Graf Diebold zum Opfer fällst?«
Unwillkürlich schüttelte Gisela den Kopf.
»Na also!«, erklärte die Mamsell und sah sich dann besorgt um, ob jemand ihre abfällige Bemerkung über den jungen Herrn gehört hatte. Wie sie Diebold kannte, würde dieser dafür sorgen, dass sie Renitz zusammen mit Gisela verlassen musste.
»Komm mit!«, forderte sie Gisela auf.
»Was wollen Sie tun?«, wollte die Köchin wissen.
»Diesem Sturkopf Walther die Leviten lesen«, antwortete die Mamsell und zog Gisela einfach mit sich. Als sie sah, dass die junge Frau immer noch ihren Wäsche-

korb unter den Arm geklemmt hatte, blieb sie kurz stehen.
»Den kannst du abstellen. Um die Arbeit soll sich eine der anderen Mägde kümmern. Wir haben Wichtigeres zu tun.«

## 12.

Fassungslos starrte Walther auf den Toten hinab und erinnerte sich, Stoppel in der Nacht noch schreien gehört zu haben, dass die Kosaken kämen. Danach war der frühere Förster verstummt und lag nun bleich und starr auf seinem Lager.
Ich hätte nach ihm sehen und ihn aus seinem Alptraum wecken sollen, schalt Walther sich. Vielleicht würde sein Freund dann noch leben.
Selbst der Gedanke, dass Stoppel den Tod nicht als Feind, sondern als Erlöser angesehen hatte, brachte ihm keinen Trost. Erschüttert schloss er die Augen des Freundes. Auch wenn Stoppel nur noch das Gnadenbrot auf Renitz erhalten hatte, wollte er sogleich im Schloss Bescheid sagen. Während er Weste und Rock anzog, wurde ihm immer klarer, dass ihm die Gespräche mit dem früheren Förster fehlen würden. Nun musste er ganz allein im Forsthaus hausen.
Niedergeschlagen öffnete er die Haustür und sah Frau Frähmke und Gisela den Weg heraufkommen.

»Euch führt der Himmel zu mir! Herr Stoppel ist heute Nacht verstorben«, begrüßte er sie.
»Was?« Erschrocken schlug Gisela das Kreuz.
Ihre Begleiterin senkte kurz den Kopf, um diese Nachricht zu verarbeiten, sah dann aber Walther durchdringend an. »Auch wenn mir der Tod dieses Mannes sehr nahegeht, so haben wir doch zunächst noch etwas zu besprechen. Kommt, setzen wir uns hier draußen auf die Bank.«
»Aber ich muss zum Schloss und Herrn Stoppels Ableben melden«, widersprach Walther.
»Das mache ich! Es kommt auf eine halbe Stunde nun nicht mehr an.« Die resolute Mamsell gab nicht eher auf, bis Walther und Gisela sich zusammen mit ihr an den Tisch neben der Eingangstür gesetzt hatten.
Dort ergriff sie die Hände der beiden. »Die schiere Not treibt uns zu dir, Walther. Wir brauchen deine Hilfe!«
»Ich helfe euch selbstverständlich! Was muss ich tun?«
»Gisela heiraten! Graf Diebold ist zurückgekehrt und wird sie, solange sie ohne männlichen Schutz ist, nicht in Ruhe lassen.«
»Aber sie will doch ihren Glauben nicht aufgeben!«
»Das wird sie, wenigstens nach außen hin. Du wirst ihr gewiss nicht verbieten, insgeheim zu ihrer Jungfrau Maria zu beten. Deren Hilfe werdet ihr beide ebenso nötig haben wie die unseres Herrn Jesus Christus.«
Während Luise Frähmke auf Walther einredete, wäre Gisela vor Scham am liebsten im Boden versunken. »Wenn du nicht willst, verlasse ich lieber Renitz und gehe auf Tagelohn«, flüsterte sie unter Tränen.

»Ich habe nicht gesagt, dass ich dich nicht heiraten will. Eigentlich will ich das ganz gerne. Es kommt jetzt nur so plötzlich! Ich … ich habe gedacht, du machst dir nicht viel aus mir.« Walther räusperte sich und sah sie lächelnd an. »Ich mag dich! Ich habe dich immer gemocht!«

»Ich dich auch! Doch wird es reichen, um gut zusammen hausen zu können?«, fragte Gisela kleinlaut.

»Viele Ehen haben mit sehr viel weniger begonnen und sind glücklich geworden. Das werdet ihr auch. Vertraut mir!«, erklärte Luise Frähmke mit Nachdruck und legte die Hände der beiden ineinander.

»Miteinander reden könnt ihr später. Jetzt heißt es rasch handeln. Da ihr beide in Graf Renitz' Diensten steht, braucht ihr für die Heirat seine Erlaubnis. Ihr müsst ihn heimlich fragen, so dass Graf Diebold es nicht bemerkt – und unsere Gräfin nach Möglichkeit auch nicht. Daher werdet ihr zwei jetzt zum Schloss gehen, Seine Erlaucht aufsuchen und ihn um seine Erlaubnis bitten. Gebt acht, dass euch niemand sieht! Um Stoppel kümmere ich mich. Nun macht schon!« Die Mamsell versetzte sowohl Gisela wie auch Walther einen leichten Klaps und scheuchte die beiden auf. Dann faltete sie die Hände und bat den Herrgott, dass er dem jungen Paar seinen Segen geben möge.

Walther eilte mit so raschen Schritten Richtung Schloss, dass Gisela ihm kaum zu folgen vermochte. Für sie war dieser Weg eine Qual. Zwar liebte sie Walther und hatte sich in ihren Träumen oft vorgestellt, wie es wäre, mit ihm verheiratet zu sein. Doch dafür das Versprechen an ihrer

Mutter brechen zu müssen erfüllte sie mit Angst. Den Lehren der katholischen Kirche zufolge war dies eine Sünde, für die sie in die Hölle kommen würde.
»Möchtest du ein wenig verschnaufen?«, fragte Walther, als er sie keuchen hörte.
Gisela sah ihn an wie ein waidwundes Reh. »Nein! Da es nun einmal sein muss, will ich es so schnell wie möglich hinter mich bringen. Noch dürfte Graf Diebold bei seiner Mutter sein, doch irgendwann muss er auch seinen Vater aufsuchen. Also sollten wir vor ihm dort sein.«
»Das gebe unser Herr Jesus Christus!« Nun ging Walther doch ein wenig langsamer und atmete tief durch. »Auch wenn es für uns beide überraschend kommt, so freue ich mich, dass aus uns ein Paar wird. Ich habe dich bereits als Kind gemocht und dich, seit du erwachsen bist, von ganzem Herzen begehrt!«
Die Begierde eines Mannes ist leicht zu entflammen, fuhr es Gisela durch den Kopf, und sie dachte daran, wie Diebold sie bedrängt hatte. Sogleich schämte sie sich jedoch für diesen Vergleich, denn Walther hatte ihr niemals nachgestellt oder versucht, sie zu verführen. Im Grunde hatte diese Tatsache sie sogar ein wenig gekränkt.
Doch Walther war nicht mit anderen Männern zu vergleichen. Sie hatte ihn noch nie zornig gesehen. Auch prahlte er nicht so wie andere mit völlig nutzlosen Dingen. Vor allem aber hatte er sie niemals im Stich gelassen, wenn sie auf seine Hilfe angewiesen gewesen war. Nun half er ihr erneut, obwohl es ihn diesmal seine Freiheit kostete. Vielleicht würde er ihretwegen gar auf seinen Traum verzichten, nach Amerika zu gehen.

Sie hoffte insgeheim, dass er hierbleiben würde, denn sie fürchtete sich vor dem Land, das jenseits des riesigen Ozeans lag, und noch viel mehr vor der Überfahrt. Wasser war grausam, das wusste sie aus bitterer Erfahrung. Sie hatte viele Männer und auch Frauen, die mit dem Heer gezogen waren, in Russlands Flüssen und Strömen ertrinken sehen.
Gisela und Walther hingen immer noch ihren Gedanken nach, als sie das Schloss erreichten und es durch einen Seiteneingang betraten. Beklommen fassten sie sich an den Händen und stiegen über eine Nebentreppe zu den Gemächern des Grafen hinauf. Als sie an die Tür klopften, öffnete ihnen der Kammerdiener. Dieser wusste, dass sie bei seinem Herrn gut angesehen waren, und ließ sie ein.
»Ihr wollt mit Seiner Erlaucht sprechen?«, fragte er.
Walther nickte eifrig. »Das wollen wir! Wenn es möglich ist, möchten wir dabei nicht gestört werden.«
»Ich will sehen, was ich tun kann!« Mit gravitätischen Schritten, die nicht mehr erkennen ließen, dass der gute Mann im Heer der Bursche seines Herrn gewesen war, ging der Kammerdiener ihnen voraus und meldete sie bei Medard von Renitz an.
Medard von Renitz saß mit einer Decke in seinem Lieblingsohrensessel und hielt ein Werk des Generals Clausewitz in der Hand. Als er das junge Paar bemerkte, hob er den Kopf und sah sie an.
Die beiden nahmen die tiefen Spuren wahr, die das Alter in das Gesicht ihres Herrn gegraben hatte, und befürchteten, dass der Mann, der sie protegiert hatte, nicht mehr

lange leben würde. Für Walther war dies eine Mahnung, seine Pläne energischer voranzutreiben als bisher.
»Was führt euch zu mir?«, fragte Graf Renitz freundlich. Während Gisela knickste, verbeugte Walther sich und sah dann Renitz mit dem Mut der Verzweiflung an. »Euer Erlaucht, ich … wir sind gekommen, um Euch zu bitten, uns die Heirat zu erlauben.«
»Ihr wollt heiraten? Ihr wisst, dass dies hier auf Renitz nur auf eine Art geschehen kann!« Der Graf sah Gisela so durchdringend an, dass diese beschämt den Kopf senkte.
»Das weiß ich, Euer Durchlaucht, und ich bin bereit dazu.«
Eigentlich bin ich es weniger denn je, durchfuhr es Gisela, aber sie wusste genau, dass sie sich nicht weigern durfte. Sie war noch zu jung und zu hübsch, um auf Tagelohn gehen zu können, ohne von Männern belästigt zu werden. Doch wenn sie hierblieb, ohne Walther zu heiraten, bot sie Graf Diebold die Gelegenheit, mit ihr so zu verfahren, wie es ihm beliebte.
Auch wenn der Graf nur selten seine Gemächer verließ, so erfuhr er doch vieles von dem, was im Schloss geschah, und ihm war klar, dass das überraschende Ansuchen des jungen Paares mit der Rückkehr seines Sohnes zusammenhing. Er fand es beschämend, dass eine junge Frau wie Gisela sich nicht anders vor Diebolds Zudringlichkeiten zu retten wusste, als Hals über Kopf zu heiraten, doch er hatte nicht die Macht, dies zu ändern. Da er sowohl Walther wie auch Gisela mochte, beschloss er, ihnen diesen Ausweg zu ermöglichen.

»Ich erteile euch die Erlaubnis zur Heirat. Pastor Künnen soll euch noch heute Abend trauen. Ich werde ihm die schriftliche Anweisung dazu geben!« Renitz reichte seinem Kammerdiener das Buch und befahl ihm, Papier, Tinte und Feder zu bringen sowie ein kleines Schreibpult, das er auf die Lehnen des Sessels legen konnte.
Noch während er schrieb, betraten sein Sohn und seine Gemahlin das Zimmer. Beide sahen Gisela und Walther verwundert an, und die Gräfin machte ihnen ein Zeichen, dass sie gehen sollten.
Ihr Gemahl hob die Hand. »Bleibt! Ich bin gleich fertig.« Dann brachte er die letzten Zeilen zu Papier, unterschrieb mit Titel und Namen und reichte das Blatt an Walther weiter.
»Übergib dies Pastor Künnen! Er wird wissen, was er zu tun hat.«
»Eure Erlaucht ist zu gütig!« Walther verbeugte sich und wandte sich zum Gehen.
Da vertrat Diebold ihm den Weg. »Was ist das für ein Schreiben?«
»Die Heiratserlaubnis für die beiden«, antwortete Graf Renitz an Walthers Stelle.
Diebold vernahm die Verachtung in der Stimme seines Vaters und ballte die Fäuste. Doch er wusste, dass er gute Miene zum bösen Spiel machen musste, wenn er seinen Vater nicht vollends gegen sich aufbringen wollte. Damit war ihm das Mädchen zum dritten Mal entglitten. Doch irgendwann einmal würde er der Herr auf Renitz sein und dafür Sorge tragen, dass Gisela und Walther es für den Rest ihres Lebens bereuten, ihn jemals erzürnt zu haben.

## 13.

Stoppels Tod ermöglichte es Gisela und Walther, in aller Stille zu heiraten. Dies war in Graf Renitz' Sinn, denn es schien ihm nicht klug, diese Hochzeit an die große Glocke zu hängen. Die Leute wussten, dass Gisela katholisch war, und hätten erwartet, dass sie erst von Pastor Künnen in der in ihren Augen richtigen Konfession unterrichtet worden wäre. Dieser war jedoch von Luise Frähmke über die wahren Hintergründe für die Heirat informiert worden und stimmte ihr zu, weil auch er davon ausging, dass Diebold keine verheiratete Frau bedrängen würde.
So nahmen außer dem Brautpaar und dem Pastor nur Medard von Renitz, sein Kammerdiener, Luise Frähmke, Cäcilie und ein paar Bedienstete an der Feier teil. Einer, der ihnen ans Herz gewachsen war, fehlte jedoch. Es tat Walther leid, dass er Holger Stoppel niemals mehr sehen würde, und auch Gisela weinte ein paar Tränen, als sie an den Freund dachte, der ausgerechnet an diesem Tag hatte sterben müssen. Obwohl Künnen sich bemühte, die Trauung so festlich wie möglich zu gestalten, spürte Gisela, wie ihre Verzweiflung wuchs.
Immer wieder sah sie jene Szene bei Waterloo vor sich, in der ihre Mutter sie angefleht hatte, ihren Glauben niemals zu verleugnen. Nun tat sie es zumindest nach außen, denn innerlich würde sie der katholischen Kirche treu bleiben. Ihre Kinder mussten jedoch in der anderen Religion aufgezogen werden, und das erschien ihr als größter Verrat an der Mutter.

Walther spürte ihre Unruhe, wusste aber ihre Erregung nicht einzuordnen. War es ihr zuwider, mit ihm verheiratet zu sein? Oder gab es womöglich einen anderen Grund, von dem er nichts ahnte? Schnell ging er die jungen Männer aus dem Schloss, dem Dorf und dem Gut durch und fragte sich, ob Giselas Herz an einem von denen hing und Frau Frähmke sie zu dieser Heirat gedrängt hatte.
Das konnte er sich eigentlich nicht vorstellen. Gisela und er hatten sich stets gut verstanden, auch wenn ihre Freundschaft nach seiner Rückkehr aus Göttingen nicht mehr so innig gewesen war wie vor seiner Studienzeit. Er sprach schließlich sein »Ja!« in der Hoffnung, dass Gisela doch etwas für ihn empfand und sie gut zusammen leben würden.
Giselas »Ja!« klang wie zerspringendes Glas und drückte den ganzen Zwiespalt aus, in dem sie sich befand. Du liebst Walther doch, rief ein Teil in ihr. Wenn du ihm das nicht zeigst, wird er annehmen, dir liegt nichts an ihm, und damit steht eure Ehe von Anfang an unter einem schlechten Stern.
Wie sie die Trauung durchstand, hätte sie hinterher nicht zu sagen vermocht. Irgendwann sah sie Graf Renitz vor sich, der ihre Hand ergriff, und vernahm die Worte, mit denen er ihr seinen Glückwunsch zur Hochzeit aussprach. Luise Frähmke umarmte sie und raunte ihr ins Ohr, dass nun alles gut werde. Doch davon war Gisela nicht überzeugt. Auf jeden Fall war sie jetzt eine verheiratete Frau und würde anders leben müssen als bisher. Mit einem scheuen Blick sah sie zu Walther auf. Seine Miene wirkte ernst, wie man es von ihm gewohnt war, und sein Blick war in die Ferne gerichtet.

Sie begriff, dass sie etwas tun musste, um die Mauer niederzureißen, die sich zwischen ihnen aufzurichten drohte, und fasste nach seiner Hand. »Es gibt keinen, mit dem ich lieber verheiratet wäre als mit dir.«
Walthers Miene hellte sich auf, und er hielt sie für einen Augenblick fest. »Für mich gibt es auch keine andere als dich.«
Das hört sich gut an, sagte Gisela sich und lächelte zum ersten Mal an diesem Tag.
Da es kein großes Fest gab, tischte Cäcilie für das Brautpaar in der Küche auf. Graf Renitz verabschiedete sich schon kurz nach der Trauung und kehrte in seine Räumlichkeiten und zu den Lehren des Generals Clausewitz zurück. Da sich weder seine Gemahlin noch sein Sohn sehen ließen, verlief der Rest des Abends in harmonischer Eintracht.
Cäcilie zerdrückte ein paar Tränen vor Rührung, während sie das Brautpaar aufforderte, kräftig zuzugreifen. »Immerhin ist heute eure Brautnacht!«, sagte sie dabei mit einem anzüglichen Augenzwinkern.
Daran hatte Gisela noch gar nicht gedacht, und so fragte sie sich, ob sie es über sich bringen würde, Walther sein Recht als Ehemann so zu gewähren, dass er nicht böse auf sie war. Auch wenn sie selbst noch nie einen Geliebten gehabt hatte, wusste sie doch, wie es ging. Es gab immer wieder Mägde, die zu einem Mann ins Gebüsch oder auf den Heustock schlüpften und mit ihm Adam und Eva spielten. Manche von ihnen gaben hinterher sogar damit an und berichteten haarklein, was sie dabei erlebt hatten.

Während sie darüber nachsann, wurde Gisela bewusst, dass sie neugierig war, wie es mit ihr und Walther sein würde. Ihr Gesicht nahm einen weichen Ausdruck an, und sie fasste nach seiner Hand.
»Frau Frähmke hat bereits einen Knecht damit beauftragt, meine Habseligkeiten zum Forsthaus zu bringen. Ich werde dort schlafen müssen.«
»Wo solltest du sonst schlafen als bei deinem Mann?«, rief die Mamsell lachend.
»Gott sei Dank ist das so«, mischte Cäcilie sich ein. »Wenn ich es richtig gesehen habe, ist Imma vorhin in Graf Diebolds Schlafkammer geschlüpft. Was die beiden dort treiben werden, könnt ihr euch vorstellen. Gebe unser Herr Jesus Christus, dass sie nicht wie Osma endet. Unserer Kleinen bleibt dieses Schicksal Gott sei Dank erspart.«
Es war, als fege ein kalter Luftzug durch die Küche. Gisela zog die Schultern hoch, und Walther ballte unbewusst die Faust.
Cäcilie schüttelte traurig den Kopf. »Imma ist ein dummes Ding. Wenn Graf Diebold verheiratet ist, wird seine Gemahlin dafür sorgen, dass sie auf die Straße gejagt wird. Dann muss sie zusehen, wie sie sich als Tagelöhnerin durchschlägt. Manchmal könnte man wirklich an der Gerechtigkeit unseres Herrn im Himmel zweifeln.«
»So ist es«, stimmte ihr Luise Frähmke zu, befand dann aber, dass sie genug über dieses Thema gesprochen hatten, und strich Gisela über die Wange. »Ich bin zufrieden, so wie es gekommen ist, meine Kleine, und will, dass du es auch bist!«

»Ich werde alles tun, um Gisela glücklich zu machen«, versicherte Walther.

Lächelnd klopfte die Mamsell ihm auf die Schulter. »Dann solltet ihr jetzt gehen, damit ihr noch ein wenig Zeit für euch habt. Ihr müsst euch nicht wegen des armen Stoppels sorgen. Unser Pastor hat veranlasst, dass er in dem Schuppen neben der Kirche aufgebahrt worden ist. Übermorgen wird er zu Grabe getragen. Bis dorthin werdet ihr wohl wieder aus dem Bett gekommen sein.«

Gisela errötete, während Walther unwillkürlich an Amalie Dryander und Gudula von Techan dachte, die beiden Frauen, die ihn in die Geheimnisse der körperlichen Liebe eingeführt hatten. Mit Gisela würde es anders sein. Dennoch spürte er, wie sein Wunsch, mit ihr allein zu sein, immer größer wurde, und stand mit entschlossener Miene auf.

»Wir sollten tatsächlich vor Einbruch der Nacht im Forsthaus sein. Es ist nicht gut, in ein dunkles Haus zu treten, in dem gerade jemand gestorben ist.«

Ein Schauder überlief Gisela, und sie bekreuzigte sich bei dem Gedanken an den toten Stoppel. Einst hatte der Mann sie und Walther vor Landstreichern gerettet. Wie lange war das jetzt her? Damals hatte er die dreißig gerade überschritten, also war er bei seinem Tod nur knapp über vierzig gewesen. Seinen Worten zufolge hatte der Feldzug in Russland ihn krank werden lassen. Auch sie war bei dem Marsch auf Moskau und auf dem fluchtartigen Rückzug dabei gewesen. Sie zählte etwa halb so viele Jahre wie Stoppel und fragte sich, ob auch ihre Kräfte so früh nachlassen und sie schließlich verlöschen würde wie eine Ker-

ze im Wind. Sie horchte in sich hinein, spürte aber nichts außer einer gewissen Angst vor den nächsten Stunden und gleichzeitig einer Neugier, wie es ihr gefallen würde, eine richtige Ehefrau zu sein.
Aus diesem Gedanken heraus fasste sie nach Walthers Hand und sah ihn an. »Gehen wir!«
Walther lächelte erleichtert und winkte ihren beiden mütterlichen Freundinnen zu. »Danke für alles!«
»Bis morgen!«, antwortete Luise Frähmke und schob das junge Paar zur Tür hinaus.
Draußen schlang Walther einen Arm um Gisela und empfand dabei ein Glücksgefühl, dass er am liebsten gesungen hätte. Im nächsten Moment wunderte er sich über sich selbst. Immerhin war mit Holger Stoppel in der letzten Nacht ein guter Freund gestorben, und da gehörte es sich eigentlich nicht, fröhlich zu sein.
Die beiden verließen das Haus durch den Hintereingang. Eins mit sich selbst und ihren Gedanken achteten sie nicht auf die Fenster von Diebolds Schlafkammer und nahmen daher auch nicht den Schattenriss des Mannes wahr, der dort stand und ihnen hasserfüllt nachstarrte.
Diebold schmerzte die Niederlage, die er an diesem Tag hatte hinnehmen müssen, und ballte in hilfloser Wut die Fäuste. Erst lange nachdem das junge Paar seinen Blicken entschwunden war, drehte er sich um und betrachtete die junge Magd, die sich ihrer Kleidung entledigt hatte und nackt auf seinem Bett lag. Imma war hübsch und willig, dennoch wünschte er, Gisela wäre an ihrer Stelle. Doch diese kleine, schwarze Metze würde heute nicht ihm, sondern diesem Kretin Walther das Bett wärmen.

Noch ist nicht aller Tage Abend, dachte er und zog sich aus. Doch mit einem Mal reizte es ihn nicht mehr, sich mit Imma zu vergnügen. Sein Glied, das ihn bislang noch nie im Stich gelassen hatte, machte nicht die geringsten Anstalten, kraftvoll nach vorne zu ragen. Aber wenn er jetzt versagte, würde Imma das nicht für sich behalten können und es ihren Freundinnen erzählen. Dazu darf es nicht kommen, dachte er und war mit zwei Schritten bei ihr. Er packte die Handgelenke der Magd und riss sie hoch.
»Herr Graf, was habt Ihr?«, fragte Imma erschrocken.
Diebold verstärkte seinen Griff und sah mit wachsender Lust zu, wie die Frau sich vor Schmerzen wand.
»Was ich habe? Nichts! Ich will nur etwas davon haben, dass du bei mir bist!« Mit diesen Worten ließ er sie aufs Bett fallen und war über ihr, bevor sie Luft holen konnte. Sein Gewicht presste Imma gegen die Matratze, und mit einem Mal bekam sie Angst.
»Euer Hochwohlgeboren, seid bitte nicht so rauh zu mir!«
Wortlos presste Diebold ihre Beine auseinander, spürte dabei, wie sein Glied nun doch hart wurde, und drang mit einem heftigen Ruck in sie ein.
Imma stieß einen Schmerzensschrei aus, doch sie vermochte sich nicht zu wehren, denn er hielt ihr die Arme mit der Linken fest und legte ihr die andere Hand auf den Mund.
Nun stellte Diebold sich vor, sie wäre Gisela, und ließ jede Rücksicht fahren. Als er sich schließlich erhob, krümmte Imma sich vor Schmerzen und wagte nicht, ihn anzusehen.

## 14.

Walther öffnete die Tür des Forsthauses und ließ Gisela eintreten. Seiner Miene nach fühlte er sich nicht weniger beklommen als seine junge Frau. Während sie sich fragte, was die nächsten Stunden ihr bringen würden, überlegte er, was er ihr im Bett zumuten durfte. Unsicher sah er sie an. »Hast du noch Hunger?«
»Aber wir sind doch erst von einem reich gedeckten Tisch aufgestanden«, platzte Gisela heraus. Sie wies auf die Becher, die auf einem an der Wand befestigten Bord standen. »Ich hätte gerne etwas zu trinken!«
Während Walther zwei Becher mit Schlehenwein füllte, trat Gisela in den Raum, der gleichzeitig als Küche und Wohnstube diente, und sah sich um. Obwohl Walther das Haus peinlich sauber hielt, war zu erkennen, dass hier seit Jahren keine Frau mehr gelebt hatte. Vieles hing einfach an Nägeln oder hölzernen Haken an der Wand, das Geschirr stand kunterbunt gemischt im Schrank, und das Feuerholz war schlichtweg an einer Seitenwand aufgestapelt und rahmte den geweihtragenden Hirschkopf, der dort als Trophäe hing, halb ein. Dafür aber fehlte das Spinnrad neben dem Herd und vieles andere, das sie benötigte, um den Haushalt richtig zu führen.
Hier bot sich ihr ein reiches Betätigungsfeld, und das war ihr sehr recht, denn sie wollte Walther beweisen, was sie als Hausfrau wert war. Zudem erleichterte es sie, dass sie als Förstersfrau nicht mehr im Schloss arbeiten musste. Sie würde es meiden, solange Diebold sich dort aufhielt,

auch wenn dies hieß, dass sie ihre Freundinnen Luise Frähmke und Cäcilie nur noch selten würde sehen können.

Walther reichte ihr einen vollen Becher. »Auf dein Wohl!«
»Auf das deine!«
Beide tranken, und Walther entzündete mit einem Feuerzeug, das er aus einem alten Gewehrschloss gebastelt hatte, die Öllampe. Deren schwache Flamme vermochte kaum die Schatten der Dämmerung zu vertreiben, die als Vorboten der Nacht über das Land zogen.
»Heute war ein aufregender Tag für uns. Wir sollten bald zu Bett gehen«, schlug Walther vor und fand, dass er sich anzüglich anhörte.
»Ja, es war aufregend«, stimmte Gisela ihm zu. Insgeheim dachte sie, dass es vielleicht ganz gut war, wenn sie es rasch hinter sich brachten. Je eher sie sich an das Beisammensein im Bett gewöhnte, umso leichter würde es ihr in Zukunft fallen.
»Wo schlafen wir? Hoffentlich nicht dort, wo der arme Stoppel gestorben ist«, fragte sie.
Walther schüttelte den Kopf. »Stoppel hat zuletzt auf einem Strohsack geschlafen, der da drüben in der Ecke lag. Für uns steht das Bett in der Schlafkammer bereit. Keine Sorge, es ist breit genug für zwei.«
»Das ist gut!« Neugierig geworden, öffnete Gisela die Tür und blickte auf das große, mit geschnitzten Jagdszenen geschmückte Bett. Da es frisch überzogen war und Kräuter für einen angenehmen Duft sorgten, nahm sie an, dass Luise Frähmke am Nachmittag ein paar Mägde geschickt hatte, das Zimmer in Ordnung zu bringen.

»Das Bettzeug ist neu«, rief Walther überrascht. »Solch rot karierte Überzüge besitze ich nicht.«
»Nimm es als Geschenk unserer treuen Freundin, Frau Frähmke«, antwortete Gisela und sah sich suchend um. Doch sie fand keinen Krug mit Wasser und keine Waschschüssel. »Wo kann ich mich zur Nacht bereitmachen?«, fragte sie.
Damit brachte sie Walther in Verlegenheit, denn er hatte sich stets am Brunnentrog vor dem Haus gewaschen. Da er Gisela das nicht zumuten wollte, nahm er einen kleinen, hölzernen Bottich, füllte diesen draußen mit frischem Wasser und wirkte dabei wie ein kleiner Junge, der auf Lob aus war.
Gisela suchte ihre Sachen zusammen, die Frau Frähmke hatte herüberbringen lassen, und wandte sich dann erneut an Walther. »Könntest du mich vielleicht einen Augenblick allein lassen?«
»Aber natürlich!« Walther eilte so rasch hinaus, dass er beinahe über die eigenen Füße gefallen wäre, und wusch sich am Brunnentrog.
Unterdessen zog Gisela sich bis aufs Hemd aus, putzte die Zähne mit einem Schafgarbenstengel und wusch sich dann mit einem feuchten Lappen. Zuletzt streifte sie das Hemd ab und schlüpfte in das Nachthemd, das Luise Frähmke ihr zum letzten Weihnachtsfest geschenkt hatte. Bisher hatte sie es noch nicht getragen, doch in ihrer Hochzeitsnacht wollte sie nicht in einem einfachen Hemd im Bett liegen.
Mit unruhig springendem Herzen wartete sie auf Walther. Es dauerte ein wenig, bis es an der Tür klopfte und

er fragte, ob er eintreten dürfe. Rasch schlüpfte sie unter die Zudecke und zog sie hoch.
»Du kannst kommen!«
Gisela war erleichtert, dass die Lampe nur wenig Licht spendete, denn er war halbnackt. Doch was sie sehen konnte, gefiel ihr auch jetzt wieder. Mit den breiten Schultern und dem muskulösen Oberkörper sah Walther aus wie ein Mann, der kräftig zupacken konnte.
Er ging um das Bett herum, kroch auf der anderen Seite unter die Decke, und sein Schatten an der Wand zeigte ihr, dass er sich der Unterhose entledigte. Zuerst wunderte sie sich darüber, dann lachte sie über sich selbst. Für das, was er vorhatte, brauchte er dieses Kleidungsstück wirklich nicht. Sie fragte sich, ob er auch von ihr verlangen würde, dass sie sich ganz auszog, und wusste nicht, ob sie dazu bereit war. Immerhin hatte sie schon lange nicht mehr beichten können und wollte nicht noch mehr Sünden auf sich laden. Sich dem eigenen Mann nackt zu zeigen war den Worten des Priesters nach, der sie in Hildesheim auf die Firmung vorbereitet hatte, eine schwere Sünde.
Zum ersten Mal seit langem dachte Gisela wieder an die kleine Klostergemeinschaft, in der sie mehrere Jahre das Weihnachtsfest nach römischem Ritus hatte mitfeiern dürfen. Nachdem Gräfin Elfreda ihr verboten hatte, noch einmal hinzufahren, war es ihr nicht möglich gewesen, sich von Schwester Magdalena zu verabschieden. Dem letzten Brief der Nonne hatte sie entnommen, dass diese mittlerweile bei einem erkrankten Onkel wohnte, der Priester war, und diesen pflegte. Vielleicht hätte sie vor

Diebolds Zudringlichkeiten zu Schwester Magdalena flüchten sollen. In dem Fall hätte sie ihren Glauben nicht aufgeben müssen. Doch im nächsten Moment wurde Gisela bewusst, dass sie dann selbst hätte Nonne werden müssen, und dazu fühlte sie sich nicht berufen.
»Was meinst du, wollen wir es versuchen?«, hörte sie Walther leise fragen und nickte.
Doch als er sich zu ihr herüberschob und sie seine Hand auf ihrem Leib fühlte, blies sie rasch die Öllampe aus, die sie auf das Kästchen neben ihrem Bett gestellt hatte.
Mit einem Mal war es stockdunkel. Walther zuckte im ersten Moment zurück, sagte sich dann aber, dass Gisela wohl zu schamhaft war, um sich beim Schein der Lampe zu lieben.
»Hab keine Angst! Es geht ganz leicht«, flüsterte er und zog ihr Nachthemd nach oben.
Als seine Hand dabei die Innenseiten ihrer Schenkel streifte, sog Gisela unwillkürlich die Luft ein, doch als er auf sie glitt, öffnete sie ihm breitwillig die Beine und spürte sein Glied fordernd gegen ihre Pforte drücken. Bei seinem Eindringen empfand sie etwas, das zwischen Schmerz und einem angenehmen Ziehen angesiedelt war. Der Schmerz ließ rasch nach, während das Ziehen sich bei Walthers sanften Bewegungen steigerte, bis sie es irgendwann kaum noch ertragen konnte.
Nach einigen heftigeren Stößen lag er schließlich still auf ihr, und sie spürte seine Lippen auf ihrem Mund. »Ich liebe dich«, flüsterte er, und Gisela dachte, dass die Ehe mit ihm wohl das Beste war, was ihr hatte passieren können.

# SECHSTER TEIL

*Die Konfrontation*

## I.

Gisela musterte die Münzen, die Walther fein säuberlich nach ihrem Wert sortiert auf dem Tisch aufgestapelt hatte. Während ihr Mann zufrieden lächelte, empfand sie die Vorstellung, dass Walther in absehbarer Zeit die Reise über den Ozean antreten würde und sie mit ihm gehen musste, als Alptraum.
»Warum willst du unbedingt nach Amerika?«, fragte sie ihn zum hundertsten Mal in der Hoffnung, ihn vielleicht doch noch umstimmen zu können. »Mit diesem Geld können wir uns auch hier in Preußen eine Heimat schaffen.«
Walther fiel es schwer, ihr zu erklären, weshalb es ihn nach Amerika zog, dennoch versuchte er es wieder. »Ich würde gerne hierbleiben, könnten wir hier so leben, wie es einem aufrechten Menschen zukommt. Doch selbst wenn ich den Dienst des Grafen Renitz verlassen und mich anderswo um eine Anstellung bemühen würde, wären wir wieder vom Wohlwollen eines Dienstherrn abhängig. Ich habe nicht die Zähne zusammengebissen und mein Studium durchgehalten, um jetzt weiterhin nur ein Knecht zu sein.«
»Aber deswegen müssen wir doch nicht gleich nach Amerika!«, rief Gisela aus. »Es gibt andere Möglichkeiten. Bayern zum Beispiel, wo meine Eltern herkommen, oder Österreich.«

Den Vorschlag machte sie nicht nur, um Graf Diebold zu entkommen, sondern auch, um unter Menschen ihres Glaubens leben zu können. Unter diesen würde es ihr vielleicht gelingen, Walther ebenfalls zum katholischen Glauben zu bekehren.

Ihr Mann schüttelte jedoch den Kopf. »Es ist ganz gleich, wohin wir uns auf deutschem Boden oder in den umliegenden Ländern wenden: Ein einziger Brief von Graf Diebold genügt, mich um Lohn und Brot zu bringen. Er braucht nur zu schreiben, wir hätten ihn bestohlen. Jeder Dienstherr würde uns daraufhin zum Teufel jagen, ebenso jede Behörde, falls es mir gelingen würde, in den Staatsdienst zu treten. Alle würden ihm glauben und nicht uns.«

»Das mag ja sein, aber ...« Walthers Erklärung klang einleuchtend, doch Gisela hoffte immer noch auf ein gutes Ende in ihrer Heimat. »Drüben in Amerika sprechen sie eine andere Sprache. Wie sollen wir uns dort zurechtfinden?«, wandte sie als Nächstes ein.

»Ich bin des Englischen mächtig, und du wirst es sicher auch bald lernen. Außerdem haben sich viele Deutsche in den Vereinigten Staaten angesiedelt. Es gibt dort ganze Dörfer und Städte, in denen nur Deutsche leben. Dort wirst du rasch Freundinnen finden, die dich in ihre Kreise einführen.«

Walther wusste jedoch, dass all dies Gisela nicht half, denn ihre Angst vor dem großen Wasser und der Überfahrt glich blinder Panik. Und doch würde sie sich überwinden und mitkommen müssen.

»Wir tun es, weil es unsere einzige Chance ist«, erklärte er schroffer als beabsichtigt. »Ich habe bereits alles vorbereitet. Morgen muss ich im Auftrag der Gräfin nach Bremen fahren. Sie will Bäume schlagen lassen und hofft, diese dort teuer verkaufen zu können. Diebolds Hochzeit wirft ihre Schatten voraus, und dem Willen seiner Mutter zufolge muss sie großartig werden.«

»Wie es heißt, soll Graf Diebold erst kurz vor seiner Vermählung von seiner Reise zurückkommen«, erklärte Gisela nachdenklich.

»Nur aus diesem Grund habe ich mich bereit erklärt, den Auftrag zu übernehmen. Wäre Diebold hier, würde ich dich nicht alleine lassen. Ich traue dem Mann nicht.« Walther atmete tief durch und zog Gisela an sich. »Ich tue das alles doch nur für uns beide!«

»Das weiß ich, aber ...« Gisela brach ab und senkte den Kopf. Plötzlich stiegen ihr die Tränen in die Augen. »Du bist so gut zu mir! Dabei verdiene ich das gar nicht.«

Walther nahm ihre Hände in die seinen und sah sie an. »Unsinn! Du verdienst viel, viel mehr, als ich dir bieten kann. Aber ich werde dir, wenn wir erst in Amerika sind, ein kleines Paradies schaffen. Das verspreche ich dir! Es mag ein beschwerlicher Weg sein, doch irgendwann werden wir jenseits des Ozeans als freie Menschen leben, die sich nicht mehr ducken müssen, wenn ein Diebold an einem vorbeireitet.«

»Zum Glück ist er in den letzten Jahren nur ein Mal auf Renitz gewesen. Doch mich fröstelt immer noch, wenn ich an den drohenden Blick denke, mit dem er uns bedacht hat.« Im gleichen Moment begriff Gisela, dass die Entscheidung für Amerika bereits gefallen war.

Für Walther gab es noch einen weiteren Grund, Renitz zum frühestmöglichen Zeitpunkt zu verlassen. Die Grä-

fin hatte Gudula von Techans Nichte für wert befunden, die Gemahlin ihres Sohnes zu werden. Mit der Braut würde auch deren Tante nach Renitz kommen, und der wollte er nie mehr begegnen. Daher war er froh, dass Gisela endlich Vernunft annahm.
Er umarmte sie. »Ich bin glücklich, dich zu haben.«
»Ich bin ebenfalls glücklich mit dir. Mir ist nur ein wenig bange, wenn du so lange fortbleiben musst.«
»Es sind doch nur zwei oder drei Wochen. Wenn ich die Verhandlungen in Bremen zur Zufriedenheit Ihrer Erlaucht führe, erhalte ich vielleicht sogar eine Prämie. Dann könnten wir Renitz noch früher verlassen.«
»Aber dazu bräuchten wir doch Pässe und dergleichen.«
Mit einem Lächeln zog Walther ein Papier aus seiner Westentasche und zeigte es ihr. »Das ist mein Pass. Ausgestellt auf Anweisung Ihrer Erlaucht, damit ich diese Reise unternehmen kann. Ich habe die Handschrift, mit der das Dokument erstellt worden ist, immer wieder geübt und glaube, den Satz ›reist mit seiner Ehefrau‹ hinzufügen zu können, ohne dass ein Gendarm oder ein Zöllner etwas merkt.«
Gisela schnaufte erschrocken. »Aber das ist doch verboten!«
»Es ist vieles verboten, und man muss es trotzdem tun, wenn man nicht untergehen will.« Walther füllte die Münzen wieder in einen Lederbeutel, legte ihn unter ein loses Brett im Schlafzimmer und stellte die Truhe darauf, in der sich die Besitztümer befanden, die er mit nach Amerika nehmen wollte.
Lächelnd wandte er sich an seine Frau, die in der Tür stehen geblieben war. »Wenn ich morgen abreise, sollten wir den heutigen Tag nützen, findest du nicht auch?«

Die Aufforderung zur ehelichen Pflicht war unverkennbar, dennoch zögerte Gisela, ihr zu folgen. Es war noch heller Tag, und sie hielt es für Sünde, wenn ein Mann – und sei es auch der eigene – sie nackt oder zumindest mit entblößtem Unterleib sehen konnte. Als Walther jedoch fordernd winkte, folgte sie seiner Bitte. Allerdings kehrte sie ihm den Rücken zu, während sie Kleid und Unterröcke auszog. Das Hemd behielt sie an und kroch schnell unter die Bettdecke.

Walther lächelte nachsichtig, während er sich auszog. Kurz überlegte er, ob er die Bettdecke wegziehen sollte, entschied sich aber dagegen. Das Wichtigste in einer Ehe war Vertrauen, und das wollte er nicht leichtfertig verspielen. Daher schlüpfte er zu Gisela unter die Decke, kitzelte sie ein wenig am Bauch und schob sich schließlich auf sie. Die Wärme seines Körpers und seine Rücksichtnahme auf ihre Gefühle brachten Gisela dazu, sich rasch zu entspannen, und sie genoss seine Nähe ebenso wie sonst in der Nacht.

## 2.

Am nächsten Morgen brach Walther mit einigen Empfehlungsschreiben der Gräfin und ihres Gemahls versehen auf. Vorher hatte er Elfreda von Renitz noch eine Liste mit der Anzahl an Arbeitskräften, Zugtieren und Werkzeugen übergeben, die seiner Meinung nach

für die Arbeit im Wald notwendig waren. Wie es ihre Gewohnheit war, hatte sie ihn knapp und hochmütig abgefertigt. Niemals hätte Walther geglaubt, dass er für kurze Zeit verbotene Gefühle in ihr geweckt hatte.
Seit jenem Fest vor einem guten Jahr, bei dem Gräfin Elfreda Wünsche verspürt hatte, die nicht zu einer treu sorgenden Ehefrau und Mutter passten, hielt sie sich von dem Förster fern. Jetzt aber brauchte sie ihn, um den Verkauf des Holzes durchführen zu können.
Sie hatte Diebold von ihren Plänen berichtet und in dem Zusammenhang erwähnt, dass der Förster im Auftrag ihres Gemahls Käufer für die zu schlagenden Bäume in Bremen suchen sollte. Im gleichen Brief hatte sie ihm die von ihr erwählte Braut beschrieben, die nicht nur schön und sittsam sei, sondern ihm eine gehorsame Ehefrau und ihr eine brave Schwiegertochter sein würde. Elfreda von Renitz hoffte, dass Diebold den Anstand besaß, seiner Braut und deren Eltern einen Höflichkeitsbesuch auf deren Besitz in der Nähe von Magdeburg abzustatten. Umso überraschter war sie, als sechzehn Tage nach Walthers Abreise eine Kutsche zum Vorplatz des Schlosses herauffuhr und ihr Sohn ausstieg.
Diebold blieb vor dem Schloss stehen, dessen uneingeschränkter Eigentümer er in nicht allzu langer Zeit zu werden hoffte, und ging dann mit dem über die Schulter gelegten Stockdegen auf die Freitreppe zu, die zum Haupteingang hochführte. Ein Diener öffnete ihm und verbeugte sich tief. Da alle auf Renitz den schlechten Gesundheitszustand des alten Grafen kannten, war ihnen bewusst, dass Renitz' Sohn bald der neue Herr sein wür-

de. Dann mochte Graf Diebold sich daran erinnern, wer ihm mit der von ihm geforderten Ehrfurcht entgegengetreten war und wer nicht.

Anders, als der Diener hoffte, interessierte Diebold sich nicht für ihn, sondern durchquerte die Vorhalle und stieg die Treppe zu den Gemächern seiner Mutter empor. Deren Zofe begrüßte ihn mit einem Knicks und ließ ihn ein. Der junge Renitz beachtete sie ebenso wenig wie den Diener, sondern blieb neben dem Sessel seiner Mutter stehen und deutete eine Verbeugung an.

Die Gräfin musterte ihn indigniert. »Du, mein Sohn? Das überrascht mich! Ich dachte, du wärst noch auf Reisen.«

»Gewissermaßen bin ich das auch. Ich mache hier nur Zwischenstation. Schon in ein oder zwei Tagen will ich nach Magdeburg weiterreisen, um Graf und Gräfin Rossipaul und natürlich Comtesse Aldegund meine Aufwartung zu machen.«

Obwohl Diebolds Stimme keinen Aufschluss gab, ob er diese Fahrt gerne unternahm oder nicht, atmete seine Mutter auf. Wie es aussah, hatte er sich mit der von ihr arrangierten Ehe abgefunden.

»Das freut mich, mein Sohn. Sei mir daher doppelt willkommen!«

Die Gräfin stand auf, reichte ihrem Sohn die Hand zum Kuss und sah ihn lächelnd an. »Du siehst gut aus. Comtesse Aldegund kann sich glücklich schätzen, dich zum Mann zu bekommen.«

»Das will ich hoffen! Immerhin bin ich der nächste Graf auf Renitz und zudem ein Kriegsheld aus der Schlacht von Waterloo.«

In vielen Gesprächen hatte Diebold seine Rolle in dieser Schlacht so dargestellt, als hätte er nicht nur ein Dutzend Franzosen getötet, sondern auch seinem Vater das Leben gerettet. Aber er war sich bewusst, dass es Zeugen gab, die sein Lügengebäude ins Wanken bringen konnten. Auf Renitz lebte einer von ihnen, nämlich Walther Fichtner, und ihm würde man Glauben schenken.
Also musste er diesen Kerl so weit ducken, dass dieser es niemals wagen würde, auch nur ein Wort gegen ihn zu sagen.
»Was ist eigentlich mit dem Förster, liebste Frau Mama? Weshalb hast du ihn überhaupt nach Bremen geschickt? Dies ist eine Aufgabe, die einen Mann mit mehr Wissen und Verstand erfordert als ihn.«
Seine Mutter hätte ihm sagen können, dass Walther sehr wohl der Mann war, dem man eine solche Sache anvertrauen konnte.
Um Diebold nicht zu verärgern, antwortete sie mit einer wegwerfenden Handbewegung. »Fichtner soll nur erkunden, welche Leute Holz aufkaufen und was es derzeit in Bremen wert ist. Die eigentlichen Verhandlungen werde ich selbst führen!«
Sie verschwieg ihm, dass sie dazu Walthers Unterstützung benötigte, und war auch deshalb froh, als Diebold ankündigte, nur wenige Tage bleiben zu wollen.
»Wie ich schon sagte, will ich den Besitz des Grafen Rossipaul aufsuchen, liebste Frau Mama. Danach werde ich nach Berlin reisen, denn ich will den Rock, den ich bei meiner Vermählung tragen werde, von einem guten Schneider arbeiten lassen.«

»Vorher solltest du deinen Vater begrüßen«, wandte die Gräfin ein, die sich nicht zum ersten Mal über den Egoismus ihres Sohnes ärgerte.

»Aber selbstverständlich!«

Mit diesen Worten vertrieb Diebold den Unmut seiner Mutter und reichte ihr den Arm, um gemeinsam mit ihr Graf Renitz' Gemächer aufzusuchen.

Als Diebold seinem Vater gegenüberstand, sagte er sich, dass der Aufenthalt in den Badeorten in letzter Zeit nicht mehr so viel bewirkt hatte wie in den vergangenen Jahren. Der alte Herr wirkte kraftlos und war kaum in der Lage, einen vernünftigen Satz auszusprechen.

»Was sagt Ihr?«, fragte Renitz seine Gemahlin gerade. »Ihr wollt Holz schlagen lassen? Aber das wollte ich behalten, bis wieder Not im Land ist und ich ein neues Regiment aufstellen muss, um Napoleon zu vertreiben.«

»Seid Ihr dafür nicht ein wenig zu alt? Außerdem ist Napoleon bereits vor Jahren auf einer fernen Insel gestorben!«, antwortete Diebold ungehalten, denn schließlich sollte der Erlös des Waldes ihm zukommen. Auch wollte er, wenn er erst einmal verheiratet war, weder auf seine Reisen verzichten noch auf die kleinen Tänzerinnen, die ihm unterwegs das Leben versüßt hatten.

Auch seine Mutter fühlte Ärger in sich aufsteigen. Sie hatte ihrem Gemahl bereits etliche Male ihre Pläne ausgeführt, doch das schien den alten Mann nicht zu kümmern, denn er brachte immer wieder dieselben albernen Einwände vor.

»Ich muss Diebold recht geben, mein Herr Gemahl. Napoleon ist tot, und zum Kriegführen seid Ihr wahrlich zu

alt. Den Erlös für das Holz benötigen wir, um Diebolds Hochzeit standesgemäß feiern zu können. Oder habt Ihr vergessen, dass er in drei Monaten mit Komtesse Aldegund von Rossipaul in den heiligen Stand der Ehe eintreten wird?«
»Diebold will heiraten? Der ist doch noch lange nicht trocken hinter den Ohren. Der soll warten, bis er erwachsen ist!« Graf Renitz lachte bellend auf und erlitt sofort einen schweren Hustenanfall. Während sein Kammerdiener ihm ein Taschentuch reichte, gab seine Gemahlin Diebold ein Zeichen, mit ihr den Raum zu verlassen.
Auf dem Flur schüttelte es sie. »Dein Vater ist kaum mehr ansprechbar! Die ganze Zeit geht es schon so. Ich weiß mir bald keinen Rat mehr.«
Diebold warf der Tür, die ein Lakai hinter ihnen geschlossen hatte, einen kurzen Blick zu und verzog das Gesicht zu einem Grinsen. »Wenn das so ist, sollten wir meinen Vater für unzurechnungsfähig erklären lassen. Dann kann ich seine Nachfolge antreten!«
»Was willst du?« Elfreda meinte, nicht recht gehört zu haben. Doch dann begriff sie, was er vorhatte. Sobald er der Herr auf Renitz war, konnte er so leben, wie es ihm gefiel, ohne sich um andere scheren zu müssen. Sie traute ihm sogar zu, sie auf den Witwensitz derer von Renitz bei Kassel zu verbannen, sollten ihm ihre Einwände und Mahnungen nicht behagen. Doch sie war nicht bereit, für ihn zurückzustehen.
»Noch nie hat ein Renitz seinen Besitz vor seinem Tod aus der Hand gegeben, und daran wird sich auch jetzt nichts ändern! Du wirst dich damit abfinden müssen, die

Nachfolge deines Vaters erst dann anzutreten, wenn unser Herr im Himmel ihn zu sich gerufen hat. Und nun geh auf dein Zimmer! Es wäre mir angenehm, wenn du dort auf Immas Anwesenheit oder die eines anderen Flittchens verzichten würdest. Dies gehört sich nicht für einen Mann, der bald heiraten wird.«

Die Abfuhr war deutlich. Bisher hatte Diebold geglaubt, das Ein und Alles seiner Mutter zu sein. Nun aber begriff er, dass ihr mehr noch an der Macht über den Besitz seines Vaters lag. Es würde einen harten Kampf bedeuten, ihr das Zepter aus der Hand zu nehmen. Wütend kehrte er ihr den Rücken und zog sich in seine Zimmerflucht zurück.

Als er sein Schlafzimmer betrat, kam es ihm so vor, als wäre er wieder ein kleiner Junge, der von der Mutter wegen einer Nichtigkeit zu Bett geschickt worden war. Das würde er nicht auf sich sitzen lassen. Er trat zur Tür und forderte einen der Lakaien, die auf dem Flur standen, auf, Imma zu holen.

Der Mann verneigte sich und ging mit gravitätischen Schritten davon. Wie ein Storch, spottete Diebold im Stillen. Der Anflug von guter Laune schwand jedoch sofort wieder, als der Diener allein zurückkehrte. »Ich bedaure, doch Ihre Erlaucht hat Imma und den anderen Mägden verboten, die Gemächer des Herrn Grafen während Eurer Anwesenheit zu betreten.«

In seiner Wut versetzte Diebold dem Lakaien eine Ohrfeige. So wäre er am liebsten auch mit seiner Mutter verfahren. Nur der Gedanke, dass sie noch das Heft auf den Renitzschen Besitzungen in der Hand hielt und ihm jederzeit den Brotkorb höher hängen konnte, hielt ihn davon ab. Er schlug die Tür zu, warf sich in voller Montur auf das Bett und brütete Rachepläne aus. Diese krankten jedoch alle an der Tatsache, dass zuerst sein Vater sterben musste, bevor er selbst die Herrschaft auf Renitz ergreifen konnte.

## 3.

Diebolds Zorn hatte sich auch am nächsten Tag noch nicht gelegt. Er wollte schon befehlen, die Kutsche anzuspannen, um ohne Abschied weiterzureisen. Doch für einen längeren Aufenthalt in mondänen Hotels brauchte er mehr Geld, als er bei sich trug, und so musste er seine Mutter um eine größere Summe bitten.
Als er sie aufsuchen wollte, trat ihm deren Zofe in den Weg. »Ich bedauere, Graf Diebold, aber Ihre Erlaucht leidet unter Migräne. Ich werde Euch Nachricht zukommen lassen, sobald sie sich wieder besser fühlt.«
»Verdammt, ich …« Diebold drehte sich fluchend um und verließ das Schloss. Wie es aussieht, hat sich wirklich alles gegen mich verschworen, dachte er, als er durch den Park schritt und die Blumenrabatten mit seinem Stockdegen niedersäbelte.
Da fiel sein Blick auf den Wald, und er erinnerte sich daran, dass Walther noch ein paar Tage in Bremen weilen würde. Also war Gisela allein zu Hause. Er hatte nicht

vergessen, dass sie es gewagt hatte, sich ihm durch ihre Heirat mit Walther zu entziehen. Seine Wut stieg, als er daran dachte, dass er auch hier hinter diesem elenden Kerl hatte zurückstehen müssen. Überall, wo es darauf angekommen war, hatte Walther ihn schlecht aussehen lassen, bei der Schlacht von Waterloo, beim Studium – und nun auch noch bei der Frau, die er so sehr begehrt hatte.

Warum sollte er auf Gisela verzichten, fuhr es ihm mit einem Mal durch den Kopf. Immerhin war er hier der Herr – oder würde es nach dem Tod seines Vaters sein. Sie hatte ihm zu gehorchen, und dies schloss leibliche Dienste mit ein. Auch wenn er sich nur selten auf Renitz aufhielt, so verfügte er doch über genügend Zuträger und wusste, dass Walther und Gisela ohne Dienstboten im Forsthaus lebten. Also gab es niemand, der seine Absicht durchkreuzen konnte.

Von diesem Gedanken getrieben, beschleunigte er seinen Schritt und wanderte zwischen den hoch aufragenden Baumriesen dahin, die bald zu Geld gemacht werden sollten. Zwar würde er vorerst noch vor seiner Mutter kuschen müssen, aber er konnte es wenigstens diesem Streber Walther heimzahlen, der ihn, den Älteren und überdies Hochgeborenen, immer schlecht hatte aussehen lassen. Auch Gisela war ihm noch einiges schuldig, sagte er sich, als er das Forsthaus vor sich auftauchen sah. Eine dünne Rauchfahne stieg aus dem Kamin. Er fand die Tür unverschlossen und trat ein.

Gisela stand mit dem Rücken zu ihm am Herd und rührte mit einem Kochlöffel in einem Topf. »Sind Sie es, Frau Frähmke?«, fragte sie, ohne sich umzudrehen.

»Nein, ich!«, antwortete Diebold höhnisch.
Wie von der Tarantel gestochen fuhr Gisela herum und sah ihn abweisend an. »Was wollt Ihr hier?«
»Das weißt du doch genau!« Diebold bewegte herausfordernd sein Becken vor und zurück.
»Darauf werdet Ihr verzichten müssen. Ich bin eine verheiratete Frau und denke nicht daran, mit Euch die Ehe zu brechen.«
Sie klang so resolut, dass Diebold die Zähne bleckte. Dreimal war er bisher bei dem Versuch gescheitert, ihr Gehorsam beizubringen, und diesmal würde er nicht aufgeben, ehe er sein Ziel erreicht hatte. »Mein Vater wird bald sterben, dann bin ich der Herr auf Renitz. Wenn du nicht willst, dass ich Walther umgehend auf die Straße setze, solltest du mir etwas zuvorkommender begegnen.«
Gisela wies auf die Tür. »Verlasst sofort mein Haus!«
»Du vergisst eines, mein schönes Kind: Dieses Forsthaus gehört zu Renitz, und als Erbe des Besitzes ist es mein Recht, mich hier aufzuhalten. Und nun komm! Oder soll ich zornig werden?«
»Ich bin es längst!«, fauchte Gisela ihn an und hob ihren Kochlöffel.
Mit einem Schritt war Diebold bei ihr und wollte nach der ungewöhnlichen Waffe greifen. Dennoch gelang es ihr, ihn zu treffen. Es tat nicht besonders weh, machte ihn aber rasend. Er entwand ihr den Kochlöffel und schlug ihr anschließend mit beiden Händen ins Gesicht. Doch es war, als wollte er eine Wildkatze fangen. Gisela kratzte, biss und trat.

Diebold begriff, dass sie sich ihm weder freiwillig noch von Drohungen gezwungen hingeben würde, und schlug erneut zu. Als Gisela halb betäubt nach hinten taumelte, riss er sie herum, stieß sie bäuchlings gegen den Tisch und presste ihren Oberkörper auf die Platte. Während er mit der Linken ihre Handgelenke auf dem Rücken festhielt, schlug er ihr mit der anderen die Röcke hoch. Er sah keuchend auf ihren blanken Hintern, holte sein Glied aus der Hose und drang mit einem heftigen Ruck in sie ein.
»Jetzt habe ich dich doch bekommen, du Luder!«, stieß er hervor.
In Gisela flammte der Hass auf Diebold wie ein hochloderndes Feuer auf, und gleichzeitig schämte sie sich, weil sie einen anderen Mann erdulden musste. Vor Wut und Schmerz begann sie laut zu schreien.
Ihre Rufe verhallten jedoch ungehört. Endlich ließ Diebold von ihr ab. »Das hast du verdient! Erzähl deinem Ehemann, wie ich dich genommen habe. Vielleicht findet auch er Gefallen daran.«
Gisela presste sich die Hände auf den Bauch und drehte sich schmerzverkrümmt zu ihm um. »Ihr seid ein Scheusal und der Teufel soll Euch holen!«
»Ein frommer Wunsch! Doch der Satan wird sich bald um dich und deinen Mann kümmern, dafür sorge ich schon!«
Zufrieden, weil er Gisela genommen und Walther damit gedemütigt hatte, verließ Diebold das Forsthaus und kehrte ins Schloss zurück. Noch am selben Abend durfte er seine Mutter aufsuchen und brachte sie mit Schmeicheleien dazu, ihm das Geld für die Reise zum Grafen Rossi-

paul zu geben. Am nächsten Morgen reiste er bereits kurz nach Sonnenaufgang ab. Er wollte nicht riskieren, zu Hause zu sein, wenn Walther aus Bremen zurückkam, denn er traute dem Kerl zu, ihn in der ersten Wut umzubringen.

## 4.

Noch lange, nachdem Diebold das Forsthaus verlassen hatte, saß Gisela zusammengekrümmt in der Ecke der Wohnküche und weinte sich schier die Seele aus dem Leib. Schließlich schüttelte sie ihre Verzweiflung ab, erhob sich schwerfällig und ging mit wankenden Schritten nach draußen zum Brunnentrog. Dort raffte sie ihre Röcke und begann sich mit heftigen Bewegungen zu waschen. Doch sosehr sie auch rieb, sie fühlte sich von Diebold besudelt. Schweren Herzens beschloss sie, Walther niemals davon zu erzählen, was geschehen war. Wenn ihr Mann Diebold dafür umbrachte, würde jeder Richter in Preußen ihn aufs Schafott schicken.
Von einer hilflosen Wut und dem Wissen erfüllt, dass sie sich in ihrer Not keinem Menschen anvertrauen durfte, kehrte sie ins Haus zurück und säuberte alles gründlich, als könne sie Diebolds Eindringen damit ungeschehen machen.
»Ich bin schuld«, murmelte sie, während sie die Tischplatte aus Eichenholz polierte, bis sie sich darin spiegeln

konnte. »Wir hätten längst die Reise nach Amerika antreten müssen. Walther hat doch schon alles vorbereitet. Nur mir zuliebe ist er länger geblieben. Zum Dank dafür hat er jetzt eine entehrte Frau!«
Erneut flossen ihr die Tränen übers Gesicht. »Er darf nichts erfahren«, wiederholte sie. »All das, was hier geschehen ist, muss tief in meinem Herzen verschlossen bleiben.«
Doch was war, wenn Diebold ihm gegenüber prahlte, sie besessen zu haben? Auf diese Frage gab es nur eine Antwort. Walther und sie mussten Renitz so rasch wie möglich verlassen. Der Gedanke an die Seefahrt erschreckte sie jedoch so sehr, dass ihr übel wurde. Sie konnte gerade noch einen Kübel hervorzerren und übergab sich geräuschvoll.
Ihr Essen war mittlerweile angebrannt, und so hängte sie den Topf vom Haken und stellte ihn beiseite. Hunger hatte sie ohnehin keinen mehr. Einen Augenblick lang überlegte sie, ob sie sich nicht doch ihrer mütterlichen Freundin Luise Frähmke anvertrauen sollte, verwarf diesen Gedanken aber rasch. Das, was geschehen war, musste sie allein tragen.
Zerschlagen schob sie den Riegel vor und sagte sich, dass sie dies von nun an immer tun würde, wenn sie allein war.
»Heilige Jungfrau Maria, steh mir bei in meiner Not!«, betete sie und erinnerte sich daran, dass Gott dereinst die Sünder strafen und Unschuldigen belohnen würde. Wenn es nicht mehr auf dieser Welt geschah, so würde Graf Diebold wenigstens im Jenseits seine gerechte Strafe erhalten. Aber der Gedanke tröstete sie nur wenig.

## 5.

Als Walther nach Hause zurückkehrte, war Gisela wenigstens so weit zur Ruhe gekommen, dass sie bei der Begrüßung nicht in Tränen aufgelöst war. Dennoch bemerkte er ihren Kummer und fasste sie besorgt bei den Schultern. »Ist etwas mit dir, mein Schatz?«
Gisela zwang sich, den Kopf zu schütteln. »Nein, ich ... ich fühle mich nicht gut.«
»Sollte ich dann nicht besser Frau Frähmke holen und sie bitten, dir einen Trank zuzubereiten, damit es dir wieder besser geht?«
Bevor Walther seine Worte in die Tat umsetzen konnte, hielt Gisela ihn auf. »So schlimm ist es nicht. Es wird schon wieder, ganz gewiss! Du musst mir nur ein wenig Zeit lassen.« Gisela schämte sich, weil es so klang, als wolle sie ihn aus ihrem Bett vertreiben. Tatsächlich war sie noch nicht so weit, wieder mit ihrem Mann intim werden zu können. Allerdings durfte sie nicht zu lange warten. Walther würde schnell merken, dass mit ihr etwas geschehen sein musste.
Zu ihrem Glück war er noch zu voll von den Eindrücken der Reise, um tiefer zu forschen.
Lächelnd öffnete er nun ein Päckchen und legte ein weißes, mit roten Rosen besticktes Schultertuch aus Seide auf den Tisch. »Als ich das gesehen habe, dachte ich, es würde dir besonders gut stehen.«
»Es ist wunderschön!« Gisela musste sich der Tränen erwehren. Da hatte sie einen so guten Mann, und dieser ad-

lige Schurke hatte alles getan, um ihr die Freude zu vergällen, die sie im Ehebett mit Walther teilen konnte.
Entschlossen wies sie mit dem Kopf in Richtung Schlafzimmertür. »Vielleicht geht es mir heute Abend gut genug, dass wir ...«
Walthers Augen leuchteten so erfreut auf, dass Gisela sich sagte, sie habe das Richtige getan. Und doch graute ihr davor, seine Männlichkeit in sich zu spüren. Mit zwiespältigen Gefühlen ließ sie es zu, dass er ihr das Schultertuch umlegte und sie zum Spiegel führte.
»Du bist wunderschön«, flüsterte er und küsste sie auf die Wange.
»Du bist so gut zu mir. Dabei habe ich das gar nicht verdient!« Um zu verhindern, dass sie erneut in Tränen ausbrach, rang sie sich ein Lächeln ab. »Du darfst nichts auf die Tränen geben! Bei uns Frauen ist das halt manchmal so, dass wir auch weinen, wenn wir uns freuen. Du wirst gewiss Hunger haben. Warte einen Augenblick! Ich steige in den Keller und hole dir einen Krug Bier, Butter und Wurst. Drüben im Tontopf liegt frisches Brot.«
Gisela war froh, etwas für ihren Mann tun zu können. Als sie kurze Zeit später einander gegenüber am Tisch saßen und Walther mit Genuss aß und trank, rang Gisela für einen Augenblick die Hände, beherrschte sich aber und fasste nach seinem rechten Arm.
»Ich habe über alles nachgedacht«, sagte sie leise. »Du hast recht! Wir sollten nach Amerika gehen – und zwar so bald wie möglich. Der Zustand Seiner Erlaucht hat sich stark verschlechtert, und ich will nicht mehr hier sein, wenn Diebold der Herr der Renitzschen Besitzungen wird.«

»Du willst also mit mir nach Amerika kommen!« Walther streichelte erleichtert ihre Hand und überlegte, wie lange es noch dauern würde, bis sie abreisen konnten. Genug Geld für die Überfahrt besaß er seiner Schätzung nach. Wenn sie sparsam damit umgingen, mochte es sogar für einen neuen Anfang drüben reichen. Andererseits hatte Gräfin Renitz ihn mit dem Verkauf der Baumstämme beauftragt, und er wollte zumindest ihren Gemahl, der ihm das Studium ermöglicht hatte, nicht enttäuschen.
»Wir werden so bald wie möglich von hier weggehen, mein Schatz. Aber du darfst niemandem etwas verraten, nicht einmal unseren Freundinnen drüben im Schloss. Auch wenn sie uns mögen, mag ihnen ein unbedachtes Wort entschlüpfen. Ich traue der Gräfin zu, alles zu tun, um zu verhindern, dass wir unsere Sklaverei hier abschütteln können. Doch nun lass dir von Bremen erzählen …«
Gisela hörte ihm andächtig zu und fühlte, wie seine Worte die Bilder der unbekannten Stadt in ihr aufsteigen ließen. Beinahe konnte sie die großen Segelschiffe, die bis nach Amerika und sogar bis Indien fuhren, mit eigenen Augen sehen.
Zu Beginn der Nacht kam der Augenblick, den Gisela gefürchtet hatte. Walther brachte ihr frisches Wasser vom Brunnen, damit sie sich waschen konnte, und wies dann lächelnd mit dem Kopf zur Schlafzimmertür. »Lass uns zu Bett gehen …«
Gisela nickte unglücklich, ging ins Schlafzimmer und zog ihr Nachthemd über. Als Walther nachkam, lag sie bereits im Bett und hatte die Hände unter ihre Pobacken ge-

klemmt, um ihn nicht von sich wegzustoßen. Es kostete all ihre Selbstbeherrschung, zuzulassen, dass er zu ihr unter die Decke kroch und sie berührte.

»Auf diesen Augenblick habe ich mich die ganze Zeit gefreut«, flüsterte er ihr ins Ohr und zog langsam ihr Nachthemd hoch.

Sie spreizte gehorsam die Beine und fühlte, wie er sich auf sie schob. Als er in sie eindrang, ballte sich ein Schrei in ihrer Kehle, den sie nur mühsam unterdrücken konnte. Es wurde jedoch nicht so schlimm, wie sie es erwartet hatte, denn Walther liebte sie auf eine sanfte Art, die ihr keine Schmerzen bereitete. Sie selbst empfand jedoch nichts mehr und hasste Diebold für das, was er ihr angetan hatte, aus tiefstem Herzen.

## 6.

Bereits am nächsten Tag begann der Holzeinschlag. Da Walther sich vom ersten Sonnenstrahl bis zur Dämmerung im Wald aufhielt, hatte Gisela genug Zeit, mit sich selbst ins Reine zu kommen. Beinahe trotzig und um ihren eigenen Widerwillen zu bekämpfen, sorgte sie dafür, dass sie fast jede Nacht miteinander schliefen. Zwar wunderte Walther sich ein wenig über ihre scheinbar gewachsene Sinneslust, nahm das dargebotene Geschenk jedoch gerne an. Seine offenkundige Freude half Gisela, sich wieder daran zu gewöhnen. Die angenehmen Empfindungen, die sie vor der Vergewaltigung durch Diebold genossen hatte, kehrten jedoch nicht zurück.

Wochen später hatten sie alles, was sie für die Reise nach Amerika benötigten, in der Truhe gesammelt, die sie auf die Reise mitnehmen wollten. In derselben Nacht wurde Gisela durch starke Übelkeit geweckt. Ihr Mageninhalt kam so rasch hoch, dass sie gerade noch den Kopf aus dem Bett strecken konnte, bevor sie sich erbrach.

Die würgenden Geräusche weckten Walther. »Was ist mit dir?«, fragte er besorgt und legte ihr tröstend den Arm um die Schulter.

»Mir ist schrecklich übel«, gab sie mühsam zurück.

»Aber du hast doch gestern nur ein wenig Schlehenwein getrunken.«

Nur eine weitere Attacke ihres Magens verhinderte eine Antwort. Als das Würgen endlich nachließ, fühlte Gisela sich so matt, dass sie eigentlich nur noch schlafen wollte. Der Geruch des Erbrochenen trieb sie jedoch auf die Beine. Wenn sie nicht wollte, dass ihr erneut schlecht wurde, musste sie den Boden aufwischen.

Als alles gesäubert war, schien bereits die Sonne durch die Bäume. An diesem Tag sollte Walther einen Bremer Holzkaufmann in den Forst führen. Damit er nicht nüchtern gehen musste, bereitete Gisela rasch ein Frühstück für ihn. Ihr selbst wurde bereits beim Gedanken an Essen übel, und so wäre sie, nachdem ihr Mann das Haus verlassen hatte, am liebsten ins Bett zurückgekrochen. Doch kaum stand sie an der Schlafzimmertür, wurde sie von der Einsamkeit im Forsthaus förmlich erdrückt und empfand mit einem Mal den Wunsch, in Cäcilies Küche zu sitzen, wie sie es früher getan hatte, und mit der Köchin und Luise Frähmke zu reden. Kurz entschlossen putzte sie sich die Zähne, um den widerlichen Geschmack im Mund loszuwerden, und zog ein Kleid an, in dem sie sich bei ihren Freundinnen sehen lassen konnte.

Unterwegs überlegte sie, ob sie nicht doch die Vergewaltigung durch Diebold erwähnen sollte. Sie hätte so gerne Trost und Verständnis erfahren. Luise Frähmke und Cäcilie waren so liebe Menschen, doch die Empörung über den jungen Grafen konnte sie dazu bewegen, ein paar deutliche Worte zu sagen. Damit aber würde sie vor allen Leuten und vor allem vor Walther als geschändete, entehrte Frau dastehen.

Als Gisela auf dem Weg ins Schloss Imma begegnete, hatte sie das Gefühl, die Magd sähe mit einem verächtlichen Blick über sie hinweg. Sie fragte sich, ob Diebold vor diesem Weib damit geprahlt hatte, auch sie genommen zu haben. Zuzutrauen war es ihm, und sie glaubte auch nicht, dass er dabei bei der Wahrheit blieb. Doch wenn Walther auf diese Weise von der Sache erfuhr, würde auch er annehmen müssen, dass sie sich Diebold ohne Gegenwehr hingegeben hatte. Ihr wurde schwindelig, und sie trat mit einem Gefühl in die Küche, als hätte sich alle Welt gegen sie verschworen.

Cäcilie begrüßte sie jedoch genauso munter wie sonst auch und wies ihre Helferinnen an, sich um das Mittagessen zu kümmern. »Willst du etwas trinken?«, fragte sie.

Obwohl Gisela brennenden Durst verspürte, schüttelte sie den Kopf. »Danke, nein. Mir geht es heute nicht so gut. In der Früh ist mir furchtbar übel geworden.«

»Was?« Cäcilies Kopf ruckte herum, und sie sah Gisela durchdringend an. »War dir schon öfter übel?«
»Nein, eigentlich nicht.«
»Wir sollten noch abwarten. Aber wenn sich das wiederholt, könnte das heißen, dass du ein Kind bekommst. Ich habe zwar selbst keines geboren, doch Osma hatte die gleichen Anzeichen, bevor sie ins Wasser ging, das arme Ding.«
Es war gut, dass Cäcilie in dem Augenblick durch das Fenster nach draußen schaute, denn Gisela wurde kalkweiß. Wenn sie vor kurzem schwanger geworden war, konnte dies bedeuten, dass ihr Kind nicht von Walther, sondern von diesem Schwein Diebold gezeugt worden war. Im ersten Schrecken krallte sie sich die Hände in den Bauch, als wolle sie das, was darin heranwachsen mochte, aus sich herausreißen. Dabei versuchte sie sich verzweifelt an das zu erinnern, was erfahrenere Frauen als Cäcilie ihr über den weiblichen Mondzyklus und die empfangsbereiten Tage erzählt hatten. Der Gedanke, bis zur Geburt und darüber hinaus nicht zu wissen, ob ihr Kind von ihrem Mann oder ihrem Vergewaltiger stammte, ließ sie beten, nicht schwanger zu sein.
Unterdessen redete Cäcilie eifrig weiter. Da sie Gisela hatte heranwachsen sehen, war diese so etwas wie eine Tochter für sie, und so freute sie sich auf das Kleine. Bei diesem Überschwang gelang es der jungen Frau nur mit Mühe, ruhig zu bleiben und nicht alles aus sich herauszuschreien.
Wenig später kam auch die Mamsell dazu und wurde von Cäcilie sofort in Kenntnis gesetzt, dass Gisela schwanger

sein könnte. Luise Frähmkes sonst so strenges Gesicht leuchtete auf. »Da freust du dich wohl sehr, nicht wahr?«, sagte sie und tätschelte Giselas Hand.
Worüber soll ich mich freuen?, durchfuhr es Gisela. Am liebsten hätte sie laut geschrien. Ihre Hände zitterten, und sie spürte, dass sie sich nicht mehr lange würde beherrschen können. Mit einer resignierenden Bewegung stand sie auf. »Es tut mir leid, aber ich gehe doch besser wieder nach Hause und lege mich hin. Ich fühle mich wirklich nicht gut.«
»Das ist ganz normal. Viele Frauen, die mit einem Kind schwanger gehen, müssen mit Übelkeit und Schwächegefühlen kämpfen. Das legt sich bald, und bei den nächsten Kindern wirst du es kaum mehr spüren.« Mit diesen Worten wollte die Mamsell Gisela beruhigen.
Cäcilie bereitete ihr einen Trank, der ihren Worten zufolge gegen alle Ärgernisse einer Schwangerschaft helfen sollte. »Das Rezept stammt noch von meiner Großmutter. Es hat sogar Ihrer Durchlaucht geholfen, als sie Graf Diebold in sich trug«, setzte sie mit einem aufmunternden Lächeln hinzu.
Die Erwähnung dieses Namens war Giselas Seelenfrieden nicht gerade zuträglich. Da sie in dem Moment Widerwillen gegen alles empfand, was mit dem jungen Grafen und Schloss Renitz zusammenhing, wollte sie auch den Absud nicht trinken. Aber sie wurde von Cäcilie und Frau Frähmke dazu genötigt. Hinterher war ihr so übel, dass sie zur Küche hinausstürzte, um nicht dort zu erbrechen. Sie kam gerade noch bis zum Garten, dann rebellierte ihr Magen. Doch da sie bereits am Morgen alles von sich ge-

geben hatte, würgte sie jetzt nur Flüssigkeit und gelbe Galle hervor. Danach fühlte sie sich so elend, dass sie zu sterben wünschte. Mit wundgeschlagener Seele kehrte sie zum Forsthaus zurück und kroch ins Bett. Obwohl sie glaubte, in diesem Leben nie mehr Ruhe zu finden, schlief sie rasch ein und wachte selbst dann nicht auf, als Walther mit dem Herrn aus Bremen das Forsthaus betrat, um sich mit ihm zu besprechen.

# 7.

Die mächtigen Baumriesen des Renitzer Forstes imponierten dem Holzaufkäufer. Dennoch tat er so, als wüsste er nicht, ob er auf das Angebot eingehen sollte, das Walther ihm im Namen der Gräfin unterbreitet hatte. Er ließ sich ein Glas von dem Schnaps einschenken, der in der gutseigenen Brennerei hergestellt wurde, und sah den jungen Förster mit zweifelnder Miene an.
»Es ist ja alles schön und gut«, meinte er. »Aber es wird eine Höllenarbeit sein, die Baumstämme von hier nach Bremen zu schaffen. Ich weiß nicht, ob ich mir das antun soll.«
Walther begriff, dass das ein Versuch war, den Preis zu drücken. Doch das durfte er nicht zulassen, wenn er sich nicht den Zorn der Gräfin zuziehen wollte.
»Schade«, sagte er und hob bedauernd die Hände. »Ihre Erlaucht wäre gerne mit Ihnen ins Geschäft gekommen.

Doch wie es aussieht, muss ich einen anderen Käufer suchen.«

»In Bremen werden Sie keinen finden, Herr Fichtner. Wir machen uns gegenseitig keine Konkurrenz.« Der Holzkaufmann glaubte, damit einen Trumpf in der Hand zu halten, doch Walther schüttelte den Kopf.

»Ich dachte nicht an Bremen, sondern an Hamburg. Auch dort werden große Stämme für Masten und Rümpfe gebraucht.«

Die Miene des Bremer Herrn nahm einen überheblichen Ausdruck an. »Und wie wollen Sie die Stämme nach Hamburg schaffen? Sie können es nur über Fuhse, Aller und Weser nach Bremen flößen.«

Walther lächelte. »Es ist zwar ein gewisser Aufwand, die Stämme über Land von Celle nach Uelzen zu schaffen, doch wenn ein entsprechend hoher Preis bezahlt wird, machen wir auch das.«

»Herr Fichtner, jetzt reden wir mal ehrliches Deutsch miteinander«, wandte der Bremer ein. »Ich achte Ihren Willen, den besten Ertrag für Graf Renitz herauszuschlagen. Sie müssen aber auch mich verstehen. Ich kann über einen gewissen Preis nicht hinausgehen. Und ich verspreche Ihnen, dieser wird höher sein als der, den Sie bei den Hamburgern erzielen könnten. Bedenken Sie, Sie müssen den ganzen Überlandtransport in eigener Verantwortung durchführen. Das kostet sehr viel Geld. Ich hingegen biete Ihnen an, die Stämme an der nächsten Floßlände entgegenzunehmen und durch meine eigenen Leute nach Bremen flößen zu lassen.«

Das war mehr, als Walther erwartet hatte. Er bemühte sich, seine Zufriedenheit nicht zu zeigen, sondern tat so,

als müsse er sich das Angebot überlegen. Schließlich hob er den Kopf und sah den Mann an.
»Ich werde mit Seiner Erlaucht darüber sprechen müssen und lasse Sie dann seine Entscheidung wissen.«
»Um Ihren Überredungskünsten ein wenig nachzuhelfen, bin ich bereit, Ihnen einhundert Taler als Vermittlungsgebühr zu bezahlen«, bot der andere an.
Walther schwankte. Wenn er hart blieb, konnte er vielleicht ein paar Taler mehr für die Gräfin herausschlagen. Andererseits waren hundert Taler eine Summe, die ihm in Amerika zugutekommen würde.
»Ich werde alles tun, um Ihre Erlaucht von Ihrem Angebot zu überzeugen.« Dieses Zugeständnis machte er nicht gerne. Doch angesichts der Tatsache, dass Diebold bald der unumschränkte Herr der Renitzschen Besitzungen sein würde, stand Walther die eigene Börse näher als die der Grafenfamilie.
Sein Besucher ließ sich noch einmal nachschenken und trank ihm zu. »Auf unser Geschäft!«
»So es zustande kommt!« Walther war bereit, das Seine dafür zu tun. Die Stämme nach Hamburg zu schaffen bedeutete tatsächlich sehr viel Aufwand, und dieser würde den Ertrag schmälern. Außerdem müsste er in dem Fall seine Frau etliche Wochen allein zurücklassen, und dazu war er nicht bereit. Auch wenn Graf Diebold bald heiraten würde, traute er ihm zu, Gisela während seiner Abwesenheit zu bedrängen.
Bei dem Gedanken fragte er sich, wo seine Frau sein mochte. Wahrscheinlich war sie bei Cäcilie oder Frau Frähmke im Schloss. Er bedauerte ihre Abwesenheit,

denn er hätte dem Holzkaufmann gerne mehr aufgetischt als nur ein paar Gläser Schnaps. Doch Cäcilie würde dem Mann gewiss einen ausgiebigen Imbiss vorsetzen. So bat er den Herrn, mit ihm zu kommen, und schlug den Weg zum Schloss ein.

Wie Walther es erwartet hatte, sparte die Köchin nicht mit Schinken, Butter und Käse, und so konnte sein Besucher sich an allerlei ländlichen Leckerbissen satt essen. Nach Gisela hielt er jedoch vergebens Ausschau. Dafür aber musterte Cäcilie ihn mit einem seltsamen Blick, den er nicht zu deuten wusste.

Dank Cäcilies Fruchtweinen und einigen weiteren Gläsern Schnaps wurde der Herr aus Bremen bald müde und nahm das Angebot eines Zimmers im Dienstbotentrakt dankbar an. Walther wollte nun ebenfalls nach Hause, doch als er die Küche verließ, passte die Zofe der Gräfin ihn ab.

»Du sollst in den Salon Seiner Erlaucht kommen!«

Da ihre Herrin dem Förster keine besondere Achtung entgegenbrachte, behandelte die Zofe Walther wie jeden x-beliebigen Knecht. Sie ging vor ihm her, bis sie den Salon erreicht hatten, und wartete dort, bis ein Lakai die Tür öffnete.

»Hier ist Fichtner, Euer Erlaucht«, kündigte sie den Besucher an.

Walther trat an ihr vorbei in den Raum und sah die Gräfin neben ihrem Gemahl stehen. Medard von Renitz saß eingesunken in seinem Ohrensessel und hatte die Augen geschlossen. Walther konnte sogar ein leises Schnarchen hören. Gräfin Elfreda aber war hellwach und musterte Walther mit einem kalten Blick.

»Wie stehen die Verhandlungen, Walther?«
Er brauchte einen Augenblick, um sich zu sammeln. »Herr Steenken wollte den Preis zunächst über Gebühr drücken, doch der Hinweis, wir könnten die Baumstämme über Land schaffen und dann auf der Elbe nach Hamburg flößen, hat ihn dazu gebracht, ein besseres Angebot zu machen. Er will sogar das Flößen selbst übernehmen, so dass uns auch hier ein Verdienst bleibt.«
»Sehr gut!« Die Gräfin nickte unbewusst und fand es bedauerlich, dass ihr Sohn eine solche Abneigung gegenüber Walther entwickelt hatte. Fichtner hätte ein ausgezeichneter Verwalter der gräflich-Renitzschen Liegenschaften werden können.
»Sieh zu, dass du so viel wie möglich erlösen kannst!«, erklärte sie und deutete Walther mit einer knappen Geste an, dass er gehen könne. Während dieser nach einer Verbeugung verschwand, überschlug Gräfin Elfreda das Geld, das sie ihrer Einschätzung nach für das Holz bekommen würde, und kam auf eine erkleckliche Summe, mit der sie nicht nur die Verlobung und die Heirat ihres Sohnes bezahlen konnte. Es würde darüber hinaus genug übrig bleiben, um auch weiterhin die besten und angesehensten Kurorte Europas aufsuchen zu können.
Walther hatte unterdessen das Schloss verlassen und schritt durch die hereinbrechende Nacht nach Hause. Seine Gedanken drehten sich um die Prämie, die ihm der Holzaufkäufer versprochen hatte, und gleichzeitig überlegte er, wie lange der Holzeinschlag und der Transport zur Fuhse dauern würden. Wenn alles so lief, wie er es erwartete, konnten Gisela und er in drei, spätestens vier

Monaten Renitz verlassen und den Weg in die Neue Welt antreten.

Es drängte ihn, mit seiner Frau darüber zu sprechen. Doch als er das Forsthaus erreichte, fand er Gisela schlafend im Bett. Sie hatte sich zusammengekauert und wimmerte leise, als erleide sie einen schrecklichen Alptraum. Er überlegte, ob er sie wecken sollte, begnügte sich aber damit, sich neben sie zu setzen und ihr sanft über das Haar zu streichen. Es war, als genüge seine Berührung, um alle schlimmen Träume zu vertreiben, denn sie wurde ruhiger und flüsterte nach einer Weile sogar seinen Namen.

## 8.

Für die Planung des Holzeinschlags und des Transports der Stämme zur Fuhse benötigte Walther in den nächsten Wochen alle Kraft. Daher kam er meist nur noch zum Schlafen nach Hause und fiel todmüde ins Bett, um am nächsten Tag nach einem hastigen Frühstück das Forsthaus wieder zu verlassen. Da seine Gedanken sich mit der Arbeit befassten, achtete er kaum auf Gisela, und so entging ihm deren wachsender Kummer.

Um den eigenen Profit zu steigern, sparte die Gräfin an allem. Deshalb musste Walther auch an diesem Tag zum Schloss. Gräfin Elfredas Zofe hatte sich mittlerweile daran gewöhnt, dass der junge Mann bei ihrer Herrin ein und aus ging, und führte ihn ohne das übliche Getue in deren Salon. Sie selbst blieb aber im Raum und tat so, als müsse sie etwas erledigen, denn so ganz traute sie dem Frieden nicht. Die Gräfin war noch nicht alt genug, um gewisser Wünsche ledig zu sein, und ein gutaussehender junger Mann wie Fichtner konnte durchaus ihr Blut erhitzen.

Im Gegensatz zu dem, was die Zofe annahm, fühlte Elfreda von Renitz sich mehr vom Glanz kalter Goldstücke angezogen als von dem Gedanken an eine zärtliche Stunde mit irgendeinem Mann. Sie hoffte, bald schon Großmutter zu werden und ihre Liebe auf ihren Enkel richten zu können. Daher empfing sie Walther zwar interessiert, aber kühl. »Was gibt es zu melden?«

»Ich benötige mehr Männer, Euer Erlaucht. Mit denen, die ich bis jetzt einstellen konnte, ist die Arbeit nicht zu schaffen. Die Baumstämme müssen in Bremen sein, bevor die Flößerei im Spätherbst eingestellt wird.«

»Noch mehr Männer? Geht es nicht doch mit denen, die du jetzt hast?« Die Miene der Gräfin drückte aus, was sie dachte. Mehr Arbeiter bedeuteten auch mehr Geld, das sie für diese würde zahlen müssen.

»Ich bedauere, nein. Wir brauchen auch mehr Gespanne, um das Holz rücken zu können.«

»Dann hol dir diese vom Gut!«, klang es kalt zurück.

Walther hatte das Gefühl, als kämpfe er gegen eine Hydra, der immer mehr Köpfe wuchsen. »Ich habe zwei Drittel der Gespanne des Gutes im Einsatz, und der Verwalter beschwert sich bereits, dass er die Ernte nicht rechtzeitig einbringen kann. Außerdem sind weder die

Pferde noch die Knechte für den Transport von Baumstämmen geschult. Dadurch wird es zu Unfällen kommen, die uns Männer und Tiere kosten können.«
Die Gräfin kniff die Augen zusammen und dachte nach. Was Walther sagte, klang schlüssig. Aber sie war dennoch nicht bereit, ihm mehr Geld für Arbeiter und Gespanne zur Verfügung zu stellen. »Es muss auch so gehen. Notfalls sollen die Leute eine Stunde am Tag länger arbeiten.«
»Die Holzfäller und Fuhrleute arbeiten bereits von Sonnenaufgang bis Sonnenuntergang. Sie könnten nur dann länger arbeiten, wenn es Euch gelingt, den Lauf der Sonne zu verlangsamen!« Allmählich war Walther es leid. Obwohl er tat, was in seiner Macht stand, warf die Gräfin ihm in ihrer kleinlichen Art immer wieder Knüppel zwischen die Beine. »Ihr solltet Euch darüber im Klaren sein, dass der Transport der Stämme nach Bremen bis Ende Oktober abgeschlossen sein muss. Verzögert sich die Lieferung bis ins nächste Frühjahr hinein, erhaltet Ihr dafür einen geringeren Preis!«
»Dann hast du schlecht verhandelt, Walther. Sollte es dazu kommen, werde ich dir den Fehlbetrag vom Lohn abziehen!«
Trotz ihres schneidenden Tones war die Gräfin eher amüsiert. Ihrem Sohn würde es gefallen, Fichtner auf eine solche Weise bestraft zu sehen.
Walther fühlte, wie die Wut in ihm hochstieg, und alles in ihm drängte, der Gräfin den Krempel vor die Füße zu werfen, Gisela zu holen und mit ihr nach Bremen zu fahren, um von dort aus die Überfahrt nach New York oder

Boston anzutreten. Ihm war jedoch schmerzhaft klar, dass ein Schreiben dieser hochmütigen Frau an die Bremer Behörden ausreichen würde, um sie dort festnehmen und nach Renitz zurückbringen zu lassen. Daher beherrschte er sich, vermochte sich aber bei seiner Antwort einer gewissen Ironie nicht zu enthalten.
»Euer Erlaucht sind zu gütig. Ich darf mich nun verabschieden!« Er verbeugte sich und verließ den Raum, ohne auf ihre Antwort zu warten.
Die Gräfin sah ihm nach und kniff die Lippen zusammen. Er ist ein Mann mit einem festen Willen, dachte sie. Wenn mein Sohn doch genauso wäre! Dann bedachte sie die Konsequenzen, die dies nach sich ziehen würde, und fand die jetzige Situation zufriedenstellend. Wäre Diebold wie Walther, hätte er ihr längst die Verwaltung der gräflich-Renitzschen Besitzungen aus den Händen genommen. Ihr selbst bliebe dann nicht mehr, als neben ihrem Gemahl zu sitzen, der die meiste Zeit des Tages schlief, und in irgendwelchen Journalen zu blättern.
Das Eintreten der Mamsell beendete Gräfin Elfredas Gedankengang. »Was gibt es?«
»Die Post ist gekommen, Euer Erlaucht. Wie es scheint, ist ein Brief Seiner Hochwohlgeboren, Graf Diebold, dabei!« Luise Frähmke überreichte die Briefe der Zofe, die wunschgemäß Diebolds Schreiben heraussuchte und ihrer Herrin überreichte.
Da ihr Sohn selten mehr als einmal im Monat einen Brief nach Hause schrieb, erbrach Gräfin Elfreda das Siegel mit einer gewissen Anspannung. Hatte Diebold sich nun doch gegen die geplante Heirat entschieden?, fragte sie

sich und atmete auf, als sie las, dass Diebold in bestem Einvernehmen von seiner Braut und deren Eltern geschieden sei.

Dann aber wunderte sie sich, weil ihr Sohn eindringlich nach Fichtner fragte und wissen wollte, wie dieser sich in letzter Zeit benommen habe. Sie fragte sich, ob Walther sie bei den Verhandlungen mit den Holzaufkäufern betrogen und Diebold davon Wind bekommen haben könnte. Daher beschloss sie, den Holzeinschlag und alles, was damit zusammenhing, genau zu überwachen und sofort einzugreifen, wenn sie Unregelmäßigkeiten bemerkte oder auch nur vermutete. Als sie sich wieder dem Brief ihres Sohnes zuwandte, sah sie, dass dieser ganz zuletzt noch die Bemerkung hinzugefügt hatte, dass er nicht wie geplant eine Woche vor der Verlobungsfeier nach Renitz zurückkehren würde, sondern mehr als drei Wochen früher. Seltsamerweise machte er dies davon abhängig, dass Walther zu dem Zeitpunkt in Bremen oder sonst wo zu weilen habe, aber keinesfalls im Forsthaus oder im Schloss.

## 9.

Obwohl Gisela sich in diesen Tagen nach einem lieben Wort und nach Trost sehnte, so war sie doch froh, dass ihr Mann so beschäftigt war. Noch immer wagte sie ihm nicht zu gestehen, was Diebold ihr angetan hatte, und sie hatte ihm bisher auch nicht verraten, dass sie schwanger sein könnte.

Obwohl ihr Glaube es eigentlich verbot, hoffte sie zunächst, das Kind zu verlieren, denn sie wollte nicht die Frucht einer Vergewaltigung austragen. Dann dachte sie an die Möglichkeit, dass es doch Walthers Kind sein könnte, und wünschte sich, auf irgendeine Weise Klarheit zu bekommen. Doch niemand konnte ihr Gewissheit geben.

Um sich nicht im Forsthaus zu vergraben, besuchte sie zweimal in der Woche Cäcilie und Frau Frähmke im Schloss. Die beiden hatten jedoch kaum Zeit für ein Schwätzchen, denn sie mussten zusammen mit dem Verwalter des Gutes die Holzfäller und Fuhrknechte mit Lebensmitteln und Bier versorgen. Zwar hatte die Gräfin auch hier strengste Sparsamkeit befohlen, doch der Gutsverwalter drang darauf, die Leute ausreichend zu ernähren. Nur kräftige Männer konnten gute und schnelle Arbeit leisten, und er wollte die zum Gut gehörenden Knechte und Gespanne so bald wie möglich wieder auf den gräflichen Feldern und Wiesen sehen.

Bei ihren Besuchen hörte Gisela sich die Klagelieder der Mamsell an und war froh, dass diese im Gegensatz zu Cäcilie nicht andauernd von dem Wesen sprach, das unter ihrem Herzen heranwuchs. Mittlerweile war sie ganz sicher, schwanger zu sein, und trug dies als Last, von der sie nicht einmal die Jungfrau Maria befreien konnte.

»Ich weiß nicht, was in die Gräfin gefahren ist. Walther wird dir gewiss erzählt haben, welche Steine sie ihm in den Weg legt. Dabei denkt man, sie will durch den Holz-

verkauf rasch an Geld kommen. Aber wie es jetzt aussieht, wird sich alles bis ins nächste Jahr hinziehen«, prophezeite Luise Frähmke an diesem Morgen düster.
»Bis ins nächste Jahr sagen Sie?« Gisela presste erschrocken die Hände zusammen. Sie wusste, dass Walther diese Aufgabe nicht unvollendet zurücklassen würde. Doch wenn sie Renitz erst im nächsten Jahr verlassen konnten, würde sie ihren Vergewaltiger bis dorthin immer wieder sehen müssen. Vielleicht würde Graf Diebold sogar damit prahlen, der Vater ihres Kindes zu sein. Damit würde sie Walthers Vertrauen für immer verlieren. Womöglich würde er sich enttäuscht von ihr abwenden und allein in die Neue Welt auswandern. Dann bliebe ihr nur die Wahl, wie die arme Osma ins Wasser zu gehen oder mit dem Makel der Schande behaftet weiterzuleben und ihr Brot als Tagelöhnerin zu verdienen.
Da Luise Frähmke ihren eigenen Problemen nachhing, entging ihr Giselas Erschrecken. Stattdessen beklagte sie sich über die Kleinlichkeit der Gräfin, die bereits beim Brot für die Arbeiter geizte. »Seit Seine Erlaucht nicht mehr ansprechbar ist, hat sich vieles zum Schlechten gewendet. Noch schlimmer wird es sein, wenn der junge Herr hier das Sagen hat. Gegen den ist die Mutter noch harmlos, sage ich dir. Er hat Imma dafür, dass sie sich ihm gegenüber so bereitwillig gezeigt hat, nicht einen Groschen gegeben. Stattdessen wurde sie von der Zofe der Gräfin gescholten, weil sie nicht rechtzeitig mit ihrer Arbeit fertig geworden ist.«
Es drängte Gisela, ihr beizupflichten, dass Graf Diebold ein Lump und ein Schurke war, aber da eben eine der

Mägde vorbeihuschte, stupste sie ihre mütterliche Freundin an. »Seien Sie vorsichtig, Frau Frähmke! Nicht, dass jemand Ihre Worte an die Herrin weiterträgt.«
Luise Frähmke nickte Gisela dankbar zu. »Hier muss man wirklich achtgeben, was man sagt. Aber dieses Denunziantentum ist nicht der Bosheit der Leute geschuldet, sondern ist eines der Mittel der Gräfin, um absoluten Gehorsam von ihren Bediensteten zu erzwingen. Ihre Zofe, dieses Biest, sitzt wie eine Spinne im Netz und sammelt alles, was sie gegen andere verwenden kann. Sie schreibt sogar Briefe an den jungen Herrn, damit dieser erfährt, was hier auf Renitz vor sich geht!«
»Das verstehe ich nicht«, sagte Gisela leise. »Sie sind doch seit zwei Jahrzehnten die rechte Hand der Gräfin. Weshalb lässt die Herrin durch ihre Zofe nun Unruhe ins Schloss bringen?«
»Da müssten wir sie schon selbst fragen. Ich weiß es nicht«, seufzte Luise Frähmke und stand auf. »Aber jetzt muss ich wieder an die Arbeit. Es ist bedauerlich, dass du nicht mehr im Schloss lebst. Du hast mir früher sehr viele Dinge abgenommen, auf die ich nun wieder selbst achten muss.«
»Ich werde auch nach Hause gehen. Wenn Walther zurückkommt, muss das Abendessen auf dem Tisch stehen.« Gisela verabschiedete sich mit gespielter Fröhlichkeit und verließ das Schloss.
Luise Frähmke wandte sich wieder ihren Pflichten zu und sagte sich, dass sie diesen früher freudiger nachgegangen war.

## 10.

Am nächsten Tag beschloss die Mamsell, dass es so nicht weitergehen könne. Daher verließ sie das Schloss und machte sich auf den Weg zum Forsthaus. Zu ihrer Verwunderung fand sie dort die Tür verriegelt. Da sie Geräusche hörte, klopfte sie.

Gisela fragte von drinnen, wer da sei. Kaum hatte sie ihren Namen genannt, öffnete die junge Frau die Tür und ließ sie ein. »Willkommen! Was für eine schöne Überraschung. Darf ich Ihnen einen Becher Schlehenwein einschenken?«

»Wenn es der Schlehenwein ist, den Walther angesetzt hat, gerne. Wo ist er denn?«

»Er ist bereits seit dem Morgengrauen im Wald«, antwortete Gisela.

»Hat ja auch genug zu tun. Genau wie ich. Deshalb bin ich im Übrigen gekommen!« Luise Frähmke wartete, bis Gisela ihr den Schlehenwein eingeschenkt hatte, nahm den Becher entgegen und trank einen Schluck.

»Danke dir. Aber nun zum Zweck meines Kommens. Ich werde allein nicht mehr mit meiner Arbeit fertig. Dabei stellt Ihre Erlaucht immer höhere Anforderungen. Jetzt sollen wir auch noch das Verlobungsfest vorbereiten – und das bei all der Mühe, die uns die Versorgung der Holzknechte und Fuhrleute macht. Ihre Erlaucht hätte gescheiter sein und den Wald im letzten Jahr schlagen lassen sollen. Die Zofe, dieses Miststück, hetzt hinter meinem Rücken gegen mich und sagt, ich wäre meiner

Aufgabe nicht mehr gewachsen. Um mit all dem, was sich vor mir auftürmt, fertig zu werden, brauche ich deine Unterstützung. Komm zum Schloss und hilf mir, so wie du es vor deiner Heirat gemacht hast. Du brauchst keine Sorge um dein Kleines zu haben. Du sollst nur mein Mund und meine Augen sein. Seit du weg bist, erledigen die Mägde ihre Pflichten immer schlampiger. Es wird Zeit, dass ihnen wieder jemand auf die Finger schaut.«

Gisela sagte sich, dass es vielleicht gar nicht so schlecht war, wenn sie eine Aufgabe erhielt, die sie ablenkte. Hier im Forsthaus hatte sie zu viel Zeit zum Grübeln.

»Ich kann das gerne tun. Walther kann drüben im Schloss mitessen, dann muss ich hier nicht kochen. Aber wie ist es mit der Bezahlung? Die Gräfin wird Ihnen gewiss kein Extrageld für mich geben.«

»Ich gebe dir einen Teil meines Lohnes ab«, bot Luise Frähmke an.

Obwohl Gisela gerne einige Taler für die Auswanderung verdient hätte, schüttelte sie den Kopf. »Nein! Sie sind meine Freundin und haben mir früher oft geholfen. Also werde diesmal ich Ihnen helfen. Ich arbeite dann eben für Walthers und meine Kost!«

»Du bist ein Schatz!« Die Mamsell umarmte Gisela erleichtert und strich ihr über die Wange. »Du wirst mir aber erlauben müssen, dir hinterher ein kleines Geschenk zu geben!«

»Solange es ein kleines Geschenk ist, gerne!« Gisela erwiderte die Umarmung und hielt ihre Freundin etliche Augenblicke lang fest an sich gedrückt.

»Ist ja schon gut«, sagte diese. »Weißt du was? Ich werde Patin bei deinem ersten Kind. Oder glaubst du, dass Walther jemand Besseres will als mich alte Mamsell?«

Die Erwähnung des Kindes versetzte Gisela einen Stich. Mühsam beherrschte sie sich und schüttelte den Kopf. »Walther will gewiss niemand anderes – und ich auch nicht. Aber nun sollten wir gehen. Oder glauben Sie, die Mägde werden fleißiger, während Sie weg sind?«

»Gewiss nicht!« Die Mamsell trank ihren Becher leer und stellte ihn mit einer entschlossenen Geste auf den Tisch. »Je eher diese pflichtvergessenen Geschöpfe merken, dass du ihnen wieder auf die Finger schaust, umso rascher werden sie so arbeiten, wie ich es mir wünsche.«

»Ich schreibe nur einen Zettel, dass ich mit dir zum Schloss gegangen bin, für den Fall, dass Walther heute früher kommt und mich vermisst.« Nachdem Gisela die Notiz verfasst hatte, hakte sie sich bei Luise Frähmke unter und verließ mit dieser zusammen das Forsthaus.

Auch wenn die Mamsell sich in letzter Zeit über die Gräfin geärgert hatte, so wollte sie doch, dass Schloss Renitz bei der Verlobungsfeier des jungen Herrn an allen Ecken wie neu glänzte. Daher klärte sie Gisela unterwegs auf, was alles getan werden musste, und stellte rasch erleichtert fest, dass die junge Frau sofort eingriff und den Mägden energisch die Arbeit zuteilte.

In den nächsten Tagen setzten die beiden Frauen ihren gesamten Ehrgeiz daran, all das aufzuholen, was in letzter Zeit liegengeblieben war. Da wegen des Holzeinschlags keine Knechte vom Gut zur Verfügung standen, schickte die Mamsell nach Männern aus dem Dorf, damit sie den an einigen Stellen schadhaften Verputz des Schlosses ausbesserten. Auch Lakaien mussten mit zupacken, taten dies aber erst, als die Mamsell ihnen drohte, sie würde ihre Weigerung der Gräfin mitteilen.

Gisela tat die Arbeit im Schloss gut. Am Morgen wurde ihr nun nicht mehr übel, und auch sonst besserte sich ihr Zustand. Allerdings sah sie Walther während dieser Zeit nur in den wenigen Minuten, bevor sie zu Bett gingen, und am Morgen beim Frühstück. Dabei sprachen beide nur über ihre jeweiligen Aufgaben, nicht jedoch über ihre geplante Auswanderung. Walther wollte zuerst das Fällen der Bäume und deren Transport nach Bremen organisiert wissen, bevor er die große Fahrt vorbereitete. Gisela hingegen hatte Angst, Diebold wieder zu begegnen, doch merkte sie auch, wie schwer es ihr fallen würde, von ihren Freundinnen Cäcilie und Luise Frähmke zu scheiden.

## 11.

Drei Tage vor dem Termin, den Diebold seiner Mutter als Ankunft in Renitz angekündet hatte, war der letzte Stamm geschlagen und zur Floßlände geschafft worden. Walther atmete erleichtert auf, weil es ihm gelungen war, die Arbeit zeitig abzuschließen. Da er ebenso wie Gisela noch nichts davon wusste, dass Diebold früher zurückkehren wollte, rechnete er damit, bei dessen Eintreffen längst mit seiner Frau auf dem Weg nach Amerika zu sein.

Er stellte seine Abrechnungen fertig, stellte erfreut fest, dass die Gräfin mit einer höheren Summe rechnen konnte, als er vorher geschätzt hatte, und machte sich auf den Weg zu ihr. »Ich will zu Ihrer Durchlaucht, um ihr die Abrechnungen zu überbringen«, erklärte er der Zofe.

»Ihre Durchlaucht ist bei Seiner Durchlaucht. Oder willst du hier warten, bis sie zurückkommt?«

»Nein, das will ich nicht.« Walther drehte sich abrupt um und wandte sich Graf Renitz' Zimmerflucht zu.

Der alte Herr war ausnahmsweise wach und sah ihm mit matten Augen entgegen. »Du bist es, Walther! Ich habe dich lange nicht gesehen. Es ist wohl viel zu tun im Wald?«

»Sehr wohl, Euer Erlaucht. Doch wir haben den Holzeinschlag zum vereinbarten Zeitpunkt abschließen und die Stämme übergeben können«, antwortete Walther.

Der Graf hob überrascht den Kopf. »Ihr habt in meinen Wäldern Holz geschlagen? Davon weiß ich gar nichts!«

Elfreda von Renitz verdrehte die Augen. In einem hat Diebold recht, dachte sie. Ihr Gemahl war wirklich nicht mehr bei Verstand. Sie legte ihm die Hand auf die Schulter. »Habt Ihr das schon wieder vergessen? Dabei habt Ihr selbst den Befehl gegeben, das Holz zu schlagen, damit wir Geld für die Hochzeit unseres Sohnes und für die nächsten Aufenthalte in Kurorten haben, die zur Stärkung Eurer Gesundheit unbedingt nötig sind.«

Mit einer müden Bewegung hob der Graf die Hand und rieb sich über die Augen. »Ich kann mich nicht erinnern. Auch nicht, dass Diebold heiraten will. Er ist doch noch

so jung! Ich ...« Der Graf brach ab und griff sich an den Kopf. Zwar konnte er sich beinahe jede Sekunde der Schlacht von Waterloo ins Gedächtnis rufen, doch wenn er sich daran erinnern wollte, was er an diesem Morgen zum Frühstück gegessen hatte, griff er ins Leere.
Walther hatte den kurzen Disput des Grafenpaars verfolgt und überlegte, ob er nicht draußen warten sollte, bis die beiden sich ausgesprochen hatten.
Doch da winkte ihn die Gräfin, näher zu treten.
»Du hast gestern gesagt, du wärst mit dem Einschlag fertig, Walther.«
»So ist es, Eure Durchlaucht.«
»Meinen schönen Wald abholzen!«, warf Graf Medard brummig ein. »Nur, weil mein Sohn heiraten will, obwohl er eigentlich noch viel zu jung dafür ist.«
Gräfin Elfreda blickte zur Decke und zählte in Gedanken bis zehn, um sich zu beruhigen. Sobald sie Walther weggeschickt hatte, würde sie ihrem Gemahl deutlich vor Augen führen, was sie von seinen lächerlichen Einwänden hielt. Zuerst aber war es wichtiger, den Verkauf des Holzes abzuschließen. Außerdem hatte Diebold in seinem letzten Brief gefordert, dass Walther bei seiner Rückkehr nicht in Renitz sein sollte.
»Hör zu, Walther! Da die Baumstämme nun alle wie vereinbart an Herrn Steenken geliefert wurden, wirst du diesen in Bremen aufsuchen und die Rechnung stellen. Sorge dafür, dass das Geld an unseren Bankier weitergeleitet wird.«
»Mein schöner Wald!«, rief der Graf dazwischen, doch seine Gemahlin achtete nicht auf ihn.

Walther, dem die Situation unangenehm war, verbeugte sich vor dem Paar und bat, gehen zu dürfen.
Doch Gräfin Elfreda hob die Hand. »Einen Augenblick noch! Du wirst heute noch nach Bremen aufbrechen und kommst erst zurück, wenn der Verkauf vollkommen abgeschlossen ist. Hast du verstanden?«
Walther wunderte sich über die Eile, die sie an den Tag legte, und nahm an, ihr läge daran, das Geld so rasch wie möglich in Händen zu halten. Ihm kamen ihre Anweisungen zupass, denn je eher die Sache abgeschlossen war, umso rascher konnten er und Gisela Renitz verlassen. Außerdem musste er gar nicht bis nach Bremen fahren, um die Rechnung zu übergeben, denn der Holzaufkäufer Steenken hielt sich derzeit in Celle auf, um die letzten gelieferten Stämme zu begutachten. Wenn er umgehend losritt, würde er die Stadt am nächsten Abend erreichen und spätestens in vier Tagen nach Renitz zurückgekehrt sein. Dies käme der Gräfin sicher zupass. Mit diesem Gedanken verabschiedete er sich.
Auf der Treppe traf er Imma und fragte sie nach seiner Frau. Die Magd wies mit einer empörten Geste in Richtung Küche. »Sie ist bei der Köchin! Die beiden sitzen einfach da und schwatzen.«
»Danke!« In der Küche sah er Gisela mit Cäcilie am Tisch sitzen und aus Tonbechern Fruchtwein trinken, während die Küchenmägde am Herd standen und die Töpfe und Pfannen überwachten.
Als die beiden Walther sahen, wurde Gisela verlegen, während Cäcilie ihn fröhlich anlächelte. »Na, was führt dich am helllichten Tag hier herein? In den letzten Wo-

chen bist du ja kaum aus deinem Wald herausgekommen.«
»Der Holzeinschlag ist Gott sei Dank erledigt. Ich muss jetzt nur noch einmal mit dem Aufkäufer sprechen und ihm die Abschlussrechnung übergeben. Dann ist dieses Kapitel unseres Lebens abgeschlossen.« Walther dachte dabei an die Zeit auf Renitz, während die Köchin glaubte, er würde damit nur den Holzverkauf meinen.
»Du bist wohl sehr froh, dass du es geschafft hast!«, sagte sie.
Gisela hatte Walthers Bemerkung richtig gedeutet und war ebenso erleichtert wie erschrocken. Zwar zitterte sie noch immer bei dem Gedanken, ein Schiff besteigen zu müssen, welches über ein Wasser fuhr, das noch viel breiter war als die Beresina, in der so viele brave Soldaten auf dem Rückzug ertrunken waren. Aber hierbleiben und ein Kind zur Welt bringen, das Diebolds Ebenbild sein konnte, war unmöglich.
»Wie lange wirst du ausbleiben?«, fragte sie Walther leise.
»Ich hoffe, in vier Tagen wieder hier zu sein.«
»Vier Tage? Das geht!« Mit einem Aufatmen dachte Gisela daran, dass Diebold noch etwa drei Wochen ausbleiben würde, und bis dorthin hatten Walther und sie Renitz verlassen.
Walther fasste ihre Hände und drückte sie sanft. »Ich werde mich beeilen!«
»Und ich jede Minute auf dich warten. Wenn du kommst ... werde ich froh sein, dich wieder länger als nur ein paar Minuten am Tag zu sehen.«

Eigentlich hatte Gisela sagen wollen: Wird schon fast alles für unsere Abreise bereit sein! Aber das hätte Cäcilie auffallen können.

In Gedanken beschäftigte sie sich immer wieder mit dieser langen, gefährlichen Reise in die Neue Welt. Sie hatte den Leitfaden für Auswanderer mittlerweile ebenfalls gelesen und wusste, was sie auf ein Schiff mitnehmen durften. Es war erbärmlich wenig und musste zudem gut verpackt werden, um vor den Ratten sicher zu sein. Auch vor diesem Ungeziefer grauste ihr. Da sie sich jedoch keine Flügel wachsen lassen konnte, die sie nach Amerika trugen, blieb ihr nur, ein Schiff zu besteigen und die Beschwerden und Gefahren der Reise zu ertragen.

»Auf Wiedersehen, Walther!«, sagte sie lächelnd.

»Auf Wiedersehen! Auch dir sage ich auf Wiedersehen, Cäcilie. Grüßt Frau Frähmke herzlich von mir. Ich habe leider nicht die Zeit, sie zu suchen. Ihre Erlaucht will, dass ich heute noch abreise!«

»Heute schon? Ich dachte, du müsstest noch in den Forst!« Im ersten Augenblick war Gisela enttäuscht, dann aber sagte sie sich, dass Walther umso schneller zurück sein würde, und schloss ihn kurz in die Arme. Versonnen sah sie zu, wie er mit festen Schritten die Küche verließ.

»Hast du es ihm eigentlich schon gesagt?«, fragte Cäcilie neugierig.

»Nein. Ich will erst ganz sicher sein und auch ein wenig mehr Zeit zum Reden haben, anstatt es jetzt zwischen Tür und Angel zu tun.«

## 12.

Drei Tage später kam Diebold zurück. Da seine Zimmer immer für ihn bereitstehen mussten, hatte die Gräfin es nicht für nötig befunden, dies den Dienstboten mitzuteilen. Daher wurde auch Gisela völlig überrascht, als sie die Vorhalle durchquerte und plötzlich sein Schatten auf sie fiel.
»Wen haben wir denn da? Die schöne Försterin!«, sagte Diebold in dem näselnden Ton, den er als vornehm empfand.
Gisela erschrak bis ins Mark und huschte, so rasch sie konnte, an ihm vorbei. Ihr Herz schlug ihr bis zum Hals, und sie vermochte kaum mehr zu atmen. Erst als sie draußen auf dem Vorplatz stand, bekam sie wieder Luft. Ein Teil ihrer selbst drängte danach, ins Schloss zurückzukehren und Diebold anzuklagen. Aber das hätte sie sofort tun müssen, nachdem er sie geschändet hatte. Da nun einige Wochen vergangen waren, würden ihr noch weniger Menschen Glauben schenken.
Mit Tränen in den Augen stolperte sie einige Schritte blind vorwärts. »Halt! Es nutzt dir gar nichts, wenn du wegen dieses Lumpen gegen einen Baum oder einen Pfosten läufst«, sagte sie sich und blieb stehen, um sich die Augen trocken zu reiben. Als sie nach einer knappen Stunde das Forsthaus erreichte, war sie ganz außer Atem. Sie stützte sich in der Küche ab und sah unwillkürlich in den kleinen Spiegel, der an der Wand über der Anrichte hing. In dem Moment war sie froh, dass Walther nicht da

war, denn sie hätte ihm das bleiche, vor Entsetzen verzerrte Gesicht, das ihr nun entgegensah, nur schwerlich erklären können.

Schnell schob sie den Riegel an der Haustür vor und schwor sich, diesen erst wieder zu lösen, wenn Walther zurückkam und Einlass begehrte. In den nächsten zwei Stunden packte sie alle Teile, die sie in der großen Truhe mitnehmen wollten, einzeln in die von ihr genähten Segeltuchtaschen und legte das Kleid heraus, das sie während des ersten Teils der Reise tragen wollte. Als sie nichts mehr zu tun fand, saß mit erstarrter Miene auf ihrem Bett. Sie spürte einen alles überwältigenden Zorn in sich aufsteigen, weil Walther und sie aus der Heimat fliehen mussten, während Diebold hierbleiben konnte und nicht die geringste Strafe zu befürchten hatte. Doch die Welt war nun einmal ungerecht, und sie konnte nur Trost in dem Glauben finden, dass die Heilige Jungfrau sich ihrer im anderen Leben annehmen und sie als reine Seele vor Gottes Thron führen würde.

»Heilige Maria, Muttergottes, hilf mir armen Sünderin!«, flehte sie unter Tränen, kniete nieder und sprach all die Gebete, die man sie bei den Nonnen gelehrt hatte. Sie betete immer noch, als die Dämmerung hereinbrach und die ersten dunklen Schatten der Nacht aufzogen. Erst als es so finster war, dass sie die Umrisse im Zimmer nicht mehr erkennen konnte, stand sie auf und tastete sich in die Küche zurück.

Der Herd war kalt, und sie musste erst das aus einem Gewehrschloss gefertigte Feuerzeug suchen. Dazu brauchte sie noch Pulver und ein wenig Reisig, um eine Flamme erzeugen zu können. Bis alles gefunden war, hatte sie sich die Schienbeine einige Male an Stühlen und Schränken angeschlagen und wünschte sich, so fluchen zu können wie ein Mann.

Endlich brannte ein Feuer auf dem Herd, und sie konnte mit einem Kienspan die Öllampe anzünden. Das Licht brachte ihr aber nicht den erhofften Frieden, denn dort, wo der Schein der kleinen Flamme nicht mehr hinreichte, glaubte sie Schemen zu sehen, die sich ihr näherten und wieder verschwanden, bevor sie sie richtig erkennen konnte.

Das Gefühl der Bedrohung wurde so übermächtig, dass Gisela die Doppelbüchse ihres Mannes aus dem Schrank holte und einen Lauf mit Rehposten und den anderen mit einer normalen Bleikugel lud. Doch was sollte ihr die Waffe gegen Geister nutzen?

Verärgert über ihre Ängstlichkeit, stellte sie die Büchse in eine Ecke und setzte sich an den Tisch. Ein kleines Büchlein, das Schwester Magdalena ihr beim letzten Abschied gegeben hatte, machte ihr schließlich ein wenig Mut, und sie fragte sich, wie es der freundlichen Nonne ergehen mochte. Es tat ihr leid, dass sie nicht zu ihr fahren konnte, um sich von ihr zu verabschieden, denn die Adresse auf dem Brief war unleserlich gewesen, und die Klostergemeinschaft hatte nicht auf ihre Bitte geantwortet, ihr Schwester Magdalenas neue Adresse mitzuteilen.

Komm zurück, Walther, und bring mich von hier fort!, flehte sie ihren Mann in Gedanken an. Dann legte sie den Kopf auf die Arme und ließ die Tränen fließen. Noch

während sie sich fragte, ob ihr weiterer Lebensweg ins Licht führen oder auf Dauer durch Diebolds schändliche Tat verdüstert werden würde, schlief sie ein und wachte erst am Morgen wieder auf. Ihr war kalt, und sie fühlte sich so steif und zerschlagen wie eine alte Frau.
Gisela überlegte, sich noch eine Weile ins Bett zu legen, gleichzeitig aber wollte sie um nichts in der Welt Walthers Rückkehr verpassen. Daher schürte sie den Herd mit dem Rest Glut an, um sich einen Pfefferminztee zu machen, der sie innerlich wärmen sollte.

## 13.

Diebold hatte weitaus besser geruht als Gisela. Zufrieden aber war auch er nicht. Das Verbot seiner Mutter, sich Imma oder eine der anderen Mägde zum Zeitvertreib zu holen, galt noch immer, und er hatte überdies erfahren, dass Gisela an diesem Tag nicht ins Schloss gekommen war. Doch auf diese Weise, das schwor er sich, würde sie sich ihm nicht entziehen können.
Immer noch verärgert, hatte er gefrühstückt und stand nun seinem Vater gegenüber, der ihn tadelnd musterte.
»Weshalb trägst du keine Uniform, Fähnrich Renitz? Dieses Verhalten kann ich nicht dulden!«
Noch während Diebold sich fragte, was dieser Rüffel bedeuten solle, machte seine Mutter ihm ein Zeichen. Sogleich verbeugte er sich vor Medard von Renitz. »Ver-

zeiht, Herr Vater, doch meine Frau Mutter möchte mit mir sprechen.«

»Was heißt hier Vater?«, fuhr der Greis auf. »Im Dienst hast du mich Herr Oberst zu nennen! Noch einen solchen Fauxpas, und ich lasse dich Spießruten laufen.«

In diesem Augenblick griff Gräfin Elfreda ein. »Verzeiht, mein Gemahl, doch ich muss mit unserem Sohn sprechen und ihn in Eurem Sinne zurechtweisen.« Sie gab Diebold einen Wink, ihr zu folgen, und ließ ihm gerade noch die Zeit für eine Verbeugung.

Auf dem Flur blieb sie stehen. »Wie du unschwer erkennen kannst, hat sich der Zustand deines Vaters nicht gebessert.«

»Dann werdet Ihr erlauben, dass ich einen Arzt rufen lasse, der seine Unzurechnungsfähigkeit bescheinigt! Es ist wohl dringend notwendig, dass ich seinen Platz einnehme.«

Die Gräfin begriff, dass sie ihren Sohn diesmal nicht von seinem Vorhaben würde abhalten können, und fühlte Enttäuschung und Wut in sich aufsteigen. Solange ihr Gemahl noch lebte, hatte sie die Zügel in der Hand halten wollen. Immerhin war sie mehr als zwanzig Jahre jünger als Medard von Renitz und noch voller Kraft. Das Gefühl, ihre Jugend und ihr Leben einem Sohn geopfert zu haben, der es nicht verdiente, ließ sie in Tränen ausbrechen. »Du bist so undankbar! Dabei habe ich alles für dich getan«, schluchzte sie und verschwand mit rauschenden Röcken in ihren Gemächern.

Diebold sah ihr grinsend nach. Endlich hatte seine Mutter begriffen, wer in Zukunft hier das Sagen hatte. Um dies auch den anderen im Schloss zu zeigen, wollte er bereits nach Imma rufen, besann sich aber eines Besseren. Die Zofe seiner Mutter hatte ihm mitgeteilt, dass Walther mindestens noch zehn Tage ausbleiben würde. Daher hatte er Zeit und Gelegenheit genug, sich um Gisela zu kümmern. Wenn sie sich ihm nicht freiwillig hingab, würde er sie erneut dazu zwingen und dabei womöglich noch größeren Spaß haben.

Bevor er zum Forsthaus aufbrach, befahl er einem Diener, ihm eine Flasche Branntwein zu bringen, und trank diese in kurzer Zeit leer. Der Schnaps brannte wie Feuer in seinem Leib und verstärkte seinen Drang, Gisela zu besitzen. Durch die Trunkenheit schwand auch seine Angst vor Walther, unter der er die letzten Wochen gelitten hatte, und er freute sich darauf, diesen Streber auf den Platz zu verweisen, der dem Kerl zustand.

Mit diesem Gedanken machte er sich auf den Weg quer durch die ausgedehnten Parkanlagen. Unterwegs erinnerte er sich daran, wie oft Walther ihn in den Schatten gestellt hatte. In der Schlacht von Waterloo hatte es begonnen. Während er selbst einem toten Franzosen die Börse abgenommen hatte, war es Walther möglich gewesen, seinem Vater das Leben zu retten. Später war der Kerl der bessere Schüler gewesen und auch der bessere Student. Zu allem Überfluss besaß diese Dienerkreatur nun ein Weib, das seine eigene Verlobte, die Comtesse Aldegund von Rossipaul, an Schönheit und Anmut weit übertraf. Das Einzige, was für Aldegund sprach, war ihre edle Abkunft und die ansehnliche Mitgift. Ansonsten war sie ein blasses, schmales Geschöpf ohne die gerundeten Formen, die eine Frau erst ausmachten.

Als er das Forsthaus erreichte, fand er die Tür verriegelt. Sämtliche Fensterläden waren geschlossen, und es war kein Laut zu hören. Diebold klopfte an, erhielt aber keine Antwort. Verärgert pochte er erneut gegen die Tür. »Gisela, ich weiß, dass du drinnen bist. Mach auf! Das ist ein Befehl!«

Auch jetzt blieb alles still. War die junge Frau ins Dorf gelaufen, oder versteckte sie sich vor ihm im Wald?, fragte er sich. Da bemerkte er durch den Spalt eines Fensterladens eine Bewegung.

»Mit mir treibst du keine Spielchen«, murmelte er und nahm die massive Tür in Augenschein. Unwillkürlich sah er sich um und entdeckte ein Stück vom Haus entfernt einen Hackstock, in den eine Axt geschlagen war. Mit einem zufriedenen Lachen zog Diebold sie heraus.

»Gisela! Entweder machst du jetzt die Tür auf, oder ich schlage sie ein!«, drohte er.

Da er keine Antwort bekam, trieb er das Blatt der Axt neben dem Schloss ins Holz. Das Geräusch hallte misstönend durch den Wald, und er erschrak, weil man den Lärm möglicherweise bis zum Schloss hören konnte. Dann aber lachte er über sich selbst. Kein Bediensteter würde ohne Befehl hierherkommen und nachschauen. Außerdem ging es niemanden etwas an, was er auf seinem eigenen Grund und Boden tat.

Ein knappes Dutzend Schläge später sprang die Tür auf. Noch mit der Axt in der Hand trat er ein. Im vorderen Raum war nichts zu sehen, die Tür zum Schlafzimmer aber war verschlossen. Diebold grinste und sagte sich, dass es einen besonderen Reiz besaß, Gisela in ihrem und Walthers Ehebett zu nehmen.

Ein wuchtiger Axthieb beseitigte auch dieses Hindernis. Doch als er ins Schlafzimmer hineinschaute, fand er es leer vor. Er öffnete den Schrank und blickte unter das Bett. Zuletzt trat er zu der großen Truhe an der Wand und machte deren Deckel auf. Doch in der Truhe steckte Gisela auch nicht, denn die war bis oben hin mit Beuteln aus Segeltuch gefüllt.

Wahrscheinlich hielt sie sich doch im Wald versteckt, und der Schatten, den er zu sehen geglaubt hatte, war eine Täuschung gewesen, dachte Diebold und wollte das Forsthaus bereits wieder verlassen. Doch beim Hinausgehen fiel ihm ein, dass das Forsthaus einen Vorratskeller haben musste.

Rasch trat er zur Falltür und wollte sie öffnen. Doch sie klemmte. Hielt Gisela sie von unten zu? Grinsend nahm er die Axt und benützte sie als Hebel. Mit einem scharfen Ruck brach er die Falltür auf und öffnete sie dann ganz. Unten war es dunkel wie in einer Gruft, doch nicht weit unter sich entdeckte er zwei kleine helle Punkte, die nur Giselas vor Angst weit aufgerissene Augen sein konnten.

»Ich wusste doch, dass du hier bist! Komm heraus und stelle mich zufrieden. Dann …« Diebold brach ab, denn er wusste nicht, was er ihr versprechen sollte. Daher legte er sich der Länge nach auf den Binsenteppich, griff in das kleine Gelass und erwischte Giselas Haare.

»Jetzt gehörst du mir!«, rief er zufrieden und zerrte sie mit aller Kraft nach oben.

Gisela musste nachgeben, wenn sie nicht wollte, dass er ihr die Haare samt Kopfhaut abriss. Entsetzt tastete sie um sich, um etwas zu finden, das sich als Waffe verwenden ließ. Doch mehr als den an der Luft getrockneten Hinterschinken eines Hirsches fiel ihr nicht in die Hand. Damit schlug sie, als sie oben war, nach Diebolds Kopf.
Es kostete ihn wenig Mühe, ihr diese ungewöhnliche Waffe zu entwenden. Mit einem Lachen warf er die Keule auf den Tisch. »Damit werde ich mich stärken, wenn ich mit dir fertig bin. Doch nun komm endlich, damit ich es dir besorgen kann.«
Gisela setzte sich verzweifelt zur Wehr, konnte aber nicht verhindern, dass er sie ins Schlafzimmer schleifte und aufs Bett warf. Sie verfluchte sich selbst, weil sie sich im Keller versteckt hatte, ohne an die geladene Büchse zu denken. Einen Lauf hätte sie auf Diebold abschießen können, der andere wäre für sie gewesen. Damit hätte sie ihre Ehre wiedergewonnen. Jetzt aber musste sie zulassen, dass er ihr ein weiteres Mal Gewalt antat.

# 14.

Walther hatte Steenken in Celle angetroffen und mit diesem abgerechnet. Das für den Wald erlöste Geld durfte er jedoch nicht selbst entgegennehmen. Angeblich aus Angst, er könne unterwegs überfallen werden, hatte die Gräfin bestimmt, dass der Holzkaufmann die Summe über ein Bremer Bankhaus an ihren eigenen Bankier überweisen lassen sollte. Nachdem Steenken ihm als Dank für die geleistete Arbeit noch einen Beutel mit hundert Talern überreicht hatte, verabschiedete sich Walther von dem Mann mit der Überzeugung, das Beste für die Gräfin erreicht zu haben. Er überlegte sich, ob er von einem Teil des Geldes Gisela etwas Schönes kaufen sollte. Dann dachte er an die bereits bis zum Platzen gefüllte Truhe, die sie mit nach Amerika mitnehmen würden, und ließ es sein. Er konnte Gisela auch in der Neuen Welt ein hübsches Schmuckstück oder einen passenden Kleiderstoff besorgen. Jetzt wollte er so rasch wie möglich nach Hause.

Während er beim Wirt seine Übernachtung und die Zeche bezahlte, sattelte dessen Knecht bereits sein Pferd. Walther reichte dem guten Mann einen Groschen als Trinkgeld, schwang sich in den Sattel und trabte munter los. Er kam so gut voran, dass er beschloss, bis Renitz durchzureiten. Als er am Nachmittag die Dächer des Schlosses über den Bäumen emporragen sah, überlegte er, ob er erst zum Forsthaus oder gleich zum Schloss reiten sollte, um der Gräfin vom Abschluss des Handels zu berichten. Da er vermutete, Gisela hielte sich im Schloss auf, um Luise Frähmke zu helfen, wollte er sich dorthin wenden. Da vernahm er mit einem Mal das Geräusch von Axthieben, die aus der Richtung des Forsthauses herüberdrangen.

Verwundert spornte er seinen Gaul ein letztes Mal an. Als er das Forsthaus erreichte, wirkte es seltsam verlassen. Die Fensterläden waren geschlossen, und kein Laut drang heraus.

Da sah er die eingeschlagene Tür und hörte einen Moment später Gisela schreien. Er sprang aus dem Sattel, war mit ein paar Schritten im Haus, stürmte ins Schlafzimmer und sah, wie seine Frau sich verzweifelt gegen Diebold wehrte. Gerade als es dem Grafensohn gelang, ihr die Beine auseinanderzubiegen, packte Walther ihn und schleuderte ihn mit voller Wucht gegen die Wand.
Gisela dankte der Heiligen Jungfrau, dass diese ihren Mann rechtzeitig nach Hause geführt hatte, während Diebold Walther verdattert anstarrte.
Dieser schlug dem jungen Renitz mit beiden Fäusten ins Gesicht. Der Schmerz löste Diebold aus seiner Erstarrung, und er schlug voller Wut zurück.
Walther wich ihm mit Leichtigkeit aus und traf seinen Gegner gleich mehrfach. Anders als der junge Renitz hatte er im letzten Jahr hart gearbeitet und sich nicht dem Wohlleben hingegeben.
Diebold wurde klar, dass er den Kürzeren ziehen würde, und er verlegte sich aufs Reden. »Du vergisst wohl, dass ich der nächste Graf auf Renitz sein werde. Wenn du nicht sofort aufhörst und dich entschuldigst, lasse ich dich einsperren, und Gisela kann meinetwegen betteln gehen.«
Walther hielt einen Augenblick inne und musterte den jungen Grafen angewidert. »Ihr wart ein Schuft, seid einer und werdet immer einer bleiben. Doch hier bin ich der Hausherr und habe das Recht, Euch für das zu bestrafen, was Ihr Gisela antun wolltet!«
Mit zwei weiteren Faustschlägen machte er Diebold klar, dass dieser keine Schonung von ihm zu erwarten hatte.
Vor Angst kreischend, rannte der junge Renitz in das vor-

dere Zimmer und sah Walthers Pferd draußen stehen. Ich muss den Gaul erreichen, fuhr ihm durch den Kopf. Doch Walther war dicht hinter ihm.
Da fiel Diebold die Axt neben der offenen Falltür ins Auge. Kurz entschlossen packte er sie, riss sie hoch und wollte seinem Gegner den Schädel spalten.
Walther wich mühelos aus und prellte ihm die Axt aus der Hand. »Verdammter Feigling!«, stieß er aus und schlug erneut zu.
In dem Moment erinnerte Diebold sich an die kleine Pistole, die zum Schutz gegen Räuber in seiner Innentasche steckte. Mit zwei, drei Schritten entging er den nächsten Schlägen seines Gegners und zog die Waffe.
»Das war es für dich, Walther Fichtner!«, sagte er höhnisch. »Jetzt wirst du mir für alles bezahlen, sowohl für die Schläge wie auch für den Schuss bei Waterloo, mit dem du dich meinem Vater angebiedert hast. Hättest du nicht die Muskete abgefeuert, wäre ich bereits seit Jahren der regierende Graf auf Renitz und mein eigener Herr. Stattdessen bin ich stets an dir gemessen worden, sei es im Unterricht durch Pastor Künnen oder später auf der Universität. Von nun an wird mich dein Schatten nicht mehr verfolgen!« Diebolds Waffe ruckte ein wenig hin und her, blieb aber auf Walther gerichtet.
Da dieser ihn schweigend anblickte, sprach Diebold weiter. »Hat es dir die Sprache verschlagen? Komm, flehe mich um dein Leben an! Vielleicht schenke ich es dir sogar, wenn du mir schwörst, dich in Zukunft so zu verhalten, wie ich es von dir verlange! Meinetwegen darfst du sogar zusehen, wenn ich dein Weib besteige.«

Walther richtete seine ganze Aufmerksamkeit auf den Lauf der Pistole und spannte jeden Muskel an, um Diebold im entscheidenden Augenblick anspringen zu können. Wenn er Glück hatte, wurde er nur leicht verletzt, oder der junge Renitz verfehlte ihn.
Es war, als könnte Diebold ihm die Gedanken von der Stirn ablesen, denn er trat einen weiteren Schritt zurück. »Ich glaube, es ist besser, wenn ich zuerst dich und danach deine Frau erschieße. Man wird irgendwelchen Landstreichern die Schuld an eurem Tod geben. Ich werde auf jeden Fall den Forst durchsuchen lassen. Vielleicht finden wir ja einen dieser Kerle und hängen ihn dafür.«
»Lasst Gisela aus dem Spiel!«, sagte Walther mit knirschender Stimme.
Diebold schüttelte den Kopf. »Dafür ist sie mir zu unberechenbar. Glaubst du, ich will riskieren, dass sie mir, wenn ich nach einem heftigen Ritt mit ihr im Bett einschlafe, mit einer Glasscherbe die Kehle durchschneidet?«
Keiner der beiden achtete auf Gisela, die zunächst wie erstarrt neben der Schlafzimmertür stehen geblieben war. Dann aber wurde ihr Blick von der Doppelbüchse angezogen, die noch immer geladen in der Ecke lehnte. Sie schlich zu der Waffe, hob sie auf und schlug sie auf den jungen Grafen an. Als sie die Waffe spannte, wurde das Knacken durch Diebolds spöttische Worte übertönt. Einen Augenblick zögerte sie noch, doch als sie sah, wie Diebold den rechten Zeigefinger krümmte, feuerte sie beide Läufe ab.
Der Rückstoß traf sie wie der Huf eines bockenden Pferdes, und sie ließ die Büchse mit einem Schmerzensschrei

fallen. Dann starrte sie mit weit aufgerissenen Augen auf Diebold, dessen Rock auf einmal so aussah, als hätten ihn die Motten zerfressen. Er blutete aus etlichen Wunden, stand aber noch. Auch bewegte er den Mund, brachte aber keinen Ton über die Lippen. Der Arm, mit dem er die Pistole hielt, sank langsam nieder. Einer der beiden Läufe rauchte, also hatte auch er geschossen, und zwar zur gleichen Zeit wie sie.
Erschrocken drehte Gisela sich zu Walther um. Doch der stand noch aufrecht und schien unverletzt zu sein. Nun trat er auf Diebold zu und fasste nach dessen Waffe.
»Vorsicht, er hat noch einen Schuss!«, warnte er Gisela, als sie ihm helfen wollte. Im gleichen Moment stürzte Diebold zu Boden und blieb starr liegen. Der zweite Schuss löste sich, doch die Kugel klatschte in die Mauer, ohne Schaden anzurichten.
Gisela lief auf Walther zu und schlang ihre Arme um ihn. »Der Himmelsmutter sei Dank! Ich hatte so große Angst um dich!«
Mit sanften Bewegungen strich Walther ihr über das Haar. »Es ist vorbei! Dieser Mann wird uns nie mehr bedrohen.« Mit diesen Worten versetzte er sie jedoch in Panik.
»Ich habe ihn umgebracht! Dafür werden sie mich aufs Schafott schicken.«
Nun begriff auch Walther, dass ihre Probleme mit Diebolds Tod nicht gelöst waren, sondern erst richtig begannen. Er sah den Leichnam zu seinen Füßen an und versuchte, seine wirr durcheinanderwirbelnden Gedanken zu ordnen.

»Ich nehme die Schuld auf mich. Wenn wir bei der Wahrheit bleiben und erklären, dass er dich vergewaltigen wollte und ich hinzukam, bleibt mir vielleicht das Fallbeil erspart.«

Erregt schüttelte Gisela den Kopf. »Das wird die Gräfin niemals zulassen! Du weißt, sie hat Einfluss in den höchsten Kreisen. Zudem ist sein Vater ein Kriegsheld. Also werden sie uns beide verurteilen und hinrichten.«

»Da hast du wohl leider recht. Elfreda von Renitz wird nicht eher aufgeben, bis der Tod ihres Sohnes an uns beiden gesühnt ist.« Walther traf die Erkenntnis, dass Gisela und er unweigerlich dem Tod durch das Fallbeil entgegensahen, mit voller Wucht. Sollte das das Ende all seiner Bestrebungen sein? Doch welche Möglichkeiten boten sich ihnen noch?

Gisela zitterte wie Espenlaub, denn sie konnte die Tatsache, einen Menschen erschossen zu haben, kaum ertragen. Gleichzeitig aber fühlte sie sich zum ersten Mal, seit sie Diebold begegnet war, wieder frei, und diese Freiheit durfte nicht auf dem Richtplatz enden.

Entschlossen drehte sie sich zu Walther um. »Wir haben die Wahl, hier sitzen zu bleiben und zu warten, bis uns das Schicksal ereilt, oder zu fliehen. Ich für meinen Teil ziehe Letzteres vor.«

»Wohin sollten wir fliehen?«, fragte Walther und gab sich selbst die Antwort. »Wenn wir nach Amerika wollen, müssen wir schnell sein. Ab dem Augenblick, in dem Diebolds Leichnam gefunden wird, werden sie uns jagen wie Hasen.«

»Dann sollten wir zusehen, dass er nicht zu rasch gefunden wird. Warte, ich hole eine Decke. Wir wickeln ihn darin ein, und du versteckst ihn an einer schwer zugänglichen Stelle im Wald. Aber beeile dich! Ich wische unterdessen das Blut so gut wie möglich auf, damit man nicht sofort sieht, was hier geschehen ist.« Gisela holte die Decke, doch als Walther Diebold darin einhüllen wollte, gebot sie ihm Einhalt.

»Warte einen Augenblick! Dieser Mann ist uns noch etwas schuldig.« Sie durchsuchte Diebolds blutgetränkte Kleidung, bis sie seinen Geldbeutel fand, und nahm diesen an sich. »Ab diesem Augenblick gelten wir als Raubmörder«, sagte sie mit leiser Stimme. »Wenn man uns jetzt fängt, kann uns niemand mehr das Schafott ersparen!«

»Die Gräfin würde auf jeden Fall dafür sorgen, dass wir den Kopf unter dem Fallbeil verlieren«, antwortete Walther, wickelte den Toten ein und warf ihn sich über die Schulter.

## 15.

Walther und Gisela verließen das Forsthaus kurz vor Anbruch der Dämmerung. Als Gepäck nahmen sie nur ein wenig Wäsche zum Wechseln und etwas Ersatzkleidung, ihr Geld, Walthers Pass und einige Bücher mit. Unter diesen befand sich der Leitfaden für Einwanderer in Amerika. Außerdem lud Walther Diebolds Pistole mit Kugeln, die er in der Tasche des Toten gefunden hatte, und steckte sie unter seinen Rock.

»Sollten sie uns fangen, werde ich uns damit das Fallbeil ersparen«, erklärte er düster.
»Das ist gut!« Gisela schüttelte es bei dem Gedanken, eingesperrt zu werden und auf den Tag der Hinrichtung warten zu müssen.
Zuerst hatte Walther die Doppelbüchse, mit der Gisela ihm und sich das Leben gerettet hatte, zurücklassen wollen. Dann aber hängte er sich die Waffe über die Schulter.
»Amerika ist ein Land der Pioniere«, sagte er zu seiner Frau. »Es ist gut möglich, dass ich die Büchse drüben brauche.«
Gisela seufzte bei dieser Vorstellung, nahm ihr Bündel auf und schritt zur Tür. Ihr stiegen Tränen in die Augen, weil sie alles zurücklassen musste, was ihr lieb und teuer war, insbesondere all die Sachen, die wohlverpackt in der großen Truhe lagen. Es gab aber keine Möglichkeit, sich einen Wagen zu besorgen und den sperrigen Kasten mitzunehmen.
Über den Vorsprung, den sie vor möglichen Verfolgern haben würden, machten sie sich keine Illusionen. Sobald Diebold im Schloss vermisst wurde, würde man ihn suchen und seine Leiche mit Hilfe eines Schweißhunds finden.
Walther war klar, dass man ihn und Gisela als die Hauptverdächtigen für Diebolds Tod ansehen würde. Die Anzeichen waren allzu deutlich, außerdem gab es hier in der Gegend niemand, der eine ähnliche Büchse wie er besaß. Daher hob er seine Frau auf das Pferd, mit dem er nach Celle geritten war, und stieg in den Sattel. Der Gaul war müde und musste zudem zwei Menschen tragen, doch er

hoffte, das Tier würde sie in der Nacht so weit von Renitz wegbringen, dass sie eine Weile in Sicherheit waren.

Gisela saß hinter Walther auf dem blanken Pferderücken und klammerte sich an ihm fest. In Gedanken sah sie immer wieder Diebold und seinen ungläubigen Blick, mit dem er zusammengebrochen war. Zwar bedauerte sie seinen Tod nicht, denn dafür hatte er ihr zu viel angetan. Doch der Gedanke, dass er durch ihre Hand gestorben war, brannte wie Feuer in ihr. Sie hatte gegen das heiligste der Zehn Gebote verstoßen, das da hieß: Du sollst nicht töten! Doch hatte nicht auch Diebold gegen die Gebote verstoßen, die nicht minder für evangelische Christen galten? Immerhin hieß es, dass ein Mann nicht das Weib seines Nächsten begehren sollte. Trost brachte diese Erkenntnis ihr nicht.

Irgendwann wurde ihre Erschöpfung so groß, dass sie immer wieder wegdämmerte. Aber jedes Mal, wenn sie einnickte, hielt sie im Traum die Büchse in der Hand und feuerte auf Diebold, und sie schrak hoch. Einmal war es so schlimm, dass sie mit den Armen um sich schlug und ihren Halt verlor. Nur Walthers rasches Zugreifen verhinderte, dass sie vom Pferd fiel.

»Tut mir leid!«, flüsterte sie.

»Du bist müde, mein Schatz. Ich werde dich mit einem Strick an mir festbinden. Dann kannst du ein wenig schlafen, ohne Gefahr zu laufen, vom Pferd zu fallen.«

Gisela schüttelte den Kopf. »Wir haben doch gar keinen Strick bei uns! Außerdem würden wir zu viel Zeit verlieren. Du sagst doch, wir müssen die nächste Postkutsche erreichen!«

Während Walther noch überlegte, klammerte sie sich an ihn wie ein Äffchen an seine Mutter und fiel nach wenigen Atemzügen wieder in einen von üblen Träumen geplagten Schlaf. Walther vernahm ihren gepressten Atem und hörte sie zwischendurch wimmern. Doch er konnte nicht mehr tun, als darauf zu achten, dass Gisela nicht vom Pferderücken rutschte.

Während sie durch die Nacht ritten, überlegte Walther sich die nächsten Schritte. Vor diesem Zwischenfall hatte er geplant gehabt, so rasch wie möglich nach Bremen zu reisen, um dort auf ein Schiff in Richtung Amerika zu steigen. Nun aber würde die Gräfin von den Behörden verlangen, Steckbriefe auszustellen und weiträumig zu verteilen. Wenn diese Bremen erreichten, bevor das Schiff den Hafen verlassen hatte, konnte dies für Gisela und ihn fatal enden. Doch auch die übrigen deutschen Hafenstädte würden sich einem Ersuchen Preußens, ein flüchtiges Verbrecherpaar zu arretieren, nicht widersetzen.

Wenn sie nach Amerika entkommen wollten, durften sie nicht in Deutschland bleiben. Wohin sollten sie sich wenden? Nach Holland vielleicht? Von Amsterdam und Antwerpen fuhren ebenfalls Schiffe nach New York. Doch nach allem, was er in Bremen erfahren hatte, war auch das Königreich der Niederlande nicht sicher genug. Gisela und er mussten ein Land erreichen, in dem Preußens Forderungen nur selten und eher widerwillig nachgegeben wurde, und das einzige, das in Frage kam, war Frankreich. Die Grenzen dieses Landes konnten sie mit ihren finanziellen Mitteln in absehbarer Zeit erreichen. Allerdings würde diese Reise insgesamt weitaus länger werden als nach Bremen und ihre finanziellen Reserven stark beanspruchen.

Walther erinnerte sich, gelesen zu haben, dass Le Havre einer der größten Auswandererhäfen des Kontinents sein sollte. Gelänge es ihnen, bis dorthin zu gelangen, könnten sie in der Masse der Reisenden untertauchen. Dafür aber musste er seinen Pass ändern. Bei dem Gedanken wurde ihm mulmig, denn Passvergehen wurden hart bestraft. Andererseits drohte ihnen, wenn sie gefasst wurden, ohnehin das Fallbeil. Also war es besser, ein gewisses Risiko auf sich zu nehmen, als wie ein Schaf darauf zu warten, dass man sie festnahm.

Als der Morgen graute, hatten sie zwar nicht viele Meilen zurückgelegt, dafür aber die Grenze zwischen Preußen und dem Königreich Hannover auf einem Feldweg passiert, ohne dass ein Zöllner auf sie aufmerksam geworden wäre. Ein Stück außerhalb des Ortes, in dem sich die Poststation befand, hielt Walther das Pferd an, stieg steifbeinig aus dem Sattel und hob Gisela herab. »Ich würde es dir gerne ersparen, aber wir werden die restliche Strecke zu Fuß gehen müssen.«

»Bis nach Amerika?«, murmelte Gisela schlaftrunken.

»Nein, nur bis zur Poststation.« Walther schüttelte sie ein wenig, damit sie munter wurde, dann nahm er dem Pferd das Zaumzeug aus dem Maul und klopfte ihm auf die Kruppe.

»Jetzt müssen sich unsere Wege trennen, mein Guter. Wenn du klug bist, läufst du nach Renitz zurück, ohne dass ein Rosstäuscher dich einfängt.«

Es war, als hätte der Gaul ihn verstanden, denn er machte kehrt und lief in die Richtung zurück, aus der sie gekommen waren.

»Weshalb hast du das getan?«, fragte Gisela verwundert. »Wir hätten das Pferd doch verkaufen und gutes Geld dafür erlösen können.«

»Und wären prompt aufgefallen. Ein Pferd, das den Renitzer Brand trägt, hätte die Verfolger auf unsere Spur gebracht. So aber sind wir zwei harmlose Reisende, die mit der nächsten Postkutsche fahren wollen. Laut des Meilensteins dort drüben ist es noch eine Viertelmeile bis zur Poststation, und die werden wir zu Fuß zurücklegen. Gib mir dein Gepäck! Ich will nicht, dass du so viel tragen musst.«

Walther wollte nach Giselas Packen greifen, doch sie hielt ihn fest. »So schwer ist es nicht!«

Um zu zeigen, dass sie recht hatte, marschierte sie stramm auf die Stadt zu. Walther folgte ihr lächelnd, denn er war stolz auf seine tapfere, beherrschte Frau.

## 16.

Bald fanden Walther und Gisela sich zwischen Ochsenkarren und robusten Gestalten in ländlicher Tracht und schweren Kiepen auf dem Rücken wieder, die alle nach Zellerfeld strömten, um ihre Waren auf dem Markt feilzubieten. Die Menschenmenge erwies sich als Vorteil, denn das Stadttor stand weit offen, und die

Wachtposten hätten einen Auflauf verursacht, wenn sie sich von jedem der Bauern und Marktweiber Passierscheine oder Pässe hätten zeigen lassen. So winkten die Männer die Landleute durch, und Walther und Gisela wurden mit ihnen in die Stadt gespült. Kurze Zeit später standen sie vor der Poststation, vor der bereits Wechselpferde für eine Postkutsche bereitgestellt wurden.
Walther trat auf einen der Knechte zu. »Ihr habt ja viel Arbeit heute.«
»Es geht. Gleich kommt die Nachtpost aus Braunschweig. Die Herrschaften wollen zügig bedient werden, denn sie haben viel Geld bezahlt, um rasch nach Kassel zu kommen.« Damit wandte der Knecht sich ab, um das nächste Pferd zu holen.
Walther kehrte zu Gisela zurück und wies auf das Gespann. »Die sind für die Postkutsche nach Kassel. Ich will zusehen, ob wir noch zwei Plätze bekommen. Du solltest dich inzwischen in die Gaststube setzen und etwas Warmes trinken.«
»Mir hebt sich bereits bei dem Gedanken an Essen und Trinken der Magen«, antwortete Gisela bedrückt.
»Du musst etwas zu dir nehmen, denn du wirst in den nächsten Tagen viel Kraft brauchen.«
Mit einer energischen Geste hakte er sich bei Gisela unter und führte sie in die Gaststube. »He, Wirt, einen Krug Bier und eine Tasse Kaffee, wenn es genehm ist.«
»Mir ist's genehm, mein Herr«, antwortete der behäbige Mann hinter dem Schanktisch und deutete eine Verbeugung an. »Wollen Sie ein Extrazimmer für das Frühstück, oder bleiben Sie hier in der Gaststube?«

Ein Extrazimmer bedeutete einen höheren Preis, und daher wollte Walther schon ablehnen. Doch dann besann er sich und nickte. »Wir nehmen das Extrazimmer, Herr Wirt. Bringen Sie uns ein gutes Frühstück. Ach ja, können Sie mir Papier, Tinte und Feder besorgen? Ich will noch rasch einen Brief schreiben.«

»Sehr wohl, der Herr!« Der Wirt führte sie in ein kleines Zimmer, in dem nur ein Tisch mit vier Stühlen stand, und verschwand in Richtung Küche.

Gisela und Walther hörten, wie er die Mägde dort anwies, Kaffee, Bier und ein reichhaltiges Frühstück im Extrazimmer aufzutischen.

»War das klug?«, fragte Gisela leise.

»Das wird sich weisen!« Walther rückte ihr einen Stuhl zurecht und setzte sich selbst hin. Selten zuvor hatte er sich so müde und zerschlagen gefühlt wie zu dieser Stunde, und er sehnte sich nach einem weichen Bett. Doch noch befanden sie sich zu nahe an Renitz, um sich einen Ruhetag leisten zu können.

Nicht lange, da kehrte der Wirt mit dem Schreibzeug zurück. Auch ein Federmesser fehlte nicht. Es war äußerst scharf und damit ausgezeichnet für gewisse Zwecke geeignet.

Nachdem der Wirt verschwunden war, holte Walther seinen Pass heraus und schabte mit dem Federmesser vorsichtig seinen Namen vom Papier. Als eine Magd ein Tablett mit dem Frühstück brachte, unterbrach er seine Arbeit und bedeckte den Pass mit einem leeren Blatt Papier. Brot, Wurst und Käse rochen gut, und doch verspürte auch er keinen Appetit. Er zwang sich jedoch, etwas zu essen, um Gisela ein Vorbild zu sein. Zu seiner Erleichterung nahm auch sie eine Kleinigkeit zu sich, sah danach aber so bleich aus, als würde ihr gleich übel. Der warme Kaffee beruhigte jedoch ihren Magen, und als Walther sich wieder seinem Pass zuwandte, sah sie ihm neugierig zu.

Kaum hatte er seinen Namen so weit abgeschabt, dass dieser nicht mehr zu erkennen war, nahm er die Feder zur Hand und probte auf einem Papierbogen des Wirtes die Handschrift des Beamten, der ihm den Pass ausgestellt hatte. Kurz überlegte er, welchen Namen er wählen sollte, und entschied sich zunächst einmal dafür, die eigenen Vornamen zu lassen. Wenn sie statt angenommener ihre eigenen Vornamen im Gespräch benutzten, würden sie sich verraten. Als Familiennamen schrieb er schließlich den seines Professors aus Göttingen in den Pass, setzte ein Dr. davor und las dann Gisela vor, wie er und sie fürderhin heißen würden.

»Doktor Walther Artschwager und seine Gattin Gisela, geborene Fürchtenicht. Ich hoffe, du bist damit zufrieden, denn deinen Geburtsnamen darf ich nicht einsetzen.«

Gisela zog die Schultern nach vorne und schlang die Arme um sich, als friere sie. »Ich hätte nie gedacht, dass wir einmal zu solchen Schlichen greifen müssen«, flüsterte sie und kämpfte mit den Tränen.

»Vertrau mir! Es wird alles gut. Hier haben wir nun einen Pass, mit dem wir bis nach Paris, Madrid und noch weiter gelangen.« Das Letzte sagte er mehr im Scherz, um seine, aber auch Giselas Anspannung zu bekämpfen. Danach

wedelte er mit dem Dokument in der Luft, damit die Tinte schneller trocknete, faltete es zusammen und steckte es ein. Einen Augenblick später vernahm er in der Ferne das Horn des Postillions, das die Postkutsche aus Braunschweig ankündete.
»Wirt, zahlen!«, rief er und beglich kurz darauf ihre Zeche. Draußen warteten Gisela und er, bis die Postkutsche eingefahren war. Während die Pferde gewechselt wurden, gesellte Walther sich zu dem Postillion, der gerade sein Frühstück in Form eines großen Kruges Bier zu sich nahm.
»Wohl viel los heute, was?«
Der Postillion trank erst einen gehörigen Schluck, bevor er antwortete. »Auch nicht mehr als sonst.«
»Ist noch Platz in der Kutsche?«, fragte Walther weiter.
»Wollen Sie mitfahren?«
»Wenn genug Platz ist für mich und mein Weib, ja.«
»Für einen hätten wir noch Platz, aber zwei ...« Der Postillion rieb sich das Kinn und überlegte. »Wenn Sie sich oben zu mir und meinem Knecht auf den Bock setzen, könnte Ihre Frau in der Kutsche mitfahren.«
»So machen wir es!«, erklärte Walther erleichtert und zahlte das Fahrgeld bis Kassel. Ein Silbergroschen wechselte als Trinkgeld den Besitzer, dann konnte er Gisela holen.
Der Postillion trieb die Knechte zur Eile an und forderte seine Passagiere auf, die gerade vom Abort kamen oder sich rasch etwas zu essen geben ließen, wieder in die Kutsche zu steigen. Dann wandte er sich Walther wieder zu.

»Wie soll ich Sie in meine Liste eintragen?«
Zuerst wollte Walther den Namen nennen, der jetzt in seinem Pass stand, lächelte dann jedoch melancholisch.
»Thode, Stephan Thode!«
So nahe an Renitz wollte er den neuen Namen noch nicht benützen, denn er hielt es für gewiss, dass die preußischen Behörden auch hier nachfragen würden, ob er und Gisela gesehen worden wären. Dies hätte die Verfolger auf ihre Spur bringen können. Den Namen Artschwager würde er frühestens ab Kassel verwenden. Bis dorthin durfte jedoch niemand seinen Pass sehen wollen. Gisela und er würde deshalb an der letzten Hannoverschen Poststation vor dem Kurfürstentum Hessen aussteigen und sich bei Nacht und Nebel über die Grenze schleichen müssen. Auch würden sie ihr Aussehen verändern müssen, um nicht aufgrund irgendwelcher Steckbriefe erkannt zu werden.
Vorerst war er einfach nur erleichtert, dass er Gisela in die Kutsche helfen und sich selbst zum Postillion auf den Bock schwingen konnte. Als schließlich der helle Ton des Posthorns ihre Abfahrt ankündigte und die Pferde sich ins Geschirr legten, sagte Walther sich, dass der erste Teil ihrer Flucht gelungen war. Wenn ihnen jetzt noch der Heiland und seinetwegen auch Giselas Heilige Jungfrau Maria beistanden, war es ihnen sogar möglich, bis nach Amerika zu kommen und in Sicherheit zu sein.
Gisela war so erschöpft, dass sie den freien Platz auf der linken Kutschenseite gegen die Fahrtrichtung einnahm, ohne ihren Mitreisenden auch nur einen einzigen Blick zu

schenken. Die Augen fielen ihr zu, und ehe sie sich's versah, schlief sie ein und wachte auch nicht auf, wenn die Kutsche durch ein Schlagloch rumpelte.
Im Gegensatz zu seiner Frau fand Walther keine Ruhe. Er musste sich oben festhalten, da der Postillion die Pferde in einem flotten Trab laufen ließ, um die bei der letzten Rast verlorene Zeit aufzuholen. Auch hatte der Mann, wie er sagte, nichts dagegen, ein paar Minuten früher anzukommen.
»Habe dann mehr Zeit, mein Bier zu trinken und etwas Speck zu essen«, erklärte er Walther. »Dabei ist es im Grunde unerheblich, ob wir Göttingen und Kassel eine Stunde eher erreichen oder nicht. Aber die beiden Herren, die mit in der Kutsche sitzen, wollen unbedingt, dass wir den Fahrplan einhalten. Reine Schikane ist das, sage ich Ihnen! Dabei zahlen die auch nicht mehr als die anderen, und das Trinkgeld, das sie mir versprochen haben, will ich erst einmal sehen.«
»Fahren Sie bis Kassel durch?«, fragte Walther erstaunt.
»Nie und nimmer! Beim nächsten Pferdewechsel übergebe ich das Gespann und lege mich erst einmal ein paar Stunden aufs Ohr, bis ich dann mit der Nachtpost nach Braunschweig zurückfahre.«
Walther war diese Entwicklung ganz recht, denn ein anderer Postillion würde nicht fragen, weshalb Gisela und er unterwegs aussteigen wollten. Da der Mann auskunftsfreudig war, befragte er ihn nach den einzelnen Postkutschenlinien und beschloss, nicht auf geradem Weg nach Kassel zu reisen, um mögliche Verfolger zu verwirren. Bevor sie diese Stadt erreichten, woll-

te er sich außerdem einen Koffer besorgen, in den seine Büchse passte. Solange er sie offen über der Schulter trug, würde sich jeder an ihn erinnern, und dann war es für die Behörden ein Leichtes, Gisela und ihn aufzuspüren.

# SIEBENTER TEIL.

Vom Ackerbau.

# SIEBTER TEIL

*Vom Schicksal getrieben*

# I.

Diebold von Renitz wurde zwar beim Abendessen vermisst, doch seine Mutter dachte sich nichts weiter dabei. Sie vermutete ihn im Dorf oder bei einem Nachbarn. Erst als er am nächsten Morgen nicht zum Frühstück erschien, wurde Gräfin Elfreda unruhig.

»Sieh nach, ob Graf Diebold in seinen Gemächern ist«, forderte sie ihre Zofe auf.

Diese eilte davon, kam aber ebenso schnell wieder zurück. »Ich bedaure, Euer Erlaucht mitteilen zu müssen, dass der junge Herr sich nicht in seinen Räumen befindet und dem Anschein nach die Nacht nicht in seinem Bett verbracht hat.«

»Ihm wird doch nichts zugestoßen sein! Hätte er anderswo übernachtet, hätte er mir gewiss Bescheid gegeben«, antwortete die Gräfin besorgt.

Ihre Zofe war zwar anderer Meinung, enthielt sich aber jeden Kommentars, sondern rief auf Befehl ihrer Herrin etliche Bedienstete in den Salon.

»Hat jemand von euch den jungen Herrn gesehen?«, fragte die Gräfin, als die Ersten in den Raum traten.

Die meisten schüttelten den Kopf. Nur Imma öffnete kurz den Mund, schloss ihn aber sofort wieder. Es hatte jedoch gereicht, um die Gräfin aufmerksam werden zu lassen.

»Warst du mit ihm in der Nacht zusammen?«

»Nein, war ich nicht. Ihr habt es mir ja verboten. Aber ich ...« Imma stockte, doch die Gräfin ließ nicht locker.
»Was?«
»Vielleicht ist er ins Forsthaus gegangen. Auf die Försterin war er schon lange aus.«
Die besorgten Züge der Gräfin entspannten sich. Auch wenn sie nicht alles guthieß, was ihr Sohn tat, so war ein Verhältnis zu einem Dienstboten – und zu denen zählte sie auch Gisela – nur eine lässliche Sünde. Trotzdem wollte sie Gewissheit haben.
»Jemand von euch geht zum Forsthaus und sieht nach!«, befahl sie.
»Das übernehme ich!«, sagte Luise Frähmke, die innerlich vor Angst um Gisela zitterte. Da Walther im Auftrag der Gräfin nach Bremen geritten war, befand die junge Frau sich ganz allein im Forsthaus, und dies mochte der junge Graf ausgenützt haben. Luise Frähmke bedauerte, dass sie daran nicht gedacht hatte, doch so viel Schlechtes hatte sie Diebold nicht zugetraut. Da sie sich erst selbst ein Bild machen wollte, brach sie allein zum Forsthaus auf und betete zum Heiland im Himmel, dass ihr Verdacht sich als falsch erweisen möge.
Bei Giselas und Walthers Zuhause angekommen, fiel ihr sogleich die zertrümmerte Tür ins Auge, und sie erschrak bis ins Mark. Nur langsam wagte sie sich näher und trat ein. Wegen der geschlossenen Läden war es innen dunkel wie in einer Höhle und so still wie in einer Gruft.
»Gisela, bist du da?«, fragte Luise Frähmke mit zittriger Stimme. Es kam keine Antwort.

Da ihre Augen sich inzwischen an das spärliche Licht gewöhnt hatten, das durch die Türöffnung hereinfiel, trat sie ans nächste Fenster und öffnete die Läden.
Es wurde schlagartig hell im Raum, und sogleich fiel der Mamsell die aufgesprengte Tür der Schlafkammer auf. Sie eilte hinein und öffnete auch dort die Fensterläden.
Außer ihr war niemand im Haus. Seltsamerweise stand jedoch die Falltür zum Keller offen, und in einer Ecke lag eine Axt auf dem Boden. Verwundert rieb Luise Frähmke sich über die Stirn. Konnte Gisela vor dem jungen Renitz in den Wald geflohen sein? Dieser hätte sie jedoch mit Sicherheit verfolgt und zu unziemlichen Dingen gedrängt. Da blieb ihr Blick an einem feuchten Fleck auf dem Boden haften, an dem jemand herumgeschrubbt hatte. Noch während sie sich klarmachte, dass es sich um Blut handeln musste, entdeckte sie Einschusslöcher in der Wand, die so aussahen, als hätte ein Teil der Ladung ihr Opfer verfehlt. Entsetzt wich sie zur Tür des Schlafzimmers zurück. Gisela, sagte sie sich, hatte sich Diebolds nicht anders erwehren können, als mit der Büchse ihres Mannes auf ihn zu schießen. Die Waffe selbst aber war nirgends zu sehen. Luise Frähmke stellte fest, dass Giselas neues Kleid und einiges an Unterwäsche fehlte. Wie es aussah, hatte ihre junge Freundin Graf Diebold niedergeschossen, einige Sachen zusammengerafft und war dann geflohen.
Die Mamsell wusste nicht, was sie tun sollte. Da es ihr davor grauste, länger im Forsthaus zu bleiben, verließ sie es und kehrte mit müden Schritten zum Schloss zurück.
Dort hatte die Gräfin sämtliche Bediensteten aufgescheucht und sogar den Verwalter und Knechte vom Gut

kommen lassen. Als sie Luise Frähmke entdeckte, eilte sie auf diese zu.

»Und, was ist? War mein Sohn im Forsthaus?«

Gewohnt, ihrer Herrin zu gehorchen, wagte die Mamsell nicht, etwas zu verschweigen, das ohnehin bald offenbar werden musste. »Ich kann es nicht sagen. Etwas Schreckliches muss dort geschehen sein. Es war niemand zu sehen, aber auf dem Boden ist Blut vergossen worden.«

»Blut sagst du?« Elfreda von Renitz starrte die Frau ungläubig an und wandte sich an den Gutsverwalter. »Sehen Sie nach, was geschehen ist, und finden Sie meinen Sohn!«

»Sehr wohl, Euer Erlaucht!« Der Mann verneigte sich und ging mit raschen Schritten davon. Kurz darauf erklang seine Stimme auf dem Vorplatz, und Luise Frähmke bekam mit, dass Pferde gesattelt wurden und mehrere Männer losritten. Sie zog sich in die Nähkammer zurück und faltete die Hände zum Gebet. Allerdings wusste sie nicht, worum sie die Himmelsmächte bitten sollte. Letztlich blieb ihr nur die vage Hoffnung, dass Gisela in Sicherheit war.

## 2.

Diebold blieb verschwunden, und bis zum späten Nachmittag gab es keine weiteren Nachrichten. Zu dem Zeitpunkt erschien einer der Nachbarn mit einem zweiten Pferd am Zügel vor dem Schloss. Kaum hatte ihre

Zofe die Gräfin auf den Mann aufmerksam gemacht, begab diese sich auf den Vorplatz, um zu hören, welche Neuigkeiten der Mann mitbrachte.
Der Nachbar war nicht von Adel, und Gräfin Elfreda hatte ihn bislang nicht einmal eines Kopfnickens gewürdigt. Daher fiel sein Gruß eher linkisch aus. »Euer Erlaucht mögen die Störung verzeihen. Als ich vorhin nach meinen Zuchtstuten schauen wollte, graste dieses Pferd auf der anderen Seite des Pferchs, und ich konnte das gräflich-Renitzsche Brandzeichen erkennen. Da habe ich mir gedacht, ich bringe den Ausreißer wieder zurück.«
Verwirrt starrte die Gräfin das Pferd an. Einer der Knechte, die in der Nähe bereitstanden, stieß einen überraschten Ruf aus. »Das ist doch der Wallach, mit dem Fichtner nach Bremen reiten wollte, um mit Herrn Steenken den Verkauf abzuschließen.«
»Jo, das ist er«, stimmte ihm ein anderer Knecht zu. »Aber um mit dem Herrn Steenken zu reden, hat der Förster nicht gleich bis nach Bremen reiten müssen. Der Herr Steenken war nämlich in Celle. Da hab ich ihn selber gesehen, als ich geholfen habe, die letzten Stämme dorthin zu bringen.«
Die Gräfin schüttelte den Kopf, als könne sie es nicht begreifen. Gleichzeitig erfasste sie eine fürchterliche Angst. Was war, wenn Walther von Celle zurückgekehrt war und ihren Sohn bei seiner Frau entdeckt hatte?
Noch während sie gegen ihre schreckliche Ahnung ankämpfte, sah sie den Verwalter auf das Schloss zukommen. Er führte mit einer Hand sein Pferd am Zügel und hielt in der anderen seinen Hut. Vier Knechte folgten ihm

mit einer provisorischen Bahre, auf der ein zugedeckter Körper lag.
Mit gesenktem Kopf blieb der Verwalter vor seiner Herrin stehen. »Ich bin zutiefst erschüttert und versichere Eurer Erlaucht meiner aufrichtigsten Anteilnahme. Wir haben Graf Diebold in der Nähe des Forsthauses unter einem Haufen Reisig versteckt gefunden. Er ist tot!«
»Tot?« Die Gräfin schrie auf wie ein verwundetes Tier und starrte die Bahre an. Ein Knecht schlug das Tuch zurück, so dass die Gräfin den blutigen Leichnam sehen konnte.
Nun klang die Stimme der Gräfin nicht mehr wie die eines Menschen. »Mein Sohn tot? Das hat dieser verfluchte Fichtner getan. Mein Gemahl hat ihn und seine katholische Metze zu unserem Unglück ins Haus geholt. Gott verdamme sie beide!«
Elfreda von Renitz beließ es jedoch nicht nur bei Verwünschungen, sondern sah den Verwalter hasserfüllt an. »Sie reiten sofort in die Kreisstadt und melden diesen ruchlosen Mord bei den Behörden. Ich will, dass der Förster und sein Weib dafür zur Rechenschaft gezogen werden.«
»Sehr wohl, Erlaucht!« Der Verwalter war froh, das Schloss verlassen zu können, auch wenn er sein Ziel erst in tiefster Dunkelheit erreichen würde.
Die Gräfin kehrte mit schleppenden Schritten ins Schloss zurück und stieg die Treppe zu den Gemächern ihres Mannes hinauf. Dessen Kammerdiener öffnete ihr die Tür und ließ sie ein.

Mit düsterer Miene blieb die Gräfin vor dem eingeschrumpften Greis stehen, der immer noch der Herr auf Renitz war.

»Unser Sohn ist tot!«, sagte sie leise.

Medard von Renitz hob mühsam den Kopf und blickte zu ihr auf. »Es ist das Schicksal jedes Soldaten, in der Schlacht fallen zu können. Daher wollen wir Diebolds Tod nicht beklagen, sondern stolz sein, dass er im Dienst für Kaiser und Vaterland gefallen ist.«

»Begreift Ihr nicht? Er wurde ermordet!« Die Gräfin packte ihren Mann und schüttelte ihn.

Da schob sein Kammerdiener sie zurück. »Ihr solltet jetzt gehen, Erlaucht. Seine Erlaucht brauchen Ruhe. Vielleicht könnt Ihr morgen mit ihm sprechen. Heute weilt sein Geist in vergangenen Zeiten. So hat er mir befohlen, seine Uniform bereitzulegen, damit er morgen sein Regiment gegen Napoleon führen kann.«

»Ihr seid elende Narren, alle beide!«, schrie Gräfin Elfreda mit sich überschlagender Stimme und verließ wuterfüllt den Raum.

## 3.

Luise Frähmke brauchte dringend einen Menschen, mit dem sie reden konnte, und es gab im ganzen Schloss nur eine Person, der sie vertraute, nämlich die Köchin Cäcilie. Diese saß in ihrer Küche, ohne sich um ihre Helferinnen zu kümmern, die das Abendessen vorbereiteten. Als sie die Mamsell sah, stand sie auf und führte diese in den Vorratsraum, um mit ihr allein zu sein.

»Glauben Sie auch das, was ich glaube?«, fragte sie bedrückt.

»Und was glaubst du?«, antwortete Luise Frähmke mit einer Gegenfrage.

»Meiner Meinung nach ist Graf Diebold in das Forsthaus eingedrungen und hat Gisela zu ungeheuerlichen Dingen gezwungen. Walther muss hinzugekommen sein und ihn im Zorn erschossen haben!«

Cäcilies Überlegungen hörten sich schlüssig an. Dennoch schüttelte die Mamsell den Kopf. »Walther ist niemand, der einen anderen Menschen im ersten Zorn umbringt. Ich glaube eher, dass Gisela den Schuss abgefeuert hat, als Graf Diebold sich mit ihrem Nein nicht zufriedengegeben hat. Vielleicht tat sie es auch erst hinterher, um ihre Ehre wiederzuerlangen.«

»Sie meinen, dass Walther erst später hinzugekommen ist und die beiden dann zusammen geflohen sind?«

»Das meine ich«, sagte Luise Frähmke leise. »Möge unser Herrgott im Himmel die beiden beschützen.«

Cäcilie nickte kurz und seufzte dann tief. »Aber die Gräfin wird sie mit allen Mitteln verfolgen lassen. Sie haben ihre Schreie und ihre Drohungen doch selbst gehört.«

»Hätte sie ihren Sohn so erzogen, wie es sich gehört, müsste sie jetzt nicht vor Wut toben«, gab die Mamsell grimmig zurück. »Ich werde auf jeden Fall nicht für Diebold beten, sondern dafür, dass unsere beiden Lieblinge

den Häschern entkommen und irgendwo ohne Angst und Zweifel leben können.«
»Wir werden sie nie mehr sehen – und das Kleine auch nicht. Dabei hätten Sie doch seine Patin werden sollen.«
Als Cäcilie in Tränen ausbrach, schloss die Mamsell sie in die Arme und weinte mit ihr.
Am nächsten Morgen erschien ein Herr aus der Stadt, um das Verbrechen aufzunehmen und Zeugen zu verhören. Keiner der Befragten wagte es, Gräfin Elfredas Version zu bestreiten, das Försterpaar habe den Mord an ihrem Sohn mit voller Heimtücke und in Raubabsicht begangen.
Als Elfreda von Renitz dem Kriminalassessor die Beschreibung der beiden Flüchtigen gab, sahen Luise Frähmke und Cäcilie sich verblüfft und ein wenig erleichtert an, versuchten aber, niedergeschlagen dreinzuschauen, um ihre Verwunderung über die Aussage ihrer Herrin nicht zu verraten.
Hass lenkte die Zunge der Gräfin, und so bekam der Mann ein stark verzerrtes Bild von den Geflohenen. Da niemand Einwände vorbrachte, schrieb der Beamte alles so auf, wie Diebolds Mutter es ihm diktierte, fertigte auch Zeichnungen von den Gesichtern der Gesuchten an und versprach der Gräfin, dass die Steckbriefe vervielfacht und noch am selben Tag mit der Extrapost in alle Teile Preußens und der umliegenden deutschen Staaten gebracht würden.

## 4.

In den nächsten Tagen wechselten Gisela und Walther mehrfach die Postkutsche und rüsteten sich neu aus. Bei einem dieser Wechsel verwendete Walther den falschen Namen aus seinem Pass, und so konnten sie die Grenze in das Kurfürstentum Kassel in der Postkutsche passieren. Das geschah aus Rücksicht auf Gisela, die völlig erschöpft und krank schien. Sie litt immer wieder unter Übelkeitsattacken, die sich mit Heißhunger abwechselten. Da Walther immer noch nicht wusste, dass seine Frau ein Kind unter dem Herzen trug, machte er die Anstrengungen der Reise für ihren Zustand verantwortlich und schlug vor, dass sie einen oder zwei Tage in Kassel bleiben sollten, damit Gisela sich erholen konnte.
Sie schüttelte vehement den Kopf. »Das können wir uns nicht leisten, Walther. Zwar haben wir einiges getan, um unser Aussehen zu verändern, aber jeder, der unsere Beschreibung in Händen hält und uns sieht, wird uns trotzdem erkennen. Uns rettet nur Eile.«
»Sei doch still!«, flehte Walther sie an. »Wir dürfen nur über allgemeine Dinge reden und nicht über das, was geschehen ist. Wenn uns jemand belauscht, kommen wir in Teufels Küche.«
»Verzeih, das wollte ich nicht!«, antwortete Gisela geknickt und sah ihn sehnsüchtig an. Seit der Stunde, in der Diebold gestorben war, hatten sie sich nicht mehr umarmt oder geküsst. Nun wünschte sie sich, Walther würde sie in die Arme schließen und festhalten.

Er bemerkte ihren Blick jedoch nicht, denn seine Gedanken drehten sich nur um ihre Flucht. Bislang hatte noch niemand davon gesprochen, dass ein Paar wie sie wegen Mordes gesucht wurde, obwohl einige spektakuläre Verbrechen in den Gaststätten und unter den Passagieren der Postkutschen eifrig diskutiert wurden. Daher hatte er es gewagt, die Rast vorzuschlagen. Allerdings verstand er Giselas Wunsch, nicht lange an einem Ort zu verweilen, und legte sich im Stillen ihre nächsten Etappen zurecht. Er rechnete sich aus, dass sie in vier, spätestens in fünf Tagen Wiesbaden erreichen konnten. In dieser Richtung würden sie sowohl die zu Preußen gehörenden Gebiete Westfalens wie auch die Rheinprovinz umgehen und über die bayrische Pfalz Frankreich erreichen. Hatten sie erst einmal die französische Grenze passiert, wären sie vor den preußischen Behörden sicher.

»Also gut, wir reisen weiter, mein Schatz. Ich werde jetzt zusehen, ob ich zwei Plätze in der nächsten Postkutsche bekomme. Soll ich den Wirt bitten, dir inzwischen ein Zimmer mit Bett anzuweisen, damit du ein wenig schlummern kannst?«

Erneut schüttelte Gisela den Kopf. »Hernach bekommst du mich nicht mehr wach, und die Kutsche fährt ohne uns ab. Ich werde eine Tasse Kaffee trinken und ein paar eingelegte Gurken essen. Auf die habe ich just Appetit. Schlafen kann ich, wenn wir unterwegs sind.«

»Um diese Fähigkeit beneide ich dich. Ich bekomme in der rappelnden Kutsche kein Auge zu.« Walther schenkte Gisela ein liebevolles Lächeln und verließ das Gasthaus. Als er auf den Hof hinaustrat, bog ein Gendarm um die

Ecke. Dieser hielt einen Zettel in der Hand und musterte jeden, der hier auf seine Postkutschen wartete, mit scharfem Blick.

Im ersten Schrecken wollte Walther ins Haus zurückweichen, sagte sich aber, dass er sich damit nur verdächtig machen würde. Daher ging er an den Gespannen vorbei, die eben auf den Hof geführt wurden, klopfte einem der Gäule auf die Kruppe und fragte dann einen Passagier nach der Uhrzeit.

»Schauen Sie auf den Kirchturm«, blaffte der Mann ihn an, kehrte ihm den Rücken und schritt auf die Hintertür des Gasthauses zu. Da stellte der Gendarm sich ihm in den Weg. »Einen Augenblick! Wie lautet Ihr Name?«

Der Passagier tat so, als gelte die Frage Walther, und wollte an dem Gendarmen vorbeischlüpfen.

Der packte ihn jedoch am Arm. »Halt, Freundchen! Ich habe Sie etwas gefragt.«

Die Höflichkeit des Gendarmen war wie weggeblasen, und er hielt dem anderen das Papier unter die Nase. »Die preußischen Behörden suchen einen Aufrührer, der beleidigende Äußerungen über Seine Majestät, König Friedrich Wilhelm, und unseren allergnädigsten Kurfürsten Wilhelm II. gemacht und das Volk gegen die Obrigkeit aufgehetzt hat. Das Signalement des Schurken entspricht ganz dem deinen.«

Aber wohl auch dem meinen, dachte Walther und war erleichtert, dass er nicht aufgefallen war.

Der Passagier sah den Gendarmen von oben herab an. »Sie irren sich, mein Guter. Ich bin Karl Emanuel Abegg aus Erfurt und in Geschäften unterwegs.«

»Zeigen Sie mir Ihren Pass!«, forderte der Gesetzeshüter ihn auf.
Der Mann kramte in seiner Westentasche, brachte schließlich ein zerknittert aussehendes Dokument zum Vorschein und reichte es dem Gendarmen. Der Beamte nahm den Pass, faltete ihn auf und musterte ihn lange. Dann hob er ihn über den Kopf und hielt ihn gegen die Sonne. Als er sich Abegg wieder zuwandte, grinste er. »Dachte ich es mir doch! Der Pass ist gefälscht. Sie haben den Namen, auf den er ausgestellt wurde, ausradiert und durch einen anderen ersetzt. Mitkommen!«
Da riss sich der Mann los und rannte auf das Hoftor zu.
»Haltet ihn auf!«, brüllte der Gendarm.
Während der Knecht am Tor wie erstarrt stand, schwang einer der Postillione seine Peitsche. Die Schnur wickelte sich um Abeggs Unterschenkel und brachte ihn zu Fall. Bevor der Mann wieder auf die Beine kam, waren der Gendarm und zwei weitere Männer über ihm und bogen ihm die Arme auf den Rücken.
Walther sah entsetzt zu, wie Abegg verhaftet wurde, zumal ihm klar war, wie knapp er selbst dem Verhängnis entgangen war. Hätte der Polizist seinen Pass sehen wollen, wären ihm die Änderungen darauf ebenfalls nicht entgangen. Er begriff, dass er es nicht riskieren konnte, seine Papiere ernsthaft prüfen zu lassen. Ob Gisela und er die einzelnen Grenzen doch wieder heimlich und zu Fuß überqueren sollten, um ungesehen an den Grenzbeamten vorbeizukommen? Nein, das konnte er ihr nicht zumuten. Gisela war bereits jetzt mit ihren Kräften am Ende, und es lag noch ein langer Weg vor ihnen.

Auf alle Fälle erschien es ihm wichtig, rasch von hier fortzukommen. Daher trat er auf den Wirt zu. »Guter Mann, welche Postkutschen treffen als nächste ein?«
»Als nächste kommt die nach Frankfurt am Main, wenn es genehm ist.«
»Das trifft sich gut. Frankfurt ist nämlich das Ziel unserer Reise. Glauben Sie, dass meine Frau und ich noch einen Platz in der Kutsche finden werden?«
Der Wirt wackelte unschlüssig mit dem Kopf. »Die Frankfurter Kutsche ist immer gut besetzt. Aber ich werde den Postillion fragen. Vielleicht findet Ihre werte Frau Gemahlin ein Plätzchen darin und er lässt Sie oben auf dem Kutschbock sitzen.«
»Es wäre mir sehr lieb, wenn wir mit dieser Kutsche weiterfahren könnten und nicht auf die nächste warten müssten.« Eine Münze begleitete Walthers Worte.
Der Wirt steckte sie ein und grinste. »Zumal die nächste Kutsche gewiss auch voll sein dürfte. Aber Ihre werte Frau Gemahlin ist ja schlank wie eine Birke. Da werden wir schon etwas finden.«
»Ich wäre Ihnen sehr verbunden.« Walther fand, dass er auf den Schreck, der ihm bei Abeggs Verhaftung in die Glieder gefahren war, einen Schluck Kaffee brauchen konnte. Daher kehrte er zu Gisela in das kleine Extrazimmer zurück, das er für das Frühstück angemietet hatte.
Gisela eilte auf ihn zu und fasste ihn am Rock. »Was war draußen los? Ich habe durchs Fenster einen Gendarmen gesehen.«
»Der gute Mann hat einen Aufrührer gesucht, einen jener politischen Hasardeure, die wider die von Gott gebotene

Ordnung löcken.« Da eben eine Wirtsmagd ins Zimmer kam, sprach Walther so empört wie ein obrigkeitshöriger Bürger.
Da Gisela seine wahre politische Überzeugung kannte, zog sie überrascht die Augenbrauen hoch, bemerkte dann aber die Magd und bewunderte ihren Mann für seine geschickte Reaktion. »Wenn das so ist, können wir froh über die Verhaftung dieses Individuums sein.«
Sie bedankte sich bei der Magd und atmete tief durch, als diese wieder gegangen war. »Mir ist vorhin wirklich der Schreck in die Glieder gefahren. Ich glaubte uns schon erkannt«, sagte sie leise.
»Auch ich dachte für einen Moment, es wäre zu Ende. Doch wie es aussieht, wird man in Preußen schärfer verfolgt, wenn man an eine Hauswand den Satz ›Der König ist ein Narr!‹ schreibt, als wenn man jemanden erschießt.«
Giselas Handbewegung warnte ihn, dass jemand kam, und als er sich umdrehte, sah er den Wirt in der offenen Tür stehen.
»Die Frankfurter Kutsche ist eben angekommen«, meldete dieser. »Es sind sogar noch mehrere Plätze frei, da einige Herrschaften hierbleiben und auf die nächste Postkutsche warten wollen.«
Walther war zu erleichtert, um über die letzte Bemerkung nachzudenken. »Herzlichen Dank! Wir kommen gleich«, sagte er zu dem Wirt und blickte Gisela auffordernd an.
»Wir müssen weiter!«
»Ich weiß!«
Gisela nahm die große Tuchtasche, die sie nun anstelle des Bündels trug, und Walther den Koffer, der groß genug

war, um neben anderen Dingen auch seine Doppelbüchse unterzubringen. Dann folgten beide dem Wirt zur Kutsche und stiegen ein.

Das Wageninnere war leer, und es roch darin so säuerlich, als hätte jemand erbrochen. Auch war der Kutschkasten nicht richtig gesäubert worden. Walther nahm an, dass dies der Grund für die Passagiere gewesen war, hier auszusteigen und auf die nächste Post zu warten. Doch das konnten Gisela und er sich nicht leisten. Er half ihr, Platz zu nehmen, setzte sich neben sie und hielt sie fest.

»Lehne dich ruhig an mich, damit du schlafen kannst«, raunte er ihr ins Ohr.

»Du bist so gut zu mir«, murmelte sie und schlief ein, noch ehe der Kutscher die anderen Passagiere aufforderte, wieder einzusteigen.

Bei diesen handelte es sich nur um zwei Männer. Einer davon war ein katholischer Priester, der andere seinem Anzug nach ein gut situierter Geschäftsmann. Während der Geistliche ohne Protest gegen die Fahrtrichtung Platz nahm, knurrte der andere Walther an. »Sie sitzen auf meinem Platz!«

»Sind Sie der Eigentümer dieser Postlinie?«, fragte Walther verärgert.

»Natürlich nicht, aber ich bin die ganze Zeit hier gesessen«, sagte der Geschäftsmann und fasste Walther an der Schulter, um ihn hochzuziehen.

Da griff der Priester ein. »Verzeihen Sie, aber das stimmt nicht. Sie sind in der anderen Ecke gesessen, doch nachdem die Gouvernante, die bislang mit uns gefahren ist, neben Ihnen erbrochen hat, wollten Sie nicht mehr dort bleiben.«

»Ein entsetzliches Weib! Ich konnte gerade noch verhindern, dass sie meine Kleidung beschmutzt hat!« Der Geschäftsmann war zwar immer noch aufgebracht, richtete aber seinen Zorn nicht mehr auf Walther, sondern auf jene unbekannte Frau, der es auf der letzten Teilstrecke übel geworden war. Da er dabei recht laut wurde, wollte Walther ihn bitten, seine Stimme zu mäßigen, damit Gisela schlafen konnte.
Da klang die Peitsche des Postillions auf, und die Kutsche setzte sich in Bewegung. Als sie aus dem Hof fuhren, hörte Walther ein Knirschen und blickte durch das Fenster des Schlags. Wie es aussah, hatte die Kutsche eben mit ihrem Hinterrad einen der steinernen Pfosten der Hofeinfahrt gestreift.
Walthers Besorgnis stieg, als Kassel hinter ihnen zurückblieb und der Kutscher sein Gespann mit wüsten Flüchen und dem Gebrauch der Peitsche zu immer größerer Geschwindigkeit antrieb.
»Wollt ihr wohl laufen, ihr elenden Zossen! Der Teufel soll euch holen, wenn ihr nicht schneller werdet. Solche Schnecken wie ihr gehören in die Wurst und nicht vor eine Kutsche!« In dieser Art ging es die ganze Zeit weiter. Während die Pferde liefen, als wäre der Leibhaftige hinter ihnen her, schwankte die Kutsche bedenklich.
Walther musste sich selbst und Gisela festhalten, damit sie nicht bei den unvermeidlichen Schlaglöchern durch den Kutschkasten geschleudert wurden. Auf der gegenüberliegenden Bank schob der Priester einen Arm durch die Lederschlaufe, faltete die Hände und begann zu beten. Da er sich dabei nicht richtig festhalten konnte,

stieß er immer wieder mit dem Geschäftsmann zusammen.
Schließlich platzte diesem der Kragen, und er versetzte dem Geistlichen einen Knuff. »Geben Sie doch gefälligst acht! Oder glauben Sie, es macht mir Freude, wenn Ihre dürren Ellbogen in meinen Rippen landen?«
»Der Postillion ist ja noch betrunkener als vorhin«, jammerte der Priester und fand, dass er auch beten konnte, wenn er sich mit beiden Händen festhielt.
Unterdessen war Gisela durch das Geschaukel der Kutsche wach geworden und sah sich verwirrt um. »Wo sind wir?«
»In einer Kutsche, die vom liebsten Knecht des Teufels persönlich gefahren wird«, antwortete der Geschäftsmann an Walthers Stelle. »Wenn ich gewusst hätte, wie betrunken der Kerl ist, wäre ich ebenfalls in Kassel ausgestiegen, um auf die nächste Kutsche zu warten. Dort aber hatte ich noch befürchtet, mich dann mit zu vielen Mitreisenden in der Kutsche zusammenquetschen oder gar mit einem Platz auf dem Bock vorliebnehmen zu müssen. Doch selbst das wäre besser gewesen, als hier in diesem Höllengefährt zu sitzen und nur hoffen zu können, dass wir die nächste Poststation heil erreichen. Dort steige ich aus, und es setzt eine geharnischte Beschwerde an die Betreiber dieser Postlinie, das kann ich Ihnen flüstern!«
Der Mann flüsterte nicht, sondern überschrie den Lärm der Pferdehufe und der eisenbereiften Räder, um verstanden zu werden.
Längst fragte Walther sich, ob es wirklich ein Glück für ihn gewesen war, einen Platz in dieser Postkutsche zu fin-

den. So, wie der Postillion sein Gespann antrieb, würde es einem Wunder gleichkommen, wenn sie ihr Ziel heil erreichten.
Plötzlich spitzte er die Ohren. »Hören Sie das auch? Irgendetwas ist mit der Kutsche nicht in Ordnung!«
»Ich höre nichts«, knurrte der Geschäftsmann.
Gisela krallte die Finger in Walthers rechten Unterarm. »Du hast recht. Da stimmt etwas nicht – hier an meiner Seite! Es ist, als würde etwas gegen den Kutschkasten schlagen.«
»Wir müssen es dem Postillion sagen, damit er anhält und nachschaut. Wenn der Wagen beschädigt ist, muss er seinen Gehilfen ins nächste Dorf schicken, damit ein Wagner oder Schmied die Kutsche reparieren kann!« Noch während Walther dies sagte, stand er auf, um gegen das Kutschdach zu klopfen, damit der Postillion aufmerksam wurde. Im selben Augenblick krachte es fürchterlich. Walther sah durch das Fenster das Hinterrad davonrollen, welches bei der Abfahrt den Pfosten des Eingangstores gestreift hatte. Dann neigte die Kutsche sich zur Seite und kippte um. Er versuchte noch, sich festzuhalten, wurde aber wie von einer Riesenfaust gegen die Kutschentür geschleudert. Diese gab unter ihm nach, und er stürzte hinaus. Er sah noch, wie die Kutsche auf ihn zukippte, und schaffte es irgendwie, in den Straßengraben zu rutschen.
Dieser war voll Wasser und die Kutsche drückte ihn immer tiefer in die braune Brühe. Verzweifelt hangelte Walther sich an dem glitschigen Wagenkasten entlang, um freizukommen. Er glaubte bereits, ertrinken zu müssen, als er den Rand der Kutsche ertastete und sich mit letzter Kraft herauszog.

Er spuckte erst einmal das schlammige Wasser aus, das ihm in den Mund geraten war, und sog dann die Luft tief in die Lungen. Jemand fasste nach seiner Hand, und er vernahm heftiges Schluchzen. Als er aufblickte, sah er Giselas Gesicht über sich. Tränen glänzten auf ihren Wangen, und ihr Mund zuckte.

»Ich glaubte dich bereits verloren!«, flüsterte sie.

»Du weißt doch, Unkraut vergeht nicht!« Walther richtete sich auf und spürte, dass er mehr abbekommen hatte, als ihm im ersten Moment bewusst gewesen war.

Nicht weit von ihm standen der Geschäftsmann und der Priester zusammen und redeten heftig auf den Helfer des Postillions ein. Der selbst war nirgends zu sehen. Dafür lag eines der Gespannpferde verletzt am Boden. Wie es aussah, hatte es sich ein Bein gebrochen.

»Das arme Tier«, flüsterte Gisela, als sie Walthers Blick bemerkte.

»Der Postillion wollte es in der Wurst sehen, und jetzt wird es wohl dazu kommen. Ich wollte, stattdessen hätte sich der Kerl ein Bein gebrochen. Wo steckt der Mann eigentlich?« Walther sah sich suchend um.

»Der hat sich gerade bei der Eiche dort vorne hingelegt. Wahrscheinlich will er seinen Rausch dort ausschlafen, anstatt sich um ein Gespann und seine Fahrgäste zu kümmern!«, antwortete der Geschäftsreisende grollend.

»Und wie geht es jetzt weiter?«, fragte Walther.

»Als Erstes musst du dir etwas anderes anziehen. Du bist völlig durchnässt und außerdem sehr schmutzig«, erklärte Gisela.

Der Helfer des Postillions brachte bereits eine Decke. »Wickeln Sie sich darin ein, damit Sie sich nicht erkälten. Einer der anderen Herren sollte inzwischen die Straße weitergehen, bis er auf ein Dorf trifft, und dort Hilfe anfordern.«

»Und was machst du?«, fragte der Geschäftsreisende verärgert.

»Ich muss mich um die Pferde kümmern. Ihre Stränge haben sich verwirrt, und die Tiere sind verletzt. Er kann es ja nicht!« Mit dem Kopf wies der Mann in Richtung des schnarchenden Postillions, zog sein Messer und begann, die Lederriemen der Pferdegeschirre zu durchtrennen.

Zwischen dem Priester und dem Geschäftsmann entspann sich ein kurzer Disput, wer von beiden gehen sollte. Schließlich gab der Priester nach und verließ mit verbissener Miene den Ort des Unglücks, während der andere Passagier zu der umgestürzten Kutsche trat und unter den am Boden liegenden Kisten und Bündeln sein Gepäck heraussuchte. Walther gesellte sich zu ihm und nahm seinen Koffer und Giselas Tasche an sich. Dabei sah er sich um, ob es irgendwo einen Teich oder einen Bach gab, an dem er sich den Schlamm von Gesicht und Händen waschen konnte. Er hätte auch gerne seine Kleider gewechselt und hoffte auf ein paar dicht stehende Bäume oder ein Gebüsch, hinter das er sich zurückziehen konnte. Doch der Boden rechts und links der Straße bestand aus Morast, den man nirgends überqueren konnte, ohne darin zu versinken. Kurz erwog er, in den umgestürzten Kutschkasten zu klettern, aber dafür fühlte er sich zu zerschlagen.

Daher setzte er sich in die Decke gehüllt zu Gisela.
»Wie geht es dir?«, fragte er und schämte sich, weil er zuerst nur an sich selbst und nicht an sie gedacht hatte.
Über Giselas Gesicht huschte ein Ausdruck, der einem Lächeln gleichkommen sollte. »Sorge dich nicht um mich. Ich bin ohne Schaden davongekommen. Doch wie ist es mit dir? Ich dachte schon, die umstürzende Kutsche hätte dich erschlagen.«
»Der Straßengraben hat mich gerettet. Ich sollte daher nicht allzu traurig darüber sein, dass meine Kleidung dabei Schaden genommen hat. Stoff kann man waschen und flicken, was bei mir nur in Maßen geht.« Nun lächelte auch Walther.
Während der Geschäftsmann einen Monolog anstimmte, in dem er den Kutscher, dessen Helfer, die Postkutschenbetreiber und im Grunde die ganze Welt für dieses Unglück verantwortlich machte, hielten Walther und Gisela einander an den Händen und waren sich so nahe wie seit dem Tag ihrer Flucht nicht mehr.
Da der Gehilfe des Postillions allein nicht mit den Pferden zurechtkam, rieb Walther sich den schlimmsten Schmutz mit etwas Gras ab und half dem Mann. Gemeinsam gelang es ihnen, die Pferde von ihren Strängen zu befreien und zur Seite zu führen. Bei dem Gaul mit dem gebrochenen Bein waren sie jedoch mit ihrem Latein am Ende.
»Ich glaube nicht, dass das Tier wieder auf die Beine kommt«, erklärte Walther. »Es wäre besser, sein Leiden zu beenden. Ich habe im Koffer meine Büchse dabei. Wenn Sie wollen, erschieße ich das Pferd.«

Der Postknecht wehrte erschrocken ab. »Um Gottes willen! Wenn Sie das tun, zieht mir der Posthalter das Tier vom Lohn ab. Was mit dem Pferd geschieht, müssen dieser selbst oder sein Stellvertreter entscheiden.«

Walther tat es leid um das Tier, das schwach und elend auf der Straße lag und kaum mehr die Kraft hatte, den Kopf zu heben. Doch wenn er es gegen den Willen des Knechts tötete, würde der Posthalter es sich von ihm bezahlen lassen. So viel Geld aber konnte er nicht entbehren, denn die Reise kostete ohnehin bereits um einiges mehr, als er veranschlagt hatte.

Daher führte er Gisela beiseite und bewachte die anderen Gäule, während der Postknecht das mitgeführte Gepäck und die Kisten mit der Post, die beim Umstürzen der Kutsche verstreut worden waren, zusammensuchte und neben dem Wagen aufstapelte.

## 5.

Es dauerte Stunden, bis Hilfe eintraf. Der Priester brachte jedoch nur den Dorfpolizisten des nächsten Ortes und einen Knecht mit, die auf einem von einem einzigen Pferd gezogenen Bauernwagen saßen. Das Ausmaß des Unglücks schien den wackeren Gesetzeshüter zu überfordern, denn er schüttelte ein ums andere Mal den Kopf und beklagte, dass er von seinem Mittagstisch weggeholt worden sei.

Der Knecht sah sich die Sache an und blies hörbar die Luft aus den Lungen. »Um den Gaul ist es schade. Aber Sie haben Glück, dass keiner der Passagiere verletzt worden ist.«

»Das stimmt nicht«, rief Gisela empört. »Mein Mann klagt über starke Schmerzen in Hüfte und Brust. Er ist zum Schlag hinausgefallen, und die Postkutsche ist auf ihn gestürzt.«

Der Dorfpolizist fand, dass er nun doch seine Autorität zeigen müsse. »In der Stadt gibt es einen Arzt, der sich um den Herrn kümmern kann, und dort befindet sich auch die nächste Poststation. Ich schlage vor, Peer bringt Sie ins Dorf, damit Sie sich im Gasthof erholen können. Dort wird auch der Bote, den wir losgeschickt haben, mit dem Posthalter erscheinen, der für Ihre Weiterfahrt sorgen muss.«

Der Geschäftsreisende beäugte den Bauernwagen misstrauisch und schüttelte dann den Kopf. »Auf so ein Ding setze ich mich nicht. Der Karren sieht ja aus, als würde er jeden Augenblick zusammenbrechen.«

»Der Wagen hat dreißig Jahre lang seine Dienste getan und ist immer noch so gut wie neu«, antwortete der Knecht beleidigt.

»Wenn Sie nicht aufsteigen wollen, müssen Sie zu Fuß gehen«, setzte der Dorfpolizist hinzu.

Walther wartete nicht, bis die Herren sich geeinigt hatten, sondern führte Gisela zu dem Wagen und half ihr hinauf. Anschließend reichte er ihr das Gepäck und kletterte dann selbst hinauf. »Hoffentlich streiten die sich nicht zu lange«, sagte er noch, da kam der Knecht mitsamt dem

Priester heran. Während der Geistliche seine aus Tuch gefertigte Tasche hochhob, damit Walther diese in Empfang nehmen konnte, schüttelte der Polizist den Kopf.
»Der andere Herr will partout nicht mit auf den Wagen. Hat zu viel Gepäck dabei, sagt er und will eine Kutsche dafür haben. Also wird er warten müssen, bis eine hier erscheint.«
»Was ist mit dem Postillion?«, fragte der Priester.
»Der schläft immer noch seinen Rausch aus. Wird einen argen Kater bei ihm geben, wenn er wieder aufwacht. Der Posthalter wird sich den Gaul und den Schaden an der Kutsche bezahlen lassen und ihn dann zum Teufel jagen. Kann einem leidtun, der Mann. Aber weshalb musste er auch saufen wie ein Stier!« Damit hatte sich das Mitleid des Dorfpolizisten mit dem Postillion erschöpft, und er forderte den Knecht zum Losfahren auf.
»Ich bleibe hier und helfe dem armen Kerl, der sich um die Pferde kümmern muss. Wird, wenn er Glück hat, nicht Gehilfe bleiben, sondern selbst Postillion werden. Na ja, dem einen sein Leid ist dem anderen sein Freud'.«
Der Polizist tippte kurz an seinen Helm, als wolle er salutieren, denn drehte er sich um und kehrte zur Kutsche zurück.
Oben auf dem Wagen war der Wind stärker zu spüren, und Walther zog die Pferdedecke enger um sich. Dann aber dachte er an Gisela und wollte ihr die Decke reichen, aber sie wies dieses Angebot brüsk zurück. »Sieh doch, wie schmutzig du die Decke gemacht hast. Wenn ich mich darin einhülle, sehe ich hinterher aus wie ein Ferkel.«

Dann sah sie Walther erschrocken an und fasste nach seinen Händen. »Verzeih, ich wollte dich nicht kränken! Ich bin doch so froh, dass du das Unglück halbwegs überstanden hast. Sobald ich in eine Kirche gehen kann, werde ich der Heiligen Jungfrau dafür eine Kerze stiften.«
»Sie sind katholisch?«, fragte der Priester erstaunt.
Gisela nickte und holte das an ihrem Hals hängende Kruzifix heraus. »Dies hier hat mir eine fromme Nonne zu meiner Firmung geschenkt.«
»Dann lasst uns gemeinsam beten und der Heiligen Jungfrau danken, dass sie uns in dieser Fährnis ihren Beistand nicht versagt hat!« Der Priester stimmte ein Gebet an und nickte zufrieden, als Gisela darin einfiel. Als Walther stumm blieb, bedachte er diesen mit einem fragenden Blick.
Da Walther nicht sagen wollte, dass er dem evangelischen Bekenntnis angehörte und Gisela seit ihrer Heirat eigentlich auch, faltete er die Hände und tat so, als würde er stumm mitbeten.
Einige Zeit später erreichten sie das Dorf. Als die Bewohner den Wagen kommen sahen, strömten sie aus ihren Häusern und von den Feldern und versammelten sich vor der Dorfschenke.
»Hat es wirklich ein großes Unglück gegeben?«, fragte ein Mann.
Eine Greisin wackelte mit dem Kopf und zeigte auf Gisela. »Die arme Frau! Seht nur, wie blass sie ist.«
Hände wurden emporgereckt, um Gisela vom Wagen zu helfen. Als Walther abstieg, wurde er ebenfalls gestützt.
Ein junges Mädchen sah ihn schaudernd an. »Sie hat es aber schlimm erwischt!«

Verwundert wechselte Walther einen Blick mit Gisela und sah diese leise kichern. Sein Gesicht und seine Haare waren von eingetrocknetem Schlamm bedeckt, und auch seine Kleidung klebte vor Schmutz. Außerdem roch er nicht besonders gut. Letzteres merkte er nun selbst und verzog das Gesicht.
»Gibt es hier die Möglichkeit, ein Bad zu nehmen?«, fragte er eine stämmige Frau mit einer blauen Schürze, die einen riesigen Kochlöffel in der Hand hielt.
»Das will ich meinen! Kommen Sie in mein Gasthaus. Ich lasse Ihnen in einem Nebenzimmer einen Bottich mit Wasser füllen, damit Sie sich waschen können. Nötig haben Sie es ja.«
»Der Herr ist durch den Kutschenschlag gefallen und wäre fast von dem Wagen erschlagen worden, wenn es ihm nicht gelungen wäre, im Straßengraben Zuflucht zu finden«, erklärte der Priester.
Walther nickte mit verkniffener Miene und presste die Hand gegen die Seite, die jetzt wieder stärker schmerzte.
»Gibt es hier auch einen Arzt? Wie es aussieht, habe ich mich verletzt.«
»Einen Arzt nicht, aber eine Hebamme – und die ist nicht schlechter«, beschied ihn die Wirtin und forderte ihn auf, mit ihr zu kommen. Zwei Frauen kümmerten sich um Gisela, der immer noch der Schreck über den Unfall in den Knochen steckte, obwohl sie ihn fast ohne Blessuren überstanden hatte.

## 6.

Kurze Zeit später saß Walther in einem Bottich, in dem normalerweise Wäsche gewaschen wurde. Die scharfe Seife, die er von der Wirtin erhalten hatte, brannte ihm in den Augen, beseitigte aber den Schmutz besser, als er es erwartet hatte. Seine Haare waren bereits wieder sauber, und nun war er dabei, den Rest seines Körpers zu reinigen. Schließlich legte er die Seife auf den Schemel, der neben dem Bottich stand, und lehnte sich zurück. Das warme Wasser machte ihn schläfrig, und ehe er sich's versah, war er weggedämmert.
Eine Berührung an der Schulter ließ ihn hochschrecken. Er hatte wild geträumt und glaubte nun, einen preußischen Gendarmen vor sich zu sehen. Erst nach einigen Augenblicken begriff er, dass eine hochgewachsene Frau mit hellen, durchdringend blickenden Augen vor ihm stand. Sie trug ein langes, dunkles Kleid, eine blaue Schürze und ein Kopftuch, das ihr volles, blondes Haar kaum zu bändigen vermochte. Die Frau wirkte zeitlos und konnte Walthers Einschätzung nach ebenso dreißig wie fünfzig Jahre zählen.
»Sie sind der Mann, der aus der Kutsche gestürzt ist und sich verletzt hat?«
»Ja!«
»Dann steigen Sie mal aus der Wanne und kommen mit nach oben, damit ich Sie untersuchen kann.«
Das muss die Hebamme sein, fuhr es Walther durch den Kopf. Allerdings änderte das nichts an der Tatsache,

dass er nackt im Bottich saß und nichts zum Anziehen hatte.
Die Hebamme zog eine spöttische Miene. »Glauben Sie, ich habe noch keinen nackten Mann gesehen? Wenn es die Kerle irgendwo zwickt, kommen die gerne zu mir und zeigen mir deutlich, wo es ihnen weh tut.«
»Da tut es mir aber nicht weh, sondern an der Seite«, entfuhr es Walther.
Damit brachte er die Hebamme zum Lachen. Sie nahm das Laken, mit dem er sich abtrocknen sollte, und sah ihn auffordernd an. Mit einem Seufzen stieg er aus der Wanne und stellte sich so, dass er ihr den Rücken zukehrte. Sie begann, ihn abzureiben wie ein neugeborenes Kind, und als sie dabei an seine verletzte Stelle kam, sog er keuchend die Luft ein.
»Da schmerzt es also. Ich werde es mir nachher ansehen. Sie haben einige Blutergüsse auf dem Rücken und, um es deutlich zu sagen, auch auf dem Hintern. Da wird Ihnen das Sitzen in den nächsten Tagen schwerfallen. Sie sollten hier oder spätestens in der nächsten Poststation Rast einlegen und Ihre Verletzungen ausheilen lassen.«
Die Auskunft gefiel Walther ganz und gar nicht. Jeder Tag, den Gisela und er auf ihrer Flucht verloren, mochte dazu führen, dass man sie erkannte und verhaften ließ. Daher nahm er sich vor, trotz seiner Verletzungen weiterzureisen, solange es der Zustand seiner Frau erlaubte.
Unterdessen hatte die Hebamme ihn trocken gerieben und reichte ihm eine Decke. »Hüllen Sie sich darin ein. Sie wollen doch nicht, dass die Töchter der Wirtin blind werden!« Es klang belustigt.

Walther folgte ihrem Rat und trat hinter ihr auf den Flur. Zu seiner Erleichterung mied sie die Wirtsstube, die gut besucht schien, und führte ihn durch das Halbdunkel zu einer Treppe und hinauf in den nächsten Stock. Dort öffnete sie eine Tür und forderte ihn zum Eintreten auf.

»Das ist eine der Kammern, welche die Wirtin bereithält, wenn Gäste am Abend nicht mehr weiterreisen können«, erklärte sie und deutete auf das Bett. »Hinlegen und die Hände nicht schamhaft vor eine gewisse Stelle legen, sondern die Arme abspreizen.«

Mit einem gewissen Grummeln im Bauch gehorchte Walther und ließ es zu, dass sie ihn von oben bis unten abfingerte. Als sie dabei auch sein Glied anfasste, reagierte es und wuchs nach vorne.

»Da sind Sie ja noch ganz in Ordnung«, spottete die Frau und tippte dann gegen seine Rippen. »Hier nicht!«

Die Berührung ließ Walther vor Schmerzen stöhnen.

»Sagte ich doch!«, meinte die Hebamme ungerührt. »Gebrochen sind die Rippen wahrscheinlich nicht. Aber Sie haben sich eine elende Prellung zugezogen, die Ihnen einige Zeit zu schaffen machen wird.«

Walther biss die Zähne zusammen und ließ zu, dass sie ihm Salbe auf die verletzte Stelle strich und ihm dann einen festen Verband anlegte. Seine Blutergüsse auf Rücken und Gesäß behandelte sie mit der gleichen Salbe, und als sie fertig war, versetzte sie ihm einen Klaps, der ihn aufstöhnen ließ.

»Sie können aufstehen! Ihre Frau soll Ihnen helfen, sich anzuziehen. Sie sagte, Sie hätten Ersatzkleidung bei sich.«

»Ich kann mich allein anziehen«, wehrte Walther ab, stieß jedoch schon beim ersten Versuch einen Schrei aus.
»Ihr Männer seid alle gleich! Solange es euch gutgeht, tut ihr, als wärt ihr so stark wie eine Eiche, doch wehe, es trifft euch ein Zug und das Hälschen schmerzt. Dann schreit ihr nach eurer Mama oder Ehefrau und lasst euch trösten.«
Nach diesen Worten verließ die Frau die Kammer.
Kurz darauf kam Gisela mit sauberen Hosen, einem Hemd und einer Weste herein. Als sie ihren Mann nackt auf dem Bett liegen sah, schüttelte sie verwundert den Kopf. »Sag bloß, die Hebamme hat dich so verarztet?«
»Sie meinte, sie hätte schon mehr Männer als mich nackt gesehen!«
»Das glaube ich gerne, nämlich als Büblein bei der Geburt!« Gisela gluckste und strich über Walthers Stirn. »Geht es dir wieder besser?«
»Natürlich! Wir können weiterreisen, sobald sich die Möglichkeit dazu ergibt.«
Der Schmerz, der in Walther wühlte, verriet ihm etwas anderes. Aber darauf durfte er keine Rücksicht nehmen. Wenn sie zu lange an einem Ort blieben, würde früher oder später jemand in ihnen das flüchtige Paar aus Renitz erkennen. Aber er wollte nicht für all das, was sie durchgemacht hatten, Giselas Kopf unter dem Fallbeil rollen sehen und wissen, dass der seine gleich daneben liegen würde.
Er begann sich anzuziehen, brauchte aber, wie die Hebamme prophezeit hatte, Giselas Hilfe. »Meine rechte Seite ist nur ein wenig geprellt«, meinte er mit einer beschwichtigenden Geste.

»Hinten siehst du aber auch schlimm aus. Das muss doch weh tun!«, rief Gisela besorgt.
»Das spüre ich kaum«, behauptete Walther, und es gelang ihm sogar ein schiefes Lächeln. Schließlich war er bis auf die Schuhe fertig angezogen und blickte auf die Füße herab.
»Meine Schuhe sind anscheinend noch nicht trocken?«
»Der Sohn der Wirtin hat sie gewaschen und mit Papier ausgestopft. Derzeit stehen sie neben dem Herd. Später will er sie mit einer Schweineschwarte einreiben, damit das Leder geschmeidig bleibt. Bis dahin musst du mit den Pantoffeln des Wirts vorliebnehmen. Hier!«
In den Pantoffeln konnte Walther sich nur schlurfend vorwärtsbewegen. »Der Wirt lebt wohl auf arg großem Fuß«, versuchte er zu witzeln.
Gisela kicherte. »Da hast du recht. Jetzt sollten wir in die Gaststube gehen und etwas essen. Mittag ist längst vorüber, und ich bekomme Hunger.«
Der Appetit war Walther vergangen. Trotzdem begleitete er Gisela nach unten, damit wenigstens sie etwas in den Magen bekam. Er selbst bestellte sich ein Bier. Doch als die Wirtin seiner Frau einen deftigen Linseneintopf mit gebratenem Speck vorsetzte, konnte auch er nicht nein sagen.
Während des Essens brachte ihm der Sohn des Wirtes die Brieftasche mit seinen Papieren. »Die hat es auch erwischt«, sagte der Junge. »Sehen Sie hier, Ihr Pass! Der ist kaum mehr zu lesen.« Dabei entfaltete er das Dokument, das die braune Farbe des Schlammes angenommen hatte. Der geschriebene Text war zerlaufen und der Stempel kaum mehr zu erkennen.

Das war ein herber Schlag. Mit einem solchen Pass würde kein Zöllner in ganz Europa Gisela und ihn über eine Grenze lassen. Also waren sie doch dazu verurteilt, sich nächtens auf versteckten Wegen von einem Land ins andere zu schleichen.

## 7.

Am späten Nachmittag erschien der Halter der nächsten Poststation, um zu erfahren, was geschehen war. Zuerst sprach er mit dem Priester und klopfte dann an die Tür der Kammer, die die Wirtin Gisela und Walther zugeteilt hatte. Walther, der ebenso wie Gisela eingenickt war, schrak hoch und griff zur Pistole. Als er öffnete und nur einen großen, wohlbeleibten Mann mit betrübter Miene vor sich sah, atmete er auf.
»Guten Tag, mein Name ist Bendhacke. Ich bin Posthalter in Fritzlar«, stellte der andere sich vor.
»Angenehm. Artschwager mein Name«, antwortete Walther.
»Ich kann Ihnen nicht sagen, wie sehr ich dieses Unglück bedauere. Sollten Sie zu Schaden gekommen sein, werden wir selbstverständlich Widergutmachung leisten.«
Walther sah dem anderen an, wie peinlich ihm das Ganze war, und hob beschwichtigend die Rechte. »Meiner Gattin und mir ist nicht viel passiert. Einen Schaden haben wir allerdings, nur glaube ich nicht, dass Sie uns dabei

helfen können. Einen Moment!« Rasch holte Walther seinen Pass und zeigte ihn Bendhacke. »Die Sache ist mir sehr unangenehm, denn ich weiß nicht, wie ich jetzt an einen neuen Pass gelange. Ich kann es mir schon von der Zeit her nicht leisten, bis in die Heimat zurückzufahren und die ganze Reise noch einmal anzutreten. Zudem müsste ich auch auf dem Rückweg mehrere Zollstellen passieren.«

Bendhacke hob abwehrend die Hände. Wenn der Fahrgast in seinen Heimatort zurückkehren musste, würde seine Postlinie über die sonstige Entschädigung hinaus auch die Hinfahrt und den Teil der Reise bis zum Unglücksort bezahlen müssen. Dabei würde es ihm und den anderen Inhabern schon schwer genug fallen, den Schaden an der Kutsche und die verletzten Pferde zu ersetzen. Er überlegte kurz und sah Walther dann mit einem erleichterten Lächeln an.

»Sie wollen doch nach Frankfurt am Main reisen. Dort gibt es einen preußischen Residenten, der Ihnen einen neuen Pass ausstellen kann.«

»Dafür müssen meine Ehefrau und ich erst einmal über die weiteren Grenzen nach Frankfurt kommen«, wandte Walther ein.

»Das wird sich machen lassen! Sie erhalten von unserer Postlinie eine Bescheinigung über dieses Unglück und Ihre beschädigten Papiere. Außerdem werden wir den Postillions Bescheid geben, damit die das auch den Zöllnern erklären. Auf diese Weise können Sie die Grenzen passieren und in wenigen Tagen Frankfurt erreichen.«

Bendhacke schien erpicht darauf, alles zu Walthers Zufriedenheit zu regeln, und versprach ihm zudem, dass die Postkutschenlinie ihn und Gisela als Entschädigung für die Folgen des Unfalls selbstverständlich kostenlos nach Frankfurt bringen würde.
Darüber war Walther recht froh, denn die Fahrt und die Übernachtungen waren weitaus stärker ins Geld gegangen, als er angenommen hatte, und er musste mit dem Rest ihrer Barschaft gut haushalten, um in Amerika nicht als Bettler anfangen zu müssen. Daher schieden er und Bendhacke recht zufrieden voneinander.
Gisela war trotz seines Gesprächs mit dem Posthalter nicht wach geworden. Daher zog Walther sich vorsichtig aus, stieg auf der anderen Seite ins Bett und legte sich neben seine Frau. Wenn sie beide mit der Hilfe der Postkutschenlinie bis Frankfurt kamen, würde das Schlimmste hinter ihnen liegen. Mit diesem Gedanken schlief er ein und wurde erst wach, als es am nächsten Morgen an die Tür klopfte.
»Herr Doktor Artschwager!«, hörte er den Wirtsjungen rufen. »Die Ersatzkutsche nach Frankfurt ist hier. Sie soll in einer halben Stunde losfahren.«
»Danke!« Eine halbe Stunde war sehr wenig Zeit. Walther weckte Gisela, die ihn zuerst verständnislos anstarrte und dann die Arme um ihn schlang.
»Es war also Gott sei Dank nur ein Traum. Ich dachte schon, die umstürzende Postkutsche hätte dich erschlagen.«
»Ich sagte doch, Unkraut vergeht nicht!«, antwortete Walther grinsend. »Nun aber müssen wir schnell sein. Die Kutsche fährt bald los.«

»Ich muss zum Abtritt!« Gisela wollte rasch ihr Kleid überziehen, um das Zimmer verlassen zu können, doch Walther deutete auf das Bett.
»Ich habe dort einen Nachttopf entdeckt. Benütze den, sonst brauchst du zu lange. Du willst doch gewiss noch etwas essen.«
»Ja, aber vorher möchte ich mich waschen!« Ganz so schnell wie Walther hoffte, kam seine Frau nicht zurecht. Zuerst genierte sie sich, in seiner Gegenwart den Nachttopf zu benützen, und dann war sie bei der Körperpflege für seine Begriffe zu saumselig. Er selbst wusch sich nur kurz Gesicht und Hände, rasierte sich im Stehen vor einem halbblinden Spiegel und stieg, nachdem er sich angezogen hatte, die Treppe hinab.
»Frau Wirtin, zwei Tassen Kaffee, wenn es recht ist, und machen Sie uns ein paar belegte Brote, die wir in der Kutsche essen können. Geben Sie eine Flasche leichten Fruchtweins dazu, denn wir werden auch Durst haben. Und du, Junge, sorge dafür, dass die Kutsche nicht ohne uns fährt.« Walther steckte dem Sohn der Wirtin einen Groschen zu und blickte dann angespannt nach oben, da Gisela sich noch immer nicht sehen ließ.
Sie kam aber früh genug herab, um die Tasse Kaffee austrinken zu können, während das Horn des Postillions sie bereits nach draußen rief. Als sie in die Kutsche einsteigen wollten, trat der Gehilfe des Postillions auf sie zu.
»Sie sind doch die Herrschaften, die gestern in der verunglückten Kutsche saßen?«
»Das stimmt«, antwortete Walther.

Der Mann reichte ihm einen Brief. »Mit den besten Empfehlungen von Herrn Bendhacke. Er musste leider noch gestern Abend aufbrechen und hat das hier für Sie zurückgelassen.«

»Danke!« Walther nahm den Umschlag entgegen, half Gisela in die Kutsche und stieg hinter ihr ein.

Der Sohn der Wirtin reichte ihnen das bestellte Vorratspaket und wünschte ihnen eine gute Reise. Dann erklang das Posthorn erneut, und die Kutsche nahm Fahrt auf.

Es waren neue Passagiere in der Kutsche, drei Männer und eine Frau, und alle hatten bereits von dem Unglück gehört. Daher fanden Walther und Gisela sich den neugierigen Blicken ihrer Mitreisenden ausgesetzt.

Schließlich fragte einer der Männer direkt danach. »Habe gehört, Sie hätten gestern Pech gehabt!«

»Der Postillion war betrunken und hat ein Kutschenrad beschädigt. Das ist schließlich gebrochen, und so ist die Kutsche in den Graben gestürzt«, erklärte Walther.

Ihn interessierte weitaus mehr, Bendhackes Brief zu lesen, als Fremden Rede und Antwort stehen zu müssen. Doch es verging über eine halbe Stunde, bis die Neugier der anderen befriedigt war und er sich dem Schreiben widmen konnte.

Im Umschlag steckte eine Bescheinigung der Postkutschenlinie, dass seine Papiere durch die Schuld ihres Postillions beschädigt worden seien und die die Angaben des Herrn Dr. Artschwager voll und ganz bestätigen würde. Bendhacke war es trotz der Kürze der Zeit sogar gelungen, einen amtlichen Stempel und die Unterschrift irgendeines Magistratsbeamten einer Walther unbekannten Stadt zu beschaffen.

Das zweite Blatt wies die Poststationen auf dem Weg nach Frankfurt an, Herrn Dr. Artschwager und seiner Gemahlin Vorrang vor allen anderen Fahrgästen einzuräumen, sie überdies kostenlos zu transportieren und mit Bett und Mahlzeiten zu versorgen. Zuletzt fand Walther noch eine schriftliche Entschuldigung Bendhackes im Namen der ganzen Postkutschenlinie. Es schloss mit dem Satz, dass man hoffe, der sehr verehrte Herr Dr. Artschwager würde bei seiner nächsten Reise wieder ihre Gesellschaft frequentieren.
Dies, dachte Walther, würde wohl nie geschehen. Für ihn und Gisela gab es kein Zurück. Doch er war froh um diese Schreiben, bestätigten sie doch die gerade noch lesbaren Abschnitte seines Passes. Und diesen, dachte er in einem Anflug von Galgenhumor, würde nun selbst der eifrigste Grenzbeamte nicht mehr als Fälschung identifizieren können.

## 8.

Für zwei Menschen, die sich auf der Flucht befanden, reisten Walther und Gisela recht angenehm. Allerdings spürte Walther seine Verletzungen schmerzhafter, als er erwartet hatte, und er musste seine ganze Selbstbeherrschung aufbieten, um die Schmerzen vor seiner Frau zu verbergen. Sein Trost war, dass die weitere Reise ohne Probleme vonstattenging. Sie kamen unbehelligt über die Grenze zwischen dem Kurfürstentum und dem Großherzogtum Hessen und erreichten schließlich die Stadt Frankfurt. Dank Bendhackes Schreiben erhielten sie überall Unterkunft und Verpflegung und wurden tatsächlich bevorzugt behandelt.

In Frankfurt stand Walther der Gang zum preußischen Geschäftsträger in der freien Reichsstadt bevor. Ein Knecht der Poststation begleitete ihn zu dessen Residenz und versprach, auf ihn zu warten, damit er sich den Rückweg nicht erfragen müsse.

Walther begriff, dass es dem Mann darum ging, in einer nahe gelegenen Schenke ein paar Becher jenes säuerlichen Gesöffs zu trinken, das hier mit dem Namen Apfelwein geadelt wurde. Er selbst hatte es am Vorabend probiert und gefunden, dass er Bier bei weitem vorzog. Trotzdem reichte er dem Mann einen Groschen Trinkgeld und trat dann auf das Eingangstor der durch zwei Soldaten bewachten preußischen Gesandtschaft zu. Ein Unteroffizier versperrte ihm den Weg.

»Wer sind Sie und was wünschen Sie?«

»Ich bin Dr. Artschwager und wünsche den Residenten oder einen anderen Herrn in leitender Stellung zu sprechen!« Walther wappnete sich mit Arroganz gegen den ruppigen Ton des Feldwebels und hatte Erfolg. Der Mann ließ ihn ein und führte ihn zu einem Beamten, der den Besucher wie einen unerwünschten Bittsteller musterte.

»Sie wünschen?«

»Ich bin Dr. Artschwager und wünsche die Hilfe der preußischen Gesandtschaft«, antwortete Walther.

»Wenn Sie in Geldverlegenheiten sind, wenden Sie sich besser an Ihre Freunde oder eine Bank«, antwortete der Beamte und wollte ihm die Tür vor der Nase zuschlagen. Walther stellte gerade noch rechtzeitig einen Fuß dazwischen. »Was soll das?«, rief er empört. »Wollen Sie, dass ich mich in Berlin über Sie beschwere?«
Der Ton verfing, denn der Beamte öffnete nun die Tür wieder und bat Walther einzutreten. »Was wünschen Sie, mein Herr?«, fragte er jetzt um einiges höflicher.
Walther zog seinen durch Schlamm und Wasser fast unleserlich gewordenen Pass aus der Westentasche und legte ihn auf den Tisch des Beamten. Bevor dieser fragen konnte, was dies solle, reichte er ihm Bendhackes Schreiben, in dem dieser von dem Kutschenunglück berichtete.
»Wie Sie sehen, befinde ich mich ein einer unangenehmen Situation«, erklärte Walther. »Ich bin auf der Durchreise und muss auf meinem weiteren Weg noch einige Grenzen passieren. Dafür aber brauche ich einen neuen Pass. In meine Heimatstadt zurückzukehren und mir dort ein neues Dokument ausfertigen zu lassen wäre mit einem zu großen Zeitverlust und erheblichen Ausgaben verbunden, die ich mir ersparen will. Daher wäre es mir eine große Ehre, wenn mir hier ein neuer Pass ausgestellt werden könnte.«
Der andere starrte zuerst den unlesbar gewordenen Pass an, überflog die Bescheinigung des Posthalters und wandte sich dann wieder Walther zu. »Ich werde sehen, was ich für Sie tun kann. Wenn Sie inzwischen die Güte hätten, hier zu warten.« Nach diesen Worten nahm er beide Dokumente an sich und verschwand durch eine Seitentür.

Die Sekunden dehnten sich zu Minuten, die Walther wie Stunden vorkamen. Da er vor Unruhe fast verging, sah er sich in dem Zimmer um und fand es kärglich möbliert. Es gab einen Aktenschrank, den Schreibtisch mit einem einzigen Stuhl und an der Wald zwei Bilder, von denen eines Friedrich den Großen und das andere den derzeit regierenden König Friedrich Wilhelm III. zeigte.

Bei seinem unruhigen Hin- und Hergehen sah er auf einer Anrichte einen Stapel bedruckter Papiere liegen. Das oberste Blatt zog seinen Blick wie magnetisch an. Er las »Gesucht werden« und darunter Giselas und seinen Namen. Das Herz klopfte ihm bis zum Hals, und er erwartete jeden Augenblick, dass der Beamte in Gesellschaft mehrerer Soldaten zurückkehren und ihn gefangen nehmen lassen würde.

Aber dann sah er die schlechte Zeichnung, die sein Porträt darstellen sollte, und las die Personenbeschreibung. »Walther Fichtner ist mittelgroß, untersetzt und hat ein gewöhnliches Gesicht mit einem unsteten Blick. Seine Haarfarbe ist braun. Besondere Kennzeichen: keine!«

Nun war Walther der Ansicht, zwar kein Adonis zu sein, aber doch recht gut auszusehen. Auch hielt er seine Figur trotz breiter Schultern noch für schlank und seine Haare für dunkelblond. Jemand, der diese Personenbeschreibung las, würde ihn gewiss nicht mit dem gesuchten Raubmörder Walther Fichtner in Verbindung bringen.

Interessiert sah er sich nun auch Giselas angebliches Bild an und las ihre Beschreibung. Dabei kam er aus dem

Kopfschütteln nicht heraus. »Gisela Fichtner, geborene Fürnagl, ist für eine Frau eher klein gewachsen, hat eine stämmige Figur und ein rundliches Gesicht. Ihr Blick ist stechend, ihre Haarfarbe dunkelbraun und ihr Aussehen gewöhnlich. Besondere Kennzeichen: keine!«

Wer die Bilder gezeichnet und diese Personenbeschreibungen verfasst hatte, konnte Walther nicht sagen. Sicher hatte derjenige sich an die Aussagen der Leute auf Renitz, insbesondere an die Angaben der Gräfin, gehalten. Deren Abneigung gegen ihn und Gisela hatte Diebolds Mutter offenbar dazu getrieben, ihnen neben einem schlechten Charakter auch ein übles Aussehen anzudichten. Damit aber hatte sie ihrem Wunsch nach Vergeltung für den Tod des Sohnes einen Bärendienst erwiesen.

Schritte, die sich draußen näherten, brachten ihn dazu, rasch beiseitezutreten und so zu tun, als betrachte er die Bilder des Alten Fritz und dessen regierenden Großneffen.

Zu Walthers Erleichterung trat nur der Beamte ein. Er hielt ein sauberes, gestempeltes Blatt in der Hand und reichte es Walther mit geschäftsmäßigem Gesichtsausdruck. »Könnten Sie so gut sein und die Angaben in diesem Pass kontrollieren?«

»Gerne!« Walther begann zu lesen und musste an sich halten, um nicht lauthals zu lachen. Der Pass lautete auf Dr. Walter Artschwager, geboren am 28. September 1801 in Berlin. Wie es aussah, hatte der Beamte seinen Geburtsmonat nicht richtig lesen können und statt des Dezembers den September eingesetzt. Oder war dies eine Falle? Diese Möglichkeit durfte er nicht außer Acht las-

sen. Ein Blick auf die Miene des Herrn, der seinem Aussehen nach wieder an die gewohnte Arbeit gehen wollte, brachte ihn dazu, das Risiko einzugehen.
»Die Angaben sind richtig. Es fehlt nur noch der Zusatz, dass ich zusammen mit meiner Gattin reise.«
»Das hätten Sie schon vorhin sagen können!«, sagte der Beamte verärgert, bequemte sich dann aber, sich an seinen Tisch zu setzen und diesen Zusatz nachzutragen. Nachdem er die Tinte mit Sand getrocknet hatte, überreichte er Walther das Dokument.
»Damit ist dieser Pass für Sie und Ihre Frau Gemahlin voll gültig. Da die Postkutschenlinie versprochen hat, Ihnen alle Auslagen zu ersetzen, werden wir die Gebühr für die Ausstellung dieses Dokuments dort einfordern. Ihnen wünsche ich eine angenehme Reise, Herr Doktor!«
»Danke ergebenst!« Walther steckte den Pass ein und verabschiedete sich. Als er die Preußische Vertretung verließ, dachte er über die Zufälle des Lebens nach, die ihn nun offiziell zu einem Sohn der Stadt Berlin gemacht hatten. Er hatte diese Stadt bereits in seinem gefälschten Pass angegeben, um nicht mit Renitz in Verbindung gebracht zu werden. Nun besaß er ein voll gültiges Dokument, das all seine Angaben einschließlich des falschen Nachnamens bestätigte. Über das fehlende H in seinem Vornamen konnte er hinwegsehen. Es einfügen zu lassen hätte seinen Gesprächspartner höchstens an jenen frischen Steckbrief erinnern können.
Mit einem zufriedenen Lächeln holte er den Knecht des Posthalters aus der Schenke und folgte ihm zur Post-

station. Als er die Kammer betrat, die Gisela und ihm zur Verfügung gestellt worden war, eilte seine Frau ihm entgegen.

»Gott sei Dank! Ich habe solche Ängste ausgestanden.«

»Weshalb denn, mein Schatz? Es ist alles bestens gelaufen. Der Herr, der mich empfangen hat, hat sich vor Hilfsbereitschaft schier überschlagen. Auf jeden Fall können wir morgen unsere Reise fortsetzen, ohne befürchten zu müssen, dass uns irgendein übereifriger Grenzbeamter wegen des alten, unleserlichen Passes festhält.«

Seine mit fester Stimme vorgetragenen Worte beruhigten Gisela. Sie erinnerte sich daran, dass sie Äußerungen vermeiden musste, die sie und Walther verdächtig machen konnten, und schloss ihren Mann stumm in die Arme.

»Vielleicht könnten wir heute Abend ...« Sie schämte sich, weil sie sich ihm direkt anbot, doch ihre Gefühle drängten sie dazu, mehr mit ihm zu teilen als nur die Nachtruhe.

Obwohl Walthers Rippen und der verlängerte Rücken immer noch bei jeder Bewegung schmerzten, drückte er Gisela an sich und strich ihr übers Haar. »Dagegen habe ich wirklich nichts, mein Schatz. Doch lass uns vorher in die Gaststube hinabgehen und etwas essen. Ich muss schließlich bei Kräften bleiben.«

## 9.

Obwohl Walther nach dem Lesen des skurrilen Steckbriefs überzeugt war, vor Verfolgern sicher zu sein, wollte er nicht länger als nötig in Frankfurt bleiben. Daher verließ er am nächsten Morgen zusammen mit Gisela die Poststation und suchte eine Postlinie auf, die nach Süden in Richtung Straßburg fuhr. Zu ihrer Erleichterung erhielten sie eine Passage für den nächsten Tag und blieben die Nacht über in der dazugehörigen Posthalterei.
Als sie am nächsten Morgen die Postkutsche nach Karlsruhe bestiegen und kurz darauf das erste Mal ihren neuen Pass vorzeigen mussten, verspürten sie noch eine gewisse Beklemmung. Diese legte sich jedoch mit jeder Meile, die hinter ihnen zurückblieb. In Karlsruhe wechselten sie erneut die Postlinie und fuhren mit ihr über die Brücke auf die andere Rheinseite, um nach Frankreich zu gelangen. Dabei galt es, die französische Zollstation zu passieren und sich den Fragen der dortigen Beamten zu stellen.
Zwar war an den Grenzen zwischen den Deutschen Staaten alles gutgegangen, dennoch fühlte Walther diesmal einen Stein im Magen, als die Kutsche auf den Schlagbaum zurollte und sie aussteigen mussten. Der Postillion und sein Helfer reichten ihnen ihr Gepäck herab, dann sahen sie sich den französischen Gendarmen und Zöllnern gegenüber.
Einer der Beamten fragte etwas in seiner Sprache, das Walther nicht verstand. Jetzt ärgerte er sich, dass er wegen seines Planes, nach Amerika auszuwandern, zwar die

englische Sprache sehr gründlich gelernt hatte und auch Latein beherrschte, aber nur wenige französische Vokabeln kannte.
»Pardon, ich verstehe Sie nicht«, antwortete er.
Der Franzose sah ihn an, als hätte er einen Schwachsinnigen vor sich, und ging in ein seltsam abgeschliffen klingendes Deutsch über. »Ich fragte, wer Sie sind und was Sie zu verzollen haben.«
»Mein Name ist Dr. Artschwager, und das ist meine Ehefrau«, erklärte Walther und zeigte auf Gisela. »Zu verzollen haben wir nichts, denn wir führen nur unser persönliches Gepäck mit uns.«
»Wir werden Ihr Gepäck prüfen. Was ist der Zweck Ihrer Reise?«, fragte der Grenzer weiter.
Walther hatte beschlossen, bei der Wahrheit zu bleiben. »Wir sind auf dem Weg nach Le Havre. Wir wollen dort ein Schiff besteigen, das nach Amerika fährt.«
»Ein Auswanderer also. Aber solche Leute führen meist ziemlich viel Gepäck mit sich.«
Dem Franzosen war ein gewisses Misstrauen angesichts des einzigen Koffers und der Reisetasche anzumerken. Rasch zog Walther den Brief des Posthalters Bendhacke heraus und reichte ihn dem Grenzbeamten.
»Wie Sie hier sehen, hatten wir unterwegs einen Unfall. Dabei haben wir den größten Teil unseres Gepäcks verloren. Es versank in einem See.«
Der Franzose las den Brief durch und reichte ihn dann zurück. »Sie können sich das, was Sie jenseits des Ozeans benötigen, auch in Le Havre besorgen. Ich frage mich ohnehin, weshalb ihr Deutschen euren halben Hausstand

mit auf die Reise nehmt und die teuren Frachtkosten dafür bezahlt. Es wäre gewiss leichter für euch, ihr würdet eure Sachen zu Hause verkaufen und sie euch in den Hafenstädten neu besorgen. Aber das ist zum Glück nicht mein Problem. Öffnen Sie jetzt Ihre Tasche und den Koffer.«
Gisela löste die Schnallen ihrer Reisetasche. Der Grenzbeamte wühlte kurz in ihren Kleidern und der Unterwäsche herum, so als hoffte er, darunter versteckt Waren zu finden, die verzollt werden mussten.
Schließlich nickte der Franzose ihr zu. »Sie können Ihre Tasche wieder zumachen. Und nun zu dem Koffer.«
Diesen hatte Walther bereits geöffnet. Jetzt trat er einen Schritt zurück, damit der Zöllner ihn kontrollieren konnte. Auch er hatte keine verbotene oder zu verzollende Ware bei sich. Allerdings wies der Beamte auf seine schwere Doppelbüchse.
»Es gefällt mir nicht, dass Sie mit einer solch weittragenden Waffe durch unser Land reisen wollen.«
Für Augenblicke befürchtete Walther, der andere würde die Büchse konfiszieren, doch dieser rief einen weiteren Grenzbeamten zu sich und unterhielt sich mit ihm auf Französisch. Nach kurzer Zeit schienen sie zu einem Ergebnis gekommen sein, denn der zweite Grenzbeamte verschwand mit Walthers Pass im Wachhaus und kehrte nach quälend langsam verstreichenden Minuten wieder zurück.
»So, mein Herr! Aufgrund der Eintragungen in Ihrem Pass dürfen Sie die Strecke über Nancy, Reims und Rouen nach Le Havre benützen. Werden Sie südlich davon

angetroffen, müssen wir Sie leider verhaften und einsperren, da Sie uns über den wirklichen Zweck Ihrer Reise belogen haben. Und nun *bon voyage* und *au revoir*. Die Postkutschenstation der Linie nach Nancy ist im nächsten Ort. Die Bauern bringen Sie gerne hin!« Damit reichte er Walther den Pass zurück und machte ihn auf einige Männer aufmerksam, die mit ihren Pferdekarren hinter dem Wachhaus auf Reisende warteten, die ihr Gepäck zur Poststation bringen lassen wollten.

»Danke!« Erleichtert steckte Walther seine Papiere ein, nahm Koffer und Reisetasche an sich und stapfte los. Gisela folgte ihm und zupfte ihn am Ärmel.

»Was heißt das, dass man dich einsperren will, wenn wir nicht auf dieser Strecke bleiben?«

»Sie wollen, dass wir den schnellsten Weg nach Le Havre nehmen«, antwortete Walther nachdenklich. »Ich nehme an, dass es ihnen vor allem darum geht, uns aus Paris fernzuhalten. Es hat sie misstrauisch gemacht, dass wir mit kleinem Gepäck reisen. Ohne das Schreiben des freundlichen Posthalters hätte man uns wahrscheinlich gar nicht ins Land gelassen. So aber könnten wir doch ehrliche Auswanderer sein und keine möglichen Attentäter. Mit dem Kugellauf der Büchse könnte ich einen Menschen auf dreihundert Schritt erschießen, ohne dass man mich fassen könnte. Daher sollten wir dieses Land so schnell wie möglich durchqueren, auch wenn es anstrengend werden dürfte.«

»Ich halte schon durch!« Gisela gelang es zu lächeln, obwohl sie sich von der bisherigen Reise so erschöpft fühlte, dass sie am liebsten drei Tage lang im Bett geblieben wäre.

Doch sie konnte Walther verstehen. Nachdem es ihnen gelungen war, den preußischen Behörden zu entkommen, wollte er nicht riskieren, von den Franzosen wegen eines dummen Missverständnisses eingesperrt zu werden.
»Wir schaffen das!«, sagte sie, als wolle sie es sich selbst betätigten, und nahm ihm die Reisetasche ab. »Du hast mit dem Koffer bereits schwer genug zu tragen!«
Walther wollte ihr das Gepäckstück wieder abfordern, doch da trat einer der Bauern auf sie zu und fragte in einem stark von Dialekt geprägten Deutsch, ob die Herrschaften zur Poststation wollten.
»Genau die ist unser Ziel«, antwortete Walther und reichte ihm den Koffer, damit der Mann ihn auf seinen Wagen laden konnte.

## 10.

In der Grenzregion war die Bevölkerung noch der deutschen Sprache mächtig und die Verständigung daher kein Problem. Doch je weiter Gisela und Walther nach Westen kamen, umso schwieriger wurde es für sie. Hatte Walther zuerst noch gehofft, seine Lateinkenntnisse würden ihm helfen, erwiesen diese sich für den Kontakt zu Postillionen und Wirten eher als Hemmschuh. Es wurden zu viele Worte anders geschrieben und vor allem auf eine für ihn ungewohnte Weise ausgesprochen. Gisela tat sich leichter als er. In den Jahren, in denen sie mit ihren

Eltern mit den jeweiligen Regimentern mitgezogen war, hatte sie etliche französische Brocken aufgeschnappt und erinnerte sich nun wieder daran.

Auf ihn wirkte sie hier in der Fremde weitaus lebhafter als zu Beginn der Reise. Es schien, als wäre der Schatten von Renitz, der sie so lange gequält hatte, von ihr gewichen. Wenn sie in den Poststationen übernachteten, kroch sie zu ihm unter die Decke.

Gisela wunderte sich selbst, weshalb ihre Lust stieg, obwohl sie doch schwanger war. Manchmal fragte sie sich, ob sie sich Walther nicht zuletzt deswegen anbot, um ihn stärker an sich zu binden. Sie hatte ihm immer noch nicht erzählt, dass sie ein Kind in sich trug, und das wollte sie auch noch hinausschieben, bis sie Le Havre erreicht hatten und sich auf einem Schiff befanden, das sie nach Amerika brachte. Möglicherweise, dachte sie, würde er sich von ihr abwenden, wenn ihn der Verdacht beschlich, er könne nicht der Vater des Kindes sein. Obwohl sie sich sagte, dass er nichts von ihrer Vergewaltigung durch Diebold wissen konnte, litt sie immer wieder unter Schuldgefühlen. Dabei war sie doch nur das Opfer von Diebolds Gier geworden.

Walther entging nicht, dass ein Kummer an seiner Frau nagte, aber das schrieb er ihrer Angst vor der Fremde und vor allem vor der Überfahrt auf dem Ozean zu. Daher genoss er es unbeschwert, sie unter sich zu spüren und sich selbst und ihr Vergnügen zu bereiten. Er fühlte sich erleichtert, denn er hatte sich von den Banden befreit, die ihn so lange an Renitz gefesselt hatten. In manchen Momenten bedauerte er Medard von Renitz, der zumindest

so lange, wie er sich gegen seine Frau hatte durchsetzen können, sein Wohltäter gewesen war. Einen Sohn wie Diebold hatte dieser Mann wirklich nicht verdient. Manchmal zuckte es ihm in den Fingern, Graf Renitz einen Brief zu schreiben und ihm zu erklären, was tatsächlich im Forsthaus geschehen war. Er unterließ es jedoch, denn zum einen wollte er den alten Herrn nicht zusätzlich betrüben, indem er dessen Sohn als Frauenschänder beschuldigte, und zum anderen nahm er an, dass Gräfin Elfreda den Brief unterschlagen würde. Auch wollte er nicht, dass die Frau begriff, wohin Gisela und er fliehen wollten. Bei der Affenliebe, mit der sie an ihrem Sohn gehangen hatte, traute er ihr zu, ihm einen Rächer bis in die Neue Welt nachzuschicken.
»Ich würde einen Groschen dafür geben, wenn ich deine Gedanken erraten könnte«, sagte Gisela, als sie wieder in der Postkutsche saßen, eingezwängt zwischen einem baumlangen Franzosen und einer enorm dicken Frau, die beide nach frischem Knoblauch und gebratenen Zwiebeln rochen.
»Ich glaube nicht, dass sie so viel wert wären«, gab Walther mit einem Lächeln zurück. Er wollte ihr nicht sagen, dass er wieder einmal an Gräfin Elfreda und Renitz gedacht hatte, um ihr das Herz nicht schwer zu machen. »Aber wenn du es genau wissen willst: Ich habe versucht, mir unsere neue Heimat jenseits des Ozeans vorzustellen. Dort werden wir glücklich sein und unsere Kinder aufziehen.«
Bei dem Wort Kinder zuckte Gisela zusammen. Ahnte Walther etwas? Hatte Luise Frähmke oder Cäcilie ihm

möglicherweise verraten, dass sie schwanger war, und er wartete darauf, dass sie ihn endlich einweihte? Bei dem Gedanken an die beiden Freundinnen, die sie nie mehr wiedersehen würde, kamen ihr die Tränen. Noch schlimmer erschien es ihr, dass die beiden sie ebenso wie alle anderen auf Renitz für die Mörder des jungen Renitz halten mussten.

»Was ist mit dir?«, fragte Walther besorgt.

»Nichts! Nur eine Laune, wie sie uns Frauen gelegentlich überkommt«, redete Gisela sich heraus, weil sie ihn nicht an Renitz und das Schreckliche, das dort gesehen war, erinnern wollte. Um sich abzulenken, schaute sie durch das Fenster im Schlag. »Wann erreichen wir die nächste Poststation? Es wird schon dunkel!«

»Es ist in den letzten Minuten tatsächlich arg düster geworden.« Walther zog seine Taschenuhr heraus. Die Zeiger standen auf Viertel nach drei, und das war selbst um diese Jahreszeit viel zu früh für den Einbruch der Nacht. Verwundert steckte er den Kopf aus dem Kutschenschlag hinaus und sah dunkle Wolken geballt am Himmel ziehen. Zugleich fühlte er einen kalten Windstoß und konnte in der Ferne Wetterleuchten erkennen.

»Es zieht ein Gewitter auf«, sagte er, als er wieder zwischen Gisela und dem baumlangen Franzosen Platz nahm.

»Dann hoffe ich, dass wir bald die nächste Poststation erreichen!« Der Gedanke, ein Gewitter in der Postkutsche durchstehen zu müssen, erschreckte Gisela, und sie faltete die Hände, um die Heilige Jungfrau um Schutz anzuflehen.

Walther lehnte sich zurück, während die anderen Fahrgäste ebenfalls auf das kommende Unwetter aufmerksam wurden und sich mit besorgten Mienen unterhielten. Einer klopfte sogar gegen das Dach und rief dem Postillion etwas zu. Dieser antwortete mit einer Bemerkung, die Walther zwar nicht verstand, anhand des Tonfalls aber als Fluch interpretierte. Danach trieb der Mann die Pferde derart an, dass die Kutsche wie ein Betrunkener hin und her schwankte.
»Hoffentlich gibt es nicht schon wieder ein Unglück!«, rief Gisela, die sich mit Schaudern an den Augenblick erinnerte, in dem die Kutsche hinter Kassel umgekippt war und Walther beinahe erschlagen hätte.
»Mal den Teufel nicht an die Wand!«, antwortete ihr Ehemann und versuchte zu grinsen. »Wenn die Kutsche nach links umkippt, fällst du weich, und wenn sie es nach rechts tut, fällst du gegen mich, und ich halte dich fest.«
Gisela funkelte ihn zornig an. »Mit so etwas macht man keine Scherze!«
Die Antwort riss Walther der erste, ungewöhnlich harte Donnerschlag von den Lippen. Erschreckt klammerte Gisela sich an ihn. Die anderen Frauen in der Kutsche zuckten ebenfalls zusammen und begannen leise zu beten. Und auch die Männer sahen so aus, als wünschten sie sich an jeden anderen Ort der Welt.
Draußen wurde es so dunkel wie in einer Neumondnacht, und in der Kutsche herrschte eine ägyptische Finsternis. Nur die Blitze, die in immer schnellerer Folge über den Himmel zuckten, erhellten für Augenblicke den Wagen-

kasten, so dass die Passagiere vor Schreck die Augen schlossen.

Trotz der schlechten Sichtverhältnisse trieb der Postillion seine Pferde zu höchster Geschwindigkeit an. Dabei brüllte er, als würde er am Spieß stecken. In der Kutsche begannen die beiden Französinnen laut zu beten, und einer der vier Männer stimmte darin ein. Gisela verstand das Gebet trotz der fremden Sprache und fiel auf Deutsch mit ein.

Walther blickte mit zusammengekniffenen Lidern ins Freie. Der Himmel über ihnen war schwarz wie die Hölle, und er fragte sich, wie der Postillion in dieser Finsternis die Straße erkennen wollte. Ein ähnliches Unglück wie das bei Kassel schien ihm nur noch eine Frage der Zeit.

»Halte dich gut an mir fest«, forderte er Gisela auf.

Bei dem infernalischen Lärm der Donnerschläge musste er schreien, damit sie ihn verstand. Gisela war froh, sich an ihn klammern und ihr Gesicht gegen seine Schulter pressen zu können, damit sie das teuflische Leuchten der Blitze nicht mehr sehen musste. Immer wieder vernahmen sie jenes Krachen, welches anzeigte, dass ein Blitz in einen Baum oder ein Gebäude eingeschlagen hatte. Noch immer war es draußen knochentrocken, doch die Wolken über ihnen sahen so aus, als wollten sie eine neue Sintflut über die Menschheit entleeren.

Erneut krachte es vor ihnen. Mit einem schrillen Schrei zügelte der Postillion das dahinjagende Gespann etwas und lenkte es haarscharf an einem niederstürzenden Baum vorbei. Zweige scharrten an dem Kutschkasten entlang

und ließen ihn schwanken. Dies erschreckte die eifrigen Beter so, dass sie für eine Weile verstummten.
Obwohl die Kutsche bedenklich schwankte, gelang es dem Postillion, sie auf der Straße zu halten. Erneut rief er etwas, diesmal klang es erleichtert. Gleichzeitig stemmte er sich gegen das Bodenbrett des Kutschenschlags und zog die Zügel kräftig an. Zuerst sah es so aus, als könnte er die schier kopflos dahinrasenden Pferde nicht zum Halten bringen. Dann aber wurden die Tiere doch langsamer, und er lenkte das Gespann im leichten Trab durch eine Hofeinfahrt. Es war, als habe der Wettergott genau auf diesen Augenblick gewartet, denn die Schleusen des Himmels öffneten sich, und ein Wolkenbruch ging nieder.
Walther steckte trotzdem den Kopf zum Schlag hinaus und nahm mehrere Gebäude und ein im Sturm schwingendes Wirtshausschild wahr.
»Wie es aussieht, haben wir einen Gasthof erreicht«, sagte er erleichtert zu Gisela.
Sie starrte in den strömenden Regen hinaus und sah Männer auf die Kutsche zueilen, die mit ihren voluminösen Strohüberwürfen wie Dämonen aus einer anderen Welt wirkten. Daher zuckte sie zurück, als einer von ihnen ihr die Hand entgegenstreckte. Erst als die dicke Passagierin sich an ihr vorbeischob, schwer atmend ausstieg und sich von dem Helfer im Schutz seines Mantels ins Trockene führen ließ, fasste auch sie sich ein Herz und verließ die Kutsche.
Kurz darauf hatten sich die Passagiere in der Gaststube versammelt. An deren Seitenwand stand ein Herd, von

dem die Flammen beinahe bis zur Decke hochschlugen. Die Wärme war allen willkommen, doch sie wurden von der Wirtin mit schriller Stimme beiseitegescheucht.

Nun sahen Gisela und Walther die beiden Kaninchen, die an Bratspießen über dem Feuer brutzelten. Die Wirtin bat zwei der Ankömmlinge, die Spieße zu drehen, und wandte sich dann den übrigen zu. Was sie sagte, konnten Gisela und Walther nicht verstehen. Die anderen nickten und setzten sich an einen Tisch. Walther und Gisela blieben stehen und sahen sich jetzt der Wirtin gegenüber, die wortreich auf den zweiten Tisch wies.

»Sie will anscheinend, dass wir uns setzen«, sagte Gisela und ließ sich von Walther an den Tisch führen. Er half ihr, auf der Bank Platz zu nehmen, die noch ein wenig vom Feuer gewärmt wurde.

Die Wirtin nickte zufrieden, teilte rasch acht Becher aus und stellte eine Flasche Wein auf jeden Tisch. Während die Mitreisenden am anderen Tisch sofort ihre Becher füllten, zögerten Gisela und Walther.

»Es ist zu dumm, wenn man die Sprache nicht richtig versteht«, flüsterte sie, denn der Dialekt der Wirtin klang auch für sie völlig fremd. »Unter den französischen Soldaten, die ich in Russland gekannt habe, kam wohl keiner aus dieser Gegend.«

Walther lächelte ihr aufmunternd zu und versuchte, sich mit den rudimentären Sprachkenntnissen, die er sich unterwegs angeeignet hatte, mit der Wirtin zu verständigen. Diese sah ihn nur kopfschüttelnd an und wies auf die Weinflasche.

»Wie es aussieht, ist die für alle am Tisch bestimmt«, schloss Walther aus ihren Gesten und sah zu den beiden Männern, die noch immer die Bratspieße drehten. Gerade betraten ein älterer Mann und ein junger Bursche, dessen Ähnlichkeit mit der Wirtin verriet, dass es sich um deren Sohn handelte, die Wirtsstube. Trotz der Strohmäntel, mit denen sie sich gegen das vom Himmel fallende Wasser geschützt hatten, waren ihre Hemden und Hosen so nass, dass sie tropften. Ihnen folgte der ebenfalls völlig durchnässte Postillion, und so schloss Walther, dass die Männer die Pferde ausgespannt und versorgt hatten. Der junge Bursche und der ältere Mann lösten nun die beiden Passagiere an den Bratspießen ab.
Diese setzten sich zu Gisela und Walther. Einer von ihnen füllte die Becher, und sie stießen miteinander an. Auch Gisela und Walther tranken von dem leicht säuerlichen Wein, der sehr erfrischend schmeckte, und warteten hungrig auf das, was die Wirtin ihnen auftischen würde. Diese nahm eine Gabel, stach damit in beide Kaninchen und nickte zufrieden. Auf einen Ruf von ihr brachte der Junge Holzteller zu den Tischen, dazu abenteuerlich aussehende Messer und Gabeln von enormer Größe. Danach half er der Mutter, die gebratenen Kaninchen von den Bratspießen abzuziehen und zu zerteilen.
Jeder Gast erhielt ein Stück Kaninchenfleisch und eine dicke Scheibe Brot. Danach sagte die Wirtin etwas, das Gisela und Walther als guten Appetit übersetzten, und setzte sich auf einen Stuhl neben dem Herd.
Während Walther den ersten Bissen kaute, stieß er Gisela leicht mit dem Ellbogen an. »Ich glaube nicht, dass das

hier eine offizielle Poststation ist. Unser Postillion hat hier nur Rast gemacht, um dem Unwetter zu entgehen.«
»Dafür bin ich ihm dankbar«, antwortete Gisela. »Wenn ich mir vorstelle, wir würden jetzt noch in der Postkutsche sitzen und unter freiem Himmel dahinjagen, schaudert es mich.«
So als wolle das Unwetter ihre Worte bestätigen, erhellte ein besonders starker Blitz den Gastraum. Noch im selben Augenblick hallte der Donner ohrenbetäubend in ihren Ohren.
Die dicke Französin sagte etwas in ihrer Sprache, das Gisela und Walther nicht verstehen konnten. Ihrem Gesichtsausdruck nach aber schien die Frau ebenfalls froh zu sein, bei diesem Gewitter ein Dach über dem Kopf zu haben.

## 11.

Es gab keine Zimmer für die Reisenden, und so hatte der Wirtsknecht mehrere Schütten Stroh in der Gaststube ausgebreitet und Pferdedecken bereitgelegt. Aber an Schlafen war vorerst nicht zu denken, denn das Gewitter tobte die halbe Nacht hindurch, und das Krachen der Donner schreckte die Reisenden immer wieder hoch. Erst gegen Morgen fielen Gisela und Walther in einen unruhigen Schlummer, aus dem sie viel zu früh geweckt wurden.

Der Sohn der Wirtin beugte sich über sie. Da er begriffen hatte, dass die beiden Deutschen ihn nicht verstanden, zeigte er nach draußen und machte dabei eine Handbewegung, die rollende Räder anzeigen sollte.
»Wie es aussieht, geht es gleich weiter«, übersetzte Walther die Gesten für Gisela.
»Haben wir noch Zeit, uns zu waschen?«, fragte diese schlaftrunken.
Walther sah, dass ihre Mitreisenden sich von der Wirtin Weinflaschen und Essenspakete reichen ließen und ihr Gepäck an sich nahmen. »Wie es aussieht: nein.«
Nachdem sie rasch die Strohhalme, die an ihren zerknautschten Kleidern hafteten, entfernt hatten, ging Walther zur Wirtin, um für Übernachtung und Essen zu zahlen. Die Frau schrieb ihm die Summe auf einen Zettel und freute sich sichtlich, als er ihr auch noch einige Sou als Trinkgeld gab. Dann übernahm er das Gepäck, während Gisela ihm mit einer Flasche Wein und einem Paket voller Brot, Wurst und Käse folgte.
»Verhungern werden wir unterwegs nicht«, sagte sie, als sie wieder in der Kutsche saßen. Ihre Mitreisenden begannen bereits mit dem Frühstück. Allerdings schmeckte die Wurst, die die dicke Frau eben anschnitt, derart penetrant nach Knoblauch, dass Gisela beschloss, sich mit Brot und Käse zu begnügen.
Der Postillion nahm seinen Platz ein, befahl seinem Helfer, die Bremse zu lösen, und ließ dann die Peitsche über den Köpfen der Pferde knallen. Wenig später rollte die Kutsche wieder über die Landstraße. Die Folgen des nächtlichen Unwetters waren deutlich zu sehen. Abgeris-

sene Äste lagen auf der Straße, und der Kutscher musste sein Gefährt mehrmals um umgestürzte Bäume lenken. Einmal passierten sie sogar ein Haus, das vom Blitz getroffen und bis auf die immer noch rauchenden Grundmauern niedergebrannt war.
Gisela starrte hinaus und stupste Walther plötzlich an. »Siehst du das eigenartige Wegkreuz dort? An dem sind wir damals vorbeigekommen!«
»Wann?«, fragte Walther verwundert.
»Auf dem Weg von Waterloo nach Paris. Erinnerst du dich denn nicht?« Erregt wischte Gisela sich über die Stirn und kämpfte gegen die Tränen an, die in ihr aufsteigen wollten.
»Wie gerne hätte ich noch einmal am Grab meiner Eltern gebetet. Jetzt, da ich weiß, dass es nur ein paar Tagesreisen dorthin ist, fällt es mir besonders schwer, darauf zu verzichten.«
Walther überlegte kurz und zuckte dann mit den Achseln. »Wenn du willst, können wir bei der nächsten Poststation nach einer Kutschenlinie fragen, die nach Brüssel fährt. Das ist mit dem Eintrag in unserem Pass vereinbar.«
Doch Gisela schüttelte den Kopf. »Verzeih, dass ich so eigensüchtig war. Du konntest doch auch nicht am Grab deiner Eltern beten. Also werde ich ebenfalls darauf verzichten. Wir sollten lieber zusehen, dass wir rasch nach Le Havre und von dort weiter nach New York oder Boston kommen.«
»Am Grab meiner Mutter hätte ich gerne noch ein letztes Mal gebetet«, gab Walther zu. »Mein Vater liegt jedoch irgendwo in Russland begraben.«

»Genau wie so viele andere, die ich kannte und die von dort nicht zurückgekommen sind!« Nun musste Gisela sich doch die Tränen aus dem Gesicht wischen.
Sie war damals noch ein kleines Mädchen gewesen, aber sie erinnerte sich an die große, brennende Stadt und die armseligen, zerlumpten Gestalten, die verzweifelt versucht hatten, die Heimat zu erreichen, und dabei in den Weiten des Landes ihr Leben verloren.
Den Rest des Tages hingen die beiden ihren Gedanken nach, denn sie hatten nun erst richtig begriffen, was hinter ihnen zurückblieb, wenn sie in Le Havre ein Schiff bestiegen. Gisela dachte an Schwester Magdalena, an die Köchin Cäcilie und Luise Frähmke. Diesen drei gutherzigen Frauen hatte sie viel zu verdanken, doch es war ihr nicht vergönnt gewesen, sich auch nur von einer von ihnen zu verabschieden. Auch Walther erinnerte sich an Freunde, die auf seinem Lebensweg zurückgeblieben waren, wie den Musketier Reint Heurich vom Regiment Renitz, der ihn als Trommelbuben unter seine Fittiche genommen hatte, und Stephan Thode, der ihn als Erster auf eine Auswanderung in die Vereinigten Staaten aufmerksam gemacht hatte. Auch Landolf Freihart kam ihm in den Sinn, jener unermüdliche Streiter für die Freiheit, die auf deutschem Boden so massiv unterdrückt wurde, und Professor Artschwager, dessen Familiennamen er für seine Flucht gewählt hatte. Zuletzt musste er an Holger Stoppel denken, den viel zu früh verstorbenen Förster auf Renitz.
Gisela und Walther wurde nun zum ersten Mal mit aller Klarheit bewusst, dass sie in ein Land ziehen würden,

dessen Menschen ihnen völlig fremd waren. Dort würden sie neue Freunde finden und gut darauf achten müssen, sich niemanden zum Feind zu machen. Beide klammerten sich an die Hoffnung, dass ihnen das Glück und Giselas Heilige beistehen würden.
Drei Tage später tippte die dicke Französin Gisela an und zeigte durch das Fenster nach vorne. »Le Havre!«, sagte sie lächelnd. Trotz aller Verständigungsprobleme hatte sie begriffen, dass die Hafenstadt das Ziel des deutschen Paares war.
Gisela blickte nun ebenfalls zum Schlag hinaus und sah die Stadt vor sich liegen. Die Masten der Segelschiffe im Hafen ragten weit über die Dächer, und ihr schien, als würden sie ihr zuwinken.
»Le Havre«, antwortete sie lächelnd und sagte sich, dass hier nun die letzte Etappe ihrer Flucht nach Amerika beginnen würde.

# ACHTER TEIL

*Die Schrecken des Ozeans*

# 1.

Hunderte von Menschen wimmelten im Hafen und machten einen ohrenbetäubenden Lärm. Lastenträger drängten sich rücksichtslos durch die Menge. Nicht weit von Walther prügelten sich ein paar Matrosen, die der strengen Disziplin an Bord für einige Stunden entkommen waren, und überall boten ordinär aufgeputzte Huren ihre Dienste an.

Walther schob eine der Frauen, die zu aufdringlich wurde und ihm in den Schritt greifen wollte, erbost beiseite und ging weiter. Er bedauerte aber sofort, nicht achtgegeben zu haben, denn einer der Lastenträger stieß ihm eine Kistenkante gegen den Oberschenkel.

»Kannst du nicht aufpassen, du Trottel«, schimpfte Walther. Der Mann scherte sich nicht um ihn, sondern arbeitete weiter. Im nächsten Augenblick musste Walther beiseitespringen, weil ihn ein Knecht mit einer Schubkarre sonst umgefahren hätte.

Für Walther war dieses Chaos unmöglich zu durchschauen. Dutzende Schiffe lagen am Kai, einige nicht viel länger als dreißig Fuß, andere wiederum wahre Riesen, die mehr als hundert Fuß lang und mit Masten bestückt waren, die schier in den Himmel hineinragten.

Zwar gab es in der Stadt Agenten, die Passagen auf Schiffen nach Amerika verkauften, doch Walther wollte selbst einen Kapitän finden, um die unverschämte Summe zu sparen, die für eine solche Vermittlung gefordert wurde. Nun aber begriff er, dass er zu optimistisch gewesen war. Die meisten Schiffer, die er nach einer Passage nach New York oder Boston fragte, begriffen entweder nicht, was er wollte, oder schüttelten, wenn sie etwas Englisch verstanden, den Kopf und nannten andere, meist exotisch klingende Namen. Viele von den kleineren Schiffen fuhren nur an der französischen Küste entlang, andere nach Afrika oder Brasilien, doch kein Kapitän schien die Vereinigten Staaten zum Ziel zu haben.

Walther war schon kurz davor, aufzugeben und sich doch an einen Agenten zu wenden, da tippte ihm jemand auf die Schulter. Er drehte sich um und sah einen Mann mittleren Alters vor sich, etwas kleiner als er, aber breit gebaut. Er trug einen uniformähnlichen Rock, das Gesicht war kantig, und seine Augen glitzerten listig. In der Hand hielt er einen Sextanten.

»Sie nach Amerika wollen?«, fragte der Fremde in einem schlechten Englisch.

»Ja, ich will nach Amerika. Genauer gesagt nach New York oder Boston.«

Der Fremde grinste breit. »Ich nach Amerika fahren! Noch heute. Wenn mitkommen, du müssen an Bord!«

»Noch heute?« Eigentlich hatte Walther in Le Havre noch einiges besorgen wollen. Andererseits konnte er sich die notwendigsten Utensilien auch in New York oder in einer der anderen Städte besorgen, in denen sich deutsche Landsleute angesiedelt hatten.

»Was kostet die Überfahrt für zwei Personen?«, fragte er schon halb gewillt, mitzufahren.

Der französische Kapitän nannte ihm eine Summe, die Walther in zweihundert Taler umrechnete. Für zwei Leute war dies ein guter Preis. Deshalb schob er seine Bedenken beiseite.
»Wie ist es mit Lebensmitteln? Muss ich die selbst kaufen?«
Der andere nickte. »Alles, was du brauchst, Zwieback, getrocknete Bohnen, Speck, ein Fässchen Butter, Salz, Sauerkraut.«
Von diesen Lebensmitteln hatte Walther bereits in seinem Büchlein für Auswanderer gelesen. Er fragte, wie viel Zeit ihm noch bliebe.
»Zwei Stunden, auch drei, mehr nicht!«, erklärte ihm der Franzose.
»Welches ist Ihr Schiff?«, fragte Walther.
Der Kapitän drehte sich um und zeigte auf einen etwa achtzig Fuß langen Zweimaster. »Das es ist, die *Loire!* Ich bin, wenn darf mich vorstellen, Kapitän Hérault Buisson!«
»Angenehm! Mein Name ist Artschwager. Ich reise mit meiner Frau.«
»*Oui!* Wird gefallen Ihnen an Bord, und auch Frau. Sie in drei Stunden kommen an Bord. Dann zahlen.« Mit diesen Worten streckte Kapitän Buisson Walther die Hand hin. Dieser schlug ein, verabschiedete sich und eilte, so schnell es durch den Trubel am Hafen ging, zu seinem Quartier zurück.

## 2.

Erschöpft von der Reise hatte Gisela sich hingelegt und schlief, als Walther in die Kammer trat. Es tat ihm leid, sie wecken zu müssen, doch wenn sie rechtzeitig auf der *Loire* eintreffen wollten, mussten sie sich beeilen. Daher rüttelte er sie sanft. Sie murmelte etwas Unverständliches und schlief weiter.
»Aufwachen, mein Schatz! Wir haben ein Schiff«, rief er und stupste sie fester an.
Mit einem Schrei fuhr sie hoch, starrte ihn erschrocken an und atmete erleichtert auf. »Der Heiligen Jungfrau Maria sei Dank! Es war wieder nur ein Traum.«
»Was?«
»Ich dachte, Diebold hätte dich erschossen. Doch das kann er ja gar nicht mehr, da er selbst tot ist.«
»Es quält dich immer noch arg, nicht wahr? Deshalb ist es besser, wenn wir diesen Kontinent so rasch wie möglich hinter uns lassen. In der neuen Heimat wirst du an genug anderes zu denken haben! Dann werden diese dummen Träume dich nicht weiter quälen. Komm, zieh dich an! Wir haben nicht viel Zeit.«
»Du hast ein Schiff gefunden!«
Sie klang entsetzt. Seit sie am Vortag das Meer gesehen hatte, zitterte Gisela bei dem Gedanken, sich diesem unsicheren Element anvertrauen zu müssen. Da ihr jedoch keine andere Wahl blieb, erhob sie sich und zog sich an. Unterdessen verstaute Walther ihre Habe wieder im Koffer und in der Reisetasche und rief nach einem Knecht,

der ein wenig Englisch verstand. »Bring die Sachen zur *Loire* von Kapitän Buisson. Außerdem könntest du mir sagen, wo ich rasch die für eine Überfahrt nach Amerika nötigen Lebensmittel erstehen kann.«

»Mein Schwager Modeste arbeitet bei einem Schiffsausrüster. Er kann Ihnen alles besorgen.«

»Es muss sehr schnell gehen. Das Schiff läuft heute noch aus«, drängte Walther.

»Es dauert bestimmt nicht lange. Kommen Sie!« Der Knecht ließ Walther kaum die Zeit, seine Zeche und die Unterkunft zu bezahlen, dann eilte er ihm und Gisela voraus zum Hafen. Den sperrigen Koffer und die Reisetasche trug er dabei mit so wenig Anstrengung, als wären diese mit Luft gefüllt.

Er blieb vor einem großen Haus in der Nähe des Kais stehen, über dessen Eingangstor ein großes Schild in mehreren Sprachen darauf hinwies, dass hier *Crepus et Fils* Schiffsausrüstungen verkauften, und winkte einen der Angestellten heraus. Was er diesem in seiner Muttersprache erklärte, verstand Walther nicht, doch kam der andere auf ihn zu und sprach ihn auf Englisch an.

»Sie wünschen eine Ausrüstung für eine Reise über den Ozean?«

»So ist es«, erklärte Walther. »Wir brauchen genug Lebensmittel, Decken, wetterfeste Mäntel und dergleichen.«

»Kommen Sie herein! Ich stelle Ihnen alles zusammen. Mit was wollen Sie zahlen, mit Franc, englischen Sovereigns …«

»Mit preußischen Talern«, unterbrach Walther ihn.

Er hatte unterwegs nicht viel Geld umgewechselt, weil er seine Münzen in Amerika allesamt in Dollar umtauschen musste und den doppelten Verlust durch die Wechselgebühren vermeiden wollte.

»Preußische Taler? Auch gut!« Modeste ging mit Hilfe seines Schwagers daran, alles zusammenzupacken, was ein Ehepaar, das nach Amerika fahren wollte, benötigte. Es wurden mehrere großen Packen, denn sie brauchten laut Modeste genug Decken sowie feste Hängematten aus Segeltuch, in denen sie während der Überfahrt schlafen konnten. Weder Walther noch Gisela hatten je so ein Ding gesehen und fragten sich, wie ein Mensch in so einem einfachen Stück Leinwand schlafen konnte.

Modeste riet ihnen, ein Fässchen Wein mitzunehmen, da das Wasser an Bord unterwegs faulig werden könnte. Ein Fässchen Salzfleisch und ein großer Steinguttopf mit Sauerkraut gehörten ebenso dazu wie steinharte Würste, getrocknete Bohnen und Linsen.

Angesichts der Menge fragte Walther sich, wie lange die Reise dauern sollte. Auf der Grundlage der in seinem Leitfaden genannten Überfahrtsdauer hätte er höchstens die Hälfte gerechnet. Dann erinnerte er sich jedoch daran, dass auch von möglichen Flauten und Stürmen die Rede gewesen war, die das Vorwärtskommen arg behindern konnten, und akzeptierte alles, wozu Modeste ihm riet.

Zuletzt erstellte der Franzose die Rechnung. Walther schluckte im ersten Augenblick. Aber da Kapitän Buisson einen eher niedrigen Preis für die Passage verlangt hatte, konnte er sich diesen Einkauf leisten und zählte Modeste die Münzen hin.

Der Verkäufer strich das Geld mit einem zufriedenen Lächeln ein, denn er hatte eine hübsche Summe als Wechselgebühr auf den Preis der Waren aufgeschlagen. Allerdings dachte er nicht daran, das Geld bei einem der Wechsler im Hafen gegen einheimische Münzen zu tauschen. Es kamen immer wieder Schiffer aus deutschen Häfen nach Le Havre, die Waren benötigten und froh waren, wenn sie statt der hier gebräuchlichen Francs ihre gewohnten Taler als Wechselgeld erhielten.

Unterdessen bot Modestes Schwager Walther an, Lastenträger zu holen, die alles zur *Loire* bringen würden, und zog ab, als dieser nickte. Kurze Zeit später kehrte er mit ein paar kräftigen Kerlen zurück, die alles einschließlich des Koffers und der Reisetasche auf zwei Schubkarren luden und diese mit wüsten Flüchen durch die Menschenmenge schoben.

Walther und Gisela folgten ihnen zusammen mit dem Wirtsknecht, der grinsend an den Anteil dachte, den er für dieses Geschäft von seinem Schwager erhalten würde. Bei der *Loire* angekommen, dirigierte er die Lastenträger zu der Stelle, an der das Schiff beladen wurde, und wandte sich dann an Walther.

»Weiter kann ich Ihnen nicht helfen, mein Herr.« Sein Gesichtsausdruck verriet, dass er ein gutes Trinkgeld erwartete. Walther drückte ihm ein Zweifrancstück in die Hand, gab auch jedem Lastenträger einen Franc als Lohn und einen Viertelfranc als Trinkgeld und sah sich dann erst auf dem Schiff um.

Auf dem zweiten Blick erschien ihm die *Loire* nicht mehr so stattlich wie vor zwei Stunden. Es gab größere Schiffe im Hafen, mit drei Masten und hohen Bordwänden, die ihm weitaus sicherer und zuverlässiger erschienen. Doch er hatte sich nun einmal auf die Reise mit diesem Schiff eingelassen und musste dazu stehen.

Ein gutes Dutzend Matrosen arbeiteten an Deck. Einige schrubbten die Planken, andere besserten das Tauwerk aus, und der Rest schleppte die Fässer und Kisten an Bord, die draußen am Kai aufgestapelt standen. Walther schätzte, dass die Männer noch mehrere Stunden brauchen würden, bis alles verstaut war, und ärgerte sich über die Eile, zu der Kapitän Buisson ihn getrieben hatte.

Sein Blick suchte den Mann, fand ihn aber nicht, und so sprach er einen der Matrosen an. Der verzog nur das Gesicht, knurrte etwas auf Französisch und arbeitete weiter.

»Ich muss zu Kapitän Buisson!«, rief Walther dem Nächsten zu.

Der sah ihn kurz an und verschwand unter Deck. Noch während Walther sich fragte, ob er Diebolds Pistole ziehen und einen Schuss abgeben sollte, damit man auf ihn aufmerksam wurde, vernahm er Schritte, die den Niedergang hochkamen. Wenige Augenblicke später tauchte der Kapitän auf und begrüßte ihn wie einen lange vermissten Freund.

»Willkommen an Bord der *Loire*, Monsieur! Madame, Ihr Diener.«

»Wir sind wie gewünscht an Bord gekommen. Allerdings werden Sie kaum zu der genannten Zeit auslaufen können. Sie haben ja noch nicht alle Ladung an Bord!«, erklärte Walther missmutig.

Der Kapitän winkte lachend ab. »Das nicht lange dauern. Kommen mit in Kajüte und zahlen Überfahrt. Sehe, Sie Lebensmittel, Decken und Hängematten gekauft haben. Ist klug von Ihnen, werden brauchen alles. Hängematten, Decken und persönliches Gepäck werden gebracht zu Schlafplatz. Die Lebensmittel übernehmen Schiffskoch. Ihnen machen Essen für kleines Trinkgeld.«

»Daran soll es nicht scheitern. Allerdings dachte ich, wir würden für uns selbst kochen«, antwortete Walther.

Buisson hob erschrocken die Hände. »Zu gefährlich wegen Feuer, *mon ami!* Muss gekocht werden in Bordküche. Aber jetzt kommen.« Damit fasste er Walther unter und zog ihn mit sich.

Gisela, die ihnen auf zitternden Beinen folgte, kämpfte bereits bei den ersten Schritten mit heftiger Übelkeit, obwohl die *Loire* noch fest vertäut am Kai lag.

In der Achterkajüte zog der Kapitän eine Tonflasche sowie zwei Zinnbecher aus einem an der Wand befestigten Schrank und schenkte ein. Einen davon reichte er Walther und nahm den anderen selbst zur Hand.

»Auf gute Reise!«

»Auf eine gute Reise!« Walther stieß mit Buisson an und würgte den scharfen, nach Anis schmeckenden Schnaps mit Todesverachtung hinunter.

Unterdessen betrachtete der Kapitän Gisela und schnalzte mit der Zunge. »Schöne Frau, *mon ami.* Glückwunsch! Doch jetzt wir wollen vertäuen unser Geschäft. Sie zahlen in Franc oder in Dollar?«

»In preußischen Talern, wenn es recht ist.«

»Aber natürlich! Das machen ... eine Moment! Dreihundertachtzig Taler!«

Während der Kapitän fröhlich grinste, war es Walther, als hätte ihn ein Pferd getreten. »Aber vorhin haben Sie eine weit geringere Summe genannt: Nur ein wenig über die Hälfte!«, rief er entsetzt aus, denn der Betrag riss ein großes Loch in die Reserven, die er und Gisela für den Beginn in der Neuen Welt benötigten.

»Für Person eines«, antwortete Buisson ungerührt. »Frau ist schon billiger.«

»Das lasse ich mir nicht bieten!«, schäumte Walther auf. »Es wird auch noch andere Schiffe geben, die nach New York fahren. Schaffen Sie die Sachen, die ich gekauft habe, sofort wieder von Bord!«

»Das ist, *pardon,* unmöglich. Matrosen keine Zeit. Wollen auslaufen. Jetzt zahlen oder gehen von Bord ohne Vorräte.« Von Buissons freundlicher und jovialer Art war nichts übriggeblieben, dafür ließ er sich die Freude, diesen preußischen Tölpel übers Ohr gehauen zu haben, deutlich anmerken.

Walther überlegte verzweifelt, was er tun sollte. Die Forderung des Kapitäns empörte ihn, allerdings befand sich die Summe noch in dem Rahmen, der in seinem Büchlein genannt wurde. Auf einem anderen Schiff würde er kaum weniger zahlen müssen. Außerdem konnte er nicht auf die Vorräte und die anderen Sachen verzichten, für die er so viel Geld bezahlt hatte.

Daher zwang er sich ein Lächeln auf und reichte Buisson die Hand.

»Sie sind ein Schelm, Kapitän. Aber mir soll es recht sein.

Sie erhalten Ihre dreihundertundachtzig Taler und bringen uns dafür nach New York.«
»Keine Sorge, ich Sie bringe heil nach Amerika. Doch jetzt das Geld!«
Als Walther ihm die Münzen auf den Tisch legte, verriet Buissons Miene für einen Augenblick schiere Gier. Nun war er froh, sein Geld in weiser Voraussicht auf mehrere Beutel verteilt zu haben, die in seiner und Giselas Kleidung eingenäht waren. So konnte der Kapitän nicht erkennen, wie viel er wirklich besaß.
Buisson strich die Summe ein, schrieb auf einem schmierigen Blatt etwas auf Französisch und forderte Walther auf zu unterzeichnen. Dieser schüttelte den Kopf.
»Es tut mir leid, aber ich unterschreibe nichts, was ich nicht lesen kann.«
»Oh, natürlich!« Mit einem unechten Lächeln drehte Buisson das Blatt um und schrieb in ungelenkem Englisch: »Habe von Monsieur Arschwasche bekommen dreihundertundachtzig Taler für bringen ihn und Frau nach Amerika.«
Walther kniff bei der Schreibweise seines angenommenen Namens die Lippen zusammen und wollte dem Kapitän schon sagen, er solle ihn richtig schreiben. Dann aber dachte er sich, dass er diesen Zettel ja niemanden zeigen musste, und setzte ein sehr deutlich zu lesendes Artschwager darunter.
»Ist gut! Bertrand wird bringen Sie und Frau an Ihriges Platz.« Buisson reichte Walther den Zettel, rief nach dem Matrosen und schenkte sich noch einmal einen Schnaps ein.

Bertrand, ein kleiner, drahtiger Mann in wadenlangen Hosen und einem Ringelhemd, musterte Walther und Gisela mit schräg gelegtem Kopf und wies dann zur Kabinentür. »Mitkommen!«

»Auf Wiedersehen, Kapitän«, verabschiedete Walther sich von Buisson, reichte Gisela den Arm und folgte dem Matrosen. Sie flüsterte ihm zu, dass ihr immer noch übel sei und sie sich nach einem Platz sehne, an dem sie allein sein konnte.

Statt in eine einzelne Kabine führte Bertrand sie eine schmale, steile Treppe hinab in einen langen Raum, dessen Decke so niedrig war, dass Walther den Kopf einziehen musste, um nicht gegen die Balken zu stoßen. Im Schein einer einzigen Laterne, deren Flamme dem Geruch nach mit ranzigem Tran genährt wurde, sahen Gisela und Walther schätzungsweise über sechzig Menschen auf dem Boden sitzen. Überall lagen Bündel, Taschen und halb ausgewickelte Hängematten herum. Die Mienen einiger wirkten, soweit die beiden es erkennen konnten, erwartungsfroh, wahrscheinlich, weil sie hofften, in eine bessere Zukunft zu fahren. Andere starrten niedergeschlagen vor sich hin, als hätten sie Angst vor der Zukunft oder betrauerten, dass sie ihr gewohntes Leben und ihre Freunde und Verwandten zurücklassen mussten.

Mit dem Gefühl, von Kapitän Buisson noch weitaus mehr übers Ohr gehauen worden zu sein, als er angenommen hatte, wandte Walther sich an den Matrosen. »Soll das hier etwa unsere Unterkunft sein?«

»*Oui*, das ist das Zwischendeck der *Loire*. Hier werden alle Passagiere untergebracht. Kabinen gibt es nicht. Ist

zu klein dafür. Aber für einen Franc oder zwei weise ich Ihnen den besten Platz hier zu.«
Walther hatte das Gefühl, dass dies gut angelegtes Geld sein könnte, und steckte Bertrand fünf Francs zu. Dieser blickte auf die Münze und pfiff leise durch die Zähne.
»Monsieur sind sehr großzügig. Dafür bekommen Sie den besten Platz!« Bertrand scheuchte einige der Zwischendeckspassagiere beiseite und blieb vor der Bretterwand stehen, die das Zwischendeck zum Heck hin abschloss.
»Der Platz ist gut, es schaukelt nicht so wie weiter vorne«, meinte er.
Da kein natürliches Licht ins Zwischendeck fiel und der Schein der Laterne nicht ganz bis in diese Ecke reichte, war kaum etwas zu erkennen. Eines aber begriff Walther: Neben richtigen Betten fehlte auch sonst alles, was so eine Reise erträglich machte.
»Gibt es hier wenigstens Strohsäcke?«, fragte er Bertrand. Dieser wehrte mit angeekelter Miene ab. »*Non!* Sie werden wie die anderen in Hängematten schlafen. Das ist besser so! Aus Betten würden Sie herausfallen. Auch auf dem Boden können Sie nicht schlafen! Bei Seegang werden Sie von einer Seite des Schiffs auf die andere geschleudert. Darum muss alles Gepäck an der Wand oder den Balken festgezurrt werden. Sonst fliegt es herum und verletzt andere Passagiere.«
»Und wo kann man sie festzurren?«, fragte Walther bissig.
»Es gibt überall Haken, unten für Gepäck, oben an Deckbalken für Hängematten.« Dann hob er seine Stimme.

»Sie machen jetzt alles seefest. Matrosen haben keine Zeit, Kindermädchen zu spielen.« Bertrand wiederholte das Ganze auf Französisch und trieb die anderen Auswanderer auf die Beine. Die meisten sahen ihn nur verwirrt an, doch ein paar begannen, ihre Bündel, Koffer und Taschen mit Stricken an der Wand zu befestigen.
Der Matrose verfolgte grinsend ihre Bemühungen und klatschte dann in die Hände, um die Aufmerksamkeit auf sich zu lenken. Zuerst hielt er eine Ansprache auf Französisch und ging dann auf Englisch über, damit auch Walther verstehen konnte, was er sagte.
»Bevor Sie jetzt alles irgendwo festbinden, muss ich Ihnen ein paar Maßregeln erklären. Jeder Passagier darf nur ein Gepäckstück hier im Zwischendeck behalten. Alles andere kommt in den Laderaum und wird erst nach der Ankunft im Zielhafen herausgeholt. Sollten Sie Gewehre oder Pistolen bei sich haben, müssen diese ebenfalls mit dem übrigen Gepäck in den Laderaum. Haben Sie verstanden?«
Walther sah, wie die anderen Passagiere ihr Gepäck sortierten und einige auch Flinten und Pistolen zu dem Teil gaben, der nach unten geschafft werden sollte. Da Gisela und er außer den Einkäufen für die Fahrt nur ihren Koffer und die Stofftasche bei sich hatten, zögerte er, seine Büchse herauszuholen. Es war ihm nicht möglich, die Waffe vorher gut einzufetten, und so würde sie im Laderaum Rost ansetzen und möglicherweise unbrauchbar werden. Da er die Büchse an Bord mit Sicherheit nicht benützen würde, konnte es niemanden stören, wenn sie im Koffer blieb. Das galt auch für Diebolds Pistole.

Er nutzte die in seiner Ecke herrschende Dunkelheit, um einen Teil seiner Kleidung in Giselas Tasche zu packen, legte die Pistole zu der Büchse und verdeckte beide mit seinem guten Rock. Danach band er sowohl Tasche wie auch den Koffer mit einem Stück der Leine, die Modeste ihnen verkauft hatte, an die Wand.

Der Matrose prüfte, ob auch alles fest genug war, und nickte zufrieden. »Ganz gut! Jetzt ich zeige Ihnen, wie Hängematten befestigt werden. Die dürfen nicht durchhängen, sonst schwingen sie zu sehr und Sie rempeln dauernd Ihre Nachbarn an.«

Grinsend brachte Bertrand die erste Hängematte absichtlich falsch an und stieg hinein. Er hing fast bis auf den Boden durch, und als er ein paarmal hin und her schwang, war deutlich zu sehen, dass er sowohl gegen die Rückwand wie auch gegen die nächste Hängematte stoßen würde.

»Alles begriffen?«, fragte er die Passagiere, die eingeschüchtert nickten. »Also gut! In einer Stunde seid ihr fertig. Ich kontrolliere alles nach, und wenn was nicht stimmt, sind ein paar Francs fällig.« Mit diesen Worten verließ Bertrand das Zwischendeck und stieg wieder nach oben.

Gisela sah ihm nach und schüttelte sich. »Wo sind wir hier nur hingeraten?«

»Auf ein Schiff, das nach Amerika fährt«, antwortete Walther und begann, ihre beiden Hängematten so aufzuhängen, wie Bertrand es von ihnen gefordert hatte.

## 3.

In einem hatte Kapitän Buisson nicht gelogen. Die *Loire* legte noch am selben Tag ab und steuerte in die Seine-Bucht hinein. Obwohl es sich dabei um einen Teil des Ärmelkanals handelte und nicht den offenen Ozean, schaukelte der Zweimastschoner so stark in den Wellen, dass die Mägen etlicher Passagiere rebellierten. Zwar gab es am Heck einen Abtritt, der etwas höher lag als das Zwischendeck und zu dem eine steile Leiter führte. Doch die meisten, die von der Seekrankheit erfasst wurden, erreichten ihn nicht mehr und erbrachen an Ort und Stelle. Die Würgegeräusche zerrten ebenso an Giselas Nerven wie der säuerlich stechende Geruch, der schon bald den Raum erfüllte.

»Kann man nicht Luft hereinlassen«, stöhnte sie, als sie ebenfalls kurz vor dem Erbrechen stand.

Walther stand auf und sah sich um, doch er entdeckte weder ein Fenster noch eine Luke. Daher wollte er Gisela nach oben bringen. In dem Augenblick bemerkte er, dass ein anderer Passagier gerade an Deck steigen wollte, aber bereits am Niedergang von Matrosen zurückgehalten wurde. Als der Mann nicht nachgab, sondern zu schimpfen begann, bekam er einen Fußtritt und stürzte zu Boden. Gleichzeitig wurde oben die Luke zugeschlagen, und der letzte, gerade noch fühlbare Luftzug erlosch.

»Was sind das nur für Menschen, die uns so leiden lassen?«, rief eine Frau verzweifelt.

Walther schaute auf, denn sie hatte es auf Deutsch gesagt. Allerdings hatte er nicht die Zeit, sie anzusprechen, denn er musste sich um Gisela kümmern, der es immer schlechter ging.

»Wenn ich wenigstens erbrechen könnte«, stöhnte sie. Sie hatte es kaum gesagt, als ihr Magen sich förmlich nach außen stülpte. Walther konnte ihr gerade noch den Eimer reichen, den Bertrand ihnen in weiser Voraussicht hingestellt hatte, dann kämpfte auch er mit der Übelkeit und war schließlich froh, als Gisela ihm das Gefäß überließ.

Während sie in ihren Hängematten lagen, sah Walther, wie ein Passagier, der nicht seekrank geworden war, heimlich in den Geldbeutel eines anderen griff, den dieser bei einem Übelkeitsanfall unter die in seiner Hängematte liegende Decke gesteckt hatte. Der Dieb nahm rasch ein paar Münzen heraus, legte den Beutel wieder an seine alte Stelle und kehrte zufrieden zu seinem Platz zurück.

Walther war zu kraftlos, um eingreifen zu können. Eines aber begriff er mit erschreckender Klarheit: Er würde während der Überfahrt sehr genau auf sein Geld und seinen weiteren Besitz achtgeben müssen. Dies erklärte er auch Gisela, deren Hängematte so nahe an der seinen war, dass er sie mit ausgestrecktem Arm streicheln konnte.

»Wo viele Menschen sind, gibt es auch lange Finger«, antwortete sie leise.

»So ist es!« Walther überlegte, ob er den Platz, den Gisela und er einnahmen, nicht mit einer Decke gegen die anderen Passagiere abtrennen sollte. Doch sein Instinkt sagte ihm, dass es besser wäre, es nicht zu tun. Ein Sichtschutz wäre zwar angenehm, aber er würde einem Dieb die Möglichkeit bieten, sich in der Nacht ungesehen an sie heranzuschleichen und sie zu bestehlen.

Während die *Loire* in den Ärmelkanal hineinsteuerte, überstanden die meisten Passagiere ihre Seekrankheit, doch der Gestank nach Erbrochenem lag noch lange beißend in der Luft. Da Gisela und Walther sich in einen Eimer übergeben hatten, brauchte er das Gefäß, als die Matrosen ihn zu diesem Zweck an Deck ließen, nur in Windrichtung über die Bordwand zu entleeren und es anschließend an einer Leine ins Wasser zu werfen, um es zu reinigen.

Diejenigen Passagiere aber, die sich auf den Boden oder gar auf ihre Hängematten, Decken oder Kleidungsstücke erbrochen hatten, waren weitaus schlechter dran. Ihnen wurden Ledereimer mit Seewasser und stinkenden Lumpen hingestellt und barsch befohlen, alles sauber zu machen.

Daher war der erste Tag der Seefahrt und für die meisten Mitreisenden auch der zweite eine Qual. Walther erholte sich jedoch rasch, und auch Gisela überstand die Übelkeit besser, als sie beide erwartet hatten. So erwarteten sie am nächsten Morgen hungrig das erste Essen dieser Reise.

Es dauerte den halben Vormittag, bis Bertrand, dem offenbar die Sorge für die Passagiere anvertraut war, mit zwei weiteren Matrosen den Niedergang herabstieg. Während die anderen Männer einen großen Kessel schleppten, hielt Bertrand einen Schöpflöffel bei sich und kam als Erstes zu Walther und Gisela. Diese reichten ihm die Blechnäpfe, die sie zusammen mit ihren Vorräten erstanden hatten, und sahen zu, wie er sie füllte.

Trotz des spärlichen Lichts war zu erkennen, dass das Frühstück aus einem undefinierbaren grauen Brei bestand, den der Koch aus zerstoßenem Zwieback, Bohnen, ein wenig Salzfleisch und Wasser zubereitet hatte.
Verärgert blickte Walther auf. »Wieso wird für alle gleich gekocht? Wir haben bessere Sachen als das hier an Bord gebracht, Würste zum Beispiel und auch Butter.«
»Es ist zu mühsam, für jeden einzeln zu kochen. Daher wird für alle gekocht. Wurst und Butter sind für jene Tage bestimmt, an denen nicht gekocht werden kann, weil das Feuer in der Kombüse gelöscht werden muss«, erklärte Bertrand und ging zum nächsten Passagier weiter.
Walther aß den nach Kleister schmeckenden Brei und sagte sich, dass es doch ein großer Unterschied war, ob man nur von den Beschwernissen einer Seereise las oder diese am eigenen Leib erlebte. Zu seiner Erleichterung hielt Gisela sich besser als erwartet. Sie verspeiste ihre Portion mit Heißhunger und starrte anschließend so sehnsüchtig auf seine noch halbvolle Schüssel, dass er ihr diese reichte.
»Iss ruhig! Ich bin bereits satt.«
Nach einem kurzen Zögern griff Gisela zu und vertilgte auch den Rest. Danach sah sie mit einem bedauernden Blick zum Niedergang vor. »Glaubst du, ich könnte noch etwas bekommen?«
Ihr Appetit wunderte Walther, aber er stand auf und ging nach vorne. Leicht war es nicht, denn das Schiff schwankte wie ein betrunkener Husar. Daher klammerte er sich bei jedem Schritt an die Balken, die das Deck darüber trugen. Als er die Treppe erreichte, waren Bertrand und seine

Helfer längst mit dem Verteilen der Mahlzeiten fertig und hatten das Zwischendeck verlassen. Die Luke war ebenfalls wieder geschlossen worden. Walther wollte sie öffnen und entdeckte, dass sie von außen verriegelt worden war. Ärgerlich klopfte er dagegen.

Es dauerte einige Augenblicke, dann wurde die Luke aufgerissen, und er sah sich einem Matrosen gegenüber, der ihm etliche französische Ausdrücke ins Gesicht schleuderte, die gewiss nicht freundlich gemeint waren. So einfach wollte Walther nicht aufgeben, daher setzte er den rechten Fuß eine Stufe höher, um an Deck zu steigen, und erhielt einen Stoß gegen die Brust, der ihn von der Treppe fegte.

Wütend schrie er den Matrosen an: »Ich will umgehend mit Kapitän Buisson sprechen oder mit Bertrand!«

Statt einer Antwort knallte der Matrose die Luke zu und verriegelte sie wieder von außen.

Um sich herum hörte Walther unterdrücktes Gelächter, aber auch wütende Rufe.

»Die behandeln uns wie Sklaven. Dabei haben wir gutes Geld für die Überfahrt bezahlt!«, sagte die Frau auf Deutsch, die ihm bereits am Vortag aufgefallen war.

»Es ist eine Unverschämtheit! Der Kapitän wird mir einiges zu erklären haben.« Walther war so aufgebracht, dass er überlegte, die Luke mit Gewalt zu öffnen. Doch als er wieder hochsteigen wollte, hielt die Frau ihn zurück.

»Das sollten Sie nicht tun. Mein Nachbar sagt, die Matrosen sind ein rauhes Volk und Sie würden sich nur blaue Flecken und einige Beulen einhandeln.«

»Sie verstehen die französische Sprache?«, fragte Walther erfreut, denn er hoffte, mit ihr nicht mehr nur auf Bertrand oder den Kapitän als Übersetzer angewiesen zu sein.
»Ich komme aus dem Elsass. Dort reden die Leute zwar unter sich Deutsch, aber sie sprechen auch ein wenig Französisch.«
»Sehr gut! Dann können Sie diesen Herrschaften hier an Bord klarmachen, dass sie so mit uns nicht umspringen können.«
»Ich glaube nicht, dass dies viel helfen wird«, meldete sich nun ihr Nachbar zu Wort. Er sprach Deutsch mit einem so starken Dialekt, dass er kaum zu verstehen war.
»Aber wir können uns doch nicht alles gefallen lassen!«, antwortete Walther empört.
»Mein Bruder ist vor zwei Jahren nach New Orleans ausgewandert. Er hat mir geschrieben, wie schrecklich es an Bord gewesen wäre. Der Capitaine ist der Herr über Leben und Tod. Wenn er Sie über Bord werfen lässt und in sein Logbuch schreibt, das wäre wegen versuchter Meuterei geschehen, wird ihn kein Gericht auf der Welt dafür zur Verantwortung ziehen.«
»Das sind ja herrliche Aussichten«, stöhnte Walther.
»Übrigens, mein Name ist …« Er zögerte einen Augenblick, weil er drüben in den Vereinigten Staaten wieder seinen eigenen Namen annehmen wollte. Allerdings hatte er seine Passage als Artschwager gebucht, und so stellte er sich mit diesem Namen vor.
Der andere reichte ihm lächelnd die Hand. »Ich bin Martin Jäger aus Ebersheim und das ist meine Nachbarin Gertrude Schüdle. Ich will zu meinem Bruder und sie zu

ihrem Mann, der vor zwei Jahren mit meinem Bruder zusammen ausgewandert ist.«
»Ich freue mich, Sie beide getroffen zu haben. Es ist doch leichter, wenn man während der Überfahrt mit anderen reden kann.« Walther erwiderte den Händedruck, während sich sein Zorn über die Behandlung an Bord legte.
»Wenn Sie erlauben, werde ich meiner Frau die gute Nachricht überbringen. Es wird Gisela erleichtern, Sie an Bord zu wissen, Frau Schüdle.«
»Ich bin auch froh darum. Zum einen kann ich das Französische nicht so gut, und zum anderen sind die Leute hier alle aus anderen Departements, und mit deren Dialekten tue ich mich schwer.«
Gertrude Schüdle reichte Walther ebenfalls die Hand und erbot sich, mitzukommen und seine Frau zu begrüßen.
»Mein Nachbar wird es später tun. Es ist hier nicht ratsam, das Gepäck allein zu lassen!« Bei diesen Worten streifte ein verächtlicher Blick den Kerl, der am Vortag lange Finger gemacht hatte.
»Er sollte es nicht bei uns versuchen«, antwortete Walther leise und führte Gertrude zu Gisela, die inzwischen ihren Hungeranfall überwunden hatte und der fremden Frau interessiert entgegensah.
»Unsere Mitreisende ist Elsässerin und kann daher Deutsch. Ich dachte, es würde dir gefallen, dich mit ihr zu unterhalten«, erklärte Walther.
»Und ob es mir gefällt!« Gisela stand auf, musste sich aber festhalten, da das Schiff eben in ein Wellental stürzte und nur langsam wieder hochkam. Von oben drang Gischt

durch ein paar Ritzen, und einige Passagiere schimpften lauthals.

Gisela und Gertrude mussten warten, bis der Lärm etwas verebbte, und konnten sich dann erst begrüßen.

»Es heißt, geteiltes Leid ist halbes Leid«, sagte Gisela lächelnd. »Ich bin jedenfalls froh, Sie an Bord zu wissen. Mein Mann ist mir zwar eine starke Stütze, doch gelegentlich braucht man den Rat einer Frau.«

»So sehe ich es auch«, antwortete Gertrude und setzte sich zu Gisela in die Hängematte wie auf eine Schaukel und ließ die Beine baumeln.

Zuerst hörte Walther den beiden noch zu, doch da es hauptsächlich um das Thema ging, wie Frauen sich hier an Bord sauber halten konnten, schweiften seine Gedanken ab, und er fragte sich, ob er nun klug oder dumm gehandelt hatte, die Passage auf der *Loire* zu buchen. Die Antwort darauf konnte ihm nur die Zeit geben. Aber im Stillen riet er Kapitän Buisson und dessen Matrosen jedoch, es nicht zu übertreiben.

## 4.

Die *Loire* passierte das Cap de la Hague und fuhr in Sichtweite der britischen Insel Alderney nach Westen. Mittlerweile hatte sich das Leben im Zwischendeck ein wenig eingespielt. Die Passagiere durften nun einmal am Tag an Deck steigen, sofern das Wetter es zuließ, um frische Luft zu schnappen. Das aber nützte der Dieb aus, Geld oder andere wertvolle Dinge zu stehlen. Er ging dabei so geschickt vor, dass ihn niemand dabei beobachtete. Dann aber entwendete er ein goldenes Medaillon, das dem Oberhaupt einer Gruppe normannischer Auswanderer gehörte.

Als der Mann den Verlust bemerkte, durchsuchte er zunächst seine eigene Hängematte und stellte sich dann, als er das Medaillon nicht fand, breitbeinig hin, hielt sich mit einer Hand fest und begann mit lauter Stimme zu reden. Schon nach den ersten Worten eilte Gertrude Schüdle zu Walther und Gisela, um für die beiden zu dolmetschen.

»Der Mann will zusammen mit seinen Verwandten alle Reisenden und ihr Gepäck durchsuchen, wenn derjenige, der das Medaillon an sich genommen hat, dieses nicht sofort zurückgibt. Demjenigen, bei dem das Schmuckstück gefunden wird, droht er fürchterliche Schläge an.«

Kaum war der Normanne verstummt, sprangen einige Passagiere zornig auf und verwahrten sich dagegen, wie Diebe behandelt zu werden. Als Thierry, einer der Söhne des Alten, auf einen Mann zuging, um ihn zu durchsuchen, stieß dieser ihn zurück. Weitere Normannen kamen Thierry zu Hilfe, andere Passagiere dessen Gegner, und es begann eine wilde Prügelei. Die Männer nahmen kaum Rücksicht, und so wichen die meisten Frauen und Kinder schreiend in die Ecken zurück.

Angesichts dessen begriff Walther, weshalb Bertrand allen die Waffen abgefordert hatte. Andernfalls hätte es hier nun Mord und Totschlag gegeben. Es war auch so schlimm genug. Daher schob er Gisela und Gertrude hinter sich, um ihnen notfalls Schutz bieten können.

Da der Elsässerin und ihrem Nachbarn der Platz direkt neben dem Niedergang zugewiesen worden war, stieg Martin Jäger hoch und pochte gegen die Luke. Gleichzeitig rief er auf Französisch, dass es eine Schlägerei unter den Passagieren gäbe.

Nur wenige Sekunden später wurde die Luke aufgerissen, und ein gutes Dutzend Matrosen stürmte herab, jeder mit einem Belegnagel in der Hand, und hieben auf die Streitlustigen ein. Als die Passagiere sich zur Wehr setzten, knallte ein Schuss. Oben auf dem Niedergang waren der Kapitän und zwei seiner Maate aufgetaucht, die jeweils zwei Doppelpistolen in Händen trugen. Den Warnschuss hatte der Kapitän abgegeben, aus einem Lauf seiner Pistole stieg ein dünner Rauchfaden auf. Der andere Lauf war noch geladen und zeigte auf Thierry, der ihm am nächsten stand.

»Was ist hier los?«, fragte der Kapitän scharf.

Thierrys Vater ballte unwillig die Fäuste. »Wir sind bestohlen worden. Als wir unser Gut wieder zurückgefordert haben, haben diese verdammten Gascogner die Messer gezogen. Nun sind zwei von uns verletzt.«

»Hier wird also gestohlen!« Buisson zog die Oberlippe hoch wie ein flehmender Hengst. Dann gab er seinen Matrosen den Befehl, sich beim Niedergang zu sammeln.

Walther war es gelungen, sich und die beiden Frauen aus dem Tumult herauszuhalten, und wartete ruhig ab, was kommen würde. Nun sah er Kapitän Buisson den Niedergang hinabsteigen und sich vor dem Sippenoberhaupt der Normannen aufbauen.

»Du sagst, man habe dich bestohlen! Kannst du das beweisen?«
Der alte Mann nickte heftig. »Jawohl! Es handelt sich um ein Medaillon, in dessen Innern sich ein Bild meiner Frau befindet. Man erkennt sie damit immer noch, außerdem ist unsere jüngste Tochter ihr Ebenbild.«
»Es gibt also einen Beweis. Sehr schön!« Der Kapitän schätzte die Lage kurz ab und erteilte mit einem zufriedenen Grinsen seine Befehle. »Alle Passagiere kehren auf ihre Plätze zurück. Meine Männer werden jetzt jeden Einzelnen von euch samt seinem Gepäck durchsuchen. Der, bei dem sie dieses Medaillon finden, wird als Dieb am Mast aufgehängt.«
Ein Aufstöhnen aus mindestens einem Dutzend Kehlen folgte, während die Normannen mit grimmigen Gesichtern zustimmten. Gertrude, die für Gisela und Walther übersetzt hatte, kehrte zu ihrem Platz neben dem Niedergang zurück. Walther sah ihr nach und bemerkte, wie der Mann, den er schon am ersten Tag bei einem Diebstahl beobachtet hatte, sich heimlich an ihren Sachen zu schaffen machte. Er schien etwas hineinzustecken.
»He, was tust du da?«, rief er laut und alarmierte damit den Kapitän.
Sofort fuhr Buisson herum, packte den Dieb so hart am Oberarm, dass dieser aufstöhnte, und schob ihn zwei Matrosen in die Arme. Dennoch gelang es dem Mann, einen kleinen Gegenstand unauffällig auf Gertrudes Decke zu werfen.
Bertrand bemerkte es, trat neben den Kapitän und bückte sich nach dem Ding. Als er sich aufrichtete, hielt er ein

goldenes Medaillon in der Hand. Mit einem Grinsen reichte der Matrose es dem Kapitän, der es seinerseits dem Oberhaupt der Normannen hinhielt.
»Das ist mein Medaillon«, erklärte dieser und öffnete es. Walther war zu weit weg, um das kleine Bild erkennen zu können, doch Buisson nickte und wies zwei seiner Männer an, den Dieb zu fesseln und an Deck zu bringen. »In einer halben Stunde wird der Kerl aufgehängt. Alle Passagiere haben dabei zu sein, damit sie merken, dass es sich nicht lohnt, auf meinem Schiff lange Finger zu machen.«
»Ihr könnt mich nicht aufhängen«, kreischte der ertappte Dieb voller Angst. »Das dürft ihr nicht!«
»Und wer sollte uns daran hindern?«, fragte der Kapitän höhnisch. »Der Einzige, der es könnte, wäre unser Herrgott im Himmel. Und ich glaube nicht, dass er deinetwegen auf mein Schiff kommt und sagt: Mein lieber Hérault, du darfst diesen Mann nicht aufhängen, weil er mir so am Herzen liegt.«
Die Matrosen lachten schallend. Doch Walther, der sich alles von Martin Jäger übersetzen ließ, lief es kalt den Rücken herunter. Er begriff, dass Buisson den Mann nicht nur wegen des Diebstahls bestrafen wollte. Dem Kapitän ging es darum, seine Passagiere so einzuschüchtern, dass ihm niemand mehr zu widersprechen wagte. Eine Berührung am Arm unterbrach seine Überlegungen. Er blickte sich um und erkannte Gertrude, die bleich zu ihm zurückgekommen war.
»Danke!«, flüsterte sie mit blutleeren Lippen. »Wenn Sie nicht achtgegeben hätten, würde man mich jetzt als Diebin aufhängen.«

Da mischte sich ihr Nachbar ein. »Frauen hängen sie nicht auf. Die stecken sie in einen Sack, geben eine Kanonenkugel hinein, binden ihn oben zu und schmeißen ihn über Bord. So hat es mir mein Bruder beschrieben. Allerdings haben sie das arme Ding vorher noch einige Tage im Kielraum festgehalten, und sie musste vom Kapitän an bis zum letzten Matrosen die gesamte Mannschaft ertragen.«
»Oh Gott im Himmel! Nun bin ich Ihnen doppelt dankbar, dass mir dies erspart geblieben ist, Herr Artschwager.« Gertrude fasste nach Walthers Hand und führte sie an die Lippen.
Walther nickte gedankenverloren und sagte sich, dass er froh sein würde, wenn Gisela und er die *Loire* verlassen und in den Vereinigten Staaten ein neues Leben beginnen konnten. Die rauhen Stimmen der Seeleute, die die Passagiere aufforderten, an Deck zu kommen, riefen ihn in die Gegenwart zurück, und er reichte Gisela den Arm.
»Wirst du es durchstehen?«, fragte er.
Seine Frau nickte. »Ich bin ein Soldatenkind und habe viele Menschen sterben sehen, auch auf diese Weise.«
Innerlich aber zitterte Gisela und betete, dass es bald vorbei sein würde.
Da ihnen der am weitesten vom Niedergang entfernte Platz auf dem Zwischendeck zugewiesen worden war, gehörten sie zu den Letzten, die an Deck stiegen. Der Rest der Passagiere hatte sich zwischen dem Großmast und dem Ruderhaus versammelt und starrte teils ängstlich, teils zufrieden auf den Dieb, der mit auf den Rücken gefesselten Händen neben dem Mast stand und nicht zu begreifen schien, dass es ihm tatsächlich ans Leben gehen sollte.

Gertrude hörte aus dem Stimmengewirr heraus, dass der Dieb allein reiste. So gab es niemanden, der zu seinen Gunsten sprechen konnte, und diejenigen, die er bereits bestohlen hatte oder die es wenigstens behaupteten, hofften, aus seinem Besitz entschädigt zu werden.

Als Gertrude Walther dies übersetzte, drehte dieser sich um und warf einen raschen Blick auf den Niedergang. Es wunderte ihn nicht, Bertrand und zwei weitere Matrosen mit einem Bündel heraufkommen zu sehen, welches wohl den gesamten Besitz des Diebes enthielt, und dieses hinter dem Rücken der Passagiere zur Achterkajüte des Kapitäns zu tragen.

Sonst bemerkte niemand, was geschah, denn die Leute starrten Buisson an, der eben noch einmal mit lauter Stimme das Urteil verkündete.

»Jawohl, hängt ihn auf!«, rief der Anführer der Normannen und reckte dem Dieb die geballte Faust entgegen.

»Das dürft ihr nicht!«, wimmerte dieser. »Ich habe das Recht auf einen Priester und auf ein ordentliches Gerichtsverfahren.«

»Das Gerichtsverfahren war ordentlich. Ich bin der Kapitän und als solcher der oberste Richter auf meinem Schiff. Und was den Pfaffen angeht, so wirst du in der Hölle genug antreffen, um ausgiebig bei ihnen beichten zu können. Hievt ihn hoch!«

Der Befehl galt vier Matrosen. Einer legte die Seilschlinge um den Hals des Verurteilten, zog sie fest und nickte den anderen zu. Diese packten das Seil, das sie über den oberen Gaffelbaum des Hauptmastes geworfen hatten, und holten es ein.

Der Dieb wurde noch oben gerissen und strampelte noch eine Zeitlang mit den Beinen, während sein Gesicht sich wie unter schmerzhaften Krämpfen verzog. Dann zitterte er nur noch und hing schließlich regungslos am Seil.
»Heilige Maria Muttergottes, bitte für den armen Sünder und steh uns bei in aller Not!«, betete Gisela leise.
Sie hatte die Augen von der Hinrichtung abwenden müssen, während Walther auf den Toten starrte und sich eine Mitschuld daran gab, dass der Mann gehängt worden war. Doch wenn er nicht gerufen hätte, wäre Gertrude in die Gewalt der Schiffsleute geraten, und denen traute er alles Schlechte zu.
Wenig später erklärte Buisson den Mann für tot und ließ ihn über Bord werfen. Danach wandte er sich mit blitzenden Augen an seine Passagiere. »Ihr könnt jetzt wieder in euer Quartier gehen. Aber eines sage ich euch: Beim nächsten Tumult feuern wir keine Warnschüsse mehr ab, sondern halten hinein!«
Die Mienen der Leute erinnerten Walther an verschreckte Schafe. Selbst der alte Normanne hielt den Mund, wenigstens so lange, bis er wieder unten im Zwischendeck war und entdeckte, dass der Kapitän die Habe des Toten hatte wegbringen lassen.
»Was soll das?«, rief er empört. »Der Mann hat etlichen von uns Geld gestohlen. Das wollen wir wiederhaben!«
Er stieg wieder den Niedergang hinauf, um an Deck zu kommen, doch Bertrand fegte ihn mit einem Fußtritt von der Treppe. Der Mann schlug schwer auf den Boden und stieß einen Schrei aus. »Mein Arm! Du Schwein hast mir den Arm gebrochen!«

»Selbst schuld!«, rief Bertrand. »Du weißt doch, dass du nur an Deck kommen darfst, wenn du dazu aufgefordert wirst. Jeder, der es ohne Erlaubnis versucht, bekommt eins auf die Rübe. Also sei froh, dass du dir nur die Pfote und nicht das Genick gebrochen hast!«
Der Normanne stand auf und hielt sich den Arm, doch sein Zorn überwog den Schmerz, und er schrie Bertrand an: »Ich will das Geld haben, das uns dieser Schuft gestohlen hat!«
»Wir auch!«, stimmten ihm andere zu.
»Du konntest beweisen, dass dir das Medaillon entwendet wurde. Kannst du das bei dem angeblich gestohlenen Geld auch? Steht vielleicht dein Name darauf?«, fragte Bertrand spöttisch.
Einige Männer sahen aus, als würden sie dem Matrosen am liebsten sämtliche Knochen brechen, doch die Drohung des Kapitäns, ab sofort scharf schießen zu lassen, hielt sie davon ab.
»Da der Mann allein gereist ist und keine Verwandten bekannt sind, hat unser lieber Kapitän Buisson seinen Besitz im Namen Seiner Majestät, König Charles X., in Beschlag genommen.« Bertrands Miene verriet jedem, dass der französische König ebenso wenig von dem Geld sehen würde wie seine Beamten. Doch keiner der Passagiere fand den Mut, gegen diesen offensichtlichen Betrug aufzubegehren.
Gertrude machte eine wegwerfende Handbewegung. »Wenn alle Diebe hier an Bord gehängt würden, wüsste ich nicht mehr, wer das Schiff in den nächsten Hafen steuern sollte.«

## 5.

Der Dieb bewegte noch ein, zwei Tage die Gemüter, dann erwähnte ihn niemand mehr. Doch der Unmut über den Kapitän, der sich neben dem Besitz des Gehenkten auch das gestohlene Gut unter den Nagel gerissen hatte, schwelte weiter. Die meiste Aufmerksamkeit aber zog die normannische Sippe auf sich, denn der Arm ihres Anführers wollte nicht heilen. Daran waren auch die heftigen Bewegungen des Schiffes schuld, die die Hängematten zum Schwingen brachten.
Weder unter den Seeleuten noch bei den Passagieren befand sich ein Arzt, der dem Verletzten hätte helfen können. Nach einigen Tagen interessierten sich nur noch seine Verwandten für ihn, denn die meisten Passagiere lagen apathisch in ihren Hängematten. Niemand beschwerte sich mehr über das Essen, das noch immer wie ungewürzter Kleister schmeckte, oder über das rohe Sauerkraut, das sie essen sollten. Die meisten mochten es nicht, und einige ließen es sogar stehen.
Da Walther sich im Gespräch mit Gisela daran erinnerte, bei seinen Erkundungen in Bremen gehört zu haben, dass neben bestimmten Früchten auch Sauerkraut gegen Skorbut helfen sollte, zwang er sich, seine Portion hinunterzuwürgen. Im Gegensatz zu ihm aß Gisela das Kraut mit wahrer Begeisterung, so dass einige ihr die eigene Portion zusteckten.
Walther versuchte den Mitreisenden mit Gertrudes Hilfe zu erklären, wie wichtig das Sauerkraut für ihre Gesund-

heit sei, aber es gab immer noch ein paar, die sich weigerten, es zu sich zu nehmen.

Von den Würsten und der Butter, die die meisten in Le Havre eingekauft hatten, sahen sie während der ersten drei Wochen der Fahrt nichts. Allerdings kauten Bertrand und die Matrosen, wenn sie das Essen brachten, oft auf beiden Backen und strömten dabei den Knoblauchduft der Würste aus. Daher forderte Walther mehrfach, etwas von seinen persönlichen Vorräten zu erhalten, doch Bertrand schüttelte nur grinsend den Kopf.

»Noch gibt es keinen Sturm, der uns zwingen würde, die Feuer in der Kombüse zu löschen. Wenn es einmal so weit ist, wirst du froh sein, die Sachen bis dorthin aufgespart zu haben. Aber wenn du unbedingt Wurst essen willst, könnte ich dir etwas von den Bordvorräten besorgen. Das kostet nur drei Francs pro Wurst.«

In dem Moment stellte Walther sich vor, wie er die Hände um Bertrands Hals legte und ganz langsam zudrückte. Ihm war klar, dass der Kerl ihm seine eigenen Sachen für gutes Geld andrehen wollte. Da Gisela ihn bei der Erwähnung von Würsten jedoch hoffnungsvoll ansah, holte er eine Münze heraus, die in etwa den Wert von drei Francs besaß, und reichte sie dem Matrosen.

»Kriegen wir jetzt die Wurst?«

»Freilich! Ich bringe sie bei der nächsten Essensausgabe mit«, antwortete Bertrand grinsend.

Damit ließ Walther sich jedoch nicht abspeisen. »Ich hätte sie gerne jetzt. Bis zur nächsten Essensausgabe ist es noch lang hin, und ich möchte nicht, dass du es bis dort-

hin vielleicht vergisst. Die Seeluft ist nämlich nicht gut fürs Gedächtnis, musst du wissen!«
Bertrand überlegte kurz, sagte sich dann aber, dass drei Francs es nicht wert waren, sich mit einem Passagier zu streiten, aus dem er wahrscheinlich noch etliche Münzen herauskitzeln konnte. »Also gut! Komm, wenn wir mit der Essensausgabe fertig sind, nach vorne zum Niedergang. Ich werfe dir die Wurst zu.«
Mehr konnte Walther nicht erreichen. Während er den Inhalt seines Napfes löffelte, ließ er Bertrand nicht aus den Augen. Dieser füllte den Zwischendeckspassagieren den Brei mit hämischen Bemerkungen in die Essgeschirre, für die er an Land längst verprügelt worden wäre. Da Kapitän Buisson jedoch allen deutlich vor Augen geführt hatte, wer auf der *Loire* das Sagen hatte, wollte sich keiner den Zorn eines Mannes zuziehen, der in diesem hölzernen Gefängnis wie ein Gott über Leben und Tod gebot.
Als Bertrand und die anderen Matrosen wieder nach oben stiegen, stellte Walther seinen Napf beiseite und ging nach vorne. Am Niedergang überlegte er kurz, ob er jetzt hochsteigen und gegen den Lukendeckel klopfen oder besser warten sollte, ob Bertrand sein Versprechen einhielt.
Noch während er darüber nachsann, wurde oben geöffnet. Kurz war eine Hand zu sehen, die einen Gegenstand nach unten warf. Walther griff zu, verfehlte die Wurst jedoch. Sofort stürzten drei, vier Passagiere darauf. Walther war schneller, musste aber die Wurst gegen die anderen verteidigen.

»Seid ihr närrisch geworden!«, schrie er Thierry an, der die Wurst für seinen Vater verlangte. »Ich habe dafür bezahlt, und ich schlage jeden nieder, der sie mir wegnehmen will!«
Gertrude übersetzte rasch, und die anderen wichen zurück.
Empört drohte Thierry mit beiden Fäusten nach oben. »Dieses Gesindel hat uns bestohlen! Ich denke nicht daran, denen unser gutes Geld in den gierigen Rachen zu stopfen.«
Walther konnte den Mann verstehen und sagte sich, dass er auf der weiteren Fahrt vielleicht die Hilfe der größten Sippe unter den Passagieren brauchen konnte. Daher brach er ein Drittel der Wurst ab und reichte sie dem Normannen.
»Für deinen Vater!« Zwei kleine Stücke gab er Gertrude und Martin Jäger, dann kehrte er zu seinem Platz zurück. Dort hatte Gisela unterdessen ihren Napf geleert und sah ihn mit hungrigen Augen an. »Hast du die Wurst bekommen?«
»Ja! Aber oft können wir uns das nicht leisten, sonst kommen wir arm wie Kirchenmäuse in New York an«, antwortete Walther.
Gertrude hatte sich wieder zu Gisela gesellt und schüttelte verblüfft den Kopf. »Wie kommst du auf New York? Das Schiff fährt doch nach New Orleans!«
Walther starrte sie entgeistert an. »New Orleans? Aber der Kapitän hat gesagt …«
Er brach ab und suchte den Zettel heraus, auf dem der Kapitän ihm die Passage bestätigt hatte. Im deutschen

Text war nur von Amerika die Rede, aber von keinem bestimmten Hafen, zu dem er gebracht werden sollte. Mit einem Gefühl im Bauch, als würde sein Magen gleich explodieren, reichte er das Blatt an Gertrude weiter und bat sie, ihm den französischen Text auf der Rückseite zu übersetzen.

»Ich weiß nicht, ob ich das vermag. Ich kann zwar Französisch sprechen, aber mit dem Lesen hapert es«, bekannte die Frau und übergab das Blatt Martin Jäger. Dieser überflog es und sah Walther bedauernd an.

»Wie es aussieht, hat Kapitän Buisson dich schamlos betrogen. Dies hier ist ein Vertrag für eine Passage von Le Havre nach New Orleans. Der Name des Zielhafens ist schlecht zu lesen, da die letzten Buchstaben verstümmelt sind. Du hast es wahrscheinlich als New York angesehen.«

»Ich habe den französischen Text gar nicht erst beachtet, sondern auf einen deutschen Text bestanden und hier nicht aufgepasst. Ich könnte mich selbst ohrfeigen!«

Walthers Enttäuschung überwog beinahe seine Wut auf den Kapitän. Als er jedoch an das Gespräch zurückdachte, erinnerte er sich, dass Buisson niemals die Städte New York oder Boston direkt beim Namen genannt hatte. In der Hinsicht war er seinen eigenen Hoffnungen und Wünschen zum Opfer gefallen. Allerdings hatte der Kapitän diese kräftig geschürt und ihn in dem Glauben gelassen, nach New York gebracht zu werden. Rein rechtlich konnte er dem Mann nichts anhaben. Dennoch kam es ihm wie Betrug vor, und er wünschte sich, Buisson einmal von Angesicht zu Angesicht gegenüberzustehen, ohne dass dieser sich auf seinen Rang als Kapitän berufen konnte.

Unterdessen hatte Gisela die Wurst fast aufgegessen und erinnerte sich gerade noch rechtzeitig daran, dass Walther vielleicht auch ein Stück davon haben wollte. Einige Herzschläge lang sah sie unschlüssig auf das letzte Stückchen, dann streckte sie es ihrem Mann hin.

»Es tut mir leid, aber mehr ist nicht übrig geblieben!«

»Das macht doch nichts! Ich bin froh, dass es dir schmeckt.«

Walther steckte den Wurstzipfel in den Mund, doch er hätte ebenso gut Sägespäne kauen können, denn der Ärger, von Buisson hereingelegt worden zu sein, war einfach zu groß. Gleichzeitig fragte er sich, was Gisela und er machen sollten, sobald sie in New Orleans angekommen waren. Von dort war es ein weiter Weg bis nach New York und zu den deutschen Ansiedlungen, von denen er gelesen hatte. Die Reise dorthin würde zusätzliches Geld kosten, das sie sich eigentlich nicht leisten konnten. Jetzt blieb nur zu hoffen, dass sich auch im Süden der Vereinigten Staaten Deutsche angesiedelt hatten, die ihnen weiterhalfen.

## 6.

Zwei Tage später fiel Thierrys Vater stundenweise ins Delirium, und wenn er zu sich kam, war er so schwach, dass seine Frau und seine Tochter vergeblich versuchten, ihm etwas Brei einzuflößen. Er wollte nur

Wasser, und davon erhielten die Passagiere gerade einmal drei Becher pro Tag. Als der Verletzte immer drängender nach etwas zu trinken rief, verzichteten seine Frau und seine Kinder abwechselnd auf ihren Anteil und gaben ihn dem alten Mann.
Zuletzt überwand Thierry sich und flehte Bertrand auf Knien an, ihm etwas von dem Wein, den sie in Le Havre gekauft hatten, für seinen Vater zu geben.
Bertrand setzte seine übliche höhnische Miene auf. »Der Wein wird gebraucht, wenn die Reise zu lange dauert und das Wasser schlecht wird. Jetzt kann ich dir keinen geben.«
»Mein Vater ist sehr, sehr krank. Er hat Durst und kann kaum mehr etwas essen. Er braucht den Wein, um bei Kräften zu bleiben«, flehte der junge Normanne.
»Hat er eine ansteckende Krankheit?«, fragte Bertrand erschrocken.
»Nein, es ist sein Arm. Der will einfach nicht heilen. Bitte, gib uns wenigstens einen Becher davon am Tag.«
Bertrand tat so, als müsse er überlegen. »Wie ich schon sagte, kann ich noch nicht an euren persönlichen Proviant gehen. Aber wenn du willst, könnte ich dir einen Becher Wein aus unseren Schiffsvorräten geben. Da kostet der Becher aber drei Francs.«
»Das ist Wucher!«, rief eine Frau empört.
»Pardon, aber was soll ich tun? Wein ist teuer, und unser Kapitän mag es nicht, wenn seine Vorräte an Passagiere verschwendet werden. Ich muss es also heimlich tun.«
Bertrand hatte bei dem großen Tumult einige Schläge von Thierry einstecken müssen und freute sich sichtlich, es ihm auf diese Weise heimzahlen zu können.

Der junge Normanne atmete tief durch, überwand sich dann aber und zählte Bertrand drei Francs hin. »So, dafür will ich aber den Wein. Und denke ja nicht, du könntest den Becher einfach von oben herabwerfen, wie du es mit den Würsten machst. Wir sind Menschen und keine Hunde.«

»Ich reiche ihn dir runter«, versprach Bertrand und ging zum nächsten Passagier, um dessen Essgeschirr zu füllen. Thierry warf ihm einen kurzen Blick nach und wandte sich dann an Gertrude, die für Walther übersetzte. »Diese drei Francs schmerzen mich mehr als alles Geld, das ich bisher in meinem Leben ausgegeben habe. Doch um meines Vaters willen bin ich bereit, selbst meinen Stolz in die Gosse zu schmeißen.«

Walther fand seine Haltung bewundernswert und wünschte sich, er könnte ihm oder seinem Vater helfen. Zwar hatte er in der Erwartung, in Amerika unter Umständen an den Grenzen der Zivilisation siedeln zu müssen, einige medizinische Fachbücher gelesen, doch mehr, als dass man einen gebrochenen Knochen schienen müsse, hatte er kaum gelernt. Trotzdem ging er nun zu dem Verletzten.

Da die Frauen die Schiene gelöst hatten, konnte er sehen, dass der Arm stark angeschwollen war und schwarzrot glänzte. Hier war größeres Können gefragt, als Walther es sich zuschrieb. Vor allem aber brauchte der alte Mann mehr als nur einen Becher Wein. Obwohl die Matrosen rüde reagierten, wenn einer der Zwischendeckspassagiere gegen die Luke klopfte, stieg Walther nach oben und schlug mehrfach dagegen.

»Wir haben einen Kranken!«, rief er auf Deutsch und forderte Martin Jäger auf, dies in Französisch zu wiederholen.

Als ein Matrose die Luke aufriss, hob Walther beschwichtigend die Hand und wies dann nach unten. »*Malade*, krank!«, sagte er.

Der Matrose wandte sich um und sprudelte einige Sätze heraus. Sofort kam Bertrand heran, in der Hand einen Lederbecher voll Wein. »Was soll der Aufruhr? Ich habe alles im Griff«, sagte er zu seinem Kameraden und stieg den Niedergang ins Zwischendeck hinab.

»Hier ist der Wein!« Damit drückte er dem jungen Normannen den Becher in die Hand und sah sich dessen Vater an.

Beim Anblick des angeschwollenen und grotesk verfärbten Armes verzog er das Gesicht. »Das sieht nicht gut aus!«

»Habt ihr nichts an Bord, was das Fieber senken könnte, Chinarinde zum Beispiel?« Walther nannte noch ein paar Mittel, die seiner Erinnerung nach helfen konnten. Bertrand verstand jedoch weder die deutschen Namen der Medikamente noch die lateinischen Bezeichnungen für die entsprechenden Heilpflanzen. Daher zuckte er mit den Achseln und kletterte wieder an Deck, ohne die Luke zu verschließen. Kurz darauf kehrte er mit dem Kapitän zurück.

Dieser betrachtete den verletzten Arm und schüttelte dann den Kopf. »Ich werde dem Mann einen Heiltrunk mischen, aber ob der noch hilft, bezweifle ich. Der Arm ist bereits brandig geworden. Da er an einer so schlechten

Stelle gebrochen ist, müssten wir ihn direkt an der Schulter abnehmen. Dafür aber ist der Mann bereits zu stark geschwächt.«

»Wir können unseren Vater doch nicht verrecken lassen wie ein Stück Vieh!«, fuhr Thierry auf.

»Ich sagte, er kriegt einen Trank! Das ist alles, was ich für ihn tun kann.« Damit war für Buisson die Sache erledigt, und er stieg wieder nach oben. Bertrand folgte ihm, kehrte aber eine gute Viertelstunde mit einem großen Becher zurück, der eine scharf riechende Flüssigkeit enthielt.

»Was ist das?«, fragte Walther.

»Starker Apfelschnaps mit ein paar Kräutern und Pulvern, wie wir sie bei Verletzungen an Bord benutzen«, erklärte der Matrose und forderte die Frau des Verletzten auf, das Mittel ihrem Mann einzuflößen.

Es dauerte eine Weile, bis der Kranke unter mehrfachen Hustenanfällen das Gebräu geschluckt hatte. Dann lag er regungslos in seiner Hängematte und dämmerte weg.

»Die Medizin bekommt er jetzt zweimal am Tag, bis es vorbei ist«, erklärte Bertrand.

Während die Sippe des Alten immer noch auf Rettung hoffte und dessen Frau sich trotz ihrer Abneigung bei dem Matrosen bedankte, war Walther längst klar, dass der Kapitän und seine Leute den Verletzten bereits aufgegeben hatten. Der Schnaps war nur noch dazu da, um ihn ruhig zu halten, damit er die anderen Passagiere und vor allem die Seeleute nicht störte.

Gertrude sah es genauso. »Welch ein Jammer! Da bricht dieser alte Mann mit seiner Familie in der Hoffnung auf ein besseres Leben auf und findet nur ein Grab in den Wassern des Ozeans.«

Diese Vorstellung erschütterte Gisela so, dass sie zu weinen begann.

»Was hast du, mein Schatz?«, fragte Walther besorgt, doch sie schüttelte nur den Kopf.

»Nichts! Du weißt doch, dass wir Frauen gelegentlich Launen haben.«

»Vor allem schwangere Frauen!« Gertrude hatte Gisela lange genug beobachtet, um sich ein Bild machen zu können.

»Bist du schwanger?«, rief Walther fassungslos aus.

Gisela senkte schamvoll den Kopf. Noch immer war sie im Zweifel, ob nun Walther oder Diebold der Vater des Kindes war, und in trüben Minuten wünschte sie sich, es zu verlieren.

»Es sieht so aus«, flüsterte sie tonlos.

»Aber das ist doch wunderbar!« Walther schloss sie freudestrahlend in die Arme, während Gertrude sich ihre Gedanken machte. Die junge Frau benahm sich in ihren Augen nicht wie eine glückliche Gattin, die ihr erstes Kind erwartete. Dann aber sagte die Elsässerin sich, dass dies eine Sache war, die nur die Eheleute etwas anging.

Sie legte ihre Hand auf Giselas Arm und strich dieser über die Wange. »Wenn du Hilfe brauchst, wende dich nur an mich.«

»Das mache ich gerne!« Gisela war erleichtert, eine Frau bei sich zu wissen, der sie vertrauen konnte. Gleichzeitig verstärkte Walthers überschäumende Freude ihre Seelen-

qualen. Würde er sich nicht in Abscheu von ihr wenden, wenn er die Wahrheit erfuhr? Doch was war die Wahrheit? Er konnte ebenso gut der Vater des Kindes sein, und es würde auf sie selbst zurückfallen, wenn er sein eigen Fleisch und Blut für Diebolds Bastard hielt und schlecht behandelte.
Einen Augenblick überlegte sie, sich Gertrude anzuvertrauen. Doch das hatte sie nicht einmal bei Cäcilie und Luise Frähmke gewagt, und die beiden waren ihre besten Freundinnen gewesen. Sie konnte ihr Geheimnis nur einem Priester beichten und hoffen, dass Gott ihr verzeihen würde.

## 7.

Der alte Mann lebte noch vier Tage, in denen er abwechselnd vor Erschöpfung schlief oder seine Schmerzen hinausschrie. Dann war es vorbei.
Seiner Frau und seiner Tochter blieb kaum Zeit, über seinem Leichnam zu trauern. Während sich die Männer der Sippe noch zu fragen schienen, wie es ohne die Leitung ihres erfahrenen Patriarchen weitergehen sollte, erschien Bertrand, dem zugetragen worden war, dass der Alte nicht mehr lebte. Ihm folgten einige Matrosen, die den Toten in einen Sack steckten und diesen nach oben trugen. An Deck packten sie noch eine Kanonenkugel in den Sack und nähten ihn zu.

»Heraufkommen!«, brüllte Bertrand ins Zwischendeck hinab.
Wie betäubt folgten ihm die Verwandten des Toten und die anderen Passagiere. Gisela und Walther mussten ebenfalls an Deck steigen, hielten sich aber wie Gertrude Schüdle und Martin Jäger weit weg von den Normannen, die ihrer Trauer lautstark Ausdruck verliehen.
Nun versammelten sich auch die Matrosen an Deck, und als Letzter erschien Kapitän Buisson. Mit dem Hut in der einen und einer Bibel in der anderen Hand stellte er sich vor die Auswanderer.
»Wir übergeben heute einen Mann der See. Daher lasst uns beten«, übersetzte Gertrude seine Worte.
Walther und Gisela hatten während ihrer Zeit an Bord zwar etliche französische Ausdrücke und Floskeln gelernt, doch einer längeren Rede vermochten sie noch nicht zu folgen. Allerdings fasste Buisson sich kurz. Er betete ein Vaterunser und las einen Vers aus der Bibel vor, dann gab er Bertrand einen Wink.
Zusammen mit einem anderen Matrosen packte dieser den Sack. Die Männer schwangen ihn hoch und warfen ihn über Bord. Es klatschte, und der Tote versank in den Fluten des Ozeans.
»So, das wäre erledigt! Ihr könnt wieder hinuntergehen«, fuhr der Kapitän die Passagiere an.
Zunächst standen alle wie erstarrt, dann stiegen die Ersten zurück ins Zwischendeck. Die Sippe des Toten blieb jedoch oben. Während die meisten Männer ihren Zorn über die in ihren Augen unwürdige Zeremonie zum Ausdruck brachten, packte die Witwe den Kapitän am Ärmel

und schlug mit der anderen Hand auf ihn ein. Dabei kreischte und schrie sie, so dass Gisela sich die Ohren zuhielt.
»Was ist los?«, fragte Walther Gertrude.
»Die Frau ist verzweifelt, weil ihr Mann ohne den Segen eines Priesters unter die Erde gebracht oder – besser gesagt – ins Wasser geworfen worden ist.«
Buisson stieß die Witwe zurück und herrschte ihren Sohn an. »Bring die alte Hexe nach unten und sorg dafür, dass sie das Maul hält, sonst wird sie in den Kielraum gesperrt!«
»Wahrlich ein würdiges Begräbnis!«, stöhnte Gisela und betete, dass sie selbst oder Walther nicht unter ähnlichen Bedingungen wie Abfall über Bord geworfen wurden.
Weiter vorne hob Thierry seine Mutter auf und redete gemeinsam mit seiner ältesten Schwester auf sie ein. Die Frau hörte auf zu schreien, schluchzte aber zum Herzerweichen, während ihre Familie sie nach unten brachte. Gisela, Gertrude, Walther und Martin Jäger verließen nun ebenfalls das Deck und kehrten zu ihren Plätzen zurück. Zum Reden war keinem zumute.
Einige Zeit später kam Bertrand mit einem Becher herab und reichte diesen Thierry. »Hier, das ist reiner Apfelbranntwein. Flöße ihn deiner Mutter ein, damit sie schläft. Morgen ist sie hoffentlich ruhiger. Sonst lässt der Kapitän sie wirklich in den Kielraum sperren. Dort aber gibt es Ratten und Matrosen, die große Bedürfnisse haben …«
»Wenn es einer wagen würde, sich an meiner Mutter, meiner Schwester oder einer anderen Frau aus unserer Sippe zu vergreifen, bringe ich ihn um«, drohte Thierry, und

Bertrand hatte keinen Zweifel, dass es dem Normannen damit vollkommen ernst war.
»Versuche es lieber nicht. Die Matrosen knallen dir einen Belegnagel über den Schädel und werfen dich über Bord, gleichgültig, ob du noch lebst oder nicht«, riet er ihm leise und stieg wieder nach oben.
Gisela schüttelte es, als Gertrude ihr den Wortwechsel übersetzte. »Wo sind wir nur hineingeraten?«, fragte sie ihren Mann.
Walther konnte ihr keine Antwort geben. Mit der rechten Hand strich er über den Koffer, in dem er die Pistole wusste und das kleine Päckchen Munition, das er in Diebolds Taschen gefunden hatte. Vielleicht aber würde er statt der kleinen Waffe seine Büchse benötigen. Wenn er den Schrotlauf mit den Rehposten lud, konnte er sich ein ganzes Rudel Matrosen vom Leib halten. Bislang hatte er nicht einmal erwogen, auf Buisson und dessen Leute zu schießen. Doch wenn es einer wagen sollte, Gisela zu nahezutreten, würde er es tun.
Mit diesem Vorsatz stellte er sich neben Giselas Hängematte, um seine Frau zu streicheln und zu beruhigen. Dabei dachte er an das Kind, das sie in sich trug. Es würde in ihrer neuen Heimat geboren werden und war für ihn ein Symbol, dass sie auf fremder Erde anwachsen würden. Zuerst aber mussten sie Amerika erreichen. Er wusste zu wenig von der Seefahrt, um sagen zu können, wie weit sie auf ihrer Reise bereits gekommen waren. Die Entfernung nach New York zählte nicht mehr, weil der Kapitän nicht diesen Hafen anlaufen würde. Doch um wie viel länger würde es dauern, bis sie New Orleans erreichten?, fragte er sich. Mit diesem Teil

der Vereinigten Staaten hatte er sich nicht beschäftigt und konnte nur hoffen, dass es auch dort Deutsche gab, die ihm und Gisela mit Rat und Tat zur Seite stehen konnten.

Seine Frau hing ebenfalls ihren Gedanken nach und haderte nicht zum ersten Mal damit, dass das Leben an Bord so grausam war. Dabei waren sie während ihrer bisherigen Fahrt noch nicht einmal in einen Sturm geraten. Es war allein die Geldgier des Kapitäns und seiner Mannschaft, die ihre Situation unerträglich machte. Doch sie berichtigte sich selbst. Der Gestank, der hier im Zwischendeck herrschte und der ihr jedes Mal, wenn sie an Deck frische Luft hatte atmen können, schlimmer vorkam, trug ebenso dazu bei, dass sie jeden Tag die Jungfrau Maria anflehte, die Reise bald enden zu lassen. Trotzdem versuchte sie, alle Beschwernisse klaglos zu ertragen, um Walther nicht zu enttäuschen.

Immerhin tat ihr Mann alles, was in seiner Macht stand, um ihr den Aufenthalt in dieser hölzernen Hölle halbwegs erträglich zu machen. Er hatte Bertrand noch zweimal bestochen, um ein Stück Wurst für sie zu bekommen. Doch diese Zusatzausgaben konnten sie sich nicht mehr lange leisten, denn ihre Barschaft war schon so stark zusammengeschmolzen, dass es kaum noch für den Kauf eines Stück Landes reichte, das sie ernähren konnte, geschweige denn für all die anderen Ausgaben, die auf sie zukamen. Aus diesem Grund beschloss Gisela, sich mit dem Essen zu begnügen, das an Bord ausgeteilt wurde, und ansonsten davon zu träumen, wie es sein würde, mit Walther in einem Land zu leben, in dem kein Mann wie Diebold von Renitz einfach über sie verfügen konnte.

# 8.

Eine Woche später wurde das Wasser schlecht. Das nützte Bertrand aus, um noch mehr Geld aus den Passagieren herauszuziehen. Nur wer zahlte, erhielt etwas Wein, mit dem er die faulige Brühe wenigstens halbwegs genießbar machen konnte.

Von den Versprechungen, die man ihnen zu Beginn der Reise gemacht hatte, war bisher keine einzige eingelöst worden. Doch die meisten Passagiere waren zu eingeschüchtert oder zu abgestumpft, um sich gegen Bertrands Forderungen wehren zu können.

Auch sonst wechselte einiges an Geld den Besitzer. Die *Loire* erreichte ein relativ ruhiges Seegebiet, das es den Passagieren ermöglichte, sich endlich einmal auf den Boden setzen zu können, ohne hin und her geworfen zu werden. Zwei Männer sicherten sich den Platz unter der Laterne und holten ein Kartenspiel heraus.

»Will jemand mitspielen?«, fragte einer der beiden in die Runde.

»Das vertreibt wenigstens die Langeweile!«, meinte ein Dritter und setzte sich dazu, ein vierter Mitspieler war auch rasch gefunden.

Wie die meisten anderen sah auch Walther den Kartenspielern zu, war aber nach kurzer Zeit der Ansicht, dass es dabei nicht mit rechten Dingen zuging, denn das Kartenglück war zu sehr auf der Seite derer, die das Spiel vorgeschlagen hatten. Allerdings waren die beiden zu geschickt, um sich beim Falschspiel erwischen zu lassen,

und so schlichen ihre Mitspieler, nachdem sie viel Geld verloren hatten, mit hängenden Köpfen zu ihren Plätzen zurück.
Die Gewinner aber hielten Ausschau nach neuen Opfern. Einer von ihnen kam auf Walther zu und zeigte ihm die Karten. »Willst du nicht mitspielen?«
So viel Französisch hatte Walther sich angeeignet, um seine Worte zu verstehen. Trotzdem tat er so, als wäre er der Sprache nicht mächtig, und fragte auf Deutsch: »Was willst du?«
Der Mann machte dann eine Geste, als wolle er Karten verteilen. »*Comprendre?*«
Walther schüttelte den Kopf. »Ich weiß nicht, was du willst!«
Da klopfte der Spieler sich mit der flachen Hand gegen die Stirn und rief seinem Kumpan etwas zu, was Walther für sich mit »dummer deutscher Bauerntölpel« übersetzte. Dennoch war er nicht beleidigt, sondern froh, den Kerl auf so leichte Weise losgeworden zu sein.
Gisela, deren Gespür für die französische Sprache das seine überwog, zwinkerte ihm zu. »Das hast du geschickt gemacht. Ich hätte ungern gesehen, wie du mit diesen Männern spielst. Sie gewinnen mir zu oft.«
»Kannst du erkennen, ob sie falsch spielen?«, fragte Walther.
»Nein! Es ist nicht einmal gesagt, dass sie es tun. Ein erfahrener Spieler gewinnt meist gegen einen, der es nicht so gut kann, es sei denn, dieser hätte eine unglaubliche Glückssträhne. Bei den Soldaten habe ich das oft beobachten können. Da waren auch einige, die andere zum

Spielen verleitet und ihnen den Sold abgenommen haben. Einen der Kerle hat man später nach einer Schlacht tot aufgefunden. Er hatte eine Kugel im Rücken – und das beim Vormarsch!«

»Dann sollten wir achtgeben, dass hier nicht so etwas Ähnliches passiert.« Walther beschloss, in der Nacht die Pistole aus dem Koffer zu holen, um für alle Fälle gewappnet zu sein. Dann strich er Gisela übers Haar und fragte sie, ob sie eine Wurst oder Wein zum Abendessen haben wolle.

»Weder das eine noch das andere«, antwortete sie lächelnd. »Wir werden unser gutes Geld nicht Bertrand und seinem raffgierigen Kapitän in den Rachen stopfen. Wie lange, glaubst du, wird die Überfahrt noch dauern?«

»Das ist eine Frage, die ich auch gerne beantwortet haben möchte. Als ich Bertrand letztens danach fragte, hat er nur wieder einen seiner dummen Sprüche losgelassen. Aber bis jetzt hatten wir halbwegs guten Wind und weder Sturm noch Flaute. Daher müssten wir die Karibischen Inseln bald erreicht haben. Vielleicht legt die *Loire* sogar unterwegs irgendwo an. Dann können wir uns überlegen, ob wir uns nicht ein Schiff suchen, das von dort nach New York fährt.«

»Das kostet viel zu viel Geld«, wandte Gisela ein.

»Das ist richtig, aber bevor wir uns in einer völlig unbekannten Gegend ansiedeln …«, begann Walther.

Gisela lachte hell auf. »Aber für uns ist doch alles unbekannt!«

»Das schon, trotzdem würde ich gerne andere Deutsche um uns herum wissen. Vor den Amerikanern selbst sollte man sich hüten. Das sind nämlich arge Schlitzohren, musst du wissen. Die bieten jenen Auswanderern, die ohne Geld ins Land kommen, an, für sie zu arbeiten, verrechnen dabei aber so viel für Unterkunft und Verpflegung, dass die armen Leute jahrelang wie Sklaven schuften müssen, bevor sie endlich auf eigenen Füßen stehen können.«

Bisher hatte Walther Gisela die schlimmsten Probleme verschwiegen, die auf Auswanderer in den Vereinigten Staaten warteten. Aber da er nun die Hoffnung hegte, ihnen beiden mit dem verbliebenen Geld eine halbwegs gute Zukunft bieten zu können, erzählte er ihr einiges von dem, was er über das Wissen aus dem Büchlein für Auswanderer hinaus in Bremen erfahren hatte.

Inzwischen war es den Spielern gelungen, einen weiteren Passagier zum Mitmachen zu bewegen. Jetzt kam der, der bei Walther gescheitert war, auf Martin Jäger zu und zeigte ihm die Karten.

»Lass das lieber!«, rief Walther dem Elsässer zu, als dieser sich erhob und mit dem anderen zur Laterne ging.

Doch Jäger winkte nur lachend ab. »Ich kenne das Spiel und weiß, was ich riskieren darf!«

Mit diesen Worten setzte er sich zu den Spielern. Die Karten wurden ausgeteilt, und die erste Partie gewann Martin Jäger mit Leichtigkeit. Auch das zweite Spiel ging zu seinen Gunsten aus: Da sein nächstes Blatt gut aussah, setzte er nun mehr Geld, um seinen Gewinn zu vergrößern. Doch da knallte einer der anderen seine Karten triumphierend auf die Decke, die ihnen den Spieltisch ersetzte.

»Dagegen kann keiner anstinken!«, übersetzte Walther seine Worte für sich.

Jäger starrte auf die Karten des Mannes und warf seine eigenen mit einem Laut des Unmuts auf die Decke. »Na ja, dreimal hintereinander zu gewinnen wäre ein bisschen viel gewesen«, meinte er und war nun mit Kartengeben dran.

Walther ließ die Spieler nicht aus den Augen. Zwar gewann immer wieder ein anderer, doch die höchsten Summen wanderten zu den beiden Spielinitiatoren hin. Martin Jäger musste stetig in seinen Beutel greifen, um neu setzen zu können, und dem vierten Mitspieler erging es nicht anders. Schließlich schüttelte dieser den Kopf.

»Ich muss passen. Mein Geld ist alle.« Mit einer müden Bewegung stand er auf und schlich zu seinem Platz zurück. Dort wartete seine Frau auf ihn und packte ihn bei den Schultern.

»Wie viel hast du verloren, Thomé?«, fragte sie, während sie ihn heftig schüttelte.

»Ja … ich … alles bis auf die sechzig Francs, die ich dir gegeben habe«, bekannte der Mann.

»Was? Bist du vollkommen närrisch geworden? Du Hundsfott verspielst unser ganzes Geld, mit dem wir uns in Nouveau Orleans eine neue Heimat schaffen wollten?« Die Frau kreischte durchdringend und schlug mit beiden Fäusten auf ihren Mann ein.

Thomé nahm die ersten Hiebe noch reglos hin, dann aber packte ihn die Wut. Er drehte seiner Frau die Arme auf den Rücken und legte sie übers Knie. Während er mit der linken Hand ihre Arme festhielt, klatschte seine Rechte schwer auf ihr Hinterteil.

Die Frau kreischte und zeterte und verfluchte ihren Mann, doch der ließ den ganzen Zorn über sein Versagen an ihr aus, bis Walther und zwei andere Männer dazwischentraten.

»Hör endlich auf, deine Frau zu schlagen!«, herrschte Walther den Kerl an.

Als Martin Jäger seine Worte übersetzte, zuckte der Mann mit den Achseln. »Ohne Arlette wäre ich besser dran, denn dann könnte ich als freier Mann in Nouveau Orleans beginnen.«

Arlette keifte zurück. »Und ich verfluche den Tag, an dem ich so dumm war, dich zu heiraten.«

»Das tue ich jeden Tag!«, knurrte Thomé, stieg in seine Hängematte und drehte sich so, dass er seiner Frau den Rücken zukehrte.

»Bin ich froh, dass du kein Spieler bist«, flüsterte Gisela Walther zu. »Die arme Frau! Es muss entsetzlich für sie sein.«

»Mit dem Spielen ist es wie mit dem Trinken. Solange man Maß hält, kann man es tun. Doch zu viel ist nicht gut!« Walther wollte noch mehr sagen, doch da kam Martin Jäger mit verkniffener Miene auf ihn zu.

»Da hast du ein wahres Wort gesprochen. Trotzdem darf ich froh sein, dass dem armen Kerl das Geld ausgegangen ist. So habe ich wenigstens einen Teil des meinen behalten. Ein zweites Mal setze ich mich nicht mehr zu den Kerlen. Dafür spielen sie mir zu gut.« Mit einer resignierenden Geste kehrte er an seinen Platz zurück und wurde von Gertrude mit Kopfschütteln und tadelnden Blicken empfangen.

## 9.

Kurz vor Sonnenuntergang durften die Passagiere wieder an Deck. Der Platz zwischen den beiden Masten war für die gut sechzig Auswanderer, denen Kapitän Buisson das Geld für die Passage abgenommen hatte, eigentlich zu klein, doch die Menschen, die den überwiegenden Teil des Tages in dem düsteren, stinkenden Zwischendeck verbringen mussten, waren für ein paar Augenblicke an der frischen Luft dankbar.
Um zu verhindern, dass noch einmal gestohlen wurde, durfte niemand unten bleiben. Walther hatte mittlerweile seine Habseligkeiten so umgepackt, dass keiner so einfach an sein Geld oder andere wichtige Dinge kommen konnte. Sein Misstrauen galt dabei weniger den Mitreisenden als den Matrosen der *Loire*. Er hatte schon mehrfach gesehen, wie einige von ihnen nach unten gestiegen waren, während die Zwischendeckspassagiere sich oben aufhielten. Da er Hérault Buisson und Bertrand kennengelernt hatte, gab er nicht viel auf die Ehrlichkeit der übrigen Schiffsbesatzung.
»Ist es nicht wunderschön?«
Giselas begeisterter Aufruf beendete sein Sinnieren, und er blickte in die Richtung, in die ihr rechter Arm wies. Dort berührte die Sonnenscheibe eben den westlichen Horizont wie mit einem Kuss und färbte das Meer in ein schillerndes Rot. Es war ein herrlicher Anblick, der sie für etliche Unannehmlichkeiten der Fahrt entschädigte. Mit einem Mal stutzte Walther, und er kniff die Augen

zusammen. Zeichnete sich nicht dort, wo die Sonne stand, der Horizont ein wenig höher ab? Einen Augenblick lang glaubte er eine Insel zu erkennen, deren Ufer im Schein der Abendsonne golden leuchtete. Es war für Walther wie ein Versprechen auf eine bessere Zukunft. Offensichtlich hatten sie die Küsten Amerikas erreicht und würden, wie er schätzte, in wenigen Tagen New Orleans anlaufen.
Er wollte es schon Gisela mitteilen, dachte sich dann aber, wie enttäuscht sie sein würde, wenn er sich irrte, und begnügte sich damit, den Sonnenuntergang zu bewundern.
»Du hast recht. Es ist wunderschön! Die See liegt ruhig, und der Wind bläst gerade so stark, dass er die Segel der *Loire* füllt. Es ist ein Bild, wie ich es noch nie gesehen habe.«
»Ich auch nicht.« Gisela stupste ihn an. »Siehst du die beiden dort? So wie sie zusammenstehen, sollte man nicht meinen, dass sie sich vor ein paar Stunden noch geprügelt haben.«
Walther löste den Blick nur widerwillig vom Horizont und folgte Giselas Fingerzeig. Es waren tatsächlich Thomé und Arlette. Der Ärger über den Spielverlust und die Schmerzen der Schläge schienen vergessen, denn sie standen Arm in Arm an der Reling und blickten aufs Meer hinaus.
»Fragt sich nur, wie lange es dauern wird, bis sie sich das nächste Mal streiten«, sagte Walther achselzuckend und wandte sich wieder dem Sonnenuntergang zu. Viel zu bald für sein Gefühl erklang die Pfeife des Bootsmanns, und die Matrosen befahlen ihnen, wieder nach unten zu gehen.

»Räumt das Deck!«, schnauzte einer Martin Jäger an. Dieser blickte sich nach seiner Nachbarin um, sah, dass diese bereits ins Zwischendeck hinabstieg, und folgte ihr.

Da Walther und Gisela am weitesten vom Niedergang entfernt waren, gehörten sie zu den Letzten, die den Weg nach unten antraten. Der Matrose, der eben noch Jäger angetrieben hatte, starrte Gisela mit gierigen Augen an und fasste nach ihrem Hintern. Bevor er sie berühren konnte, schloss sich Walthers Hand wie ein Schraubstock um sein Handgelenk.

»Das würde ich lieber nicht probieren, Freundchen!«

Der Mann verstand die Drohung auch ohne Übersetzung aus dem Deutschen. Seine freie Hand wanderte nach hinten zu seinem Messer, doch Walthers Blick warnte ihn davor, es darauf ankommen zu lassen.

»Was ist los? Warum steigt ihr nicht hinunter?«, fragte Bertrand ungeduldig.

Walther deutete mit seiner Linken auf den aufdringlichen Matrosen. »Ich mag es nicht, wenn jemand meine Frau anfasst. Das solltest du dem Kerl sagen. Er könnte seine gesunden Knochen riskieren.«

»Jetzt reg dich doch nicht auf. Der arme Lucien hat sich gewiss nichts Böses dabei gedacht«, versuchte Bertrand abzuwiegeln.

Da Lucien in den vergangenen Tagen schon mehrfach Frauen bedrängt hatte, schnaubte Walther nur und führte Gisela nach unten zu ihrem Platz. Dort band er seinen Koffer los, holte die Pistole heraus, lud sie und versteckte sie unter seinem Rock. Dabei war er froh um das schlechte Licht im Zwischendeck, verhinderte es doch, dass ihn jemand beobachten konnte.

»Ich hoffe, es gibt bald Abendessen«, seufzte Gisela neben ihm.

Walther zog seine Taschenuhr und versuchte die Zeiger abzulesen, doch es war zu dunkel. Daher legte er tröstend den Arm um seine Frau. »Es wird nicht mehr lange dauern, mein Schatz. Aber diesmal darfst du nicht ablehnen, wenn ich dir ein wenig von meiner Portion abgebe. Du musst immerhin für zwei essen.«

Versonnen lehnte Gisela sich gegen ihn und strich sich dabei über den Leib, der sich mittlerweile sichtbar wölbte. Sie musste im fünften Monat sein und hatte damit noch vier vor sich. Daher fragte sie sich, ob sie bis dorthin einen Platz gefunden haben würden, der ihre neue Heimat werden konnte. Immerhin würden sie nicht an der Stelle anlanden, die Walther geplant hatte. Ihr war es im Grunde gleichgültig, wo sie anlangten, Hauptsache, sie konnte ihr Kind unter ihrem eigenen Dach gebären.

Auf einmal klangen ungewohnte Geräusche auf und unterbrachen Giselas Grübeln. Da das Schiff immer noch sehr ruhig lag, hatten Thomé und Arlette offenbar eine ihrer Decken unter ihren Hängematten ausgebreitet und mit dem begonnen, was Eheleute im Allgemeinen des Nachts in ihren Schlafzimmern machten. Beide ließen sich dabei ganz von ihren Gefühlen hinreißen und gaben Töne von sich, die im ganzen Zwischendeck zu hören waren.

Einige Eltern drehten ihre Kinder so, dass sie nicht zusehen konnten, oder schlangen Decken um sie. Die meisten

Passagiere aber waren zu abgestumpft, um sich über das Verhalten des Paares aufzuregen.
Gisela drehte sich voller Abscheu um. »Die beiden benehmen sich wie Tiere, die in die Ranzzeit gekommen sind, und das vor allen Leuten«, sagte sie zu Walther.
Dieser dachte daran, dass er in ruhigeren Nächten mehrfach Paare gesehen hatte, die ihrer Natur freien Lauf ließen. Zu jenen Zeiten aber hatten die meisten Passagiere geschlafen. So schamlos, sich bei Tag vor allen Leuten zu paaren, war noch niemand gewesen.
»Pack schlägt sich, Pack verträgt sich«, antwortete er und fragte sich, ob er nicht zu hart über das Ehepaar urteilte. Immerhin verzichtete er selbst nur sehr ungern darauf, mit Gisela intim zu werden. Er konnte es kaum erwarten, das Versäumte nachholen zu dürfen, sobald sie an Land eine Unterkunft gefunden hatten. Noch war ihre Schwangerschaft nicht so weit fortgeschritten, sie daran zu hindern. Er tätschelte ihr lächelnd die Hüfte und hauchte ihr einen Kuss hinters Ohr. »Denke nicht an diese Leute, mein Schatz, sondern an die Zukunft, die uns erwartet, an unser Kind und an seine Geschwisterchen, die noch kommen werden!«
»Ja, an die denke ich!« Gisela nahm sich fest vor, Walther nicht zu enttäuschen und ihm Kinder zu schenken, von denen sie wusste, dass er der Vater war. Noch während sie darüber nachsann, wurde die Luke geöffnet, und Bertrand kam mit seinen Helfern herab, um das Abendessen auszuteilen. Als Gisela Lucien erkannte, verzog sie das Gesicht. Der Mann war ihr von allen Besatzungsmitgliedern am meisten zuwider.

Die Matrosen kamen wie immer zuerst ganz nach vorne und mussten dabei an dem Paar vorbeigehen, das immer noch mit sich selbst beschäftigt war. Während Bertrand nur spöttisch lachte, sah Lucien aus, als würde er den Mann am liebsten von der Frau losreißen und dessen Werk selbst vollenden. Erst ein scharfer Ruf von Bertrand brachte ihn dazu, weiterzugehen.

Gisela und Walther erhielten wie immer als Erste ihren Anteil. Allerdings hielt Gisela ihr Schultertuch diesmal so, dass es auch ihr Gesicht verhüllte. Prompt machte Lucien eine anzügliche Bemerkung, ging dann aber weiter und musterte die übrigen Frauen so intensiv, als hätte er noch nie ein weibliches Wesen gesehen.

Kurz darauf waren die Matrosen wieder verschwunden, und die Passagiere konnten in Ruhe essen. Walther gingen jedoch die Blicke nicht aus dem Sinn, mit denen Lucien die Frauen gemustert hatte, und er beschloss, für den Rest der Reise noch mehr auf der Hut zu sein.

## 10.

Es herrschte eine seltsame Stimmung im Zwischendeck. Während der Überquerung des Atlantiks war die *Loire* von den Wellen hochgerissen worden und wieder in die Wellentäler gesackt. Entsprechend hatte der Rumpf gearbeitet und geknarzt. Doch nun wirkte die See um das Schiff wie ein Spiegel, und es war so still, dass

Gisela das Trippeln der Ratten hören konnte, die unter dem Zwischendeck über die Ladung liefen.

Es war Nacht, und die meisten Passagiere nützten die Stille auf dem Schiff, um zu schlafen. Auch Walther schnarchte leise, hatte aber seine Hand zu Gisela herübergestreckt und hielt die ihre fest. Sie freute sich über seine Zuwendung und glaubte nun selbst, dass alles gut werden könnte.

Nach einer Weile hörte sie, wie die Luke geöffnet wurde, und richtete sich so auf, dass sie über die anderen Schläfer hinwegsehen konnte. Tatsächlich stieg jemand leise den Niedergang herab, blieb unten kurz stehen und blickte sich um.

Die Laterne in der Mitte des Zwischendecks war wie gewohnt herabgedreht, flackerte aber nur noch so schwach, als sei sie am Abend nicht wie sonst üblich von den Matrosen mit Tran aufgefüllt worden. Daher war es zu dunkel, als dass Gisela den Mann hätte erkennen können. Sie zweifelte jedoch nicht daran, dass es sich um Lucien handelte. Der Matrose machte ein paar Schritte in ihre Richtung, blieb dann aber stehen und kehrte zum Niedergang zurück.

Gisela hoffte schon, er würde wieder an Deck steigen. Doch er verharrte noch einmal und starrte auf die Schläfer in der Nähe des Niedergangs.

Die ruhige Lage des Schiffs hatte Gertrude, die mit der Hängematte nicht gut zurechtkam, dazu verlockt, ihre Decke in einer Ecke auszubreiten und darauf zu schlafen. Auf so eine Gelegenheit hatte der Matrose offensichtlich gehofft. Er löste seinen Leibriemen, holte sein Glied her-

aus und beugte sich über die schlafende Frau. Mit einer Hand hielt er ihr den Mund zu und schlug mit der anderen die Röcke hoch, bis ihr Unterleib entblößt vor ihm lag.
Während Gertrude langsam erwachte und sich dabei noch in einem Traum wähnte, glitt der Matrose zwischen ihre Schenkel. Dadurch wurde Gertrude endgültig wach, doch sie konnte weder um Hilfe rufen noch den Mann von sich wegdrücken.
Zwar konnte Gisela nicht erkennen, was dort vor sich ging. Da Lucien jedoch das Zwischendeck nicht verlassen hatte, befürchtete sie Schlimmes und weckte Walther.
»Dort passiert etwas!«
»Rammeln wieder ein paar Leute?«, fragte dieser schlaftrunken, wurde aber hellwach, als er ein ersticktes Stöhnen vernahm, das nicht nach ehelicher Lust klang. Besorgt fasste er nach seiner Pistole und kletterte aus der Hängematte.
»Was ist dort los?«
Seine Stimme weckte Martin Jäger, der neben Gertrude schlief. Der Elsässer stemmte sich hoch, sah den Schatten, den Lucien in dem düsteren Licht warf, und wollte zuerst nicht glauben, dass seine Nachbarin sich einem anderen Mann hingab. Dann aber begriff er, was tatsächlich geschah, und verließ seine Hängematte.
»Du Lumpenhund! Das hast du nicht umsonst getan«, brüllte er, während er den Matrosen mit einem Wutschrei von der Frau zerrte.
Lucien griff nach seinem Messer. Doch nun waren weitere Männer aufgewacht und kamen dem Elsässer zu Hilfe.

Einer packte Luciens Arm und drehte ihn um, bis dieser das Messer fallen ließ, während die anderen voller Wut auf ihn einschlugen.
Lucien begriff, dass es um sein Leben ging, und schrie gellend um Hilfe. Allerdings musste er noch etliche Hiebe einstecken, bis oben die Luke aufgerissen wurde. Bertrand und der Kapitän kamen, Pistolen in den Händen, herab, während ein weiterer Matrose eine Laterne in der Hand hielt, um die Szene zu erleuchten.
»Was ist hier los?«, fragte Buisson barsch.
Lucien entwand sich den Armen der Passagiere und humpelte zu seinem Kapitän. »Diese Leute haben mich grundlos geschlagen«, giftete er.
Wütend funkelte Buisson Martin Jäger und die anderen Männer an. »Keine lumpige Landratte schlägt einen meiner Matrosen ungestraft!«
»Dieser Mann hat sich ins Zwischendeck geschlichen und sich an meiner Nachbarin vergangen«, rief Jäger nicht weniger zornig als der Kapitän.
Hérault Buisson musterte Lucien mit einem finsteren Blick und bedeutete ihm zu verschwinden. Danach wandte er sich wieder Jäger zu. »Es ist meine Aufgabe, meine Männer zu bestrafen, wenn sie etwas angestellt haben! Ihr hättet die Sache morgen Bertrand unterbreiten können, damit er es mir meldet.«
»Und den Schuft vielleicht noch weitermachen lassen, was?«, brüllte Martin Jäger den Kapitän an.
»Das Weibsstück wird wohl kaum einen Schaden davontragen!« Der Spott des Kapitäns traf Martin wie ein Schlag, und er hob die Faust.

»Dafür werden Sie bezahlen, Buisson, wie für so vieles, was hier an Bord geschehen ist. Wenn wir in New Orleans angekommen sind, werden wir bei den Behörden Klage gegen Sie erheben. Darauf können Sie sich verlassen.«

Das Gesicht des Kapitäns verfärbte sich tiefrot. »Du Lumpenhund willst mir drohen? Das ist Meuterei, und dafür gibt es nur eine Strafe.« Mit diesen Worten legte Buisson die Pistole auf Martin Jäger an.

Als Walther begriff, dass der Kapitän wirklich schießen würde, zog er ebenfalls seine Waffe und zielte auf Buisson. »Halt! Wenn Sie diesen Mann umbringen, schieße ich Ihnen eine Kugel in den Kopf – und das meine ich ernst!«

Buisson starrte ihn fassungslos an. »Das ist Meuterei!«, wiederholte er, ließ seine Waffe jedoch sinken.

»Das, Kapitän, werden wir in den Vereinigten Staaten vor Gericht ausmachen. Und nun gehen Sie, und wagen Sie es ja nicht, gegen einen von uns etwas zu unternehmen.«

»Weshalb hast du diesem Kerl die Pistole nicht abgenommen?«, herrschte Buisson Bertrand an.

Der zuckte hilflos mit den Achseln. »Ich habe ihm gesagt, dass es den Passagieren verboten ist, Waffen bei sich zu tragen. Aber er hat sie nicht abgegeben.«

»Idiot!«, knurrte der Kapitän und warf Walther einen hasserfüllten Blick zu. »Wir zwei haben das letzte Wort noch nicht miteinander gesprochen, das schwöre ich!« Er wollte noch etwas sagen, da ging mit einem Mal ein heftiger Ruck durch das Schiff. Da oben gleichzeitig erschreckte Rufe aufklangen, kletterte Buisson eilig an Deck.

Bertrand folgte ihm, blieb aber auf einer der obersten Stufen stehen und drehte sich noch einmal zu Walther um. »Es war sehr dumm von dir, sich den Zorn von Capitaine Buisson zuzuziehen. Ich schätze, deine Frau wird New Orleans nur als Witwe erreichen. Hoffentlich ist sie als Hure gut genug, um nicht zu verhungern!«
Nach diesen Schmähworten wollte Bertrand ganz an Deck steigen, doch da traf ein erneuter Stoß das Schiff. Der Matrose verlor den Halt und stürzte kopfüber herab. Einen Augenblick lang gellte sein Schreckensschrei in Walthers Ohren, dann brach der Laut mit einem heftigen Knacken ab. Als sich die Passagiere dem Matrosen näherten, sahen sie, dass er sich bei dem Aufprall das Genick gebrochen hatte.
Während Gisela und einige andere Frauen erschrocken das Kreuz schlugen, wand Martin Jäger dem Toten die Pistole aus der Hand. Diese war zum Glück nicht losgegangen, und als er die Ladung prüfte, fand er sie schussfertig.
»So ist es gut! Jetzt riskieren Buisson und seine Lumpenhunde einiges, wenn sie uns angreifen wollen«, rief Jäger Walther zu.
Dieser nickte grimmig. »Wir werden es ihnen nicht zu leichtmachen. Wenn die glauben, sie können mit uns umgehen wie mit Vieh, haben sie sich getäuscht! Notfalls schlagen wir die Luke auf und stürmen das Deck. Wir sind mehr Männer, als Buisson zählt, und wir sind auch nicht ohne Waffen!«
Mit diesen Worten band er seinen Koffer los, öffnete ihn und holte die Doppelbüchse, das Pulverhorn und die

Blechbüchse mit den verschiedenen Geschosskalibern hervor. Sorgfältig lud er den Schrotlauf der Waffe mit Rehposten und den zweiten Lauf mit einer Kugel.
Thierry grinste böse, zog sein Messer und schliff es demonstrativ an einem Metallbeschlag. »Ich werde dafür sorgen, dass Buisson für den Tod meines Vaters bezahlt!«
Auch andere Passagiere rüsteten sich mit allem aus, was sich als Waffe verwenden ließ. Sie hatten Wochen der Demütigung und des offenen Betrugs durch den Kapitän und seine Mannschaft ertragen, doch Luciens Tat hatte sie aufgerüttelt.
Gisela war zu Gertrude geeilt, um dieser zu helfen oder wenigstens Trost zuzusprechen. Diese saß zuerst wie versteinert da, dann aber schüttelte sie sich, stand auf und durchsuchte den toten Bertrand. Er hatte nicht mehr als sein Messer und einen Geldbeutel bei sich. Letzteren wog sie kurz in der Hand und warf ihn dann Thierry zu. »Hier! Ihr habt von diesen Hunden am meisten erleiden müssen.«
Der Normanne rang sichtlich mit sich. Dann reichte er ihn Gertrude zurück. »Nimm es als Entschädigung für das, was Lucien dir angetan hat. Das ist unseren Frauen zum Glück bisher erspart geblieben. Doch was ist? Wollen wir hierbleiben und warten, bis die Wölfe kommen und uns fressen, oder stürmen wir an Deck und machen mit Buisson ein Ende?«
»Wer soll dann das Schiff in den Hafen bringen?«, wollte einer der Männer wissen.
Während die anderen Passagiere unschlüssig diskutierten, kletterte Walther den Niedergang hinauf und überprüfte

die Luke. Zu seiner Überraschung war diese nicht verriegelt worden, und er konnte sie vorsichtig ein Stück anheben. Doch als er durch den Spalt nach draußen spähte, nahm er eine pechschwarze Wand wahr, die mit großer Geschwindigkeit näher kam. Im nächsten Moment trafen das Schiff weitere Stöße, die es wie ein Spielzeug packten und herumwarfen.

Um nicht dasselbe Schicksal zu erleiden wie Bertrand, stieg Walther vorsichtig ins Zwischendeck hinab und hob die Hand. »Martin, bitte übersetze für mich: Alle herhören, Leute! Wie es aussieht, gerät die *Loire* gerade in einen Sturm. Wir sollten daher die Auseinandersetzung mit Buisson und seinen Männern nicht in dieser Stunde suchen. Sichert euer Gepäck, damit nichts herumfliegen kann, und setzt euch in die Hängematten. Es wird uns zwar durchschütteln, aber das ist besser, als wenn wir im Sturm herumgeschleudert werden und uns sämtliche Knochen brechen.«

»Verknotet die Hängematten gut an den Haken und achtet darauf, dass sie nicht zu sehr durchhängen«, setzte Jäger hinzu und begann sogleich, Gertrudes Hängematte festzuzurren.

»Was ist mit dem?«, fragte Thierry und wies auf Bertrand.

»Bindet ihn irgendwo fest! Um den kümmern wir uns, sobald es möglich ist!« Walther kehrte an seinen Platz zurück und vertäute seinen Koffer und die Reisetasche so, dass diese sich auch bei einem starken Sturm nicht lösen konnten. Während er die Hängematten überprüfte, betete Gisela neben ihm voller Inbrunst.

Inzwischen war die Stille, die seit etlichen Stunden geherrscht hatte, einem sich stetig steigernden Rauschen und Pfeifen gewichen. Der Schiffskörper stieg ruckartig hoch und wurde wieder in die Tiefe gerissen. Dabei ächzte, knarzte und knirschte der Rumpf, dass allen angst und bange wurde.

Von oben klangen die Stimmen des Kapitäns und seines Maats herab, die die Matrosen anbrüllten, die Segel zu reffen. Gleichzeitig bockte die *Loire* so stark, dass die Befestigungen mehrerer Hängematten nachgaben und diese samt den Menschen darin zu Boden stürzten. Ein Kind schrie vor Schmerz auf, und die Mutter rief, es habe sich den Arm gebrochen. Aber niemand war in der Lage, den beiden zu helfen.

Immer höhere Wellen schlugen nun gegen die *Loire* und überspülten sie. Ihr Wasser drang durch die Luke ins Zwischendeck und durchnässte die Passagiere, deren Hängematten in der Nähe des Niedergangs befestigt waren. Doch auch das Deck über ihnen hielt nicht dicht. Immer wieder wurde Wasser durch die schlecht kalfaterten Ritzen und Spalten gepresst und floss auf die erstarrten Menschen herab.

»Das ist Gräfin Elfredas Fluch! Sie will nicht, dass wir lebend nach Amerika kommen«, schrie Gisela in das Toben des Sturmes hinein.

Walther konnte in dem zunehmenden Lärm keine Antwort mehr geben, aber er versuchte, ihre Hängematte so festzuhalten, dass sie nicht zu stark umhergeschleudert wurde. Im Gegensatz zu seiner Frau glaubte er nicht an die Wirksamkeit von Flüchen, doch während das Schiff von dem Orkan wie ein Ball herumgeworfen wurde, fand auch er, dass ihre jetzige Situation der Gräfin auf Renitz ausnehmend gut gefallen würde.

# NEUNTER TEIL

*Tejas*

# I.

Walther hätte nicht einmal zu schätzen vermocht, wie lange der Sturm bereits wütete. Wasser strömte den Niedergang herab, drang immer stärker durch die Spalten im Deck herein und hatte bereits die Laterne gelöscht. Hie und da übertönten die panikerfüllten Stimmen der Passagiere das Brausen des Sturms und das Krachen des Gebälks. Walther hatte seine und Giselas Hängematten mit einer Leine aneinandergebunden, so dass sie nicht mehr so stark hin und her pendelten. Vor allem aber konnten sie nun einander an den Händen fassen und fühlten sich ein wenig getröstet.
Andere hatten nicht so viel Glück. Immer wieder vernahmen Walther und Gisela entsetzte Aufschreie. Mütter riefen nach ihren Kindern, Männer nach ihren Frauen, und viele beteten verzweifelt zu Gott und allen Heiligen, ihnen in dieser Not beizustehen.
Am schlimmsten erging es denen, deren Hängematten sich losgerissen hatten und die auf dem Boden des Zwischendecks Halt suchen mussten. Einige klammerten sich an die Hängematten anderer, doch die heftigen, ruckartigen Bewegungen der *Loire* überstiegen nur allzu häufig ihre Kräfte. Wer nicht mehr auf die Beine kam, dem drohte der Tod durch Ertrinken, denn das Wasser, das sich im Zwischendeck angesammelt hatte, schwappte fast hüfthoch von einer Seite zur anderen und riss alles mit sich.

Zudem kehrte die Seekrankheit zurück, die sie überwunden geglaubt hatten. Auch Gisela erbrach immer wieder in heftigen Schüben. Aber diesmal kümmerte es weder sie noch Walther, ob sie die Decken oder ihre Kleidung beschmutzte.
»Wenn wir schon sterben sollen, sollte es schnell gehen«, wimmerte sie zwischen zwei Würgekrämpfen.
Walther winkte heftig ab, obwohl sie das nicht sehen konnte. »Solange wir noch leben, besteht Hoffnung.«
»Glaubst du wirklich an Rettung?«
Bevor Walther antworten konnte, hörte er vorne einen grässlichen Schrei. »Was ist los?«, rief er besorgt.
»Jemand will mich packen und unter Wasser ziehen!« Erneut kreischte die Frau durchdringend.
Dann aber erscholl Thierrys Stimme. »Was soll das Geflenne? Es ist nur dieser Leichnam dieses elenden Bertrand! Er hat sich losgerissen und treibt im Wasser. Schiebe ihn mit den Füßen beiseite.«
»Es wird nicht mehr lange dauern«, prophezeite Gisela düster. Kaum hatte sie es gesagt, da bäumte das Schiff sich auf, und sie wurden in ihren Hängematten von einer Wasserwand begraben. Als das Wasser wieder ablief und sie keuchend und spuckend nach Atem rangen, war auch Walther kurz davor, alle Hoffnung fahrenzulassen. Der Rumpf der *Loire* ächzte, als würde ihn ein Riese Stück für Stück auseinanderbrechen.
Gertrude, deren Hängematte vorne beim Niedergang befestigt war, horchte immer wieder auf die Geräusche an Deck. Schließlich hielt sie es nicht mehr aus und schrie, so laut sie konnte: »Ich glaube, der Kapitän und die Matro-

sen haben das Schiff verlassen. Wir sind dem Untergang geweiht!«

Erneut stürzte die *Loire* in die Tiefe, und sie hörten, wie die Wellen über das Deck schlugen. Der Lukendeckel zersprang knallend, und das Wasser ergoss sich wie ein Wasserfall ins Zwischendeck.

Während um sie herum die Menschen ihre Verzweiflung aus sich hinausschrien, kämpfte Walther darum, aus der Hängematte herauszukommen, und zerrte dann Gisela aus der ihren.

»Wir müssen nach oben! Hier unten ertrinken wir.«

»Aber oben werden wir von den Wellen hinweggerissen!«, wehrte Gisela entsetzt ab.

»Dann müssen wir uns irgendwo festbinden!« Walther erinnerte sich an mit Belegnägeln gesicherte Taurollen und hoffte, dass noch nicht alle weggespült waren. Mit einer Hand fasste er Gisela und zerrte sie hoch. Als er sich Richtung Luke schieben wollte, stieß seine freie Hand an den Lauf seiner Doppelbüchse, die er durch die Schnüre am Fußende seiner Hängematte geschoben hatte, um sie jederzeit zur Hand zu haben. Da er nicht wusste, ob er oben mit dem Kapitän konfrontiert würde, zog er sie heraus und warf sie sich über den Rücken.

Gisela mit einem Arm haltend, klammerte er sich mit der freien Hand an die Deckenbalken und schob sich in die Richtung, in der er den Niedergang vermutete. Dabei versuchte er den infernalischen Lärm des Sturms zu übertönen. »Wir müssen an Deck, wenn wir nicht hier unten jämmerlich ersaufen wollen!«

Nun hätte er Gertrude oder Martin Jäger gebraucht, um zu übersetzen. Doch er hoffte, dass das bisschen Französisch, das er sich während der Reise angeeignet hatte, ausreichen würde. Ein paar Verzweifelte antworteten ihm und kämpften sich ebenfalls nach vorne.
Ein weiterer Wasserschwall stürzte den Niedergang herab, doch Walther konnte sich mit einer Hand an den Treppenstufen hochziehen. Mit der anderen umklammerte er nach wie vor Giselas Arm.
»Du musst dich an mir festhalten«, schrie er ihr durch das Heulen des Sturmes zu. Vom Lukendeckel waren nur noch Reste vorhanden, und als er den Kopf durch die Öffnung steckte, bemerkte er zu seiner Überraschung, dass es draußen hell genug war, um das Schiff überblicken zu können. Draußen war kaum etwas unversehrt geblieben. Die Brecher hatten das Deck leer gefegt und große Teile der Reling und anderer Aufbauten weggerissen. Der Hauptmast war abgebrochen, und sein oberer Teil hing wie ein Schleppanker an den Tauen, die ihn noch mit dem Schiff verbanden.
Zwischen zwei Wellen stieg Walther an Deck, zog Gisela nach oben und fand gerade noch Halt, ehe das Schiff wieder überflutet wurde und Unmengen an Wasser ins Zwischendeck flossen.
Während er nach einem Tau suchte, mit dem er Gisela und sich an den Stumpf des Hauptmasts binden konnte, entdeckte Walther den Kapitän und den Rest seiner Mannschaft, der den Kampf mit dem Sturm bislang überstanden hatte. Die Matrosen brachten gerade ein Boot zu Wasser, um die schwer beschädigte *Loire* zu verlassen.

»He! Ihr könnt uns doch nicht einfach hier zurücklassen!«, brüllte Walther zu ihnen hinüber.

Hérault Buisson stand bereits im Boot und drehte sich nun ruckartig um. Als er Walther erkannte, zog er ohne Zögern seine Pistole, zielte auf ihn und drückte ab. Offensichtlich war das Zündpulver nass geworden, denn es tat sich nichts. Wütend warf er die Waffe zu Boden und befahl seinen Männern abzulegen, obwohl sich noch zwei Matrosen an Bord der *Loire* befanden.

Nun tauchte Thierry neben Walther auf und starrte auf das Boot, das von den Wellen rasch vom Schiff weggetragen wurde.

»Diese Hunde! Die lassen uns einfach verrecken«, brüllte er.

Da legte sich Walthers freie Hand wie ein Schraubstock um seinen Arm. »Sieh genau hin!«

Noch bevor der Normanne begriff, was Walther meinte, raste eine fast haushohe Welle heran, riss das Boot in die Höhe und warf es um. Von der *Loire* aus war zu erkennen, wie der Kapitän und die Matrosen ins Wasser stürzten und sofort von der tobenden See verschlungen wurden.

»Achtung, festhalten!«, schrie Walther, da die Riesenwelle nun auf die *Loire* zukam. Er konnte gerade noch nach einem losen Tau schnappen und es um sich und seine Frau schlingen. Endlose Augenblicke zerrte das Wasser an ihnen wie ein Raubtier, das sie zu verschlingen drohte, dann kämpfte sich die *Loire* wieder hoch, und das Wasser lief ab.

So rasch er konnte, band Walther Gisela am Maststumpf fest und sah sich nach den anderen um. Eben half Thierry

seiner Mutter an Deck und wollte ein Seil um sie schlingen, doch sie schüttelte den Kopf und deutete auf ihre Tochter. Während ihr Sohn die junge Frau an Walther weiterreichte und ihn mit Gesten bat, sie festzubinden, trat seine Mutter an die Bordwand und sah der nächsten hohen Welle entgegen. Bevor Thierry reagieren konnte, hatte diese die Witwe erfasst und nahm sie mit sich.
»*Maman!*« Thierry schrie wie ein verwundetes Tier auf und wollte hinter ihr herspringen.
Walther packte ihn und riss ihn zurück. »Du kannst ihr nicht mehr helfen. Kümmere dich um den Rest deiner Sippe!«
Da kam Thierry zur Besinnung und band seinen jüngeren Bruder ebenfalls am Hauptmast fest. Martin Jäger schob Gertrude an Deck und stieg hinter ihr hoch. Während Walther die Elsässerin zu sich holte und ein Seil um sie schlang, zögerte Jäger und wurde prompt von der nächsten Welle erfasst. Einige Augenblicke konnte er sich noch an den Resten des Lukendeckels festhalten. Aus dessen Bruchstellen ragten jedoch scharfe Splitter und bohrten sich in Jägers Hände. Der Elsässer schrie vor Schmerz, ließ los und wurde über Bord gespült.
Wie vielen Passagieren Walther in den nächsten Minuten half, sich festzubinden, hätte er hinterher nicht zu sagen vermocht. Dennoch wurde immer wieder jemand von den Wogen erfasst und ins Meer gerissen. Irgendwann erlosch der Zustrom aus dem Zwischendeck. Walther konnte nicht erkennen, wie viele es außer ihm und Gisela an Deck geschafft hatten. Schließlich fragte er sich, weshalb er immer noch gegen das unausweichliche Schicksal an-

kämpfte, da gellte auf einmal Giselas Stimme laut in seinen Ohren. »Ich sehe Land!«
Er drehte sich mühsam herum und entdeckte im Norden einen Streifen am Horizont, der sich über die kochende See erhob. »Wir werden darauf zugetrieben«, rief er und schöpfte erstmals wieder Hoffnung.
Die nächsten Minuten starrten alle voller Anspannung zu den Hügeln hinüber, die immer deutlicher zu erkennen waren. Die Entfernung bis dorthin vermochte Walther nicht zu schätzen. Es konnte genauso gut eine Meile sein wie drei. Zum Schwimmen war es auf jeden Fall zu weit.
Nach einer Weile merkte er, dass sie sich der Küste im spitzen Winkel näherten und auflaufen würden, falls die Strömung ihre Richtung beibehielt. Inzwischen aber hatte die *Loire* so viel Wasser aufgenommen, dass das Deck auch von kleineren Wellen überspült wurde. Lange würde das Schiff sich nicht mehr halten. Wenn es nicht anders ging, mussten die Überlebenden versuchen, schwimmend das Land zu erreichen.
In dem Moment wurde die *Loire* ein letztes Mal in die Höhe gerissen. Es gab einen fürchterlichen Ruck, und dann lag das Schiff regungslos in der tobenden See. Zuerst begriff Walther nicht, was geschehen war, doch dann vernahm er Giselas entsetzten Aufschrei. »Wir sind auf ein Riff aufgelaufen, weit weg vom rettenden Ufer!«
Sie schlug das Kreuz und begann wieder zu beten, während Walther vor Enttäuschung die Tränen in die Augen schossen. Dann begriff er, dass die *Loire* den Launen der Wellen nicht mehr ganz so stark ausgeliefert war, denn

sie lag so hoch, dass ihr Deck nur noch selten überspült wurde.

»Vielleicht haben wir doch Glück«, brüllte er über den immer noch heulenden Sturm hinweg. »Wenn das Unwetter abflaut und das Wrack vom Land aus gesehen wird, könnten wir Hilfe erhalten.«

Die anderen Überlebenden waren zu erschöpft, um auf seine Worte zu reagieren. Giselas Heilige, dachte Walther besorgt, würden wohl etliche Wunder bewirken müssen, damit sie festes Land erreichten.

Die Nacht brach herein, ohne dass Hilfe kam, und das Fünkchen Hoffnung, das der eine oder andere auf dem Wrack gehegt haben mochte, erlosch mit dem Tageslicht. Da die Flut zurückging, konnten die Überlebenden die Taue lösen, mit denen sie sich an den Stumpf des Hauptmasts und an den Besan gebunden hatten. Sie ließen sich dort, wo sie standen, auf das Deck sinken. Die ausgestandenen Schrecken und der nächtliche Kampf ums Überleben forderten ihren Tribut. So fielen die meisten in einen unruhigen, von Alpträumen geplagten Schlaf.

Auch Walther fühlte sich zu Tode erschöpft, setzte sich aber auf der dem Land zugewandten Seite des Schiffes hin und starrte in die Dunkelheit hinein.

Endlich ließ der Sturm nach, und kurz darauf entdeckte er ein Feuer, das ein Stück landeinwärts zu brennen schien.

Wer mag es angezündet haben?, fragte er sich besorgt. Immerhin war Amerika alles andere als ein zivilisierter Kontinent. Hinter einem schmalen Rand, den die europäischen Siedler bewohnten, erstreckte sich das Gebiet wil-

der Stämme, die jedes Weißen Feind waren. Außerdem fragte er sich, ob die Küste, die er in der Nacht nur erahnen konnte, noch zu den Vereinigten Staaten gehörte oder zu einem der Länder, die sich von der Krone Spaniens gelöst und eigene Republiken gegründet hatten.
Doch im Grunde war es gleichgültig, wo sie sich befanden. Sobald der Sturm abgeflaut war, mussten sie aus Schiffstrümmern ein Floß bauen und versuchen, damit das Ufer zu erreichen.

## 2.

Die Morgensonne stieg so strahlend über dem Horizont auf, als wären der Sturm und die Todesnot nur Teile eines Alptraums gewesen. So willkommen ihre Wärme dem Häuflein Überlebender auf der *Loire* auch sein mochte, enthüllte ihr Schein auch das volle Ausmaß der Schäden, die das Schiff erlitten hatte. Es war vom Sturm auf eine Sandbank geworfen worden und lag nun, da die See zurückgewichen war, beinahe hundert Fuß vom Wasser entfernt. Man konnte jedoch erkennen, dass die *Loire* im weichen Untergrund zu versinken drohte. Das Wrack würde dem nächsten Sturm oder vielleicht sogar der nächsten Flut zum Opfer fallen.
Walther wurde klar, dass sie rasch handeln mussten, und er wandte sich den Überlebenden zu. Unwillkürlich zählte er sie und konnte sein Entsetzen kaum verbergen.

Zwar hatte er nie genau ermitteln können, wie viele Menschen Kapitän Buisson in sein dunkles Zwischendeck gestopft hatte, die Gruppe jedoch auf über sechzig geschätzt. Nun sah er außer Gisela nur noch fünfundzwanzig Menschen um sich, darunter einen der beiden Matrosen, die Buisson im Stich gelassen hatte. Es war ausgerechnet Lucien.

Am schlimmsten war jedoch, dass von den fünfzehn Kindern, die mit an Bord gewesen waren, nur noch drei lebten. Die hatte er selbst Erwachsenen auf die Schultern gesetzt und dazu am Mast festgebunden. Den anderen hatte er nur zurufen können, es ebenso zu machen.

Ein Ehepaar am Besanmast hatte dies jedoch nicht gehört oder nicht für nötig gefunden, und so waren deren Kinder bis auf die älteste Tochter ertrunken. Das Schreien der verzweifelten Frau ging Walther durch Mark und Bein, und der Mann sah so aus, als würde er am liebsten über Bord springen und ein Ende in den Wellen suchen.

Walther begriff, dass er die Menschen auf der *Loire* nicht der Verzweiflung überlassen durfte. »Übersetze bitte, was ich jetzt sage!«, forderte er die Elsässerin auf. »Wir müssen Flöße bauen, um an Land zu gelangen. Zum Glück ist die Küste nur etwa eine gute englische Meile entfernt. Der Matrose soll uns anleiten, denn er versteht am meisten von der Seefahrt.«

Da es sich bei dem Matrosen um Lucien handelte, wurde Gertrudes Miene starr. Sie sah jedoch ein, dass sie das Wissen des Mannes brauchten. Aber als sie ihn ansprach, ließ sie ihn ihre Verachtung und ihre Wut deutlich spüren.

Lucien sah Walther ängstlich an. Immerhin hatte dieser seinem Kapitän Paroli geboten und war mit seiner ruhigen, überlegten Art zum Anführer der Schiffbrüchigen geworden.
»Wenn mir ein paar Männer helfen, könnte es gelingen. Wir sollten aber mehrere Flöße bauen. Ein großes, das für uns alle reicht, können wir nicht bis ans Wasser schaffen.«
Lucien deutete auf die Sandbank, die sich mehr als hundert Schritte in Richtung Ufer ausdehnte.
»Warum schieben wir es nicht auf der anderen Seite ins Wasser?«, fragte Gertrude.
»Weil wir nicht wissen, wo die Sandbank aufhört. Wenn wir dort in eine ungünstige Strömung geraten, trägt sie uns vom Land weg.«
Walther fand den Rat des Matrosen gut und forderte die Männer auf mitzuhelfen. Es dauerte eine Weile, bis er die Menschen aus der Starre, in die sie sich vor den Schrecken des Sturms oder aus Trauer und Verzweiflung geflüchtet hatten, herausgeholt hatte. Einer der Ersten, die mit zugriffen, war Thomé Laballe, dessen Frau ebenfalls überlebt hatte. Da Walther sich erinnerte, wie sorgfältig der Mann ihr geholfen hatte, aus dem Zwischendeck herauszukommen und sich an den Mast zu binden, stiegen die beiden in seiner Achtung.
Anders als Laballe war Thierry zunächst nicht dazu zu bewegen, sich an der Arbeit zu beteiligen. Von den fast zwanzig Personen der normannischen Sippe hatten nur sechs überlebt, darunter seine älteste Schwester und sein kleiner Bruder. Doch Walther durfte keine Rücksicht auf seine Befindlichkeit nehmen.

Da schrie Gertrude den jungen Mann an: »Jetzt bewege endlich deinen Arsch und hilf mit, zum Donner noch mal! Oder willst du, dass wir alle hier krepieren?«
Das war nicht sehr höflich, doch es wirkte. Thierry starrte die Frau an, stand dann auf und schüttelte sich. »Oh Gott im Himmel, warum hast du mich verschont und mich nicht wie meine Eltern und meine Verwandten zu dir genommen!«
»Weil du die Verpflichtung hast, für die Überlebenden deiner Familie zu sorgen!«, fuhr Walther ihn an.
Gertrudes Übersetzung fiel noch schärfer aus und beschämte den jungen Mann. »Es tut mir leid!«
Mit diesen Worten machte Thierry sich an die Arbeit. Er war ein kräftiger Bursche und konnte gut zupacken. Das war auch notwendig, denn wenn es ihnen nicht gelang, bis zum Abend ans Ufer zu gelangen, würden sie eine weitere Nacht auf der *Loire* verbringen müssen. Ohne Trinkwasser und mit salzverkrusteten Lippen war es jetzt schon eine Qual, und Walther befürchtete, dass einige der zu Tode erschöpften Frauen und Kinder den nächsten Tag nicht mehr erleben würden.
Da der Sturm fast alles von Bord gefegt hatte, mussten die Männer Decksplanken herausbrechen. Den Frauen und Kindern trug Lucien auf, die Reste von Tauen zu spleißen und die einzelnen Stränge zusammenzubinden, damit sie die Planken und Holzteile aneinander befestigen konnten.
Lucien packte überall mit an und sparte nicht mit Rat, als wolle er den schlechten Eindruck, den alle von ihm gewonnen hatten, vergessen machen. Allerdings war Lucien

in der gleichen Lage wie sie und würde ebenfalls sterben, wenn es ihnen nicht gelang, an Land zu kommen. Auch nach gründlichem Suchen fand sich auf der *Loire* nichts mehr, mit dem die Schiffbrüchigen ihren Durst hätten stillen können, geschweige denn ihren Hunger. Sand war in den Laderaum und ins Zwischendeck gedrungen, und darüber stand das eingedrungene Wasser fast bis zu den Luken. Daher war es auch nicht möglich, die Toten zu bergen und an Land zu bringen, damit sie ein christliches Begräbnis erhielten. Selbst Buissons Achterkabine war bis auf die äußeren Balken, zwischen denen sich Trümmer verfangen hatten, weggespült worden.

»Schade«, sagte Walther, nachdem er die Zerstörung begutachtet hatte. »Vielleicht hätten wir sonst die Geldkassette des Kapitäns bergen und das darin enthaltene Geld als Entschädigung für all das mitnehmen können, was wir auf dem Schiff verloren haben.«

Lucien, der ein gebrochenes Englisch sprach, schüttelte den Kopf. »Der Kapitän hat alles mitgenommen. Jetzt liegt es auf dem Grund des Ozeans, und die Seejungfrauen werden sich am Glanz des Goldes erfreuen.«

»Erfreuen wir uns daran, dass wir noch leben, und sorgen wir dafür, dass wir es noch eine Weile tun.« Walther kehrte der Achterkajüte den Rücken zu und befahl, das erste Floß an der Backbordseite der *Loire* nach unten zu schieben.

Als dies geschehen war, brauchten sie zehn Leute, um das Floß über den nachgiebigen Sand bis zum Wasser zu transportieren. Danach sanken einige Männer erschöpft auf den nassen Sand.

»Sollten wir es nicht bei dem einen Floß belassen und es mehrfach hin und her fahren lassen?«, fragte einer.
Walther schüttelte den Kopf. »Es passen höchstens sieben Leute darauf. Da zwei es wieder zum Schiff zurückbringen müssen, wären das fünf Fahrten. Das dauert viel zu lange. Außerdem haben wir die anderen Flöße bereits gefertigt. Also kommt, holen wir das nächste!«
Es dauerte eine Weile, bis sich alle wieder aufgerafft hatten. »Wenn wir wenigstens etwas zu trinken hätten«, stöhnte Thierry.
»Zu trinken gibt es da drüben!« Walther wies auf die hügelige Küste, die sich weniger als eine Meile entfernt nördlich erstreckte.
Ein paar Männer wurden unruhig. Zwar war Walthers Französisch nicht so gut, um alles verstehen zu können, aber er begriff, dass einige, die keine Familienmitglieder mehr auf dem Wrack der *Loire* hatten, überlegten, auf eigene Faust hinüberzuschwimmen. Erleichtert atmete er auf, da alle wieder mit zum Wrack zurückkehrten. Doch als er mit Thierry und vier weiteren Männern an Bord stieg, um das nächste Floß zu holen, rannten die anderen vier los, schnappten sich das erste und schoben es ins Wasser, bevor jemand sie daran hindern konnte.
»Elende Schurken!«, rief Thierry und wollte ihnen hinterher. Doch Walther legte ihm die Hand auf die Schulter.
»Lass sie! Es ist wichtiger, die anderen Flöße zum Wasser zu schaffen.«
»Ich bringe die Kerle um, wenn ich sie erwische«, schäumte der Normanne. Er beherrschte sich aber und half mit, die restlichen Flöße auf die Innenseite der Sandbank zu

schaffen. Danach versammelten sich alle ein letztes Mal an Deck der *Loire,* um zu bestimmen, wie sie sich auf die drei übrig gebliebenen Flöße verteilen sollten.
Lucien machte eine besorgte Miene. »Wir sind noch dreiundzwanzig Personen. Aber ich würde nur auf zwei Flöße je sieben Leute setzen, denn das letzte trägt höchstens sechs Personen. Damit müssten drei von uns zurückbleiben. Wir haben aber nicht mehr genug Holz und Seile für ein weiteres Floß.«
»Für ein paar Schwimmhilfen müsste es reichen. Wie ist es mit dir, kannst du schwimmen?«, fragte Walther.
Lucien schüttelte den Kopf. »Nie gelernt! Bei einem Schiffsuntergang ist man als Matrose froh, wenn es schnell geht und man nicht aus Verzweiflung stundenlang schwimmt, bevor einen dann doch der Teufel holt. Doch ich könnte mich an etwas klammern und versuchen, damit ans Ufer zu kommen.«
»Ich ebenfalls«, erklärte Thierry.
Auch Walther wollte sich melden, doch da hob Thomé die Hand. »Ich kann gut schwimmen. Außerdem ist deine Frau schwanger und braucht dich. Meine Alte schlägt sich notfalls auch allein durch.«
»Trau dich ja nicht zu ertrinken, Thomé Laballe! Sonst kratze ich dir noch in der Hölle die Augen aus.« Arlette funkelte ihn zornig an und wischte sich dabei eine Träne aus den Augen. Man merkte ihr jedoch an, wie stolz sie auf ihren Mann war.
Walther stellte nun die einzelnen Gruppen zusammen und achtete dabei darauf, dass die Kinder in guter Hut waren. Dann blickte er noch einmal über das leergefegte

Deck der *Loire* und entdeckte sein Gewehr, das er während des Sturms weggeworfen hatte, um anderen helfen zu können. Die Waffe hatte sich in einem der Speigatten verfangen. Er zog sie heraus und überprüfte sie. Dem Anschein nach hatte sie keinen Schaden genommen. Kopfschüttelnd hängte er sie sich über die Schulter, stieg von Bord und führte die Gruppe zu den Flößen.
Unterwegs dachte er daran, dass ihm außer dem Geld, welches Gisela und er in ihrer Kleidung versteckt trugen, nur Diebolds Pistole und seine Doppelbüchse geblieben waren. Er konnte nun froh sein, dass er sich in Le Havre nicht mit Werkzeug und ähnlichen Dingen ausgerüstet hatte. Das Geld dafür hätte er zum Fenster hinausgeworfen. Die meisten Überlebenden hatten bis auf ein paar Münzen alles verloren, womit sie aufgebrochen waren.

## 3.

Die Flöße waren primitiv aus Holzresten zusammengebaut worden und ließen sich kaum steuern. Daher waren die vier Männer, die mit dem ersten Floß losgefahren waren, noch ein ganzes Stück vom Ufer entfernt, als Walther und die anderen ihre Flöße von der Sandbank abstießen.
Lucien schwamm auf eine Planke gestützt neben Walthers Floß, sah aber immer, wenn ihn eine Welle hochhob,

zu den vier anderen hinüber. Nach einer Weile lachte er grimmig auf. »Wie es aussieht, sind die Kerle in eine Querströmung geraten, die sie längs der Küste treiben lässt. Wir müssen zusehen, dass wir nicht ebenfalls hineingeraten!«

»Eine Querströmung? Was bedeutet das?« Walther hatte sich schon gewundert, warum sich das andere Floß mittlerweile vom Land weg bewegte.

»Ich schätze, wir sind in einer Art Lagune, und deren Wasser läuft irgendwo weiter vorne durch eine Lücke zwischen den Sandbänken ab. Wenn die Kerle Pech haben, werden sie aufs offene Meer hinausgetrieben.«

Walther sah Lucien besorgt an. »Wie verhindern wir, dass es uns ebenso ergeht?«

»Wir müssen auf die Oberfläche das Wassers achten, dann sehen wir es.« Lucien bäumte sich auf, um zu schauen, doch da packte Walther ihn und zog ihn auf das Floß.

»Du bist hier mehr von Wert als im Wasser. Wenn das Floß uns nicht alle trägt, dann schwimme ich.«

»Noch trägt es uns!«, erklärte Gisela ängstlich, konnte aber ihren Blick nicht von den Balken und Brettern lösen, die sich unter ihnen bewegten, als wollten sie jeden Moment auseinanderfallen.

»Das tut es«, sagte Lucien grinsend und spähte nach vorne. »Wir müssen nach Backbord ausweichen!« Er gab den beiden anderen Flößen ein entsprechendes Zeichen und forderte alle auf, sich ins Zeug zu legen. »Nehmt Bretter, den Kolben dieser Donnerbüchse oder was euch sonst in die Hände gerät, und paddelt um euer Leben! Wir müssen an der Flussmündung da vorne vorbei, denn von dort

kommt die starke Strömung. Wenn die die Flöße erfasst, sind wir verloren.«
In den nächsten Minuten tat jeder an Bord der vier Flöße, was er konnte, um die plumpen Konstruktionen in eine andere Richtung zu drängen. Wer sonst nichts hatte, nahm die Hände. Selbst die Kinder halfen mit, denn jedem war klar, dass die Strömung sie auf das offene Meer hinaus und damit in den Tod ziehen konnte.
Walther kniete auf dem Boden und benutzte den Kolben seiner Doppelbüchse als Paddel. Die Waffe war schwer, und mehr als einmal wünschte er sich, sie einfach loslassen zu können. Doch er biss die Zähne zusammen und machte weiter.
Auf einmal klang Giselas Stimme triumphierend neben ihm auf. »Wir schaffen es!«
Unwillkürlich blickte er auf und sah die Flussmündung links vor ihnen. Schmutzig braunes Wasser, auf dem Gestrüpp und tote Tiere trieben, ergoss sich in die Lagune und zeugte davon, dass das Unwetter auch an Land gewütet hatte. Für die Menschen auf den Flößen war dies ein Vorteil, denn sie konnten erkennen, wo die gefährliche Strömung verlief.
Sie hatten das Ufer fast erreicht, als der Sog der Flussmündung sie doch noch erfasste. Ein Blick ins Wasser bewies Walther, dass der Grund an dieser Stelle nur noch drei oder vier Fuß tief war. Mit einem Satz sprang er vom Floß, spürte festen Boden unter den Füßen und stemmte sich gegen den Druck des Wassers.
Kaum hatte Gertrude dies gesehen, schrie sie so laut, dass alles es hören konnten: »Runter von den Flößen! Nehmt

die Frauen und Kinder bei der Hand und versucht ans Ufer zu gelangen!« Sie schwang die Beine über den Rand und ließ sich herab. Da sie fast einen Kopf kleiner war als Walther, reichte ihr das Wasser bis zum Hals. Dennoch nahm sie eines der Kinder auf den Arm und strebte dem festen Land zu.

Gisela folgte ihr und zog eine ältere Frau mit sich. Nun wagte Thierrys Schwester den Sprung und rettete sich mit ihrem jüngeren Bruder an Land. Da gab es auch für die anderen kein Halten mehr. Wer noch dazu in der Lage war, half anderen, bis die Flöße leer waren.

Als Letzter hob Walther Arlette Laballe herab und stieß das Floß in die Strömung zurück. Es drehte sich ein paarmal um die eigene Achse und wurde rasch davongetragen. Die Strömung erfasste auch die anderen Flöße und trieb sie Richtung offenes Meer. Walther sah ihnen kurz nach, stapfte auf das Ufer zu und half Arlette an Land. Dann sah er sich um.

Bis auf die Männer, die das erste Floß genommen hatten, schienen es alle geschafft zu haben. Doch was war mit Laballe und Thierry?

So schnell er konnte, rannte er einen Hügel empor und spähte auf die Lagune hinaus. Einen Kopf entdeckte er bald. Das musste Thierry sein. Diesem war es gelungen, sich von der Strömung des Flusswassers fernzuhalten, und er würde in kurzer Zeit das Ufer erreichen. Obwohl Walther sich mehrfach über Thomé Laballe geärgert hatte, suchte er verzweifelt nach dem Franzosen und entdeckte ihn ein ganzes Stück hinter dem Normannen. Den Mann schien die Kraft zu verlassen, denn er versuchte auf geradem Weg das Ufer zu erreichen. Damit aber schwamm er genau auf die Flussmündung zu.

»Nein, nicht, du musst nach …« Walther stockte einen Moment, um sich in die Lage des Schwimmers zu versetzen und das richtige Wort zu finden. »Du musst nach rechts!«

Zwar versuchte Thomé, seinem Ruf zu folgen, aber seine Bewegungen wurden immer kraftloser. Nun hielt es Walther nicht mehr an Land. Er stürmte auf das Ufer zu und streifte unterwegs Rock und Weste ab. Die Schuhe zog er am Strand von den Füßen, dann schnellte er ins Wasser und schwamm Thomé mit raschen Zügen entgegen.

Jetzt merkte auch Thierry, was sich hier tat, und machte kehrt. Fast gleichzeitig mit Walther erreichte er Thomé und packte ihn mit einer Hand. Walther schnappte sich die andere, dann zogen sie den Mann mit sich. Die Strömung war bereits zu spüren, und sie forderte den völlig erschöpften Männern noch einmal alles ab. Thomés Bewegungen wurden von Augenblick zu Augenblick schwächer.

»Reiß dich zusammen, oder willst du, dass deine Frau Witwe wird?«, schrie Walther ihn an.

Thomé schüttelte mit verbissener Miene den Kopf und begann wieder zu schwimmen. Zwar spürten sie noch immer die Strömung, die sie hinaustragen wollte, doch nun bildeten einige der Schiffbrüchigen eine Kette und kamen ihnen entgegen. Mit einem letzten, energischen Zug seines freien Armes hielt Walther auf den vordersten Mann zu und streckte ihm die Hand entgegen. Dieser ergriff sie, und die Helfer zogen die drei Schwimmer Richtung Ufer. Kurz darauf spürte auch Walther wieder Boden unter den Füßen und atmete auf. Im weichen Untergrund kostete es die Männer erhebliche Anstrengung, das trockene Ufer zu erreichen. Die drei Geretteten taumelten noch ein paar Schritte weiter und sanken dann hustend und keuchend zu Boden.

Gisela lief auf Walther zu und fasste nach seiner Hand. »Du bist ein tapferer Mann, mein Schatz, doch manchmal wünschte ich, du würdest mehr an dich als an andere denken«, sagte sie unter Tränen. Sie wischte diese jedoch rasch wieder weg und wies auf die Kleidungsstücke, die sie eingesammelt hatte.

»Um Laballe zu retten, hättest du beinahe riskiert, das Geld zu verlieren, das du noch hattest.«

»Nicht alles«, antwortete Walther grinsend. »Einen Beutel trage ich noch unter dem Hemd. Es sind zwar nur noch ein paar Taler, doch ich hatte das Gefühl, als würden die Münzen mich nach unten ziehen.«

»Auf jeden Fall sind wir heil an Land gekommen. Das ist im Grunde mehr wert als alles Geld der Welt.« Gisela lächelte erleichtert und dankte der Heiligen Jungfrau dafür, sie und die anderen aus dieser Not errettet zu haben. Auch die übrigen Schiffbrüchigen begriffen nun, dass es vorbei war. Thierrys Schwester Marguerite sank auf die Knie, und es fehlte nicht viel und sie hätte den Sand zu ihren Füßen geküsst.

Andere hingegen dachten an ihre Toten, die auf der *Loire* zurückgeblieben waren, und brachen in Tränen aus. Vor allem das Ehepaar Poulain, dem ihre älteste Tochter Cé-

cile als einziges von ihren Kindern geblieben war, jammerte zum Gotterbarmen.
Ihnen blieb jedoch nicht viel Zeit zum Trauern, denn Gisela wies aufgeregt auf die niedrigen Hügel in der Ferne. »Vorhin habe ich dort einen Reiter gesehen. Also leben hier Menschen.«

## 4.

Walther wollte nach dem Reiter Ausschau halten, war aber viel zu erschöpft. Trotz Giselas Hilfe schaffte er nur ein paar Schritte. Dann sank er in die Knie und rang nach Luft. Den meisten Schiffbrüchigen ging es ähnlich. Auch sie lagen entkräftet am Boden und schliefen oder starrten einfach vor sich hin.
Ein paar Frauen wanderten mit wackligen Schritten umher und suchten nach einer Quelle, an der sie ihren Durst stillen konnten. Vom Fluss hielten sie sich fern, denn dessen Wasser war schlammig und seine Strömung so stark, dass jeder, der hineinfiel, unweigerlich aufs Meer hinausgetragen würde. Schließlich entdeckte ein Grüppchen das Bett eines tief eingeschnittenen Bachs, der von den Hügeln kam und trinkbares Wasser führte.
Gisela war den Rufen der anderen Frauen gefolgt und brachte das klare Nass in ihren zu einer Schale geformten Händen zu ihrem Mann. Sorgsam träufelte sie es ihm zwischen die Lippen und lächelte. »Es ist unser erster

Trunk auf dem Kontinent, der unsere neue Heimat sein wird.«

»Hast du den Reiter noch einmal gesehen?«, fragte Walther.

»Leider nicht! Er scheint eine andere Richtung genommen zu haben.«

»Dann bleibt nur die Hoffnung, dass es keiner der Eingeborenen war, die laut einiger Berichte sogar noch Menschenfleisch essen sollen.« Walther stand auf und reinigte seine Waffen, so gut er es vermochte, auch wenn er sie mangels Pulver und Geschossen nicht mehr laden konnte. Die Büchse würde er im Ernstfall noch als Keule verwenden können, aber eine Drohung mit dieser Waffe mochte ihm wertvolle Zeit verschaffen.

Ihre Situation war alles andere als rosig. Sie verfügten über keinerlei Lebensmittel, und das Wasser aus dem Bach wurde nach mehrmaligem Schöpfen vom aufgewühlten Sand getrübt.

Mit einem Mal klang Hufschlag auf. Die meisten Schiffbrüchigen hoben den Kopf, zu mehr waren sie nicht mehr in der Lage. Daher biss Walther die Zähne zusammen, stand auf und nahm die Büchse zur Hand. Mit staksigen Schritten ging er in die Richtung, aus dem die Reiter kommen mussten.

Schon bald entdeckte er eine ganze Kavalkade, die auf die Schiffbrüchigen zuhielt, und blieb stehen. Bei den Fremden handelte sich weder um Soldaten noch um Eingeborene mit Lendenschurz und Federschmuck, sondern um Männer in aufwendiger Tracht. Alle hielten Gewehre oder Pistolen in Händen und richteten die Waffen auf ihn.

Da er selbst nichts ausrichten konnte, legte Walther seine Doppelbüchse vor sich auf die Erde und streckte die leeren Handflächen nach vorne.

Der Anführer, der auf einem isabellfarbenen Pferd mit kunstvoll geflochtener Mähne und Bändern in den Schweifhaaren saß, gab einen Befehl in einer unbekannten Sprache. Sofort senkten die anderen die Läufe. Er selbst hielt sein Pferd vor Walther an und blickte auf ihn herab.

Nun konnte Walther sehen, dass der Mann prachtvoll, aber auch fremdartig gekleidet war. Der Reiter trug wadenhohe Reitstiefel mit großen Silbersporen, eine grüne Samthose, die von einem breiten, mit Silbernägeln beschlagenen Gürtel gehalten wurde, ein weißes Hemd mit Rüschen am Halsausschnitt sowie eine vorne offene grüne Weste, die ebenso kunstvolle Stickereien aufwies wie der breitkrempige Hut, der ein schmales, energisches Gesicht beschattete.

Dieser Mann stellt in diesem Landstrich etwas dar, sagte Walther sich und deutete eine Verbeugung an. Da er nicht wusste, wie er den anderen ansprechen sollte, beschloss er, es auf Deutsch zu tun.

»Mein Herr, ich danke Ihnen sehr für Ihr Kommen. Sie sehen in uns arme Schiffbrüchige, die es an diese Gestade verschlagen hat.« Walther wies auf die Sandbank hinaus, über der das Heck der *Loire* gerade noch hinausragte.

Da der Mann keinerlei Anzeichen erkennen ließ, ob er ihn verstanden hatte, versuchte Walther es jetzt auf Englisch. Der Reiter verzog das Gesicht, wirkte aber sofort wieder wohlwollend, als er hörte, dass es sich bei den

Überlebenden der *Loire* um Franzosen und ein paar Deutsche handelte.

»Sind Sie der Anführer dieser Leute?«, fragte er Walther mit einem von einem starken Akzent gefärbten Englisch.

Walther schüttelte den Kopf. »Ich bin nur ein Passagier wie die anderen auch. Unser Schiff sollte uns nach New Orleans bringen. Ich wollte von dort mit meiner Ehefrau zu den Siedlungsgebieten der Deutschen in den Vereinigten Staaten reisen.«

»Sie sind kein Americano aus dem Norden?«, hakte der Reiter nach und setzte, als er Walthers verständnislose Miene sah, hinzu, dass damit die Bewohner der Vereinigten Staaten gemeint seien.

»Nein! Ich stamme aus Deutschland, genauer gesagt aus Preußen. Die anderen kommen, wie bereits erwähnt, aus unterschiedlichen Provinzen Frankreichs.«

»Ihr seid also alle Europäer?«

»Ja!«

Der Reiter drehte sich zu seinen Männern um und erteilte einige Befehle in seiner Muttersprache. Sofort rissen vier Mann ihre Pferde herum und trieben sie zu einem scharfen Galopp an.

»Erlauben Sie, dass ich mich vorstelle«, sagte der Anführer dann zu Walther. »Ich bin Don Hernando de Gamuzana, der Alcalde von San Felipe de Guzmán. Sie würden wohl Bürgermeister sagen. Meine Stadt liegt zwei Reitstunden von hier entfernt landeinwärts. Eben habe ich Boten losgeschickt, um Wagen zu holen, mit denen wir Sie und Ihre Leute in die Stadt bringen können.«

»Ich danke Ihnen, Herr de Gamuzana«, sagte Walther erleichtert. »Wir haben Kinder und Frauen bei uns, die Schlimmes ertragen mussten. Von über achtzig Menschen an Bord sind nur dreiundzwanzig an diese Küste gelangt. Die anderen sind verschollen oder tot.«
Gamuzana schlug das Kreuz. »Erlauben Sie mir, mein Mitgefühl auszudrücken!«
»Ich danke Ihnen.« Zwar hatten Gisela und Walther niemand verloren, der ihnen besonders nahestand, dennoch betrauerten sie die Toten, die der Sturm und die kopflose Flucht des Kapitäns und der Besatzung gekostet hatten.
Unterdessen hatten die Schiffbrüchigen begriffen, dass ihnen keine Gefahr drohte, und kamen zögernd näher. Angesichts der verzweifelten Gesichter jener, die um ihre Lieben trauerten, schwand auch das letzte Misstrauen des Alcalden, und er befahl seinen Männern, die Vorräte in ihren Satteltaschen mit den Schiffbrüchigen zu teilen. Außerdem ließ er in einer windgeschützten Senke ein Feuer entzünden, um das seine Männer und die Schiffbrüchigen schlafen sollten.
Am nächsten Vormittag erschienen Gamuzanas Boten mit zwei Karren, vor die je zwei Ochsen gespannt waren. Sie hatten genügend Lebensmittel mitgebracht und auch mehrere Lederschläuche mit Wein, die sofort die Runde machten. Walther trank nicht ganz so gierig wie die anderen, aß aber heißhungrig den zähen Pfannkuchen, der mit Hackfleisch und Bohnen gefüllt war, obwohl diese Speise ein Gewürz enthielt, das ihm schier den Gaumen verbrannte.

Nachdem er halbwegs satt war, wollte er Gamuzana seinen Pass zeigen. Doch als er diesen aus seiner Westentasche holte, hielt er nur ein Stück feuchtes Papier in der Hand, auf dem die Tinte noch mehr zerlaufen war als bei dem von ihm gefälschten Ausweis.
»Gibt es hier in der Gegend einen preußischen Konsul, der mir einen neuen Pass verschaffen könnte?«, fragte er Gamuzana.
Der Alcalde zuckte verwundert mit den Achseln. »Ich bedauere, aber die Frage kann ich nicht beantworten. Vielleicht gibt es in der Ciudad de Mexico einen Geschäftsträger Ihres Landes, doch ist es bis dorthin ein langer und sehr beschwerlicher Weg.«
Für Walther war dies eine herbe Nachricht, denn er musste annehmen, dass er ohne Papiere nicht mit Gisela in einem Hafen der Vereinigten Staaten an Land gehen konnte. Doch wenn es sein musste, würden sie in die Hauptstadt der Republik Mexiko reisen. Vorerst aber war er froh, als er Gisela auf einen der Wagen helfen und hinter ihr aufsteigen konnte. Er reichte auch Gertrude, Thierrys Schwester Marguerite und einigen anderen Überlebenden die Hand und zog sie hinauf, während Lucien und Thomé beim zweiten Wagen dafür sorgten, dass alle aufsteigen konnten. Danach stachelten die Fuhrknechte ihre Ochsen an und schlugen den Weg nach San Felipe de Guzmán ein.

## 5.

*W*alther schätzte die Bevölkerung der Stadt auf mehrere hundert Menschen. Die meisten Häuser waren klein und aus Ziegeln errichtet, deren Lehm man an der Sonne getrocknet hatte, anstatt ihn zu brennen. Am zentralen Platz stand die Kirche, ein wuchtiger Bau mit einem gut dreißig Fuß hohen Turm, und seitlich davon entdeckte Walther ein größeres Gebäude mit einem eisernen Balkon, vor dem ein Fahnenmast stand. An diesem wehte eine Fahne in den Farben Grün, Weiß und Rot.

Hernando de Gamuzana hielt sein Pferd vor diesem Gebäude an, stieg ab und warf die Zügel einem herbeieilenden Knecht zu. Gleichzeitig liefen von allen Seiten Bewohner zusammen, die barfuß gingen und in alten, zerrissenen Kleidern steckten. Die Männer waren von der Sonne genauso tiefbraun gebrannt wie die ärmlich aussehenden Frauen. Nur die beiden Damen, die regelrecht heranschwebten und ihren Teint mit Schirmen gegen die Sonne schützten, hatten eine hellere Gesichtsfarbe.

»Meine Gemahlin Elvira und meine Tochter Mercedes«, stellte Gamuzana die beiden vor.

»Sehr angenehm!« Walther neigte den Kopf und sah sich dann den missbilligenden Blicken der Damen ausgesetzt. Die Mutter, die etwas kleiner und fülliger als die Tochter war, sagte etwas in einem scharfen Tonfall, doch ihr Mann hob beschwichtigend die Hände. Seine Antwort konnte Walther zwar nicht verstehen, nahm aber an, dass es um ihn ging. Gamuzana bestätigte dies auch auf Englisch.

»Ich habe meinen Damen erklärt, dass Sie kein Americano aus dem Norden sind, sondern ein ehrlicher Deutscher!«

Walther krauste die Stirn. Wie es aussah, waren die Bewohner der Vereinigten Staaten hier nicht gerade beliebt. Während er sich noch fragte, was das für ihn bedeuten mochte, erklärte Gamuzana Frau und Tochter, dass die Menschen, die er mitgebracht hatte, Schiffbrüchige aus Frankreich und Deutschland seien.

»Sie wollten nach New Orleans, doch der Sturm hat sie an unsere Küste gespült!«, setzte er hinzu und wiederholte es auf Englisch, damit Walther es verstehen konnte.

Da der Alcalde kein Französisch sprach, musste Walther dessen Worte auf Deutsch an Gertrude weitergeben, damit diese das Gesagte für die übrigen Schiffbrüchigen übersetzen konnte. Das war eine mühsame Form der Verständigung, doch es störte niemanden. Die Auswanderer waren froh und dankbar, jemanden gefunden zu haben, der sich ihrer annahm. Walther merkte bald, dass Gamuzana ihn trotz seiner Erklärung für den Anführer der Gruppe hielt und entsprechend behandelte. Während der Alcalde die anderen in die Kirche schickte, in der sie Quartier erhalten sollten, lud er ihn und Gisela in sein Haus ein und ließ ihnen Wein und ein gutes Mahl vorsetzen.

Als Walther die Gelegenheit nutzte und Gamuzana nochmals auf das Malheur mit seinem Pass ansprach, winkte dieser ab. »Darüber reden wir morgen, Señor. Heute ruhen Sie sich aus. Wir können dann auch zu meiner Hazienda reiten, damit Sie unser Land besser kennenlernen.«

»Gerne, Herr de Gamuzana! Ich wäre Ihnen sehr verbunden, wenn Sie meiner Gattin und mir eine Kammer zuweisen könnten. Ich bitte die Damen, uns zu entschuldigen.« Beim letzten Satz verbeugte Walther sich vor Doña Elvira und deren Tochter.

Die beiden nickten lächelnd, und Gamuzana übersetzte den Ausspruch seiner Frau.

»Doña Elvira sagt, Sie seien ein sehr höflicher Mann und keiner dieser lauten, rüpelhaften Americanos!«

»Ich bin glücklich, dass den Damen meine Manieren zusagen.« Walther war zu ausgelaugt, um darüber nachdenken zu können, was die Menschen hier gegen die Amerikaner haben mochten. Er reichte Gisela, die sich mit einem Knicks von den beiden Damen verabschiedete, den Arm und folgte einem Diener, der sie in ein Gästezimmer führen sollte.

Die Kammer war überraschend groß und angenehm kühl. Neben einem breiten Bett standen mit fremdartigen Mustern bemalte Truhen. Zwei Frauen in einfachen Kleidern brachten ihnen einen Krug mit lauwarmem Wasser, eine Schüssel, Seife, einen Schwamm und zwei Tücher zum Abtrocknen. Da Gisela und Walther sich während der Reise nur mit Salzwasser hatten waschen können, war ihnen dieser Luxus hochwillkommen. Kaum hatte der Diener sich mit einer Verbeugung zurückgezogen, entledigte Gisela sich ihrer Kleidung und begann sich von oben nach unten abzuschrubben.

Walther betrachtete sie voller Liebe. Ihr Bauch wölbte sich bereits stark, doch ihre Haut spannte sich über die Schlüsselbeine und die Rippen. »Du bist während der Reise mager geworden, mein Schatz. Ich hätte mehr darauf dringen sollen, auf der *Loire* aus unseren persönlichen Vorräten versorgt zu werden«, erklärte er betroffen.

Gisela sah ihn erschrocken an. »Gefalle ich dir jetzt nicht mehr?«

»Du bist wunderschön, und wenn ich nicht so matt wäre, würde ich ...« Noch während er es sagte, spürte Walther, wie sein Begehren wuchs.

Als hätte sie seine Gedanken gelesen, drehte Gisela sich zu ihm um. »Kannst du mir helfen und mir den Rücken waschen? Ich übernehme das dann auch bei dir.«

»Gerne«, sagte Walther lächelnd und nahm den Schwamm zur Hand.

»Du solltest dich vorher ausziehen, sonst machst du deine Sachen nass«, forderte Gisela ihn auf.

Walther befolgte den Rat, doch als er im Adamskostüm vor ihr stand, klopfte jemand an der Tür. »Señor, soll holen Kleidung zum Waschen«, sagte jemand in einem gutturalen Englisch.

Mit einem Wink brachte Walther Gisela dazu, sich in den toten Winkel der Tür zu stellen. Er nahm das in der Kleidung versteckte Geld an sich und öffnete die Tür einen schmalen Spalt, um die Sachen hinauszustecken. Als der Diener sich entfernte, atmete er auf, stellte dann einen Stuhl so gegen die Tür, dass dessen Lehne die Klinke blockierte.

»Nun kann uns niemand überraschen«, sagte er und ging mit ausgestreckten Armen auf Gisela zu.
Diese rümpfte missbilligend die Nase. »Du wirst dich abschrubben müssen, bevor ich dir mehr erlaube. Aber vorher wäschst du meinen Rücken!«
Walther war verblüfft und erfreut, dass Gisela ihre frühere Schamhaftigkeit, die sie während der unglückseligen Reise mit Gertrudes Nachhilfe abgelegt hatte, nicht wieder annahm. Mit einem erfreuten Lächeln trat er auf sie zu, tauchte den Schwamm ins Wasser und massierte ihr sanft den Rücken. Langsam ging er dabei tiefer und hörte, wie Gisela lauter atmete, als seine Hand über ihren Hintern strich und sich dabei an jene Stelle verirrte, die besonders empfindlich war.
»Gib den Schwamm her, sonst dauert es zu lange«, sagte sie, nahm ihn ihm ab und machte sich daran, ihm nicht nur den Rücken, sondern den ganzen Körper zu waschen.
Walther verging fast vor Leidenschaft, wartete aber, bis Gisela erklärte, er wäre nun sauber.
Sie legte sich hin und streckte ihm die Arme entgegen. »Sei bitte vorsichtig!«
Ihr Blick ruhte für einen Augenblick sinnend auf der Wölbung ihres Leibes. Dann aber vergaß sie ihr Kind und genoss es, Walther wieder das Weib sein zu können, das er sich wünschte.

## 6.

Am nächsten Morgen wachten die beiden erst auf, als die Sonne hoch stand und auf der Straße die Stimmen von Hernando de Gamuzana und anderen Männern erklangen.
Gisela achtete nicht darauf, denn sie hatte ein drängenderes Problem.
»Gibt es hier einen Nachttopf?«, fragte sie.
Walther warf einen Blick unter das Bett und schüttelte den Kopf. »Tut mir leid, aber du wirst zu dem Abtritt gehen müssen, den wir gestern Nachmittag benutzt haben.«
»Aber dazu brauche ich meine Kleider!«, rief Gisela erschrocken aus.
»Vielleicht kannst du dich in eine Decke hüllen«, schlug Walther vor und erntete einen bösen Blick.
Seufzend verließ er das Bett und sah sich um. Aber er fand nichts, was seine Frau anziehen hätte können. Da auch die Truhen verschlossen waren, schlich er zur Tür, öffnete sie vorsichtig und lachte leise auf. Draußen lagen sowohl Giselas Kleid wie auch seine Sachen, alles frisch gewaschen und geplättet. Sogar der Riss im Rock, den er sich während des Sturms zugezogen hatte, war ausgebessert worden. Er prüfte, ob ihn jemand sehen konnte, und holte dann die Sachen herein.
Gisela zog sich rasch an. Walther war gerade dabei, sein Hemd in die Hosen zu stopfen, da huschte sie schon aus dem Zimmer und eilte den Korridor entlang. Walther

folgte ihr kopfschüttelnd, sagte sich dann aber, dass die Macht der Natur nun einmal stärker war als der menschliche Wille und er Gisela deswegen nicht verspotten durfte.

Als er das Zimmer erreichte, in dem sie am Abend zuvor gegessen hatten, saßen die beiden Damen Gamuzana am Tisch und begrüßten ihn freundlich. Zwar konnte er sich nicht mit ihnen verständigen, doch die beiden schienen davon auszugehen, dass er hungrig sei. Doña Elvira klatschte in die Hände und rief einen Befehl. Kurz darauf brachten Diener eine große Auswahl an Speisen herein und stellten alles auf den Tisch. Dazu wurde Kaffee von einer Güte serviert, wie es ihn auf Renitz nicht einmal für die gräfliche Familie gegeben hatte. Arm, sagte er sich, konnte der Alcalde nicht sein.

Kurz darauf erschien auch Gisela, die erleichtert wirkte, und nahm neben ihm Platz. Bevor sie zugriff, faltete sie die Hände und dankte der Heiligen Jungfrau Maria für Speis und Trank.

Doña Elvira und ihre Tochter hatten bereits wohlwollend das kleine silberne Kruzifix gemustert, das Gisela an diesem Morgen offen trug. Zufrieden nickten sie, weil ihre Gäste offensichtlich katholisch waren, und umsorgten Gisela wie eine liebe Freundin. Auch freuten sie sich, als diese aus ihrer Erinnerung einige Brocken Spanisch hervorkramte, die sie als Kind bei den Soldaten gelernt hatte. Viele Ausdrücke klangen zwar nicht gerade vornehm, doch die beiden Damen waren begeistert, und so entspann sich eine an Gesten reiche Unterhaltung, von der Walther gänzlich ausgeschlossen war.

Das Erscheinen des Hausherrn erlöste ihn aus seiner Isolation. Don Hernando begrüßte ihn freundlich und erkundigte sich nach seinem Wohlergehen. »Ich hoffe, Sie haben heute Nacht etwas Schönes geträumt«, setzte er hinzu. »Sie wissen ja, was man in der ersten Nacht in einem fremden Bett träumt, geht meist in Erfüllung.«

Zwar konnte Walther sich an keine Träume erinnern, doch er bejahte höflicherweise und wurde von Gamuzana aufgefordert, kräftig zuzugreifen. »Essen Sie erst einmal! Zum Reden ist später Zeit. Ich würde nämlich gerne mit Ihnen sprechen, Señor!«

Ein seltsamer Unterton ließ Walther aufhorchen. Gab es etwa Probleme mit den anderen Geretteten? Doch Gamuzana zeigte keine Anzeichen von Ärger, sondern wirkte eher angespannt und ein wenig lauernd. Noch verriet er nicht, was ihm auf dem Herzen lag, sondern bat seinen Gast, doch diese oder jene Speise zu probieren.

Walthers Unruhe stieg. Aus diesem Grund war er froh, als er seinen Teller und seine Tasse abtragen lassen konnte. Nun stand Gamuzana auf und verneigte sich vor den Frauen.

»Ich bitte Sie, uns zu entschuldigen. Ich möchte etwas mit Señor Walther besprechen.«

Erstaunt blickte Gisela ihren Mann an, der aber auch nur fragend die Augenbrauen hochzog.

Walther folgte dem Alcalden in ein Zimmer, das mit lederüberzogenen Sesseln ausgestattet war. Dort bot Gamuzana ihm eine Zigarre an, die er annahm, obwohl er selten geraucht hatte.

Sein Gastgeber zündete sich ebenfalls eine Zigarre an und wandte sich an Walther. »Ich halte Sie für einen intelligenten Mann, Señor.«
»Danke, Herr Gamuzana, aber ich bin nicht mehr und nicht besser als andere.«
Der Alcalde lachte leise. »Sie sollten Ihr Licht nicht unter den Scheffel stellen, Señor. Immerhin sind Sie als Fremder, der nicht einmal die Sprache der anderen spricht, zu deren Anführer aufgestiegen. Das vermag kein dummer Mann. Doch sprechen wir lieber über Ihre persönlichen Pläne. Sie haben Ihre Heimat verlassen, um sich in den sogenannten Vereinigten Staaten von Amerika anzusiedeln.«
»Das stimmt.«
»Könnten Sie sich nicht vorstellen, Ihre neue Heimat auch in einem anderen Land zu suchen, Señor, zum Beispiel in Mexiko, oder besser gesagt hier in Tejas? Es ist ein weites Land, aber dünn besiedelt. Vor einigen Jahren hat die Regierung unserer Republik dem Nordamerikaner Stephen Austin erlaubt, Siedler aus seiner Heimat hierherzubringen. Den Familien wurde freies Land versprochen und Hilfen für die Ansiedlung. Im Gegenzug hatten sie den Treueid auf die Republik Mexiko zu leisten und den katholischen Glauben anzunehmen.«
Gamuzana blies gedankenverloren einige Rauchringe in die Luft, bevor er weitersprach.
»Die Republik Mexiko wollte die zuwandernden Angloamerikaner auf eine gewisse Zahl beschränken, doch es kommen immer mehr ungerufen über die Grenze und lassen sich in der Nachbarschaft ihrer Landsleute nieder.

Mittlerweile sind es bereits Tausende. Wenn es so weitergeht, werden wir Tejanos noch zu einer Minderheit im eigenen Land. Um das Übergewicht der Americanos zu brechen, hat unsere Regierung beschlossen, Siedler in Europa anzuwerben und nach Tejas zu holen, damit sie gute Mexicanos werden. Wäre dies nicht auch etwas für Sie, Señor? Für mich ist es ein Zeichen Gottes, dass er Ihr Schiff an unserer Küste stranden ließ und nicht bei jenem Volk im Norden, dessen Männer mit der Flinte in der Hand beten und dabei bereits überlegen, wie sie ihren Nächsten betrügen können.«
Walther sah den Alcalden überrascht an. Bisher hatte er geplant, sich in einer Gegend anzusiedeln, in der bereits andere Deutsche lebten. Dort aber könnte ihn die Nachricht über das, was in der Heimat geschehen war, verfolgen, und dies in der üblen Version, die Elfreda von Renitz mit Gewissheit verbreiten ließ. Falls das geschah, würden Gisela und er bei ihren Landsleuten als entflohene Raubmörder gelten und jede Achtung verlieren. Im Grunde sprach nur eines dagegen, hier in Tejas zu bleiben. Die Mexikaner wollten Katholiken hier haben, doch er war protestantisch.
Andererseits würde Gisela sich freuen, unter Menschen ihres Glaubens leben zu können, und so fanatisch war er nicht auf seine Konfession versessen, dass ihre Kinder unbedingt protestantisch werden mussten. Daher erschien es ihm wie ein Wink des Schicksals, hierher verschlagen worden zu sein.
»Nun, ich könnte es mir überlegen. Allerdings müsste ich vorher mit meiner Frau sprechen, denn so eine wichtige

Entscheidung will ich nicht ohne ihre Einwilligung treffen«, setzte er vorsichtig an.
Um Hernando de Gamuzanas Mundwinkel zuckte es leicht. In seinen Augen war der Alemán wie alle seines Volkes ein bedächtiger Mann mit schwerem Blut in den Adern. Auch fehlte ihm das Durchsetzungsvermögen gegenüber seiner Frau, die ihrem Ehemann schließlich zu gehorchen hatte. Der Alcalde ließ sich seine Einschätzung jedoch nicht anmerken, sondern zählte Walther die Vorzüge auf, die eine Ansiedlung in Tejas mit sich brächte.
»Die Regierung der Republik Mexiko hat Landgebiete zusammengefasst und diese an Empressarios übergeben, die Siedler für diese Gebiete anwerben sollen. Zu diesen Beauftragten gehört mein Bruder Ramón. Die Regierung hat ihm Land am Rio Colorado zur Verfügung gestellt, das er an zweihundert Familien zu vergeben hat. Da es nicht einfach ist, Leute aus Europa hierherzuholen, würde er sich über Siedler, die von selbst nach Tejas gekommen sind, sehr freuen. Ihre Gruppe besteht mit Ihnen zusammen aus dreizehn Männern, sieben Frauen und drei Kindern. Jede Familie würde eine League Land erhalten, das sie auf zehn Jahre steuerfrei bewirtschaften kann. Da die Männer, die noch keine Frauen haben, hier gewiss Mädchen zum Heiraten finden, könnte mein Bruder auf diese Weise dreizehn Siedlerstellen besetzen.«
Da Walther die mexikanische Flächenangabe nicht kannte, fragte er nach und kam darauf, dass es sich um etwa siebzehnhundert Morgen Land handelte, eine Zahl, die in der Heimat bereits ein großes Gut ausmachte. Trotzdem brachte er einen Einwand.

»Ich sehe da zwei Probleme. Die anderen Auswanderer wollten eigentlich nach New Orleans und haben zudem ihren ganzen Besitz auf der *Loire* verloren.«

Gamuzana lächelte und sah ihn auffordernd an. »Ich hoffe auf Ihre Hilfe. Da die Menschen Sie als Anführer ansehen, werden sie ebenfalls bleiben, wenn Sie sich für Tejas entscheiden. Was die verlorene Habe betrifft, so wird die Republik Mexiko jedem Neusiedler eine Summe von zweitausend Pesos zur Verfügung stellen. Außerdem erhalten sie alle Saatgut, Vieh und Vorräte für die Zeit, in der die eigenen Äcker die Familien noch nicht ernähren können.«

Dieses Angebot erschien Walther so großzügig, dass er sogleich nach einem Pferdefuß suchte.

Gamuzana spürte, dass der Deutsche wieder Abstand von dem Gedanken nahm, hier zu siedeln, und beschloss, mit offenen Karten zu spielen. »Den einzelnen Empressarios wird von der Regierung eine gewisse Zeitspanne gegeben, in der sie ihr zugewiesenes Land besiedeln können. Gelingt ihnen dies nicht, fällt das Land an die Republik Mexiko zurück, und die Empressarios verlieren sehr viel Geld, da ihnen ihre bis dahin getätigten Auslagen nicht ersetzt werden. Mein Bruder hat nur noch gut drei Monate Zeit und muss noch fast die Hälfte der Siedlerstellen vergeben. Zwar ist ein Schiff mit Auswanderern aus verschiedenen italienischen Staaten unterwegs und ein weiteres mit Familien aus Irland. Dennoch kann mein Bruder nicht so viele Siedler ins Land holen, wie die Regierung von ihm fordert. Verstehen Sie jetzt, dass ich Sie und Ihre Leute dafür gewinnen will, sich hier niederzulassen?«

Zuletzt klang Gamuzana drängend, und Walther begriff, dass dessen Bruder kurz vor dem Scheitern stand. »Das leuchtet mir alles ein. Aber ...«
»Es gibt kein Aber!«, unterbrach ihn Gamuzana. »Entscheiden Sie sich für Tejas, wird es Ihr Schaden nicht sein. Als Anführer Ihrer Gruppe würde mein Bruder Ihnen drei Landlose überlassen, jedem der Männer Ihrer Gruppe anderthalb, den Frauen ein halbes und den Kindern ein Viertel. Dabei zählen auch die Kinder, die noch im Bauch ihrer Mütter herumgetragen werden.«
Gamuzanas Gesicht nahm einen so listigen Ausdruck an, dass Walther daran zweifelte, ob das alles mit rechten Dingen zuging.
»Was wird die Regierung dazu sagen?«, fragte er misstrauisch.
Gamuzana winkte mit beiden Händen ab. »Die Regierung in der Ciudad de Mexico ist sehr weit weg, und es wäre für ihre Beamten ein allzu beschwerlicher Weg bis Tejas. Was die Verwaltung unserer Provinz betrifft, so befindet diese sich in Saltillo, und dorthin sind es etliche Tagesreisen bis über den Rio Grande hinweg. Zudem ist der Gouverneur mein Schwager und wird nichts tun, was unserer Familie schaden könnte.«
Der Stolz auf den Einfluss, den er in dieser Gegend besaß, war Gamuzana deutlich anzumerken, aber auch die Furcht, diesen durch ein Scheitern seines Bruders zu verlieren. Nach kurzem Überlegen sah Walther die Chance, hier ein neues Leben ohne die Schatten der Vergangenheit anzufangen, und streckte dem Alcalden die Hand hin.

»Ich bin dazu bereit, mich hier in Tejas anzusiedeln. Allerdings kann ich nicht für die anderen sprechen.«
Erleichtert ergriff Gamuzana seine Hand und drückte sie. »Ich freue mich, Sie für meine Heimat gewonnen zu haben. Was die anderen betrifft, so hoffe ich auf Ihre Hilfe. Wie ich schon sagte, erhalten Sie selbst drei Landlose, Ihre Frau die Hälfte und das Kind, mit dem sie schwanger geht, ein Viertel eines Landloses, wenn die meisten Ihrer Mitreisenden ebenfalls hier in Tejas siedeln.«
»Ich werde mit ihnen reden, aber sie zu nichts drängen, und mich mit dem einen Landlos, das uns als Familie zusteht, zufriedengeben, wenn die anderen Auswanderer nicht hierbleiben wollen.«
Zu mehr, sagte Walther sich, war er nicht bereit. Jeder, der die *Loire* lebend verlassen hatte, sollte selbst entscheiden können, wo er siedeln wollte.

## 7.

Walthers Miene verriet Gisela, dass sich etwas Entscheidendes getan haben musste. Daher bat sie Doña Elvira und deren Tochter, sie zu entschuldigen, und hängte sich bei ihrem Mann unter.
»Was gibt es?«, fragte sie mit einem Lächeln, das ihre Anspannung nicht verbergen konnte.
»Gehen wir auf die Terrasse.« Obwohl weder Gamuzana noch dessen Frau und Tochter Deutsch verstanden, woll-

te Walther in dieser Situation mit Gisela allein sein. Während er sie durch die offene Tür hinausführte, überlegte er angestrengt, wie er ihr das alles erklären konnte. Als sie schließlich unter einem Orangenbaum stehen blieben, fasste er seine Frau bei den Schultern und drehte sie so, dass sie ihm in die Augen sehen musste.

»Was würdest du davon halten, wenn wir uns hier in dieser Gegend niederlassen?«, fragte er vorsichtig.

»Es wäre klug, denn damit könnten wir die Reisekosten sparen, die sonst anfallen würden, und uns dafür gutes Land kaufen.« Gisela hatte mit Gamuzanas Ehefrau und der Tochter bereits Freundschaft geschlossen. Zudem war dies hier ein katholisches Land, und so ganz hatte sie die Hoffnung, auch Walther zu ihrem Glauben zu bekehren, noch nicht aufgegeben.

Walther war erleichtert. »Wir müssen uns nicht einmal Land kaufen, mein Schatz, sondern erhalten es vom mexikanischen Staat. Dieser versorgt uns auch mit Saatgut, Vieh und Nahrungsmitteln, bis wir uns selbst ernähren können.«

Giselas Augen begannen zu glänzen. »Wirklich? Das wäre ja wunderschön! Wenn wir zuerst zur Ciudad de Mexico reisen müssten, damit der preußische Geschäftsträger dir einen neuen Pass ausstellt, und dann bis in die Vereinigten Staaten, würde uns auch der Rest unseres ersparten Geldes wie Wasser durch die Finger rinnen. Dann aber müssten wir uns bei Landsleuten, die in besseren Verhältnissen leben, als Dienstboten verdingen. Doch wir wollten von Renitz fort, um dieser demütigenden Situation zu entgehen«, erklärte sie eindringlich.

Walther nickte lächelnd und listete ihr dann auf, was Hernando de Gamuzana ihm angeboten hatte. Als Gisela erfuhr, dass sie beinahe das Vierfache an Land wie einfache Siedler erhalten würde, klatschte sie begeistert in die Hände.
»Dafür aber müsste ich alle unsere Mitreisenden dazu bewegen, sich ebenfalls in Tejas anzusiedeln. Einige haben jedoch Verwandtschaft in New Orleans und werden zu diesen reisen wollen«, wandte Walther ein.
»Gertrude wird ganz gewiss zu ihrem Mann reisen. Immerhin lebt dieser dort!« Gisela hörte sich so an, als würde sie die Elsässerin persönlich dafür verantwortlich machen, wenn sie weniger Land erhielten. Sie fasste sich jedoch rasch und gab Walther einen Kuss. »Ich verstehe die Frau ja, denn ich würde genauso handeln wie sie.«
»Wir werden auch mit dem Land zurechtkommen, das uns als einfache Siedler zustehen würde«, erklärte Walther und führte sie in das Haus zurück.
Alle drei Gamuzanas sahen ihnen gespannt entgegen. Um sie nicht auf die Folter zu spannen, nickte Walther ihnen lächelnd zu. »Es ist beschlossen. Wir bleiben in Tejas!«
Der Alcalde eilte auf ihn zu und umarmte ihn. »Ich dachte es mir, Señor Walther. Nennen Sie mir bitte Ihren ganzen Namen, damit ich ihn meinem Bruder melden kann. Er wird sich sehr freuen, Sie in seine Liste eintragen zu können.«
»Fichtner, Walther Fichtner«, erklärte Walther, froh, wieder den Namen annehmen zu können, den seine Vorfahren ihm vererbt hatten.
»Danke, Señor!« Gamuzana reichte ihm Papier und Bleistift, damit er den für ihn gewöhnungsbedürftigen Na-

men aufschreiben konnte. »Später sollten Sie sich einen Vornamen aussuchen, den eine spanisch sprechende Zunge besser aussprechen kann als dieses Walltterr!«, meinte er danach lächelnd und wies einen Diener an, Wein zu bringen.

»Wir haben etwas zu feiern! Señor! Señora!« Der Alcalde verneigte sich kurz vor Gisela und nahm dann das erste Weinglas entgegen. Nachdem auch die anderen ihr Glas erhalten hatten, stieß er mit ihnen an. »Auf ein gutes Gelingen!«

»Auf ein gutes Gelingen«, antwortete Walther und wusste nicht, ob er sich jetzt freuen oder Angst vor dem haben sollte, was vor ihm lag.

## 8.

Da Gamuzana auch die anderen Schiffbrüchigen für seinen Bruder gewinnen wollte, schlug er Walther vor, ihn in die Kirche zu begleiten und mit den Überlebenden der *Loire* zu reden. Walther kannte die französischen Auswanderer gut genug, um zu wissen, dass er mit ihnen in guter Nachbarschaft leben konnte, und so stimmte er zu. Allerdings machte er sich wenig Hoffnung, mehr als ein halbes Dutzend Männer zum Bleiben bewegen zu können.

Obwohl die Kirche nur einen Steinwurf entfernt war, ließ Gamuzana zwei Pferde satteln und einen Wagen für die

Damen anspannen. Ein wenig amüsierte Walther sich über diese Sitte, doch als sie über den Hauptplatz des Ortes ritten und die Männer, denen sie begegneten, ehrfürchtig die Hüte zogen und die Frauen und Mädchen knicksten, begriff er erst, welche Macht und welchen Einfluss sein Gastgeber hier besaß. Es erinnerte ihn arg an die Heimat und an die Tatsache, dass er gerade solchen Verhältnissen hatte entkommen wollen.

Mit diesem Gedanken schwang er sich vor der Kirche aus dem Sattel und reichte genau wie Gamuzana die Zügel einem der herbeieilenden Männer. Der Alcalde nickte ihm anerkennend zu und betrat dann das Kirchenschiff. In einem Anflug von Galgenhumor dachte Walther, dass er dem alten Grafen auf Renitz dankbar dafür sein musste, auch reiten gelernt zu haben.

Als Walther dem Alcalden folgte, sah er, dass die übrigen Überlebenden gut versorgt worden waren. Dennoch eilten Gertrude, Thierry und Thomé Laballe mit besorgten Gesichtern auf ihn zu.

»Gott sei Dank, dass du gekommen bist!«, rief Gertrude aus.

»Gibt es Schwierigkeiten?«, fragte Walther.

Die Elsässerin schüttelte den Kopf. »Bisher nicht! Aber wir machen uns Sorgen, denn wir besitzen nur noch das, was wir am Leib tragen, und die wenigsten von uns verfügen noch über so viel Geld, dass sie die Reise nach New Orleans antreten können.«

Nun redeten die Franzosen auf die Elsässerin ein, damit diese für sie übersetzen sollte, doch Walther verstand sie auch so. Die meisten seiner Mitreisenden hatten Angst vor einer Zukunft in der Fremde, weil sie glaubten, sich als Bettler durchschlagen zu müssen oder in Schuldsklaverei zu geraten. Um sie zu beruhigen, hob er die Hand und bat sie, einen Augenblick still zu sein.

»Gertrude, es ist jetzt wichtig, dass du das, was ich sage, so gut wie möglich übersetzt«, bat er die Frau aus dem Elsass.

»Das mache ich!«, versicherte sie, aber sie wirkte eher ratlos als neugierig.

Walther stellte sich so hin, dass er alle Überlebenden der *Loire* vor Augen hatte, und deutete dann auf Hernando de Gamuzana. »Dieser Herr hier macht uns allen ein Angebot. An einem Fluss mit dem Namen Rio Colorado gibt es freies Land, das der Bruder von Herrn de Gamuzana im Auftrag der Regierung von Mexiko an siedlungswillige Einwanderer katholischen Glaubens verteilt. Jede Familie, die sich dazu entschließt hierzubleiben, erhält etwa siebzehnhundert Morgen Land, dazu Saatgut, Vieh und zweitausend Silberpesos für die notwendigen Auslagen. Dazu gibt es genug Vorräte, um die Zeit bis zur ersten Ernte durchstehen zu können.« Immer wieder legte Walther Pausen ein, damit Gertrude übersetzen konnte. Zuerst wirkten die Leute wie erstarrt, und jemand murmelte, er wolle nach New Orleans.

Thierry, der nach dem Tod seines Vaters und einiger anderer Verwandter zum Oberhaupt der Überlebenden seiner Familie geworden war, rieb sich nervös über das Gesicht und forderte Gertrude auf, einige Fragen zu übersetzen.

Walther musste mehrmals mit Gamuzana Rücksprache halten, um alles richtig zu beantworten. Dann aber nickte

der junge Mann heftig und sah seine Schwester, seinen jüngeren Bruder und die drei anderen Familienmitglieder an. »Was sagt ihr dazu? Ich würde es tun!«
Seine Schwester Marguerite fasste die Hand ihres Verlobten, der noch unschlüssig wirkte. »Wenn du unsere Familie jetzt im Stich lässt, sind wir geschiedene Leute!«
Der Mann seufzte kurz und nickte. »Also gut! Ich bin dabei.«
»Die Ersten haben wir«, raunte Walther dem Alcalden zu. In dem Moment drängten Thomé Laballe und dessen Frau nach vorne. »Wir machen auch mit!«
»Wir auch!«, riefen einige andere. Selbst diejenigen, die Verwandte in New Orleans hatten, entschieden sich nach einigem Hin und Her zu bleiben, denn sie wollten niemandem auf der Tasche liegen oder – was für sie noch schlimmer war – als Dienstboten in der eigenen Sippe arbeiten.
Zuletzt blieben nur Lucien und Gertrude übrig. Die Elsässerin blickte traurig zu Boden und kämpfte mit den Tränen. »Mein Mann ist doch in New Orleans. Aber ohne Geld und allein komme ich nicht hin!«
Walther tat die Frau leid, und so fragte er Gamuzana, ob dieser etwas für Gertrude tun könnte. Sehr zufrieden mit dem Erreichten bat der Alcalde, für ihn zu übersetzen.
»Es gibt immer wieder die Möglichkeit, einen Brief nach New Orleans bringen zu lassen. Die Frau soll ihrem Mann schreiben, dass sie hier auf ihn wartet. Wenn er kommt, ist es gut, wenn nicht, soll sie sich als Witwe betrachten und sich einen neuen Mann suchen. Ihr Anrecht auf Land für sich und ihren Mann werde ich erst einmal eintragen lassen.«

Während Gertrudes Gesicht sich aufhellte und sie hoffte, dass ein Brief ihren Ehemann erreichen und dieser kommen würde, näherte Lucien sich Walther und zupfte diesen am Ärmel. »Monsieur, glaubst du, dass ich auch Land bekommen könnte?«, fragte er in seinem gebrochenen Englisch und unterstrich die Worte mit vielen Gesten. Gertrude zu bitten, für ihn zu übersetzen, wagte er nicht. Seine Frage verwunderte Walther. »Ich dachte, du bist Seemann!«

»Das schon, aber so ein Angebot bekommt man nur einmal im Leben. Wenn ich weiterhin zur See fahre, werde ich immer nur ein einfacher Matrose bleiben. Hier aber kann ich jemand werden«, gab Lucien ehrlich zu.

»Du müsstest aber heiraten und die Finger von anderen Frauen lassen!«

Auf Luciens Gesicht erschien ein breites Grinsen. »Es gibt hier einige hübsche Mädchen. Dieser Gamuzana sagte doch, dass man sich eines davon aussuchen kann.«

»So hat er es nicht gemeint. Das Mädchen muss dich schon freiwillig heiraten wollen.« Zwar hatte Walther den Matrosen nicht gerade in bester Erinnerung. Andererseits hatte Lucien ihnen beim Bau der Flöße geholfen und war auch nicht wie andere mit dem ersten abgehauen.

»Warum nicht?«, antwortete er und fragte dann den Alcalden danach.

»Der Mann hat uns unterwegs Ärger gemacht, ist uns aber zuletzt nach Kräften beigestanden«, setzte er hinzu.

»Wie es aussieht, braucht der Mann eine Frau. Nun, wir werden schon eine für ihn finden. Sagen Sie ihm, er wird sein Land bekommen.« Damit war für Gamuzana alles erledigt. In Gedanken rieb er sich die Hände, denn auf dem Papier würde aus den dreizehn Männern, sieben Frauen und drei Kindern mindestens die doppelte Anzahl werden, so dass sein Bruder bald die Erfüllung seines Vertrags nach Saltillo und Ciudad de Mexico würde melden können. Junge Mestizinnen, die froh waren, durch Heirat ihrer Armut zu entfliehen, gab es genug, und so würden auch die überzähligen Männer bald verheiratet sein. Doch nun galt es, erst einmal dafür zu sorgen, dass die Neusiedler mit dem Nötigsten ausgerüstet wurden und in ihre neue Heimat aufbrechen konnten.

## 9.

Walther und Gisela blieben noch eine Woche bei Gamuzana. In dieser Zeit arbeiteten der Schmied und der Wagner von San Felipe de Guzmán beinahe rund um die Uhr, um Ochsenkarren und einiges an Werkzeug und Gerätschaften für die Neusiedler anzufertigen. Um die Zeit nicht zu vergeuden, versuchte Walther einiges über das Land, insbesondere über Ackerbau und Viehzucht in diesem Klima, zu erfahren und dabei so viel Spanisch wie möglich zu lernen. Da Gamuzana ihm dabei half, konnte er sich von dem Alcalden und dessen Damen in deren Muttersprache verabschieden. Auch Gisela hatte große Fortschritte gemacht und beherrschte den lokalen Dialekt bald besser als er.

Sie hatten beschlossen, dass Gertrude vorläufig bei ihnen bleiben sollte, bis Nachricht von ihrem Mann kam. Walther war froh darüber, denn seine Frau war gerade jetzt auf den Rat eines erfahrenen Weibes angewiesen. So half er den beiden auf den Ochsenkarren, den ein einheimischer Knecht lenken würde. Gamuzana hatte ihm den älteren Mann für ein Jahr ausgeliehen, damit dieser ihnen beim Bau eines Hauses und bei der Feldarbeit half. Eine trächtige Stute hing mit ihrem Zügel am Wagen, und mehrere junge Mestizen trieben einen Bullen und drei Kühe, die den Grundstock seiner Rinderzucht liefern sollten, hinter ihnen her. Da Walther kaum Erfahrung mit Landwirtschaft hatte, war er auf diese Leute angewiesen und würde sie gut entlohnen.

Mit diesen Überlegungen winkte er Hernando de Gamuzana dankbar zu, stieg auf den Hengst, den dieser ihm geschenkt hatte, und gab den anderen das Zeichen zum Aufbruch.

Für den ersten Teil der Strecke hatte Gamuzana ihnen einen seiner Männer als Führer mitgegeben, und später sollte einer der Neusiedler zu ihnen stoßen, der den Empressario in diesem Landstrich vertrat.

Die Straße in San Felipe de Guzmán war zwar staubig, aber in halbwegs gutem Zustand. Ein paar Meilen außerhalb der Stadt schrumpfte sie jedoch zu einem kaum mehr erkennbaren Pfad, der immer größere Ansprüche an die Ausdauer der Zugochsen und die Stabilität der Karren stellte. Das Land selbst erschien Gisela und Walther zwar wild, aber fruchtbar. Es gab Wälder, an die noch nie ein Mensch die Axt gelegt hatte, weite Fluren, auf denen das Gras den Pferden beinahe bis zum Bauch reichte, und Bäche, über die nur selten einmal eine primitive Brücke führte. Beim ersten Gewässer fragten die Auswanderer sich noch ängstlich, wie die Wagen über den doch recht stattlichen Bach gelangen sollten, doch die einheimischen Fuhrknechte lenkten ihre Gespanne mit großer Selbstverständlichkeit an flachen Uferstellen durch das Wasser und überwanden auf diese Weise mehrere Flüsse.

Mehr als das beunruhigte die Neuansiedler, dass sie, seit sie San Felipe de Guzmán verlassen hatten, weder auf ein Dorf noch auf ein Gehöft gestoßen waren und mitten in der Wildnis übernachten mussten. Es trug auch nur wenig zu ihrer Beruhigung bei, dass mehrere Knechte und Vaqueros zur Wache eingeteilt wurden. So friedlich, wie man es ihnen in der Stadt dargestellt hatte, schien es hier doch nicht zu sein.

»Es ist wegen der Indios«, erklärte ihr Führer, als Walther ihn auf diese Tatsache ansprach. »Gelegentlich kommen sie auch in diese Gegend. Die meisten sind harmlos und zufrieden, wenn man ihnen eine Handvoll Mehl oder ein Stück Fleisch schenkt, andere hingegen …«

Der Mann brach ab, um die Neuankömmlinge nicht zu verschrecken, denn wenn sie wegen einiger unbedachter Worte auf die Ansiedlung verzichteten, würde er in größte Schwierigkeiten kommen.

Walther, Thierry und Thomé Laballe begriffen jedoch auch so, dass sie, wenn sie ihre neue Heimat erreicht hatten, nicht nur ihr Werkzeug, sondern auch die Waffen, die Gamuzana ihnen mitgegeben hatte, immer bei der

Hand haben sollten. Dennoch war keiner von ihnen bereit, sich von Eingeborenen abhalten zu lassen, das großzügige Angebot des Alcalden anzunehmen. In den Vereinigten Statten hätten sie ebenfalls in Gegenden leben müssen, in denen die Ureinwohner noch eine Gefahr darstellten.

Nach drei Tagen erreichten sie eine Ansiedlung. Sie war kleiner als San Felipe de Guzmán und wirkte ärmlich. Die Einwohner beobachteten sie neugierig, blieben jedoch auf Abstand. Nur ein Mann schritt ihnen entgegen. Dieser trug ähnlich wie Hernando de Gamuzana lange Tuchhosen, ein weißes Hemd, eine verzierte Weste und darüber einen kaum über den Gürtel hinausreichenden Rock. Selbst der breitkrempige Hut mit dem aufgebogenen Rand fehlte nicht, nur war alles weitaus schlichter, und die Stickereien bestanden nicht aus Silber, sondern waren mit roten Fäden ausgeführt worden.

Der Mann begrüßte ihren Führer und wandte sich dann an Walther. »Señor, darf ich mich vorstellen. Ich bin Diego Jemelin, der Beauftragte Seiner Exzellenz, Don Ramón de Gamuzana, für den südlichen Teil des Ansiedlungsgebiets.«

»Angenehm! Mein Name ist Walther Fichtner.« Walther streckte dem Mann die Hand hin, die dieser rasch ergriff und fest drückte. »Dem Himmel sei Dank, Sie sprechen Spanisch!«

»Vorerst noch sehr wenig«, schränkte Walther ein.

»Es dürfte ausreichen, um die Leitung im nördlichen Teil des Ansiedlungsgebiets zu übernehmen. Für mich ist es mehr als ein Tagesritt bis dorthin. Aus diesem Grund bin ich froh, diese Aufgabe Ihnen überlassen zu können. Aber ich werde Sie natürlich nach Kräften unterstützen, denn ich bin genauso wie Sie daran interessiert, dass unsere Ansiedlung gelingt. Wenn Sie wollen, werde ich Ihnen drüben in der Cantina alles erklären, was Sie wissen müssen.«

»Es wäre mir eine Freude.« Walther stieg von seinem Pferd und warf einem herbeieilenden Jungen die Zügel zu.

Kurz streifte ihn der Gedanke, dass er beinahe genauso auftrat wie Hernando de Gamuzana, schob diesen aber beiseite und folgte Jemelin in die Gaststätte. Die Wände des Hauses bestanden aus luftgetrockneten Ziegeln und waren so dick wie bei einer Festung. Auch glichen die kleinen Fenster eher Schießscharten und spendeten nur wenig Licht. Dafür brannten mehrere Öllampen, die einen ähnlich widerwärtigen Gestank verströmten wie die Lampe im Zwischendeck der *Loire*. Hinter der Theke stand ein dürrer Mann mittleren Alters und putzte Tonbecher mit einem nicht besonders sauber aussehenden Tuch, während ein junges, schwarzhaariges Mädchen um die neuen Gäste wieselte und sie nach ihren Wünschen fragte.

»Wein und etwas zu essen«, sagte Jemelin.

»Ich nehme das Gleiche!« Walther wollte niemand verärgern, indem er es ablehnte, hier zu essen und zu trinken, und wurde positiv überrascht. Der Wein schmeckte überraschend gut, und das Essen war genießbar, auch wenn er beim ersten Löffel das Gefühl hatte, in Feuer zu beißen.

Inzwischen hatten sich auch die übrigen Männer in der Cantina versammelt, während die Frauen fernblieben. Als Walther nach ihnen fragte, hob Jemelin beschwichtigend die Hand.
»Die Damen sind in der Kirche und wohnen erst einmal der heiligen Messe bei. Anschließend wird ihnen dort aufgetischt. Sie werden auch in der Kirche schlafen.«
Halbwegs beruhigt fragte Walther nach den näheren Umständen der Ansiedlung und begriff, dass der Bruder des Alcalden aus Mangel an Bewerbern sogar auf Einheimische wie Jemelin hatte zurückgreifen müssen, obwohl das laut Vertrag nicht gestattet war.
»Das wird Don Ramón den Herren der Regierung natürlich nicht auf die Nase binden«, erklärte Jemelin mit einem Augenzwinkern. »Es ist sehr wichtig, dass die Ansiedlung als abgeschlossen gilt, Señor, denn nur dann erhalten wir das zugesagte Geld und vor allem die zehnjährige Steuerbefreiung. Aus diesem Grund sind wir über Sie und Ihre Leute froh. Wenn Don Ramón de Gamuzana in die Ciudad de Mexico melden kann, er hätte neben Siedlern aus Italien, Dalmatien und Irland auch solche aus Deutschland und Frankreich gewonnen, wird ihm dies die Achtung und die Gunst des Präsidenten einbringen.«
Walther begriff, dass Don Hernandos Bruder den Posten des Siedlungsagenten dazu benutzen wollte, in der Hierarchie des Landes aufzusteigen. Ihm konnten die Ambitionen dieses Mannes jedoch gleichgültig sein. Für ihn ging es darum, ein Stück Land zu erhalten und so zu bewirtschaften, dass Gisela, er und die Kinder, die sie bekommen würden, davon leben konnten.

Ein ähnliches Ziel hatte auch Diego Jemelin, und so verstanden sich die beiden Männer auf Anhieb. Zudem erhielt Walther an diesem Abend noch etliche Informationen über Land und Leute, und als sie am nächsten Tag aufbrachen, tat er es mit dem Gefühl, endgültig in Tejas angekommen zu sein.

## 10.

Um an sein Ziel zu gelangen, musste der Siedlertreck mehr als vierhundert englische Meilen zurücklegen. Dafür benötigten sie fast fünf Wochen, in denen sie zumeist durch die Wildnis zogen und nur selten auf ein Dorf oder eine alte Missionsstation trafen. Das Land wurde hügeliger, doch alle spürten, dass der jungfräuliche Boden nur des Pfluges harrte, der ihn aufbrechen, und der Saat, die in ihm keimen sollte. Gelegentlich sahen sie in der Ferne Eingeborene, Indios, wie Jemelin und die anderen Mexikaner sie nannten. Die meisten kümmerten sich nicht um den Wagenzug, der mit Neusiedlern, Fuhrknechten, Peones und Vaqueros mehr als dreißig bewaffnete Männer zählte.

Eine Gruppe kam jedoch auf sie zu. Sie bestand aus nicht mehr als fünf Leuten, von denen zwei vermutlich Frauen waren. Für Walther war ihr Geschlecht nur schwer zu erkennen, da alle die Haare lang trugen und die, die er für Männer hielt, diese sogar zu Zöpfen geflochten hatten.

Ein alter Mann in ledernen Hosen und einem langen, fransenbesetzten Hemd trat näher und hob zum Zeichen seiner friedlichen Absichten die Hand. Als er zu sprechen begann, verwendete er zwar die spanische Sprache, aber mit einem derart kehligen Akzent, dass Walther nicht das Geringste verstand.
»Was will er?«, fragte Walther Jemelin.
»Der Kerl bettelt uns um Essen an. Außerdem will er uns eine der Frauen verkaufen«, antwortete dieser.
Walther starrte ihn verblüfft an. »Verkaufen?«
»Das tun sie manchmal, vor allem, wenn es sich um Weiber von anderen Stämmen handelt, die sie geraubt haben, oder wenn die Zahl ihrer Männer zu gering geworden ist, um alle ernähren zu können.«
»Aber ich dachte, in Mexiko wäre die Sklaverei verboten«, rief Walther angewidert aus.
»Die Ciudad de Mexico ist weit, und ich glaube nicht, dass ein Regierungserlass diese Wilden dazu bringt, von ihren Sitten abzugehen. Doch was meinen Sie, sollen wir den Kerlen etwas geben oder sie niederschießen?«
Jemelin klang zu Walthers Entsetzen so, als wäre ihm das Zweite lieber.
»Können wir sie nicht einfach so wegschicken?«, fragte Walther.
Jemelin schüttelte den Kopf. »Nein! Die Wilden sind rachsüchtig und werden versuchen, uns zu schaden. Entweder wir geben ihnen etwas, oder wir schaffen sie aus der Welt.«
Kurz entschlossen wies Walther seinen Knecht an, dem Indianer einen kleinen Sack Mehl zu übergeben. Der

Mann sah ihn zwar an, als zweifle er an seinem Verstand, gehorchte aber und füllte etwa zehn Pfund Mehl um, die er zu Walther brachte.
»Hier ist Mehl«, sagte Walther auf Spanisch und streckte den Sack dem Indio hin.
Dieser rief etwas in seiner Sprache. Eine der zwei Frauen in seiner Begleitung kam heran und nahm wortlos den Mehlsack entgegen. Dann stieg sie wieder auf ihr Pferd und ritt fort. Die andere Frau und zwei Männer folgten ihr grußlos, während der Alte eine für Walther unverständliche Geste machte, noch einen Satz sagte und dann den anderen folgte.
»Er meinte, Sie wären ein Mann mit einem großen Herzen. Ich bin sicher, dass er und seine Leute Sie im Auge behalten werden und immer wieder zum Betteln kommen«, erklärte Jemelin nicht ohne Spott.
»Das werden wir sehen!« Für Walther war die Sache damit erledigt, und er vergaß die Begebenheit bald wieder.
Bereits am Abend erreichten sie die erste Ansiedlung in dem Landstrich, den Ramón de Gamuzana verwaltete. Für die Frauen hieß dies, nicht unter freiem Himmel nächtigen und sich vor allem nicht an einem Bach waschen zu müssen.
Die Familie, die hier lebte, stammte aus dem Königreich beider Sizilien und war weder des Englischen noch der französischen Sprache mächtig. Nur der Mann verstand ein wenig Spanisch, sprach es aber auf eine Art aus, die Walther wiederum Schwierigkeiten bereitete, zumal der Sizilianer sie mit Begriffen aus dem Dialekt seiner Heimat mischte.

Diego de Jemelin übersetzte, so gut er es vermochte, doch mehr, als dass die Leute aus tiefer Armut heraus über den Ozean gekommen waren und hofften, hier in Tejas ein besseres Leben zu finden, brachte er nicht aus dem Mann heraus.

Es gab keine Pause, auch wenn viele der Neusiedler sich nach all den Strapazen, die sie hinter sich hatten, ausgelaugt fühlten. Die Gruppe befand sich nun in dem Teil, über den Diego Jemelin die Aufsicht führte und in dem bereits knapp einhundert Siedler lebten. Obwohl Jemelin von Ramón de Gamuzana eine gewisse Summe für seine Arbeit erhielt, war er froh, Walther einen Teil seiner Aufgaben übertragen zu können.

»Nun kann ich mich endlich um mein eigenes Land kümmern«, erklärte er. »Dennoch bleibt auch für mich noch genug zu tun, was die Ansiedlung betrifft. Schauen Sie auf die Karte! Dies hier ist der Bereich, den ich zu kontrollieren habe. Dort im Norden wird es ab jetzt Ihre Aufgabe sein, sich um die Neusiedler zu kümmern. Neben Ihren eigenen Leuten gehören auch die Italiener und Iren dazu, die noch mit dem Schiff unterwegs sind und in einem Hafen von Tejas anlanden werden. Wenn es so weit ist, werden Sie diese Leute abholen und einweisen. Don Hernando de Gamuzana wird Ihnen rechtzeitig einen Boten schicken!«

Diego Jemelin wirkte sehr zufrieden, denn es war ein langer Weg bis zu dem vereinbarten Hafen, und er war froh, dieser Pflicht ledig geworden zu sein. Walther aber fragte sich beunruhigt, worauf er sich eingelassen hatte. Es würde schwer genug sein, Haus, Scheune und Stall zu errich-

ten, Äcker anzulegen und die Viehhüter zu kontrollieren. Die Verwaltung eines solch großen Gebiets und die Verantwortung für die anderen Neusiedler würden ihm selbst dann Probleme bereiten, wenn sich alle seinen Anweisungen fügten. Andererseits war ihm klar, dass dies die Gegenleistung für den riesigen Besitz war, den er zugeteilt bekommen hatte. Mit Giselas Hilfe und der Arbeitskraft der Leute, die man ihm mitgegeben hatte, musste es wohl zu schaffen sein.
Am nächsten Tag zogen sie weiter durch die Wildnis, die den Auskünften zufolge, die Ramón de Gamuzana nach Ciudad de Mexico gesandt hatte, längst Kulturland hätte sein sollen. Drei Tage später hielt Jemelin sein Pferd an und wies auf einen Hügel, zu dessen Füßen der Rio Colorado floss. »Ab hier ist es Ihr Land, Señor Fichtner. Sie selbst haben fast ebenso viel Grund erhalten wie ich. Messen Sie es gut ab und schlagen Sie lieber den einen oder anderen Quadratfuß dazu. Den Herren in Ciudad de Mexico ist es gleichgültig, ob Sie nun drei, vier oder fünf Leagues für sich beanspruchen. Sagen Sie nur, von hier bis dort ist es mein Besitz, denn es wird niemand nachmessen, weder bei Ihnen noch bei Ihren Nachbarn. Ich habe bereits eine Skizze angefertigt, wie Sie Ihre Leute verteilen können. Wichtig ist, dass jeder Zugang zum Wasser erhält. Sie selbst sollten sich hier ansiedeln und Ihre Leute weiter flussaufwärts. Dann haben Sie es nicht so weit nach San Felipe de Gamuzana.«
»Sie meinen San Felipe de Guzmán«, wandte Walther ein, Jemelin schüttelte lachend den Kopf. »Sie haben schon richtig gehört, Señor. Don Ramón de Gamuzana plant,

fünfzehn Meilen weiter südlich eine Stadt zu gründen, die seinen Namen tragen soll. Doch es lohnt sich erst, Handwerker und Kaufleute hierherzuholen, wenn der ihm übertragene Landstrich besiedelt ist.«

»Wie es aussieht, hat Don Ramón de Gamuzana so einiges vor!«, antwortete Walther beeindruckt.

Der Empressario mochte in einigen Dingen schummeln, doch Ehrgeiz konnte man ihm wirklich nicht absprechen. Walther sagte sich jedoch, dass eine größere Ansiedlung durchaus ihre Vorteile hatte. Bis diese errichtet war, würden seine Äcker Früchte und Korn tragen und sein Vieh sich vermehrt haben. Dann konnten sie ihre Erzeugnisse in der Stadt verkaufen und gutes Geld verdienen. Da Jemelin es genauso zu sehen schien, beschloss er, den Rat des Mannes anzunehmen und auf jenem Hügel, der ein wenig höher aufragte, sein Wohnhaus zu errichten. Er nahm selbst die Axt zur Hand, um den ersten Baum zu fällen. Obwohl Thierry und die anderen ihm halfen, würde es einige Tage dauern, bis ihr Blockhaus als erstes ihrer Ansiedlung fertig war. Bis dorthin mussten sie wie die anderen im Zelt schlafen. Das machte Walther und Gisela jedoch nichts aus, denn sie freuten sich auf die erste Nacht unter dem eigenen Dach.

## 11.

Wegen der vielen Arbeit fand Walther erst spät am Abend Zeit, sich um Gisela zu kümmern. Seine Frau hatte die anstrengende Reise recht gut überstanden, war aber sichtlich erleichtert und glücklich, endlich am Ziel angelangt zu sein.

Er legte ihr den Arm um die Schulter und zeigte nach Norden.

»Siehst du das Buschland? Dort will Thierry sich mit seinen Leuten ansiedeln, und gleich dahinter Thomé und Arlette Laballe. Dann folgen die Ländereien der anderen. Es ist auch schon beschlossen worden, dass unser eigener Besitz das Zentrum dieses Teils des Siedlungslands werden soll. Wer weiß, vielleicht kann ich mich in einigen Jahren genauso wie Hernando de Gamuzana mit dem Titel eines Alcalden schmücken.«

Gisela lachte. »Versuche nicht, mehr zu erreichen, als dir möglich ist, mein Lieber! Seien wir zufrieden, dass dieses schöne Stück Land einmal uns gehören wird und unsere Kinder hier in Freiheit aufwachsen können.«

Dies, fand Walther, hatte seine geliebte Gisela wunderbar gesagt. Er nahm sie in die Arme, küsste sie und strich dann sanft über ihren sich mittlerweile stärker wölbenden Leib.

»Du hast recht, mein Schatz! Hier können unsere Kinder in Frieden aufwachsen, denn es gibt keine Gräfin Elfreda und keinen Diebold von Renitz, die ihnen das Leben verbittern können.«

Ein leichter Schauder erfasste Gisela, als sie die beiden Namen hörte. Schnell schüttelte sie ihre Beklemmung ab und schenkte Walther ein zuversichtliches Lächeln.
»Ja, das hoffe ich auch.« Ich werde Walther die Frau sein, die er verdient, dachte sie, während sie über das Land blickte, das sie einmal ernähren würde. Unbewusst strich sie sich über den Leib, in dem neues Leben heranwuchs. Sie wünschte sich so sehr, dass es eine Tochter war, um Walter den Sohn gebären zu können, der auch ganz gewiss der seine sein würde.

# ANHANG

# Historischer Überblick

Durch die Französische Revolution und die darauf folgende napoleonische Epoche gab es in Europa gewaltige Umwälzungen. So versank das Heilige Römische Reich Deutscher Nation im Staub der Geschichte, und durch die Protektion des Korsen stiegen souveräne Länder wie Baden, Württemberg und Bayern empor. Zugleich verloren Preußen und Österreich an Macht und Bedeutung. Eine Zeitlang sah es sogar so aus, als würden die alten Herrscher auch ihre Kronen und Würden verlieren. Ein großer Teil der Bürgerschaft sympathisierte mit den Idealen der Französischen Revolution und forderte ein Mitspracherecht bei der Führung der Staaten. Um ihre wankenden Throne zu halten, versprachen die meisten Könige und Fürsten Reformen und stellten Verfassungen in Aussicht.

Gleichzeitig wuchs mit der Ausbreitung des napoleonischen Kaiserreichs über den Westen und Norden Deutschlands in diesen Staaten ein Nationalgefühl, welches deren Herrscher im Kampf gegen den Korsen ebenso auszunützen verstanden wie den Idealismus der Bürger, die dem Versprechen verfassungsmäßiger Institutionen vertrauten.

Bei seinem wahnwitzigen Feldzug gegen Russland hatte Napoleon die Kräfte seiner Soldaten erschöpft, und seine alten Feinde vereinigten sich erneut gegen ihn. Auch seine einstigen Verbündeten wie Bayern, Baden und Württem-

berg wechselten die Seiten, und so fand Napoleons Herrschaft auf dem Schlachtfeld von Waterloo ein Ende.
Jetzt allerdings, da die Könige und Fürsten des untergegangenen Heiligen Römischen Reiches den Kaiser der Franzosen nicht mehr fürchten mussten, dachten sie nicht daran, ihre dem Volk gegebenen Versprechungen einzulösen. Wer demokratische Rechte oder gar einen deutschen Staat nach französischem oder englischem Vorbild forderte, landete rasch im Gefängnis.
Viele Studenten, die in dieser Umbruchzeit aufgewachsen waren, wollten sich mit dem alten System nicht mehr abfinden. Doch sie wurden strengen Restriktionen unterworfen und oft genug der Universitäten verwiesen. Das Landvolk selbst war zwar nicht mehr leibeigen, aber seinen Grundherren und deren Launen nicht minder ausgeliefert wie vor Napoleons Herrschaft.

Viele, denen das strikte Regime der Herrschenden zuwider war, suchten ihr Heil in der Ferne. Für einen Teil von ihnen waren die Vereinigten Staaten von Amerika das ersehnte Ziel. Dort hofften sie, endlich als freie Menschen leben und ihre Rechte als Staatsbürger wahrnehmen zu können.
Durch die langen Kriege war die Bevölkerung in Deutschland verarmt, und als es infolge eines gewaltigen Ausbruchs des Vulkans Tambora 1815 in Indonesien im Folgejahr zu Missernten und Hungersnöten kam, wurde die Auswanderungswelle noch stärker.
Der Weg ins gelobte Land war voller Gefahren. Die Segelschiffe waren klein, und nur wenige Auswanderer be-

saßen genügend Geld, um sich eine Kabine leisten zu können. Die meisten wurden in Zwischendecks gesteckt, in denen fürchterliche hygienische Verhältnisse herrschten. Nicht wenige derer, die voller Hoffnung aufgebrochen waren, starben unterwegs an Krankheiten oder gingen mit den Schiffen unter. Doch auch diejenigen, die es bis in die Vereinigten Staaten geschafft hatten, erwartete kein Land, in dem Milch und Honig floss. Da sie oft kein Geld mehr besaßen und ihnen Sprachkenntnisse fehlten, fielen sie häufig einheimischen Ausbeutern zum Opfer und mussten diesen jahrelang als Knechte oder Arbeiter in Manufakturen dienen, bevor sie die ersten Schritte in ein eigenbestimmtes Leben machen konnten. Erst in späterer Zeit änderten sich diese Verhältnisse – nicht zuletzt durch deutschamerikanische Vereinigungen, die sich für die Auswanderer einsetzten und ihnen Hilfe bei der Ansiedlung zukommen ließen.

Texas oder Tejas, wie es zu jener Zeit hieß, gehörte noch nicht zu den Vereinigten Staaten, sondern zur Republik Mexiko, die infolge der napoleonischen Kriege ihre Unabhängigkeit von Spanien erkämpft hatte. Um das dünn besiedelte Gebiet zu fördern, hatten bereits die spanischen Behörden in Europa Siedler für Tejas angeworben. Auch die mexikanische Regierung förderte die Ansiedlung nach Kräften. Voraussetzung für die Siedler war allerdings, dass sie sich zum katholischen Glauben bekannten und Mexiko die Treue schwören. Unter denselben Bedingungen wurden auch mehrere tausend Nordamerikaner ins Land gelassen.

Doch deren Bekenntnis zum katholischen Glauben und zur Republik Mexiko war oft nur vorgetäuscht. Als die Vereinigten Staaten dann auch noch Verhandlungen über den Verkauf von Tejas vorschlugen, versuchte Mexiko, die Einwanderung von Nordamerikanern zu unterbinden und mehr Siedler aus den katholischen Ländern Europas ins Land zu holen. Der Einwanderungsdruck aus dem Norden blieb jedoch hoch, und in der fernen Ciudad de Mexico gab es politische Veränderungen, die sich auch auf Tejas auswirken sollten.

Aber das ist eine andere Geschichte.

*Iny und Elmar Lorentz*

# Die Personen

*Artschwager:* Professor in Göttingen
*Bendhacke:* Posthalter
*Bertrand:* Matrose auf der *Loire*
*Buisson, Hérault:* Eigner und Kapitän der *Loire*
*Cäcilie:* Köchin auf Renitz
*de Gamuzana, Elvira:* Gamuzanas Ehefrau
*de Gamuzana, Hernando:* Alcalde (= Bürgermeister) von San Felipe de Guzmán
*de Gamuzana, Mercedes:* Gamuzanas Tochter
*Dryander, Amalie:* Feriengast
*Fichtner, Walther:* Trommelbub, später Förster
*Frähmke, Luise:* Mamsell auf Renitz
*Freihart, Landolf:* Student
*Fürnagl, Gisela:* Waise
*Fürnagl, Josef:* Feldwebel, Giselas Vater
*Fürnagl, Walburga:* Marketenderin, Giselas Mutter
*Heurich, Reint:* Soldat
*Imma:* Bedienstete auf Renitz
*Jäger, Martin:* Auswanderer aus dem Elsass
*Jemelin, Diego:* Siedler in Tejas
*Jule:* Dienstmädchen der Witwe Haun
*Künnen:* Pastor auf Renitz
*Laballe, Arlette:* Thomé Laballes Ehefrau
*Laballe, Thomé:* Auswanderer auf der *Loire*
*Lucien:* Matrose auf der *Loire*

*Magdalena:* katholische Nonne
*Marguerite:* Thierrys Schwester
*Osma:* Bedienstete auf Renitz
*Schüdle, Gertrude:* Auswanderin aus dem Elsass
*Spencer, Nicodemus:* englischer Soldat
*Stoppel, Holger:* Förster auf Renitz
*Steenken:* Holzkaufmann
*Thierry:* Auswanderer aus der Normandie
*Thode, Stephan:* Student
*von Renitz, Diebold:* Medard von Renitz' Sohn.
*von Renitz, Elfreda:* Medards Ehefrau, Diebolds Mutter
*von Renitz, Medard:* Graf, Oberst eines Regiments
*von Techan, Gudula:* Gast auf Renitz
*Witwe Haun:* Hauswirtin in Göttingen

# Glossar

*Abort:* Toilette
*Alcalde:* Bürgermeister in Mexiko
*Bajonett:* Stichwaffe, die auf das Gewehr aufgesetzt wird, so dass damit im Nahkampf zugestochen werden kann
*Bataillon:* militärische Einheit, zwischen 600 und 800 Mann
*Belegnagel:* Holzstab, mit dessen Hilfe auf dem Schiff Taue befestigt werden. Eignet sich auch als Keule.
*Ciudad de Mexico:* Mexico City
*Deutsche Meile:* 7,532 Kilometer
*Dragoner:* leichter Reiter, aus berittenem Fußvolk entstanden
*Empressario:* Siedleragent
*Englische Meile:* 1,609 Kilometer
*Fähnrich:* Offiziersanwärter
*Fauxpas:* Fehltritt
*Feldwebel:* Unteroffizier
*Fuß:* Längenmaß, ca. 0,31 Meter
*Grenadier:* Elitesoldat
*Husar:* leichter Reiter nach ungarischem Vorbild
*Journal:* Zeitschrift
*Kompanie:* militärische Einheit, um die 100 bis 200 Mann
*League:* Flächenmaß, ca. 1790 Hektar
*Marketenderin:* mit den Soldaten ziehende Händlerin
*Musketier:* Infanterist

*Nautische Meile:* Seemeile, 1,852 Kilometer
*Niedergang:* steile Treppe im Schiff
*Nouveau Orleans:* französisch für New Orleans
*Peones:* Knechte in Mexiko
*Pferch:* Einzäunung für Tiere
*Regiment:* militärische Einheit, um die 2000 Mann
*Resident:* Botschafter
*Speigatten:* Löcher in der Reling, durch die das Wasser, das über das Schiff schlägt, abfließen kann
*Tejas:* spanisch-mexikanischer Name für Texas
*Ulan:* mit einer Lanze bewaffneter leichter Reiter nach polnischem Vorbild
*Vaquero:* mexikanischer Rinderhirt
*Wachtmeister:* erster Feldwebel einer Kompanie
*Welsch-Tirol:* damaliger österreichischer Besitz in Norditalien mit Zentrum Meran
*Zwischendeck:* über dem Laderaum befindliches Deck für arme Passagiere, die sich keine eigene Kabine leisten können, teilweise auch einzige Transportmöglichkeit für Passagiere an Bord

# INY LORENTZ

*Die Wanderhure*
*Die Kastellanin*
*Das Vermächtnis der Wanderhure*
*Die Tochter der Wanderhure*
*Töchter der Sünde*

»**Mittelalter erwacht zum Leben.**«
*Bild am Sonntag*

Knaur Taschenbuch Verlag

# INY LORENTZ

## Die Ketzerbraut

ROMAN

München zu Beginn des 16. Jahrhunderts: Die schöne Bürgerstochter Genoveva soll nach dem Willen ihres Vaters den Sohn eines Geschäftspartners aus Innsbruck heiraten. Doch auf dem Weg nach Tirol geschieht das Unfassbare: Der Brautzug wird überfallen, ihr Bruder ermordet und das Mädchen selbst von den Räubern entführt. Zwar gelingt es nach wenigen Tagen, Genoveva zu retten, doch nun glaubt ihr keiner mehr, dass sie noch unberührt ist. In den Augen der Welt ist sie »beschädigte Ware«, und ihr Vater beschließt, sie an den als Weiberheld und Pfaffenfeind berüchtigten Ernst Rickinger zu verheiraten. Nach Liebe werden die beiden nicht gefragt ...

»*Sinnlicher Nervenkitzel im spätmittelalterlichen München.*« JOY

Knaur Taschenbuch Verlag

# INY LORENTZ

## Die Ketzerbraut

ROMAN

München zu Beginn des 16. Jahrhunderts: Die schöne Bürgerstochter Genoveva soll nach dem Willen ihres Vaters den Sohn eines Geschäftspartners aus Innsbruck heiraten. Doch auf dem Weg nach Tirol geschieht das Unfassbare: Der Brautzug wird überfallen, ihr Bruder ermordet und das Mädchen selbst von den Räubern entführt. Zwar gelingt es nach wenigen Tagen, Genoveva zu retten, doch nun glaubt ihr keiner mehr, dass sie noch unberührt ist. In den Augen der Welt ist sie »beschädigte Ware«, und ihr Vater beschließt, sie an den als Weiberheld und Pfaffenfeind berüchtigten Ernst Rickinger zu verheiraten. Nach Liebe werden die beiden nicht gefragt ...

»*Sinnlicher Nervenkitzel im spätmittelalterlichen München.*« JOY

Knaur Taschenbuch Verlag